Gilbert Sinoué wurde 1947 in Ägypten geboren. Er hat sich in Frankreich als Autor von historischen Romanen einen Namen gemacht. »Purpur und Olivenzweig« war sein erster Roman, für den er 1987 den Prix Jean d'Heurs erhielt.

Dieses Buch wurde auf chlor- und säurefreiem Papier gedruckt.

Deutsche Erstausgabe April 1994
© 1994 für die deutschsprachige Ausgabe
Droemersche Verlagsanstalt Th. Knaur Nachf., München
Das Werk einschließlich aller seiner Teile ist urheberrechtlich geschützt.
Jede Verwertung außerhalb der engen Grenzen des Urheberrechtsgesetzes ist ohne Zustimmung des Verlages unzulässig und strafbar.
Das gilt insbesondere für Vervielfältigungen, Übersetzungen,
Mikroverfilmungen und die Einspeicherung und Verarbeitung
in elektronischen Systemen.
Titel der Originalausgabe »La Pourpre et l'Olivier«
© 1992 Editions Denoël, Paris
Umschlaggestaltung Manfred Waller, Reinbek
Umschlagabbildung Melozzo da Forli/AKG, Berlin
Satz MPM, Wasserburg
Druck und Bindung Elsnerdruck, Berlin
Printed in Germany
ISBN 3-426-63013-3

2 4 5 3 1

Gilbert Sinoué

Purpur und Olivenzweig

Roman

Aus dem Französischen von Barbara Reitz,
Bettina Runge, Eliane Hagedorn
Kollektiv Druck-Reif

*Mein ganz besonderer Dank gilt
Daniel Kirchner
für seine freundliche Mitarbeit und
seinen kostbaren Rat.*

Ich wurde nur gesandt zu den
verlorenen Schafen des Hauses Israel.
Matthäus 15, 24

Vorwort

»Der Himmel über den Bergen Thrakiens muß heute morgen so klar sein wie dieser...«

Calixtus ließ den Blick über die Hänge des Caelius und des Esquilin schweifen und weiter über die alte Befestigungsmauer des Servius Tullius, die Ausläufer der Albaner Berge, die sich im frühen Licht scharf gegen den Horizont abzeichneten.
Hadrianopolis... Sardica... Diese Namen der Städte seiner Kindertage hatten in Rom einen barbarischen Beiklang.
Vierzig Jahre hatte er sein Heimatland nicht gesehen. Vierzig Jahre... und doch hatte er nichts von der Vergangenheit vergessen, nichts von jeder Biegung des langen Weges, der ihn bis zu diesem Tag geführt hatte.
Er wandte sich vom Fenster ab und ging ein paar Schritte auf das Bett zu, das er eben verlassen hatte, als er sein Bild im Bronzespiegel an der Wand gewahrte. Seine Augen erschienen ihm noch immer so lebhaft, so blau wie einst, seine Züge aber waren fahl, wie von Asche überzogen. Dann war da noch diese tiefe Narbe, die auf der rechten Wange unter dem ergrauten Bart durchschimmerte.
Sechsundfünfzig Jahre.

Thrakien ist so weit. Die Kindheit am Ende der Welt.

In wenigen Augenblicken würde der Erlaß, an dem er in den letzten Monaten gearbeitet hatte, endlich bekanntgegeben. Jedes Wort, jeden Satz hatte er gründlich erwogen. Jetzt gab es für ihn keinen Zweifel mehr. Was er beschlossen hatte, war gut und richtig. Und die Kirche der kommenden Jahre würde sich noch lange daran erinnern. Dieser Erlaß würde eine Botschaft der Hoffnung sein, ein Weg aus der Finsternis. Die Liebe Gottes und der Menschen. Was machte es schon, wenn einige heute in diesem Schritt nichts als Provokation oder gar Ketzerei erblickten: Hippolyt ... Hippolyt und die anderen.

Man hindert den ruhigen Lauf der Flüsse nicht ungestraft ...

Plötzlich öffnete sich die Tür seiner Kammer, und Calixtus wurde in die Wirklichkeit zurückgeholt. Im Spiegel erblickte er die Gestalt des Hyazinthus, und er nahm erstaunt zur Kenntnis, wie sehr der Priester seit ihrer ersten Begegnung in den Minen Sardiniens gealtert war.
»Heiliger Vater, man erwartet uns.«
»Heiliger Vater ... Es ist sonderbar, aber noch heute, fünf Jahre nach meiner Berufung ins höchste Amt der Kirche, fällt es mir schwer, diesen Titel anzunehmen.«
»Und doch wirst du dich am Ende daran gewöhnen müssen.«
»Vielleicht. Eines Tages vielleicht.«
Mit einem Mal setzte sich der Strom all seiner Erinnerungen in Bewegung, und er ließ die außergewöhnliche Kette der Ereignisse, die den thrakischen Waisen und Schüler des Orpheus* zur Nachfolge Petrus' geführt hatten, vor seinem geistigen Auge Revue passieren.

---

* Seine Legende, eine der unergründlichsten der griechischen Mythologie, ist an die Religion der Mysterien sowie an eine sakrale Literatur gebunden, die bis auf die Ursprünge des Christentums zurückgeht.

ERSTES BUCH

1

Wie jeden Morgen drängte und schob sich eine geschäftige Menschenmenge auf dem Trajansforum, dessen weißer Marmor im Sonnenlicht glitzerte.
Froh, der Hitze, die vom Boden zurückstrahlte, für einen Augenblick zu entkommen, trat der Senator Apollonius unter den gewaltigen Triumphbogen. Dann bewegte er sich gemessenen Schrittes, behindert durch den schweren Faltenwurf seiner Toga, auf die weite Esplanade und tauchte ein in das bunte Völkergemisch. Er blieb stehen, um eine Sänfte mit geschlossenen Vorhängen, getragen von vier kräftigen Mohren, passieren zu lassen. Ein Lastträger, der vorbeiging, versetzte ihm einen Stoß in die Rippen, fluchte und brachte das schwere Holzfaß auf seiner Schulter wieder ins Gleichgewicht. Kurz darauf mußte Apollonius dem Pferd eines Offiziers der Prätorianergarde ausweichen. Eine Syrerin mit kholumrandeten Augen rempelte ihn an und machte ihm in einem Gemisch aus Latein und Griechisch ein unzweideutiges Angebot. Er stieß sie zurück und lehnte zugleich die Ware eines Wurstverkäufers mit einem Kopfschütteln ab; der Geruch nach heißem Öl, der dem tragbaren Kohlenherd entstieg, erregte Übelkeit in ihm. Seine Stirn war schweißbedeckt, und der schwere Stoff seines Gewandes umgab ihn wie eine schmierige Fettschicht. Er keuchte, die Lippen halb geöffnet, und flüchtete in den Schatten der Kolonnaden, um wieder zu Atem zu kommen.
Während er sich den Schweiß von der Stirn wischte, schweifte sein Blick zur Trajanssäule, deren leuchtend bunte Marmorfriese sowohl vom Sieg der Legionen als auch vom Können der römischen Bildhauer kündeten.

Als er sich ein wenig erholt hatte, steuerte er auf die Basilica Ulpia* zu, wich einem Schlangenbeschwörer aus, wandte sich dann nach rechts und stieg ein Dutzend Stufen empor. Zwei Knöchelspieler erstarrten, als sie ihn näherkommen sahen, ängstliches Flackern in den Augen: Glücksspiele waren in Rom verboten, und wer bei den Vigilien angezeigt wurde, mußte mit dem Schlimmsten rechnen. Mit unbewegter Miene schritt Apollonius an ihnen vorüber und trat in einen großen ungepflasterten Hof. Das Herz hämmerte ihm in der Brust, und er mußte erneut stehenbleiben, um zu Atem zu kommen. Das Alter, so dachte er wehmütig, ist die Strafe, die Gott uns für die Sünden unserer überheblichen Jugend auferlegt.
In diesem Augenblick legte sich eine Hand auf seine Schulter.
»Solltest du dich verirrt haben, Apollonius?«
»Carpophorus! Welch eine Überraschung, dich hier anzutreffen!«
»Es ist vielmehr an mir, überrascht zu sein. Schließlich kommt es nicht oft vor, daß du deinen Palast und deine Goldspeicher verläßt.«
»Meine Goldspeicher! Das sagst du, zu mir! Du, der du ein Haus auf dem Esquilin besitzt, ein weiteres auf dem Dianahügel, ein Schiff – das größte der Flotte –, prächtige Ländereien bei Ostia und andere Reichtümer, von denen ich nichts weiß. Meine Goldspeicher ... Du beliebst zu scherzen!«
»Bei Herkules! Wenn man dich hört, könnte man meinen, ich sei der Senator und du der Ritter!«
Obgleich die beiden Freunde etwa gleichaltrig waren, hätten sie kaum verschiedener sein können. Apollonius war schmächtig, Carpophorus hingegen stattlich. Apollonius' hagere Gestalt, seine hohlen Wangen, seine stets bleichen Züge ließen auf eine schwache Gesundheit schließen. Carpophorus' beträchtliche Leibesfülle zeichnete sich deutlich unter seiner Toga ab. Sein rundes Gesicht wurde von einem Schädel überwölbt, den er

---

* Nach der Familie Trajans (Marcus Ulpius Traianus) benannt.

sich gern und häufig rasieren ließ und der in der Sonne glänzte wie ein Kiesel.

»Ein Ritter syrischer Herkunft, der zu des Caesars Haus gehört, ist heutzutage weit reicher als ein Senator.«

»Mag sein. Aber die purpurne Latiklave, die seine Toga schmückt, wird nach wie vor höher geschätzt als der Goldring meines Ordens. Doch nun im Ernst: Was führt dich bei dieser Hitze hierher?«

»Phalaris, mein alter Diener, ist vor wenigen Tagen gestorben. Ich suche einen Ersatz für ihn.«

»Da haben wir's! Du erzählst jedem, der es hören will, daß du gegen die Sklaverei bist, aber kaum hat einer deiner Diener seine letzten Atemzüge getan, bist du zur Stelle, um einen neuen zu erwerben.«

»Carpophorus, mein guter Freund, es dürfte doch wohl ein Unterschied sein, ob man Dekurien* von Sklaven besitzt oder eine Handvoll von Getreuen.«

»Schon gut. Es ist sinnlos, auf diese Frage zurückzukommen. Wir haben das alles schon hundertmal besprochen. Der einzige Rat, den ich dir geben kann, ist, deine Wahl mit größter Sorgfalt zu treffen. Brauchbare Sklaven werden mit jedem Jahr seltener. Vorbei sind die Zeiten, da man für sechs- oder siebenhundert Denare etwas Vernünftiges erstehen konnte. Heutzutage taugen diese Kreaturen, die aus Syrien oder Bithynien kommen, allerhöchstens noch für die Stallarbeit. Mit anderen Worten: Die Qualität ist nicht mehr, was sie einmal war. Außer in Delos, wo man mit etwas Glück noch ein paar annehmbare Epiroten oder Thraker auftreiben kann, gibt es nur noch minderwertige Ware.«

»Du hast sicher recht. Doch die Arbeit, die meinen zukünftigen Diener erwartet, erfordert keine außergewöhnlichen Fertigkeiten. Aber da du gerade von Thrakien sprichst – ich habe heute erst von einem Posten aus Sardica gehört.«

---

* In den großen Häusern wurden die Sklaven oft in Gruppen von zehn eingeteilt.

Das Pfeifen der riesigen Wasseruhr in der Basilica Ulpia übertönte einen Augenblick lang den Lärm auf dem Forum.
»Die fünfte Stunde*...«, bemerkte Carpophorus. »Du hast Glück. Mir bleibt noch etwas Zeit bis zu meinem Besuch bei Mancinius Alba, dem Zensor. Ein Treffen, auf das ich übrigens gern verzichten würde, ahne ich doch, daß er mich um einige Sesterzen erleichtern will.«
Sie hatten bald die südlich des Forums gelegene Esplanade erreicht. Dort, auf einer Estrade, gewahrten sie eine Gruppe von Männern, Frauen und Kindern mit weißbemalten Füßen, um den Hals ein Metallband mit einer Plakette, auf die der Name ihres zukünftigen Herrn geprägt werden würde.
Schweißgebadet zählte der Händler die Namen seiner neuesten Lieferung auf: Eros, Phöbus, Diomedes, Kalliope, Semiramis, Arsinoe. Man hätte meinen können, es handele sich um Prinzen oder unsterbliche Gestirne. Dabei hatte man diese Unglückseligen nur ihrer wirklichen Identität beraubt, um sie mit Namen aus der Astrologie oder Mythologie auszustaffieren oder nach ihrem Herkunftsland zu benennen.
»Ein Sklave hat keine Rechte.« So heißt es bei den Rechtsgelehrten. Da das erste Zeichen des menschlichen Wesens, das Symbol seiner Persönlichkeit, sein Name ist, hat der Sklave kein Recht, einen solchen zu besitzen.
»Habe ich es nicht gesagt?« rief Carpophorus, »nichts als minderwertige Ware.«
Apollonius antwortete nicht. Er prüfte weiter das Angebot an Sklaven. Alle trugen denselben Gesichtsausdruck, als hätte man ihnen eine Kreidemaske aufgesetzt, die den Blick hohl und die Züge unbeweglich macht.
»Ein klägliches Schauspiel«, murmelte Apollonius wie zu sich selbst.

---

* Gegen zehn Uhr morgens. Zu sagen, die römische Uhrzeit sei nur annähernd, stets dehnbar und widersprüchlich gewesen, wäre ein Euphemismus.

»Du wirst dich doch wohl nicht dieser neuen Mode anschließen! Heute gilt es schon bald als fortschrittlich, das Schicksal der Sklaven zu beweinen. Manch einer von uns scheint seine Ehre daran zu setzen, die Zahl der Freigelassenen zu vermehren.«
Apollonius machte eine mißbilligende Handbewegung.
»Mein lieber Freund, wir kennen uns schon seit unserer frühesten Kindheit. Wir hätten Brüder sein können, und du weißt, wie sehr ich dir verbunden bin, auch wenn wir in vielen Dingen unterschiedlicher Meinung sind. Darum laß mir bitte die Illusion, daß du nicht völlig ohne Gefühle bist. Außerdem brauchst du dir keine Sorgen zu machen, da die Freilassungen durch die von Augustus eingeführten Gesetze hinlänglich geregelt sind. Du kannst also weiter ruhig schlafen: Mit der Abschaffung der Sklaverei ist nicht so bald zu rechnen.«
»Ich bin ganz und gar anderer Meinung, Apollonius. Jeder in Rom weiß, daß diese Gesetze nicht beherzigt werden. Ob vor dem achtzehnten oder nach dem dreißigsten Lebensjahr – die Freilassung eines Sklaven hängt vor allem vom guten Willen seines Herrn ab ...«
Carpophorus blieb nicht die Zeit, seinen Satz zu Ende zu sprechen, denn der Händler an seiner Seite grinste schon von einem Ohr bis zum anderen.
»Meine Herren, seht nur – ein wahres Wunder! Ein einzigartiges Exemplar, das nur darauf wartet, Euch zu gehören. Und für nur tausend Denare!«
Als die beiden Freunde ihre Aufmerksamkeit erneut der Estrade zuwandten, stellten sie fest, daß es sich bei dem Wunder um eine Frau von fünfzig Jahren mit unerhörter Leibesfülle, welken Brüsten und farblosem Blick handelte.
»Bist du jetzt überzeugt? Nichts als Abschaum.«
Der Händler wollte eben zu einen Schwall von Protesten anheben, als unter den Sklaven ein Tumult entstand.
»Haltet ihn!«
Eine Gestalt löste sich aus der Gruppe und jagte über die Estrade. Hände streckten sich nach einem flüchtigen Schatten

aus. Er entkam ihnen. Sekunden später war er bei Carpophorus angelangt. Der Ritter stellte sich ihm in den Weg. Die Silhouette zögerte einen kurzen Augenblick vor der imposanten Masse, die sich vor ihr aufbaute, versuchte auszuweichen, strauchelte, wurde bei einem Zipfel ihrer Tunika ergriffen.
»Ich wußte, daß mir dieser Kerl nur Ärger bereiten würde. Ich hätte drauf schwören können!«
Der Händler wollte den Ausreißer schon züchtigen, als sich Apollonius einmischte.
»Nur ruhig Blut. Du wirst doch deine eigene Ware nicht ruinieren...«
Die »Ware« war ein Jüngling von sechzehn Jahren, hohem Wuchs, ebenmäßigen Zügen, unendlich blauen Augen, die Stirn von langen schwarzen Locken bedeckt.
»Wo hast du diese wilde Bestie aufgetrieben?«
»Die Legion des Gaius hat ihn zusammen mit einer Gruppe von Gefangenen aus Thrakien mitgebracht. Man hatte mich gewarnt. Es tut mir leid, meine Herren.«
Carpophorus hieß den Mann mit einer schroffen Geste schweigen und beugte sich zu Apollonius.
»Was hältst du von diesem Stück? Nicht schlecht, oder?«
Der Senator antwortete nicht, seine Miene aber verriet, daß er alles andere als gleichgültig war.
»Du wolltest also fliehen... Doch sag mir, wohin?«
Als Antwort warf ihm sein Gegenüber nur einen finsteren Blick zu.
»Wie heißt er?« fragte der Senator.
»Lupus*... Doch ich hätte ihn lieber Hyäne nennen sollen.«
»Nein«, meinte Carpophorus nachdenklich, »ich finde seinen Namen passend. Lupus... Und wieviel verlangst du für ihn?«
»Ich verstehe nicht, mein Herr.«
»Was gibt es da zu verstehen? Ich frage dich, wieviel. Fünfhundert Denare?«

* Wolf

»Fünfhundert! Für einen so kräftigen Jungen ...«
»Schluß mit dem Unsinn. Fünfhundert, oder du kannst ihn behalten.«
Carpophorus tat, als wollte er sich abwenden.
»Wartet! Ich habe das nur gesagt, um den Wert Eures Kaufes zu unterstreichen. Er gehört Euch, Herr, er gehört Euch.«
Diesen Augenblick wählte der Senator, um einzugreifen.
»Tausend«, bot er mit ruhiger Stimme.
Carpophorus blickte ihn ungläubig an.
»Was soll das heißen, mein Freund? Dieser Sklave interessiert dich? Tausend Denare, das ist weit mehr, als er wert ist!«
»Du magst recht haben, Carpophorus, doch ich bin und bleibe nun mal ein alter Romantiker, dem die Schönheit noch zu Herzen geht. Also laß mich gewähren, und gönne mir in meinen letzten Tagen den herrlichen Anblick der Jugend.«
Carpophorus, der auf eine solche Antwort nicht gefaßt war, schien nachzudenken, doch dann erhellten sich seine Züge.
»Was bin ich töricht. Schließlich sind wir deinetwegen hier. Du kannst den Jungen behalten. Allerdings unter einer Bedingung. Gestatte mir, ihn dir zu schenken.«
»Ich wüßte nicht, warum!«
»Wozu dieses Geziere! Du brauchst nicht zu fürchten, daß ich als Gegengabe etwas von dir verlange.«
Und an den Sklaven gewandt, fügte Carpophorus übertrieben feierlich hinzu: »Höre, Lupus, was ich dir schenke, ist kein Herr, sondern ein Vater!«
Da hob der Junge den Kopf und sagte verächtlich: »Calixtus. Ich heiße Calixtus; Lupus, das ist ein Name für Tiere.«

2

»Und jetzt, Kleiner, was fange ich jetzt mit dir an?«
Calixtus starrte geradeaus vor sich hin. Alles in diesem Haus war ihm verhaßt. Als man ihn wenige Wochen zuvor aus seiner Heimat geraubt hatte, hatte man ihm das Herz aus dem Leib gerissen. Bei der unerbittlichen Härte seiner Entführer war ihm, als die Kolonne Sardica hinter sich ließ, sehr bald klar geworden, daß diese Männer ihn einem Leben entgegenführten, in dem er den Rücken würde beugen müssen. Und diese Vorstellung wirkte auf ihn wie ein giftiger Stachel. Hatte ihm sein Vater, Zenon, nicht eines Tages gesagt: *Ein unterworfenes Wesen ist ein totes Wesen!* Während der gesamten Reise wollten ihn diese Bilder, diese Gerüche von Thrakien nicht loslassen.
Sardica ... Kristallklar war das Wasser der Bäche am Fuße des Dorfes, in dem er aufgewachsen war. Sardica, die Sanfte, die Rebellin, geschmiegt an die Flanken des Haemus-Gebirges, das den Horizont im Norden versperrte und das Land wie mit einem Schutzwall umgab, bevor es nach Osten hin abfiel.
Er war unter der Obhut von Männern aufgewachsen. Wenige Wochen, nachdem ihm seine Mutter, Dina, das Leben geschenkt hatte, war sie von einem unbekannten Fieber hinweggerafft worden. Es war Zenon, sein Vater, der ihn großzog. Zenon, der Kesselschmied aus Sardica. Ein Löwenkopf auf zwei breiten, kräftigen Schultern. Der ungestüme Zenon. Hitzig, aber mit einem Herzen so groß wie der ganze Haemus-See.
Wer weiß ... Vielleicht hallte dort zu dieser Stunde noch immer das Echo ihres wilden Gelächters, wenn Zenon und er, bis zur Taille im Wasser, sich bückten, um die Welse mit den glitzernden Schuppen weit über die Wasseroberfläche springen zu lassen. Vielleicht auch, wenn es Orpheus gefiel, vergnügte sich der kindliche Schatten des Calixtus in den dunklen engen Gassen noch immer mit jenem Spielzeug, dem man den Beinamen göttliches Spielzeug gegeben hatte: Glückskreisel, Rhom-

ben, Kugeln oder Knöchel, deren sich die Titanen laut der orphischen Legende bedient haben sollen, um den kleinen Dionysos in ihre Falle zu locken.
Und immer wieder sah er diese Szenen vor sich, wie er, in einen langen gallischen Mantel gehüllt, umgeben von bedrohlichem Summen, die Bienenwaben ihres goldenen Inhalts beraubte. Und jene kostbaren Augenblicke, wenn er den großen Blasebalg der Schmiede bedienen durfte und bei Zenons Hammerschlag die Funken aufsprühten wie Tausende von Sternen.
Thrakien ist so fern. Die Kindheit am Ende der Welt ...
Könnte er diese Festtage zwischen Schatten und Licht vergessen, wenn die Schüler von Bacchus*, Männer und Frauen des Dorfes, beim Klang der Flöten und Tamburine ihre verzückten Reigen schlossen und wieder lösten, Bänder aus Lachen und Farben.
Calixtus schloß eine Weile die Augen, um sich besser von der Vergangenheit durchdringen zu lassen. Im weißen Leinengewand, von Myrte gekrönt, stand Zenon vor ihm und las der Menge der Getreuen in der großen, mit Schicksalsrädern geschmückten Basilika die orphischen Rhapsodien vor. Er sah auch die Zeremonie seiner eigenen Einführung in die Riten des Orpheus, des göttlichen Sängers.
Orpheus ... Seine Religion, die einzig wahre. Selbst zu dieser Stunde, Hunderte von Meilen von seiner Heimat entfernt, kamen ihm plötzlich die heiligen Lehren wieder in den Sinn und überfluteten seine Seele und sein Herz. So lebendig wie gestern, jenseits der Kälte des Todes, hörte er die Stimme Zenons, die ihm Teile der phantastischen Geschichte erzählten: Eines Tages erhielt Orpheus, Sohn des Königs Oeagre und der Muse Kalliope, von Apoll eine Lyra mit sieben Saiten. Er fügte noch zwei hinzu und erreichte somit die Zahl der Musen, neun. Und er begann zu singen, bezauberte Götter und Sterbliche, zähmte die

---

* Lateinische Bezeichnung des Dionysos, griechischer Gott des Weins. Sein Kult ist an den orphischen Mythos gebunden.

wilden Tiere und vermochte sogar, die leblosen Wesen zu rühren. Durch diese Macht, die Dichtkunst und Musik vereint, trug er zum Erfolg der Argonauten bei und triumphierte über den Gesang der Sirenen. Eines Tages vermählte er sich mit der schönsten, der sanftesten der Dryaden, Eurydike, der schützenden Nymphe der Wälder. Doch zu Orpheus' großem Unglück begehrte auch Aristos, der Sohn Apolls und Cyrenes – die den Menschen die Bienenzucht beibrachte –, die schöne Eurydike. Eines Morgens verfolgte er sie im Wald, dabei wurde sie von einer Schlange gebissen und starb. Der gebrochene Orpheus weigerte sich, an den Verlust seiner Liebe zu glauben. Dem Schicksal, das den Menschen lähmt, trotzend und vernichtet, stieg er ins Reich des Hades hinab. Mit der Waffe seiner Lieder vermochte er Zerberus, den Höllenhund, zu besänftigen und den Gottheiten der Unterwelt Tränen in die Augen zu treiben, und so erhielt er die Erlaubnis, seine Geliebte ins Reich der Lebenden zurückzuführen. Eine Bedingung indes wurde ihm gestellt: daß er sich nicht umwende, um seine Geliebte zu betrachten, bis sie die Unterwelt verlassen hatten. Aber, ach, Orpheus' Ungeduld und Sehnsucht waren zu groß, und so vergaß er die Mahnung. Doch kaum hatte er den Blick auf Eurydike gerichtet, als sie auch schon wieder im Schattenreich verschwunden war...

Verzweifelt über den endgültigen Verlust seiner Geliebten, blieb der göttliche Sänger untröstlich und einsam, bis zu dem verhängnisvollen Tag, da er von den Mänaden, diesen rasenden Weibern, erschlagen und zerrissen wurde, weil er die Liebe der thrakischen Frauen verschmäht hatte.

Untrennbar vom Schicksal Orpheus' war das des Dionysos: Semele, seine Mutter, die von Zeus geliebt wurde, starb im sechsten Monat ihrer Schwangerschaft, niedergeschmettert vom Anblick ihres göttlichen Geliebten. Dieser entriß der toten Semele ihre Leibesfrucht, nähte sie in seinen Schenkel und trug sie bis zum Ende mit sich herum. Hera*, die dritte und letzte

---

* Schutzgöttin der Ehe und verheirateten Frauen.

Gemahlin des Zeus, lieferte das Kind in ihrer Eifersucht den Titanen aus, die es erschlugen, zerrissen und auffraßen. Aus der Asche der Titanen, die von Zeus vernichtet wurden, entstanden dann die Menschen, die ein bestialisches, titanisches Element, aber auch Teile des Göttlichen in ihrer Seele beherbergen ...
Ob es dieses bestialische Element war, welches das Gold der Legenden und das zerbrechliche Kristall des Glücks bersten ließ? Denn in Thrakien blutete auch das Herz eines Landes.
Immer wieder von neuen Eroberungswellen heimgesucht, hatte dieses Land nie den Frieden gekannt; erst unter der Herrschaft der Perser, dann der Philipps von Mazedonien und Alexanders des Großen; unter der Vormundschaft eines römischen Gouverneurs während der Herrschaft des Tiberius; unabhängig unter Caligula und doch von Prinzen beherrscht, die in Rom erzogen wurden; und schließlich, unter Claudius, zur römischen Provinz erklärt. Der letzte Stolz des Landes bestand nur noch darin, die Hilfstruppen der Römer mit Reitern zu versorgen, die den Ruf hatten, die besten des Reiches zu sein.
Calixtus hätte nicht genau sagen können, wann er die Truppen der Gesetzlosen zum erstenmal gesehen hatte. Diese Menschen waren immer ein fester Bestandteil seiner Welt gewesen. Als Deserteure oder entflohene Sklaven lebten sie vorwiegend im Haemus-Gebirge und verließen die Wälder nur, um ihre Jagdbeute gegen Weizen, Wein oder Schafsviertel einzutauschen. Niemand nahm Anstoß daran: Es war ein Handel zwischen ihnen und den Einwohnern.
Eines Morgens aber war plötzlich alles anders. Calixtus erinnerte sich, wie überrascht er vom Gebaren und von der Sprache derer gewesen war, die ihre Pferde am Dorfbrunnen trinken ließen, während ihre Anführer mit den Männern verhandelten. Er hatte sehr schnell begriffen, daß sich den Gesetzlosen sarmatische und markomannische Barbaren angeschlossen hatten. Nachdem ihre Stämme von den Legionen aufgerieben worden waren, hatten sie sich unterwerfen, sich in den Provinzen, die sie einst verwüstet hatten, als Siedler niederlassen

müssen. Dieses seßhafte Leben aber wurde ihnen sehr bald unerträglich, und so desertierten viele und schlossen sich anderen Aufständischen an. Hadrianopolis wäre beinahe durch ihren Aufstand vernichtet worden.
Wenige Tage später begann das Drama. Calixtus war eben sechzehn geworden.
In der Nacht hatten sich seltsame Gerüchte im Dorf verbreitet. Im Morgengrauen erfuhr man, daß eine Handvoll verwundeter Männer bei den Dorfbewohnern um Gastfreundschaft nachgesucht hatte und aufgenommen worden war; abzulehnen hätte bedeutet, dem Gesetz des Zeus zuwiderzuhandeln. Die Alten aber schüttelten die Köpfe, erinnerten sie sich doch an andere Meutereien, die blutig niedergeschlagen worden waren.
Die erste Stunde war noch nicht verstrichen, als eine Schar von Reitern ins Dorf einfiel. Überall waren Schreie und Tumult zu hören. Die Tür des väterlichen Hauses sprang krachend auf, und auf der Schwelle sah man das Glitzern der Rüstung, die die Brust eines Zenturios schützte. In barschem Ton hatte der Römer gefragt, ob Rebellen im Hause Zuflucht gefunden hätten. Zenon hatte verneinend den Kopf geschüttelt.
»Und der da?« hatte der Offizier gefragt und mit dem Finger auf Calixtus gedeutet.
»Das ist mein Sohn. Laßt ihn in Ruhe, er ist noch ein Kind.«
»Ein Kind? Er ist fast so groß wie ich und kräftig genug, um zu dieser Räuberbande zu gehören. Er soll seine Kleider ablegen!«
»Ihr irrt Euch. Er hat nichts getan!«
Die Worte des Vaters überhörend, ergriff der Zenturio den Knaben.
»Ich will wissen, ob dein Körper frei von Verletzungen ist. Leg deine Kleider ab!«
Calixtus wollte sich zur Wehr setzen. Reißen von Stoff war zu hören, und seine Tunika lag am Boden. Dann ging alles sehr schnell: der dumpfe Schlag einer Faust gegen eine Kinnlade, der Zenturio, der zusammenbrach; andere Männer, die mit gezück-

ten Schwertern erschienen, und Zenon, der schwankend, den Leib gekrümmt, seine Arme über einer seltsamen tiefroten Blüte verschränkte, die sich auf seiner Brust geöffnet hatte.
Das Universum stürzte ein. Man zerrte den Knaben aus dem Haus, doch es gelang ihm, sich loszureißen, zu seinem Vater zurückzukehren, ihn an sich zu drücken, wie um das Leben festzuhalten, das seinem Körper entwich.
»Nehmt ihn mit!«
Draußen im Dämmerlicht der Schrei einer Frau.
»Erbarmen! Habt Erbarmen mit ihm! Er ist noch ein Kind. Mein Leben für das seine!«
Noch einmal versuchte er zu entkommen, strauchelte, stürzte, krallte sich verzweifelt in seine Heimaterde ...

Danach der lange Zug gen Westen. Die ersten eisigen Felder des oberen Moesien, das zerklüftete und graue Illyrien, die Rast im unendlichen Regen Salonas in Dalmatien, der Marsch die Küste entlang. Es war das erste Mal, daß er das Meer erblickte. Doch es war in seinen Augen nicht mehr als ein weiterer Meilenstein auf seinem Weg in die Verbannung. Es folgten Emona und ihre norischen Lande, Zisalpinien, Mediolanum* und schließlich diese labyrinthgleiche Stadt: Rom.

»Was fange ich mit dir an?«
Er gab keine Antwort. Apollonius wollte seine Hand ergreifen, doch er ballte sie zur Faust.
»Wir wollen uns vertragen, Lupus. Du wirst mir noch einmal dankbar sein, daß ich meinem Freund Carpophorus zuvorgekommen bin. Folge mir. Ich will dich durch dieses Haus führen, in dem du fortan wirst leben müssen. Auch wenn es dir abwegig erscheint, sieh es nicht an wie ein Raubtier, das seinen Käfig betrachtet.«

---

* Mailand

Apollonius bewohnte eine Insula, einen Häuserblock, dessen sieben Stockwerke er vermietete, während er für sich selbst nur das Erdgeschoß in Anspruch nahm. Calixtus verspürte eine instinktive Abneigung, als er das erste Mal vor diesem stark vorkragenden Mauerwerk stand, das wie ein gewaltiger Spargel in den Himmel wuchs. Auf das leuchtende Weiß des Marmors, der das Erdgeschoß säumte, folgte das Grau der behauenen Steine der ersten Etage, das Ockergelb der Backsteine der zweiten und schließlich das verwaschene Braun der fünf oberen Stockwerke. Die gesamte Fassade war von Treppen durchzogen, die zu den einzelnen Wohnungen führten, sowie von Balkonen aus Holz und Stein, die von reichverzierten Säulen gestützt wurden.

Auf den Fenstersimsen, die nicht durch Stoffvorhänge oder Holzläden verdeckt waren, konnte man Blumenschalen oder gelegentlich sogar richtige Miniaturgärten erkennen.

Statt, wie üblich, das Erdgeschoß an verschiedene Laden- und Tavernenbesitzer zu vermieten, hatte Apollonius es vorgezogen, hier seine Gemächer einzurichten. Von den oberen Etagen völlig getrennt, bildeten sie eine Art Privatresidenz.

Das Atrium, dieser weitläufige zentrale Raum, war von Kolonnaden umgeben und mit Mosaiken ausgelegt, deren bunte Steinchen sich wie unzählige Lichtpunkte in den heiteren Pastelltönen der Fresken aufzulösen schienen. Calixtus entdeckte darin zu seinem Erstaunen Orpheus, der mit seiner Lyra die wilden Tiere zähmte. Die anderen Szenen waren alltäglicher.

In der Mitte des Raumes fiel ein Wasserstrahl graziös in ein großes quadratisches Becken.

»Dieses Bassin«, erklärte Apollonius, »ist durch ein kaiserliches Privileg an den Aquädukt angeschlossen. Ich gestatte meinen Mietern, hier kostenfrei das Wasser zu entnehmen, das sie benötigen. Auf diese Weise sind sie nicht auf die öffentlichen Brunnen angewiesen.«

»Dort, wo ich geboren bin«, hörte sich Calixtus antworten, »sind solche Kunstgriffe nicht nötig. Es gibt unzählige Bäche und Flüsse in Thrakien. Und niemandem fehlt es jemals an Wasser.«

Apollonius betrachtete den Jüngling, zögerte einen Augenblick und beschloß dann, seine Führung durch die wichtigsten Räume des Hauses fortzusetzen.

»Hier das Triklinium, wo ich bisweilen mit meinen Freunden zu Abend speise. Und hier die Exedra, wo ich meine Kunden und Schuldner empfange. Hier arbeite ich auch und diktiere meine Briefe, meistens aber ziehe ich mich hierher zurück, um mich einer der wenigen Freuden meines Lebens hinzugeben: der Lektüre. Da hinten befinden sich die Latrinen. Ein Düngerverkäufer leert sie zu den Nonen*.«

Jetzt trat er in einen schmucklosen Korridor. Öllampen an der Decke warfen ein schwaches, flackerndes Licht auf weiße Stuckwände mit Nischen, in die Marmorbüsten von Männern und Frauen eingefügt waren. Calixtus ließ sich seine Überraschung nicht anmerken.

»Eines nicht allzu fernen Tages«, meinte Apollonius lächelnd, »wird auch mein Abbild an diesen Wänden seinen Platz finden. Was du dort siehst, sind Mitglieder meiner Familie, die ins Reich der Toten eingegangen sind.«

Einen Augenblick später waren sie unter freiem Himmel in einem Innenhof, der wie ein Lustgarten angelegt war. Von mehreren Matronen beaufsichtigt, spielten Kinder mit Reif und Kreisel auf den Sandwegen, und ihr heiteres Lachen erfüllte die Luft. Eine Wolke weißer Tauben stieg plötzlich empor, als sie an einem Becken voller Seerosen und Lotus entlangschritten.

»Ergötze dich an diesem Anblick«, ließ sich Apollonius stolz vernehmen. »Bei aller Bescheidenheit glaube ich doch, daß du hier einen der schönsten Gärten Roms vor dir hast.«

»Am Fuße des Haemus ist die ganze Landschaft ein einziger Garten. Um den Himmel von Thrakien zu sehen, braucht man

---

* Die Nonen entsprachen dem Vollmond sowie dem siebten Tag im März, Mai, Juli, Oktober und dem fünften der übrigen Monate.

den Kopf nicht in den Nacken zu legen. Dein Bassin wird nie aussehen wie ein See mit türkisfarbenem Wasser, und deine Zypressen sind erbärmlich, verglichen mit meinen Wäldern!«
Calixtus hatte mit wachsender Heftigkeit gesprochen und dadurch verstörte Blicke auf sich und seinen Herrn gelenkt. Der Senator ließ sich Zeit, um die verlegenen Grüße zu erwidern; seufzend legte er eine Hand auf die Schulter seines Sklaven.
»Ich verstehe. Ich kann dir nicht zurückgeben, was du verloren hast. Ich hoffe, daß du hier trotzdem mit der Zeit glücklich sein kannst.«
Verstehen? Glücklich?
Welch ein seltsamer Mensch. Und welche Vermessenheit! Wie könnte er verstehen, was ihm ein Leben bedeutete, in dem sich Zenons Gesicht nie mehr über das seine beugen würde? In dem er, sobald der Tag anbrach, nie mehr sein Lachen vernehmen würde? Wie könnte er je wieder glücklich werden, fern von seinem Dorf, ohne die vergnüglichen Angel- und Jagdpartien, ohne den Schnee, der sich wie eine makellos weiße Decke über Sardica legte, ohne das Recht, einfach draufloszurennen: frei zu sein!
Er spürte plötzlich, wie ihm die Tränen in die Augen steigen wollten, und kämpfte sie zornig nieder. Zenon wäre nicht stolz auf ihn gewesen. Als Apollonius' aufmerksamer Blick sich auf ihn heftete, biß er sich auf die Lippen und bot ihm trotzig die Stirn.

*

Am folgenden Tag wurde er dem Vilicus vorgestellt, dem Verwalter, der auch Vorsteher der Sklaven war.
Ephesius (es war nicht sein wirklicher Name, sondern der, den ihm ein Händler gegeben hatte, inspiriert wohl durch seine ionische Herkunft), Ephesius war ein Mann, dessen Alter sich nicht schätzen ließ. Alles, was man feststellen konnte, war, daß

er seine zweite Lebenshälfte weit überschritten hatte. Seine Gesichtshaut war wie gegerbt, seine Miene starr, und er vermittelte den Eindruck, die Welt mit den Augen eines Chamäleons zu betrachten. Doch das schien nur so. In Wirklichkeit war er höchst scharfsichtig. Apollonius, dem alles zuwider war, was im entferntesten mit der Hausverwaltung und Dienerschaft zu tun hatte, verließ sich seit nunmehr fünfundzwanzig Jahren auf ihn und hatte ihn am Ende freigelassen. Daraufhin war ihm der Vilicus noch ergebener als zuvor.
Wenn es etwas gab, das Ephesius nicht dulden konnte, so waren es Disziplinlosigkeit und Verschwendung. Das war wohl der Grund, weshalb er sehr schnell seine Mißbilligung über die Wahl des neuen Sklaven äußerte, den man am Vortag vom Forum mitgebracht hatte.
»Ihr suchtet einen Ersatz für Phalaris? Also dieser Junge ...«
»Du kennst mich ... Ich kann es nicht erklären. Außerdem hieß es Carpophorus oder ich.«
»Warum habt Ihr ihn nicht dem Bankier überlassen? Er hätte weniger Skrupel gehabt als Ihr.«
»Keine Sorge, wir finden schon eine Beschäftigung für ihn. Und sollte es unter allen Sklaven des Reiches einen geben, der nicht arbeitet, so wäre das gewiß kein Verbrechen.«
»Nicht arbeiten?«
Die Züge des Vilicus zuckten kaum merklich. Die Worte seines Herrn waren wie eine Gotteslästerung in seinen Ohren. Und wenn er dem Thraker auftragen müßte, ihm das Echo des Windes zu melden – nie würde er einen Verstoß gegen seine Prinzipien der Disziplin dulden.

Er traf Calixtus im Garten, der zu dieser Stunde noch verlassen war. Der Tag begann eben erst zu grauen, doch schon stieg, wie zur Mittagszeit, der Lärm von der Stadt auf, denn Rom erwachte so früh wie ein Dorf.
»Hier, leg dir das um den Hals.«
Calixtus betrachtete die kleine Kette, die Ephesius ihm hinhielt.

Ein Name war darin eingraviert. Mit einer entschlossenen Geste warf er sie ins Bassin.
»Ich bin kein Tier, dem man ein Halsband anlegt, um es wiederzufinden, wenn es sich verirrt hat!«
Ohnmächtig mußte der Vilicus mitansehen, wie die Bronzekette im Wasser versank. Bleich vor Zorn, die Lippen zusammengekniffen, ballte er drohend die Hand zur Faust.
»Geh dein Halsband holen!«
»Hol es doch selbst, wenn du so begabt bist für die Sklaverei!«
Kleine violette Adern traten auf Ephesius' Schläfen hervor. Niemand hatte sich je erdreistet, auf diese Weise zu ihm zu sprechen. Wenn er diesen Dickschädel nicht zur Vernunft bringen würde, dachte er bei sich, so wäre es bald um seine Autorität geschehen. Und da er auf Apollonius nicht zählen konnte...
»Ich habe dir etwas befohlen: Gehorche gefälligst!«
»Nein!«
Ephesius holte tief Luft. Er würde diesen dreisten Sklaven selbst züchtigen müssen.
Er packte Calixtus bei den Schultern, doch der hatte sich mit einer flinken Drehung aus der Umklammerung befreit. Er ergriff jetzt seinerseits den linken Arm des alten Mannes, nutzte sein eigenes Gewicht, um ihn zum Straucheln zu bringen und ins Wasserbecken zu stoßen. Fast im gleichen Augenblick war ein Schrei zu hören.
»Vater!«
Überrascht schnellte Calixtus herum. Er gewahrte einen Jungen mit griechischem Profil, wohl etwas jünger als er selbst. Er war in eine bescheidene weiße Tunika gekleidet und trug mehrere Papyrusrollen im Arm, die mit einem langen Ledergurt zusammengehalten waren. Bevor Calixtus Zeit hatte zu reagieren, ließ der andere die Rollen am Riemen kreisen und schleuderte sie ihm ins Gesicht. Dann stürzte er auf den Thraker los und stieß ihm mit dem Kopf gegen die Brust, so daß dieser, nach Luft ringend, nun seinerseits ins Wasser fiel. Er

wollte hochsteigen, doch da legten sich kräftige Arme auf seinen Nacken und drückten ihn nach unten.

Calixtus glaubte zu ersticken und fühlte, wie sich das Wasser gurgelnd in seinen Lungen verteilte. Der Griff lockerte sich für einen kurzen Augenblick. Er nahm einen tiefen rettenden Atemzug. Dann wurde er wieder untergetaucht. Einmal, zweimal. Rötliche Blitze schossen ihm durch den Kopf, ein Rauschen füllte seine Ohren, die Sinne drohten ihm zu schwinden.

Schließlich, nach einer Zeit, die ihm wie eine Ewigkeit vorkam, wurde seiner Marter ein Ende bereitet. Hustend, spuckend, die Augen voller Wasser, wie von dichtem Nebel umgeben, fühlte er, wie er aus dem Becken gezogen wurde.

Er lag auf dem Mosaikboden, keuchte, rang nach Atem und nahm nur verschwommen das Geräusch von nassen Sandalen und von Ephesius' Stimme wahr.

»Du kannst froh sein, daß ich unseren Herrn nicht tausend Denare verlieren lassen will! Hilf mir, Hippolyt!«

Er hatte nicht die Kraft, sich zu wehren, als man ihn auf die Knie zog – sein Oberkörper war vorgeneigt, der Kopf in die Achselhöhle des Vilicus geklemmt. Eine Hand raffte seine Tunika hoch und löste das Stoffband, das seine Lenden umgab.

»Schlag zu, Hippolyt! Züchtige diesen kleinen Rebellen!«

Der Lederriemen knallte auf das Hinterteil des Thrakers, der aufschluchzte, mehr verletzt durch die Demütigung als durch die Schläge.

Als man endlich von ihm ließ, richtete er sich totenblaß auf und starrte Hippolyt haßerfüllt an.

»Das wird dir hoffentlich eine Lehre sein«, rief der Vilicus. »Vergiß nie, daß du als Sklave weder Rechte noch die Möglichkeit hast, dich zu beschweren. Du bist kein Mensch. Nur noch ein Ding. Und solltest du irgendwann einmal Kinder haben, so sind sie das Eigentum deines Herrn, wie kleine Tiere. Es versteht sich von selbst, daß dir alle bürgerlichen Institutionen wie Ehe oder religiöse Ausübungen strikt untersagt sind! Wisse auch, daß es eine Vielzahl von Strafen gibt, die weit Widerspenstigere als dich

in die Knie gezwungen haben. Ich kann dir also nur raten, nicht noch einmal einen Aufstand zu wagen. Wenn du es doch tust, kannst du sicher sein, daß von deinem kleinen hochmütigen Kopf nichts übrig bleibt. Und jetzt hol das Halsband!«
Calixtus mußte sich beherrschen, um Ephesius nicht an die Kehle zu springen. Sehr langsam und mit sichtbarem Zorn ließ er sich ins Wasser gleiten.

*

Gleich am nächsten Morgen wurde er in den persönlichen Dienst von Apollonius gestellt. Seine Aufgabe bestand darin, seinen Herrn zu wecken, wenn die Hauptstadt erwachte. Doch von den Gassen ringsumher stieg ohnehin schon ein solcher Lärm auf, daß es für jeden schwer gewesen wäre, über die erste Stunde hinaus zu schlafen. Außerdem mußte man mit dem Kommen und Gehen der verschiedenen Sklaven rechnen, die ihren Pflichten im Haus nachkamen. Die Lider vom Schlaf noch aufgedunsen, drangen sie, mit Eimern, Tüchern und Leitern bewaffnet, in die Räume, um die Böden mit Sägemehl zu bestreuen, jeden Winkel zum Glänzen zu bringen.
Calixtus erschien im Gemach des Senators, machte sich daran, die Fensterläden zu öffnen, schenkte seinem Herrn das Glas Wasser ein, das er allmorgendlich anstelle eines Frühstücks zu sich nahm, dann – es war keine Kleinigkeit – half er ihm, seine in Purpur eingefaßte Toga anzulegen, jenes ehrwürdige Gewand des feinen Herrn: bauschig, beeindruckend, feierlich und von ungeheurer Kompliziertheit, was den Faltenwurf anging. Anschließend trug er mit angewiderter Miene das Urinal hinaus, das bis zum Rand mit den Exkrementen des Senators angefüllt war.
Im Laufe der Zeit wurden diese Pflichten zum Ritual, ohne daß sich Calixtus die geringste Mühe gab, sie anders als mit immer denselben gleichmütigen Gesten auszuführen, was ihm Apollonius sonderbarerweise nicht einmal übel nahm. Da der alte Mann beschlossen hatte, mit einem nachsichtigen Lächeln

darüber hinwegzusehen, versagte er sich jede Bemerkung, jeden Kommentar und befragte seinen Sklaven über sein Land, seine Familie, seine Religion – Fragen, die dieser nur mürrisch und einsilbig beantwortete.

In Wahrheit begann sich Calixtus über die Geduld und Milde, die sein Herr an den Tag legte, zu wundern. Er an seiner Stelle ...

An dem Tag, da er sein eigenes Bild in dem großen Bronze- und Silberspiegel entdeckte, der das Gemach des Senators schmückte, glaubte er, die Erklärung gefunden zu haben. Fasziniert trat er näher: Nie zuvor hatte er sich anderswo als im klaren Wasser der Brunnen gesehen. Apollonius' Hand strich über sein Haar.

»Ja«, murmelte er, »du bist sehr schön.«

Schön? Aber ja, natürlich! Das erklärte alles. Seinen ungerechtfertigten Erwerb ebenso wie seine Arbeit in der Nähe seines Herrn. Der Senator hatte gewiß die Absicht, ihn auf sein Lager zu nehmen! Es gab weitere Hinweise, die sich schwerlich anders deuten ließen, unter anderem die Tatsache, daß Apollonius weder Ehefrau noch Konkubine besaß.

Doch die erste, der er diese Vermutung unterbreitete – Aemilia, eine der Dienerinnen – rief empört: »Du willst sagen, daß sich unser Herr der griechischen Liebe hingibt! Doch nicht er! Die ganze Welt vielleicht, aber nicht er. Er ist der züchtigste und ehrhafteste Mensch, den man sich vorstellen kann.«

Alle anderen Sklaven, denen der Thraker diese Frage stellte, zeigten sich ähnlich entrüstet. Das war schon erstaunlich. Ebenso erstaunlich wie die Ergebenheit, der Respekt dieser Menschen dem Senator gegenüber. Denn er, Calixtus, hätte gern solches Gerede, solches Gespött gehört, um seinem Haß Nahrung zu geben. Daß Ephesius und Hippolyt ihrem Herrn auf diese Weise zugetan waren, war verständlich: Apollonius hatte sie auf unglaubliche Weise bevorzugt und kümmerte sich sogar um das Studium Hippolyts. Aber die anderen. War es möglich, daß die Knechtschaft den Menschen derart zerstörte?

Gewiß hatte Apollonius den Ruf, ein Philosoph zu sein. Doch unter der Herrschaft von Marc Aurel war das nichts Außergewöhnliches. An jeder Straßenecke begegnete man ihnen: Schützlinge des Herrschers oder ausgehungerte Parasiten, von weitem erkennbar an ihrer Unreinlichkeit, ihren zerlumpten Kleidern, ihren zerzausten Haaren und Bärten. Ihre Lehren hätten nicht gegensätzlicher sein können. Alle aber träumten von einem Erfolg wie dem des einstigen Lehrers des Kaisers, Rusticus, der später Gardepräfekt der Prätorianer geworden war, oder dem Frontos, der es bis zum Konsulat gebracht hatte; oder dem von Crescens, der mit seinem Lehramt sechshundert Golddenare erhalten hatte. Ja, der geringste Hungerleider rühmte sich, ein Philosoph zu sein. Apollonius war also kein Einzelfall. Nichts erklärte die Ergebenheit derer, die ihn umgaben.

Doch das war nicht alles. Denn statt Anerkennung und Unterstützung brachte dem Thraker seine rebellische Haltung nur Vorwurf und Ablehnung in der Dienerschaft ein. Einmal ging Hippolyt sogar so weit, ihn vor einem Fluchtversuch zu warnen. Da hatte ihn dieser verächtlich gemustert.

»Du glaubst, mir Angst zu machen, indem du mir mit den Sklavenjägern drohst? Die fürchte ich nicht!«

»Nein«, entgegnete Hippolyt, »doch du solltest wissen, daß du dich um deinen Herrn betrügst, wenn du ihm einen Schaden zufügst, den er in keiner Weise verdient hat.«

Calixtus wußte zunächst nicht, ob er lachen oder sich empören sollte. Er begnügte sich damit, in eiskaltem Tone zu erwidern: »Auch wenn du ein Freigelassener bist, so bist du doch noch mehr ein Sklave als ich.«

Da gab Hippolyt diese ganz und gar verblüffende Antwort: »Ich bin zweifellos noch Sklave, doch gewiß keiner unseres Herrn Apollonius...«

3

An manchen Tagen stand Apollonius lange vor Morgengrauen auf, was zur Folge hatte, daß der junge Thraker aus tiefstem Schlaf gerissen wurde. Dann durchquerte er taumelnd die große, noch in Dunkel getauchte Wohnung, stieß sich an allen Ecken, bis er das Gemach des Senators erreicht hatte. Nach Erledigung seiner Pflichten stieg er, ein Gähnen unterdrükkend, hinab in die Küchen, um sich eine dieser römischen Leckereien geben zu lassen, für die er eine wahre Leidenschaft entwickelt hatte: eine Art Käse-Dinkelkrapfen, in Schweineschmalz gebacken, mit Honig gesüßt und in Mohn gewälzt. Leider war die Küche zu dieser frühen Stunde wie ausgestorben. Aemilia, Carvilius, der Koch von Apollonius, sowie die meisten Diener, alle schienen sich in Luft aufgelöst zu haben.
Da der Schrank abgeschlossen war, blieb ihm nichts anderes übrig, als auf ihre Rückkehr zu warten, und das hieß meistens, bis die Sonne schon hoch stand.
Natürlich hatte er sich anfangs mehrfach nach dem Grund für ihr Fernbleiben erkundigt, doch man hatte immer nur ausweichend geantwortet, daß Diener und Herr ein Opfer zelebrierten. Das hatte ihn in höchstem Maße erzürnt, hatte er doch im ganzen Haus nie den unverwechselbaren Geruch nach geröstetem Fleisch wahrgenommen. Und nie wurden die Sklaven des Hauses aufgefordert, die Reste zu teilen, wie es allgemein üblich war. Und konnte man sich überhaupt auch nur im entferntesten vorstellen, daß sich ein freier Mann, der überdies römischer Senator war, mit seinen Dienern umgab, um den Göttern zu huldigen?
Ein weiteres sonderbares Detail – es waren nicht nur Apollonius' Sklaven, die diesen geheimnisvollen Versammlungen beiwohnten, sondern auch gewisse Mieter der Insula, sowie andere Bewohner des Viertels verschiedenster Herkunft und Stellung.

Eines Morgens wollte sich Calixtus endlich Gewißheit verschaffen, und so beschloß er, Carvilius und Aemilia heimlich zu folgen. Er sah sie zum Tablinium, dem getäfelten Raum hinter dem Atrium, gehen. Versteckt hinter einer Säule, belauerte er sie eine Weile, während sie Lieder anstimmten, deren Sinn er zwar nicht verstand, die ihn aber auf sonderbare Weise berührten. Er hörte Apollonius einen Vortrag halten und Texte lesen, die ihn irgendwie an Zenon erinnerten, wenn er seinen Getreuen die Lehren des Orpheus vortrug.
Zenon ... Wo mochte er jetzt sein? Was war aus seiner Seele geworden? War sie in einem Menschen oder einem Tier wiedergeboren? Er betete inbrünstig, daß sein Vater, dem Rad des Schicksals entrissen, in den glückseligen Gefilden des Elysiums seine Ruhe gefunden hatte.
Nach mehrwöchiger Beobachtung mußte er sich schließlich den Tatsachen beugen: Diese Menschen zelebrierten weder barbarische Rituale noch blutige Zeremonien. Sie waren nichts als schändliche Nachahmer und vor allem Heuchler. Man brauchte nur zu sehen, wie sie sich nach diesen Zusammenkünften küßten und »Brüder« nannten, um dann, kaum daß die Versammlung beendet war, ihre alten Plätze in der Rangordnung wieder einzunehmen. Apollonius kehrte zu seinen täglichen Beschäftigungen zurück, und seine Kunden und Schützlinge grüßten ihn stets mit der gleichen Ehrerbietung. Und was Aemilia, Carvilius und die anderen betraf, so machten sie sich wieder mit der gewohnten Unterwürfigkeit an ihre häuslichen Pflichten. Was also verbarg sich hinter diesen sonderbaren Versammlungen? Dieser geheuchelten Brüderlichkeit?
Nein, Welten trennten ihn von diesen Römern. Ob sie Bürger waren oder Diener, nie würde er etwas mit ihnen gemein haben.

*

Es war ein Tag Mitte Februar, und ein eisiger Wind fegte über den Esquilin. Nachdem er den letzten Kunden verabschiedet hatte, erhob sich Apollonius schwerfällig von seinem Elfenbeinschemel. Er näherte sich einem der beiden Kohlenbecken, die den Raum mehr mit Rauch als mit Wärme füllten, und streckte seine steifen, gichtigen Finger der Glut entgegen.
»Calixtus, dieses Wetter tut mir nicht gut. Ich habe beschlossen, in die Thermen zu gehen, und du sollst mich begleiten. Ein paar Schwimmzüge und eine Stunde im Sudatorium sind Balsam für einen alten knorrigen Baum wie mich.«
Man bepackte den Thraker mit Phiolen, Salben, Bürsten, Tüchern, und sie traten auf die Straße, als die Wasseruhr im Atrium eben mehrere Kiesel ausstieß, um die vierte Stunde anzukündigen.
Seit dem Tag auf dem Forum hatte Calixtus das Haus seines Herrn nicht ein einziges Mal verlassen, und so empfand er wider Willen eine gewisse Erregung.
Sie kamen an zahlreichen Läden vorbei, bevölkert von einer ebenso lärmenden wie bunten Menge: Barbiere, Tavernenbesitzer, Grillköche, heiser vom ewigen Schreien, um Kunden anzulocken. Sie begegneten sonderbaren Goldschlägern, die das kostbare Metall mit ihren Holzhämmern bearbeiteten; Geldwechslern, die ihre Vorräte an Münzen auf schmutzigen Tischen klirren ließen. Und genau in diesem Augenblick kam ihm die Idee zur Flucht.
Wer würde ihn in diesem Durcheinander einholen können?
Sein Herz begann wie wild in seiner Brust zu schlagen. Der Gedanke an die Sklavenjäger dämpfte einen Atemzug lang sein Verlangen, dann aber, eine Lücke in der Menge entdeckend, schoß er plötzlich los. Er rannte, so schnell ihn seine Füße trugen, war im Nu zwischen zwei Mietshäusern verschwunden. Nichts und niemand würde ihn aufhalten können.
Er bog links in eine kleine Gasse ein. Vorbei an Bögen und Statuen, an einem Reiterstandbild, einem Brunnen, bis er, noch immer rennend, zum Fluß gelangte.

Ein frischer Wind blies ihm ins schweißüberströmte Gesicht. Wenige Schritte vor ihm wand sich das Bett des Tiber. Er gewahrte eine Brücke und ein gewaltiges Gebäude zu seiner Rechten. Seiner langgestreckten Form nach mußte es sich um einen Circus für Wagenrennen handeln, von dem er die Sklaven des Senators so oft hatte erzählen hören.
Am Ufer angelangt, ließ er die Hand unter seine Tunika gleiten, riß, ohne zu zögern, seine Sklavenkette ab und warf sie, so weit er konnte, in die Fluten.
Nicht weit entfernt erhob sich eine von grünem Laubwerk gekrönte Steinmauer mit einem gewaltigen Tor. Eine Kinderschar spielte unter einem Portal. Er zögerte eine Weile, bevor er, vom Schatten der Kolonnaden angelockt, beschloß, sich zu nähern. Doch schon nach wenigen Schritten blieb er wie angewurzelt stehen. Jeder Zweifel war ausgeschlossen: Eine Lyra und ein Rad waren in das Holz der Tür geschnitzt. Zwei orphische Symbole!
Er deutete diesen Zufall als gutes Omen und lief die Mauer entlang, bevor er in ein enges, übelriechendes Gäßchen einbog. Jetzt befand er sich vor der Fassade des Mietshauses, dessen Garten er eben auf der anderen Seite gesehen hatte. Mit klopfendem Herzen dachte er: Wenn dort Bacchanalien stattfanden, mußte der Wächter ein Bukoloi* sein. Er könnte sich vielleicht als Helfer anbieten. Hoffnungsfroh steuerte Calixtus auf die Tür zu. In diesem Augenblick spürte er eine lauwarme Flüssigkeit über sein Gesicht rieseln. Er hob den Kopf und gewahrte eine Gestalt, die in einer der Fensteröffnungen verschwand.
Tropfen rannen über seine Wangen. Empört nahm er den beißenden Geruch von Urin wahr. Irgendein Frechling hatte den Inhalt seiner Nachtgeschirrs ausgeleert. Angewidert wischte sich Calixtus das Gesicht mit den Hemdsärmeln ab, zögerte und beschloß trotz allem, sein Glück zu versuchen.
Er schlüpfte durch die Eingangstür und fand sich in einem

---

* Priester des Dionysos.

langen Flur wieder, der mit springenden Satyren, sich drehenden Mänaden, Silenen, Musikanten und anderen dionysischen Motiven geschmückt war. Am äußersten Ende erblickte er das Grün eines sonnendurchfluteten Gartens.
Nach wenigen Schritten entdeckte er zu seiner Linken eine Tür mit den gleichen orphischen Symbolen. Er klopfte, versuchte, sie zu öffnen.
»Erspar dir die Mühe. Zu dieser Stunde ist niemand da!«
Er zuckte zusammen, als wären alle Blitze des Himmels zu seinen Füßen eingeschlagen.
Der Unbekannte fuhr fort: »Aber was ist dir geschehen? Du riechst...« Er schnitt eine Grimasse. »Hat man etwa eine Nachtvase über deinem Kopf ausgeleert?«
Der so das Wort an ihn gerichtet hatte, war ein junger Mann. Er trug eine weiße Tunika mit schlichtem Leinengürtel, ein makelloses Stirnband und Hanfsandalen.
»Komm, beruhige dich. Das gleiche Mißgeschick ist mir schon mehrfach widerfahren!«
Calixtus musterte seinen Gesprächspartner aufmerksam. Er mochte so alt sein wie er selbst, war schlank, fast hager, mit braunen Augen und dunklem gelocktem Haar.
»Du kannst nicht in diesem Zustand bleiben. Komm, ich begleite dich zu den Thermen. Dort wäschst du dich und läßt dir deine Kleider säubern.«
Als Calixtus zögerte, fügte er hinzu: »Wenn du ein Schüler des Orpheus bist, wirst du wissen, daß dich niemand eintreten läßt, bevor du nicht gereinigt bist.«
»Bist du... du auch... Orphist?«
»Ja. Und stolz, einer zu sein.«
»Ich... Ich möchte nicht, daß du deine Zeit mit mir vergeudest.«
»Ganz im Gegenteil. Du lieferst mir einen großartigen Vorwand, meinem Griechischunterricht zu entkommen. Mein Grammaticus ist ein gemeiner Kerl, der allzu gern seinen Stock gebraucht.«
Nach einem letzten Zögern entschloß Calixtus sich, dem Jüng-

ling zu folgen. Ein Schüler des göttlichen Orpheus würde ihn nicht verraten.
Als sie ins Freie traten, zeigte er auf das Fenster, aus dem man die Exkremente geschüttet hatte.
»Warum tun sie so was?«
»Du kannst nicht von hier sein, wenn du eine solche Frage stellst. Außerdem hast du einen sonderbaren Akzent.«
»Ich bin erst seit kurzem in Rom.«
»Dann mußt du wissen, daß in den Mietshäusern nur wenige bevorzugte Wohnungen im Erdgeschoß mit Latrinen ausgerüstet sind. Die anständigen Mieter der oberen Etagen leeren ihre Exkremente täglich in Krüge, die zu diesem Zweck am Eingang aufgestellt sind. Was die anderen betrifft ... Doch genug der Worte. Laß uns gehen!«

Die sinkende Sonne verlieh dem Winterhimmel eine malvenfarbene Tönung, die sich vom Goldbraun der Dächer abhob. Bei ihrem eiligen Schritt und den steilen Straßen des Aventin spürten sie nichts von der Kühle, die sich in der Stadt auszubreiten begann. Schließlich erreichten sie die Thermen, die Trajan seinem Freund Licinius Sura gewidmet hatte, und bahnten sich einen Weg durch die Menge der Badenden und Müßiggänger, die sich vor den zahlreichen Läden unter den Portalen des gewaltigen Vierecks drängten. Jetzt betraten sie den Xystus mit den schattigen Galerien und plätschernden Brunnen, wo Athleten vor den abwesenden Blicken ernster Greise in weißer Toga ihre Übungen machten.
Calixtus und sein neuer Freund – sein Name war Fuscian – steuerten direkt auf das Zentrum der Thermen zu: einer Anlage mit Palästren, Bibliotheken, Ausstellungssälen, Massageräumen, Schwimmbecken und dem Gymnasium.
Sie entkleideten sich im Apodyterium, und Fuscian befahl den Sklaven, ihre Kleider zu säubern. Dann führte er Calixtus zu einer Brunnenschale, wo er, das Wasser mit beiden Händen schöpfend, Gesicht und Haar des Thrakers bespritzte.

»So. Du warst bis zum Rücken besudelt.«
»Ich danke dir. Das Wasser ist kalt, aber besser als dieser anhaftende Gestank.«
»Du kannst dich im Schwitzbad aufwärmen oder ein lauwarmes Bad in einem dieser Räume nehmen. Es sei denn, du möchtest lieber im Becken des Frigidariums schwimmen. Das ist übrigens der günstigste Ort, um sich zum Abendessen einladen zu lassen.«
»Einladen lassen?«
»Ich kann dein Erstaunen verstehen, aber hier ist das nicht außergewöhnlich.«
Ohne weiter zu fragen, folgte er seinem Freund.
Völlig entblößt, durchquerten sie das Tepidarium, bevor sie einen Platz unter freiem Himmel gleich beim Schwimmbecken betraten.
Eine lärmende Menge drängte sich auf dem Marmorboden. Männer und Frauen lagen untätig auf dem Beckenrand ausgestreckt, andere tummelten sich im Wasser, ohne den geringsten Anstoß an ihrer Nacktheit zu nehmen.
»Du sprachst davon, daß wir uns zum Abendessen einladen lassen«, fragte Calixtus, von dem Spektakel überwältigt. »Aber mußt du nicht nach Hause zurückkehren?«
»Nein, ich sagte dir doch, daß mein Grammaticus dort auf mich wartet.«
»Und was ist das, ein Grammaticus?«
Die Hände auf die Hüften gestützt, musterte ihn Fuscian.
»Jetzt erklär mir aber, woher du kommst, wenn du nicht mal weißt, was ein Grammaticus ist.«
»Ich hab doch schon gesagt, daß ich erst seit kurzem in Rom bin.«
»Es ist der Mann, dessen Aufgabe es ist, uns ein höheres Wissen auf der Grundlage der griechischen und lateinischen Literatur zu vermitteln.«
»Und deine Eltern? Du hast doch wohl Eltern. Werden sie sich keine Sorgen machen?«

»Das wäre nicht das erste Mal. Auf jeden Fall ziehe ich die Schläge meines Vaters denen des alten Dummkopfes vor. Und was ist mit deinen Eltern?«
Calixtus zögerte einen Augenblick.
»Sie sind tot.«
»Es wird doch jemanden geben, der dich erwartet?« beharrte Fuscian.
»Nicht wirklich«, murmelte Calixtus mit plötzlich angespanntem Gesichtsausdruck. Der Schatten von Ephesius zog an seinem geistigen Auge vorüber.
»Wenn ich dich richtig verstanden habe, bist auch du auf der Flucht vor einem Grammaticus!«
»In gewisser Weise ja. Und ich ...«
Ein außergewöhnlicher Lärm erhob sich vom Frigidarium, so daß er seinen Satz nicht zu Ende sprechen konnte. Um das große Wasserbecken versammelt, klatschte eine begeisterte Menge Beifall und feuerte jemanden mit den Rufen »Caesar! Caesar!« an.
Fuscian und Calixtus traten näher und hatten bald den Grund für die Erregung entdeckt: Die Wasseroberfläche war von parallelen Furchen durchzogen, während sich mehrere Schwimmer einen Wettkampf lieferten. An der Spitze ein blonder Schopf, der in gleichmäßigem Rhythmus ein- und auftauchte und auf dem Wasser wie tausend Perlen glitzerte.
»He, das ist ja Antonius Commodus, der Sohn des Kaisers Marc Aurel!« rief Fuscian. »Was hältst du von seinem Schwimmstil?«
»Nicht schlecht. Aber auch nichts Besonderes.«
»Nichts Besonderes! Das ist leicht gesagt. Glaubst du vielleicht, du kannst so schnell schwimmen wie er?«
»Natürlich«, erwiderte Calixtus selbstbewußt.
Fuscian betrachtete seinen neuen Freund neugierig von der Seite.
»Wirklich?«
»Fuscian. Wenn du mich besser kennst, wirst du sehen, daß ich höchstens lüge, um Zeit zu gewinnen. In diesem Fall

aber ...«, er deutete auf die Schwimmer, »sehe ich keine Veranlassung.«
»Ich nehme dich beim Wort. Doch wenn das, was du sagst, wahr ist, rate ich dir, deine Kräfte zu zügeln: Der Erbe des Purpurs verträgt es nicht, geschlagen zu werden.«
»Das ist absurd, wozu dann der Wettkampf? Ich verstehe nicht ...«
»Du kannst mir schon glauben. Es ist aber eine Möglichkeit, uns ihnen anzuschließen und uns zum Essen einladen zu lassen. Aber vergiß nicht: Er muß gewinnen!«
»Deine Gedanken scheinen nur um deinen Magen zu kreisen!«
»Und du, du sprichst wie mein alter Dummkopf von Grammaticus!«
Eine Schar junger Bewunderer umringte den Blondschopf.
»Nun, gibt es noch jemanden, der sich mit mir messen möchte?«
Ohne zu zögern und mit erstaunlicher Kühnheit trat Fuscian vor und nahm die Herausforderung in seinem eigenen und in Calixtus' Namen an. Fast gleichzeitig gesellte sich noch ein anderer Jüngling mit gelocktem Haar und auffällig beringten Fingern hinzu.
Nachdem der Kaisersohn seine neuen Gegner eingeschätzt hatte, rief er aus: »Also gut: beginnen wir!«
Auf den Marmorblöcken an einer Seite des Beckens stellten sie sich auf. Irgend jemand gab das Signal zum Start, indem er in die Hände klatschte, und die vier Schwimmer tauchten fast gleichzeitig ins Wasser ein.
Die plötzliche Kälte überraschte Calixtus nicht. Im Gegenteil, sie war ihm bestens vertraut und erinnerte ihn an die noch gar nicht weit zurückliegenden Zeiten, da er sich in die eisigen Fluten des Haemus gestürzt hatte. Er hatte keineswegs übertrieben, als er sich vor Fuscian rühmte, ein ausgezeichneter Schwimmer zu sein: In Sardica hatte sich keiner mit ihm messen können. Eingedenk der Warnung seines Freundes aber zwang er sich, sein Tempo dem des Kaisersohnes anzupassen.

Obwohl die Versuchung groß war, sein wahres Talent zu zeigen, gewährte er ihm bei den letzten Schwimmzügen einen geringen, aber entscheidenden Vorsprung.
Von heftigem Beifall begleitet, zogen sich die Schwimmer, wie Fische nach Luft schnappend, auf den Beckenrand.
»Bei Herkules!« rief Commodus aus. »Du hast mir den Sieg nicht leicht gemacht. Wie ist dein Name?«
»Calixtus.«
»Mir gefallen Menschen deines Schlages. Würdest du und dein Freund uns zum Abendessen auf dem Palatin begleiten?«
Calixtus warf seinem Freund einen raschen fragenden Blick zu; der gab ihm ein heimliches Zeichen, die Einladung anzunehmen.
Wie war es möglich, daß er, der flüchtige Sklave, der verbannte Thraker, eingeladen war, an einem Tisch mit einem Kaisersohn zu sitzen? Er wollte etwas stammeln, doch Commodus strich ihm mit sonderbarer Zärtlichkeit über Wange und Rücken. Der vierte Schwimmer bereitete seiner Verwirrung ein Ende.
»Vergiß nicht, Caesar, daß du versprochen hast, zu meinem Bankett, dem Gedenktag meines ersten Bartschnitts, zu erscheinen. Bring deine Schmarotzer mit, wenn du willst.«
»Ach, Didius Julianus«, rief Fuscian aus, »man muß reich sein wie du, um seine ›Schatten‹* so herabzuwürdigen zu können!«
Wenig später saßen die vier jungen Leute auf den Kissen einer einzigen Sänfte. Die Vorhänge waren zugezogen, um die Insassen gegen die Hitze zu schützen, während durch eine Glasplatte auf dem Dach ein milchiges Licht drang.
Aufgewühlt und vorsichtig zugleich, nahm Calixtus nicht an dem Gespräch teil und begnügte sich statt dessen damit, Commodus zu beobachten. Der Sohn des Marc Aurel war fast so schlicht gekleidet wie Fuscian und er selbst, dabei von hohem Körperwuchs und kräftig gebaut für sein Alter. Man ahnte den Athleten. Obwohl seine leicht geschwollenen, schweren Lider

---

* Spitzname für die Schmarotzer im Gefolge der römischen Herren.

stets den Eindruck vermittelten, als schliefe er fast, waren seine Züge angenehm. Er war direkt, sogar herzlich im Umgang, und trotz der offensichtlichen Eitelkeit, die aus all seinen Worten sprach, mußte Calixtus ihm einen gewissen Charme zugestehen. Didius Julianus mit seiner golddurchwirkten Seidentunika, seinem edelsteinbesetzten Gürtel und seiner gewählten Art zu sprechen wirkte dagegen wie eine Karikatur des reichen Patriziersohns, der er war.

Die Diskussion war lebhaft, von Gladiatorenkämpfen und Wagenrennen war die Rede. Da er nichts beizutragen wußte, schwieg Calixtus weiter. Immer wieder kreisten seine Gedanken um diesen erstaunlichen Tag: *Sklave am Morgen, Flüchtling am Mittag, Tischgenosse Caesars am Abend...*

Ein Schauer lief ihm über den Rücken, als Didius Julianus eine Würfelpartie vorschlug. Er hatte kein einziges As für den Einsatz. Doch schon stellte man in der Mitte der Sänfte das Elfenbeintischchen auf, das für diesen Zweck vorgesehen war. Nach den ersten Würfen war die Reihe an Calixtus. Mit unsicherer Hand schüttelte er den Becher.

»Der Venuswurf!« rief Julianus bewundernd.

»Du bist wirklich ein Glückskind, mein Freund!« Fuscian lachte und schlug seinem Kameraden auf die Schulter. »Du beginnst die Partie gleich mit dem besten Wurf!«

»Ich hoffe, mein Glück dauert an«, murmelte Calixtus wie zu sich selbst.

Der Reihe nach wurde weiter gewürfelt. Als Commodus ihm jedoch den Becher erneut reichen wollte, zog eine Hand die Ledervorhänge der Sänfte zur Seite. Sie waren am Ziel angelangt.

4

Die drei Gäste des Didius Julianus sahen von dessen Palast zunächst nichts als eine schwarze gewaltige Masse am Straßenrand, denn die Dunkelheit brach an diesen Winterabenden sehr rasch herein. Nur die Eingangstür war beleuchtet; die vier jungen Männer betraten das gewaltige Atrium. Stumm vor Staunen betrachtete Calixtus den Reichtum dieses Raumes, seine kannelierten Säulen und die zahllosen Fackeln, die in bronzenen Wandhaltern steckten.
Der Boden war mit erlesenen Mosaiken, das große Becken des Impluviums mit grünem Marmor ausgelegt. Auf Didius Julianus' Ersuchen traten sie, der rechte Fuß zuerst, durch die Tür des Trikliniums.
Das Speisezimmer war noch geräumiger und prunkvoller als das Atrium. Calixtus verstand nicht viel von Edelmetallen, doch er erkannte sogleich, daß die Liegen aus massivem Silber sein mußten. Das Eßgeschirr wiederum bestand aus ziseliertem Gold, und die Tische aus Edelhölzern trugen winzige Perlen als Verzierung.
Der junge Thraker hatte der kleinen Gruppe von Männern und Frauen reiferen Alters, die bereits auf den Polstern ausgestreckt lagen, zunächst kaum Beachtung geschenkt. Didius Julianus begrüßte sie jetzt.
»Oh, Väter! Und Ihr, verehrte Geladene! Ich bringe Euch hier einen erlauchten Gast: Der Caesar Commodus hat mir die Ehre erwiesen, meine Einladung anzunehmen.«
Kaum daß er den Namen Commodus ausgesprochen hatte, erhoben sich die Speisenden und suchten sich mit unterwürfigen Reden zu überbieten. Die Arme vor der Brust verschränkt, beobachtete Calixtus das Schauspiel mit kaum verhüllter Verachtung: In Sardica hätte sich kein Greis vor einem jungen Epheben verneigt, der eben erst den Kinderschuhen entwachsen war.
Wie zu erwarten, überließ der Vater von Didius Julianus dem

Caesar mit zahlreichen Schmeichelreden und Verbeugungen den Ehrenplatz. Die Tradition mißachtend, forderte der Sohn des Marc Aurel seine Kameraden auf, das Lager mit ihm zu teilen. Keiner der Geladenen, ob Senator oder Matrone, wagte, Protest einzulegen. Ihren gekräuselten Lippen aber war abzulesen, wie sehr sie dieses solch kleinen Leuten eingeräumte Vorrecht empörte.

Die drei Jünglinge machten es sich auf dem Lager bequem, während ihnen die Sklaven die Schuhe auszogen, die Hände in duftendem Wasser wuschen und ihre Häupter mit Blumen bekränzten. Unterdessen traten Mimen und Musikanten auf. Calixtus sah ihnen mit wachsender Ungeduld zu. Ihm knurrte der Magen vor Hunger.

Glücklicherweise ließ der erste Gang nicht mehr lange auf sich warten: Platten mit Austern, Meernesseln, gebratenen Lerchen. Der Thraker, der solche Gerichte noch nie gesehen hatte, begnügte sich damit, dem Beispiel Fuscians zu folgen.

»Köstlich«, schwelgte Commodus. »Probiert von diesem eingelegten Gänsefleisch. Eine wahre Gaumenfreude!«

»Wir danken dir, Caesar«, entgegnete Calixtus' Freund höflich. »Doch wir sind Anhänger der Religion des Orpheus. Deshalb ist es uns verboten, Fleisch zu essen. Der Verzehr von Muscheln und anderen Meeresfrüchten ist uns jedoch erlaubt, denn sie sind Vermittler zwischen Tier und Pflanze.«

Commodus schien zugleich überrascht und interessiert. Er fragte nach dem Unterschied zwischen den orphischen Traditionen und dem Kult des Bacchus. Calixtus und Fuscian begannen, ihm die Grundsätze der Reinigung und Askese zu erläutern, die ihnen der geheimnisvolle Aöde von Thrakien gepredigt hatte. Doch schon bald unterbrachen sie andere Geladene, die es nicht schätzten, daß man einen so illustren Gast mit Beschlag belegte. Commodus antwortete auf ihre Fragen, daß es um die Gesundheit seines Vaters weit besser bestellt sei, seit der berühmte Galenus ihn mit Schlangengift behandelte; daß der gegenwärtige Frieden kein Anlaß zu falschen Hoffnungen geben dürfe, denn jeder auf dem Palatin sei nach wie vor davon überzeugt, daß die Völker des linken Donauufers endgültig zur Vernunft gebracht werden müßten. Jetzt aber wurden die Gerichte des zweiten Ganges aufgetragen.

Auch hier waren Calixtus und Fuscian maßvoller als die anderen, indem sie nur vom Obst, vom Mehlgebäck, von den Eiern in Aspik und einigen frischen Gemüsen aßen. Zu ihrem Erstaunen stellten sie fest, daß Commodus, wenngleich er nicht ganz auf die Fleischspeisen verzichtete, seine Eßlust dennoch zügelte. Didius Julianus äußerte sich sogleich besorgt: »Bist du leidend, Caesar? Oder haben wir das Ungeschick begangen, dir Gerichte zu servieren, die nicht nach deinem Geschmack sind?«

»Nein, Didius, sei unbesorgt. Du bewirtest mich mehr als gut und reichlich. Doch ich muß mir die Harmonie meines Körpers bewahren und gesund bleiben wie Herkules, wenn ich ähnliche Taten vollbringen will.«

Sein Geständnis wurde mit starkem Beifall begrüßt. Trotz des Stimmengewirrs konnte Calixtus Gesprächsfetzen seiner Nachbarn verstehen.

»Den Kaiser ... ja, den braucht Rom in diesen schweren Zeiten.«
»Jupiter ist mein Zeuge, daß ich Marc Aurel über alles schätze, doch was dem Reich fehlt, ist kein Philosoph, sondern ein General.«

Calixtus nahm diese Worte erstaunt zur Kenntnis. Einen Augenblick gab er sich seinen Grübeleien hin und versuchte, etwas Ordnung in seine wirren Gefühle zu bringen. Es war das erste Mal, daß er sich in der Gesellschaft von Römern der höchsten Kreise befand. Was geschähe, wenn er plötzlich aufstände und vor allen erklärte, daß er nichts anderes als ein flüchtiger Sklave sei?

»Wach auf!« rief Fuscian. »Die Stunde der Wünsche ist gekommen.«

Die Sklaven gingen zwischen den Tischen umher, um mit Schnee gekühlten Wein einzuschenken. Es war Sitte, so viele Gläser zu füllen wie Buchstaben im Namen des Gastgebers enthalten waren. Beim achten Glas, das der letzten Letter des

Namens Julianus entsprach, empfand Calixtus geradezu Erleichterung. Nicht nur, weil er keine heuchlerischen Komplimente äußern mußte, sondern auch weil er gerade noch der Trunkenheit entging.
Die dritte Morgenstunde war lange vorbei. Calixtus, der verzweifelt sein Gähnen unterdrückte, flehte im stillen, das Fest möge endlich zu Ende gehen. Da aber kannte er die Römer schlecht. Das Festmahl war längst abgeschlossen, doch die Gäste, die sich erhoben hatten, plauderten unermüdlich weiter. Die einen naschten noch vom karthagischen Gebäck, die anderen begannen eben eine neue Knöchelspielpartie. Plötzlich aber ließ ein unheimlicher Schrei die Gesellschaft zusammenfahren, und alle Gespräche erstarben. Jetzt wurden erstickte Rufe laut, wie Warnungen vor einer unsichtbaren Gefahr.
»Der Schrei des Hahns!«
»In tiefster Nacht ... Ein Wunder!«
»Vor allem ein böses Omen. Will er einen Brand oder einen plötzlichen Tod ankündigen?«
»Bei Herkules, ich hoffe, meinem Haus oder meiner Familie ist kein Unglück geschehen!«
»Verliert nicht den Kopf. Dies Zeichen gilt vielleicht gar nicht uns.«
»Warum aber haben es die Götter uns geschickt?«
Das Triklinium wirkte plötzlich wie mit schwarzem Tuch ausgeschlagen. Heiterkeit und Sorglosigkeit, die eben noch geherrscht hatten, waren einem unerklärlichen Angstgefühl gewichen. Schweigend und finster machten sich die Gäste sogleich auf den Heimweg. Calixtus und sein Kamerad saßen wieder in der Sänfte des Commodus, hin- und hergeschüttelt vom taumelnden Schritt der schlaftrunkenen Träger. Der Sohn des Kaisers fragte Fuscian:
»Möchtest du, daß ich dich nach Hause bringe?«
»Gern, Caesar. Du weißt ja, daß ich mich ohne Fackeln in diesem Gewirr von Gassen, eine finsterer als die andere, niemals zurechtfinden würde. Auch könnte ich von einem Wagen überrollt werden.«

»Und du, mein Freund«, fragte Commodus jetzt Calixtus. »In welchem Viertel wohnst du?«
Calixtus zögerte einen Augenblick und stammelte: »Weit draußen ... Außerhalb von Rom. Doch ich wäre dir dankbar, wenn du mich zusammen mit meinem Freund Fuscian aussteigen ließest.«
»Gut. Aber vorher wollen wir uns noch zum flavischen Amphitheater* begeben. Ich möchte nach meinen Tieren sehen.«
Trotz der fortgeschrittenen Stunde überraschte Calixtus der Entschluß des Kaisersohns nicht sonderlich, wußte er doch inzwischen, daß bei den Römern alles, was mit dem Spiel zusammenhing, zur Besessenheit wurde.
Während sich seine beiden Begleiter einem leidenschaftlichen Disput über die Vorzüge und Nachteile von Tigern oder Panthern hingaben, zog er den Vorhang ein wenig zur Seite und beobachtete das nächtliche Treiben der Stadt. Was ihn dabei am meisten überraschte, war die unglaubliche Zahl von Wagen und Karren, die mit großer Geschwindigkeit über die Straßen holperten und denen die Sänfte jedesmal ausweichen mußte. Er erinnerte sich, tagsüber keinen einzigen gesehen zu haben. Daraus schloß er, daß die diversen Versorgungstätigkeiten nur nachts vonstatten gingen. Eingedenk der Worte seines Freundes Fuscian fragte er sich, durch welchen Zauber man in diesem Labyrinth von unbeleuchteten und unbeschilderten Straßen seinen Weg finden konnte.
Auf der Höhe einer geschwungenen, von Arkaden durchbrochenen Fassade kündigte ihnen ein Liktor an, daß sie ihr Ziel erreicht hatten. Sie entstiegen der Sänfte, und Commodus ließ den Tierkämpfer wecken, der sie zu den Raubtieren führen sollte. In diesem Augenblick vernahmen sie ein Schluchzen.
»Was mag das sein?« fragte Calixtus besorgt.
»Nichts«, erwiderte Fuscian, »nichts von Bedeutung.«
Ohne auf die Worte seines Freundes zu achten, ging Calixtus

---

* Das spätere Kolosseum.

festen Schrittes zu der Stelle, von der die Schluchzer gekommen waren. In einem der Treppenaufgänge des gewaltigen Gebäudes entdeckte er schließlich das kleine Mädchen. Große helle, glänzende Augen blickten erstaunt zum ihm auf. Er sah zunächst nur das blasse, im Mondlicht schimmernde Gesicht und die goldblonden Zöpfe, die über ihre Schultern fielen. Sie konnte höchstens zwölf oder dreizehn Jahre alt sein.
»Was ist? Warum weinst du?«
Fuscian, der ihm gefolgt war, packte ihn am Arm.
»Laß, sage ich. Sie ist sicher eine Alumna.«
»Eine was?«
»Man merkt gleich, daß du nicht aus Rom bist! Alumni sind unerwünschte Kinder, die von ihren Eltern aus dem Haus gejagt werden. Sie werden Eigentum desjenigen, der sie aufliest.«
Bevor Calixtus weitere Fragen stellen konnte, hörten sie Commodus rufen. Der Caesar deutete auf einen wachsenden Lichtschimmer über den schwarzen Dächern.
»Das Morgengrauen«, bemerkte Calixtus.
»Nein, das würde vom Caelius aufsteigen. Dieses Licht kommt vom Aventin. Das heißt ...«
»Das Haus des Didius Julianus! Es steht in Flammen!«
»Das Omen ...«, flüsterte Fuscian mit tonloser Stimme.
Commodus war wieder in die Sänfte gesprungen und stieß verschiedene Befehle aus. Im Laufschritt kehrten Träger, Liktoren und Fackelträger um. Calixtus wollte ihnen folgen, besann sich dann aber eines anderen. Was gingen ihn die Probleme dieser Leute an? Er war ein Fremder in ihrer Welt, und es grenzte schon an ein Wunder, daß seine wahre Identität im Verlauf dieses verrückten Tages nicht entdeckt worden war. Da er nicht recht wußte, was er anfangen sollte, ließ er sich neben dem Mädchen nieder.
»Bist du wirklich eine ... na ja, das, was mein Freund eben sagte?«
Die Kleine schluchzte noch einmal auf, bevor sie antwortete:
»Ich habe Hunger.«

Verärgert über seine Machtlosigkeit, antwortete er ein wenig schroff.
»Ich kann nichts für dich tun.«
Schweigen entstand. Die Nacht verwischte ihre beiden Silhouetten.
»Hast du wirklich keine Eltern mehr?«
Sie betrachtete ihn mit einem gequälten Ausdruck in den Augen, und Calixtus dachte: Fuscian muß recht gehabt haben.
»Wie lange bist du schon hier?«
»Drei Tage.«
»Drei Tage! Ohne zu essen?«
Sie bewegte heftig den Kopf hin und her wie ein kleiner Hund, der sich schüttelt. Er wollte sie an sich ziehen und trösten, so wie Zenon es oft bei ihm getan hatte, doch ihm fehlte der Mut.
»Heute nacht ist es zu spät...« Außerdem kenne ich diese Stadt gar nicht, hätte er beinahe hinzugefügt. »Doch morgen bekommst du etwas zu essen, das verspreche ich dir.«
Er hatte den letzten Satz mit einer Gewißheit ausgesprochen, die ihn selbst überraschte.
Da rückte sie näher zu ihm, und in ihren Augen lag ein Schimmer wie der eines Tieres, das eine Liebkosung seines Herrn erwartet. Und mit kaum vernehmlicher Stimme flüsterte sie: »Ich heiße Flavia.«

5

Den Rest der Nacht hatten sie, eng aneinander geschmiegt, im Schutz eines Portals zugebracht. Flavia war jedes Mal, wenn ein Karren über das Pflaster der steilen Gassen holperte, heftig zusammengezuckt, und jedes Mal hatte Calixtus versucht, sie zu beruhigen. Als die Sonne schließlich aufging, hatte Calixtus insgeheim gehofft, daß Fuscian kommen würde: Er hätte ihm gewiß geholfen, etwas zu essen aufzutreiben. Fuscian war indes nicht erschienen.

Während sie durch die Gassen liefen, beobachtete Calixtus die Kleine, die ihm heute noch viel zerbrechlicher erschien als am Vortag. Mit ihren halb aufgelösten Zöpfen erinnerte sie ihn an einen jener zerzausten Staubwedel, die die Sklaven des Apollonius bei der Arbeit benutzten. Das Bild des alten Mannes tauchte verschwommen vor ihm auf, und er fragte sich, wie er auf seine Flucht reagiert haben mochte.

Je weiter die Stunde voranschritt, desto dichter wurde die Menge auf den Straßen. Er nahm seine Gefährtin bei der Hand, um sie besser vor dem ungeordneten Strom der Passanten schützen zu können.

»Ich habe Hunger.«

Tavernen gab es genug, doch was tun ohne ein einziges As in der Tasche?

»Sieh nur!«

Sie waren inzwischen in der Fünften Region*, auf dem Caelius, angelangt, und vor ihnen tat sich ein großer Platz mit beladenen bunten Ständen auf. Macellum Liviae, Livia-Markt, kündigte ein kleines wurmstichiges Holzschild an. Sie kamen an den Auslagen einer der vielen Bäckereien vorbei, die einen köstlichen Duft nach frischem, noch warmem Brot ausströmten.

Calixtus beugte sich tief zu Flavia hinab.

»Sag mir, würdest du alles tun, um etwas zu essen zu bekommen?«

»Du willst sagen ... stehlen?«

Gleichzeitig nickten sie mit dem Kopf.

Sie gingen zur Mitte des Marktes, wo Calixtus neben einem Korb, der von Früchten überquoll, stehenblieb.

»Aufgepaßt«, flüsterte er. »Jetzt ...«

---

* Rom war in verschiedene Bezirke aufgeteilt.

Er streckte die Hand nach einem roten Pfirsich aus, und die Bewegung ging in der vieler anderer Hände unter. Durch diesen ersten Erfolg ermutigt, wiederholte er das Unterfangen und übergab dem Mädchen unauffällig sein Diebesgut.
Die Kleine biß sofort gierig in die saftige Frucht.
»Warte doch noch einen Augenblick«, raunte er, erschrocken über ihre Unbekümmertheit.
Viel zu sehr mit ihrem köstlichen Pfirsich beschäftigt, gab sie keine Antwort. Als sie ihn schließlich verzehrt hatte, wollte sie ihm den zweiten reichen.
»Nein, drei Tage, das ist weit mehr, als mein Magen je ausgehalten hätte. Iß, du hast es nötiger als ich.«
Sie schenkte ihm ein dankbares Lächeln und machte sich, ohne länger zu zögern, über die zweite Frucht her.
Die Sonne stand jetzt hoch über der Stadt; niemand schien ihnen Beachtung zu schenken. Im Vorübergehen entwendete er noch ein Brot, ein Stück Speck und eine Handvoll Oliven. Vor einem zweiten Thermopolium* aber verließ sie das Glück.
Die Luft ringsumher war vom würzigen Geruch nach Garum und geröstetem Fisch erfüllt, der ihnen verführerisch in die Nase stieg. Auf einer der Theken lagen mehrere kleine runde Brote aufgereiht. Flavia berührte Calixtus am Arm.
»Glaubst du, daß ...?«
Er beobachtete den Händler, der eben einen auffällig beleibten Mann mit Goldringen an den Fingern bediente und dabei lauthals seine Ware anpries. Calixtus blieb noch einen Augenblick bei den beiden Männern stehen, bevor er sich nach allen Seiten umsah. Dieser Teil des Marktes war weit weniger bevölkert. Hier fehlte die schützende Masse, die sie eben noch unsichtbar gemacht hatte.
»Nein, Flavia, diesmal ist es zu gefährlich.«
»Aber ...«
»Nein, Flavia!«

* Taverne, die zur Straße hin offen ist.

Sie setzten ihren Weg durch das Labyrinth des Marktes fort. Verworrene Gedanken schossen Calixtus durch den Kopf, und er konnte kaum die Ängste niederkämpfen, die in seinem Innern aufzusteigen begannen. Was sollte aus ihnen beiden werden in dieser riesigen fremden Stadt – ohne Freunde, ohne irgend jemanden? Heute hatten sie Glück gehabt, aber morgen? Und die folgenden Tage? Als er sich nach Flavia umdrehte, stellte er fest, daß sie nicht mehr an seiner Seite war. Und plötzlich vernahm er einen Schrei hinter sich, so laut, daß er glaubte, ganz Rom müsse ihn hören.
»Kleine Diebin! Gib mir das sofort zurück, oder du kannst etwas erleben!«
»Haltet sie! Haltet sie!«
Wie in einem schlechten Traum sah er die Kleine hilflos dastehen, und ohne zu zögern, trat er zwischen sie und den aufgebrachten Händler.
»Bei Jupiter! Geh mir aus dem Weg! Siehst du denn nicht, daß sie uns entwischt?«
Statt Antwort zu geben, stieß er den Mann mit aller Kraft zurück, so daß dieser strauchelte und zu Boden stürzte. Calixtus nutzte den Augenblick, um in der Masse unterzutauchen, und heftete sich an die Fersen der kleinen Flavia.
Das Herz schlug ihm bis zum Hals, während er sich seinen Weg durch die Menschenmenge bahnte, hinter dem Blondschopf her, der immer wieder zwischen den Tuniken auftauchte.
Standbilder, Brunnen, Gassen. Ohne zu wissen, wie, fand er sich plötzlich vor dem Janusbogen in der Via Argileta, zwischen dem Senat und der Basilika Aemilia. Er drehte sich nach allen Seiten um. Der Händler schien ihre Spur verloren oder entmutigt die Verfolgung aufgegeben zu haben. Calixtus suchte die weiße Marmoresplanade sorgfältig mit den Augen ab. Als er eben unter den Janusbogen treten wollte, vernahm er die Stimme der kleinen Flavia neben sich.
»Wie konntest du nur so töricht sein! Durch dein Verschul-

den hätten wir beinahe die schlimmste aller Strafen erdulden müssen!«
Sie senkte den Kopf und hielt ihm einen gerösteten Fisch hin.
»Hier, für dich ...«
»Ich esse kein Tierfleisch.«
»Wirklich?«
»Und ich werde so etwas wie eben nie wieder tun! Nie, verstehst du? Wenn man uns gefaßt hätte ...«
Er hielt inne, bevor er mit etwas beherrschterer Stimme fortfuhr: »Dir wäre vielleicht nichts Schlimmes geschehen, doch für mich wäre es fatal gewesen. Ich habe es dir nicht gesagt, aber ich bin ein Sklave. Ein Sklave auf der Flucht.«
Sie schaute verwirrt zu ihm auf.
»Verzeih mir.«
Tränen traten in ihre Augen, und der junge Thraker machte sich sogleich Vorwürfe.
»Weine nicht, kleine Schwester.«
Sie schluchzte noch einmal auf und wischte sich mit dem Handrücken über die Augen.
»Warum nennst du mich kleine Schwester?«
»Sind wir beide nicht allein auf der Welt? Ich bin deine Familie, du bist die meine.«
Sie nickte mehrmals heftig.
Die übliche Menge bevölkerte das Forum. Ein paar vornehm gekleidete Männer und Frauen deuteten lächelnd mit dem Finger auf sie, bevor sie gleichgültig ihren Weg fortsetzten.
»Wie heißt du?«
»Calixtus.«
»Kallist? Wie sonderbar. Weißt du, was das bei uns zu bedeuten hat?«
Nach einem kurzen Schweigen fuhr sie fort: »Der schönste.«
Er lächelte.
»Ich heiße nicht Kallist, sondern Calixtus ... Warum sagst du ›bei uns‹? Bist du nicht in Rom geboren?«
»Meine Eltern stammen aus Epirus. Dort bin ich geboren.

Eigentlich heiße ich Glikophilusa. Ich bin vor fünf Jahren nach Italien gekommen. Nach dem Tod meiner Mutter. Erst seit wir hier leben, nennt man mich Flavia. Wohl weil es leichter auszusprechen ist und vielleicht auch, weil mein Vater in der Nähe des Amphitheaters Flavium gearbeitet hat.«

Er hielt es für überflüssig, weitere Fragen zu stellen, denn er war sicher, daß sie nur qualvolle Erinnerungen in ihr geweckt hätten. Außerdem war die Fortsetzung ihrer Geschichte leicht zu erraten. Der Vater, dem es sicher an Geld gefehlt hatte, war wohl zu dem Schluß gekommen, daß er zu viele hungrige Mäuler zu stopfen hatte. Alumna ... Eine Bezeichnung, hinter der sich unsägliches Leid verbarg. Solange er lebte, würde er dieses Wort nicht vergessen können. Doch was sollte jetzt aus Flavia und ihm werden?

»Hat euch der Hunger zum Stehlen getrieben?«

Erschrocken schnellten die beiden herum.

Calixtus griff nach Flavias Hand und musterte argwöhnisch den Mann, der das Wort an sie gerichtet hatte. Die Gestalt war ihm nicht ganz unbekannt. Irgendwo hatte er sie schon einmal gesehen. Doch wo?

Plötzlich hatte er wieder den Stand des Fischhändlers vor Augen. Aber sicher! Der dickbäuchige Kunde, das war er! Er fragte sich, ob er die Flucht ergreifen sollte. Doch schon hatte der Unbekannte die Hand auf Flavias Schulter gelegt.

»Keine Angst. Ich habe nicht die Absicht, euch an die Vigilien zu verraten.«

»Was willst du dann von uns?« fragte Calixtus mit feindseligem Unterton.

»Euch helfen, nichts weiter. Folgt mir, ich werde euch an einen Ort führen, wo ihr essen, schlafen und euch ein paar Sesterzen verdienen könnt.«

»Uns helfen? Und warum willst du das tun?«

»Vielleicht, weil ich in deinem Alter ähnlich war wie du. Vielleicht auch, weil die Kleine hier« – mit einer Geste, die sich zärtlich gab, strich er Flavia übers Haar –, »meine Tochter hätte sein können.«

War ihm zu trauen? Sein Lächeln wirkte hinterhältig in diesem fleischigen, mit Sommersprossen übersäten Gesicht. Flavia aber hatte schon seine Hand losgelassen und in die des Fremden gelegt.

*

Glanz und Schmutz, Überfluß und Elend gingen in Rom fast übergangslos ineinander über. Von dem Fremden geleitet, traten Calixtus und Flavia unter den Trajansbogen. Nachdem sie das Augustus-Forum und den Tempel von Mars, dem Rächer, hinter sich gelassen hatten, befanden sie sich plötzlich am Rande der Subura, dem ärmsten und verrufensten Stadtviertel.
Die schlecht gepflasterten Straßen waren mit schlammigen Pfützen übersät, die noch von den letzten Regenfällen herrührten. Fette Ratten mit glänzendem Fell ergriffen vor ihren Schritten die Flucht. Überall lagen Abfälle und Exkremente. Calixtus, der das Mißgeschick vom vergangenen Tag noch nicht vergessen hatte, blickte immer wieder ängstlich hoch. In diesen übelriechenden Gassen waren weniger Menschen als auf dem Forum und bei den Thermen, dafür aber kamen sie aus aller Herren Länder: Huren, alt oder fast noch Kinder, mit üppigen oder kaum sichtbaren Brüsten, mit bemalten Wangen und schrillen Stimmen; Weizenmesser, Spione der Prätorianergarde auf Jagd nach Verschwörern oder Aufständischen; Skythen in schillernden Kleidern, die Schädel kahlrasiert; Parther mit zylinderförmigem Kopfschmuck und weiten Pluderhosen; Überläufer barbarischer Stämme; Spione ehrgeiziger Könige, zu gefährlich im Umgang mit dem Krummschwert, um ohne Grund festgenommen zu werden.
Und überall Heerscharen von Kindern beiderlei Geschlechts, dreckig, nackt oder in Lumpen voller Ungeziefer, allzeit bereit, den Passanten, der ihnen keine Münzen hinwerfen wollte, mit Flüchen oder Wurfgeschossen zu bedenken. In dunklen Win-

keln zählten Knöchelspieler fieberhaft ihre Kupfermünzen, während ein paar bettlägerige Greise, die man vor ihre Türen in die Sonne gelegt hatte, sich auf den Strohmatten wälzten, um die Zecken und Kakerlaken zu verschlucken.
Mit seinen Kleidern und Fingerringen paßte ihr Begleiter nicht recht an diesen Ort am Ende der Welt. Und doch trat er auf wie einer, dem diese Umgebung völlig vertraut war. Calixtus, der sich äußerst unbehaglich fühlte, hätte sich gern aus dem Staub gemacht, doch wie sollte er sich zurechtfinden in diesem verwirrenden Labyrinth?
Als hätte er seine Gedanken gelesen, blieb Servilius – das war der Name ihres Begleiters – plötzlich stehen und lächelte.
»Ihr seid gewiß müde ... Doch keine Sorge, wir sind nicht mehr weit von der Schenke meines Freundes Gallus entfernt. Dort könnt ihr euch stärken und ausruhen.«
Schließlich hielt Servilius vor einer Taverne an. Er lehnte sich auf den Marmortresen, der mit Vertiefungen versehen war, in denen Amphoren mit honigsüßem Wein steckten. Im Schatten des Vordachs palaverten Männer vor ihren Krügen über die letzten Wagenrennen.
»Aber da ist ja der alte Lumpensack Servilius!« rief eine Stimme. »Ave, mein Freund, was führt dich her?«
Bei den Narben, die sein Gesicht durchzogen, und dem schwarzen Band vor seinem rechten Auge konnte der Schankwirt durchaus ein ehemaliger Gladiator sein, dachte Calixtus bei sich.
»Salve, Gallus. Ich stelle euch Calixtus und Flavia, meine kleinen Schützlinge, vor. Sie sind hungrig und suchen ein Dach überm Kopf. Kannst du etwas für sie tun?«
»Sie sind schön, in der Tat. Kommt näher ... Nehmt, wonach euch gelüstet.«
Er deutete auf das hintere Ende des Tresens, wo auf verschiedenen Ebenen Zuckertörtchen, Mehl- und Honiggebäck, Käsekuchen und Rosinenbrote aufgereiht lagen.
Flavia, die von dem flüchtigen Mahl auf dem Markt noch lange

nicht satt war, stieß einen Freudenschrei aus. Calixtus dagegen fühlte sich zunehmend unbehaglich und mußte sich überwinden, um eines der Törtchen zu nehmen und es der Kleinen zu reichen.
»Du kannst dich auch bedienen«, ermunterte ihn Gallus.
»Ich danke dir. Aber ich habe keinen Hunger.«
»Wie du feststellen kannst«, rief Servilius lachend, »traut unser junger Freund dir nicht. So wenig wie mir.«
»Ich sehe, ich sehe«, murmelte Gallus. »Dabei hat er nichts zu befürchten. Stärkt euch, Kinder, danach bekommt ihr ein hübsches Zimmer im Haus. Und während ihr euch ausruht, wollen wir uns Gedanken über euer Schicksal machen.«
Calixtus schielte nach einem Teller mit jenem Gebäck, auf das er so versessen war. Schließlich konnte er sich nicht länger beherrschen, griff nach einem der Krapfen, verschlang ihn mit einem Bissen und schämte sich sogleich seiner Gier.

*

Wie viele Stunden hatte er geschlafen?
Die Holzläden vor seinem Fenster lagen nicht mehr im Sonnenlicht, und doch drangen Strahlen durch die Spalten. Von draußen ertönten Stimmen und derbes Gelächter. Dabei ging dieses Fenster, das wußte er noch, nicht auf die Straße, sondern auf den Innenhof. Als er diesen überquert hatte – das heißt, bevor er, von Müdigkeit und Schwäche übermannt, auf seine übelriechende Strohmatte gesunken war –, war dieser noch menschenleer gewesen.
Eine Stimme, die er sofort als die von Gallus erkannte, übertönte alle anderen.
»O Römer, seid mir gegrüßt! Und laßt Euch sagen, welch große Freude und Ehre Ihr mir bereitet, wenn Ihr Euch immer wieder in meinem bescheidenen Haus einfindet. Diesmal will ich mich ganz besonders bemühen, Euer Vertrauen zu belohnen. Hier, um damit zu beginnen, ein Posten junger bezaubernder Mädchen, alles Jungfrauen, versteht sich.«

Von einer bösen Ahnung überwältigt, stürzte Calixtus ans Fenster, versuchte es zu öffnen, aber vergebens. Irgend jemand mußte es von außen verriegelt haben. In seiner Verzweiflung preßte er das Auge an einen Spalt des Holzladens.
In allen Winkeln des Hofes steckten brennende Fackeln im lockeren Erdreich. Sie erleuchteten eine Estrade, die an der hinteren Mauer errichtet war, wo er jetzt Gallus erblickte. Der rötliche Tanz der Flammen ließ sein von Narben zerfurchtes, entstelltes Gesicht noch gräßlicher, die erbärmliche Schar, die ihn umgab, noch düsterer erscheinen.
Zu seiner Rechten und seiner Linken stand ein Dutzend junger, kaum geschlechtsreifer Mädchen aufgereiht. Bei ihrem Anblick erfaßte den jungen Thraker ein Schauder: Man hatte sie in makellose Kleider gesteckt, aus so feinem Stoff, daß keine Einzelheit ihres kindlichen Körpers im Licht der Fackeln verborgen blieb.
»Ja, Ihr edlen Herren, Ihr träumt nicht. Jungfrauen! Diese zarten Lämmchen haben noch niemandem gedient. Doch ich sehe, Ihr seid mißtrauisch. Kommt herauf, faßt sie an, überzeugt Euch selbst.«
Statt der edlen Herren sah man nur zerlumpte und struppige Vagabunden, die mit keuchendem Atem und weit geöffneten Augen bloß zum Gaffen gekommen waren; Puffmütter, verwelkt und unförmig, wohl auf der Suche nach einem »günstigen Angebot«; etwas abseits eine Gruppe von besser gekleideten Männern, die das Schauspiel leicht angewidert verfolgten. Es waren wahrscheinlich Freigelassene, die für das Vergnügen ihrer Herren Sorge tragen wollten.
Inzwischen hatte er Flavia unter den Mädchen ausgemacht – zart, verängstigt, mehr Waisenkind als je zuvor.
»Auf denn, meine süßen Engelchen. Auf, meine Schmetterlinge. Tanzt ein wenig, damit man sieht, wie schön ihr seid.«
Eine schrille Hirtenflöte ertönte, und die Mädchen begannen sich zu drehen, wobei sie ungeschickt Tänzerinnen nachahmten.

Flavia zögerte zunächst, dann, auf einen Rippenstoß hin, folgte sie dem Beispiel der anderen.

»Nur zehn Denare. Zehn Denare für eines dieser kleinen bezaubernden Wesen. Tretet näher. Greift zu ... Ja, meine liebe Calpurnia, welche verlockt dich am meisten?«

Eine fettleibige Puffmutter, die unter dem Gewicht ihrer Armbandanhänger fast zusammenbrach, hatte sich bis an den Rand der Estrade gewälzt. Calixtus' Herz krampfte sich zusammen, als er sie mit dem Finger auf Flavia deuten sah. Lächelnd gab Gallus der Kleinen ein Zeichen, näher zu treten, nahm sie, als sie sich weigerte, fest bei der Hand und führte sie zu der gräßlichen Kundin. Nachdem sich diese, mehr recht als schlecht, auf die Estrade gehievt hatte, deren Bretter unter ihrem Gewicht ächzten, trat sie vor die Kleine und strich ihr bewundernd über das gelöste Haar. Nach einem kurzen Wortwechsel ließ Gallus die letzten Hüllen seines Opfers fallen.

Mit einer gewissen Faszination betrachte Calixtus den entblößten Körper seiner kleinen Begleiterin, die im gelblichen Schein der Flammen zitterte. Die wulstigen Finger besagter Calpurnia legten sich auf die knospenden Formen, glitten über die Seiten hinab bis zum zarten Einschnitt der Scham.

»Calixtus!«

Der verzweifelte Schrei der kleinen Flavia traf ihn mitten ins Herz. Ohne zu überlegen, sprang er zur Tür, zerrte so heftig daran, daß er sich fast die Nägel abriß. Vergebens. Kopflos stürzte er zum Fenster zurück, unternahm einen zweiten Versuch, auch dieser erfolglos. Wie ein Raubtier im Käfig drehte er sich im Kreis, bis ihm die Dünne der Mauer auffiel, deren Risse von Dreck und Gips nur notdürftig verdeckt waren; er nahm Anlauf und stieß mit der Schulter dagegen. Sie brach wie ein vertrocknetes Blatt und hüllte ihn in eine Wolke aus Staub und Schutt. Er steckte die Hand durch das Loch, legte sie um einen Balken, rüttelte mit aller Kraft daran. Schließlich gab er nach. Eine zweite Erschütterung: Diesmal war die Öffnung so groß, daß er eben hindurchschlüpfen konnte.

Beim Anblick des Jünglings, der schwarz von Staub, mit wirren Augen, das Haar zerzaust, wich die Menge im Hof erschrocken zurück. Mit zwei Sätzen war der Thraker auf der Estrade. Starr vor Angst, blieb die fette Puffmutter wie angewurzelt stehen. Der Balken, den Calixtus wie eine makedonische Lanze schwang, traf sie mit aller Wucht am Bauch. Calpurnia fiel die Stufen hinab und blieb, nach Luft schnappend, vor der Estrade liegen, einer Schildkröte gleich, die man auf den Rücken gedreht hatte.

Schon stürzte Calixtus hinterher, noch immer seine improvisierte Waffe in Händen. Doch er hatte nicht mit Gallus gerechnet, der nicht umsonst in den Amphitheatern des Reiches gekämpft hatte. Sein Fuß schnellte hoch und traf den Jungen an der Hüfte. Der verlor das Gleichgewicht, strauchelte und mußte seine Waffe loslassen. Sekunden später war der einstige Gladiator über ihm, packte ihn an der Gurgel und erdrückte ihn mit seinem ganzen Gewicht. Er glaubte zu ersticken. Wie durch dichten Nebel vernahm er einen schrillen Schrei, wohl von Flavia, während Gallus mit feixendem Grimasse ihm seinen nach Knoblauch und billigem Wein stinkenden Atem ins Gesicht hauchte.

Calixtus keuchte und schlug wie ein Ertrinkender um sich. Da fühlte er einen Stein in seine rechte Hand rollen. Er ergriff ihn und schlug seinem Gegner mit der Kraft des Verzweifelten gegen die Schläfe und zwang ihn so, seine Umklammerung zu lockern. Ermutigt hieb er immer wieder auf ihn ein, bis es ihm gelang, ihn abzuschütteln. Plötzlich, als er ihm einen erneuten Schlag versetzen wollte, legte sich eine Hand um seinen Unterarm.

»Genug!«

Calixtus schnellte herum: Ephesius! Der Sklavenaufseher des Senators Apollonius. Benommen fügte er sich. Als hätte er diesen Augenblick abgewartet, trat jetzt Servilius vor und beeilte sich, dem Vilicus seine Dankbarkeit auszusprechen.

»Wer du auch bist, du hast dir das Recht erworben, hier

kostenlos so viel Wein zu trinken, wie du magst. Dies ist übrigens nicht die erste Revolte dieses Aufrührers. Dank deiner Hilfe wird er dieses Mal streng bestraft.«
Calixtus wollte schon lauthals protestieren, doch Ephesius ließ ihm keine Zeit dazu.
»Hör auf mit deinen Lügenmärchen ...«
»Was ... Was soll das heißen?«
»Dieser Sklave gehört meinem Herrn, dem Senator Apollonius. Ich bin hier, um ihn zurückzuholen.«
Einen Augenblick aus der Fassung gebracht, fuhr Servilius dreist fort: »Du mußt dich täuschen. Dieser Ephebe ist seit einem Jahr im Besitz meines Freundes Gallus.«
»Ich irre nicht, und das weißt du genau«, erwiderte Ephesius mit fester Stimme.
»Ihr seid im Irrtum«, beharrte der Kuppler. »Alle hier Anwesenden können bezeugen, diesen Jüngling seit Monaten in der Taverne des Gallus gesehen zu haben.«
Heftiges Kopfnicken und zustimmendes Murmeln ringsumher.
»Ihr seid in Begriff, falsches Zeugnis abzulegen!« ließ sich eine neue Stimme vernehmen.
Aufruhr entstand, und vier Männer von beeindruckender Größe, in ihrer Mitte ein schmächtiger Greis, erschienen im Hof: Es war Apollonius mit seinen Sänftenträgern. Auf den purpurnen Streifen zeigend, der seine Toga umgab, richtete er das Wort an Servilius.
»Wie du dich selbst überzeugen kannst, bin ich Senator. Ich bestätige hiermit die Worte meines Vilicus. Dieser Sklave gehört mir. Willst du ihn mir vor dem Konsulargericht streitig machen?«
Servilius unterdrückte eine Grimasse: Mit diesen Sänftenträgern würde er nicht fertig werden. Selbst seine Freunde waren unwillkürlich einen Schritt zurückgewichen.
»Herr«, stammelte er, »obgleich ich sicher bin, im Recht zu sein, will ich ...«
»Wegen deiner Schönheit war ich mir sicher, dich in einem

Freudenhaus wiederzufinden«, raunte Ephesius dem Thraker ins Ohr. »Wisse, daß du Glück hast, weit mehr als du's verdienst. Ich an der Stelle deines Herrn hätte dich hier krepieren lassen wie eine Ratte.«

Die Worte des Sklavenaufsehers kümmerten den Jüngling nicht; er hatte den verzweifelten Blick Flavias bemerkt.

»Herr!« rief er, an Apollonius gerichtet, indem er auf Flavia deutete. »Wir gehören zusammen.«

Apollonius musterte Flavia, wandte sich zu Servilius und fragte: »Wieviel verlangst du für dieses Kind?«

»Sie gehört ihm gar nicht!« protestierte Calixtus lebhaft. »Sie ist ... ist eine ...« – er suchte das Wort – »eine Alumna.«

»So ist das also!« erwiderte Apollonius. »Ich könnte dich wegen Entführung eines freien Mädchens vor Gericht stellen lassen.«

»Aber Herr«, rief Servilius. »Die Alumni gehören dem, der sie aufliest!«

»Und genau deshalb wird sie mich und meinen Sklaven begleiten. Irgendwelche Einwände?«

Servilius ballte die Hände zu Fäusten, betrachtete die kräftigen Träger, die den Senator begleiteten, und nickte schließlich resignierend. Da trat Calixtus zu dem alten Mann und sprach nach einem Zögern die Worte aus, die aussprechen zu können er nie geglaubt hätte: »Danke, Herr.«

Apollonius unterdrückte ein Lächeln, klatschte in die Hände und schritt zu seiner Sänfte.

Der Thraker ergriff die Hand der kleinen Flavia, die sich eilig in ihre Tunika gehüllt hatte. Ephesius beschloß den Zug. Hinter ihnen hatten sich die Kuppler um Gallus geschart. Er lag noch an der gleichen Stelle am Boden. Neben seiner Schläfe breitete sich eine Blutlache aus.

6

August 180

Lange blickte Calixtus dem Wagen nach, der sich die steilen Straßen hinab entfernte. Als sich ihre Blicke begegneten, hatte ihm Carpophorus ein kaum merkliches Handzeichen gegeben, das er ebenso lässig erwidert hatte. Er begriff noch immer nicht, was diesen Ritter und den Senator verband. Vielleicht fand einer im anderen das Spiegelbild seiner geheimen Wünsche wieder.
Marc Aurel ist tot ... Commodus, sein Sohn, hat den Purpur geerbt!
Diese Neuigkeit, deren Bedeutung Calixtus noch nicht zu ermessen vermochte, hatte den Ritter zu dem überraschenden Besuch veranlaßt. Er hatte den leidenschaftlichen Wortwechsel zwischen den beiden Männern verfolgt, in dem von Verdiensten und Schwächen des neuen Kaisers die Rede war, vom großen Fehler Marc Aurels, einem neunzehnjährigen Jüngling, der ganz offensichtlich unfähig war und nur an Zirkusspielen Geschmack fand, das Reich überlassen zu haben. Doch ob Commodus oder Marc Aurel – was machte es für einen Unterschied? Weder Götter noch Kaiser würden Calixtus' Schicksal ändern.
Der junge Thraker begab sich in den Innenhof der Insula, schritt zur Säulenhalle und ließ sich, wie so oft, am Fuß eines rosafarbenen Marmorbeckens nieder. Er vernahm das Kommen und Gehen der Diener, die im Triklinium beschäftigt waren, und dann den langsamen Schritt Apollonius', den er unter Hunderten hätte erkennen können.
Fünf Jahre schon war er in seinem Besitz ...
Er mußte zugeben, daß seine Stellung jetzt viel leichter zu ertragen war als in der Anfangszeit. Nach seinem kläglich gescheiterten Fluchtversuch, als er mit dem Schlimmsten rechnen mußte, hatte ihm sein Herr nicht den geringsten Vorwurf gemacht. Und was die kleine verzweifelte Flavia betraf, so hatte er erklärt: »Was du getan hast, Calixtus, ist gut. Sie soll bei uns bleiben.«

Zu seiner noch größeren Überraschung hatte der unnachgiebige Ephesius dem Vorschlag zugestimmt. Von da an verbesserte sich das Verhältnis zwischen dem jungen Thraker und den beiden Männern rasch. Während seine Beziehung zum Vilicus nie über das Stadium argwöhnischer Gleichgültigkeit hinausging, überraschte es Calixtus, für den Greis Achtung, ja, Zuneigung zu empfinden. Ganz ähnlich war die Haltung Flavias. Vom ersten Augenblick an war sie dem Senator dankbar ergeben und wünschte, sich ihm, so bald sie konnte, als nützlich zu erweisen. Apollonius, der diesem lebhaften und heiteren Mädchen großväterliche Fürsorge entgegenbrachte, beschloß, es bei einem Barbiermeister in die Lehre zu schicken. Calixtus war von diesem Beschluß wenig begeistert. Er hatte mit der Zeit große Zuneigung zu seiner »kleinen Schwester« gefaßt. Sie war sein Sonnenschein; seine ganze Liebe. Vom ersten Tag an hatte er, wenn auch ungeschickt, versucht, seinen Einfluß geltend zu machen, um sie umzustimmen.

»Wozu solltest du einen Beruf erlernen? Jede Stunde, die du außerhalb des Hauses verweilst, ist eine Stunde, in der ich dich nicht beschützen kann.«

»Aber ich brauche nicht mehr beschützt zu werden«, hatte das Mädchen mit einem entwaffnenden Lächeln geantwortet.

»Was weißt du denn? Hast du Gallus vielleicht schon vergessen? Und wenn dein Barbiermeister nun aus dem gleichen Holz geschnitzt ist?«

»Castor? Keine Gefahr, er liebt die Frauen nicht. Ich glaube sogar, das ist der Grund, weshalb mich Apollonius ihm anvertraut hat!«

»Vielleicht ist er nur ein Heuchler. Er könnte versuchen, dich Apollonius zu stehlen, um dich weiterzuverkaufen an ...«

»Mich weiterverkaufen? Du scheinst keine Ahnung zu haben, was so ein Barbier verdient. Es soll welche geben, die Ritter oder reiche Eigentümer werden!«

Dann hatte sie scheu hinzugefügt: »Und wenn du auch diesen Beruf ergriffest?«

Calixtus war erschrocken hochgefahren.
»Und zu welchem Zweck?«
»Um Geld zu verdienen, viel Geld, um deine Freiheit zu erkaufen.«
»Meine Freiheit erkaufen?«
»In Rom ist das nicht ungewöhnlich. Weißt du das denn nicht?«
Tatsächlich wußte Calixtus nichts davon und wich ihrer Frage mit einem Scherz aus.
»Ist das der Grund, weshalb du das Frisieren erlernen willst?«
»Nicht eigentlich. Augenblicklich möchte ich weder Apollonius noch dich verlassen.«
Sie legte eine Pause ein und fuhr dann fort, indem sie ihn ernst ansah: »Eins möchte ich vor allen Dingen nicht: mein Leben lang Nachtgeschirre leeren.«
»Apollonius hat mir diese Pflicht auferlegt. Ich habe sie nicht gewählt.«
»Natürlich, aber warum bittest du ihn nicht um eine andere Beschäftigung? Er würde dir die Bitte gern gewähren.«
»Natürlich, weil alles, was ich verdiene, ihm zukommen würde.«
»Es ist Sitte in Rom, den verdienstvollen Sklaven Belohnungen zu gewähren. Apollonius ist gewiß kein undankbarer Herr.«
Ein wenig aus Ärger, vor allem aus Stolz hatte Calixtus das Gespräch beendet. Doch schon am nächsten Morgen, als er die Fensterläden im Schlafgemach des Senators öffnete, kamen ihm die Worte Flavias wieder in den Sinn. Und während er, die Hände auf den kalten Stein gestützt, die schüchterne Sonne betrachtete, die versuchte, die dichte Wolkendecke zu durchbrechen, hatte Apollonius ihn gerufen: »Nun, Calixtus ... Wovon träumst du?«
Er ballte die Hände zu Fäusten, bevor er antwortete: »Wenn ich Euch darum bitte, könnte ich dann andere Pflichten erfüllen?«
Ein zufriedenes Lächeln erhellte die Züge des Apollonius. Fünf Jahre dauerte diese kleine morgendliche Zeremonie jetzt schon, die einzige Aufgabe, die der Rebell hatte annehmen

wollen. Herr und Sklave hatten sich schließlich an dieses Ritual gewöhnt, doch im Grunde seines Herzens hatte Apollonius gehofft, daß Flavias Beispiel eines Tages den Wunsch des Nacheiferns wecken würde. Er fragte mit gespielter Gleichgültigkeit: »Hast du etwas Besonderes im Sinn?«
»Flavia hat mir gesagt, daß Barbiermeister viel Geld verdienen.«
»Das war in der Vergangenheit so. Seitdem unser Kaiser die Mode des Philosophenbartes eingeführt hat, ist der Verdienst dieser Leute nicht mehr, was er einmal war.«
Apollonius schien eine Weile nachzudenken, bevor er fragte: »Kannst du lesen und zählen?«
»Ein wenig. Aber auf griechisch.«
»Gut, dann wollen wir daran gehen, deine Ausbildung zu vollenden. Ich werde Ephesius bitten, dir als Lehrer zu dienen. Je nach deiner Begabung entscheiden wir dann weiter.«
Die Aussicht auf eine Ausbildung unter der Zuchtrute des strengen Vilicus begeisterte Calixtus wenig. Einen Augenblick war er versucht, seinem Herrn zu sagen, daß es vielleicht am besten sei, er würde Kesselschmied wie sein Vater. Zenon wäre stolz auf ihn gewesen. Doch Rom war nicht Sardica.
Gleich am nächsten Morgen machte sich Ephesius mit der gewohnten Strenge an seine neue Aufgabe. Trotz der unvermeidlichen Stockhiebe erlernte sein Schüler im Laufe der Wochen die Feinheiten der lateinischen Sprache, das Schreiben und Rechnen. Was ihn freilich nicht davon abhielt, sich immer wieder zu fragen, wozu ihm diese Studien, die ihm zuwider waren, eines Tages dienen würden. Und da er es sich nicht nehmen ließ, diese Frage vor seinem Lehrer zu wiederholen, fanden die Stunden in einem äußerst bewegten Klima statt.
Trotz des rebellischen Charakters seines Schülers fiel Ephesius jedoch schon bald dessen außergewöhnliche Begabung für alles auf, was mit dem Rechnen zu tun hatte. Wo zum Beispiel die meisten jungen Leute gezwungen waren, der traditionellen Regel zu folgen, nämlich die Lösung der Aufgabe mit Hilfe der Finger zu errechnen, fand Calixtus sie durch bloße geistige

Gymnastik. Bald wußte er die schwierigsten Aufgaben ohne
Hilfe eines Abakus zu lösen.

Nachdem der barsche, aber ehrliche Vilicus diese Begabung
erkannt hatte, riet er seinem Herrn, Calixtus die Verwaltung
seiner nicht unerheblichen Bodenerträge anzuvertrauen. Wie
jeder römische Senator besaß Apollonius gewaltige Ländereien,
Besitztümer gigantischen Ausmaßes. Gemäß den Gesetzen des
Trajan hatte er sie größtenteils in Italien konzentriert – in den
zisalpinen Ebenen, den Weinbergen Kamaniens, den fruchtbaren Tälern Etruriens.

In sehr kurzer Zeit hatte Calixtus die Verwaltungsvorgänge der
Besitzungen begriffen. Und er scheute sich nicht, Kritik an
gewissen Schwachpunkten zu äußern, die seinem erst wenig
geschulten Blick aufgefallen waren. Ephesius wiederum sah
sich gezwungen, die Richtigkeit seiner Beanstandungen anzuerkennen. Unter seiner aufmerksamen Aufsicht gestattete er
dem Thraker, verschiedene Änderungen vorzunehmen, die
einen unmittelbaren Gewinn an Zeit und Geld zur Folge hatten.
Als Apollonius von der Arbeit Calixtus' erfuhr, hätte er kaum
stolzer und glücklicher sein können. Die unerwarteten Fähigkeiten des rebellischsten seiner Sklaven galten ihm als Beweis
für die Richtigkeit der duldsamen und großzügigen Behandlung, die er diesen unglückseligen Kreaturen zuteil werden ließ.
Aber all das gehörte schon der Vergangenheit an.

Calixtus hatte das einundzwanzigste Jahr vollendet. Sein Leben
teilte sich zwischen dem Besitz auf dem Esquilin und dem Gut
in Tibur, zwischen dem Universum der Zahlen und dem des
Duftes gemahlenen Korns und des Leinengarns. Flavia war
unterdessen festangestellte Frisierdame Livias, der Schwester
des Senators, geworden. Obwohl diese sehr viel jünger als ihr
Bruder Apollonius war, glich sie ihm in ihrer sanften und
zurückhaltenden Art. Man sah sie nie Schmuck tragen oder sich
zum Spiel begeben. Auch stand sie in dem Ruf, sich stets keusch
zu zeigen, nie Gewalt gegenüber Dienern zu üben und mildtätig

gegenüber den Ärmsten der Bürger zu sein. Dennoch liebte sie es, wie die meisten Patrizierinnen, kokett gekämmt zu sein und schätzte sich deshalb glücklich, die Dienste der besten Schülerin Castors in Anspruch nehmen zu können. Flavia wiederum war ihrer Herrin bald aufrichtig zugetan und setzte ihre Ehre darein, ihr Vertrauen zu verdienen.

Während der Wintersonnenwende, bei den letzten Saturnalien* hatten die beiden Sklaven ihren ersten Lohn bezogen, was ahnen ließ, wie sehr man ihre Dienste anerkannte. Viele hätten sie um ihr Schicksal gewiß beneidet. Flavia schien ganz und gar glücklich zu sein. Calixtus hätte es auch sein können, wäre nicht diese Wunde gewesen, die weder die Zeit noch die Menschen zu heilen vermochten: Irgendwo in seinem tiefsten Innern ruhte dieses Land, das Thrakien hieß und in dem ein Kind gelebt hatte ...

7

»Wartest du noch immer auf sie, Calixtus?«

»Ja, Herr. Und sonderbarerweise muß ich jeden Tag länger warten.«

»Das liegt wohl daran, daß es weit schwerer ist, seine eigene Friseuse zu sein als die anderer.«

»Mir war sie mit Zöpfen lieber, so wie am Tag unserer ersten Begegnung – dafür aber pünktlich.«

»Sei nicht so ungeduldig. Vielleicht bist du der Grund, weshalb sie sich schön macht. Und wenn es dich beruhigen kann, so wisse denn, daß ich dir heute gestatte, so lange außer Haus zu bleiben, wie es dir gefällt.«

---

* Fest zu Ehren Saturns, bei dem die Sklaven die Stelle ihrer Herren einnahmen. Es war von Exzessen geprägt, denen man sich in seinem Verlauf hingab.

»Ich danke dir, aber Flavia wird das gleiche vielleicht nicht erlaubt sein.«
»Keine Sorge, Livia straft ihre Sklavinnen nicht wegen einer Abwesenheit, sofern diese den Dienst nicht beeinträchtigt.«
Nach einem letzten Lächeln setzte Apollonius seinen Rundgang durch den Garten fort, wobei er automatisch den Faltenwurf seiner Toga ein wenig ordnete. Calixtus blickte ihm versonnen nach. Sein Herr war zweifellos ein guter Mensch. Vielleicht so gut, wie Zenon es gewesen war.
Zenon ...
Er schaute unwillkürlich nach Westen. Nach Thrakien. Doch die Mauer des Gartens versperrte den Horizont, und am Fuße dieser Mauer zerbarsten seine Träume. Trotz der Vorrechte, die Apollonius ihm einräumte, trotz all der Vorteile, die er, Calixtus, sich im Laufe der letzten Jahre verschafft hatte, blieb er ein Sklave.
Ein Seufzen unterdrückend, trat er auf die Tür zu, die weit geöffnet war. Er ließ den Blick hoch über die Dächer schweifen und gewahrte einen dunkelblauen Himmel, erhellt durch die letzten Strahlen der sinkenden Sonne. An diesem ersten Tag der Nonen des August war die Luft angenehm mild. Er schloß eine Weile die Augen, um jenes zerbrechliche Vergnügen, das sich mit diesen Bildern der Freiheit verband, besser genießen zu können. Vielleicht würde er eines Tages jenseits der Mauern dieses Hauses oder gar fern von Rom wieder lernen zu atmen.
Das hastige Klappern von leichten Sandalen riß ihn aus seinen Grübeleien. Die weiße Gestalt Flavias tauchte zwischen den Säulen der Vorhalle auf und eilte ihm entgegen. Das schmächtige, halbverhungerte Kind, dem er vor Jahren zu Hilfe gekommen war, hatte sich in ein anmutiges junges Mädchen mit schlanker Taille, üppigen Brüsten und frischem Teint verwandelt. Sie trug heute abend ein makelloses Leinenkleid, das die Harmonie ihres Körpers hervorhob.
»Verzeih mir«, sagte sie, indem sie ihm einen Kuß auf die Wange drückte, »und sei gedankt dafür, auf mich gewartet zu haben.«

Er nickte und strich mit der Hand über Flavias prächtiges Haar, das, wie er wußte, den Neid ihrer Herrin und der anderen Sklavinnen erregte. Honigfarben bedeckten die langen Locken ihre nackten Schultern, bevor sie sich über ihren Rücken bis zur Taille ergossen.
»War es die Pflege deiner Haartracht, die dich hat zu spät kommen lassen?«
Sie senkte beschämt den Blick.
»Nein. Livia hat mich und andere Sklavinnen zu einem« – sie suchte nach Worten –, »einem freundschaftlichen Gespräch zurückbehalten.«
Calixtus hörte nur mit halbem Ohr zu.
»Ich wollte dich mit zum Mimus nehmen, doch dafür wird es wohl zu spät sein. Ich habe auch von nächtlichen Kämpfen im Amphitheater Castrensis gehört. Würde dir das Freude machen?«
»Du weißt, daß ich selbst im Licht der Fackeln kein Vergnügen an diesen Metzeleien finde. Und was das Spiel der Mimen betrifft, so weckt es bei mir nur allzu düstere Erinnerungen. Warum wollen wir nicht einfach die Ruhe, den Duft dieses Gartens genießen?«
Er legte den Arm um ihre Schultern. Sie schmiegte sich ganz natürlich hinein und blickte ihn von der Seite an.
Auch er hatte sich sehr verändert. Er war größer als die meisten jungen Männer seines Alters und hatte deutlich breitere Schultern. Seine Augen waren von erstaunlicher Ausdruckskraft, fast stechend, und sein rabenschwarzes Haar war frühzeitig von Silberfäden durchzogen. Die Jahre waren vergangen. Flavia aber hatte manchmal das Gefühl, ihre Begegnung in jenem finsteren Winkel der Stadt hätte erst gestern stattgefunden.
»Bist du glücklich, kleine Schwester?«
»Sechs Monate ohne dich sind lang ... Ja, heute abend bin ich glücklich. Aber nenn mich nicht immer kleine Schwester. Schließlich bin ich nur vier Jahre jünger als du.«
»Vier Jahre. Ein Leben. Selbst wenn du dich, tief gebeugt wie

eine Greisin, über den Heiligen Weg schleppst, werde ich dich so nennen.«
»Wie hochmütig du bist. Hast du deine grauen Haare gesehen? In deinem Alter! Ich frage mich, wer von uns beiden als erster gebeugt gehen wird!«
Nach einem kurzen Schweigen fragte sie: »Und du, Calixtus, bist du glücklich?«
Die Augen des Thrakers trübten sich und starrten auf einen unsichtbaren Punkt.
»Apollonius ist ein Mann von großer Güte. Manchmal, für einen kurzen Augenblick, vermag ich mir sogar auszumalen, daß ich nicht sein Sklave bin, daß er nicht mein Herr ist. Und sofort stellen sich Erinnerungen, Wünsche ein.«
»Wünsche?«
»Sprechen wir nicht davon. Ich werfe mir diese Gedanken vor. Ich sagte schon: Apollonius ist ein guter Herr.«
»Man muß kein Weiser sein, um zu wissen, was dich quält. Du hast immer noch Heimweh.«
»Gewiß. Doch da ist noch etwas anderes. Eine Sehnsucht, stärker als das Heimweh.«
»Sag mir, was es ist. Bitte.«
»Hör zu, kleine Schwester. Auf allen Wegen, auf allen Ländereien bin ich mit freien Menschen zusammen. Vielleicht sind sie so arm wie ich, vielleicht sogar unglücklicher, aber sie sind frei. Wenn ich in einer Taverne oder in einem Triklinium an ihrer Seite Platz nehme, weisen sie mich ab oder entfernen sich. Ich bin ein Sklave, Flavia, ein Sklave, verstehst du? Es ist ein unauslöschlicher Makel, der mein Herz und meinen Leib umgibt.«
»Die Freiheit... Das ist es also. Du träumst noch immer so sehr davon.«
Calixtus verstummte erneut. Wie jemand, der sich wünscht, ein anderer zu sein, zwang er sich zu einem Lächeln.
»Sprechen wir lieber von dir. Vor einigen Tagen habe ich Livia zu Apollonius sagen hören, du seist die beste Frisierdame von ganz Rom.«

Flavia zuckte die Achseln. Plötzlich ergriff sie seine Hand, sah ihm fest in die Augen und sagte mit unerwarteter Bestimmtheit: »Calixtus. Du hast soeben von der Freiheit gesprochen. So wisse denn, daß sie existiert. Du brauchst nur danach zu greifen.«
Auf seinen erstaunten Blick hin fuhr sie fort: »Livia und Apollonius sind Christen, das weißt du.«
»Wie die Hälfte ihres Hauses.«
»Und andere noch in deinem Umkreis, von denen du nur nichts weißt.«
Seine Stirn umwölkte sich.
»Doch nicht du, Flavia? Du willst mir doch nicht sagen, daß ...«
»Warum nicht?«
»Weißt du denn nicht, daß diese Sekte verboten ist und daß ihre Mitglieder den Raubtieren oder dem Kreuz geweiht sind?«
»Was macht das schon? Du, Calixtus, würdest vor diesen Gefahren weichen? Ich dachte, mein großer Bruder fürchtet nichts und niemanden, und jetzt zittert er vor den Spionen und dem Gericht des Gardepräfekten.«
»Glaub das nicht. Ich fürchte mich noch immer vor nichts.«
»Also ...«
»Wir sind nicht hier, um über meine Kühnheit zu richten. Sag mir lieber: Bist du nun Christin oder nicht. Und seit wann?«
»Meine Antwort lautet nein, wenn dich das beruhigt. Ich habe noch nicht die Taufe empfangen.«
»Die Taufe? So also nennt ihr die Zeremonie zur Aufnahme in eure Gemeinschaft?«
»Wenn du so willst.«
»Ein Glück, daß du diesen Schritt noch nicht getan hast. Sicher verdankst du Livia diese verrückten Ideen.«
»Sagen wir lieber, sie hat mir die Augen geöffnet.«
»Und warum meinst du, die Freiheit sei für mich zum Greifen nahe? Ich sehe den Zusammenhang nicht.«
Da sprach sie lange und mit einer Inbrunst, die er bei diesem Wesen, das er so gut zu kennen glaubte wie sich selbst, niemals

vermutet hätte. Als sie schließlich verstummte, erwiderte er:
»Es tut mir leid. Auch wenn ich dir verstockt erscheinen mag, so verstehe ich doch nicht, was du sagen willst.«
»Dabei ist es ganz einfach: Als Christ bist du frei, ganz gleich, wo du bist. Paulus hat gesagt: ›Ein edler Mensch ist frei, selbst wenn er ein Sklave ist.‹«
»So habe ich es mir vorgestellt: Die Christen sind in gewisser Weise nichts als Philosophen. Und du weißt, was ich von den Philosophen halte. Ich ...«
Eine leidenschaftliche Stimme unterbrach ihn.
»Gewiß, ihre Gattung nimmt so rasch zu, daß die Philosophie in den Augen des Gemeinen gleichbedeutend ist mit eitler Unvernunft.«
Obwohl er am Tonfall gleich erkannte, wer das Wort an ihn gerichtet hatte, drehte sich Calixtus um.
»Der gute Hippolyt ... Ich hätte ahnen müssen, daß du zu dieser Bande gehörst.«
»Zu dieser Bande? Mäßige deine Worte. Sag lieber: zu dieser Ecclesia.«
Sie hatten sich vom ersten Augenblick an gehaßt, und die Jahre hatten ihre Feindseligkeit keineswegs gemildert. Flavia, die um das ungestüme Wesen der beiden wußte, griff sofort ein.
»Ihr werdet doch nicht wieder mit euren ewigen Streitereien beginnen!«
Sie wandte sich zu Calixtus.
»Hippolyt ist ein Meister und ein Freund. Und du, du bist mein Bruder, du gehörst zu mir und wirst immer zu mir gehören. Wenn ihr euch nicht gegenseitig achtet, so könnt ihr sicher sein, die zu verletzen, die euch liebt.«
Statt besänftigend auf Calixtus zu wirken, brachten ihn diese Worte schier zur Weißglut. Er schrie fast: »Ein Meister? Dann ist er es, der dich in dieses törichte Abenteuer hineingezogen hat. Ein Abenteuer, das dir noch zum Verhängnis werden kann!«
»Calixtus! Das ist nicht wahr. Ich sagte dir schon, es war Livia. Und außerdem bin ich noch nicht Christin.«

»Es ist nicht unsere Art, andere, ganz gleich wen, zu zwingen, sich dem rechten Glauben anzuschließen«, bemerkte Hippolyt trocken.
Und an Flavia gewandt: »Welchen Grund hattest du, ihn einzuweihen? Eine Kreatur wie er, die ausschließlich um die materiellen Werte der Existenz bemüht ist, kann und wird niemals ein Christ sein.«
»Endlich ein wahres Wort!« entgegnete Calixtus zynisch. »Ich würde sogar hinzufügen ...«
»Nein!« unterbrach ihn Flavia heftig. »Sag nichts mehr.«
Dann heftete sie den Blick auf Hippolyt und sprach mit Nachdruck: »Calixtus ist nicht der, für den du ihn hältst. Er ist einer der großzügigsten Menschen, die es gibt. Er wird sich uns eines Tages anschließen, dessen bin ich sicher.«
»Auch auf die Gefahr hin, dich zu enttäuschen, sage ich dir dieses: Du wirst es sein, die zur Wirklichkeit zurückkehrt. Denk doch einmal nach, du behauptest, dein Gott sei gut. Wie kann er dann zulassen, daß die Seinen verfolgt werden? Er ist allmächtig? Wie kann er dann zusehen, daß so viel Leid auf dieser Welt geschieht? Tod, Elend, Haß, Sklaverei und Aussetzung! Aussetzung! Unschuldige Kinder, die man auf die Straße treibt wie Tiere. Das hast du doch nicht vergessen können, oder?«
Im fahlen Licht der Sterne war Flavias Gesicht totenbleich geworden. Hippolyt ging erneut zum Angriff über.
»Deine Art, die Dinge zu sehen, indem du alles auf die gemeine Welt und auf den Tod der Menschen zurückführst, könnte kaum engstirniger sein!«
»Für wen hältst du mich eigentlich? Für einen Epikureer? Für einen Atheisten? Du scheinst absichtlich zu vergessen, daß ich stets die Lehren des Orpheus befolgt habe, der ...«
»Der verkündet hat, daß die Menschen nach ihrem Tod, entsprechend ihrem Verhalten auf Erden, im Körper von Tieren wiedergeboren werden!«
»So ist es. Man muß allerdings hinzufügen, daß sich diese Verwandlung so lange fortsetzt, bis diese Seelen für würdig

befunden werden, in die elysäischen Gefilde einzugehen, oder bis ihre Verrohung sie in den Tartaros stürzen läßt.«
»Wenn du wirklich glaubst, daß der Tod nur eine Tür zu anderen Lebensformen ist, warum weigerst du dich dann zu glauben, daß Gott, sobald diese Tür durchschritten ist, diejenigen belohnt, die ihr Leben geopfert haben, um ihm ihren Glauben zu beweisen?«
Calixtus' verlegene Miene verriet, daß er diesem Argument nichts entgegenzusetzen wußte. Flavia bemerkte es und ergriff seine Hand.
»Oh! Wenn du doch nur bereit wärst, zu einer unserer Versammlungen zu kommen. Nur einmal. Dann können wir dir alles erklären.«
»Mir erklären? Mir die Worte des Sohnes eines galiläischen Zimmermanns erklären? Warum sollten sie den Lehren Orpheus', des göttlichen Musikanten, überlegen sein, dessen Lyra sogar die wildesten Tiere betörte?«
»Orpheus ist nichts als eine Legende«, ließ sich Hippolyt erneut vernehmen. »Und selbst wenn er wirklich gelebt hat, mußt du wissen, daß seine Taten durch die Überlieferung beträchtlich aufgebauscht worden sind. Wie kannst du glauben, daß ein Wesen aus Fleisch und Blut in die Unterwelt hat hinabsteigen und wieder zurückkommen können? Wie kannst du dir vorstellen, daß das Lied einer Lyra den Felsbrocken des Sisyphus im Gleichgewicht halten und das Schicksalsrad zum Stillstand bringen konnte? Daß er Hades und Persephone betört hat, mag noch angehen, aber sogar die unbelebte Natur ...«
»Ist es etwa außergewöhnlicher, als einen toten Mann einem Grab entsteigen und zum Himmel auffahren zu sehen?«
Plötzlich flog über ihren Köpfen ein Fensterladen auf, und eine zornige Stimme ertönte.
»He! Ist dieser Lärm bald zu Ende? Tragt euren Streit anderswo aus und laßt die ehrbaren Leute schlafen!«
Die Wangen feuerrot, verstummten die drei augenblicklich. Calixtus, der zu dem noch immer geöffneten Fenster hochstarr-

te, flüsterte schließlich: »Laßt uns gehen, sonst bekommen wir noch den Inhalt einer Nachtvase ab.«
Sie wichen unter die Bäume des Gartens zurück. Als sie die Haupttür erreicht hatten, ergriff Calixtus die Hand des jungen Mädchens und sagte zu Hippolyt: »Flavia und ich werden einen Spaziergang machen. Gehab dich wohl!«
»Nein«, widersprach Flavia.
»Was sagst du?«
Die Hand des jungen Mädchens wollte sich der seinen entziehen.
»Du hast recht«, meinte Hippolyt. »Du solltest ihm nicht folgen. Er wird alles in seiner Macht Stehende tun, um dir auszureden, Christin zu werden.«
Da Calixtus ihm nicht widersprach, fuhr der Sohn Ephesius' eifrig fort: »Du wirst sehen, er wird nur von den Gefahren sprechen, die es bedeutet, unserem Glauben zu folgen. Er wird versuchen, ihn vor deinen Augen herabzuwürdigen, den Zweifel in deinem Herzen zu säen. Dein Glaube ist noch nicht gefestigt genug. Ich beschwöre dich, geh nicht das Risiko ein, dich zu verirren, solange du noch am Anfang der Reise stehst.«
»Genug jetzt, Hippolyt! Hör auf, ihr deine irrwitzigen Vorstellungen aufzudrängen. Rom ist voll von solchen Schwätzern wie dir.«
Flavias Züge waren angespannt, man ahnte, daß sie innerlich zerrissen war.
»Calixtus, wenn ich dich begleite, versprichst du mir dann, morgen mit mir zur Feier der christlichen Riten zu kommen?«
»Was ist das für ein Handel?«
»Auf diese Weise könntest du dir ein genaueres Bild von unserer Religion machen. Apollonius wird die rechten Worte finden, um dich zu überzeugen.«
»Mich überzeugen ... Aber ich habe nicht das geringste Bedürfnis, überzeugt zu werden. Eure Religion hat nichts, was die der Isis oder Mithra nicht hätte!«

Der gleiche Ausdruck von Mißbilligung erschien auf Flavias und Hippolyts Gesichtern.

»Es gibt nur einen Gott«, entgegnete der Sohn des Ephesius, indem er jedes Wort einzeln betonte, »den, der sich uns in Form eines Menschen aus Fleisch und Blut offenbarte: Jesus Christus. Alle anderen, Dionysos und Orpheus eingeschlossen, sind nichts als wertlose Götter.«

»Welche Eitelkeit doch dem Geiste der Christen innewohnt. Welcher Hochmut. Ein einziger Gott: natürlich der eure! Und was ist mit eurer berühmten Nächstenliebe? Eurer Toleranz?«

Calixtus nahm einen tiefen Atemzug, bevor er mit fester Stimme fortfuhr: »Und jetzt laß uns allein, Hippolyt. Sonst zwinge ich dich dazu, doch anders als mit dem Wort.«

»Ich habe eine Seele zu retten«, lautete die Antwort des Hippolyt.

Doch er hatte den Satz kaum zu Ende gesprochen, als die Faust des Calixtus auf sein Kinn stieß. Der Sohn des Vilicus, der kleiner und schmächtiger war als der Thraker, fiel der Länge nach zu Boden.

»Calixtus«, rief Flavia vorwurfsvoll.

Bevor sich Hippolyt aufrichten konnte, kniete sie schon neben ihm nieder und legte seinen Kopf mit einer fast mütterlichen Geste in ihre Armbeuge.

»Verzeih ihm, er hat den Kopf verloren. Er weiß nicht, was er tut.«

Jetzt war das Maß voll. Dem Thraker, dem nichts anderes mehr einfiel, stieß verächtlich aus: »Ich sehe. Mittelmäßigkeit zu Mittelmäßigkeit.«

Damit wandte er sich ab und eilte mit weitausgreifenden Schritten durch den breiten Korridor, der auf die Straße mündete.

8

Calixtus erwachte schweißgebadet, die Glieder schwer und schmerzend. Als er die rauhe, klamme Decke zurückschlagen wollte, hatte er das unangenehme Gefühl, daß etwas Klebriges seine Hand streifte. Eine Schabe, eine Ratte? Beides hätte ihn nicht verwundert. Die Herbergskammer wimmelte von Ungeziefer.
Das Mädchen an seiner Seite räkelte sich mit einem gedehnten Seufzer. Er betrachtete ihre Züge, die er am Vorabend nur flüchtig wahrgenommen hatte: Sie war sehr jung. Ihr Haar, von zweifelhaftem Blond, fiel über ihre Schultern.
Warum war er ihr gefolgt? Ein Bedürfnis, in die Sinnenlust einzutauchen? Dabei hatte er immer schon gewußt, daß ihm diese Herbergsmädchen nichts gaben. Dieses Mädchen aber mit ihrem von Sommersprossen übersäten Gesicht, mit ihrem ungeschickten, entwaffnenden Gebaren, hatte ihn unwillkürlich an die Flavia von einst denken lassen, die er in jenem dunklen Winkel aufgelesen hatte.
Und obwohl er jene, die ihn gekränkt, die seinen Stolz verletzt hatte, meiden und vergessen wollte, hatte er das Lager mit einer Art Ebenbild von ihr geteilt. Ein absurder Gedanke schoß ihm durch den Kopf, und er sagte sich, daß er in dieser Nacht vielleicht nur einer blutschänderischen Versuchung nachgegeben hatte. Auf jeden Fall blieb ihm jetzt nichts als ein bitterer Geschmack, sehr viel deutlicher noch als am Vorabend.
Mit einer abrupten Bewegung schlug er die Decke zurück und sprang aus dem Bett. Er stieß die Fensterläden auf und begann sich rasch anzukleiden, ohne auf die Fragen der Metze zu achten, die nur um die Lust besorgt schien, die sie hoffte, ihm bereitet zu haben.
Einen Augenblick später war er unten in der Gaststube und bat den Wirt um die Rechnung.

»Ein Brot: ein As. Die Suppe: ein As. Ein Schoppen Wein: zwei Asse. Das Mädchen: acht Asse.«

Calixtus fand die Rechnung übermäßig hoch, vor allem den Preis für das Mädchen. Sie war die acht Asse bei weitem nicht wert. Doch er versuchte nicht zu feilschen. Die Unglückselige hätte die Beanstandung des Kunden gewiß mit Schlägen bezahlt. Als er eben die kleinen Bronzemünzen auf dem Tresen aufreihte, hörte er den Wirt rufen: »Oh, Servilius! Du bist zurückgekehrt!«

Der bloße Name Servilius löste in dem jungen Thraker eine Flut von finsteren Erinnerungen aus. Er blickte sich rasch um. Es war in der Tat jener üble Bursche, der Flavia und ihn vor Jahren mit seinem Lächeln und seinem gekünstelten Gehabe zu den Greueln des Subura-Viertels geführt hatte.

Der Kuppler hatte sich nicht sehr verändert. Vielleicht war er noch etwas fettleibiger, sein Schädel noch etwas kahler, seine Kleidung noch etwas geschmackloser geworden, der Tonfall aber war derselbe geblieben, und er antwortete dem Wirt mit dem gleichen Frohsinn wie einst dem Gallus.

»Ist dir Merkur noch immer gewogen?« erkundigte sich der Wirt.

»Ach, du kennst ja diesen Gott ... Er stiehlt die ihm dargebrachten Opfer, statt für sie zu zahlen.«

»Soll das heißen, daß es keine Kinder mehr auf der Straße zu stehlen gibt, edler Herr Servilius?« ließ sich Calixtus spöttisch vernehmen.

Obwohl die Herberge zu dieser frühen Morgenstunde noch halbleer war, hatten sich am Tresen schon verschiedene Stammgäste eingefunden, die zwischen zwei Krügen hitzig über die Vorzüge bestimmter Wagenlenker stritten; in der finstersten Ecke spielten zwei Jugendliche eine Partie Mora.* Bei Calixtus'

---

* Fingerspiel, bei dem zwei Spieler gleichzeitig eine Hand mit einem oder mehreren ausgestreckten Fingern auf den Tisch legen und im gleichen Augenblick die Summe der ausgestreckten Finger erraten müssen.

Bemerkung verstummten die Gespräche auf einen Schlag, und aller Augen hefteten sich auf ihn.
»Wer bist du?« fragte Servilius verdutzt.
»Erinnerst du dich nicht? Der Junge, der die kleine Fischdiebin beschützt hat. Der deinen Freund Gallus daran hinderte, sie zu verkaufen. Komm, Freund, streng dein Gedächtnis ein wenig an.«
Servilius schien einen Augenblick nachzugrübeln, bevor er ungläubig ausrief: »Der Sklave von Senator Apollonius?«
»So ist es. Habe ich mich derart verändert, daß du dich meiner nicht entsinnst?«
»Bei Pluto! Ich entsinne mich nur allzu genau! Du hast meinem Freund Gallus eine Kopfverletzung beigebracht. Er ist daran gestorben, falls du es noch nicht wissen solltest. Du bist ein Mörder!«
Obwohl ihn die Nachricht überraschte, entgegnete Calixtus verächtlich: »Ich kenne dich. Du hast es schon immer verstanden, die Wahrheit zu verdrehen. Denn du weißt sehr genau, daß ich mich an jenem Abend nur verteidigt und ein armes Kind beschützt habe. Und wenn du mich wirklich für einen Verbrecher gehalten hast, so hattest du in den letzten fünf Jahren reichlich Zeit, mich vor dem Gericht des Präfekten anzuklagen.«
»Wie hätte ich von einem Magistraten erhoffen können, daß er den Gespielen eines Senators verurteilt?«
Die Beleidigung ließ Calixtus erbleichen, und der Kuppler brach in schallendes Lachen aus.
Die übrigen wollten in sein Gelächter einstimmen, sehr schnell aber erstarrten ihre Mienen. Der Handrücken des Thrakers hatte Servilius' Schläfe getroffen, der taumelte und sich im letzten Augenblick am Rand des Tresens festklammern konnte. Wie ein Raubtier fiel Calixtus über ihn her und warf ihn zu Boden. Außer sich vor Zorn, setzte er den Fuß auf das Gesicht seines Gegners, drückte die Sohle fest auf seine Wange und verlieh den verzerrten Zügen den Ausdruck einer Kröte im Todeskampf. Er verstärkte den Druck noch. Servilius wollte

schreien, seiner Kehle aber entwich nur ein groteskes Gurgeln. Der entsetzte Wirt versuchte einzugreifen, doch die Faust des Thrakers traf ihn in den Unterleib, so daß auch er vor dem Tresen zusammenbrach.
Jetzt legten sich Calixtus' Hände um den fetten Hals von Servilius, und langsam, so als würde ihm der Anblick seiner Qualen Lust bereiten, drückte er immer fester zu.
»Nein, Herr! Halt ein!«
Die zerbrechliche Hand des Mädchens, mit dem er das Lager geteilt hatte, umklammerte seinen Arm.
»Halt ein, Herr!« flehte sie. »Wenn du ihn tötest, wird man uns alle hier im Haus verantwortlich machen. Ich will nicht in der Arena enden.«
Calixtus warf einen angewiderten Blick auf sein Opfer.
»Du hast noch einmal Glück gehabt ... Sie hat dir das Leben gerettet.«
Nach einer Weile fügte er hinzu: »Findest du nicht, daß eine solche Geste eine Belohnung verdient?«
Der zu Tode erschrockene Servilius konnte nur heftig mit dem Kopf nicken.
»Gut. Sicher bist du bereit, ihr einen deiner hübschen Ringe zu schenken, damit sie sich ihre Freiheit zurückkaufen kann. Nicht wahr, Servilius?«
Er verlieh seinen Worten Nachdruck, indem er den Druck seines Knies auf die Brust seines Gegners verstärkte. Dessen Unterlippe war aufgeplatzt, und rötlicher Speichel rann ihm aus dem Mundwinkel. Keuchend stieß er etwas hervor, das sich anhörte wie: »Ja, alles, was du willst ...«
Rasch zerrte Calixtus an einem der fetten Finger und reichte dem Mädchen einen Ring.
»Doch die Freiheit allein wird ihr nichts nutzen, wenn sie nicht die Mittel hat, ihren Vorteil daraus zu ziehen. Also, mit deiner Erlaubnis ...«
Er bemächtigte sich eines zweiten Ringes und rief dem Mädchen zu: »Danke dem Herrn Servilius für seine Großzügigkeit.«

Sie tat, wie ihr geheißen. Der Thraker erhob sich. Das Gesicht schweißbedeckt und zu einer Grimasse verzogen, wollte der Kuppler seinem Beispiel folgen, doch Calixtus hinderte ihn daran.
»Warte! Wenn ich es recht bedenke ... Nach allem, was du den Metzen zu verdanken hast, solltest du dich ruhig noch ein wenig großzügiger zeigen!«
»Aber ... was ... was willst du denn noch?«
»Nichts weiter als die da ...«
Calixtus deutete auf die schwere Kette aus geflochtenem Gold, die Servilius um den Hals trug.
»Es erscheint mir ganz und gar selbstverständlich, daß du dieser jungen Person dies wunderschöne Schmuckstück schenkst. Eine angemessene Entschädigung für die Zeit, die sie geopfert hat, um euch, dir und deinen Freunden, zu Reichtum zu verhelfen.«
Servilius stieß einen Seufzer, fast einen Schluchzer, aus. Dicke Schweißperlen liefen ihm über die Stirn und rannen seine Schläfen hinab. Stumm löste er die Kette vom Hals und reichte sie dem Mädchen, das sie rasch an sich nahm. Ein vorwurfsvolles Murmeln war ringsumher zu hören, doch keiner wagte einzugreifen.
»Danke«, stammelte das Mädchen mit einem scheuen Lächeln.
»Sag mir deinen Namen, damit ich ihn mir für immer einprägen kann.«
»Calixtus.«
»Und ich bin Elischa.«
»Gut, Elischa. Jetzt mußt du gehen. So weit fort wie möglich. Und werde glücklich.«
Als er sicher sein konnte, daß sie außer Gefahr war, ging auch er zur Tür, und rief, bevor er auf die Straße trat: »Gut, Servilius ... Gut, was du getan hast. Ich bin sicher, es ist nur der erste Schritt hin zu einem vorbildlichen Leben. Und zögere nicht, mich aufzusuchen, solltest du schwach werden!«

*

Carvilius, der Koch des Apollonius, erwartete ihn in der Insula.
»Ich muß mit dir sprechen«, sagte er ernst.
»Und ich habe Hunger.«
»Wunderbar. Laß uns Magen und Geist laben. Folge mir.«
Der Mann nahm ihn mit in die noch leere Küche. Er öffnete einen Schrank, holte zwei kleine runde Brote und eine Schüssel, die er mit Bohnen aus einem riesigen Kochtopf füllte, und stellte alles auf einen großen massiven Eichentisch.
»Ein Glas Mulsum?«
Calixtus verzog das Gesicht zu einer Grimasse. Nach den Ausschweifungen des Vortags träumte er nur von kühlem Wasser, und der bloße Gedanke an Alkohol löste schon Übelkeit in ihm aus.
»Sag mir lieber, was du mit mir zu besprechen hast.«
»Ich bin im Grunde nur ein Vermittler«, gestand Carvilius und schenkte sich ein Glas Honigwein ein. »Flavia hat mich gebeten, mit dir zu sprechen.«
»Flavia? Was will sie? Ich denke, daß alles gesagt worden ist.«
»Vor allem sollst du wissen, daß sie euern Streit sehr bedauert. Sie entschuldigt sich, dich gekränkt zu haben.«
»Und weiter?«
»Nun, sie wünscht, daß ich ihre Sache vor dir vertrete.«
»Ihre Sache ... Aber ist es nicht die deine? Und wozu soll das alles gut sein? Daß sich dieses dumme Ding von solchen absurden Träumereien einlullen läßt, mag ja noch angehen, aber du. Du, Carvilius?«
Trotz seiner ablehnenden Geste schenkte ihm der Koch ein Glas Wein ein.
»Kleiner, du scheinst mir recht unruhig. Trink ein wenig davon. Das wird vielleicht deine Laune verbessern. Und was das ›dumme Ding‹ angeht, so sei versichert, daß sie erwachsener oder vernünftiger ist als manch einer unter uns. Doch darum geht es jetzt nicht. Wenn ich dich richtig verstanden habe, willst du deinen Orphismus nicht aufgeben, verlangst aber, daß Flavia und ich unserem Glauben entsagen?«

»Wenn jemand entdeckt, daß ihr Christen seid, so müßt ihr beide mit dem Tod in der Arena rechnen. Meine Religion dagegen wird in Rom akzeptiert.«
»Es ist allgemein bekannt, daß Apollonius Christ ist, und ...«
Calixtus ließ ihn nicht zu Ende sprechen.
»Verschanz dich nicht hinter der Sicherheit, die unser Herr uns gibt; sie ist so zerbrechlich wie ein Kristallglas. Apollonius ist nicht unsterblich. Es wäre nicht das erste Mal, daß ein Senator* sein Leben läßt, weil er gegen die Gesetze Neros verstoßen hat.«
»Und sollte unser Herr getötet werden, würde es dir nicht zur Ehre gereichen, an seiner Seite zu sterben?« fragte Carvilius lächelnd.
»Nein, nicht im geringsten. Ich habe eingewilligt, an seiner Seite zu leben, und finde, das sollte genügen.«
»Immer noch dein rebellischer Geist ... Du hast recht. Es geht nicht darum zu sterben, um ihm zu gefallen; das wäre ihm übrigens auch nicht recht. Doch was Flavia und mich selbst betrifft, so teilen wir denselben Glauben, und wir werden ihn nicht wechseln, auch wenn wir diese Treue eines Tages mit dem Leben bezahlen müssen.«
»Welcher Leichtsinn!«
»Bist nicht du der Leichtsinnige? Woher nimmst du diese Gewißheit?«
»Ganz einfach, weil es unsinnig ist, sein Leben für Ideen aufs Spiel zu setzen.«
Carvilius erhob sich langsam von seinem Schemel.
»Hör mir gut zu, Kleiner. Ich bin ein alter Mann. Ich bin bald sechzig Jahre alt. Ich habe mein Leben damit zugebracht, Mars, Jupiter, Venus und all den anderen zu huldigen. Stummen und selbstsüchtigen Göttern, frei erfunden, um dem Wahnsinn der Menschen als Alibi zu dienen. Mars auf seinem Wagen war in

---

* Ein Jahrhundert zuvor hatte Kaiser Domitian seine eigenen Vettern hinrichten lassen, weil sie dem Christentum beigetreten waren.

meinen Augen immer nur ein Symbol der Vertreibung und des Schreckens. Auf Plutos Altar wurde stets nur Finsternis geopfert. Jupiter, der von etlichen als absoluter Herrscher des Universums betrachtet wird, Jupiter bietet nur das gequälte Bild eines Chamäleons, das sich nach Lust und Laune verwandelt; einmal in einen Satyr, einmal in Goldregen, dann wieder in einen Stier, um sich an Danae heranzumachen. Seien wir also ehrlich, Calixtus: Kann man einen Stiergott verehren? Im christlichen Glauben hat ein Mensch wie du und ich, ein Wesen aus Fleisch und Blut, von Liebe und Brüderlichkeit gesprochen. Er hat nicht Saturn oder den Titanen den Krieg erklärt, sondern der Ungerechtigkeit. Er wurde nicht von den Korybanten* aufgezogen, sondern von einer Frau: Maria. Einer Frau wie alle anderen. Im Gegensatz zu den Söhnen Saturns hat er nicht die Mauern Trojas errichtet; vielmehr hat er die Saat eines hundertmal edleren, hundertmal größeren Universums bestellt. An diesen Menschen also dürfen wir glauben. Und dieser Glaube läßt uns unser Schicksal leichter ertragen. Mein ganzes Leben lang habe ich nur fetten Patriziern gedient, die übersättigt waren und abstoßend. Mein ganzes Leben lang habe ich das Joch ertragen. Deshalb verlange nicht, daß ich mir die Ohren zuhalte, wenn ich endlich die Worte Freiheit, Liebe, Gerechtigkeit höre.«

Calixtus war zu verwirrt, um zu antworten. Es steckte so viel Inbrunst, so viel Überzeugung in dem, was er gehört hatte, daß er sich entwaffnet fühlte. Er schüttelte erschöpft den Kopf und zog sich, den Rücken leicht gebeugt, zurück.

---

* Name der Priester der Göttin Kybele, berüchtigt wegen ihrer gewalttätigen Verehrung.

9

Zwischen Palatin, Caelius und Esquilin, wo sich einst der künstliche See der Parkanlagen zu Neros Goldenem Haus befunden hatte, erhob sich das viergeschossige Amphitheatrum Flavium mit seinen runden Mauern. Es war ein gewaltiges Bauwerk, ein Ring, überragt von einer an die dreißig Klafter hohen Rotunde, aus Travertinblöcken gefügt, die alle in den Steinbrüchen von Albula geschlagen waren. Aus der Ferne betrachtet, erinnerte es an einen riesigen Krater, der den Himmel verschlingen wollte.

An diesem letzten Tag der Nonen des August herrschte hier ein Lärm wie zu den Zeiten der großen Triumphe Caligulas, Domitians und Trajans: Brüllen der Löwen, Fauchen der Panther, Knurren der Tiger, und alles noch übertönt vom ohrenbetäubenden Geschrei der Menge der Quiriten.*

Ein Leopard krümmte sich vor Schmerzen auf dem ockerfarbenen Sand, schlug immer wieder mit den Tatzen aus bei dem verzweifelten Versuch, sich von dem langen Speer zu befreien, der seinen Leib durchbohrte. Große Blutlachen waren über die ganze Arena verteilt, wo schon mehrere Dutzend Raubtiere mit steifen Pranken ausgestreckt lagen, das Fell noch zitternd von den letzten Lebenszuckungen. Andere Tiere irrten verloren zwischen den Schatten des Velums und dem grellen Licht der Arenamitte umher.

Mehrere Löwen versuchten, die hohe Ringmauer zu erklimmen, nur um jedesmal mit einem enttäuschten Knurren in den Sand zurückzufallen. Panther suchten sich durch die Gitterstäbe der Ausgänge zu zwängen, nach jedem Scheitern noch zorniger als zuvor. Die meisten sprangen in panischer Angst umher, bevor sie, von einem Pfeil getroffen, in sich zusammensackten.

---

* Bezeichnung der Bürger Roms.

In Wogen schwoll das Geschrei der Menge an. Die Rufe »Caesar! Caesar!« stiegen auf in den Himmel des Amphitheaters. Jedesmal, wenn ein Raubtier am Boden zusammenbrach, hefteten sich die Blicke auf Commodus, Männer wie Frauen gleichermaßen begeistert von dem jungen Herrscher, dem Herrn und Stifter dieser überwältigenden Augenblicke.

Der Kaiser trug wie Herkules ein Löwenfell, das seine Brust und den rechten Arm entblößt ließ. Die Kinnlade des Tieres bedeckte sein Haupt wie ein Helm, und die Mähne rahmte sein Gesicht ein, bevor sie in Kaskaden über seine Schultern fiel, was seinen Zügen einen barbarischen Ausdruck verlieh.

Er legte einen Pfeil an die Sehne seines Bogens und spannte ihn. Die Spitze folgte den Sprüngen eines Löwen; Commodus hielt den Atem an, ließ den Pfeil los. Mit einem geheimen Lustgefühl nahm er das Vibrieren der Sehne wahr, gefolgt von einem kurzen Zischen der Luft. Die Hochrufe schwollen weiter an. Der Pfeil hatte sich tief in das Fleisch des Tieres gebohrt, und die Fiederung bebte in seinem dichten gelben Fell.

»Großartig! Dreiundachtzig Raubtiere mit dreiundachtzig Pfeilen!« rief Quintianus.

»Bist du nicht müde, Augustus?« ließ sich Bruttia Crispina mit ihrer näselnden Stimme vernehmen.

Die schwangere junge Gemahlin des Commodus war die einzige ringsumher, die noch saß.

»Sei unbesorgt, Augusta«, meinte Lucilla mit spöttischem Unterton. »Mein Bruder ist im Kampfspiel so ausdauernd wie im Liebesspiel.«

Commodus warf der jungen Frau mit den starren verdrießlichen Zügen einen flüchtigen Seitenblick zu. Seine ältere Schwester schüchterte ihn noch immer ein wenig ein. Er hatte das unangenehme Gefühl, daß sie ihn für einen unreifen Knaben hielt.

»Wünschst du nicht, dein Glück zu versuchen, Vetter Quadratus?« fragte er, um abzulenken.

Doch Umnius Quadratus schien in Tagträume versunken. Eine

junge brünette Frau mischte sich ein und bot dem Kaiser eine Schale in der Form einer Keule an.

»Nein, Herr«, sprach sie mit ruhiger Stimme, »dies ist keine gewöhnliche Venatio* mehr, sondern eine Kraftprobe, die du dir auferlegt hast. Du mußt dein Werk vollenden, um dem Volk von Rom zu beweisen, daß du der Auserwählte der Götter bist. Diesen Ruhm solltest du mit keinem anderen teilen.«

»Du hast recht, Marcia«, stimmte ihr der junge Prinzeps zu, und in seinen Augen lag ein stolzer Schimmer.

Indem er sich dem versammelten Volk zuwandte, hob er die Schale, brachte ein Trankopfer auf dem Sand der Arena dar und rief: »Ehre sei Sol Invictus, Mithra und allen Göttern!«

Ein paar wütende Schreie waren zu hören, alsbald übertönt von ermunternden Zurufen, die von den Rängen hallten.

»Ehre dem neuen Herkules!«

Commodus führte die Schale an seine Lippen, nahm zwei Schlucke von dem Wein und stellte sie wieder ab. Jetzt griff er erneut nach seinem Bogen und zählte die Pfeile. Siebzehn blieben ihm. Siebzehn für siebzehn Raubtiere.

Würde ihm das Unmögliche gelingen? Während es ringsum völlig still wurde, spannte er seine Sehne. Die Pfeile des kaiserlichen Bogens nahmen ihren unerbittlichen Lauf wieder auf. Bald blieben nur noch drei Raubtiere übrig, dann zwei, schließlich ein letztes. Als dieses, ein prächtiger Panther mit gelb-schwarz geflecktem Fell, am Boden zusammensank, begann die Apotheose des Helden. Mit einer triumphierenden Geste streckte Commodus seinen Bogen gen Himmel. Er hatte die ungeheure Leistung vollbracht: hundert Raubtiere mit hundert Pfeilen zu töten.

Sein erster Impuls war, in die Arena hinabzusteigen, um seinen Triumph besser auszukosten, der Anblick des mit Kadavern übersäten Sandes aber hielt ihn davon ab. Er beschloß, sich bescheiden zurückzuziehen, nachdem er die entfesselte Menge ein letztesmal gegrüßt hatte.

---

* Jagd im Amphitheater.

»Heute, Caesar, hast du dich den Helden zugesellt, bist du den Göttern gleich geworden!« rief Marcia begeistert.
Commodus nahm die junge Frau beim Arm und führte sie aus der Kaiserloge.
»Wenn es dir Freude macht, kannst du mich eines Tages auf die Jagd begleiten. Dann will ich dir gewisse Geheimnisse meiner Kraft offenbaren.«
Schwester und Gemahlin des Kaisers tauschten ungehaltene Blicke. Diese Marcia, der das Volk den Beinamen »Amazone« gegeben hatte, begann in ihren Augen eine allzu wichtige Stellung einzunehmen. Schweigend folgten alle dem Paar ins Vomitorium, das aus dem Amphitheater hinausführte. Der Kaiser schmiedete weitere Pläne. Leicht verwirrt angesichts dieses Überschwangs, drehte sich Marcia nach der kleinen Gruppe von Gefolgsleuten um und stieß fast augenblicklich einen schrillen Entsetzensschrei aus.
»Nein, Quadratus! Nein!«
»Vom Senat!«
Das tägliche Training unter Leitung der angesehensten Gladiatoren war es, was Commodus jetzt das Leben rettete.
Das flüchtige Bild eines erhobenen Arms, das Aufblitzen einer Dolchklinge und eine rasche Kehrtwende, mit der er dem Angreifer nur die Seite darbot. Statt sich in seinen Rücken zu bohren, traf die Waffe nur seine Schulter. Mit erstaunlicher Heftigkeit warf sich Marcia auf den Unterarm des Quadratus. Gleichzeitig stieß Commodus mit einer klassischen Kampffigur der Pankration das Knie in den Unterleib des Mörders, der sich vor Schmerzen krümmte und die Hände zwischen die Beine preßte. Schon waren die Soldaten der Leibwache zur Stelle und überwältigten den Mann. Weder Quintianus noch die Schwester noch die Gemahlin des Kaisers hatten sich von der Stelle gerührt.
Marcia löste ihre Stola und wickelte sie um Commodus' Schulter, um das Blut aufzuhalten, das in Strömen aus seiner Wunde quoll. Aschfahl ließ der römische Prinzeps alles mit sich gesche-

hen. Es war das erstemal, daß er dem Tod ins Auge blickte, das erstemal auch, daß er sich des Ausmaßes der Intrigen bewußt wurde, deren Zielscheibe er war. Er unterdrückte das leichte Beben seiner Lippen und beschloß, schließlich auf die Frage des Zenturios zu antworten.
»Was befiehlst du, Augustus?«
»Daß man ihn ins Gefängnis Mamertinus abführt. Der Gardepräfekt wird sich seiner annehmen.«
Nach einer Weile hob er die Hand und deutete auf die kleine Gruppe, die sich noch immer nicht gerührt hatte.
»Und was jene betrifft, so sollen sie einem Verhör unterzogen werden.«
»Mich verhören?« rief Lucilla außer sich. »Mich, deine Schwester?«
»Meine Liebe, in letzter Zeit gehen sonderbare Gerüchte in der Stadt um. Ich will mir ganz einfach Gewißheit verschaffen!«
»Aber die Wahrheit liegt doch auf der Hand! Quadratus war bei allen Ausschweifungen dein Begleiter. Aus Gründen, die nur ihr beiden kennt, wird er sich durch dich benachteiligt gefühlt haben ...«
»O nein!« mischte sich jetzt wider Erwarten Quadratus ein. »Du sollst mir nicht durch einen doppelten Verrat davonkommen!«
Und an Commodus gewandt, fuhr er fort: »Sie ist es, Augustus, sie ist es, die alles eingefädelt hat. Sie wünschte deinen Tod, um selbst an die Macht zu kommen. Sie hatte mir versprochen, sich als Gegenleistung für meine Tat mit mir zu vermählen.«
»Mit ihm vermählen?« rief Quintianus aus.
»Schweig!« zischte Crispina mit einem vernichtenden Blick.
»Hat sie dir vielleicht dasselbe Versprechen gegeben?« fragte Commodus.
Mit einem bitteren Lachen deckte Quadratus nun das ganze Intrigenspiel auf.
»Der gute Quintianus sollte ebenfalls das Schwert gegen dich erheben. Und wenn du noch am Leben bist, dann, weil dieser Feig-

ling plötzlich Angst bekommen hat. Aber wir wußten beide nicht, daß man uns dieselbe Belohnung versprochen hatte: den Purpur, indem wir uns mit diesem schändlichen Weib vermählen.«
Quintianus wollte protestieren; doch schon umgaben und durchsuchten ihn die Wachsoldaten. Gleich darauf hatte man ein Schwert in den Falten seiner Toga entdeckt.
Mit einer knappen Geste befahl Commodus, sie abzuführen. Und indem er auf seine Gemahlin deutete, sprach er: »Sie auch.«
»Mich, Augustus? Ich schwöre, von alledem nichts gewußt zu haben.«
»Sie auch!«
Er nahm Marcia beim Arm und fügte hinzu: »Und jetzt soll man uns allein lassen!«
Die Wachen grüßten, indem sie mit der geschlossenen Faust gegen ihre Brustharnische schlugen.
Noch lange, nachdem sie mit ihren Gefangenen verschwunden waren, hallte das Klappern ihrer mit Nägeln beschlagenen Sohlen in den Gängen des Amphitheaters wider. Commodus wandte sich zu Marcia und schloß sie fest in die Arme.
»Du hast mir das Leben gerettet. Du allein bist deines Kaisers würdig.«

10

Apollonius machte eben seinen täglichen Rundgang durch die Innengärten der Insula, als er Carpophorus' Sänfte eintreffen sah. Die Träger stellten sie am Boden ab und halfen dem Ritter beim Aussteigen. Neugierig trat Apollonius seinem Freund entgegen: Es war nicht dessen Art, bei ihm zu erscheinen, ohne seinen Besuch vorher anzukündigen. An seiner Miene erkannte er sofort, daß etwas Schwerwiegendes geschehen sein mußte.

»Ave, Carpophorus. Was ...«

»Sei mir gegrüßt. Können wir uns unter vier Augen sprechen?«

»Natürlich. Hier im Garten?«

»Ich würde einen verborgeneren Ort vorziehen.«

Der Greis nickte.

»Folge mir.«

Er führte seinen Freund in die Ahnengalerie. Indem er auf die Totenmasken und Büsten der Verstorbenen der gens Apollonii deutete, meinte er ironisch: »Niemand wird uns in diesem Flur der Schrecken stören. Was also hast du mir Vertrauliches mitzuteilen?«

»Ich bin gekommen, dich zu warnen: Du mußt fliehen.«

»Fliehen? Aber warum?«

»Weil ganz Rom von deiner Freundschaft zu Pompeius, dem einstigen engen Vertrauten Marc Aurels, weiß; Pompeius ist auch der Gemahl von Lucilla.«

Apollonius blickte bestürzt drein.

»Willst du damit sagen, daß man Pompeius festnehmen wird?«

»Wenn es nicht schon geschehen ist. Es ist ganz und gar wahrscheinlich, daß seine Freunde, zu denen auch du gehörst, das gleiche Schicksal ereilen wird.«

»Ich kann mir nicht vorstellen, daß Pompeius in dieses Attentat verwickelt sein soll. Er hatte Marc Aurel geschworen, über seinen Sohn zu wachen.«

»Sieh doch endlich den Tatsachen ins Auge! Du weißt genau, daß sich seit dem Tod des Kaisers zwei Clans die Macht teilen. Einerseits die alten Getreuen Aurels, die an der Seite von Pompeius weiter das Reich verwalten ...«

»Mit Redlichkeit und Sachkenntnis.«

»Mag sein. Doch das ändert nichts daran, daß sie somit den Augustianern, den Vertrauten des Commodus, den Weg versperren, und die haben in Perennis, dem Gardepräfekten der Prätorianer, einen Anführer, der keine Skrupel kennt!«

Den Kopf gesenkt, lief Apollonius ein paar Schritte auf und ab. Carpophorus setzte noch eindringlicher hinzu: »Mein Freund, ich beschwöre dich, du mußt sofort fliehen. Die Prätorianer können jeden Augenblick eintreffen.«

Da hob der betagte Senator den Blick und erklärte mit ruhiger Stimme: »Du solltest wieder in deine Sänfte steigen. Wenn sie dich hier vorfinden, werden sie sich denken können, daß du mich warnen wolltest. Schließlich wissen sie, daß du im Dienst des Palastes stehst. Also geh.«

»Aber du bist es, der gefährdet ist!«

Apollonius legte dem Ritter freundschaftlich die Hand auf die Schulter.

»Ich danke dir von ganzem Herzen dafür, daß du diese Gefahr auf dich genommen hast. Doch nichts wird mich von meinem Entschluß abbringen: Ich bleibe. In Zeiten des Unglücks erkennt man seine Freunde, und wenn ich Pompeius nützlich sein kann ...«

»Du kannst nichts mehr für ihn tun!«

»Möglich. Aber warum sollte ich fliehen? Ich bin alt und krank. Die Beschwerlichkeiten einer Reise, die Ängste der Flucht wären mein sicheres Ende. Seit langen Jahren bereite ich mich innerlich darauf vor, für meinen christlichen Glauben zu leiden und zu sterben. Ich fürchte also nicht, es im Namen der Freundschaft zu tun.«

Carpophorus betrachtete ihn, hin- und hergerissen zwischen Bewunderung und Vorwurf. Er kannte den Greis gut genug, um zu wissen, daß er seine Entscheidung nicht rückgängig machen würde.

»Hast du es dir reiflich überlegt?« fragte er mit bewegter Stimme.

»Gewiß. Um einen Gefallen aber möchte ich dich bitten: daß du, sollte mir ein Unglück widerfahren, für meine Schwester und meine Sklaven Sorge trägst.«

Die beiden Freunde nahmen lange voneinander Abschied. Dann wandte sich der Ritter ab und eilte zu seiner Sänfte zurück. Sie sollten sich niemals wiedersehen.

*

Nachdem Carpophorus gegangen war, rief Apollonius seine Sklaven im Atrium zusammen, wo er sie, fest in seine Toga eingehüllt, mit der gewohnten heiteren Miene empfing.
»Meine Freunde, die Stunde des Abschieds ist gekommen. Ich hatte immer geglaubt, mein gebrechlicher, von allzu vielen Leiden geplagter Leib würde es mir verwehren, noch länger unter euch zu verweilen. Doch es sind die Zufälle des Schicksals und nicht mein gebrechlicher Körper. Ich werde wahrscheinlich das indirekte – und, ich muß es betonen, unschuldige – Opfer einer Palastrevolte sein. In Kürze treffen die Prätorianer hier ein, um mich festzunehmen. Ich wollte euch also hier versammeln, um Abschied von euch zu nehmen.«
Hätte der Boden unter ihren Füßen nachgegeben, oder ein Blitz einen wolkenlosen Himmel durchzuckt – Apollonius' Sklaven hätten nicht bestürzter sein können. Manche begannen leise vor sich hin zu murmeln: »Herr, o Herr!« Flavia und ein Großteil der Frauen vermochten ihre Tränen nicht zurückzuhalten. Andere, darunter auch Calixtus, grübelten, nachdem der erste Schreck überwunden war, über die Folgen eines solchen Ereignisses für ihr eigenes Schicksal. Alle wußten, daß sie nie mehr einen gütigen Herrn wie diesen finden würden.
»Ihr wißt auch, daß ich Christ bin, was mich veranlaßt hat, oft und ausgiebig über die Frage der Sklaverei nachzudenken. Vielleicht wäre ich meiner Überzeugung eher treu geblieben, wenn ich euch schon früher freigelassen hätte. Doch das wäre mein Ruin gewesen oder wenigstens der Verlust meines Senatorenranges, oder der Verlust an Einfluß, den ich auf die Domus Augustana* zugunsten meiner Brüder ausüben konnte. Ich hätte so nur die Aufmerksamkeit auf mich gelenkt, was mir gewiß früher oder später den Tod in der Arena eingebracht hätte. Vielleicht aber sind dies alles auch nur fadenscheinige Entschuldigungen, die ich euch nenne, nachdem ich sie mir selbst eingeredet habe. Wie auch immer, ich werde mich

* Kaiserpalast

sogleich daran machen, mein Testament zu verfassen, und will darin die Manumissio für alle hier Anwesenden verfügen!«
Bei diesen Worten blickten sich alle Sklaven ungläubig an. Was ihr Herr beschlossen hatte, bedeutete nichts anderes als Freilassung! Sie würden alle frei sein!
Calixtus suchte Flavias Blick, konnte ihn aber nicht finden. Mit tränenüberströmten Wangen starrte sie den Senator teilnahmsvoll an.
Als der erste Augenblick der Überraschung vorbei war, wurde die Gruppe der Sklaven von fieberhafter Aufregung ergriffen. Einige warfen sich dem Greis zu Füßen, andere versuchten, ihm die Hände zu küssen; von einer Vielzahl widersprüchlicher Gedanken verwirrt, blieben aber die meisten stumm.
»Kommt, Freunde, faßt euch wieder. Laßt uns die Zeit nutzen, die uns verbleibt. Du«, sprach er zu Hippolyt, »lauf sofort zu Claudius Maximus, dem Zensor. Ich brauche ihn, um mein Testament bestätigen zu lassen. Du, Ephesius, trag alle Dokumente zusammen, die ich brauche, um meinen Letzten Willen niederzuschreiben. Und ihr anderen macht euch wieder an eure üblichen Pflichten.«
Bis auf seinen Verwalter verließen alle das Atrium. Und zum erstenmal in den langen Jahren las Apollonius in den Zügen seines Dieners echte und tiefe Betroffenheit.
»Herr ... Herr, ist es wahr? Werden die Prätorianer ...«
»Leider ja, mein guter Ephesius. Carpophorus hat mich gewarnt. Sie werden nicht lange auf sich warten lassen.«
»Und deine Schwester Livia ... ist sie dann auch in Gefahr?«
»Ich vertraue sie dir an. Die Intriganten, die sich um unseren Kaiser scharen, haben – ich will es zumindest hoffen – keinen Grund, ihr übel zu wollen.«
»Aber fürchtest du Livias Reaktion nicht, wenn sie von deiner Festnahme erfährt?«
Ein Lächeln huschte über die zerfurchten Züge des Greises.
»Nein, nein. Livia ist eine zurückhaltende und verschwiegene Natur.«

»Menschen wie sie werden besonders kühn, wenn die Umstände ihrer Natur Gewalt antun.«
»Sei versichert, mein Freund. Und vergiß nicht, ihr meine ganze Zuneigung zu übermitteln. Ich fürchte, mir selbst fehlt der Mut dazu.«
Ephesius verneigte sich. Als er sich daranmachte, die Truhen mit den Besitzurkunden und den Familiendokumenten zu öffnen, war seine Miene wieder verschlossen. Er griff nach einer Wachstafel und einem Griffel und wartete auf das Diktat des Senators.
»Hättest du nicht einen Schreiber vorgezogen? Er könnte dies alles gewiß klarer und deutlicher verfassen als ich.«
Apollonius antwortete nicht. Erstaunt hob Ephesius die Augen. Vom zitternden Licht der Lampen erleuchtet, waren die Züge seines Herrn erstarrt. Er flüsterte: »Es ist nicht mehr nötig.«
Da vernahm der Vilicus den Gleichschritt der Nagelschuhe. Nur die Prätorianer trugen sie.

11

Das Forum des Caesar war wie immer von einer bunten Menschenmenge bevölkert. Auf der einen Seite in Seide und purpurgesäumte Stoffe gewandete Senatoren, Ritter und edle Matronen, die aus den Gärten oder Portiken des Marsfeldes kamen; auf der anderen die Bewohner des nahen Subura-Viertels in Kleidern aus Leinen oder Wolle, in weiten, wallenden Gewändern der orientalischen Provinzen, in kurzen Athletentuniken, gallischen Mänteln oder im aufreizenden Staat von Metzen.
Gruppen Feingekleideter drängten sich vor den prächtigsten Geschäften und palaverten über die Preise von Elfenbein, kostbarem Eßgeschirr und Pelzen. Die Plebejer verhandelten eifrig mit den Obst- und Gemüseverkäufern, die ihre Ware in einfachen Weidenkörben aus ihren am Tiberufer vertäuten Barken

feilboten. Brüderlich vereint plauderten Männer vor den Thermopolen; andere hatten sich in den Schatten der Arkaden geflüchtet und hockten auf den Bänken der Barbierläden, wo die letzten Neuigkeiten der Hauptstadt ausgetauscht wurden. Obwohl hier außergewöhnlich hohe Preise verlangt wurden, war der Laden des Alcon der bestbesuchte. Nur wenige Barbiere wußten einem den Bart zu stutzen, ohne dabei Schrammen auf der Wange zu hinterlassen. Alcon war einer von ihnen.
Er war eben dabei, seine Klinge behutsam über die runde Wange eines Kunden gleiten zu lassen – eines fettleibigen, aufgedunsenen Mannes, dessen Kleidung von großem Reichtum zeugte.
Ringsumher herrschte emsiges Treiben wie in einem Bienenstock: Lehrlinge, die die Messer des Meisters wetzten, Jünglinge, die sich in den großen Bronzespiegeln betrachteten, dazu das ständige Kommen und Gehen der Gaffer und die angeregten Gespräche der Kunden.
In diesen Mauern wurden die letzten Skandale ausgetauscht, Anekdoten vom Vortag oder zugeraunte Geheimnisse, die man nur in den schmucklosen Fluren der Domus Augustana zu hören bekam.
»Wenn man den neuesten Nachrichten Glauben schenken darf«, rief eine Stimme, »laufen wir Gefahr, in neroische Zeiten zurückzuverfallen.«
»Verleumdungen der Senatoren!« entgegnete eine andere. »Unser junger Augustus hat nichts von einem blutrünstigen Irren. Der beste Beweis ist, daß Lucilla nach Capri verbannt wurde, statt wie ihre Komplizen hingerichtet zu werden.«
»Und ihr Gemahl, der edle Pompeius?« fragte ein Dritter.
»Er hat seine Haut gerettet, indem er auf die Macht verzichtet und eingewilligt hat, sich nach Terracina zurückzuziehen.«
Der Kunde, der sich eben von Alcon rasieren ließ, fuhr hoch.
»Und die ...«
Er verstummte, zog eine Grimasse und führte die Hand an die Schnittwunde, die er sich durch seine abrupte Bewegung zugezogen hatte.

»Ruhig, Herr Servilius!« rief der Barbier. »Sonst haben dein Gesicht und mein Ruf zu leiden.«
»Dein Ruf ist mir einerlei«, knurrte Servilius, »doch gib auf meine Haut acht.«
Er führte seine Frage zu Ende: »Und die Komplizen von Pompeius, was ist deren Schicksal?«
»Welche Komplizen?«
»Ich meine ... au! verdammter Alcon ... seine Mitverschwörer.«
»Edler Herr Servilius«, protestierte der Barbier, »es stört dich vielleicht nicht, wie ein Gladiator nach der Arena auszusehen, aber ich wiederhole, daß ich einen Ruf zu verlieren habe. Bei der nächsten plötzlichen Bewegung hat deine letzte Stunde hier geschlagen.«
Die Bemerkung des Barbiers löste heiteres Gelächter ringsumher aus. Servilius hob nur verärgert die Schultern. Er saß ganz offensichtlich auf heißen Kohlen.
»Die Mitverschwörer des Pompeius«, fuhr der Informant fort, »so wie alle diejenigen, die unter der alten Regierung gedient haben, werden mit Sicherheit freigelassen, sobald Perennis, der Gardepräfekt der Prätorianer, über ihren Fall entschieden hat.«
»Und der Senator Apollonius?«
»Sein Name wurde nicht besonders hervorgehoben. Sollte sich herausstellen, daß er nicht in die Verschwörung verwickelt ist, wird er wohl freigelassen wie alle anderen.«
»Es sei denn, man entdeckt, daß er Christ ist«, meinte eine andere Stimme scherzend.
Servilius wäre beinahe von seinem Schemel hochgesprungen. Ein weiteres Mal ritzte sich die Klinge in seine Haut. Unter den höhnischen Blicken der Umstehenden rann das Blut über seine Wange, und der Barbier hob verzweifelt die Arme. Diesmal blieb ihm nicht die Zeit, seinen Zorn in Worte zu fassen: Servilius hatte sich schon erhoben.
»Würdest du das wiederholen ... Apollonius ist Christ?«
»Genau. Das ist ein offenes Geheimnis. Ich ...«

Ohne sich den Satz zu Ende anzuhören, wischte sich Servilius die Wangen mit seinem Umhang ab und verkündete in hochmütigem Tone: »Mein armer Freund, du bist wirklich so ungeschickt, daß ich dir mein Gesicht nicht weiter anvertrauen kann.«
Schallendes Gelächter ertönte, während der glücklose Barbier im Innern vor Zorn kochte.
»Doch tröste dich«, fügte Servilius unerschütterlich hinzu. »Ich werde dich nicht vergessen. Denn morgen bin ich reich genug, dich und deine Gehilfen einzustellen, um meinen Freigelassenen die Bärte stutzen zu lassen. Dann kannst du dich nach Belieben üben.«

*

Das vom Gardepräfekten gesprochene Recht stand seit jeher in schlechtem Rufe. Es befaßte sich fast nur mit Strafprozessen, insbesondere mit solchen, bei denen es um Majestätsbeleidigung ging. Die Verfahren waren geheim, die Todesurteile zu zahlreich, als daß sie nicht Zweifel an der Rechtschaffenheit der Richter geweckt hätte. Die Prozesse fanden in der Castra Praetoria statt, der Kaserne, in der die Prätorianer untergebracht waren. Die Häftlinge, oft berühmte Persönlichkeiten, standen hier unter strenger Bewachung, während sie auf ihr Urteil warteten. Nur selten war es ihnen erlaubt, Kontakt miteinander aufzunehmen, wenn dies aber der Fall war, durfte es als ein sehr gutes Vorzeichen gedeutet werden.
Unter den einstigen Vertrauten des Marc Aurel, die in der Castra zusammengekommen waren, zeichnete sich der Senator Apollonius durch seine innere Gelassenheit aus. Ob Pertinax, Julianus, Victorius – alle fanden in seiner Haltung Trost, und sie nannten ihn liebevoll den »einzigen echten Philosophen des Reiches seit Marc Aurels Tod«.
Im übrigen begann sich die Lage aufzuklären. Nachdem Pompeius auf die Macht verzichtet hatte, wurden auch seine Freunde nicht mehr als gefährlich erachtet. Deshalb wunderte sich

niemand, als ein mildes Urteil nach dem anderen verkündet wurde. Julianus wurde lediglich dazu verdammt, sich nach Mediolanum zurückzuziehen; Pertinax in sein Geburtsdorf in Ligurien; selbst Victorius, der sich durch Offenheit und Rechtschaffenheit auszeichnete, blieb verschont.

Warum also hätte Apollonius unter den gegebenen Umständen irgendwelche Befürchtungen hegen sollen? Er war ganz offensichtlich weniger als alle anderen in den Vorfall verwickelt. Seine Schwester Livia, seine Freunde, seine Kunden, seine Sklaven, die ganze christliche Gemeinde bedachte ihn mit tröstlichen Botschaften, mit Geschenken, mit Leckerbissen, die er übrigens sogleich unter seinen Mitgefangenen, ja sogar an die Prätorianer verteilte, die ihn bewachten.

Es war schwül und drückend an jenem Morgen, als ihn die beiden Wachen im feierlichen Prunkgewand – Helmbusch, kunstvoll verzierter Harnisch, Purpurumhang über den Schultern – zum Gericht führten.

Tigidus Perennis, Gardepräfekt der Prätorianer, war, wie Pompeius, Ritter syrischen Ursprungs. Aufgrund seiner Herkunft hatte er eine dunkle Hautfarbe, gelocktes Haupt- und Barthaar und eine angeborene Neigung zur Körperfülle. Und doch war alles an seiner Kultur und seinem Werdegang abendländisch. Apollonius wußte von seinem Geschick in kriegerischen Dingen und auch, daß er, Perennis, es war, der den jungen Commodus in diese Kunst eingeführt hatte; was ihm schließlich zu einem der wichtigsten Staatsposten verholfen hatte.

Er saß auf seinem kurulischen Stuhl in der Mitte einer Marmorestrade, auf den Knien eine Wachstafel, zu beiden Seiten jeweils ein Gerichtsschreiber, bereit zur Niederschrift. Hinter ihnen erblickte man eine Wasseruhr, die mit ihrem monotonen Tropfen den nüchternen, kahlen Raum noch karger und strenger erscheinen ließ.

Perennis und Apollonius begrüßten sich höflich, und der Präfekt fragte den Senator ohne Umschweife, ob er sich bereits für einen Anwalt entschieden habe. Der Angesprochene erwiderte ruhig, daß er sich selbst verteidigen wolle, so wie das Gesetz es gestattete.

»Sind dir die wichtigsten Anklagepunkte gegen dich bekannt?«

»Gewiß. Ich soll die Pläne zur Ermordung des Kaisers ausgeheckt haben.«

Perennis unterdrückte ein Seufzen.

»Wenn es nur das wäre. Ich könnte dich auf der Stelle freilassen.«

»Man klagt mich also eines weiteren Verbrechens an?«

»Gestern abend hat dich ein Mann denunziert: Er behauptet, du seist Christ.«

Der Augenblick war also gekommen, dachte Apollonius.

»Du sagst es, ich bin Christ.«

Der Präfekt beugte sich weit zu Apollonius vor.

»Es dürfte dir nicht unbekannt sein, daß dir nach den Gesetzen des Reiches über unzulässige Vereinigungen die Todesstrafe droht.«

»Ich kenne die Gesetze.«

»Jetzt hör mir zu, Apollonius! Du bist Philosoph und gehörst nicht zu jenem Gesindel, das man nach Belieben anstacheln und aufhetzen kann. Willst du dein Leben aufs Spiel setzen, nur um eine vernunftwidrige Idee zu verteidigen?«

»Wenn ich dich recht verstanden habe, Präfekt, würdest du mich nicht verurteilen, weil ich Christ bin, sondern weil ich es öffentlich bekenne?«

Das Kinn auf die Hand gestützt, strich sich Perennis verlegen durch den Bart.

»So will es die kaiserliche Gerichtsbarkeit.«

»Du wirst mir zustimmen müssen, daß dieser Brauch ebenso widersinnig wie ungerecht ist.«

Perennis machte eine ungeduldige Handbewegung.

»Zu allen Zeiten war die christliche Sekte eine Bedrohung für die res publica.* Allein die Tatsache, daß du ihr angehörst, macht dich zum Feind des Staates, also zum Verschwörer.«

---

* Öffentliche Ordnung, Gemeinwesen, Staat.

»Wenn du wirklich so überzeugt wärst von dem, was du sagst«, entgegnete der alte Senator, »dürftest du nicht die geringsten Skrupel haben, mich zu verurteilen. Um so weniger, als ich verdächtigt werde, mich gegen unseren Prinzeps verschworen zu haben.«
»Erkennst du Commodus als rechtmäßigen Kaiser an?«
»Ich habe immer gesagt, daß er nicht der Herr ist, der dem Reich angemessen ist, seine Rechtmäßigkeit aber habe ich nie in Frage gestellt. Das ist um so offensichtlicher, als die christliche Lehre rät, *dem Kaiser zu geben, was des Kaisers ist und die von Gott gewollte Ordnung zu achten.*«
»Unter diesen Umständen kannst du doch ein paar Weihrauchkörner vor dem Standbild unseres Augustus verbrennen.«
»Nein, das kann ich nicht. Du weißt, daß unser Kaiser von sich behauptet, ein Gott auf Erden zu sein. Ihm Weihrauch zu opfern, wäre für mich ein wahrer Abfall von meinem Glauben.«
»Du wünschst also zu sterben?«
»Mein einziger Wunsch ist, in Christus zu leben. Außerhalb von ihm wäre ich tot.«
»Deine Gedankengänge sind mir fremd, Apollonius. Überdenke deine Entscheidung noch einmal. Ich will dir drei Tage dazu lassen.«
»Weder drei Tage noch drei Jahre werden mich umzustimmen vermögen.«
Die Prätorianer führten Apollonius in seine Zelle zurück. In den folgenden Stunden begannen die Ergebnisse des Verhörs zunächst in die Kaserne und dann in die ganze Stadt durchzusickern, wo sie für große Aufregung sorgten. Als sich die beiden Männer drei Tage später erneut gegenübertraten, war es sonderbarerweise Perennis, der am verstörtesten erschien. Die Haltung des Senators versetzte ihn in eine höchst unangenehme Lage. Auf Anordnung seines verstorbenen Vaters hatte Commodus schwören müssen, niemals einen Senator zum Tode verurteilen zu lassen. Und mit der Milde, die Pompeius und seinen Freunden zuteil geworden war, hatte man vor allem den Zweck

verfolgt, dem Volk ein beruhigendes Bild von seinem jungen Kaiser zu vermitteln. Die Verurteilung Lucillas und ihrer Komplizen war von den Bürgern Roms einhellig begrüßt worden, ganz anders aber würde es sich bei einer allseits geachteten Persönlichkeit wie Apollonius verhalten ...
»Ich habe dir zwei Neuigkeiten mitzuteilen«, begann Perennis mit gesetzter Stimme, »zwei Neuigkeiten, die dich vielleicht dazu bewegen werden, deine Haltung zu überdenken.«
»Das würde mich wundern, aber ich höre dich an.«
»Ist dir eine Person namens Servilius bekannt?«
Erstaunt hob Apollonius die Brauen.
»Nein«, antwortete er schließlich, »der Name sagt mir nichts.«
»Das ist sonderbar, weißt du, denn dieser Servilius hat dich angezeigt.«
»Wie auch immer, man muß anerkennen, daß er gut unterrichtet ist. Aber warum glaubst du, daß diese ... Offenbarung geeignet sei, mich zu beeinflussen?«
»Ganz einfach, weil ich mir vorstelle, daß sie Rachegelüste auslösen könnte und weil, wie jeder weiß, nach dem Tod keine Rache mehr möglich ist.«
»Es tut mir leid, dich enttäuschen zu müssen, doch ich bin gern bereit, diesem Menschen zu verzeihen. Irregeführt ob der unzähligen Unwahrheiten, die über die Christen verbreitet werden, wird er geglaubt haben, ein gutes Werk zu tun, indem er mich anzeigt.«
»Und wenn ich dir jetzt mitteilte, daß deine Schwester mich aufgesucht und mir gestanden hat, daß auch sie dieser Sekte angehört, und mich bittet, dein Schicksal teilen zu dürfen? Würde dich auch diese Nachricht gleichgültig lassen?«
Mit entwaffnender Ruhe entgegnete Apollonius: »Wie könnte ich gleichgültig sein? Ich bin glücklich. Stolz auf ihren Mut.«
»Wirklich, Apollonius, du bist der seltsamste Philosoph im ganzen Reich, und ich kann dir versichern, daß ich unter Marc Aurel unzähligen begegnet bin! Du verschonst deinen Feind, und der Tod deiner Schwester läßt dich ungerührt?«

»Das hat nichts mit Philosophie zu tun. Livia und ich zeugen nur vom Ruhm desselben Gottes.«
»Indem ihr euch töten laßt?«
»Unser Herr Christus hat gesagt: *Wer sein Leben retten will, wird es verlieren.*«
Perennis zuckte gereizt die Achseln.
»Begreifst du denn nicht, daß ich dir das Leben retten will!«
»Ich bin dir dankbar dafür. Aber was wäre mein Leben, wenn ich mich verleugnen würde?«
»Bei Jupiter! Ich verlange nicht von dir, deinen Nazarener zu verleugnen. Eine einfache, rein äußerliche Geste würde mir genügen!«
»Gewiß, aber diese einfache Geste wäre schon zuviel. Ich bin Christ. Ich will als solcher leben, es sei denn« – er hielt inne, bevor er fortfuhr –, »es sei denn, du beschließt, mich sterben zu lassen.«
»Du verdammst dich selbst.«
»Nein, was mich verdammt, sind die kaiserlichen Erlasse, die, wie du im tiefsten Innern weißt, ungerecht sind. Erlasse, denen du dich nicht zu widersetzen wagst.«
Diese letzte Bemerkung ließ Perennis noch mehr in Zorn geraten. Er schlug heftig mit der Handfläche auf das Elfenbein seines kurulischen Stuhls, erhob sich und erklärte trocken:
»Marcus Tullius Apollonius, du hast gestanden, eine unerlaubte Religion auszuüben und einer verbotenen Gemeinschaft anzugehören. Wegen dieser beiden Vergehen verhänge ich die Todesstrafe über dich.«
»Und ich vergebe dir, Tigidus Perennis«, entgegnete der alte Senator ruhig.
Der Gardepräfekt war tief beeindruckt von dieser Selbstbeherrschung. In dem Wissen aber, daß eine Antwort von seiner Seite einen Mangel an Würde bedeutet hätte, hieß er die beiden Prätorianer, den Gefangenen zurückzuführen.
Noch lange, nachdem ihre Schritte verhallt waren, versuchte Perennis, tief in sich zusammengesunken, die gegensätzlichen

Gefühle zu erforschen, die der Senator in ihm ausgelöst hatte. Erst die Stimme eines der Gerichtsschreiber riß ihn aus seinen Grübeleien.

»Präfekt, sollen wir Euch den Denunzianten vorführen?«

Augenblicklich hatte sich Perennis wieder gefaßt. Er hatte weder den Prozeß noch die Verurteilung des Apollonius gewünscht. Ohne es zu wollen, war er vom stillen Mut dieses alten Mannes beeindruckt gewesen. Er hätte ihn gewiß retten können, hätte diese Anzeige die Lage nicht verschlimmert. Mit strengem Blick befahl er, den Denunzianten hereinzuführen.

Die untersetzte Gestalt des Servilius, sein prahlerisch zur Schau gestellter Reichtum, seine zugleich unterwürfige und hochmütige Haltung, all das mißfiel dem Präfekten in höchstem Maße, und er fragte mit schroffer Stimme: »Was willst du?«

»Herr Präfekt, ich bin hier, um das mir Gebührende einzufordern.«

»Das dir Gebührende?«

»Ja, Herr, das Vermögen des elenden Staatsfeindes, den zu entlarven mich so viel Mühe gekostet hat.«

»Mit diesem Ziel also hast du den Senator Apollonius angezeigt!«

»Deshalb und aus einem anderen Grunde noch.«

»Und der wäre?«

»Der Senator, ich will sagen dieser elende Christ, hat mir und anderen vor Jahren ein großes Unrecht zugefügt.«

Perennis wollte keine Einzelheiten hören.

»Warum forderst du sein Vermögen ein? Weißt du nicht, daß das Majestäten-Gesetz,* das den Denunzianten belohnt, indem es ihm den Besitz des Opfers überläßt, seit Nerva nicht mehr angewandt wird?«

»Aber Herr, ich glaubte, daß ... nun ja ... daß es in vielen

---

* Das Majestäten-Gesetz gestand dem Denunzianten (wenn ihm seine Anklage abgenommen wurde) ein Viertel des konfiszierten Vermögens des Verurteilten zu. Im Ersten Kaiserreich ließ dieses Gesetz das Denunzieren zu einem sehr einträglichen Geschäft werden.

Städten des Reiches noch üblich ist, das Vermögen der Christen an die zu verteilen, die sie überführt haben.«
»Mag sein. In Rom aber gibt es ein Gesetz, das weit unantastbarer ist: das, welches jeden mit dem Tod bestraft, der, auf welche Weise auch immer, den Verlust eines Senators herbeiführt.«
Die kaum verhüllte Drohung ließ Servilius erblassen.
»Natürlich kenne ich dieses Gesetz, aber ...«
»Weißt du, daß ich den Senator Apollonius soeben zum Tode verurteilt habe und daß du die Verantwortung dafür trägst?«
Servilius glaubte, die Wände des Raumes würden über ihm zusammenbrechen.
»Aber Herr! Du hast gerecht und ich habe als redlicher Bürger gehandelt.«
»Du hast als mißgünstiger und gieriger Mensch gehandelt. Und ich, ich handele erst dann wirklich gerecht, wenn ich dich für deine Tat bestraft habe.«
Mit unverblümter Genugtuung sah der Präfekt, wie sich die Gesichtszüge Servilius' verzerrten. Er richtete sich auf und verkündete mit sehr viel festerer Stimme als vor Apollonius: »Weil du den Tod des Senators verschuldet hast, verhänge ich nach dem geltenden Recht die Todesstrafe über dich. Prätorianer, führt ihn ab!«

*

Die Hinrichtung von Apollonius und Livia löste unter den dreiundzwanzig Sklaven des Hauses ungeheure Bestürzung aus. Am meisten niedergeschmettert war Flavia. Als Calixtus sie zu trösten versuchte, vertraute sie ihm zwischen zwei Schluchzern an, sie habe das Gefühl, ein zweitesmal den Vater verloren zu haben. Einen Vater, weit edler noch als den ersten.
»Aber ich bin immer für dich da, Flavia.«
Er hatte die Worte kaum ausgesprochen, als ihm auch schon klar wurde, wie töricht und kindisch sie waren. Die Art, wie sich das junge Mädchen ihm entzog, bestätigte seinen Gedanken.

Auch er vermochte sich übrigens nicht von diesem Gefühl des unersetzbaren Verlustes zu befreien. Das war einer der Gründe, weshalb er die Ansprache Hippolyts vom Vortag so sehr mißbilligt hatte. Nachdem dieser die Sklaven ins Atrium gerufen hatte, um ihnen die traurige Nachricht zu überbringen, hatte er sie ermahnt, das Schicksal des Senators und seiner Schwester nicht zu beklagen, sondern sie vielmehr um das unvergleichliche Vorrecht zu beneiden, ihr Leben für die Ehre Christi opfern zu dürfen. Calixtus hatte seinen Unmut nicht lange zu verbergen vermocht.

»Ich erblicke hierin die Kunst des Widersinns, auf die sich allein die Scharlatane verstehen. Dein Gott ist zugleich allmächtig und unendlich gut, und du findest es vollkommen natürlich, daß er einen seiner ergebensten Anhänger der Marter ausgeliefert hat!«

»Und du gibst einen sonderbaren Orpheus-Schüler ab, der leugnet, daß es ein Leben nach dem Tode gibt.«

»Darum geht es hier gar nicht!«

»Wenn du wie wir überzeugt bist, daß der Tod kein Ende darstellt, sondern nur einen Übergang, eine Tür zu einer anderen Lebensform, wirst du zugeben müssen, daß es abwegig wäre, sich vorzustellen, uns sei ewiges Leiden bestimmt, vor allem wenn unsere Verdienste ausreichen, um uns den Zugang zu einem besseren Erbe zu gestatten.«

Und wieder fühlte sich Calixtus durch die geschickte Redekunst des Freigelassenen bedrängt. Und da er ihn auf diesem Gebiet nicht zu schlagen wußte, wechselte er rasch das Thema.

»Wenn wir schon vom Erbe sprechen: Weißt du, ob wir frei sein werden, wie der verstorbene Apollonius es gewünscht hat?«

Hippolyts Blick wurde noch vorwurfsvoller.

»Dieser Heide scheint in der Tat vor nichts Achtung zu haben. Hältst du es wirklich für angemessen, zu dieser Stunde von solchen Dingen zu sprechen?«

»Ich stelle mir vor«, entgegnete Calixtus in spöttischem Tone, »daß für einen wie dich, der das Glück hat, zu den Freigelasse-

nen zu gehören, das Schicksal von Sklaven wie uns gänzlich gleichgültig ist!«
»Der Thraker hat recht«, stimmte ein anderer zu. »Wird man den Letzten Willen unseres einstigen Herrn achten?«
Hippolyt mußte zugeben, daß er die Frage nicht zu beantworten wußte. Es gab kein Testament, und die Erklärung Apollonius' war vor keinem anerkannten Zeugen abgegeben worden. Der junge Mann beschloß, auf die Rückkehr seines Vaters zu warten, der ausgegangen war, um Erkundigungen einzuholen. Bis dahin bat er jeden, seinen üblichen Pflichten nachzugehen.
Die Gruppe der Sklaven fügte sich lustlos, das Herz erfüllt von Schmerz und tausend Sorgen. Die folgenden Tage brachten keine Veränderung. Man schwebte ständig zwischen zaghafter Hoffnung und tiefer Trauer. Erst zu den Iden rief Ephesius sie wieder zusammen.
»Dies ist das letztemal, daß ich mich an euch wende«, begann der Verwalter. »Einige von euch wird das mit Freude erfüllen«, fügte er hinzu, indem er Calixtus einen durchdringenden Blick zuwarf. »Ich kann nur hoffen, daß sie ihre Meinung nicht werden ändern müssen.«
Er hielt inne, wie um den folgenden Worten mehr Gewicht zu geben, und jeder ahnte die wirklichen Gefühle, die sich hinter seinen unbewegten Zügen verbargen.
»Unser Herr und seine Schwester lassen keinen anerkannten Erben zurück. Und da keiner von beiden ein Testament verfaßt hat...«
»Trotzdem wissen wir«, unterbrach eine Stimme, »daß Apollonius verkündet hat, er wolle uns freilassen.«
»Vor uns, vor uns allein. Und unsere Aussage hat keinen rechtlichen Wert. Unser Herr wurde in Haft genommen, bevor er sein Testament verfassen, unterzeichnen und bestätigen lassen konnte.«
»Was soll unter diesen Umständen aus uns werden?«
Ephesius holte tief Luft, bevor er erklärte: »Der Herr Carpophorus hat beschlossen, alle Personen, die im Dienst seines Freun-

des standen, unter seinen Schutz zu nehmen. Er gehört dem Hause des Caesar an. Niemand kann sich seiner Entscheidung widersetzen.«
Die Mienen der Sklaven verfinsterten sich schlagartig. Der große Traum war nur noch Asche. Alle Hoffnung, die sie insgeheim gehegt hatten, war dahin. Carpophorus war gewiß ein enger Freund ihres Herrn gewesen, doch alle, die mit ihm in Berührung gekommen waren, wußten von dem üblen Ruf, in dem die syrischen Ritter seit jeher standen. Man warf ihnen Betrügerei und Habgier vor. Unterwürfig vor ihren Vorgesetzten, gnadenlos gegen ihre Untergebenen.
»Und was ist mir dir und deinem Sohn?« fragte Carvilius trocken.
»Wir sind Freigelassene und können demnach frei handeln. Wir könnten euch ins Haus des Carpophorus folgen, doch Hippolyt und ich haben uns anders entschieden. Wenn man jemandem wie Apollonius gedient hat, kann man sich an keinen anderen Herrn gewöhnen.«
»Wir werden euch vermissen«, rief Flavia eifrig.
Zutiefst gekränkt wandte sich Calixtus nach ihr um und sah, daß die Augen des jungen Mädchens tränenverschleiert waren.

12

Februar 183

Carpophorus bewohnte neben seiner Villa in der 14. Region ein gewaltiges Landgut, etwa siebzehn Meilen von der Hauptstadt entfernt. Verschiedene Terrassen blickten auf einen von Baumgruppen und Teichen durchsetzten Park und einen künstlich angelegten Fluß, der sich an Pinienhainen vorbeischlängelte. Um das übliche Atrium zu erhöhen, hatte man einen eindrucksvollen halbrunden Portikus errichtet, der, mit dem Vorsprung der Dächer verbunden, einen ausgezeichneten Schutz gegen Wind und Regen darstellte.

Im Zentrum des Gebäudes befand sich das Peristyl mit zahlreichen Räumen nach allen Seiten, darunter eine Exedra mit Maueröffnungen, groß wie Flügeltüren. Obwohl Carpophorus kein besonderer Liebhaber der Literatur war, hatte er eine Bibliothek entworfen, deren gebogene Fassade die Sonne zu jeder Stunde des Tages einfing. Draußen, in einem Winkel des Parks, von dem aus man zugleich das Meer, den Wald und die Hügel überblicken konnte, hatte er sich ein beheiztes Schwimmbecken ausheben lassen.

Im Gegensatz zu der schlichten Schönheit der Landschaft herrschte im Innern des Hauses ein maßloser Luxus. Überall auf den Tischen standen edelsteinbesetzte Gold- und Silbervasen neben Gebrauchsgegenständen aus korinthischem Metall. Die Fliesen der Bäder waren mit einer Silberschicht überzogen. In dem Raum, der als Speisezimmer diente, waren die schweren Tische aus Bronze und Edelholz von Elfenbeinliegen umstellt.

Der Garten war allein nach den Wünschen der Hausherrin angelegt worden. Die hatte sich nicht damit begnügt, die Domäne und alle Nebengebäude mit einem Gewirr aus Rasenflächen, Lorbeersträuchern und Rosenhecken zu umgeben, sondern hatte obendrein darauf bestanden, das Ganze mit Marmorgottheiten zu überladen. Und so lugten überall zwischen den Büschen Faune, Satyren und Nymphen hervor, wachten Nereiden, Tritonen und Niobiden über die Schatten der Wasserbecken.

Natürlich bedurfte es ganzer Heerscharen von Gärtnern, die dafür sorgten, daß die Natur den Zwängen dessen, was die Herrin des Hause als »Kunst« bezeichnete, unterworfen wurde. So hatten die beschnittenen Eiben, Platanen und Zypressen die Form von Sinnsprüchen in lateinischen Lettern angenommen, von drohenden Hunden und von den Schiffen, aus denen sich die Flotte des Carpophorus zusammensetzte.

Cornelia, die Anstifterin dieses phantastischen Universums, schritt eben in Begleitung ihrer Freundin Olivia und ihrer Nichte Mallia die Allee hinauf. Mallia, die auffällig dünn war, hatte ein kantiges Gesicht, hohe Wangenknochen, eine Adlernase und große schwarze, weit auseinanderstehende Augen, die, unter den dichten Wimpern, ständig von einem ungestillten Verlangen glühten.
Wie alle Patrizierinnen der alten römischen Familien klagten Cornelia und Olivia ständig über den Aufenthalt »in dieser Wüste«, wo sie, fern von den Zerstreuungen, den Theatern und den Geschäften der Hauptstadt, Tag für Tag von tödlicher Langeweile geplagt wurden.
Obwohl sich Mallia, die den beiden Frauen in geringem Abstand folgte, nur selten öffentlich beklagte, vermißte auch sie das Stadtleben, das es ihr mit ihren knapp zwanzig Jahren ermöglicht hatte, Liebhaber und Trennungen zu sammeln. Für sie bedeutete das Wort »Wüste« nichts anderes als fleischliche Enthaltsamkeit.
Die drei Frauen waren auf der Höhe einer Gruppe von etwa zwanzig Personen angelangt, die sich um den Verwalter der Länderei scharten. Dieser hatte an einem Tisch Platz genommen und schrieb Namen auf kleine Wachstafeln.
Im Gegensatz zu Cornelia und Olivia, die, bevor sie ins Atrium traten, nur einen flüchtigen Blick auf die Versammlung warfen, blieb Mallia unter dem Portikus stehen, um die Gruppe in Augenschein zu nehmen. Und da gewahrte sie ihn. Er war größer als die meisten seiner Gefährten, von athletischer Statur, und seine Züge, zugleich hart und rein, weckten ein ebenso plötzliches wie heftiges Verlangen in ihr.
Wer war dieser Mann? Und wer waren die anderen? Jetzt erinnerte sie sich, daß Carpophorus von den Sklaven des verstorbenen Apollonius gesprochen hatte ...

*

Drei Stunden standen sie schon im Hof aufgereiht. Ein schneidender Wind blies über ihre Köpfe hinweg, grauviolette Wolken verdeckten die Sonne.
Calixtus ließ seinen Blick schweifen. Sie waren erst am Vorabend eingetroffen, und doch war ihnen schon jetzt klar, wie sehr sich ihr neues Leben von dem an der Seite des Senators unterscheiden würde. Hier herrschte reges Treiben, es ging zu wie in einem Bienenhaus. Alles, vom Brot bis zum Wein oder Webstoff, wurde im benachbarten Gutshof hergestellt. Die Zahl der Sklaven, die für ebenso widersinnige wie nutzlose Pflichten eingesetzt wurden, war erstaunlich: Verwalter-Sklaven, Arzt-Sklaven, Ankleidegehilfen, ein Dutzend Schreier, die nichts weiter zu tun hatten, als Carpophorus' Sänfte vorauszueilen und ihre Ankunft zu melden, und, wohl das Erstaunlichste: Silentiarii, deren einzige Aufgabe darin bestand, die anderen zum Schweigen zu ermahnen.
»Bist du taub? Ich habe dich nach deinem Namen gefragt!«
»Calixtus.«
»Deutlicher, ich habe nichts verstanden.«
Der Thraker musterte den Mann, der so schroff das Wort an ihn gerichtet hatte. Er mußte etwa vierzig Jahre alt sein, hatte eine dunkle Hautfarbe und ein von auffallend tiefen Falten durchzogenes Gesicht. Sicher war er Syrer oder stammte aus Epirus.
»Also, der Name?«
Calixtus legte beide Hände auf den Tisch, wie um sich aufzustützen. Dann beugte er sich tief zu dem Mann hinab, preßte die Lippen an sein Ohr und wiederholte übertrieben gedehnt:
»Ca-lix-tus ...«
Wäre ein Schwarm von Hornissen auf den Verwalter niedergegangen, er hätte nicht heftiger reagieren können. Mit einem Riesensatz sprang er auf und stieß dabei fast den Tisch um, so daß ein Großteil der Wachstafeln zu Boden fielen.
»Wie kannst du es wagen?«
Sehr ruhig trat Calixtus einen Schritt zurück.
»Heb das auf!«

Er rührte sich nicht.
»Willst du das aufheben?«
»Tu, was er sagt, ich flehe dich an«, flüsterte eine Stimme hinter ihm. Es war Flavia.
»Die Peitsche!« befahl der Mann.
»Sei nicht töricht, ich beschwöre dich. Du bist nicht als einziger betroffen. Denk an die anderen! Wir werden alle für deinen Starrsinn zahlen müssen.«
Calixtus stieß einen Seufzer aus und trat vor den Verwalter. Dort hielt er kurz inne und sah seinem Gegenüber fest in die Augen, bevor er sich hinabbeugte, um die am Boden verstreuten Tafeln aufzusammeln.
»Gut. Sehr gut. Weißt du, mein Freund, ich war schon sehr besorgt um dich.«
»Das tut mir leid.«
Verwirrt über die plötzliche Unterwürfigkeit des Sklaven, fluchte der Vilicus innerlich. Das Knallen der Peitsche löste bei ihm eine fast sinnliche Lust aus.
»Was war deine Aufgabe bei deinem früheren Herrn?«
»Die Verwaltung seines Vermögens.«
Der Mann nahm wieder am Tisch Platz, ritzte etwas mit seinem Griffel in eine der Tafeln und bellte, ohne den Kopf zu heben:
»Nächster!«
Calixtus ließ die Gruppe zurück und machte sich auf den Weg zu den Schlafräumen. Noch immer tief gekränkt, trat er ins Ergastulum, in dem etwa dreißig Betten aufgestellt worden waren. Der spärlich erleuchtete Raum stank nach Schweiß und Moder. Er ließ sich wahllos auf eines der Lager fallen und starrte verbittert an die Decke, als er plötzlich Flavias Hand auf seiner Schulter spürte.
»Du bist wirklich unverbesserlich!«
»Wozu diese Aufregung? Schließlich habe ich kein Verbrechen begangen. Dieser Kerl wollte mich demütigen, das weißt du genau. Bei Apollonius wäre ...«
»Vergiß Apollonius! Vergiß den Esquilin! Hier leben wir für alle

Zukunft unserem wahren Stand entsprechend. Begreifst du das nicht? Wir sind wieder das, was wir nie aufgehört haben zu sein: Diener, Sklaven.«

Calixtus stützte sich auf einen Ellenbogen und murmelte mit beißendem Spott: »Ist es dein Gott, der dir diese rührende Unterwürfigkeit einflüstert?«

»Du bist töricht, Calixtus, du wirst nie etwas anderes als ein törichter Junge sein.«

»Sie hat recht«, ließ sich die Stimme von Carvilius vernehmen. »Was du getan hast, war kindisch und hätte dir die schlimmste Züchtigung einbringen können. Dabei bist du von uns allen derjenige, der am meisten darauf hoffen kann, von unserem neuen Herrn geschätzt zu werden.«

»Und du, Carvilius, findest du es wirklich so erstrebenswert, von solch einem Herrn geschätzt zu werden? Sieh dich doch um! All der zur Schau gestellte Prunk dient keinem anderen Zweck, als Leere und Liederlichkeit zu verhüllen.«

»Ich bin Sklave, kein Richter, und ...«

Er verstummte. Gefolgt von zwei mit Kleidern beladenen Gehilfen, war der Vilicus in den Schlafraum getreten.

»Hier habt ihr neue Tuniken und Umhänge. Zieht sie an. Solange ihr unter diesem Dach lebt, werdet ihr nichts anderes tragen.«

Die Verteilung fand in absoluter Stille statt. Nach einem kurzen Augenblick des Zögerns begannen die ersten, sich ihrer Kleider zu entledigen. Da sie an Thermenbesuche gewöhnt waren, störten sie sich nicht an ihrer Nacktheit. Was sie erzürnte, war vielmehr, daß sie fortan diese einförmigen Kleider würden tragen müssen, die ihnen das Gefühl vermittelten, namenlos und austauschbar zu sein.

Flavia und Carvilius folgten dem Beispiel der anderen. Calixtus dagegen machte sich daran, seine neue Bekleidung zu untersuchen, den Stoff mit den Händen zu zerdrücken. Flavia ahnte Schlimmes.

»Nein ... Bitte nicht!« flüsterte sie.

Doch es war zu spät. Der Verwalter, der den Thraker nicht aus

den Augen gelassen hatte, rief: »Nun, mein Freund, sind die Kleider vielleicht nicht nach deinem Geschmack?«
»Ich werde sie nicht tragen«, erwiderte Calixtus ganz einfach, indem er sich von Flavia abwandte.
»Wie?«
»Diese Kleider sind aus Wolle, nicht wahr?«
»Ja, und?«
»Ich bin ein Schüler des Orpheus. Als solcher ist mir jede Art von Kleidung oder Nahrung tierischen Ursprungs untersagt.«
Man hörte im ganzen Raum nichts weiter mehr als den Wind, der heulend ums Haus strich. Der Verwalter war etwas näher getreten und starrte den Thraker ungläubig an. Er wollte ihn eben zurechtweisen, als eine Stimme rief: »Eleazar! Warum willst du diesem Mann keine Leinenkleider geben?«
Eine junge Frau in einem pelzverbrämten Seidengewand lehnte lässig am Türstock.
»Herrin«, stammelte der Verwalter, »wir ... wir haben keine Leinenkleider für die Sklaven.«
»Dann laß ihm die, die er am Leibe trägt.«
»Aber ... das ist gegen die Vorschriften.«
»Keine Sorge. Ich werde mit meinem Onkel sprechen.«
»Gut. Wenn du die Verantwortung übernimmst ...«
»Aber ja. Und jetzt laß uns allein.«
Der Vilicus zog sich zurück, nachdem er Calixtus einen letzten boshaften Blick zugeworfen hatte.
»Du hast Mut«, begann Mallia, ohne sich um die Gegenwart der anderen Sklaven zu kümmern. »Den braucht man, um sich gegen Eleazar aufzulehnen. Ich muß gestehen, das gefällt mir.«
»Ich danke dir, daß du dich für mich verwendest hast«, entgegnete Calixtus in gleichgültigem Tone.
»Das solltest du auch. Eleazar tröstet sich dadurch, daß er seine Untergebenen tyrannisiert, darüber hinweg, daß er weder den Goldring der Ritter noch die Latiklave der Senatoren trägt. Wenn du ihn herausforderst, machst du ihn dir zum Todfeind. Doch keine Angst, ich beschütze dich.«

Bevor Calixtus etwas erwidern konnte, hatte sie sich abgewandt. Auf der Schwelle rief sie mit einer Stimme, die keinen Zweifel an ihren Absichten ließ: »Wir sehen uns bald ...«
Noch lange, als sie gegangen war, herrschte betretenes Schweigen im Raum. Erst Flavia brach es schließlich.
»Wirklich, Calixtus, Carvilius hat recht: Du bist von uns allen derjenige, der in diesem Haus am meisten geschätzt sein wird.«

*

Eine Woche verging, ohne daß er erfuhr, welche Pflichten man ihm zugedacht hatte. Am Morgen war er finster gestimmt aufgewacht. Ein schweres Gewicht lastete auf seiner Brust, und er verspürte eine unbestimmte Angst. So war es jedesmal, wenn er von seinem Vater geträumt hatte. Immer der gleiche Traum, in dem Bilder aus der Vergangenheit ohne zeitliche Ordnung an seinem Auge vorbeizogen: Seen, Spaziergänge, Wälder; ein Gefühl unendlichen Wohlseins, bis das ganze Mosaik mit einem Schlag in unzählige Teilchen zerbrach, um sich im Dunkel zu verlieren.
Carvilius war in die Küchen des Hauses, Flavia in den persönlichen Dienst von Carpophorus' Nichte aufgenommen worden. Nur er selbst wußte noch immer nicht, welche Aufgabe ihn erwartete. Sonderbarerweise empfand er diese Untätigkeit als Last. Seitdem Apollonius ihm die Welt der Zahlen eröffnet hatte, hatte er Gefallen daran gefunden. Mit mehr oder weniger großen Geldsummen umzugehen, hatte am Ende ein gewisses – wenn auch bedingtes – Gefühl der Macht in ihm geweckt.
Drei Tage später wurde er schließlich zu dem Ritter geführt. Der Raum, in den man ihn brachte, war mit zahlreichen Nischen versehen, in denen kunstvoll gefertigte Jadefiguren standen. Der Mosaikfußboden erinnerte an einen großen Teppich aus purpur- und malvenfarbenen Blüten. Während er auf Carpophorus wartete, hatte er reichlich Zeit, die Regale zu betrachten, die sich unter dem Gewicht der vielen Kupferrollen ein wenig

bogen. Die Einrichtung bestand aus einem großen, schweren Eichentisch und zwei aus exotischen Hölzern geschnitzten Liegen, die so reich verziert waren, daß man sich an Pfauenfedern erinnert fühlte.

Nach einer Weile schließlich trat Carpophorus ein. Er hatte sich seit dem letzten Mal, da Calixtus ihn bei Apollonius gesehen hatte, nicht verändert mit seiner stattlichen Gestalt, dem glänzenden Schädel, den kreisrunden Augen, in denen man so schlecht lesen konnte, die aber von ungewöhnlicher Schärfe waren.

»Ich denke, du bist, wie wir alle, schwer getroffen vom Tod des armen Apollonius«, begann er mit einer gewissen Schwerfälligkeit.

Calixtus nickte.

»Hast du die Sprache verloren?«

»Nein«, erwiderte der Thraker mit angespannter Stimme.

»Gut. Das beruhigt mich.«

Er hielt einen Augenblick inne, bevor er fortfuhr: »Und das um so mehr, als ich Zukunftspläne für dich habe.«

Bevor er diese erläuterte, streckte er sich auf einer der Liegen aus, machte es sich zwischen zwei Seidenkissen bequem und streifte seine Sandalen ab.

»Fast zwei Wochen bist du jetzt schon hier. Dabei wird dir aufgefallen sein, daß zwischen der Insula deines früheren Herrn und«, er beschrieb eine weite Geste mit der Hand, »dem hier ein großer Unterschied besteht. Abgesehen vom Weinanbau und der Stoffherstellung, die, das muß ich betonen, nur nebensächliche Beschäftigungen sind, besteht meine Arbeit vor allem im Handel mit Afrika und dem Bau oder sagen wir lieber, dem Wiederaufbau von Insulae.«

»Dem Wiederaufbau?«

»Hör mir aufmerksam zu. Es wird dir sicher nicht entgangen sein, daß unsere gute Stadt Rom ebenso zerbrechlich wie schön ist. Man muß nur unsere Holzhäuser sehen, um den Grund für dieses Übel zu verstehen. All diese Gebäude haben eines ge-

meinsam: Früher oder später, nach einer mehr oder weniger langen Frist, die vom Glück ihrer Besitzer abhängt, werden diese Insulae Opfer der Flammen.«
Sogleich fiel Calixtus der Brand von Didius Julianus' Palast wieder ein. Wenn selbst solche Gebäude zerstört werden konnten, wieviel gefährdeter waren dann die Insulae mit ihren Wänden aus Holz, mit den unzähligen tragbaren Herden, Kohlenbecken und Öllampen, ganz zu schweigen von den Fackeln zur nächtlichen Beleuchtung.
»Ich weiß. Was ich aber nicht verstehe, ist, wie dir diese gefährdeten Gebäude Geld einbringen können?«
»Ein Kinderspiel. Hör mir gut zu. Man teilt mir mit, daß eine Insula in der zweiten oder dritten Region in Flammen steht. Ich eile hin und spreche dem unglückseligen Eigentümer mein Mitgefühl aus. Durch den plötzlichen Verlust seines Besitzes entmutigt und niedergeschlagen, ist der Mann gewöhnlich in einem Zustand der Bewußtseinstrübung. Ich nutze die Stunde und schlage ihm, mit dem scheinbaren Ziel, ihm zu helfen, vor, ihm den Grund und Boden abzukaufen, auf dem nur noch ein Haufen Schutt und Asche liegt – das Ganze zu einem sehr niedrigen Preis, weit unter dem wirklichen Wert, versteht sich. Was, glaubst du, beschließt der Unglückliche?«
Die Antwort lag auf der Hand.
»Er willigt ein zu verkaufen.«
»Genauso ist es. Wenige Tage später machen sich meine Maurer daran, das Gelände freizuräumen und eine ganz neue Insula aufzubauen, die ich auf der Stelle zum Verkauf anbiete. Denn eines merke dir gut: Wehe dem, der bauen läßt, um sein Gebäude zu behalten! Er geht unvorstellbaren Ängsten entgegen. Bauen und verkaufen. Das ist meine Devise!«
Carpophorus verstummte einen Augenblick, bevor er mit zufriedener Miene fragte: »Nun, was hältst du von meiner Idee?«
Das Unglück eines Menschen auszunützen, um ihn seines Besitzes zu berauben, zeugte nicht eben von lobenswerten Eigenschaften.

»Ich sehe darin ein geschicktes Vorgehen«, antwortete Calixtus widerwillig.
»Ich war sicher, daß du es gutheißen würdest. Jetzt will ich dir aber sagen, weshalb ich nach dir geschickt habe. Ich bedarf deiner Dienste.«
Als der Thraker ihn nur verwundert ansah, fuhr er fort: »Genauso ist es. Denn die Lobreden, in denen sich dein verstorbener Herr über dich erging, haben mich überzeugt, daß du für solche Geschäfte begabt sein mußt. Die Art, wie du sein Vermögen verwaltet hast, dient mir als Beweis. Ich gehe sogar so weit zu behaupten, daß du an dieser Arbeit Gefallen gefunden hast. Täusche ich mich?«
»Nein. Doch das, was ich bei Apollonius tat, hat nichts mit dem gemein, was hier geschieht.«
»Sei unbesorgt. Es ist nicht meine Absicht, dir die Verwaltung meines Vermögens zu überlassen. Ich denke, dazu fehlt dir die nötige Erfahrung. Dazu ist es zu früh. Was ich wünsche, ist weit mehr deinen derzeitigen Fähigkeiten angemessen. Hast du meine Vorgehensweise bei den Insulae verstanden?«
»Voll und ganz.«
»Gut, dann sollst du fortan damit betraut sein. Du begibst dich an Ort und Stelle, du verhandelst, du kaufst, das ist alles. Oder scheint dir die Aufgabe zu schwierig?«
»Nicht im geringsten. Ich denke nur, daß ich eine gewisse Zeit der Anpassung benötige.«
»Selbstverständlich. Soviel du willst. Die ersten Tage werde ich dich begleiten, und später brauchst du nur meinem Beispiel zu folgen. Ich werde dich auch mit den Preisen vertraut machen, die in den verschiedenen Vierteln der Hauptstadt üblich sind, und mit dem Wert der Grundstücke je nach ihrer Lage, damit du so geschickt wie möglich verhandeln kannst. Nun?«
Calixtus, den dieser Vorschlag natürlich überraschte, begann nachzudenken. Was sollte er tun? War das Angebot nicht letzten Endes nur ein verdeckter Befehl?

»Gut«, sagte er schließlich mit einer Stimme bar jeder Begeisterung. »Wann soll ich anfangen?«
Carpophorus stieß ein kleines heiseres Lachen aus.
»Beim ersten Anzeichen eines Brandes, mein Freund. Keine Sorge, man wird dich rechtzeitig benachrichtigen.«
Mit einem zufriedenen Lächeln rückte Carpophorus seine Kissen zurecht.
»Weißt du, bei mir läßt sich dein Leben mit zwei Worten zusammenfassen: Arbeit und Gehorsam. Wenn du deinen Pflichten nachkommst, so wie ich es wünsche, verspreche ich dir, einen glücklichen Sklaven aus dir zu machen. Solltest du dich dagegen zu einem Treiben hinreißen lassen, wie ich es in deiner Anfangszeit bei Apollonius beobachten konnte, dann...«
Carpophorus sprach den Satz absichtlich nicht zu Ende, der Sinn aber war klar.
»Hast du verstanden?« Und ohne die Antwort abzuwarten, fügte er hinzu: »Du kannst dich zurückziehen.«
Nach einer Verbeugung schritt Calixtus langsam zur Tür.
»Lupus!«
Wie vom Blitz getroffen, blieb der Thraker stehen.
»Ich sehe, daß dich die Jahre nicht besänftigt haben... Noch immer so empfindlich?«
»Ja, edler Herr Carpophorus, noch immer«, erwiderte Calixtus mit fester Stimme.
Das runde Gesicht des Römers färbte sich rot.
»Weißt du, was dich dieses Verhalten kosten kann?«
»Nein. Dafür aber weiß ich, was es dich kosten würde. Mindestens tausend Denare. Das war doch der Preis, den du für mich bezahlt hast, oder? Ohne den Mehrgewinn mitzuzählen, den du dir von mir erhoffst.«
»Du bist zweifelsohne der dreisteste Sklave des ganzen Reiches!« knurrte der Ritter.
»Nein, nur der mit dem klarsten Verstand. Du mußt abwägen, was dir mehr einbringt: ein gehorsamer, aber dummer Sklave, oder ein störrischer, aber ein sachkundiger.«

Carpophorus hatte sich erhoben, das Gesicht so rot wie die Kissen auf seiner Liege. Und während sie sich gegenüberstanden, schien Calixtus auf eine Entscheidung zu warten, von der er schon wußte, daß sie günstig ausfallen würde. Für einen Spekulanten wie Carpophorus mußten diese Umstände verlockend sein. Der Römer begnügte sich damit, zwei- oder dreimal geräuschvoll Atem zu holen, bevor er wieder auf die Liege sank. Er gelang ihm sogar, ein Lächeln anzudeuten.
»Der arme Apollonius muß viel Geduld aufgebracht haben, um dich zu ertragen! Ich rate dir dennoch, die Hoffnungen zu erfüllen, die ich in dich gesetzt habe, wenn du nicht willst, daß ich dich der Willkür Eleazars überlasse. Irgendwie habe ich den Eindruck, daß er dich nicht besonders schätzt.«

13

Er war so in Gedanken versunken, daß er Flavia nicht hatte eintreten hören. Jetzt stand sie wenige Schritte neben ihm und sagte lächelnd: »Immer noch in deiner Welt von Träumen?«
Er drückte einen flüchtigen Kuß auf die Stirn des jungen Mädchens.
»Und unsere Frisierdame? Ist sie zufrieden mit ihrer neuen Herrin?«
Urplötzlich war das Lächeln aus Flavias Gesicht verschwunden.
»Mallia ist verrückt. Vollkommen verrückt.«
»Es ist also noch schlimmer, als ich vermutet habe«, meinte Calixtus spöttisch.
»Verrückt, sage ich dir! Verglichen mit dieser Frau war die Schwester von Apollonius, die auch ihre Eigenarten hatte, geradezu eine Heilige. Weißt du, wie viele Fläschchen und Alabastertöpfchen ich bei der Nichte unseres Herrn zählen konnte? Über dreißig! Die unglaublichsten Mittel: Ledertang, Kreide, Blei-

weiß, Weinhefe, Antimonpulver und was sonst noch. Der ganze Zauber dient dem vergeblichen Versuch, die schrecklichen kleinen Pickel zu verbergen, mit denen ihr Gesicht übersät ist. ›Urtica‹*, so wird sie von den Dienerinnen hinter ihrem Rücken genannt. Ich kann nur sagen ... Lächerlich.«

»Ich weiß nicht, ob es lächerlich ist. Doch der Name scheint gut zu ihr zu passen.«

»Glaubst du, sie würde sich mit einer einfachen republikanischen Haartracht begnügen? Weit gefehlt. Das wäre ein Frevel! Wie könnte man sich die edle Mallia so bescheiden frisiert vorstellen! Du weißt ja, daß sie kohlrabenschwarzes Haar hat. Doch gestern hat sie plötzlich beschlossen, blond zu werden. Stundenlang mußte ich ihr Haar mit einer Mischung aus Ziegentalg und Buchenasche einreiben – eine, wie sie behauptet, von ihr selbst erfundene Mischung, dabei ist sie allen Patrizierinnen seit jeher bekannt. Doch das ist nicht alles. Bei meiner Arbeit war ich von zwei Sklavinnen umgeben, die für den Spiegel verantwortlich waren, zwei weitere für die Stirnbänder, eine fünfte für die Nadeln und eine letzte für die Kämme!«

»Das ist in der Tat sonderbar.«

»Eine schlecht befestigte Nadel, eine schlecht sitzende Locke und schon wird sie zur Furie. Ich sage dir, sie ist verrückt!«

Verrückt oder eifersüchtig? fragte er sich plötzlich. Seit dem ersten Tag, da er dieses Haus zum erstenmal betreten hatte, wußte er, daß die Nichte des Carpophorus ein Auge auf ihn geworfen hatte. Und wenn er bis zum heutigen Tag vorgab, es nicht bemerkt zu haben, so hatte das vor allem einen Grund: das Äußere der jungen Frau war nicht von der Art, die im Manne ein unwiderstehliches Verlangen weckt. Das allzu hagere Gesicht, die Adlernase, die schweren, stets feuchten Lippen sprachen nicht zu ihren Gunsten. Außerdem mußte Calixtus auch den Zorn von Carpophorus fürchten. Der derzeitige Zustand hätte indes wohl noch längere Zeit andauern können, wären da nicht

---

* Brennessel

diese verärgerten Blicke gewesen, die sie Flavia und ihm zuwarf, wenn sie ihnen unvermutet im Haus oder in den Gärten begegnete.
Von einem plötzlichen Verdacht übermannt, zog er das Ricinium*, das die Schultern des jungen Mädchens bedeckte, ein wenig beiseite und wich dann einen Schritt zurück. Er hatte sich nicht getäuscht. Ein gewaltiger Bluterguß prangte auf ihrer weißen Haut. Flavia stieß einen kleinen Schrei aus.
»Leg deine Stola ab!« befahl er mit angespannter Stimme.
»Nein.«
Die Arme vor der Brust verschränkt, war auch sie einen Schritt zurückgewichen.
»Flavia, zwing mich nicht ...«
»Was fällt dir ein?«
»Mir fällt auf, daß du dich seit mehreren Tage sträubst, in meiner Begleitung die Bäder zu besuchen. Und jetzt dies ...« Er deutete auf den blaugrünen Fleck.
Das Mädchen senkte beschämt den Blick und sprach mit erstickter Stimme: »Ich brauche meine Stola nicht abzulegen. Du hast recht. Auf meinem Rücken und meiner Brust wirst du die gleichen Spuren von Schlägen finden.«
»Es ist Mallia, nicht wahr?«
Sie nickte.
»Es reicht schon, daß ich sie nicht schnell genug kämme, und gleich geht der Ochsenziemer auf mich nieder. Es reicht schon, daß sie eine Locke, eine einzige, nicht am richtigen Ort wähnt, und gleich zerkratzt sie mir die Brüste mit ihren Nadeln. Bevor ich mich hierher zu dir gesellte, mußte ich meine Tunika wechseln; die andere war blutbefleckt.«
»Was für ein Ungeheuer!«
»Wenn sie mich damit für eine Ungeschicklichkeit strafen wollte ... Aber nein, ich bin der festen Überzeugung, daß sie aus reiner Lust handelt, daß alles nur ein Vorwand ist.«

* Eine Art Schal, der Schultern und Kopf der Römerinnen bedeckte.

Ein Vorwand ... Wußte Flavia, wie sehr sie damit recht hatte? Calixtus zögerte, bevor er sagte: »Hör mir gut zu, du mußt Mallia sagen, daß wir beide Bruder und Schwester sind.«
»Aber du weißt doch, daß es gar nicht stimmt!«
»Vertrau mir. Wenn sie davon überzeugt ist, läßt sie dich in Ruhe. Im Augenblick quält sie die Eifersucht.«
»Du willst sagen – du und Mallia?«
Das Zittern in Flavias Stimme hatte etwas Rührendes.
»Sei versichert. Es gibt nichts zwischen ihr und mir. Nichts. Aber irgend etwas sagt mit, daß sie wünscht, es könnte anders sein.«
Er dachte an die versteckten Machenschaften der Nichte des Carpophorus. Auch wenn sie ihn nicht für jedermann sichtbar zu verführen suchte – wohl weil ihre Würde es ihr verbot – so verriet ihm doch jeder ihrer Blicke, jede ihrer Gesten, daß sie nur auf ein Zeichen von ihm wartete.
»Gib ihr nicht nach. Ich beschwöre dich! Du würdest die größten Schwierigkeiten bekommen.«
Verwundert über diese übertriebene Sorge, betrachtete Calixtus sie.
»Glaubst du, ich habe die Wahl, wenn sie mir eines Tages wirklich näherkommen will? Seit wann weigert sich ein Sklave, dem Willen seines Herrn nachzukommen?«
»Aber Mallia ist nicht dein Herr! Und ich bezweifle sehr, daß ihr Onkel es schätzen würde, wenn sie sich einem Sklaven hingibt.«
»Wir müssen aber einen Weg finden, daß sie aufhört, dich zu peinigen.«
»Nähere dich ihr nicht, Calixtus. Ich flehe dich an, laß sie in Ruhe.«
Leicht verärgert über ihre Beharrlichkeit, entgegnete er: »Wenn man dich hört, könnte man meinen, ich wollte sie umbringen.«
»Es geht mir nicht um sie. Du bist es, um den ich Angst habe. Ihr Vergnügen wäre für dich ein Makel, eine Besudelung ... im Diesseits wie im Jenseits.«
Der Blick des Thrakers wurde sehr hart.
»Im Diesseits wie im Jenseits ... Keine Frage, woher diese

Sprache kommt. Ich nehme an, du triffst dich weiter mit deinen christlichen Freunden. Selbst unter diesem Dach.«
Als sie nicht antwortete, fügte er hinzu: »Bei Apollonius und Livia war das noch irgendwie verständlich. Carpophorus aber ist ein echter Römer. Er kümmert sich vielleicht wenig um die Götter, aber er hält sich sehr genau an die Pflichten des Glaubens. Und du weißt, daß es zu seinen Pflichten zählt, jene anzuzeigen, die sich fremdem Aberglauben verschreiben.«
Ohne auf diese letzten Worte ihres Gefährten einzugehen, begnügte sie sich damit zu wiederholen: »Halte dich von Mallia fern. Vergiß alles, was ich dir gesagt habe. Ich beschwöre dich.«
Den Kopf ein wenig gesenkt, musterte er sie einen Augenblick, bevor er erwiderte: »Wenn ich dir nun antworten würde, daß du dich nie an meine Ermahnungen gehalten hast, daß du noch heute jedem meiner Ratschläge mißtraust? Und daß ich deshalb nicht weiß, was mich davon abhalten sollte, so zu handeln, wie es mir gefällt. Und sei es nur, um dir nichts schuldig zu bleiben.«
Sie wollte sich zur Wehr setzen, fand aber vor lauter Verwirrung keine Worte. Sie rückte ihr Schultertuch zurecht und verließ den Raum.

*

Obwohl ihm das Verfahren verwerflich erschien, begann er, Gefallen an seiner neuen Beschäftigung zu finden. Die Bestürzung der unglückseligen Eigentümer, die mit ansehen mußten, wie ihr Vermögen in Schutt und Asche überging, hatte ihm zunächst Gewissensbisse bereitet. Jedesmal wenn er einen Kaufvertrag abschloß, hatte er das Gefühl, den Mann ein zweitesmal zugrunde zu richten. Ganz allmählich aber verblaßten seine Skrupel. Er hätte den Grund für diese Verwandlung selbst nicht erklären können. Vielleicht empfand er eine gewisse Genugtuung, diese Patrizier, die er indirekt für sein Sklavendasein verantwortlich machte, zu knechten. Nach einiger Zeit entwickelte er einen ungeheuren Eifer, der Carpophorus nicht

unerhebliche Gewinne einbrachte. Der machte ihn daraufhin mit den Regeln seiner Bankgeschäfte vertraut und überließ ihm mit jedem Tag ein wenig mehr Macht. Als Belohnung erhöhte er sogar seinen Sold – der dabei trotzdem erbärmlich blieb – und ließ ihn aus dem Ergastulum, das er mit den anderen Sklaven geteilt hatte, in eine kleine Einzelkammer umziehen.
An jenem Morgen, dem Vortag der Iden des März*, stand er genau sechs Monate im Dienst seines neuen Herrn. Die ersten Sonnenstrahlen kämpften sich durch die dünne Nebeldecke. Er hatte das Haus seines Herrn in aller Frühe verlassen, nachdem man ihm mitgeteilt hatte, daß eine Insula im Velabrum in Flammen stand. Und wieder hatte er sich gefragt, wie es möglich war, daß Carpophorus so schnell von dem Brand erfahren hatte. Fast hätte man meinen können, er hätte ihn selbst gelegt.

Als er sich dem Tiber näherte, schlug ihm eine frische Brise entgegen. Und plötzlich fühlte er sich viele Jahre zurückversetzt. Er hatte das Bild des rebellischen Jungen vor Augen, der eben seinem Herrn entflohen war ...
Zu seiner Linken die Sublicius-Brücke und der Circus maximus, etwas weiter der Porticus Florus und vor ihm die hohe Mauer, überragt von noch kahlen Bäumen. Nichts hatte sich verändert. Und dieser Brand ...?
Calixtus war kaum in die übelriechende schmale Gasse eingebogen, die er damals durchquert hatte, als er seine Vorahnung bestätigt sah. Die Insula, die er aufkaufen sollte und aus der noch Rauchschwaden drangen, war die, in der die Sitzungen der Orphisten stattgefunden hatten.
Wenige Schritte entfernt starrte eine Gruppe von etwa zwanzig Männern, die Hände in die Hüften gestemmt, die Köpfe zurückgeworfen, auf das, was von der Fassade geblieben war. Schwarze Holzbalken reckten sich dem Himmel entgegen wie riesige

---

* Die Iden waren der fünfzehnte Tag der Monate März, Mai, Juli und Oktober und der dreizehnte Tag der restlichen Monate.

Kiefernnadeln. Ein halbverkohlter Stoffetzen bewegte sich im Wind, und das dumpfe Knacken der letzten glimmenden Holzstücke übertönte bisweilen die Gespräche der Versammelten, die mit gedämpfter Stimme redeten. Calixtus trat näher.
»Es bleibt nur noch der Garten ...«
»Wir werden das ganze Gebäude neu aufbauen müssen.«
»Und mit welchem Geld?« fragte ein Dritter.
Calixtus beschloß, sich einzumischen.
»Verzeiht, doch wer von euch ist der Eigentümer dieser Insula?«
Aller Blicke richteten sich auf ihn, und er hörte eine Stimme murmeln: »Wieder einer, den dieser Halsabschneider Carpophorus herschickt.«
Er konnte die Verachtung dieser Leute fast körperlich spüren. Doch ohne sich seine Verlegenheit anmerken zu lassen, wiederholte er seine Frage.
»Ich bin der Eigentümer!« rief ein junger Mann mit gelocktem Bart.
Er kam ein paar Schritte auf Calixtus zu, bevor er plötzlich stehenblieb.
»Sonderbar ... irgendwie kommst du mir bekannt vor.«
»Du mir auch«, erwiderte Calixtus, der sein Gegenüber erkannt hatte.
»Wo? Wann?«
»Genau hier. Vor langer Zeit. Vor sehr langer Zeit.«
Verwundert stöberte Fuscian – denn es war kein anderer als dieser – in seinem Gedächtnis, ohne Calixtus dabei aus den Augen zu lassen. Schließlich erhellten sich seine Züge.
»Das Nachtgeschirr! Du warst noch ganz neu in Rom und ...«
»Du warst auf der Flucht vor deinem Grammaticus.«
»Unglaublich! Nun, man kann sagen, daß wir beide ein zuverlässiges Gedächtnis haben. Ich bin erfreut, dich wiederzusehen. Wenn ich mich recht entsinne, warst du um eine Alumna besorgt, als ich dich verließ.«
»Genau.«
»Wie? Ihr kennt euch?« rief einer der Umstehenden.

»So ist es«, antwortete Fuscian. »Sieben Jahre ist es her ... Wir haben sogar den Tisch mit dem alten Halunken Didius Julianus geteilt in Begleitung dessen, der heute unser Kaiser ist – Commodus höchstpersönlich.«

»In diesem Fall«, meinte der Mann, an Calixtus gewandt, »mußt du uns verzeihen. Wir haben nämlich geglaubt, du seist einer von Carpophorus' Freigelassenen.«

Calixtus spürte, wie ihm die Röte ins Gesicht stieg, und er stammelte etwas Unverständliches.

»Nein, er ist ganz gewiß kein Gehilfe dieses Aasgeiers«, bestätigte Fuscian. »Er ist Orphist, ein Bruder.«

Und indem er sich erneut dem Thraker zuwandte, fragte er: »Ich nehme an, du bist gekommen, um an der Zeremonie teilzunehmen?«

»Genauso ist es«, log Calixtus, »doch wie ich sehe, bin ich zur falschen Zeit gekommen.«

»Das kann man wohl sagen. Wir hätten dich gern empfangen. Aber du siehst, es sind nur rauchende Trümmer zurückgeblieben ...«

»Und was beabsichtigt ihr zu tun?«

»Wir werden alles neu aufbauen müssen«, rief eine Stimme. »Doch niemand von uns hat die Mittel dazu. Nicht einmal Fuscian.«

»Das Vermögen meines Vaters ist bescheiden«, erklärte letzterer. »Ich mußte mir Geld leihen, um den cursus honorum* zu beginnen.«

»Und warum richtet ihr euch nicht in einer anderen Insula ein?«

»Du weißt, daß wir für unsere Zeremonien einen Garten brauchen. Und um in Rom einen zu finden ...«

»Warum verkauft ihr das Grundstück unter diesen Umständen nicht? Ihr könntet euch auf der anderen Tiberseite oder auf dem Marsfeld niederlassen.«

»Und wer würde dies hier kaufen wollen?« fragte Fuscian mit

---

* Höhere Laufbahn, d. h. Nachfolge der Magistraten.

einer mißmutigen Geste. »Bei den Machenschaften in dieser Stadt könnte ich nur an einen Ritter wie Carpophorus verkaufen, der lediglich ein Drittel des Wertes bezahlen würde.«
»Ein Viertel wolltest du sagen«, knurrte einer der Orphisten.
»Auf wieviel schätzt ihr das Grundstück?«
Fuscian dachte einen Augenblick nach.
»Als Caesar mit dem Bau seines Forums hier in der Nähe begann, kostete ihn allein die Enteignung der Grundstücke an die hundert Millionen Sesterzen.«
Der Thraker rechnete schnell.
»Das heißt vierhundertneuntausendundachtzig Sesterzen für einen Morgen.«
»In etwa.«
»Ich biete euch fünfhunderttausend ...«
Alle blickten Calixtus verwundert an.
»Bist du verrückt?« fragte Fuscian. »Oder bist du der König der Parther? Hat er dich beauftragt, Rom aufzukaufen, nachdem er es nicht hat bezwingen können?«
»Weder das eine noch das andere.« Calixtus lächelte. »Ich bin ganz einfach ein Mann, der gegenwärtig über ein kleines Vermögen verfügt.«

14

»Fünfhunderttausend Sesterzen für einen Morgen Land!«
Monate waren vergangen, und noch immer glaubte Calixtus, Carpophorus' Wutgeschrei zu hören, als dieser von seinem Kauf erfuhr. Calixtus hatte den »unerhörten« Preis, den er für die Insula bezahlt hatte, auf seine Unerfahrenheit geschoben. Nicht ganz ohne Heuchelei hatte er geltend gemacht, daß der Kauf dieser Ruine seinen Herrn nicht teurer zu stehen kam als die Summe, die sie Caesar gekostet hätte. Nachdem Carpophorus vor lauter Zorn

zunächst kein Wort herausgebracht hatte, faßte er sich wieder, um Calixtus zu belehren, daß dieser Preis der sei, zu dem sie, die Ritter, das Land dem Kaiser weiterverkauften und daß die Kunst darin bestehe, es vorher zum niedrigsten Preis zu erwerben.
In dem Glauben, daß es seinem Sklaven wohl wirklich noch an Erfahrung fehlte, hatte Carpophorus ihn anfangs erneut begleitet. Sein Alter aber begann, immer mehr an seiner Kraft und somit an seinem Tatendrang zu zehren. Er fand keinen Gefallen mehr daran, sich mitten in der Nacht zu erheben, um ganz Rom zu durchqueren und Schritt für Schritt den Preis einer abgebrannten Insula herunterzuhandeln. Außerdem zwang ihn seine gesellschaftliche Stellung als Mitglied des Kaiserhauses, anderen Geschäften nachzukommen, die ihm mit der Zeit mehr Gewinn einzubringen versprachen als der An- und Verkauf von Grundstücken. So hatte er beschlossen, den Fehler seines Sklaven zu vergessen und ihm wieder seine Unabhängigkeit zu lassen, eine Unabhängigkeit, die im Lauf dieser letzten Wochen noch gewachsen war.
Der Nachmittag ging seinem Ende zu, und die vom Hitzedunst verschleierte Sonne neigte sich den Albaner Bergen entgegen. Nachdem er am Morgen den Kauf eines Hauses abgeschlossen hatte, das einem der zahlreichen jüdischen Eigentümer des Trastevere gehörte, begab sich Calixtus an den Ort, an dem jetzt die orphischen Versammlungen abgehalten wurden. Das Gebäude und der Garten unweit der Fabricius-Brücke waren mit den Geldern erworben worden, die er selbst den Orphisten bereitgestellt hatte.
Wie jedesmal, wenn sie ihn wiedersahen, traten ihm seine Glaubensbrüder mit offener Herzlichkeit entgegen. Vor allem Fuscian bereitete ihm einen begeisterten Empfang. Bald nachdem die Zeremonie vorbei war, standen die beiden Männer am Marmortresen der nächsten Taverne, jeder eine Schale Massicum* in der Hand. Der Ädil warf dem Thraker scherzend vor,

---

* Berühmter Wein.

ihnen nicht die Gelegenheit geben zu wollen, ihm für den großen Dienst, den er ihrer Gemeinde erwiesen hatte, zu danken, und Calixtus empfand seit langem zum erstenmal wieder die heimliche, wenn auch nicht ganz berechtigte Befriedigung, wie ein freier Mensch betrachtet zu werden.
»Erinnerst du dich noch an unser nächtliches Unterfangen in Begleitung von Didius Julianus und Commodus?« fragte Fuscian mit leichter Wehmut in der Stimme.
»Gewiß. Wer hätte sich damals vorstellen können, daß wir es mit dem zukünftigen Herrscher des Reiches zu tun hatten? Siehst du ihn noch gelegentlich?«
»Leider nein. Seit er die Nachfolge seines Vaters angetreten hat, ist er unnahbar geworden.«
»Unnahbar?« fragte Calixtus spöttisch. »Es heißt, er hat einen Harem mit dreihundert Konkubinen und ebensovielen Knaben.«
Fuscian machte eine unbestimmte Geste.
»Was ihm nicht alles nachgesagt wird! In Wirklichkeit hat er nur eine bevorzugte Mätresse. Marcia, eine Freigelassene seines Vaters. Man nennt sie die ›Amazone‹. Eine erstaunliche Person. Sie begleitet ihn auf die Jagd und läßt sich mit ihm an der Gladiatorenschule ausbilden.«
»Unser Kaiser hat, was die Frauen betrifft, einen ausgefallenen Geschmack...«
»Vielleicht weit weniger, als du denkst. Nach den Worten all derer, die sie gesehen haben, ist sie wirklich ein reizendes Geschöpf.«
Sie wechselten das Thema und sprachen von den letzten Wagenrennen. Andere Orphisten forderten sie zu einer Würfelpartie auf, wobei sie über die ständig zunehmenden Lebenshaltungskosten klagten. In seiner Eigenschaft als Ädil schrieb Fuscian diese Preissteigerungen den Versorgungsschwierigkeiten in Afrika, insbesondere in Ägypten, der Kornkammer des Reiches, zu. Calixtus, der wußte, daß sein Herr maßgeblich am Weizenhandel beteiligt war, versprach, nach Wegen zu suchen,

diesem Übel abzuhelfen. Doch die Zeit verging, und er mußte Abschied nehmen. Mit Segenswünschen überhäuft, verließ er seine Freunde, und er hatte den Eindruck, der Wohltäter dieser kleinen Gemeinde geworden zu sein.
Auf dem Heimweg stellte er Vergleiche zwischen seiner Religion und der Flavias an. Wie konnte sich Flavia ihrer Sache so sicher sein? Allzu groß waren doch die Gefahren, die mit der Ausübung des christlichen Glaubens verbunden waren, Gefahren, denen er, Calixtus, in dieser Form nicht ausgesetzt war. Zwar untersagte das römische Gesetz allen »unfreien« Personen die Teilnahme an religiösen Versammlungen, doch die orphischen Lehren konnten nicht als klassische Religion betrachtet werden. Was dem Thraker indes Sorgen machte, war die Haltung seiner orphistischen Brüder. Was würden sie tun, wenn sie von seiner Stellung erfuhren? Würden sie ihn weiter achten oder aus ihrer Gemeinde verjagen?
Er war so mit all diesen Fragen beschäftigt, daß er erst unmittelbar vor dem Eingangstor zu Carpophorus' Haus bemerkte, daß er sein Ziel erreicht hatte.
Gerade rechtzeitig zum Abendessen, dachte er und führte sein Pferd in den Stall. Er wollte sich eben auf den Weg zu den Küchen machen, als er plötzlich Schreie vernahm. Er rannte in den Hof und sah, daß ein Großteil der Sklaven dort versammelt war. Flavia stürzte sich buchstäblich auf ihn.
»Schnell, Calixtus! Man muß etwas unternehmen. Eleazar wird ihn töten!«
»Töten? Wen töten? Wovon sprichst du überhaupt?«
»Carvilius. Schnell!«
Das junge Mädchen erging sich in verworrenen Erklärungen, in denen von einem Spanferkel die Rede war, das der Koch, so behauptete Eleazar, gestohlen habe.
»Du weißt genausogut wie ich«, fügte sie mit bebender Stimme hinzu, »daß Carvilius außerstande ist, irgend etwas zu stehlen. Eleazar ist außer Rand und Band.«
Ohne zu zögern, bahnte sich der Thraker einen Weg durch

die Menge. Vor Schmerzen gekrümmt, das Gesicht angeschwollen, lag der alte Koch vor Eleazar am Boden. Der Syrer schlug wie besessen mit seinem Lederknüppel auf den Unglückseligen ein, der, am Ende seiner Kräfte, die Schläge nicht einmal mehr abzuwehren versuchte. Wieder ging das Leder auf ihn nieder und hinterließ eine blutige Spur auf seinem Rücken.
»Hör auf, Eleazar!«
Ohne die Reaktion des Verwalters abzuwarten, warf sich Calixtus auf ihn und versuchte, ihm den Stock zu entreißen. Daraufhin kam es zu einer wilden Rauferei. Der überrumpelte Syrer schien anfangs der Unterlegene zu sein, doch es gelang ihm sehr schnell, sich aus der Umklammerung seines Gegners zu befreien, und die beiden ineinander verhakten Körper wälzten sich im Staub. Mit unerwarteter Wendigkeit kam Eleazar wieder auf die Füße. Er holte mit seinem Lederstock aus und versetzte Calixtus einen kräftigen Schlag ins Gesicht, während in seiner anderen Hand plötzlich, wie durch Hexerei, ein Dolch aufblitzte, so spitz wie der Eckzahn eines Wolfes.
»Man wagt also, seinen Vilicus anzugreifen ... Komm nur näher, du Hurensohn, komm nur näher ...«
Calixtus, der seinerseits aufgesprungen war, strich jetzt wie ein Raubtier um den Syrer, ohne die Klinge aus den Augen zu lassen. Der Kreis war enger geworden. Auf die ermunternden Rufe war eine Totenstille gefolgt, die sich wie eine unsichtbare Decke über sie legte. Wenige Schritte entfernt hielt Flavia starr vor Entsetzen den Atem an.
Calixtus wagte einen neuen Angriff. Er versuchte, das Handgelenk seines Gegners zu umklammern, doch vergebens. Wieder belauerten sich die beiden Männer, bis der Vilicus seinen Entschluß traf. Die Waffe auf Calixtus' Brust gerichtet, sprang er vor. Der Thraker konnte sich eben noch zur Seite drehen, wobei er einen Schmerzensschrei unterdrückte: Die Klinge hatte seinen linken Arm gestreift.
Seinen Vorteil nutzend, warf sich Eleazar ein zweites Mal auf

ihn. Diesmal aber ließ sich Calixtus absichtlich auf den Rücken fallen und riß seinen Gegner dabei mit zu Boden. Und wieder wälzten sich die beiden Männer im Staub. Keuchend, die Muskeln angespannt, die Glieder schweißbedeckt, kam der Vilicus auf seinem Gegner zu liegen und richtete erneut die Klinge auf ihn, die Calixtus verzweifelt abzuwehren versuchte.

Als er spürte, daß er dem Druck nicht länger würde standhalten können, preßte er dem Syrer die freie Hand ins Gesicht und bohrte die Nägel in seine Augenhöhlen. Eleazar stieß einen tierischen Schrei aus und ließ auf der Stelle von ihm ab. Sekunden später war der Thraker über ihm. Er packte ihn am Handgelenk und konnte ihm den Dolch durch eine heftige Drehung des Arms entwinden. Dann legte er ihm die Hände wie einen Knebel auf den Mund und begann ihm die Luft abzuschnüren.

Die Augen weit aufgerissen, sah Eleazar den Tod auf sich zukommen. Gleichgültig gegen die warnenden Rufe der anderen Sklaven, drückte Calixtus immer fester zu. Er sah nichts mehr, hörte nichts mehr, war nur noch von dem Wahn besessen zu töten, wie vor Jahren im Zweikampf mit dem Kuppler. Nur vage nahm er das Gesicht von Flavia wahr, das über ihn gebeugt war. Sie schrie, doch ihre Stimme schien aus weiter Ferne zu kommen.

»Tu's nicht! Sie werden dich töten! Hör auf! Sie werden dich töten!«

Unter seinen Fingern, die hart waren wie Marmor, spürte er das Blut in den Adern des Syrers pochen. Bis er plötzlich nicht mehr das entstellte Gesicht Eleazars unter sich hatte, sondern das eines Tribuns; eine gräßliche Wahnvorstellung, die aus ferner Zeit auftauchte. Doch auch dieses Gesicht verblaßte, um dem Zenons zu weichen, das vor Schmerzen verzerrt war. Da lockerte Calixtus den Griff, besiegt von seinen eigenen Wahnvorstellungen.

Eleazar versuchte nicht einmal, das Zittern seiner Hände zu

beherrschen. Sein Blick war der eines Besessenen, seine Gesten die eines Ertrinkenden.
»Du wirst noch sehen, was es heißt, seinen Vilicus anzugreifen! Wenn Diomedes mit dir fertig ist, löse ich ihn ab, und du wirst den Tag verfluchen, an dem dich deine Mutter geboren hat!«

*

Eleazar hatte Calixtus' Handgelenke an die Balken gefesselt, die in der Mitte des Hofes errichtet worden waren. Jetzt wandte er sich an Diomedes und befahl: »Los, zeig uns, was du kannst!«
Mit einem breiten Grinsen ließ Diomedes seine Peitsche einmal in der Luft knallen. Dann holte er weit aus und schlug mit aller Kraft auf Calixtus' entblößten Rücken.
»Zu lasch!« bellte Eleazar. »Wenn du nicht besser schlägst, kannst du an seine Stelle treten!«
Der Thraker hatte den Kopf gesenkt und einen Schmerzensschrei unterdrückt. Die Zähne zusammengebissen, den ganzen Körper wie einen Bogen angespannt, wartete er auf den zweiten Hieb.
Während die Schläge auf ihn niedergingen, hatte er immer mehr das Gefühl, glühende Klingen würden ihm ins Fleisch gejagt. Verzweifelt versuchte er, seine Gedanken auf etwas anderes zu lenken, denn eines hatte er sich in den Kopf gesetzt: Keinen Schrei, nicht einmal ein Stöhnen sollte der Vilicus von ihm hören. Er schloß die Augen und richtete sein Denken in weite Ferne. Fern von Diomedes und der Peitsche. Fern von Eleazar, fern von Rom hin zum Berg Haemus und dem See. Dem kristallklaren See, in dem sich Goldfische tummelten.

15

Als er aus seiner Ohnmacht erwachte, wähnte er sich an den Ufern des Styx, dem Fluß der Unterwelt. Wie sonst hätte er sich das absolute Dunkel erklären können, das ihn von allen Seiten umgab? In der Stellung eines Fötus zusammengerollt, wollte er sich ausstrecken, doch ein gräßliches Brennen lähmte ihn. Es war, als würde sein ganzes Wesen in Stücke gerissen. Und so zwang er sich, reglos liegenzubleiben, ganz flach nur zu atmen, die Wange auf den feuchten Boden gepreßt.

*

»Herrin, ich muß mit dir reden.«
Von widersprüchlichen Gedanken gequält, hatte Flavia die beiden letzten Nächte kaum ein Auge zugetan. Jetzt war ihr Entschluß gefaßt. Sie würde sich Mallia anvertrauen, auch wenn es Leid für sie bedeuten, auch wenn sie Calixtus dadurch verlieren würde.
Mallia stand regungslos auf der Schwelle zu ihrem Gemach und musterte Flavia, hin- und hergerissen zwischen Neugier und Zorn. Schließlich war sie es nicht gewohnt, im Morgengrauen von ihren Sklavinnen gestört zu werden. Ohne Antwort zu geben, wandte sie sich um und ließ sich auf dem Elfenbeinschemel vor dem Bronzespiegel nieder, in dem sie sich gleichzeitig von vorn und von der Seite betrachten konnte. Dann nahm sie ein weißes viereckiges Tuch von einem kleinen Marmortisch und warf es nachlässig über ihre Schultern.
»Kämm mich!«
Flavia ballte nervös die Fäuste; sie wußte, dies war der falsche Zeitpunkt, um aufzubegehren. Mit beiden Händen zog sie das blond gefärbte Haar ihrer Herrin unter dem Tuch hervor, griff nach Kämmen, Nadeln, Schleifen und murmelte: »Ich muß mit dir über meinen Bruder sprechen.«

Überrascht hob Mallia die Brauen.
»Über deinen Bruder? Ich dachte, du wärst eine Alumna, du hättest keine Familie.«
»So ist es. Doch Calixtus hat mich von der Straße aufgelesen. Seither habe ich ihn immer als meinen Bruder betrachtet.«
»Calixtus?«
Neugier flackerte in ihren Augen auf. Flavia, die ihre Gedanken erriet, fühlte eine gewisse Gereiztheit in sich emporsteigen.
»Und?«
»Ich glaube zu wissen, daß er dir nicht ganz gleichgültig ist.«
Sie ließ eine kurze Weile verstreichen, bevor sie fortfuhr: »Ich wollte dich bitten, ihn zu retten.«
»Ihn retten? Ich verstehe nicht. Heißt das, er ist in Gefahr?«
»Du bist also nicht auf dem laufenden? Vor zwei Tagen ...«
»Vor zwei Tagen war ich zu Besuch bei meiner Kusine in Alba. Außerdem glaubst du doch wohl nicht, daß ich mich ständig über das Leben meiner Sklaven auf dem laufenden halte. Also erklär, worum es geht.«
Wieder einmal wurde sich Flavia der breiten Kluft bewußt, die Herren und Sklaven trennte ... Trotzdem hatten die vergangenen Ereignisse viel Staub aufgewirbelt. Während des Abendessens war von nichts anderem die Rede gewesen. Aemilia und sie hatten einen Großteil der Nacht an Calixtus' Seite zugebracht und versucht, die Schmerzen zu lindern, die Diomedes' Peitschenhiebe hinterlassen hatten. Weder Carpophorus noch seine Nichte hatten von dem Drama erfahren. Und so erzählte Flavia ihrer Herrin von dem Vorfall mit dem Spanferkel, von der blinden Gewalt Eleazars, von Calixtus' Eingreifen, vom Zweikampf der beiden Männer und von der grausamen Strafe, die der Thraker deshalb verbüßen mußte.
»Als er Diomedes befahl aufzuhören, hatte Calixtus längst das Bewußtsein verloren. Anschließend hat er ihn ins Ossarium werfen lassen.«
»Ossarium?«
»Das sind dunkle Zellen, von den Sklaven so genannt, weil sie

nicht größer sind als ins Erdreich gegrabene Nischen und weil sie an Urnen erinnern, in die man die Gebeine der Verstorbenen legt. Ich habe Eleazar angefleht, ihm wenigstens Wasser bringen zu dürfen, doch er hat nichts davon wissen wollen.«
»Dieser Wahnsinnige! Ich habe schon immer gewußt, daß das Gehirn dieses Syrers nicht größer ist als das eines Spatzen. Kämm mich zu Ende, dann wollen wir zu ihm gehen und ein Wörtchen mit ihm reden.«

*

Jeder, der die Nichte des Carpophorus kannte, hätte es vorgezogen, in den Schlund der Hölle zu fahren, als ihrem Zorn ausgesetzt zu sein. Bei der Flut von Verwünschungen, die auf ihn niederging, konnte der Vilicus nur den Kopf senken und schweigen.
»Erst die Peitsche, dann das Ossarium?« keuchte sie, nachdem sie alle ihr bekannten Flüche ausgestoßen hatte. »Und ohne einen Schluck Wasser! Bei Bellona, hast du den Verstand verloren?«
»Aber Herrin!« protestierte Eleazar. »Dieser Hund hat versucht, mich zu töten!«
»Du scheinst mir aber noch recht lebendig! Oder ist es nur dein Geist, der da wild vor mir gestikuliert? Nein, ich bin sicher, es war deine Absicht, ihn krepieren zu lassen in diesem ... in diesem ...«
Sie schien nach dem Wort zu suchen, das Flavia ihr genannt hatte, und fuhr dann rasch fort: »Und Salz auf seine Wunden, hat man mir gesagt. Salz auf offene Wunden! Wenn ich mich nicht zurückhalten würde!«
Der Vilicus hob schützend die Hand vors Gesicht, denn Mallia hatte ein Stilett aus den Falten ihrer Tunika gezogen und auf seine Augen gerichtet.
Mit einer Mischung aus Entzücken und Bangigkeit betrachtete Flavia das Schauspiel, das sie selbst indirekt herbeigeführt hatte

und für das sie früher oder später vielleicht die Folgen würde tragen müssen.

»Beruhige dich, Herrin!« rief der Syrer.

Da er den Blick der Sklaven auf sich gerichtet glaubte, fügte er mit plötzlich auflodernden Stolz hinzu: »Vergiß nicht, daß ich dem Herrn Carpophorus gehöre!«

»Eben! Er hat dir seine Herde anvertraut, aber du hast sein Vertrauen mißbraucht. Du weißt genau, wie sehr ihm an Calixtus gelegen ist und an den Diensten, die dieser Mann ihm erweist. Ist dir bei all deinem Dünkel bewußt, daß du ihm beinahe einen gewaltigen Verlust zugefügt hättest?«

Einen Verlust vielleicht, dachte Eleazar. Doch gewiß nicht so bedeutend wie für dich ...

Heftiger Zorn stieg in seinem Innern auf. Weil diese Frau das Lager mit dem Thraker teilen wollte, würde man ihn wieder freilassen. Schlimmer noch, er würde vielleicht eine Stellung einnehmen, die der seinen gleichkam. Und plötzlich sprach er diese ungeheuerlichen Worte aus: »Statt nur an die Befriedigung deines Unterleibs zu denken, solltest du dir lieber Gedanken machen, was dein Onkel sagen würde, wenn er erführe ...«

Ihm blieb nicht die Zeit, seinen Satz zu beenden.

Mallia war leichenblaß geworden. Niemand – schon gar nicht ein Sklave – hatte es je gewagt, in solch einem Ton zu ihr zu sprechen. Warum sollte diese spitze Klinge nur dazu dienen, ihre Wachstafeln zu bearbeiten? Sie wollte sich schon auf den Syrer stürzen, doch im letzten Augenblick gewann ihre Vernunft die Oberhand, und sie begnügte sich mit der Drohung: »Eines schwöre ich dir bei Pluto: Sollte mein Onkel irgend etwas erfahren, dann lasse ich dich in das Becken mit den Muränen werfen. Du wirst nicht der erste sein, der ihnen als Futter dient. Und jetzt, genug der Worte: Geh auf der Stelle den Sklaven befreien!«

*

Flavia war damit beschäftigt, die Wunden zu verbinden, die tiefe bräunliche Furchen auf Calixtus' Rücken gezogen hatten.
»Wie fühlst du dich?«
Der Thraker bewegte sich langsam auf dem Bauch.
Er glaubte noch immer, den beißenden Gestank von Urin und Exkrementen wahrzunehmen, der sein Verlies während seiner ganzen Gefangenschaft verpestet hatte.
»Ich werde diesen Ort verlassen«, murmelte er mit rauher Stimme. »Ich gehe, das schwöre ich dir. Doch vorher soll mir der Syrer büßen!«
»Du weißt nicht, was du sagst. Der Schmerz flüstert dir diese Worte ein.«
»Ich fliehe, sage ich dir. Und der Syrer wird büßen.«
Flavia dachte einen Augenblick nach, bevor sie niedergeschlagen murmelte: »Ich fürchte, vorher wirst du büßen müssen.«
»Was willst du damit sagen?«
Sie verließ das Krankenlager ihres Gefährten und trat an die kleine Dachluke, durch die ein milchiges Licht drang.
»Mallia hat mir aufgetragen, dich in ihre Gemächer zu führen«, sagte sie, ohne sich umzuwenden. »Noch heute abend.«
Calixtus drehte sich auf den Rücken.
»Ich denke, du wirst der Aufforderung nachkommen«, fügte sie hinzu und kam wieder an sein Bett.
Er richtete sich vorsichtig auf. Seine sonst so stechend blauen Augen hatten eine graue Färbung angenommen.
»Es sei denn, dein Gott beschließt plötzlich, mich zu ersetzen...«

*

Ein rötlicher Mond war über den Albaner Bergen erschienen. Die schweren Wolken, die sich am späten Nachmittag gebildet hatten, verdeckten die meisten Sterne. Die Windstöße, die das Laub der Espen und Zypressen rascheln ließen und die Oberfläche des Wassers in den Brunnen kräuselten, vermochten die drückende Hitze kaum zu lindern.

»Bald wird sich das Gewitter entladen«, sagte Calixtus wie zu sich selbst.
Flavia schritt an seiner Seite. Sie war innerlich zu aufgewühlt, um Antwort zu geben. Hatten sich die Naturgewalten abgestimmt, um den Kummer ihrer Seele zu teilen?
Sie überquerten den Hof und bogen in die Arkadenreihe ein, die zu den herrschaftlichen Gemächern führte. Als sie den Innengarten betraten, flatterte eine erschrockene Taubenschar vor ihnen auf. Flavia beschleunigte den Schritt, so als wollte sie diese widersinnige Komödie möglichst schnell hinter sich bringen. Sie folgte dem schwachen Lichtschein, der durch die geschlossenen Vorhänge drang, und blieb plötzlich vor einer der Arkaden stehen. Mit beiden Händen zog sie den dicken Stoff zur Seite und trat in Mallias Gemach.
Die Nichte des Carpophorus legte die Pergamentrolle, in der sie gerade las, sorgsam zusammen, bevor sie ihnen entgegentrat. Sie trug ein hauchfeines Gewand aus ägyptischem Leinen, und die jungen Leute bemerkten, daß sie sich absichtlich vor die Bronzefackel gestellt hatte, damit ihr nackter Leib unter dem transparenten Stoff sichtbar wurde.
»Ich bin glücklich, dich wiederzusehen«, begann sie ein wenig gekünstelt. »Hast du noch Schmerzen?«
»Ja. Diese Schmerzen aber beruhigen mich, beweisen sie doch, daß ich am Leben bin. Das ist alles, was zählt.«
Sich in den Hüften wiegend, kam die junge Frau auf ihn zu und schmiegte sich ohne Scham an ihn. Flavia mußte mit ansehen, wie Mallias Hände über den Rücken ihres Freundes glitten.
»Leg deine Tunika ab«, sprach sie mit plötzlich rauher Stimme.
Calixtus gehorchte, ohne die geringste Regung zu zeigen. Seine Bewegungen waren noch ein wenig linkisch und ungeschickt, und so half Flavia ihm dabei, das Kleidungsstück über den Kopf zu streifen.
Mallia kreiste langsam um ihn. Beim Anblick der Narben, die den Rücken ihres Sklaven überzogen, beschleunigte sich ihr Atem. Fasziniert strich sie mit ihren langen ockergelb gefärbten

Fingernägeln darüber, ähnlich wie ein Pferdehändler, der bewundernd über das Fell des Tieres streicht, das er soeben erworben hat. Das war mehr, als Flavia ertragen konnte. Sie wandte sich plötzlich ab und verschwand in dem langen schattenverhangenen Flur.

*

Wie lange hatte sich Flavia reglos im Dunkel aufgehalten? Sie würde sich nie erinnern können. Es blieb nur das ungenaue Bild von weißen statuengleichen Phantomen, von Ästen, sich biegend im tosenden Sturm, von langen, zerzausten, an Stirn und Wangen klebenden Goldlocken, vom Wasser der Tränen, vermengt mit dem Wasser des Himmels.
Als sie wieder zu sich kam, kauerte sie an einem Baumstamm. Sie erhob sich mühsam, gebeugt unter diesem unendlichen Kummer, der ihren Körper durchdrang. Ihre durchnäßte Tunika war schwer wie ein Gewand aus Blei. Nach wenigen Schritten befand sie sich wieder auf der Allee, der sie ohne nachzudenken folgte, bis sie sich vor der dunklen Masse des Hauses befand.
»Flavia!«
Sie zuckte zusammen, erschrocken über diese Stimme, die ihr doch so vertraut war.
»Flavia, meine Kleine, was ist nur geschehen?«
Sie erkannte Aemilia. Sie wollte sprechen, doch es war ihr unmöglich. Und wieder schwammen ihre Augen in Tränen. Da nahm sie die Dienerin bei der Hand und führte sie zu dem Gebäudetrakt, der den Sklaven vorbehalten war.

*

Seit dem Drama mit Eleazar hatten die Sklaven dem alten Carvilius ein Zimmer in einem Schuppen eingerichtet und ein kleines Bett darin aufgestellt, damit der Koch, fern der Schlafsäle und Gemeinschaftsräume, wieder zu Kräften kommen konnte.

Dort dämmerte er beim Schein einer winzigen griechischen Lampe vor sich hin, als Flavia und Aemilia über die Schwelle traten. Er öffnete die Lider und blinzelte die beiden Frauen schlaftrunken an.
»Flavia, was ist passiert?«
Da sie nicht antwortete, fragte Aemilia, die plötzlich zu ahnen glaubte, was geschehen war: »Calixtus ... Es geht um Calixtus, nicht wahr?«
Das junge Mädchen nickte schwach.
»Hat der Vilicus es gewagt, ihm ein zweites Mal zuzusetzen?« fragte Carvilius. »Ich kann und will es nicht glauben.«
»Nein«, stammelte sie, »nicht Eleazar.«
»Aber dann ...«
»Ich habe verstanden!« rief die Dienerin. »Mallia ... Mallia hat endlich Besitz von ihrer Beute ergriffen! Nicht wahr?«
Und als Flavia keine Antwort gab, beharrte sie.
»Sag mir, meine Kleine, es handelt sich doch um diese Kreatur?«
So als könnte sie es nicht länger ertragen, ihre Verzweiflung für sich zu behalten, schlug das junge Mädchen die Hände vors Gesicht.
»Aber ich verstehe nicht, warum du so erregt bist!« wunderte sich der Koch. »Statt beruhigt zu sein, führst du dich auf, als hättest du eben von Calixtus' Tod erfahren. Das Lager mit Mallia zu teilen, erscheint mir weit angenehmer, als auf dem feuchten Boden des Ossariums zu liegen.«
»Dummkopf!« rief Aemilia zornig. »Da sieht man mal wieder, wie wenig Gespür ihr Männer habt. Hast du denn immer noch nicht begriffen?«
Ohne auf die Antwort des alten Mannes zu warten, strich sie durch Flavias feuchtes Haar.
»Ich ahnte doch, daß du den Thraker liebst. Nur wußte ich nicht, wie stark diese Liebe ist.«
»Du liebst ihn?« stammelte Carvilius, der sich plötzlich seiner Blindheit bewußt wurde. »Aber seit wann?«

»Seit immer schon. Seit dem Abend, da sich sein Gesicht zum erstenmal über das meine beugte.«
»Dann ist er also der Grund, weshalb du dich nie zu dem Entschluß hast durchringen können, Christin zu werden?« fragte Aemilia.
»Ich hatte mir so gewünscht, diesen heiligen Augenblick gemeinsam mit ihm zu erleben, hatte immer geträumt, daß diese Taufe auch die seine wäre.«
Jetzt klärte sich alles auf. Das Zögern ihrer Gefährtin, die den Zeitpunkt immer wieder hinausschob, ihre Vorwände bei jeder Versammlung.
»Eigentlich kannst du ihm keinen Vorwurf machen, dieser Frau nachgegeben zu haben«, meinte der Koch. »Schließlich hast du ihn indirekt selbst in ihre Arme getrieben. Und hatte er überhaupt die Wahl?«
Als einzige Antwort warf Flavia den Kopf zurück, so daß das goldene Haar über ihre Schultern fiel.

16

Die Hände unter dem Nacken verschränkt, lag Calixtus auf seiner Bettstatt in der kleinen ärmlichen Kammer, die man ihm zugewiesen hatte. Die Sonne stand schon hoch, doch das kümmerte ihn nicht. Mallia hatte versprochen, sich bei Carpophorus für ihn zu verwenden, damit er so lange von seiner Arbeit befreit blieb, bis er vollständig wiederhergestellt war. Er wußte nur allzugut, welchen Einfluß das verwöhnte Mädchen auf seinen Onkel hatte – der, ein weiterer nicht unerheblicher Vorteil, auch sein Adoptivvater war –, um auch nur einen Augenblick daran zu zweifeln, daß sie ihren Willen durchsetzen würde.
Mallia ... Er mußte zugeben, daß die Nacht an ihrer Seite die sinnlichste war, die er je mit einer Frau verbracht hatte. Er sah

in der Erinnerung ihren grazilen entblößten Körper, einen Körper, weiß wie eine Woge aus Elfenbein, die Umrisse ihrer Brüste, deren erregte Spitzen sich an seinem Leib gerieben hatten. Stehend hatte sie ihn umschlungen mit einer unerwarteten Kraft und aller Sinnlichkeit der Welt. Sie hatte ihre Lust herausgeschrien, als er sie am Boden ihres Gemachs genommen hatte. Mit einer immer wieder aufs neue entfachten Leidenschaft hatten ihre stürmischen Umarmungen kein Ende gefunden, wobei ihn bisweilen heftige Schmerzen durchzuckten, wenn sich die Nägel seiner Geliebten in die noch frischen Wunden auf seinem Rücken gruben.
Welch ein Unterschied zu den Löwinnen* und Dienerinnen, denen er in der Vergangenheit begegnet war und deren flüchtige Eroberung nur die Erinnerung an eine traurige Zeremonie und letztendlich einen galligen Nachgeschmack zurückgelassen hatte. Durch die Liebkosungen Mallias war ihm bewußt geworden, daß die Liebe eine Kunst sein konnte, ein wollüstiger Krieg, eine Wissenschaft. Als die junge Frau ihren schweißbedeckten Leib schließlich befriedigt auf ihm ausgestreckt hatte, hatte er sich selbst sagen hören: »Im ganzen Reich dürfte es außer Marcia, der Konkubine des Kaisers, keine geben, die besser ist als du ...«

Er öffnete die Augen. Eine Hand hatte den Vorhang seiner Kammer geöffnet, und ein greller Sonnenstrahl traf auf sein Bett. Jetzt tauchte Flavias Gestalt im Gegenlicht auf.
»Du hier? Zu dieser Stunde?«
Mit anmutigem Schritt trat das junge Mädchen an sein Lager und ließ sich neben ihm am Boden nieder.
Er musterte sie. Ihre Kleidung war korrekt, ihre Haartracht einfach und gepflegt. Dennoch meinte er, in ihrem Gesicht etwas Beunruhigendes schimmern zu sehen, leichte Ringe unter ihren Augen, die er an ihr nicht kannte.

* Prostituierte

»Ich täusche mich vielleicht, aber mir will scheinen, daß du nicht viel geschlafen hast ... Sicher hast du wieder an einer eurer Versammlungen teilgenommen.«
Sie nickte bejahend.
»Ich habe einen wichtigen Entschluß gefaßt. Ich habe Carvilius gebeten, sich bei unseren Brüdern für mich zu verwenden: Ich will getauft werden.«
Von einem unbestimmten Unwohlsein befallen, sah er sie prüfend an. Sie wirkte so unendlich jung, so zerbrechlich und gleichzeitig so entschlossen. Er ließ sich auf den Rücken fallen und unterdrückte dabei eine Schmerzensgrimasse.
»So wirst du also Christin sein.«
»Ja, aber bitte ... versuch zu verstehen, ich ...«
Sie griff nach seiner Hand, wie um ihn zurückzuhalten.
»Wie kannst du ...«
»Calixtus ...«
Er ließ sie ihren Satz nicht aussprechen, sondern erklärte mit trockener Stimme: »Ich werde kommen. Diese ... Hochzeit will ich mir nicht entgehen lassen ...«

*

Alle vier bewegten sich eiligen Schrittes über die Via Appia – Carvilius, Aemilia und Flavia vorneweg, Calixtus hinterdrein. Die Sonne, die als roter Feuerball hinter den Sümpfen versank, ließ das schon herbstlich gelbe Laub der Straßenbäume auflodern.
Immer wieder wurde die kleine Gruppe von Karren überholt, die Lebensmittel in die Hauptstadt brachten. Sie selbst in ihrer einfachen Tracht hätten Bauern sein können, die ihre Ernte in der Stadt verkaufen wollten.
Etwa um die dreizehnte Stunde* hatten sie ihr Ziel erreicht – ein gewaltiges, schmuckloses Gebäude mit Mauern aus ockergelbem Sandstein und einem Dach aus gewölbten Ziegeln. Nur die

---

* Gegen achtzehn Uhr.

Eingangstür und wenige hohe, gerade Fenster führten auf die Straße. Als er über die Schwelle des Atriums treten wollte, blieb Calixtus starr vor Erstaunen stehen: Der Mann, der ihnen die Tür öffnete, war kein anderer als Ephesius, der Verwalter des verstorbenen Senators. Seine Züge waren unbewegt wie einst, und doch glaubte der Thraker, einen Anflug von Spott in seinen Augen wahrzunehmen.
»Es heißt, daß sich dein Wesen seit unserer letzten Begegnung kaum geändert hat. Dennoch müssen wir dir danken, daß du unseren alten Freund Carvilius gerettet hast.«
»Aber wie kommt es, daß du ...«
»Daß ich hier bin? Ganz einfach, ich wollte mich nicht von meinen Brüdern, den Sklaven trennen. Mit der Unterstützung großzügiger Geldgeber konnte ich dieses Haus erwerben, in dem wir uns am Tag des Herrn versammeln.«
Überrascht und irritiert zugleich von solch einem Beweis an Treue, die er bei diesem scheinbar harten und kalten Mann nie vermutet hätte, wußte Calixtus nicht, was er erwidern sollte.
Ohne sich länger aufzuhalten, führte Ephesius sie ins Triklinium, wo die Gemeinde im tanzenden Licht mehrerer Öllampen stehend wartete. Obwohl der Thraker mehrere Gesichter zu erkennen glaubte, waren ihm die meisten doch unbekannt. Seine drei Freunde wurden allseits mit großer Herzlichkeit begrüßt. Er selbst war auf der Türschwelle stehengeblieben und fühlte sich gänzlich ausgeschlossen. Er tröstete sich mit dem Gedanken, daß seine Gegenwart hier in jedem Fall fehl am Platz war: Es war nicht üblich, Heiden bei einer Taufe zuzulassen, und es hatte aller Überredungskünste Flavias und Carvilius' bedurft, um eine Sondererlaubnis durchzusetzen.
Jetzt wurde die Zeremonie von einem jungen Mann in weißer Dalmatika eröffnet, und wieder glaubte Calixtus, seinen Augen nicht zu trauen: Es war Hippolyt! Vor der aufmerksamen Gemeinde entrollte dieser ein Pergament. Flavia stand etwas abseits in einer kleinen Gruppe von Männern, Frauen und Kindern.

Mit jener spitzen Stimme, die er unter allen anderen erkannt hätte, las Hippolyt mehrere scheinbar unzusammenhängende Texte auf griechisch und sagte dann: »Abschließend hört diese Worte des Paulus:
Ihr Sklaven, gehorchet den irdischen Herren mit Furcht und Zittern, in der Einfalt eures Herzens wie Christus, nicht als Augendiener, um Menschen zu gefallen, sondern als Sklaven Christi, die den Willen Gottes von Herzen tun und willig dienen, dem Herrn und nicht Menschen zuliebe. Ihr wißt ja, daß jeder, der Gutes tut, dies zurückbekommen wird vom Herrn, sei er Sklave oder Freier. Und ihr Herren, tut ebenso ihnen gegenüber; lasset das Drohen! Ihr wißt ja, daß für sie wie für euch der Herr im Himmel ist, und bei ihm gilt nicht das Ansehen der Person.«
Calixtus, dem keines von Hippolyts Worten entgangen war, konnte die einhellige Zustimmung ringsum nicht begreifen. Sein Blick wanderte zu Flavia. Sie schien völlig entrückt, ein Ausdruck unendlicher Ruhe lag in ihren Augen.
Der Priester rief die Gläubigen zum allgemeinen Gebet auf. Danach wurden Lieder angestimmt. Und zum erstenmal fühlte sich Calixtus – fast widerwillig – im Innern berührt. Diese Lieder erinnerten entfernt ihn entfernt an die Hymnen, die sie einst in Sardica gesungen hatten.
Jetzt bildete die Gemeinde einen Zug, und die Gläubigen legten einer nach dem anderen den Inhalt ihrer mitgebrachten Weidenkörbe auf einen niedrigen Holztisch. Diese meist sehr bescheidenen Opfergaben bestanden vor allem aus Nahrungsmitteln: Wein, Trauben, Öl, Milch und Honig. Einige wenige opferten Kupfer- und Silbermünzen.
Jetzt stand die Gemeinde um den Tisch und den Priester versammelt. Der hob die Hände und sprach:
»Der Herr sei mit euch!«
»Und mit deinem Geist.«
»Dank sei dem Herrn, unserem Gott!«
Die Arme ausbreitend, stimmte er dann eine Art Bittgesuch an,

von dem Calixtus nur die Worte verstand: Vergib uns unsere Schuld, wie auch wir vergeben unseren Schuldigern.

Calixtus kämpfte gegen ein Gefühl des Zorns an und hätte nicht genau sagen können, was ihn mehr erboste: das Glaubensbekenntnis oder die Tatsache, daß Hippolyt es war, der es sprach. Jetzt wandte er sich an die Gruppe der Katechumenen:

»Widersagst du dem Satan?«

»Ich widersage ihm.«

»Widersagst du all seiner Bosheit?«

»Ich widersage ihr.«

»Widersagst du all seinen Verlockungen?«

»Ich widersage ihnen.«

Während sich Flavia und die anderen wieder in Bewegung setzten und neue Lieder anstimmten, grübelte Calixtus über den wahren Sinn dieser Formeln nach.

Das Licht von Fackeln ersetzte bald das der Öllampen. Sie waren in einen großen kreisrunden Saal gelangt, dessen Wände mit Nischen versehen waren. In der Mitte befand sich ein achteckiges Becken, das von bronzenen wasserspeienden Greifvögeln umgeben war.

Die Gläubigen bildeten einen Halbkreis um das Becken, während Hippolyt und die Katechumenen sich zu entkleiden begannen.

Calixtus suchte Flavia mit den Augen und sah sie zwischen anderen Frauen ihr langes goldenes Haar lösen.

Auf Hippolyts Zeichen hin wurden Freudenlieder angestimmt, und die Katechumenen teilten sich in drei Gruppen auf. Die ersten, es waren die Kinder, stiegen, dem Westen den Rücken zugewandt, die Stufen hinab, bis das Wasser ihre Schultern bedeckte, um auf der anderen Seite von Hippolyt empfangen zu werden. Er fragte eines nach dem anderen:

»Glaubst du an den Vater, den Sohn und den Heiligen Geist?«

Jedesmal kam die entschlossene Antwort:

»Ja, ich glaube.«

Indem er etwas Wasser über den Neubekehrten goß, erklärte Hippolyt:

»Ich taufe dich.«

Anschließend kamen die Männer und dann die Frauen an die Reihe.

Flavia führte die letzte Gruppe an. Kaum war sie dem Wasser entstiegen, da wollte sich Calixtus auf sie stürzen, doch die Gläubigen, die sich gleich um sie geschart hatten, hinderten ihn daran. Man half ihr in eine weiße gürtellose Leinentunika, streifte ihr Filzschuhe über und legte ihr eine Blumengirlande um die Stirn.

Calixtus versuchte noch immer, sich einen Weg zu ihr zu bahnen, als er Ephesius' Stimme hinter sich vernahm: »Störe unseren Frieden nicht.«

Er antwortete unwirsch: »Das war nicht meine Absicht.«

Ihm blieb nichts anderes übrig, als dem Zug zu folgen, der sich wieder ins Triklinium begab.

Ephesius, der sich entfernt hatte, um etwas Brot und Wein mit seinen Brüdern zu teilen, kam jetzt auf ihn zu.

»Wünschst du, an der Agape teilzunehmen?«

»Nein. Ich möchte nur mit deinem Sohn sprechen. Ich habe verschiedene Fragen an ihn.«

Ephesius dachte einen Augenblick nach, bevor er antwortete: »Gut, aber nicht hier. Folge mir.«

Er führte den Thraker in einen abgelegenen Raum, in dem kurz darauf Hippolyt erschien.

»Mein Vater hat mich wissen lassen, daß du mich zu sprechen wünschst. Was gibt es?«

Calixtus strich sich nervös durch die schwarzen Locken.

»Ich will wissen. Ich will verstehen. Wie kannst du den Unglückseligen, die unter dem Joch der Sklaverei leiden, Gehorsam und Unterwürfigkeit predigen? Wie kannst du verlangen, daß sie ihre Herren ergeben lieben? Ist das alles, was du den Unterdrückten zu bieten hast?«

»Ich verstehe ... Aber wer bist du, daß du die Worte des Paulus so verurteilst?«

»Ein Sklave, das weißt du. Vor allem ein Sklave, der nicht

verstehen kann, daß ein Gott, ganz gleich welcher, zur Unterwerfung des Menschen ermuntert.«
Hippolyt, der sich früher vom Zorn hätte hinreißen lassen, beherrschte sich und überraschte Calixtus mit seiner ruhigen festen Stimme.
»Du sprichst so aus Unwissenheit. Du weißt nicht, daß wir überall sind. Im Palast des Caesar, in den Häusern der Patrizier, in den Legionen, den Werkstätten, den Gefängnissen. Würden wir eines Tages die Freiheit aller Sklaven fordern, würden wir damit einen Kampf entfachen, wie ihn die Welt noch nie gekannt hat. Grausames Blutvergießen? Wäre das nach deinem Geschmack? Kannst du nicht verstehen, daß man statt Haß zu schüren, die verbitterten Herzen beschwichtigen soll? Mehr Römer sind dem Haß ihrer Sklaven zum Opfer gefallen als dem der Tyrannen. Wisse, daß der Gott der Christen solchen Groll nicht begünstigen darf.«
Calixtus sah Hippolyt prüfend an. In seinem Kopf wirbelten widersprüchliche Gedanken, derer er nicht Herr zu werden vermochte. Er spürte, daß er nicht länger bleiben konnte, ohne daß seine tiefsten Überzeugungen erschüttert würden. Deshalb zog er sich wortlos zurück.

17

April 186

Carpophorus rutschte auf seinem Stuhl hin und her, beugte sich nach vorn und unterbrach so die Arbeit des Barbiers.
»Ihr alle, die ihr hier anwesend seid, hört mir aufmerksam zu. Ein besonderes Ereignis wird in unserem Hause stattfinden. Ein Ereignis von unerhörter Bedeutung.«
Der Ritter hielt inne, als wollte er sein Publikum in Spannung halten.
»Der Kaiser wird heute abend unter uns sein!«

»Der Kaiser?« rief Cornelia überrascht.
»Der Kaiser«, bestätigte Carpophorus entzückt.
»Willst du sagen, Commodus ... Commodus, er persönlich?«
»Natürlich, Weib, wer sonst?«
An Eleazar, Calixtus und die anderen Diener gewandt, fragte er:
»Nun, was haltet ihr von dieser großen Ehre?«
Kaiser, Präfekte oder andere, dachte Calixtus, was konnten sie schon an seinem Leben ändern? Dennoch gab er sich alle erdenkliche Mühe, Bewunderung auszudrücken.
»Das ist ausgezeichnet, Herr, ein so berühmter Besucher wird deinem Ruf noch mehr Größe verleihen.«
»Aber wir dürfen die Geschäfte nicht vergessen, mein guter Calixtus. Die Geschäfte. Commodus' Besuch kann uns Vorteile bringen. Wie du weißt, habe ich einige Pläne für den Kornhandel. Dank Commodus' Unterstützung kann ich endlich meinen Traum verwirklichen und den hauptsächlichen Anteil des Weizentransportes aus Ägypten übernehmen. Schließlich besitze ich das größte Schiff der Flotte! Das wäre die Krönung meiner Laufbahn!«
»Ja, tatsächlich eine Krönung!« ließ sich Eleazar mit übertriebener Begeisterung vernehmen, »du würdest die wichtigste Persönlichkeit des Reichs werden.«
Doch er unterbrach sich und säuselte schließlich: »Natürlich nach dem Kaiser.«
Während Carpophorus vor Vergnügen errötete, warf der Thraker dem Verwalter einen Blick zu, der aus seiner Meinung über diese Komplimente keinen Hehl machte.
»Aber wir haben gar nicht die Zeit, alles vorzubereiten!« stöhnte Cornelia.
»Es muß sein! Ich werde nicht die kleinste Nachlässigkeit dulden! Die Köche wissen Bescheid. Sie werden bis zur Cena ohne Unterbrechung arbeiten. Außerdem kommt der Kaiser nicht allein. Er wird von Cleander dem Kämmerer, dem Präfekten der Prätorianer und der Amazone Marcia begleitet.«
»Marcia«, rief die Matrone aus.

»Ja, Cornelia, und ich erwarte, daß du sie wie eine Königin behandelst.«
»Sie, diese einstige Sklavin? Eine Hure, die von Pompeius zu Commodus übergewechselt ist! Eine Intrigantin, die die Kaiserin Bruttia Crispina verdrängt hat!«
Calixtus lächelte. Wie alle Emporkömmlinge waren sein Herr und vor allem dessen Frau von der Sorge um ihre Ehrbarkeit geradezu besessen. Oft legten sie viel mehr Wert auf Form als die Aristokraten der ältesten Geschlechter.
»Cornelia! Ich verbiete dir, so zu sprechen!«
Die Frau drückte mit einer unwirschen Bewegung ihren Unwillen aus und wandte sich jetzt, um Unterstützung heischend, zu Mallia um.
»Meine Tante hat recht. Würde diese Marcia sich damit begnügen, ständig ihre Liebhaber zu wechseln, so wäre ihr Verhalten allein ihre Sache. Aber eine Frau, die sich nackt zwischen Gladiatoren zeigt? Die, ohne zu zögern, mit anderen schamlosen Frauen in der Arena kämpft. Eine Frau, die sich selbst derartig erniedrigt, erniedrigt gleichzeitig ihre Gastgeber.«
Calixtus erinnerte sich an Fuscians Worte: »Marcia ist wirklich eine herrliche Kreatur.« Kein Zweifel, daß dort der wahre Grund für die Feindseligkeit zwischen den beiden Frauen zu suchen war.
»Darüber läßt sich reden«, antwortete der Bankier, »Ich kenne Frauen, die sich auf andere Art selbst erniedrigen! Unauffälliger vielleicht, aber genauso wirkungsvoll. Nicht wahr, meine liebe Mallia?«
Mallia erbleichte. Von der Anspielung seines Herrn verunsichert, wandte Calixtus den Blick schamvoll ab. Seit fast drei Jahren war er der Geliebte der jungen Frau. Das ganze Haus mußte darüber Bescheid wissen, außer – so hatte er zumindest bis jetzt geglaubt – Carpophorus. Seine Bemerkung bewies, daß er weniger blind als nachsichtig war. Mallias kurzer Blick auf Calixtus bestätigte ihm, daß sie das gleiche dachte wie er. Darüber entging ihm Eleazars Gesichtsausdruck nicht: Er

triumphierte innerlich. Und Carpophorus beschloß seine Rede: »Mallia, ich verbiete dir, und auch dir, Cornelia, dich gegenüber der Konkubine unseres Kaisers in irgendeiner Form unfreundlich zu zeigen! Der Prinzeps von Rom ist heilig. Und damit alle Personen, die ihn umgeben! Jetzt macht euch an eure Aufgaben, damit der heutige Abend reibungslos ablaufen kann.«
Als sich die Versammelten zurückzogen, trafen sich Calixtus und der Vilicus im Vorbeigehen, doch keiner ließ auch nur ein Wort fallen. Seit der Geschichte mit dem Ossarium war ihr Verhältnis mehr als gespannt, sie verachteten sich gegenseitig, und ihre Gespräche beschränkten sich auf das Nötigste. Carpophorus hatte den Thraker praktisch ganz der Gewalt des Syrers entzogen und ihn zu seinem engsten Mitarbeiter gemacht. Dazu kam der heimliche, jedoch nicht weniger wirkungsvolle Schutz Mallias, der den Verwalter davon abhielt, mit Calixtus Streit zu suchen. Auf diese Weise verfestigte sich die Feindschaft zwischen den beiden Männern dauerhaft. Calixtus vergaß nicht. Und Eleazar, der zusehen mußte, wie dieser Sklave immer weiter aufstieg und sein Rivale, vielleicht sein Nachfolger zu werden drohte, nährte einen abgrundtiefen Haß gegen ihn.

*

Nachdem er den letzten Federstrich unter die Konten des Tages gesetzt hatte, verließ Calixtus den kleinen Raum, der ihm als Arbeitszimmer diente. Das ganze Anwesen schien von reger Betriebsamkeit erfaßt zu sein. Die Landsklaven brachten wagenweise Nahrungsmittel herbei. Im Triklinium eilten die Diener geschäftig hin und her, trugen Elfenbeinliegen, Bronzetische und Duftfläschchen herbei.
Als er das Peristyl durchquerte, sah er Flavia zu den Gemächern ihrer Herrin hasten. Sie hatte kaum Zeit, ihm ein kleines Handzeichen zu geben.
»Urtica«, rief sie, ganz außer Atem. »Ich weiß nicht, was geschehen ist, aber heute morgen ist sie vollkommen überspannt.«

»Sicher wegen des bevorstehenden Abends«, wollte Calixtus erklären, »der Kaiser ...«
Doch das junge Mädchen war schon im Hause verschwunden. Er zuckte mißmutig die Achseln. Seit ihrer Taufe suchte die ›kleine Schwester‹ ihn zu meiden. Sie war ihm gegenüber erheblich zurückhaltender geworden, doch schien sie aus ihrer neuen Beziehung zu Mallia Nutzen zu ziehen, die nun die junge Frisierdame mit mehr Achtung behandelte. Ihre Zurückhaltung hatte in ihm eine Leere geschaffen, die er nicht auszufüllen vermochte. Voller Bitterkeit erinnerte er sich an die Zeiten, als sie noch jede Gelegenheit genutzt hatte, ihn zu treffen. Heute war alles so anders, und sein innerer Zorn richtete sich gegen jene, die er für diesen Bruch verantwortlich machte: Hippolyt, Carvilius und die anderen. Er beschloß, die Küchen aufzusuchen. Er mußte sich Klarheit verschaffen.
Es schien, als sei ein Orkan durch die Räume gefegt. Überall herrschte ein heilloses Durcheinander, das selbst die Götter verwirrt hätte. In einer Ecke entdeckte er Carvilius, der gerade ein Schwein durch das Maul hindurch ausnahm.
»Ich muß mit dir sprechen.«
»Keine Zeit. Später.«
Ungeduldig packte Calixtus ihn am Arm.
»Nein, sofort!«
Carvilius hielt kurz in seiner Arbeit inne. »Willst du mich wohl loslassen! Was fällt dir ein?«
»Ich will wissen ... Was ist mit Flavia? Sie meidet mich wie die Pest. Warum?«
»Meinst du nicht, du solltest ihr die Frage selbst stellen?«
»Nein, ich stelle sie dir, und das aus gutem Grund ... Ich wäre nicht verwundert, wenn ihr Flavia verboten hättet, mit mir, dem Heiden, der ich jetzt für sie bin, zu verkehren.«
»Unsinn!« rief Carvilius, »Wir verbieten unseren Brüdern lediglich das Spiel und das Theater, denn das könnte sie verderben. Aber in keinem Fall ist es Christen untersagt, mit Heiden umzugehen. Wir leben schließlich mitten unter euch.«

Der Koch schien aufrichtig.
»Aber sie geht mir aus dem Weg. Du kennst bestimmt die Gründe. Sie verbringt viel mehr Zeit mit euch als mit mir. Und das war, mußt du wissen, nicht immer so.«
Carvilius befreite sich mit einer raschen Bewegung aus Calixtus' Griff.
»Gut. Du willst es genau wissen? Dann hör zu: Das arme Kind ist unsterblich in dich verliebt. Flavia quält sich Tag für Tag, und sie leidet unsäglich unter der Vorstellung, daß du mit dieser Hure Mallia das Bett teilst.«
»Flavia? Verliebt in mich? Das ist ...«
Er konnte nicht weitersprechen, denn die Küchenhilfen und Dienerinnen lauschten, in der Hoffnung, schlüpfrige Geschichten zu erfahren. Carvilius machte sich gleichgültig wieder an die Arbeit. Calixtus flüsterte ihm zu: »Ich will mein Leben nicht vor diesen Leuten aufrollen. Laß uns später darüber sprechen.« Schweigend beobachtete er Carvilius bei der Arbeit.
Ohne zu antworten, nahm der Koch eine Handvoll entkernter Datteln und stopfte sie in den Bauch des Ferkels.
»Alles, was hier auf dem Tisch liegt, soll im Bauch des armen Tieres verschwinden?«
Immer noch schweigend griff der alte Mann nach den anderen Zutaten: Würste, Drosseln, geräucherte Zwiebeln, Schnecken, Sperlinge und, als Höhepunkt, Hackfleisch mit verschiedenen Kräutern.
»Erstaunlich! Und wie bereitest du dieses Wundertier jetzt zu?«
Mit sichtlich schlechter Laune brummte Carvilius: »Ich nähe es wieder zu, schneide es nach dem Braten in zwei Teile und überziehe das Fleisch mit einer Soße aus Garum, etwas süßem Wein, Honig und Öl. Und ich hoffe, daß dieses Ferkel Mallia und dir die heftigste Magenverstimmung eures Lebens verursacht.«
»Das ist doch unsinnig! Was haben wir denn getan, um solche Mißgunst zu erregen?«
»Dieser Kreatur, dieser Sklavin ihrer Sinne, kann ich noch

verzeihen, aber dir? Die offensichtliche Freude, mit der du dich im Unterleib dieser Person verlierst, und der Kummer, den du der armen Flavia damit bereitest, verdienen keine Nachsicht.«
»Und glaubst du wirklich, daß ich eine andere Wahl habe?«
»Ich weiß«, murmelte der alte Mann mit übertrieben mitleidiger Miene. »Ich weiß. Du bist zweifellos das unschuldige Opfer einer Vergewaltigung. Ich bewundere deine Selbstlosigkeit und deine außerordentliche Widerstandskraft. Nur Mut, Calixtus, nur Mut!«

18

Commodus, der seine Sandalen ausgezogen hatte, lag nun müßig ausgestreckt auf der Liege, den Ellenbogen auf einem Kissen, den Kopf auf die Faust gestützt.
Mit seinen halb geschlossen Augenlidern, dem mit Gold gepuderten Bart und seinen wulstigen Lippen, bot er ein Bild der Dekadenz, die man mit »erlesen« hätte umschreiben können. Er lag auf dem Ehrenplatz zwischen seinem Gastgeber und seiner Konkubine und verfolgte mit wachsendem Interesse die Darbietung der Tänzerinnen. Diese Töchter des steinigen Hochlands von Arabien, aus dem Land der Nabatäer und aus Saba, Schönheiten mit dunkler Haut und ebenholzschwarzem Haar, waren nur mit einer Mamalia bekleidet, die kaum ihre Brüste verhüllte, und mit langen, bis zu den Knöcheln reichenden, in der Mitte geschlitzten Lendenschurzen.
Am äußeren Rande der im Halbkreis angeordneten Liegen hockten vier Musikanten im Schneidersitz auf einer Matte und entlockten ihren Instrumenten fremdartige, aber mitreißende Klänge. In dem freien Raum zwischen den Liegen drehten sich die sechs Tänzerinnen und ließen ihre Arm- und Fußreifen rasseln. Rubine in ihren Bauchnabeln blitzten und funkelten im

Schein der alexandrinischen Lampen. Mit ihren geschmeidigen Hüften vollführten sie komplizierte Arabesken. Und bei jedem Anschwellen der Musik rollten sie ihre nackten Bäuche mit einer solchen Geschwindigkeit, daß sich die Bahnen ihrer Schurze öffneten und den Blick auf die vibrierenden Beine freigaben. Als der Rhythmus erstarb, ließen sich die Tänzerinnen auf den Boden fallen wie große Blumen, die geschnitten werden, was den spontanen Beifall der Zuschauer auslöste.
»Bei Isis«, rief Commodus aus, »noch nie habe ich Tänzerinnen gesehen, die derartige Kunststücke mit ihrem Bauch vollführen! Meinen Glückwunsch, lieber Carpophorus!«
»Oh, Caesar, du erfüllst mich mit Freude!« antwortete der Ritter, vor Genugtuung errötend.
Die junge Frau neben den beiden Männern lachte auf.
»Dies ist ein wohlverdientes Kompliment, Carpophorus. Es bedarf einigen Einfallsreichtums, um unseren Caesar zu beeindrucken.«
»Und dazu noch etwas zu zeigen, was meine gute Marcia nicht kann«, fügte der Kaiser schmunzelnd hinzu.
Marcia warf mit einer raschen, ihm vertrauten Bewegung ihre schwarze Haarmasse zurück.
»Da hast du recht, Caesar, das ist etwas, was ich noch nicht kann ... Carpophorus«, wandte sie sich an den Gastgeber, »würdest du deinen Tänzerinnen gestatten, mich in ihre Kunst einzuweihen?«
Die beiden Männer lachten, und Commodus rief: »Siehst du, Carpophorus, warum ich sie so liebe? Wie sagte doch mein Vater: Was ist Schönheit ohne Liebreiz? Die wunderbarste Statue bleibt nur ein Stück kalter Marmor, hat der Künstler ihr nicht ein wenig von seiner Seele eingehaucht.«
Der junge Kaiser beugte sich über seine Geliebte, berührte mit den Lippen ihre bernsteinfarbene Schulter, folgte der Linie ihres zarten Halses und murmelte mit verhaltener, aber leidenschaftlicher Stimme: »Du bist meine Statue aus Fleisch und Blut, meine schöne Amazone.«

Anmutig ließ Marcia die Finger durch das lockige Haar und den goldfarbenen Bart ihres Geliebten gleiten, bevor sie leise bemerkte: »Caesar, ich habe Hunger.«
»Oh, verzeih, meine Prinzessin, meine Omphale«, rief Commodus, als würde er aus einem Traum gerissen. »Ich bin nicht zu entschuldigen. Lieber Freund«, sprach er seinen Gastgeber an, »deine Tänzerinnen haben uns verzaubert! Womit wirst du uns beim Abendmahl überraschen?«
Carpophorus lächelte zufrieden und klatschte in die Hände: »Cena!«
Im gleichen Augenblick ertönte der Klang eines Horns. Alle Anwesenden schauten zur Tür, hinter der schon Schritte zu hören waren.
Der Hornbläser trat als erster ein, gefolgt von zwei Sklaven, die edle Jagd- und Kampfhunde mit goldenen Halsbändern an Leinen führten. Hinter ihnen trugen Diener in Jagdkleidung ein riesiges Tablett herein, auf welchem ein junger, gebratener Auerochse lag, die Beine unter dem Bauch eingeknickt: Er war ganz mit Orangen, Zitronen, Feigen und Oliven gespickt und umgeben von zahlreichen Silber- und Goldplatten mit den erstaunlichsten Speisen: Wildschweinsülze, mit Mohn überzogene Hasen, in Honig eingelegte Murmeltiere, Igel in Garumsoße, Truthähne, Pasteten aus Nachtigallzungen, Hirschwürste und als Krönung: ein gebratener Adler.
Bewundernde Rufe hallten aus allen Ecken, während die beiden Sklaven jedem Gast zwei Hunde jeder Rasse zuführten. Der Kaiser hatte selbstverständlich Anrecht auf vier. Carpophorus wünschte seinen Gästen förmlich eine ebenso erfolgreiche Jagd wie die, deren Beute bei dieser Cena aufgetragen wurde, dank der Jagdhunde, die er ihnen soeben zum Geschenk gemacht hatte. Schon machten sich die Diener an das Aufschneiden des Fleisches, die Mundschenke füllten Schalen mit schneegekühltem Wein und begleiteten ihr Tun mit harmonischen Gesängen.
Plötzlich erklangen die hohen Töne einer Flöte, die die An-

kunft weiterer Personen ankündigte. Ein Sklave erschien, barfüßig und mit nacktem Oberkörper, eine Fischermütze auf dem Kopf und ein Fischnetz im Arm; ihm folgte eine Gruppe gleich gekleideter Diener mit Silberspeeren auf den Schultern, wiederum gefolgt von Trägern eines genauso eindrucksvollen Tabletts wie das erste mit dem Auerochsen; diesmal aber mit einer unbeschreiblichen Auswahl an Fischen und Meeresfrüchten: Ein Riesenstör lag in der Mitte, umgeben von Aalen, Muränen, Meerneunaugen, Steinbutten und Meeräschen, garniert mit den herrlichsten Speisen im Überfluß: Krabbensalaten, Kaviar, Austern und kleinen, in Wein gekochten Tintenfischen. Commodus verschlang diesen bunten Zug förmlich mit den Augen.

»Du hast dich selbst übertroffen, Carpophorus!«

»Ich kenne deine Vorliebe für Meeresfrüchte«, antwortete dieser mit Bescheidenheit.

Wie ihre Vorgänger bedienten auch diese Sklaven die Gäste mit gleichzeitigen Gesängen. Anstelle von Jagdhunden wurden ihnen diesmal silberne Harpunen überreicht.

»Auf daß euer nächster Fischzug so ergiebig sein möge wie der, den wir heute abend teilen!«

Dröhnender Beifall erfüllte erneut den Saal, und der Gastgeber nahm Lobesworte und Dank freudig entgegen.

Als wieder Ruhe eingekehrt war, schnitt Mallia, die zwischen dem Kämmerer Cleander und dessen Favoritin Demostrata – einer ehemaligen Mätresse des Commodus – lag, ein Thema an, das bei römischen Banketten gern und hitzig diskutiert wurde:

»Würde Alexander noch leben, hätte er dann wohl Rom erobert?«

Als Ehrengast des Banketts fiel dem Kaiser die Rolle des Schiedsrichters zu. Perennis, der Präfekt der Prätorianer, der auf der zweiten Ehrenliege neben der Gemahlin des Carpophorus lag, tat als erster seine Meinung kund und sprach sich für einen Sieg Roms aus.

Cleander, der dritte Ehrengast, nahm sofort die Gegenposition

ein: Ihm erschien ein Sieg des großen Makedoniers selbstverständlich. Mit Vergnügen nahm er die Gelegenheit wahr, sich gegen den mächtigen Präfekten zu stellen – und sei es auch nur um eines nichtigen Gesprächsstoffs willen. Alle anderen Anwesenden pflichteten ihm bei.
Nach endlosem Palaver baten die beiden gegnerischen Parteien Caesar Commodus, ein Urteil in dieser Wortfehde zu fällen. Der junge Prinzeps, dessen rednerische Fähigkeiten nicht sonderlich entwickelt waren, strich nachdenklich mit dem Finger über seine Weinschale. Als Imperator durfte er nicht zugeben, daß Rom von wem auch immer erobert werden könnte, als Hauptperson dieses Mahles wollte er sich mit seinem Urteil nicht gegen die Mehrzahl der Anwesenden stellen. Diesen Moment wählte Marcia, ihm zu Hilfe zu eilen.
»Man sollte meinen«, sprach sie mit kaum verborgener Ironie, »unsere Freunde hätten sich eher gegen Perennis gestellt, als gegen Rom.«
Er stützte sich auf Marcias leichthin ausgesprochene Bemerkung und ließ verlauten, daß die Meinung der Mehrheit zu sehr von persönlichen Betrachtungen zeugte, um unparteiisch zu sein, sie deshalb also nicht gelten könnte. Zum Abschluß dieser knappen Rede brachte er lachend seine Genugtuung darüber zum Ausdruck, sich nicht über den Verderb der Stadt Rom aussprechen zu müssen.
Dieses Urteil wurde mit einem eher mißbilligenden Schweigen aufgenommen. Carpophorus blickte besorgt zu Cleander hinüber. Seine Unruhe stieg, als er die Abwesenheit des Rivalen des Präfekten der Prätorianergarde bemerkte. Sollte das die Reaktion auf den Angriff sein? Nein, dies schien unmöglich. Einen Mann des Hofes, Kämmerer noch dazu, konnte eine solche Nichtigkeit doch nicht erschüttern ... Zumal der Prinzeps in der letzten Zeit gerade ihm seine Gunst bezeugt hatte. Marcias Stimme riß ihn aus seinen Betrachtungen.
»Du scheinst versonnen, Carpophorus. Ich frage mich, ob deine

Tochter die Freude an solchen Streitgesprächen von dir geerbt hat?«

»Nein ... hm ... vielleicht«, stotterte Carpophorus mühsam, erkannte dann aber Marcias Bestreben, dem Gespräch eine andere Wendung zu geben.

»Nun, willst du uns nicht eine Frage stellen, die dir am Herzen liegt?« fügte sie hinzu und schlürfte vorsichtig eine Auster.

Der unglückliche Bankier überlegte angestrengt und verfluchte sich, nie die Werke Plutarchs von Chaironeia gelesen zu haben. Denn dieser hatte eine Schrift über Tischgespräche verfaßt, um gerade solche Peinlichkeiten zu vermeiden. Aber Carpophorus hatte Lehrbücher dieser Art schon immer verabscheut, da sie seiner Meinung nach nur liederliche Müßiggänger interessieren konnten. Doch jetzt erschien Cleander wieder, und das war seine Rettung.

Der Kämmerer bahnte sich seinen Weg durch die Liegen zum Kaiser, beugte sich zu dessen Ohr hinab und zeigte ihm einen Gegenstand, der in seiner Hand ruhte. In genau diesem Augenblick begann Marcia mit Carpophorus zu plaudern, so daß er der Unterhaltung der beiden Männer nicht folgen konnte. Wenig später entfernte sich der Kämmerer wieder, und Carpophorus sah, wie Commodus auf eine Münze starrte.

Tiefes Unbehagen erfüllte den Raum. Die Gäste rührten ihr Essen nicht mehr an und beobachteten gespannt ihren Kaiser. Und als sie die kräftigen Schritte vernahmen, die nur Soldaten eigen waren, zweifelte niemand mehr an einem bevorstehenden Drama.

Cleander betrat den Raum wieder, gefolgt von zwei Legionären ohne Rangabzeichen. Allein ihre Gegenwart war sonderbar. An die Prätorianergarde gewöhnt, empfanden Römer den Anblick der Frontsoldaten als befremdlich. Und insbesondere den Anblick dieser staubbedeckten Legionäre hier, die aussahen, als kämen sie von weit her. Doch vor allem die Tatsache, daß Commodus ein Bankett unterbrach, um sich Staatsangelegenheiten zu widmen, war beispiellos. Für ein derart unübliches

Verhalten mußte es einen außerordentlich wichtigen Grund geben.
Ein jeder lauschte angestrengt. Doch das war unnötig. Commodus befragte die Soldaten mit lauter Stimme.
»Ihr kommt also aus Pannonien?«
»Ja, Caesar.«
»Und dorther stammt diese Münze?«
»Caesar, was hat dies zu bedeuten?« erkundigte sich Perennis beunruhigt.
Ohne auf den Einwurf des Präfekten zu achten, antworteten die beiden Legionäre bejahend. Commodus drängte weiter: »Und wer hat sie euch gegeben?«
»Die Schatzmeister unserer Legion. Wir haben doppelten Sold erhalten.«
»Doch ihr wißt, daß diese Münzen keinen Wert haben?«
»Das ist der Grund, weshalb wir nach Rom geeilt sind«, erklärte einer der Männer, während Cleander hinzufügte: »Heute sind solche Münzen wertlos, Caesar ... Aber das kann sich morgen ändern.«
Perennis war aufgesprungen.
»Ich weiß nicht, was hier vor sich geht, doch ich bitte dich, Caesar, höre nicht auf diese Verleumder.«
»Und warum glaubst du dich verleumdet, Perennis?« fragte der Kämmerer leise.
Der Präfekt der Prätorianer zögerte einen Augenblick. Commodus' Stimme klang wie ein Peitschenhieb: »Du hinterhältiger Verräter!« rief er, richtete sich auf und wies mit dem Finger auf den Präfekten. »Du hattest die Absicht, mich umzubringen und meinen Platz einzunehmen!«
»Ich, Caesar? Wie kannst du ... Im ganzen Reich gibt es keine treueren Diener als mich und meine Söhne!«
»Richtig, sprechen wir von deinen Söhnen! Sie befehligen die Donau-Armee.«
»Und ruhmreich!«
»Vielleicht. Doch sie haben sich eines schweren Verbrechens

schuldig gemacht: Denn sie sind diejenigen, die diese Münzen prägen ließen, um sie in der Legion zu verteilen!«

Mit diesen Worten zeigte Commodus den Silbertaler vor, auf welchem Perennis sein eigenes Abbild und seinen Namen erkennen konnte.

»Caesar..., das ist... die übelste Verleumdung, deren Opfer ich je war... Du mußt mir glauben, ich...«

»Ich hätte dir vielleicht geglaubt, wäre dies der erste Vorfall, der mir zu Ohren kommt. Aber, und das ist dein Unglück, dem ist nicht so. Erinnerst du dich an diesen Mann, der wie ein Philosoph gekleidet war und mich bei den Spielen im Capitol beschimpft hat?«

Der Präfekt der Prätorianer antwortete nicht, aber jeder erinnerte sich an den Mann, der in der ersten Reihe gestanden, sich zur kaiserlichen Loge umgewandt und geschrien hatte: »Es ist die rechte Zeit, Feste zu feiern, Commodus, wenn Perennis und seine Söhne ihre Pläne schmieden, um die Kaiserwürde an sich zu reißen!«

»Ich hatte den Befehl gegeben, diesen Mann einem Verhör zu unterziehen. Aber du, Perennis, hast keine Minute verloren, ihn hinrichten zu lassen.«

»Und aus diesem nichtssagenden Zwischenfall schließt du heute meine Schuld.«

»Das ist nicht alles. Bleibt noch die Geschichte mit den Überläufern aus der Bretagne!«

Davon hatte noch niemand etwas gehört. Jedoch konnte keinem entgehen, daß der Präfekt plötzlich kreidebleich geworden war. Commodus fuhr mit einem boshaften Lächeln fort: »Eine Truppe von fünfhunderttausend Mann hat, nachdem sie ihre Insel verlassen hatte, ganz Gallien durchquert, um mich in Rom aufzusuchen. Sie verlangte Gerechtigkeit für ihre Führer, die du eigenmächtig hast beseitigen lassen, um sie durch Offiziere deiner Wahl zu ersetzen. Willst du mich auch jetzt noch glauben machen, dies sei nichts als Verleumdung?«

Der junge Imperator packte seinen Präfekten bei den Bahnen

der Toga, um ihn zu sich heranzuziehen. Doch er hatte nicht mit dem ungestümen Temperament des Syrers gerechnet. Brutal stieß er den Prinzeps zurück und rief mit unglaublicher Dreistigkeit: »Man behandelt den Präfekten der Prätorianer nicht wie einen einfachen Gladiatoren!«

Dann ging alles sehr schnell. Behende riß Commodus das Schwert aus der Scheide eines der erstarrten Legionäre und stieß die Klinge mit aller Kraft in Perennis' Brust. Grauen und Überraschung waren in den geweiteten Augen des Präfekten zu lesen, der mit einem dumpfen Aufschlag zu Boden sackte.

Marcias Entsetzensschrei entging den meisten Anwesenden, die nach diesem Drama wie versteinert waren.

19

Der Abend war schon fortgeschritten, als Marcia den Kaiser um die Erlaubnis bat, sich für einige Augenblicke zurückziehen zu dürfen.

Von dem Mord war nur ein verwischter, bräunlicher Fleck auf dem Marmorboden des Trikliniums zurückgeblieben. Das Bankett war wieder in vollem Gange, und der Wein, bisher mit Wasser vermischt, floß nun schwer und unverdünnt in die Trinkschalen. Und dennoch lastete das Geschehene auf der allgemeinen Stimmung, trotz der leichten Plauderei, der erlesenen Musik und der Darbietungen der Mimen. Die meisten Anwesenden hatten schon immer heimlich gehofft, der zu mächtig gewordene Präfekt der Prätorianer möge in Ungnade fallen, doch waren sie zutiefst schockiert über Commodus' Art, seinen Gegner zu beseitigen. Zwar hatten einige von ihnen den jungen Kaiser sofort wegen seiner Wachsamkeit und seiner schnellen Entschlußkraft gelobt, doch wirklich überzeugend hatte es nicht geklungen: Ein Toter während eines Banketts war

kein gutes Omen. Hätten sie nicht befürchtet, sich mit einer solchen Geste gegen ihren Caesar zu stellen, so wären die Gäste aufgebrochen.
»Langweilst du dich?«
Commodus hatte Marcia mit unbeteiligtem Ton und ohne wirkliches Interesse gefragt. Seit dem Zwischenfall hatte er kaum gesprochen, dafür aber, mit abwesendem Blick, ausgiebig Wein getrunken.
»Nein, Caesar ... Ich habe nur das Bedürfnis, ein wenig frische Luft zu atmen.«
Sie fügte noch etwas hinzu, was jedoch im Klang der Zithern unterging, stand auf und durchquerte das Triklinium mit raschen Schritten.
Als sie aus dem Haus trat, genoß sie die laue Nacht und hob ihr Gesicht zum sternenreichen Firmament empor. Der Himmel war von einer Helle, wie man sie sonst nur in Gebirgsnähe antrifft.
»Mein Gott, mein Gott, hilf mir!« Sie unterdrückte ein Schaudern und gedachte Commodus', wie er den Präfekten noch geschmäht hatte, als dieser mit verzerrtem Gesicht blutüberströmt zu Boden sank und sein Leben aushauchte.
Wie konnte die Natur, die doch so vollkommen war, derartige Gegensätze hervorbringen? Ein Zusammenspiel von Tugend und Perversion. Denn dieser Kontrast war es, der sie verstörte.
Bis jetzt hatte sie in dem Imperator lediglich einen eher schwachen als bösartigen Menschen gesehen. Seine Begeisterung für die Spiele und seine Freude an körperlicher Leistung entsprachen seinem Alter. Außerdem zeigte sich, daß die öffentliche Meinung alles guthieß, was den Prinzeps auf die Stufe des gewöhnlichen Volkes stellte. Selbst die geistige Unbeständigkeit ihres Gefährten hatte bis jetzt keine ernsthaften Folgen gezeigt. Doch seit dem Ereignis dieses Abends war der Schleier zerrissen. Zum ersten Mal sah sie, daß sie an einen gefährlichen Menschen gebunden war, der sich jederzeit in eine blutrünstige Bestie verwandeln konnte.

Sicher, Perennis' Verrat mußte bestraft werden. Kein Zweifel, das Volk würde dies verstehen. Aber sie selbst konnte es nicht... Nein, dieser Mord war nicht notwendig gewesen. Jeder wußte nur zu gut um Perennis' Feinde, früher oder später mußte er das Opfer seiner eigenen Intrigen werden. Doch es war nicht nur der Mord am Präfekten... Marcia erinnerte sich an das recht verdächtige Verschwinden der Schwester und der Gemahlin des Imperators. Letztere war sicher unschuldig. Bis zum heutigen Tage hatte sie die Verantwortung für die Beseitigung der beiden Frauen auf Commodus' Berater geschoben. Männer wie Perennis. Aber heute abend mußte sie einsehen, daß sie sich in dem jungen Caesar grundlegend getäuscht hatte, daß sie bei ihrem Urteil ihm und infolgedessen auch sich selbst gegenüber zu viel Nachsicht hatte walten lassen.
Langsamen Schrittes stieg sie hinab zum Flußufer.

Auch Calixtus war in seine Gedanken versunken. Mit abwesendem Blick betrachtete er das flache Gewässer und überdachte die Neuigkeiten, die ihm Carvilius anvertraut hatte. Flavia liebte ihn also... Ihr Verhalten, ihre Launenhaftigkeit, alles erklärte sich nun von allein. Und er selbst? Liebte er sie...? Er mußte sich eingestehen, daß seine Gefühle für sie immer leicht widersprüchlich waren. Zwischen Sonnenaufgang und Sonnenuntergang. Zwischen Licht und Schatten. Er hielt sie gern in seinen Armen, jedoch ohne Begierde. Er wollte sie besitzen, jedoch nur mit dem Herzen. War dies vielleicht Liebe?
Erst als Marcia neben ihm stand, bemerkte er ihre Gegenwart. An ihrer Kleidung erkannte er sofort, daß sie zu den Gästen seines Herrn gehören mußte.
»Verzeih, ich habe dich erschreckt.«
»Es ist nicht der Rede wert«, antwortete er und schickte sich an, seiner Wege gehen, »nachts haben selbst Bäume Angst vor Bäumen.«
»Du kannst bleiben... Ich kam nur hierher, um frische Luft zu schnappen. Dort ist es so stickig.«

Er hatte also recht gehabt. Sie gehörte zu den geladenen Gästen des Carpophorus.

Wieder wollte er sich zurückziehen.

»Bleib ...«

Überrascht von dem Ton, den sie angeschlagen hatte, musterte er sie eingehender. Es war kein Befehl, sondern eine Bitte. Er machte einige Schritte auf sie zu, um sie besser sehen zu können, und bemerkte ihre ungewöhnliche Schönheit.

Sie mochte dreißig Jahre alt sein, ihre Züge waren von klassischer Reinheit. Ihr langes, lockiges, schwarzes Haar umrahmte locker ihren Kopf und fiel über die Schultern, was das helle Oval ihres Gesichts zur Geltung brachte. Doch besonders ihre Augen zogen seine Aufmerksamkeit an: zwei klare Seen, in denen sich das glitzernde Sternenlicht widerspiegelte. Hingegen erstaunten ihn zwei Dinge: zum einen die einfache, fast keusche Aufmachung der Unbekannten. Ihre schlohweiße Leinenstola gab kein tiefes Dekolleté frei. Ihr Gewand war nicht – wie es die Mode verlangte – an den Seiten geschlitzt und auch nicht mit einer Goldlitze eingefaßt; zum anderen trug sie keinen Schmuck. Weder Goldreifen am Hals, noch ein Brustband an ihrem Busen. Keine Goldschlangen wanden sich um ihre Arme. Nicht einmal in ihrem Haar funkelten die Edelsteine eines Diadems. War dies wirklich eine Patrizierin? Ein verlegenes Schweigen folgte, das Calixtus als erster brach.

»Ist der Kaiser immer noch da?« fragte er und zeigte auf die Villa.

Trotz der Dunkelheit bemerkte er, wie die junge Frau zusammenzuckte.

»Ja«, murmelte sie mit halbgeöffneten Lippen.

Nach einer Pause fragte sie ihn: »Bist du auch einer der Gäste?«

»Sehe ich so aus?«

Er spreizte einen Arm ab, als wolle er seine bescheidene Kleidung vorzeigen.

»Nein, ich bin ein Sklave des Carpophorus.«

Wenngleich sie sich auch in einiger Entfernung von der Villa

befanden, so drangen doch Fetzen von Musik und schrillem Gelächter durch die stille Nacht zu ihnen herüber.
»Würdest du ein paar Schritte mit mir gehen?« fragte sie und fügte schnell mit einem gezwungenen Lächeln hinzu: »In der Nacht haben selbst Bäume Angst vor Bäumen.«
Wieder überraschte ihn der einladende Ton; für eine freie Frau war dieses Verhalten gegenüber einem Sklaven ganz außergewöhnlich. Er antwortete nicht, begleitete sie aber.
Sie wandelten nun zwischen den Statuen und entfernten sich immer weiter vom brausenden Treiben des Festes. Bald erreichten sie eine kleine Brücke, die über den Fluß führte. Sie blieb stehen, stützte die Ellenbogen auf die Brüstung und legte den Kopf in die Hände.
»Was ist geschehen?« ängstigte sich Calixtus.
»Es ist nichts ... nichts.«
Er mußte an sich halten, um sie nicht in seine Arme zu schließen, obwohl er spürte, daß sie ihn nicht zurückgestoßen hätte. Ihm schien, als wische sie Tränen aus ihren Augenwinkeln.
»Verzeih, es ist lächerlich.«
Mit ihren von Tränen glänzenden Augen und dem hilflosen Gesichtsausdruck war sie noch schöner.
»Du mußt mich für eine Närrin halten.« Er hatte keine Zeit zu widersprechen, denn sie fuhr fort: »Erzähl ein wenig von dir.«
Er hätte ihr gern gesagt, daß seine Person unwichtig sei, entgegnete jedoch: »Weißt du, das Leben eines Sklaven hat nichts zu bieten, was des Erzählens wert wäre. Er überlebt. Das ist alles.«
»Warst du immer in Carpophorus' Diensten?«
»Nein, ich bin seit drei Jahren hier.«
»Es muß dir wie eine Ewigkeit erscheinen.«
Er ließ unwillkürlich die Finger durch seine schwarzen Strähnen gleiten.
»Ich weiß es nicht. Ich habe jegliches Zeitgefühl verloren.«
»Ich verstehe.«

Er hätte sie am liebsten gefragt, wie eine solche Frau das unglückliche Dasein eines Sklaven nachempfinden konnte. Er hätte ihr mit Freuden erzählt, daß die Bedingungen, vor allem seit einigen Wochen, noch unerträglicher geworden waren. Wenn er nur ein freier Mann wäre! Eines Tages... Vor seinem geistigen Auge tauchte das Bild des Haemus-Berges auf, des Sees, der Wälder... Statt dessen sagte er: »Ich sehe dich zum ersten Mal hier.«
»Ich begleite einen Gast des Carpophorus.«
Das Bild von Commodus, dem Kaiser mit den zwei Gesichtern, drängte sich ihr wieder auf. Bei dem Gedanken, zu ihm zurückzukehren, sich wieder an seine Seite zu legen, stieg Ekel in ihr auf. Sie gestand: »Diese Bankette sind für mich zu einer Qual geworden.«
»Aber sie dürften doch angenehmer sein, als das Mahl der Sklaven.«
Er hatte absichtlich diesen ironischen Ton gewählt, doch bereute er seine Antwort sofort. Sie erwiderte ruhig: »Für manche ist die Unfreiheit des Geistes schwerer zu tragen als ein Sklavendasein.«
»Vielleicht, mich jedoch haben die Leiden anderer nie mit meinen eigenen versöhnen können.«
»Du bist unglücklich, deshalb sprichst du so. Und wenn ich dir nun sagen würde, daß nichts im Leben unwiederbringlich schlecht oder gut ist? Man muß zuhören können und Geduld üben.«
»Geduld üben? An dem Tage, an welchem man sich seines Lebens beraubt sieht, da Mauern errichtet werden, um Dienstbarkeit zu erpressen, an dem Tag vergißt man den Sinn des Wortes ›Geduld‹. Ich träume nur davon, daß mir mein Haß Flügel verleiht. Ich denke nur noch an meine Freiheit. Und ohne jede Geduld.«
Er hatte mehr auf die Frage geantwortet, die in seinem Inneren brannte, als auf die Worte seiner Begleiterin, und sein Ton war voller Bitterkeit.

»Derartiges darf man nie sagen. Haß ist ein Wort, das man aus seinem Wortschatz verbannen sollte. Allein Toleranz und Vergebung zählen.«

Toleranz? Vergebung? Diese Worte erinnerten ihn an die fruchtlosen Gespräche, die er mit Carvilius und Flavia geführt hatte. Er mußte sich beherrschen, um den Zorn zu verbergen, der in ihm aufkeimte, und beschränkte sich darauf, in den Fluß zu starren, der in die Richtung der Parkgrenze strömte. Wie sollte eine Patrizierin auch seine inneren Kämpfe verstehen? Sie fragte weiter: »Du scheinst kein Römer zu sein. Woher kommst du?«

»Ich wurde in Thrakien geboren.«

»Diesen Teil des Reiches kenne ich kaum.«

Zu ihren Füßen plätscherte der Fluß träge dahin, seine leicht gekräuselte Oberfläche spiegelte den zartgoldenen Schimmer der Sterne wider. Sie wandte sich zu ihm um, ihre Blicke trafen sich, und keiner von beiden unternahm den Versuch, sich den Augen des anderen zu entziehen.

»Du hast mir deinen Namen nicht genannt.«

»Calixtus.«

»Er paßt zu dir.«

»Warum sagst du das?«

»Kallistos heißt ›der Schönste‹. Wußtest du es nicht?«

Sie erlag dem gleichen Irrtum wie Flavia! Er lächelte.

»Du bist die zweite, die diesen Zusammenhang hergestellt hat.«

»Und wer war die erste?«

Er schüttelte den Kopf.

»Ein junges Mädchen.«

»Ein junges Mädchen ...«

Sie hatte sehr leise gesprochen, wie im Traum. Und ein wenig zu hastig fügte sie hinzu: »Sicher ein junges Mädchen, das du liebst ...«

»Wenn ein tiefes Gefühl der Zärtlichkeit eine Art der Liebe ist, ja, dann liebe ich sie.«

»Ich beneide dieses Mädchen.«

Die Antwort klang unbefangen und kam unmittelbar, fast gegen den Willen der jungen Frau. Sie fühlte sich in der Gegenwart dieses Mannes, den sie gerade erst kennengelernt hatte, auf unerklärliche Weise wohl.
Calixtus zweifelte nicht eine Sekunde an ihrer Aufrichtigkeit. Zwar war sein Gefühl der Vertrautheit unvereinbar mit den Gegebenheiten seiner Stellung, die ihn von dieser Frau trennte, jedoch ließ er sich soweit gehen, ungehemmt von seinem Leben zu erzählen: von dem mißlungenen Fluchtversuch; von seiner Begegnung mit Flavia; von Apollonius und von seinem Dienstantritt bei Carpophorus. Sie lauschte ihm mit Interesse, unterbrach ihn hin und wieder, um Genaueres zu erfahren. Wie weit war dies alles doch von dem Wahnsinn, dem Blut und der endlosen Heuchelei entfernt, die ihr tägliches Leben prägten. Niemals zuvor hatte sie eine solche innere Harmonie verspürt. Niemals zuvor hatte sie sich einer Person so nah gefühlt.
Doch plötzlich schwieg Calixtus, verblüfft über seine eigene Vertrauensseligkeit.
»Ich glaube, daß du ein guter Mensch bist, Calixtus. Und Güte ist rar.«
Nach einer Pause bemerkte sie: »Ich muß jetzt zurückgehen, denn ich bin nicht allein gekommen.«
Er glaubte, im Klang ihrer Stimme Bedauern mitschwingen zu hören. Aber sicher irrte er sich, oder narrten ihn seine eigenen, verborgenen Wünsche? Schweigend gingen sie zurück zur Villa und verlangsamten ihre Schritte, als sie sich den Fackeln näherten. Immer noch drang ausgelassenes Gelächter zu ihnen herüber, dessen weintrunkenes Echo hart in der kristallenen Nacht des schläfrigen Parks widerhallte.
»Marcia!«
Die junge Frau zuckte zusammen.
»Marcia, wo bist du?«
»Der Kaiser ...«, stieß sie hervor.
»Der Kaiser?«
»Ich habe ihn zu lange warten lassen. Er sucht mich.«

»Also bist du ...?«
Sie eilte weiter, ohne zu antworten. Wieder erschallte die Stimme im Dunkeln.
»Marcia!«
Sie lief jetzt. Calixtus packte sie am Arm, so daß sie stehenbleiben mußte.
»Antworte. Du bist doch nicht Marcia? Die Konkubine des ...«
Er verstummte, überrascht von der Straffheit des Körpers dieser Frau, von den harten Muskeln, die er unter seinen Fingern fühlte, und von ihrem veränderten Gesichtsausdruck.
»Du hast mich offensichtlich nie in der Arena gesehen. Ich habe es vermutet.«
Sie hatte erwartet, daß er nun das übliche, unterwürfige und verängstigte Gebaren der Sklaven annehmen würde, das eine unüberwindbare Schlucht zwischen ihr und seinesgleichen klaffen ließ. Aber nein, er bot weiterhin die Stirn.
»So habe ich dich mir nicht vorgestellt.«
»Marcia!«
Die Stimme näherte sich ihnen.
»Ich weiß. Man beschreibt mich als Hure mit blutbesudelten Händen ... Schwester einer Kleopatra, Messalina oder Poppea.«
Calixtus studierte ihr Gesicht, als wollte er ihre Gedanken durchschauen.
»Du bist, was du bist ...«
Diesmal war sie um eine Antwort verlegen und wiederholte nachdenklich: »Ich bin, was ich bin ...«
Und er glaubte, in ihren Augen lesen zu können: »Ich danke dir, daß du mich nicht verdammst.«
»Marcia!«
Der Ruf klang jetzt ungeduldig, ärgerlich. Mit einer Geste unerwarteter Zärtlichkeit strich sie über die Wange des Thrakers, wandte sich dann brüsk um und verschwand rasch in der Finsternis.

20

An diesem Nachmittag waren die Thermen des Titus, die an der Stelle des ehemaligen »Goldenen Hauses« von Nero errichtet worden waren, schwarz von Menschen.

Zum ersten Mal durfte Calixtus seinen Herrn in die Bäder begleiten. Er sah darin die Bestätigung, daß er einen immer wichtigeren Platz in Carpophorus' Umgebung einnahm. Sicher, einige Sklaven meinten, dieser Aufstieg sei zum großen Teil Mallias Einfluß zuzuschreiben. Doch er machte sich nicht einmal die Mühe, ihnen zu widersprechen. In Wirklichkeit waren die Beziehungen zu der Nichte des Ritters eher zu stürmisch, und seit einiger Zeit suchte er nach einer Möglichkeit, sich von ihr zu trennen. Ein schwieriges Unterfangen, da er den sexuellen Appetit der jungen Frau kannte, der vielleicht nur noch von ihrem launischen und rachsüchtigen Charakter überboten wurde.

»Sieh, mit welcher Beflissenheit sie mich grüßen«, kicherte Carpophorus auf der Schwelle zu den Umkleidekabinen. »Selten haben sich die arroganten Patrizier so zuvorkommend bei einem homo novus* gezeigt!«

»Du bist jetzt Senator. Es ist dir wohl nicht neu, daß die Menschen leicht zur Unterwürfigkeit neigen.«

Sein Herr betrachtete ihn aus den Augenwinkeln. Ihm gefiel die Anspielung des Thrakers überhaupt nicht. Dennoch mußte er ihm wohl oder übel recht geben. Seit er von Commodus ernannt worden war, hatte er das veränderte Verhalten seiner Umgebung – mit einer gewissen Verachtung übrigens – feststellen können.

Die beiden Männer entkleideten sich, bevor sie sich in die Palästra begaben. Dort brachten sie watend, mit hoch angezogenen Knien, den »Parcours der tausend Schritte« hinter sich, welchen

---

* »Neuer Mann«; im weiteren Sinn neuernannt, befördert.

Carpophorus sich vor den Waschungen auferlegte. Calixtus, dem der glühendheiße Sand der Piste unter den Fußsohlen brannte, folgte seinem Herrn und beobachtete dabei die verschiedenen kleinen Grüppchen. Manche plauderten im Schatten der Portiken, andere ließen sich von der Sonne bräunen oder spielten eine Partie Trigon, die jedoch regelmäßig von einem Sklavenjungen unterbrochen wurde, der Bälle zurückholte, die einer der Spieler nicht gefangen hatte. Die beiden Männer ließen von der anstrengenden Übung ab und begaben sich in das Tepidarium. Genau in diesem Augenblick, ganz so, als hätte er den Zeitpunkt abgepaßt, stand ein Mann auf und sprach Carpophorus an. Calixtus glaubte, ihn wiederzuerkennen.
»Senator, laß dich bewundern! Ich möchte zu gern wissen, wie ein zufriedener, vom Schicksal verwöhnter Mann aussieht.«
Ein Ausdruck von Überheblichkeit huschte über das Gesicht des Senators.
»Du sagst es ganz richtig, lieber Didius Julianus, ich bin in der Tat ein äußerst zufriedener Mann.«
Kaum hatte Carpophorus den Namen des Mannes ausgesprochen, fühlte sich Calixtus in die Vergangenheit zurückversetzt: Es lag Jahre zurück, als er selbst, Fuscian und Commodus bei diesem reichen Patrizier zu Gast gewesen waren.
Julianius schien ihn nicht wiederzuerkennen. Wie sollte er auch? Fast zehn Jahre waren verstrichen. Auch der Prinzeps von Rom hätte ihm, dem Sklaven, sicher keine Beachtung geschenkt, wenn er ihm kürzlich, anläßlich des Banketts begegnet wäre. Als er an den Kaiser dachte, tauchte sogleich das Bild der Favoritin vor seinen Augen auf. In Wahrheit kreisten seine Gedanken kaum noch um etwas anderes als um Marcia, seit sie sich in jener Nacht im Park getroffen hatten. Auch sie würde sich wohl nicht mehr an ihn erinnern.
Der Bankier fuhr fort: »Unsere Mitbürger vergessen leicht, daß ich der Res publica einige Dienste erwiesen habe. Der Kaiser hat mir vielleicht nur eine ganz natürliche Geste der Dankbarkeit erwiesen.«

»Du bist sehr bescheiden, Carpophorus. Auf jeden Fall kann ich dir, auch im Namen aller Adligen von Rom unseren ewigen Dank aussprechen, weil du uns von diesem Tyrannen befreit hast.«

»Du sprichst sicher von Perennis? Ich werde dich vielleicht enttäuschen, aber ich trage keine Verantwortung dafür, daß er in Ungnade gefallen ist.«

»Aber bei Herkules! Wie erklärt du dann deinen Aufstieg zum Senator? Und das gerade an dem Abend, an welchem unser Caesar endlich allen die Augen geöffnet und den Verrat seines Präfekten der Prätorianergarde aufgedeckt hat?«

Carpophorus betrachtete seine beringten Finger.

»Meine Rolle hat sich darauf beschränkt, dem Kaiser und seiner erhabenen Gefolgschaft ein kurzfristig geplantes Festmahl zu bieten. Es ist selbstverständlich nicht auszuschließen, daß die Angelegenheit einen glücklichen Ausgang fand, weil dieses Bankett weit von den Kohorten der Prätorianer stattgefunden hat.«

»Sicher«, warf Calixtus ein, »zum Glück hat der Kaiser deine anderen Verdienste festgestellt. Denn Übelredner hätten sonst folgern können, daß ein Abendmahl ausreicht, um Senatorwürden zu erlangen.«

Didius Julianus warf einen zustimmenden Blick auf den Sprecher.

»Das ist Calixtus«, erklärte Carpophorus, der froh war, ein Gespräch zu beenden, das zu keinem Ergebnis führen würde. »Mein Vertrauensmann. Er kümmert sich unter anderem um meine Bankgeschäfte. Aber komm, ich will dich nicht bei deinen Waschungen aufhalten.«

Sie gingen in das Sudatorium, Calixtus folgte ihnen. Die Bemerkung seines Herrn hatte ihn überrascht. Bis jetzt hatte er nie irgendeine Verantwortung für Bankgeschäfte getragen, warum stellte er ihn auf diese Weise vor?

Die säuerliche Hitze des Sudatoriums stieg ihm zu Kopf. Der recht große Raum war ganz von dem Dampf erfüllt, der aus einem ehernen Rohr aufstieg. Er bildete einen dichten Schleier, der sich unter der Deckenwölbung wolkenartig auftürmte und die Badenden in einen unsichtbaren, feuchten Mantel hüllte. Calixtus spürte, wie ihm der Schweiß über Brust und Rücken rann. Er strich hastig einige schwarze Strähnen aus seiner Stirn und näherte sich den beiden Männern.

»Jetzt bist du einer der Herren Roms«, beschloß Didius Julianus seine Rede.

»Guter Freund, du mißt mir mehr Bedeutung zu, als ich habe. Wollen wir doch die Dinge so sehen, wie sie sind: Der starke Mann unter Commodus ist der Kämmerer Cleander.«

»Und doch, wenn mich nicht alles trügt, so geht das Gerücht um, daß du bald zum Präfekten der Annona* ernannt wirst.«

Calixtus, der wußte, daß dies der Herzenswunsch seines Herrn war, fragte sich, ob diese Bemerkung den Tatsachen entsprach. Carpophorus erhob mit falscher Bescheidenheit Einspruch:

»Nichts ist bisher geschehen. Und du weißt, wie sehr ich es hasse, mich mit Ämtern oder Titeln zu schmücken, die ich nicht, oder noch nicht, innehabe. Man darf die Götter nicht herausfordern.«

»Sehr weise«, bemerkte Didius Julianus nachdenklich.

Und nach einer Pause fuhr er fort: »Edler Carpophorus, auch wenn deine neue Stellung vorläufig noch nicht bestätigt ist, so habe ich doch eine Bitte an dich.«

»Sprich!«

»Könntest du versuchen, deine gute Stellung bei Commodus zu nutzen, um meinen Vater zurückberufen zu lassen?«

»Deinen Vater! Aber war er nicht an der Verschwörung beteiligt, in die Lucilla, die Schwester des Imperators verwickelt war?«

»Richtig. Und Perennis hat ihn nach Mediolanum verbannt.«

Carpophorus überlegte kurz, bevor er nickte.

»Ich kann dir vielleicht diesen Dienst erweisen«, murmelte er in Gedanken versunken. »Aber wie du weißt, sind die Zeiten nicht

---

* Transportorganisation für die Versorgung der Stadt Rom.

die besten. Die Kriege von Marc Aurel haben die Staatskassen geleert, und alles ist recht, um sie wieder zu füllen ... Es dürfte nicht schwierig sein, Caesar davon zu überzeugen, deinen Vater aus dem Exil zu erlösen, allerdings wird er dafür eine Gegenleistung in Form einer Geldbuße verlangen.«
»Ich werde alles tun, was er von mir erwartet.«
»In diesem Fall will ich mich gern um den Fall kümmern. Du zahlst mir die Summe zu gegebener Zeit zurück.«
»Und das bedeutet?«
»Im allgemeinen schließe ich die Konten im September ab. Du zahlst am Tag der Iden. Natürlich unter der Bedingung, daß dein Vater bis dahin ein freier Mann ist.«
»Natürlich. Und wieviel kostet mich die Freilassung?«
»Oh, sagen wir zwanzig euböische Talente. Sollten mehr verlangt werden, so lasse ich es dich wissen.«
Calixtus' Augen weiteten sich vor Erstaunen über diese ungeheuerliche Summe.
»Ich vermute, daß ich keine andere Wahl habe. Einverstanden.«
»Mein Sklave hier kommt also am Morgen der Iden zu dir.«
An Calixtus gewandt, befahl er: »Laß uns diesen Raum verlassen, die Hitze hier wird unerträglich.«
Als sie das Frigidarium betraten, stellte der Thraker endlich die Frage, die ihm auf der Zunge brannte, seit sein Herr ihn Didius Julianus vorgestellt hatte.
»Edler Herr Carpophorus, was ist geschehen? Warum hast du vorhin gesagt, ich sei für deine Bankgeschäfte verantwortlich? Das war ich nie.«
Mit schwerfälliger Gemessenheit langte Carpophorus in einer der Wandnischen nach einem sauberen Striegel, den er seinem Sklaven in die Hand drückte. Überrascht, und nach einem kurzen Augenblick des Zögerns, begann Calixtus widerwillig, Staub und Schweiß von der milchigen Haut seines Herrn zu bürsten. Er mußte aus dieser Geste schließen, daß der neue Senator ihn daran erinnern wollte, wer der Herr und wer der Sklave war.

»Was ich in den öffentlichen Bädern am meisten liebe, ... vorsichtig! ... sind die vielen gut gebauten Mädchen, an denen sich das Auge erfreuen kann. Trotz meines Alters kann ich mich an Frauenkörpern nicht sattsehen. Deshalb ziehe ich übrigens die Thermen von Agrippa, Titus und Trajan denen meiner Residenz vor, wo mich lediglich die rundliche Gestalt meiner guten Cornelia erwartet. Bei Kybele! Du reißt mir ja die Haut vom Leibe!«

»Indessen, edler Herr«, entgegnete Calixtus und überhörte absichtlich den Protest seines Herrn, »glaube ich, von einem Dekret des Kaisers Hadrian gehört zu haben ...«

Carpophorus lachte auf.

»Ja, ich weiß. Er hatte den absonderlichen Einfall, den Männern und Frauen separate Badezeiten vorzuschreiben. Aber wie du siehst, es liegen Welten zwischen der Verabschiedung eines Gesetzes und dessen Anwendung. So. Jetzt ist es genug. Ich sehe ja schon aus wie ein Krebs, der zu lange gekocht worden ist.«

Der Bankier bahnte sich seinen Weg durch die nackten Gestalten und stieg die Stufen zum Schwimmbad hinab. Langsam ließ er sich bis zu den Hüften in das kalte Wasser gleiten, warf sich dann ganz in das Naß und schwamm davon, wobei er wild mit Armen und Beinen ruderte, um den Temperaturunterschied auszugleichen. Der Thraker sprang ins Wasser und erreichte ihn mit wenigen Zügen.

Nachdem sie das Becken einmal durchquert hatten, hielt Carpophorus inne und mühte sich ab, in Rückenlage zu bleiben. Calixtus mußte innerlich lächeln, als er den Kugelbauch auf der Wasseroberfläche treiben sah wie einen Otter im Fluß. Ganz außer Atem fragte ihn sein Herr: »Sag mir, würdest du gern deine Freiheit zurückerlangen?«

Der Thraker glaubte, nicht richtig gehört zu haben. Aber Carpophorus wiederholte seine Frage.

»Ich verstehe nicht recht.«

»Du weißt, daß ein Herr seinem Sklaven den Rückkauf seiner Freiheit anbieten kann.«

»Sicher, aber ...«
»Der Rückkaufpreis hängt vom Wert des Sklaven ab, und natürlich von dem guten Willen seines Herrn. Für einen Diener mit außergewöhnlichen Fähigkeiten kann der Preis sehr hoch sein.«
Mit dem Handrücken wischte Carpophorus einige Wassertropfen ab, die auf seinen Lippen perlten.
»Nun«, fragte er mit sichtlicher Selbstzufriedenheit, »interessiert dich mein Angebot?«
Calixtus war vor Verblüffung gerade noch in der Lage, ein Kopfnicken anzudeuten.
»Ich will nicht zu hart sein. Weißt du noch, für welchen Preis ich dich gekauft habe? Tausend Denare. Wenn ich daran denke! Ein Wahnsinn! Aber offensichtlich hatte Apollonius nicht zu klagen. Was mich angeht, so kann ich behaupten, daß ich mit deiner Arbeit sehr zufrieden bin. Abgesehen von deinen Schwierigkeiten mit Eleazar. Doch ich bin davon überzeugt, hättest du ...«, er schien nach Worten zu suchen, »... sagen wir, einen Anreiz, wärst du bestimmt noch tüchtiger. Verstehst du, was ich meine?«
»Ich glaube schon.«
»Höre, was ich dir vorschlage: Für zwanzigtausend Denare bist du ein freier Mann.«
»Zwanzigtausend Denare!«
Das war also die Falle.
»Aber es bedarf mehr als ein ganzes Leben, um eine solche Summe herbeizuschaffen.«
Carpophorus lächelte geheimnisvoll.
»Glaubst du dich in der Lage, meine Bank zu verwalten? Ich kann sie nur jemandem anvertrauen, der wirklich zuverlässig und fähig ist. Und ich denke, du kannst es sein. Doch nur die Aussicht auf deinen Freikauf garantiert mir, daß du nicht von deiner Stellung profitierst, um beispielsweise ... deine Orphistenfreunde reich zu machen.«
Also hatte sein Herr alles erfahren. Calixtus wiederholte mit gespielter Verwunderung: »Meine Freunde, die Orphisten?«

»Du weißt ganz genau, wovon ich spreche. Ich erinnere mich sehr gut an die Insula am Ufer des Tibers, die einem gewissen Fuscian gehörte.«
»Du wußtest also über alles Bescheid?«
»Natürlich. Wie konntest du glauben, daß ich in all dieser Zeit nicht dahinterkommen würde, daß du Orphist bist? Du trägst nur Leinen und rührst kein Fleisch an. Darüber hinaus scheinst du zu vergessen, daß sich Gerüchte in Rom sehr schnell verbreiten und dein Herr in jeder Gasse seinen Spion hat. Aber laß uns aus diesem eisigen Wasser steigen, sonst bekomme ich noch einen Herzanfall.«
Calixtus war wie vor den Kopf geschlagen und brauchte einige Zeit, bevor er der Aufforderung Folge leistete. Schließlich begab auch er sich aus dem Wasser, hüllte seinen Herrn in den Bademantel ein, den ihm dieser gereicht hatte, und begann den fetten Leib abzufrottieren.
»Warum hast du mich nicht bestraft?«
»Du mußt doch selbst einsehen, daß es schade wäre, dich wilden Tieren zum Fraß vorzuwerfen. Deine mystischen Neigungen haben mich fünfhunderttausend Sesterzen gekostet. Aber in drei Jahren hast du mir das Dreifache dieser Summe eingebracht. Das ist wie dein Verhältnis mit Mallia: Ob sich meine liebe Nichte nun einen Hengst unter den Sklaven aussucht, oder in der Prätorianergarde ...«
Tatsächlich, dachte der Thraker, dieser Mann hatte doch immer wieder eine Überraschung parat.
Um seine Verwirrung zu verbergen, trocknete er sich selbst kräftig ab und folgte schweigend seinem Herrn, der den Massageraum aufsuchte. Erst als Carpophorus ganz mit parfümiertem Öl eingerieben war und auf einem, mit Hammelfellen bedeckten Massagetisch lag, richtete er wieder das Wort an ihn.
»Höre, was ich dir vorschlage: Da ich wahrscheinlich, wie es Didius Julianus angedeutet hat, der Präfekt der Annona werde, brauche ich mehr Zeit für meine Geschäfte. Du wirst also die

Leitung der Bank übernehmen, und ich überlasse dir ein Prozent der Gewinne, die du erwirtschaften kannst.«

»Ein Hundertstel!« protestierte Calixtus. »Das ist ja völlig unbedeutend. Ich brauche mindestens fünf Prozent.«

Seltsamerweise schien Carpophorus diese Entgegnung vorausgesehen zu haben, denn er schlug umgehend vor: »Zwei Prozent.«

Der Thraker wartete mit seiner Antwort, bis er selbst auf dem Nebentisch lag, und ließ mit fester Stimme verlauten: »Edler Herr, vergiß nicht, daß du mir die Feinheiten des Handelns selbst beigebracht hast. Und du hast oft genug wiederholt, ich sei ein sehr gelehriger Schüler. Also bitte, ersparen wir uns unnötiges Feilschen. Ich muß zwanzigtausend Denare verdienen. Also sind weniger als vier Prozent ausgeschlossen.«

»Wenn es so ist, bleiben wir bei dreieinhalb Prozent und reden nicht mehr darüber«, gab Carpophorus ungezwungen zurück.

»Gut, aber ich sage es dir gleich, irgendwie wird es mir schon gelingen, die Summen aufzurunden.«

Der frisch ernannte Senator stützte sich auf den Ellenbogen und sah ganz so aus, als wolle er aufbrausen, doch dann brach er in schallendes Gelächter aus.

»Du wirst dich doch wohl nie ändern. Gut, du sollst deine vier Prozent haben!«

»Das ist nicht alles. Ich möchte noch jemanden freikaufen. Eine Person, an der mir sehr viel liegt.«

»Und wer ist das?«

»Sie heißt Flavia und ist die Frisierdame deiner Nichte.«

Carpophorus stieß ein Glucksen aus, dies war seine Art zu kichern.

»Wenn das die arme Mallia wüßte! Sie glaubt, dich ganz mit ihrem Liebreiz umgarnt zu haben. Einverstanden. Aber das kostet viertausend Denare mehr.«

»Viertausend Denare? Für eine einfache Frisierdame?«

Carpophorus antwortete mit erhobenem Zeigefinger: »Eine

Frau, die man liebt, hat keinen Preis. Doch vergiß nicht, auch wenn du mein Schüler bist, so bin ich immer noch dein Herr.«
»Also gut. Viertausend Denare. Aber diese Vereinbarung muß vertraglich niedergelegt und von einem Zensor unterzeichnet werden.«
»Aha, du mißtraust mir!«
»Mir ist schon einmal ein Mißgeschick dieser Art widerfahren, mit Apollonius. Es fehlte die schriftliche Festlegung ...«
Aber der Bankier hörte gar nicht mehr zu. Mit Wohlbehagen hatte er seinen kahlen Kopf in den Falten des Hammelfells vergraben.
»Weißt du, Calixtus«, murmelte er nach kurzem Schweigen, »ich hätte mir einen Sohn wie dich gewünscht.«

21

»Und wie lange wirst du brauchen, um diese vierundzwanzigtausend Denare zusammenzutragen?« fragte Flavia.
Calixtus hatte sie an der Tür ihrer Herrin abgepaßt. Kaum hatte sie das Zimmer verlassen, hatte er sie trotz ihrer Einwände am Arm gefaßt und in den Park gezogen. Jetzt saßen sie auf einer Marmorbank, dicht bei dem Mastixwäldchen. Nicht weit von ihnen schlängelte sich der helle Sandweg durch das Grün, und die Frühlingssonne warf ihre langen Strahlen schräg durch das Laub. Im regen Spiel von Licht und Schatten zeichnete sich das bebende Blattwerk auf dem Boden ab. Vor ihnen lagen die Albaner Berge, deren bestellte Felder in changierenden Pastelltönen aufleuchteten, denn über den Hügeln schwebten einige Wolken, die hin und wieder ihre Schatten warfen. Bis auf diese Wölkchen war der Himmel strahlend blau.
»Vier oder fünf Jahre, vielleicht sechs«, antwortete Calixtus nach reiflicher Überlegung.

»Freiheit...«
»Man sollte meinen, diese Aussicht macht dir Angst.«
»Wie kannst du so etwas nur denken? Das meine ich nicht. Ich...«
»Aber frei sein, frei sein, verstehst du? Endlich frei sein!«
»Ich weiß, Calixtus. Ich bin darüber glücklich, aber ich habe auch Angst.«
»Angst? Aber wovor denn?«
Sie versuchte etwas hilflos, die richtigen Worte zu finden. Im Grunde war es nicht die Freiheit selbst, die sie ängstigte, sondern die schwer faßbare Vorstellung, diese Freiheit mit Calixtus zu teilen. Wie sollte ihre Liebe bestehen können? Denn sie war nun Christin und er Orphist.
»Wenn ich dich richtig verstehe«, warf der Thraker enttäuscht ein, »so würdest du lieber Sklavin bleiben, als an meiner Seite in Freiheit zu leben. Das ist doch widersinnig, völlig unbegreiflich!«
»Nicht so sehr, wie du denkst.«
»Sag doch gleich, daß ich als Orphist ein verachtungswürdiger Mensch bin.«
Zu seinem Erstaunen füllten sich Flavias Augen mit Tränen.
»Wie kannst du nur so sprechen? Siehst du denn nicht die Wahrheit? Ich liebe dich ... Ich liebe dich, Calixtus, und mehr als einen Bruder!«
Gerührt legte der Thraker den Arm um das junge Mädchen.
»Ich liebe dich auch, Flavia. Nur kann ich den Sinn dieser Worte nicht wirklich erfassen. Ich weiß nicht, was wahre Liebe ist. Ich stelle sie mir wie einen Reisenden vor, der von fernen Ländern träumt, aber nie seinen Hafen verläßt. Wirst du es mir übelnehmen, wenn ich dir sage, daß Liebe viel stärker sein muß, unendlich viel stärker und anders.«
Er spürte, wie ihr Körper in seinen Armen erstarrte. Sie stieß ihn zurück, mit einer heftigen, fast verzweifelten Geste.
»Ich verstehe. Also ist Mallia der Gegenstand dieser Liebe, die du so gut beschreibst.«

»Mallia? Hast du denn gar nichts begriffen? Diese Frau bedeutet mir überhaupt nichts. Augenblicke der körperlichen Lust verbinden mich mit ihr. Du solltest am besten wissen, welche Umstände mich in ihre Arme getrieben haben.«
In diesem Augenblick ertönte ein Aufschrei hinter den Büschen. Ein Schrei des Schmerzes und der Wut. Mit aschfahlem Gesicht erschien die Nichte des Carpophorus. Calixtus fragte sich entsetzt, wie lange sie wohl schon dort gelauscht hatte.
»Du, verschwinde!« befahl sie Flavia mit zitternder Stimme.
Nach kurzem Zögern fügte sich Flavia, doch nach drei Schritten blieb sie wie angewurzelt stehen, sie konnte Calixtus nicht allein lassen. Sie wollte etwas sagen, doch Mallia richtete das Wort an ihren Liebhaber.
»Wiederhole, was du gerade gesagt hast. Wage es nur!«
Trotz seiner Verwirrung stieß er hervor: »Ich stehe zu dem, was ich gesagt habe.«
»Willst du mich glauben machen, daß alles nur gespielt war, als du unter mir gestöhnt, meine Brüste geküßt und meinen Leib gestreichelt hast? Hör auf, das ist ja zum Lachen.«
»Ich muß gestehen, daß unser Verhältnis nicht nur unangenehme Seiten hatte. Aber es ändert nichts an der Tatsache, und dessen müßtest du dir auch bewußt geworden sein: Ich habe dein Lager immer gezwungenermaßen geteilt.«
Er hielt inne und fuhr nach einer Weile fort: »Was auch immer geschehen ist, aus welchen Gründen und mit welchen Folgen: Jetzt mußt du wissen, daß alles vorbei ist. Um mit den Worten deines Onkels zu sprechen: Der Hengst macht sich davon ...«
»Gezwungenermaßen ... Ich habe dich gezwungen? Du maßt dir an, mir eine solche Niederträchtigkeit ins Gesicht zu werfen?«
Wider jegliche Erwartung rannen Tränen über die Wangen der stolzen Mallia. Flavia wandte sich ab und konnte nicht umhin, diese Demütigung nachzufühlen. Calixtus fuhr nun freundlicher fort: »Hör mich an. Wenn du geglaubt hast, ich hätte mich dir aus einem anderen Grunde als Gehorsam ausgeliefert, so

hast du dich geirrt. Aber laß uns das vergessen. Die Episode ist vorbei. Ich ...«
»So war unsere Liebe nur eine Episode!« Sie kreischte hysterisch auf. Flavia warf unruhige Blicke um sich, denn sie befürchtete, Eleazar, oder schlimmer noch, Carpophorus selbst könnte erscheinen. Calixtus versuchte noch einmal, seine Herrin zur Vernunft zu bringen.
»Ich flehe dich an, fasse dich doch wieder. Was konnte denn anderes zwischen uns bestehen? Ich bin ein Sklave, Mallia, nichts als ein Sklave.«
»Das ist mir egal! Es stimmt, du bist nur ein einfacher Sklave, also weißt du auch, daß die erste Pflicht eines Sklaven Gehorsam ist. Ich bestimme, ich allein bestimme über dein Verhalten.«
Sie hatte offensichtlich ihre Selbstbeherrschung wiedergefunden und bot ihm, im Bewußtsein ihrer Macht, die Stirn.
Und Calixtus entgegnete, diesmal mit einem Anflug von Zorn:
»Ich bin ausschließlich der Sklave des Herrn Carpophorus. Und der ist der Ansicht, daß ich für die Verwaltung seiner Geschäfte mehr tauge, als für das Bett seiner Nichte.«
Mallias Augen traten fast aus ihren Höhlen, und sie versuchte ihn zu ohrfeigen, er aber fing ihren Arm ab.
»Laß mich los«, stieß sie schrill hervor.
Er hielt ihre Hände eine Weile fest, bis er langsam seinen Griff lockerte und sie freigab. Angesichts der ausweglosen Lage fuhr sie herum und wandte sich nun an Flavia: »Du«, zischte sie, »du bist schuld an allem. Und du wirst es büßen!« Mit diesen Worten zog sie ein Stilett aus den Falten ihrer Tunika und setzte es dem jungen Mädchen an die Kehle. Doch ihr Vorhaben wurde durch Calixtus' Eingreifen abrupt unterbrochen.
»Das ist doch lächerlich! Laß dir gesagt sein, sollte Flavia auch nur ein Haar gekrümmt werden, so erwürge ich dich eigenhändig. Vergiß es nicht. Mit meinen eigenen Händen!«
Sie starrte ihn verblüfft an und spuckte ihm plötzlich ins Gesicht.

»Ab heute wirst du lernen, deinen eigenen Schatten zu fürchten, sei auf der Hut, Calixtus ... Vergiß auch du es nicht!«
Die beiden jungen Leute verharrten noch lange, nachdem Mallia davongeeilt war, bewegungslos im Park, ganz unter dem Eindruck dieses beschämenden Auftritts.
Der Thraker spürte Flavias zarten Finger, der seine besudelte Wange säuberte. Unwillkürlich hob er sein Gesicht zum klaren Himmel. In diesem Leben gab es wahrhaftig kein Glück. Zumindest nicht für Menschen in Ketten, soviel war sicher.
»Calixtus ...«
Flavias Stimme riß ihn aus seinen Gedanken.
»Calixtus, verzeih mir ... Alles ist meine Schuld. Ich muß von Sinnen sein ...«
»Niemand trägt die Schuld. Es mußte so kommen. Und vielleicht ist es besser so ...«
Sie schmiegte sich an seine Brust.
»Ich war ungerecht. Blind. Jetzt wird sie auf Rache sinnen und gleichzeitig all deine Hoffnung auf Freiheit zunichte machen.«
Calixtus legte sanft die Hand auf das goldblonde Haar der jungen Frau.
»Es wird dich vielleicht verwundern, aber ich bezweifele, daß die Machenschaften dieser Hexe erfolgreich sein werden. Carpophorus glaube ich gut genug zu kennen, und es ist sicher keine Überheblichkeit, wenn ich annehme, daß er so leicht nicht auf meine Dienste verzichten wird. Und schon gar nicht, um die Launen seiner Nichte zu befriedigen.«
Sie schritten langsam zum Ufer des Kanals, der im Sonnenlicht glänzte. Flavia hielt inne und schmiegte sich an den Thraker. Er schloß sie zärtlich in die Arme und wurde plötzlich gewahr, daß sie genau an der Stelle standen, an der er sich vor einigen Tagen mit Marcia befunden hatte ...

*

Eleazar zupfte nervös an einer Falte seiner Tunika und verwunderte sich darüber, daß Frauen es doch immer wieder verstanden, ihm Rätsel aufzugeben.
»Aber Herrin, aus welchem Grunde willst du nur deine Frisierdame den wilden Tieren zum Fraß vorwerfen lassen?«
Mallia stampfte ungeduldig mit dem Fuß auf.
»Was gehen dich meine Gründe an, ich gebe dir den Befehl, also führe ihn aus!«
Wieder fühlte sich der Vilicus von dem drohenden Ton der jungen Frau angegriffen.
Wenige Augenblicke zuvor war sie in das Zimmer gestürzt, in welchem er die Konten des Hauses überprüfte. Mit ihrem wirren Haar und dem entstellten Gesicht, schien sie dem Wahnsinn nahe. Selbst ihre Kleidung war zerrissen und schlammbesudelt. Deshalb hatte Eleazar sie zuerst gefragt, ob sie angegriffen worden sei. Sie hatte ihn mit einem seltsamen Ausdruck angesehen und schließlich geantwortet: »Ganz genau. Man hat mich angegriffen.«
»Hier bei uns? Wer hat sich zu einer solchen Schandtat erdreistet?«
»Flavia!«
Der Verwalter runzelte fassungslos die Stirn. Er kannte das junge Mädchen gut und konnte sich überhaupt nicht vorstellen, daß dieses allem Augenschein nach sanfte, zarte Wesen zu einer solchen Tat fähig sein sollte.
»Herrin, ich muß gestehen, daß mir dies mir völlig unbegreiflich ist ... Wie konnte sie die Hand gegen dich erheben?«
»Was sie getan hat, reicht mir! Ich verlange ihren Tod!«
Er versuchte, sie zu beruhigen. Nicht die Nächstenliebe ließ ihn vor dem Gedanken zurückschrecken, eine so liebreizende Sklavin, bis zum heutigen Tage ohne Tadel, wegen einer einfachen Laune seiner Herrin umbringen zu lassen. Aber er wußte sehr wohl, wie ungern Carpophorus einen seiner Diener verlor; was übrigens schon immer die Lust des Syrers an Gewalttaten gebremst hatte.

»Aber ich habe überhaupt nicht die Macht, das Mädchen zum Tode zu verurteilen. Seit Imperator Claudius gilt außerdem der Mord an einem Sklaven als Verbrechen.«
»Erzähl mir nicht, daß dieses Gesetz peinlich genau befolgt wird!«
»Es stimmt, Übertretungen gibt es. Doch ein Sklave hat einen bestimmten Wert, vor allem eine Sklavin wie Flavia. Und unser Herr ist eher sparsam.«
»Was geht mich das an! Er wird wie üblich schreien und zetern, aber mehr auch nicht. Er wird mich schließlich nicht in die Verbannung schicken, weil ihm ein Sklave unter Hunderten fehlt.«
»Du scheinst nur leider zu vergessen, daß ich nicht der Neffe von Carpophorus bin.«
»Dann setz dich mit den Lanisten* in Verbindung. Die brauchen doch immer frisches Fleisch für die Arena.«
Geduldig versuchte Eleazar der jungen Frau begreiflich zu machen, daß die für die Arena bestimmten Opfer zuvor von rechtmäßigen Gerichten »ad bestia« verurteilt werden mußten. Und daß weder er noch die Lanisten die Richter beeinflussen konnten. Als er seine Ausführungen beendet hatte, erwartete der Vilicus einen erneuten Wutausbruch seiner Gesprächspartnerin, aber zu seinem großen Erstaunen blinzelte ihm Mallia mit verschlagenem Gesichtsausdruck zu und entgegnete ein wenig spöttisch: »Ich finde dich recht zurückhaltend, ... doch was sagst du, wenn ich dir anvertraue, daß diese Flavia die Geliebte deines Freundes Calixtus ist?«
Zuerst wollte Eleazar seinen Ohren nicht trauen.
»Unmöglich, sie sind Bruder und Schwester.«
»Ja, aber nach der Art von Philadelphos und Arsinoe**«, erläuterte sie höhnisch. »Sie sind nicht verwandt. Calixtus hat diese Alumna in den Gewölben des Amphitheaters Flavium aufgelesen.«

---

* Organisatoren von Spielen im Circus.
** Ptolemaios II. Philadelphos ehelichte seine Schwester, Arsinoe. Sie waren die ersten Könige griechischer Abstammung, die diesen Brauch der Pharaonen übernahmen.

Der Sklavenvorsteher blieb einen Augenblick lang stumm, aber an dem Glanz seiner dunklen Augen erkannte die junge Frau, daß die Angelegenheit sich zu ihrem Vorteil wendete. Die Eifersucht, die der Vilicus auf den Thraker nährte, war stark genug, um ihn mit diesem Argument zu gewinnen.
»Ich glaube, es gibt eine Möglichkeit, dich zufriedenzustellen, Herrin«, ließ er sich endlich vernehmen.
Sie blickte ihn fragend an.
»Flavia ist Christin.«
Mallia riß die Augen auf.
»Aber dann ... aber warum hast du sie nicht schon bei den Richtern angeklagt?«
»Weil sie nicht die einzige ist. Und weil ein hingerichteter Sklave, ob Christ oder nicht, ein finanzieller Verlust für den Herrn ist. Dein Onkel hätte es nie geduldet.«
»Wie willst du es also anstellen?«
»Du, Herrin, nur du kannst unauffällig das Gericht von dem Verbrechen in Kenntnis setzen. Es heißt ja auch, daß du beste Verbindungen zu dem Prätor Fuscian hast ...«
Mallia überlegte nicht lange.
»Du hast recht«, bestätigte sie zufrieden, »und ist es nicht auch Aufgabe der Herren, gottlose Sklaven zu denunzieren? Jetzt sage mir noch, wo sich diese Christen zu treffen pflegen.«

22

Das Verlangen nach Freiheit ist ein überaus starker Ansporn.
Sobald Calixtus seine neuen Aufgaben übernommen hatte, machte er sich mit Feuereifer an die Arbeit. Die Welt der Finanzen und der Bankgeschäfte war ihm zum großen Teil noch gänzlich unbekannt, und jeden Tag entdeckte er neue Feinheiten dieses Aufgabenbereichs.

Allein die Bilanz der Einnahmen, die Carpophorus aus Immobilien bezog, konnte zum Träumen anregen. Drei Millionen und achthunderttausend Denare; fünfzig Morgen Weinanbaugebiete in Italien und sechzig auf den griechischen Inseln; Weizensilos in Karthago, auf Sizilien und vor allem in Alexandria. Im Abendland gehörte ihm fast die gesamte Glasproduktion. Fünfzehn Schiffe besaß er für den Getreidetransport. Dennoch stammte der größte Teil der Einnahmen seines Herrn aus der Bank und seinen Finanzspekulationen. Reiche Patrizier oder arme Plebejer, sie alle wandten sich zum Geldleihen an den Präfekten, und ein Zinssatz von fünf oder sechs Prozent war üblich ... pro Monat! Und das war nicht alles.

Carpophorus besaß Anteile an Minen und am Tiefbau. Er wurde am Einkommen der Zölle und an den Steuereinnahmen beteiligt. Je mehr Zahlenreihen Calixtus auflistete, um so besser verstand er die Bedeutung des Sprichwortes, das behauptete, mit Wucherei bereichere man sich schneller als mit Freibeuterei*.

Er legte seine Feder neben das Doppeltintenfaß und überprüfte nochmals seine Ergebnisse. Wenngleich seine Berechnungen nur annähernd waren, konnte er den Besitz seines Herrn mit etwa dreiundvierzig Millionen Sesterzen veranschlagen, und davon stammten zwei Drittel aus den Bankgeschäften. Zahlen, die ihn nachdenklich stimmten. Und dennoch, wollte er sich seine Freiheit erkaufen, so mußte er dieses Vermögen noch vergrößern.

Der pfeifende Ton der Wasseruhr erinnerte ihn daran, daß es schon spät war. Er schob die Papyrusrollen in ihre Kupferhülsen und räumte sie in die Wandregale. Nachdem er den Vorhang zugezogen hatte, der den Raum vom Lager trennte, begab er sich auf den Weg durch den langen, von flackernden Lichtern

---

* Trimalcion, ein anderer berühmter Ritter, besaß dreißig Millionen Sesterzen. Plinius der Jüngere (er hielt sich für arm) besaß etwa zwei Dutzend Millionen. Reichtümer von einhundert Millionen Sesterzen waren keine Seltenheit.

erhellten Gang bis zum Haupttor des Lagers, das er sorgfältig hinter sich verschloß.
Die Nacht umfing schon die Landschaft. Es würde nicht mehr lange dauern, bis er Flavia treffen würde. Statt die Küche aufzusuchen, beschloß er, seiner Gefährtin entgegenzugehen. Auch diesmal hatte sie ihm anvertraut, daß sie sich in das Haus in der Via Appia begeben würde, um an einer christlichen Messe teilzunehmen, und er hatte wie immer Angst und Ärger verspürt.
Während er durch den Park ging, überdachte er diese Lehre, die die Seelen ihrer Anhänger so tiefgreifend verwandelte. Und das alles für jenen Nazarener, den man an das Kreuz geschlagen hatte, wie einen gewöhnlichen Aufrührer. Und doch, seit er etwas mehr von dieser Religion verstand, mußte er anerkennen, daß die Erklärungen der Christen über die Entstehung der Welt und des Lebens etwas anziehend Einfaches hatte: die Schöpfung in sieben Tagen, Adam und Eva, das Paradies, der Sündenfall ...
Als berufe sich diese Religion auf eine geheimnisvolle Logik, die erheblich klarer schien als der Mythos von der Nacht, die Phanes, das Lichtwesen, hervorgebracht hatte, den Erschaffer des ursprünglichen Eies. Aus diesem Ei sollte Eros geschlüpft sein, der in sich den Samen der glücklichen Unsterblichen trug, die er gemeinsam mit Mutter Erde gezeugt haben sollte, während Phanes, der Erstgeborene, ihnen in Semele einen Schutz für die Ewigkeit errichtete.
Plötzlich zügelte Calixtus seine Schritte. Er hatte diese Kosmologie, obwohl sie ungenau und sogar verschiedentlich abgeändert worden war, nie in Frage gestellt. Die althergebrachte Tradition und die unzähligen Anhänger in so vielen Ländern, die sie für wahr erklärten, hatten ihm als Beweis genügt. Selbst seine Unterhaltungen mit Flavia hatten zu keinem Zeitpunkt seine Überzeugungen ins Wanken gebracht. Sicher, die Frauenfeindlichkeit des Orphismus war nicht zu übersehen. Aber sollten ausgerechnet heute Zweifel in ihm aufsteigen ....? Nein, die christliche Lehre konnte nicht richtig sein – vielleicht

gerade aufgrund dieser Einfachheit. Und doch ... Zum ersten Mal fragte er sich, ob Zenon und er selbst, Calixtus, nicht betrogen worden waren. Er spürte plötzlich die Verwirrung, die dieser aufkommende Zweifel in ihm schuf, und er ballte die Faust, ganz so, als wollte er die neuen Gedanken, die ihm keine Ruhe ließen, zertrümmern.

Ein ungewohntes Knacken im Gebüsch brachte ihn wieder in die Wirklichkeit zurück. Er lauschte, es waren Schritte im Park zu hören. Eine oder mehrere Personen huschten eilig durch die Finsternis. Ein Überfall? Seit den Kriegen des Marc Aurel waren Diebe, die schon vorher zahlreich gewesen waren, eine wahrhaftige Plage geworden. Ein Soldat namens Maternus hatte sie in Banden aufgeteilt und suchte, indem er den Sklaven die Freiheit versprach, die Errungenschaften eines Spartakus nachzuahmen. Und in Rom munkelte man, er habe sich mit seinen besten Männern in Italien eingeschmuggelt.

Ohne Waffen fühlte sich Calixtus nicht wohl in seiner Haut, zumal in die Furcht erfüllte, es könnte sich jemand am Besitz seines Herrn vergreifen. Seit er diesen als eine Art Garant für seine Freiheit betrachtete, hatte er sich entschlossen, ihn vorbehaltlos zu schützen.

Nun konnte er die Silhouetten besser ausmachen: zwei Männer ... nein, drei. Zwei Männer trugen einen dritten und keuchten vor Anstrengung. Mit klopfendem Herzen verbarg sich Calixtus im Schatten einer Pinie. Die Gestalten schleppten sich weiter in seine Richtung. Erst als sie auf seiner Höhe angekommen waren, konnte er sie erkennen. Eine Frau: Aemilia! Im gleichen Augenblick rief er den Namen der Dienerin, die vor Schreck aufschrie. Ihr Gefährte war niemand anderes als Carvilius, der bange flüsterte: »Um Himmels willen, seid doch still!«

»Wer ist das?«

Calixtus wies auf den leblosen Körper.

Anstelle einer Antwort legte der Koch den Mann auf den Boden und drehte ihn auf den Rücken.

»Hippolyt!«

Aemilia kniete sich neben den jungen Priester und streichelte vorsichtig seinen Kopf. Im hellen Mondlicht konnte Calixtus eine blutverkrustete Wunde an der Schläfe des Sohnes von Ephesius wahrnehmen.
»Wer hat das....«
»Du hättest nicht ganz so hart zuschlagen sollen«, sagte Aemilia vorwurfsvoll zu Carvilius.
»Ich hatte keine andere Wahl«, verteidigte sich der alte Mann.
»Worauf wartet ihr beiden? Holt Wasser!« befahl die Dienerin trocken.
Die beiden Männer eilten zum Kanal. Dort angekommen, bemerkte Calixtus spöttisch: »Hast du dieses Werk vollbracht, so wisse, daß ich in deiner Schuld stehe. Ich vermute, daß er den Schlag verdient hat.«
»Sei nicht albern. Die Lage ist ernst genug. Und täusche dich nicht. Ich habe den Armen wirklich nicht gern verletzt.«
Calixtus riß ein Stück von seiner Tunika ab und tränkte es mit Wasser.
»Also, warum dann?« fragte, plötzlich von einer bösen Vorahnung erfaßt.
»Die Wache des Präfekten ist heute abend in dem Haus an der Via Appia erschienen.«
Der Koch blickte dem Thraker in die Augen und fügte mit tonloser Stimme hinzu: »Sie haben alle mitgenommen, die anwesend waren.«
Es schien Calixtus, als gäbe der Boden unter seinen Füßen nach.
»Und?«
»Ja, Flavia auch.«
Nein, es durfte nicht wahr sein.
Also war das geschehen, was er immer befürchtet hatte. Er biß die Zähne aufeinander, zwischen Wut und Erbitterung hin und hergerissen. Erbitterung gegen jene, die Tag für Tag die Unglückliche tiefer in eine Welt verstrickt hatten, in der man für einen Gott sterben konnte. Wut auf die römischen Machtbefug-

ten, die nun über Leben und Tod des einzigen Wesens richten konnten, an welchem sein Herz hing. Und das jetzt, da Carpophorus ihnen einen Weg in die Freiheit gewiesen hatte.
»Wie war es möglich, daß ihr entkommen konntet?« fragte er erschüttert.
Mit bedächtigen Schritten kehrten sie wieder zu dem Verwundeten zurück.
»Aemilia und ich hatten Lebensmittel für die Armen herbeigeschafft.«
Calixtus stellte augenblicklich die Verbindung zu dem Zwischenfall mit dem Ferkel her, das der Koch laut Eleazar gestohlen hatte; also hatte der Vilicus doch recht gehabt.
»Mit Hippolyts Hilfe hatten wir sie in der Reserve untergebracht. Und bei unserer Rückkehr sahen wir die Wache eintreffen.«
Aemilia nahm den nassen Stoff entgegen und drückte ihn behutsam auf die Schläfe des Verletzten. Dieser schlug die Augen auf, verzog das Gesicht, richtete sich, von Carvilius gestützt, langsam auf und blickte, noch halb betäubt, um sich.
»Wohin habt ihr mich gebracht?« stammelte er und versuchte, in der Dunkelheit seine Umgebung zu erkennen.
Als er Calixtus gewahr wurde, wurde seine Miene mißtrauisch.
»Ich habe dich niedergeschlagen«, erläuterte der Koch, »du wolltest dich gerade den Wachen in die Arme werfen. Es gab überhaupt keine andere Möglichkeit, dich von diesem Wahnsinn abzuhalten.«
Hippolyt stöhnte und verbarg sein Gesicht in den Händen.
»Meinen Vater haben sie mitgenommen, nicht wahr?«
»Deinen Vater, und alle diejenigen, die an der Versammlung teilgenommen haben«, fügte Aemilia hinzu und unterdrückte ein Schluchzen.
»Ihr hättet mich dort zurücklassen sollen. Mein Platz ist an der Seite meiner Brüder.«
»Auch in der Arena?« stichelte Calixtus.
Zum ersten Mal ging Hippolyt nicht auf den Angriff ein. Er stimmte lediglich zu: »Wenn es sein muß.«

Gereizt packte der Thraker ihn an seiner Tunika und zog ihn hoch.

»Ist das alles, was du dazu zu sagen hast? Schließlich ist es deine Schuld, oder die deines Gottes, wenn allen diesen Unschuldigen das schlimmste Ende bevorsteht, das man sich vorstellen kann. Und du hast nichts Besseres zu tun, als dich darüber zu beklagen, daß du nicht unter ihnen bist!«

»Das kannst du nicht verstehen. Wisse dennoch, das unendliche Leid, das du empfindest, weil du Flavia verloren hast, empfinde ich über den Verlust meines Vaters.«

Carvilius stellte sich zwischen die beiden Männer.

»Laßt es gut sein, eure Streitereien helfen denen, die jetzt in Gefahr sind, auch nicht weiter. Laßt uns lieber einen Weg suchen, wie wir ihnen zu Hilfe kommen können.«

»Er hat recht«, pflichtete Aemilia bei. »Übrigens wäre es ratsam, jetzt ins Haus zu gehen; man könnte uns hier überraschen.«

Auf dem Rückweg ging Calixtus in Gedanken immer wieder die Einzelheiten der Gefangennahme durch. Eines befremdete ihn: Seit er in Rom war, und er kannte eine große Anzahl von Männern und Frauen, die sich öffentlich zum Christentum bekannten, hatte er – abgesehen vom tragischen Fall des Apollonius – niemals wirkliche Christenverfolgungen erlebt. Durch Carvilius, Flavia und die anderen hatte er zwar von blutigen Verfolgungen erfahren, die in Lugdunum und einigen kaiserlichen Provinzen stattgefunden hatten, doch sie waren zeit- und ortsgebunden gewesen; die Obrigkeit interessierte sich nur dann für die Christen, wenn das Volk Druck ausübte. Und damit folgten sie der Vorschrift des Kaisers Trajan, die keine Jagd auf Christen, aber ihre Bestrafung im Fall von Entdeckung vorsah. Was mochte also der Anlaß für den Überfall dieser Nacht gewesen sein?

»Welche Unvorsichtigkeit habt ihr nur begangen, um den kaiserlichen Zorn auf euch zu ziehen?« rief er plötzlich aus.

Sie hatten gerade die Mitte des Hofes erreicht. Hippolyt blieb stehen und antwortete mit seiner üblichen Strenge: »Unsere einzige Unvorsichtigkeit war es, unserem Glauben würdig und in aller Abgeschiedenheit zu huldigen. Wir treiben es nicht so, wie einige dieser Dionysosanbeter zu den Zeiten der Konsulen Marcius und Postunius, deren wilde Bacchanalien strenge Bestrafung verlangten, um öffentliche Moral und Ordnung wieder herzustellen*.«

Diese Bemerkung verlangte nach einen Kommentar.

»Verwechsle nicht die Bacchanten mit den Thyrsos-Trägern**, die die Erde verpesten. Orpheus hat die dionysische Religion von den entarteten Ausschweifungen gereinigt, auf die du wohl anspielen willst! Seine Anhänger sind die einzigen wahren Anbeter des Dionysos Zagreus.«

Er musterte den Sohn des Ephesius und atmete tief durch, bevor er abschloß: »Wir jedenfalls sind nie beschuldigt worden, einen Esel anzubeten und das Blut eines totgeborenen Kindes zu trinken.«

»Jetzt ist es aber genug«, ereiferte sich Carvilius. »Genug!«

»Habt ihr denn den Kopf verloren?« meldete sich die Dienerin aufgebracht zu Wort. »Wenn ihr euch gegenseitig die Köpfe einschlagen wollt, dann tut dies wenigstens im Schutz des Gemeindehauses, und nicht unter den Augen unseres Herrn Carpophorus.«

Der Thraker brummte etwas zwischen den Zähnen, bevor er sich mißmutig wieder auf den Weg zu den Küchen machte.

Wenig später saßen sie im flackernden Schein einer dreiarmigen Öllampe. Carvilius, Hippolyt und Aemilia ließen sich in der Nähe der Kochherde nieder. Calixtus hingegen, der seine Erregung nicht unterdrücken konnte, durchmaß den Raum immer wieder mit großen Schritten.

»Wir müssen eine Lösung finden, um sie zu befreien.«

---

* In Lyon, 186 v. Chr.
** Attribut des Bacchus. Stab mit Efeu oder Weinranken und mit einem Kienapfel als Knauf, den die Bacchanten trugen.

»Aber wie«, seufzte der Koch.
Hippolyt schlug vor: »Zumindest sollten wir versuchen, mit ihnen Verbindung aufzunehmen. Versuchen, ihnen Kraft zu geben.«
Der Thraker überging diesen Einwurf und fragte: »Wer ist der Richter, der sich mit solchen Problemen befaßt?«
»Der neue Präfekt der Prätorianer: Fuscian Selianus Pudens«, antwortete der Sohn des Ephesius.
Calixtus starrte ihn ungläubig an.
»Fuscian? Hast du Fuscian gesagt?«
»Ganz genau. Er ist für die bürgerliche Rechtsprechung verantwortlich. Und seine Wachen waren es, die unsere Brüder gefangengenommen haben.«
Der Thraker schien kurz nachzudenken, bevor er mit einem schwachen Lächeln murmelte: »In diesem Fall ist vielleicht nicht alles verloren ...«

23

Fuscian hatte sich nicht verändert. Und so würde er voraussichtlich auch immer bleiben: herzlich, hilfsbereit, in seinen Handlungen einfallsreich und weise.
Calixtus traf ihn in der Gesellschaft von zwei Bauern an, auf einer der Steinbänke am Fuße der Basilika, die als Tribunal diente. Ohne sich um den Faltenwurf seiner Toga zu sorgen, ohne seiner Richterwürde, und noch weniger den umstehenden Advokaten Bedeutung beizumessen, die einige Schritte entfernt vor Ungeduld von einem Fuß auf den anderen traten, versuchte er, den Streit zwischen den beiden Kontrahenten zu schlichten.
»Eine schlechte Einigung ist besser als ein guter Prozeß. Vertraut auf meine reiche Erfahrung. Denkt an die unzähligen Kosten und Ärgernisse, die euch erwarten.«

»Herr, die Sache meines Mandanten ist rechtens«, unterbrach einer der Advokaten, »Wenn du die Angelegenheit zum Prozeß bringst, so werde ich es schon beweisen.«
»Dein Kollege und Gegner ist genau der gleichen Ansicht«, entgegnete Fuscian ruhig. »Ist es denn wirklich notwendig, die kostbare Zeit und die Denare dieser guten Leute zu verschwenden, wenn wir eine gütliche Einigung erreichen können?«
Unter anderen Umständen hätte Calixtus, der an einer der Marmorsäulen lehnte, über die Bemühungen seines Freundes gelächelt. Fuscian war ein zurückhaltender Mann, dennoch hatte er sich sicherlich Fragen über Calixtus' Person gestellt, hatte dieser ihm doch weisgemacht, er verwalte die Geschäfte seines Vaters, eines reichen thrakischen Grundbesitzers. Und als sein Dienst bei Carpophorus seine tagelange Abwesenheit unumgänglich machte, hatte er den Vorwand erfunden, ihm sei ein befreiter griechischer Sklave als Tutor vorgesetzt worden. Wie würde Fuscian wohl an dem Tage reagieren, da er erfahren würde, daß sein Freund nichts weiter als ein einfacher Sklave war? In der Stadt waren Vorurteile weit verbreitet. Ein Mann von Rang, dazu noch Richter, konnte nicht der Gefährte eines Sklaven sein. Eine solche Erkenntnis könnte sogar einen Ausschluß aus der Gemeinde der Orphisten bedeuten, denn Sklaven durften an den religiösen Riten nicht teilnehmen.
»Calixtus! Ich freue mich, dich zu sehen! Willst du an meiner Seite plädieren?«
Fuscians Stimme riß ihn aus seinen Gedanken. Er wies auf die beiden Bauern, die untergehakt ihrer Wege gingen und auf die beiden Advokaten, die gegenüber den Zeugen, die sich nun auch zum Gehen wandten, ihre Enttäuschung zum Ausdruck brachten.
»Selbst wenn ich den Ehrgeiz hätte, deine Redekunst würde mich davon abhalten. Aber antworte mir ehrlich. Sind die römischen Prozesse wirklich so übel, wie sie beleumdet sind?«
»Deine Fragen erstaunen mich doch immer wieder. Woher

kommst du nur, da du nicht zu wissen scheinst, daß die Römer aller Klassen den größten Teil des lieben, langen Tages damit zubringen, in irgendeinem Tribunal zu richten, zu plädieren oder zu bezeugen.«

»Diese Besonderheit ist mir schon aufgefallen, aber weißt du, für einen Mann aus der Provinz wie mich ist das Recht wie ein dunkler Wald voller Fallen, den man besser gar nicht erst betritt.«

»Was beweist«, seufzte der Präfekt, »daß die Provinzen die lebende Kraft des Imperiums sind. Aber sag mir, was führt dich zu mir? Ich glaube kaum, daß dich ausschließlich die Wohltat meines Anblicks aus deinem geheimnisvollen Schlupfwinkel gelockt hat.«

Calixtus überhörte diese letzte Bemerkung geflissentlich und antwortete leicht verlegen: »Ich kam, um Gnade von dir zu erbitten.«

Fuscian musterte ihn kurz, als sei er überzeugt, sein Freund scherze. Aber in Anbetracht seines ernsten Gesichtes lud er ihn ein, ihm zu folgen.

Die beiden Männer durchquerten das Gerichtsgebäude und betraten ein kleines Zimmer, das dem Präfekten zustand. Wie in allen römischen Arbeitsräumen war auch hier die Einrichtung auf das Notwendigste beschränkt: ein Tisch mit einer großen Sanduhr, Regale an den Wänden, in denen Kupferrollen verstaut waren. In dem Raum standen keine Truhen, hingegen aber zwei Sessel, auf denen man halb liegend die Beine ausstrecken konnte. Fuscian und Calixtus ließen sich dort nieder.

»Ich höre.«

»Du hast gestern nacht eine Gruppe von Christen verhaften lassen, die sich in einem Hause an der Via Appia versammelt hatten.«

»Das stimmt. Woher weißt du es?«

»Ich ... ich interessiere mich für eine der Sklavinnen.«

Fuscian runzelte schelmisch die Stirn.

»Schau an, Calixtus ist verliebt ...«

Doch er fuhr ernsthaft fort: »Ist diese Freundin wirklich eine Christin?«
Der Thraker bestätigte dies.
»Das ist schlecht. Natürlich will ich dir gern helfen. Wie wie du weißt, kann nur der Kaiser Begnadigungen aussprechen.«
»Aber muß es denn zu einer Verurteilung kommen? Ein junges, unbekanntes Mädchen, einige Sklaven und ein paar bescheidene Bürger können doch in keinster Weise die Sicherheit des Imperiums bedrohen, schon gar nicht die der anderen Bürger.«
»Das mag schon sein, aber das Gesetz ist nun einmal so: Wenn diese Menschen vor dem Tribunal bekennen, daß sie Christen sind – und das tun die Christen im allgemeinen –, so muß ich sie verurteilen.«
Calixtus schüttelte ratlos den Kopf.
»Warum hast du sie verhaften lassen? Vorhin habe ich gesehen, mit welcher Überzeugungskraft du den beiden Bauern einen Prozeß ausgeredet hast. Das Vergehen der Gruppe von der Via Appia kann doch nicht schlimmer sein als das der beiden Bauern.«
Zum ersten Mal seit dem Beginn ihrer Unterhaltung verfinsterte sich Fuscians Miene.
»Ich war dazu gezwungen«, gestand er mit belegter Stimme. »Eine Person, der ich nichts abschlagen kann, hat mich von dieser Versammlung in Kenntnis gesetzt. Es gehört zu meinen Pflichten, den Gesetzen Achtung zu verschaffen.«
»Fuscian, wir müssen etwas unternehmen!«
Als er diese Worte aussprach, erkannte er gleichzeitig das Ausmaß der Gefahr, in welcher Flavia und ihre Freunde schwebten. Sie, dieses zarte und fröhliche Geschöpf, sollte auf unsinnige Weise das Leben verlieren. Sie kalt und starr zu sehen, nein, das würde er nicht ertragen können. Er wandte sich ab, als wollte er dieser herzzerreißenden Vision entfliehen. Fuscian, stützte das Kinn auf die Faust und schien angestrengt nachzudenken.

»Ich glaube, es gibt eine Möglichkeit, das Mädchen zu retten: der Prozeß.«
»Der Prozeß? Aber ist es nicht im Gegenteil der Prozeß, der...«
»Nein. Es genügt, wenn ich es umgehen kann, sie zu fragen, ob sie Christen sind. Und als Beweis für ihre Loyalität verlange ich von ihnen, daß sie ein Räucherstäbchen vor dem Abbild des Kaisers entzünden.«
»Und du glaubst, das reicht, um sie wieder auf freien Fuß zu setzen?«
»Alles hängt von der Strenge dessen ab, der sie richtet...«

*

Der Gerichtssaal des Präfekten befand sich in der Kurie des Forums, des belebtesten Platzes von ganz Rom. Normalerweise wurden hier keine Verbrechen handelt, sondern nur Zivilprozesse geführt. Gleichwohl war die rechtliche Lage der Christen so unklar, die Prozeßordnung derartig undeutlich, daß Ausnahmen in der Regel gestattet wurden.
An diesem Morgen – eine außergewöhnliche Tatsache – fehlte die Menschenmenge, die täglich geräuschvoll die Basilika stürmte. Was konnte auch schon das Interesse an einem Prozeß gegen Christen wecken, die ohnehin zum Abschaum der Menschheit zählten. Die Gerichtssäle der Prätoren boten Liebhabern derartiger Händel sonst viel erbaulichere Prozesse, mit illustren Rednern und berühmten Rechtsfällen.
Einige Passanten schlenderten, mehr aus Gewohnheit als aus Interesse, in den Versammlungssaal, warfen einen gleichgültigen Blick auf die Anwesenden und bekundeten mit einer schmollenden Grimasse ihre Verachtung für die Mittelmäßigkeit der Angelegenheit und den einschläfernden Inhalt der Debatten, bevor sie wieder den lärmenden Platz vor der Basilika aufsuchten, das pulsierende Herz von Rom.
Calixtus stand aufrecht im Schatten einer Säule und beobachtete die Angeklagten mit steigender Nervosität. Sie saßen etwas

unterhalb von ihm, aufgereiht auf einer Holzbank, gegenüber der kleinen Tribüne, von welcher aus der Präfekt die Verhandlung führte.

Fuscian schien aufmerksam der Rede des jungen Advokaten zu lauschen, der vom Gericht für die Verteidigung der Christen abgestellt worden war, aber Calixtus hätte schwören können, daß er fast schlief. Er richtete seine Aufmerksamkeit auf Flavia. Sie saß neben Ephesius und war, trotz einer gewissen Anspannung, die sich auf ihrem Gesicht ablesen ließ, immer noch genauso schön, und ihr langes, aufgelöstes Haar wirkte wie eine Herausforderung an den Glanz der Sonne. Das Herz des Thrakers zog sich zusammen. Trotz aller Versuche Fuscians, ihn zu beruhigen, konnte er sich nicht von dem Druck befreien, der auf ihm lastete.

»Ich liebe dich, Calixtus ... mehr als einen Bruder.«

Er erinnerte sich wieder an diese Worte des jungen Mädchens, doch er spürte eine Art Hoffnungslosigkeit. Warum? Warum können wir die Liebe und das Wesen von Personen erst dann wertschätzen, wenn sie uns genommen werden?

Er erinnerte sich an das Verhalten von Carpophorus, als ihm die Festnahme seiner Sklaven mitgeteilt wurde. War er auch wutentbrannt über das Treiben der Christen unter seinem Dach, so hatte er doch Calixtus gedrängt, eine glückliche Lösung des Falles zu finden. Der Verlust von fast zwei Dutzend seiner Sklaven wäre für ihn unerträglich.

Der schwierigste Teil für den Thraker war es, Hippolyt, dessen Temperament er zur Genüge kannte, von der Teilnahme am Prozeß abzuhalten. Fuscian konnte ständige Zwischenbemerkungen, die ihm seine Aufgabe nur erschweren würden, sicher nicht gebrauchen. Im Laufe des gerade beendeten Verhörs, wäre es beinahe zu einer Katastrophe gekommen.

Denn Ephesius, der als Besitzer des Hauses an der Via Appia zuerst verhört worden war, hatte auf die übliche Frage, ob er frei sei oder Sklave, großartig mit: »Ich bin Christ!« geantwortet.

Calixtus hatte sich sehr zusammennehmen müssen, um nicht aufzuspringen und den Mann zur Vernunft zu bringen. Wie war

solch ein selbstmörderischer Leichtsinn nur möglich? Fuscian, der ja genau das Gegenteil beabsichtigt hatte, schien die Antwort gar nicht gehört zu haben. Und er hatte den ehemaligen Verwalter von Apollonius gebeten, ihm doch nur auf seine Frage zu antworten, nämlich ob er frei sei oder Sklave.
Ephesius hatte seine Lage noch verschlimmert, als er entgegnete: »Diese Frage ist unsinnig. Bei den Christen gibt es weder Herren noch Sklaven, sondern nur die Brüder Jesu Christi.«
Fuscian schien zwar gleichzeitig aus der Fassung gebracht und enttäuscht zu sein, doch noch einmal hatte er die Antwort überhört, um Ephesius endlich zu der Aussage zu veranlassen, die er hören wollte, nämlich, daß er nach dem Gesetz ein befreiter Sklave war. Dann hatte er sich an Flavia gewandt: »Und du, bist du frei oder Sklavin?«
Die Antwort hatte nicht auf sich warten lassen: »Ich bin Christin.«
»Bei Bacchus!« hatte der Präfekt geschrien. »Es ist sinnlos! Ich will deinen rechtlichen Stand wissen, nichts anderes! Deinen rechtlichen Stand!«
Flavia hatte versucht auszuweichen: »Ich bin Christin, also bin ich frei, auch wenn ich eine Sklavin bin.«
Fuscian hatte die Augen zum Himmel gehoben und den nächsten Angeklagten aufgerufen.
»Ich weise dich gleich darauf hin, solltest du auch antworten, daß du Christ bist, so erhältst du hundert Rutenschläge wegen Beamtenbeleidigung. Und das gilt für alle!«
In der Folge waren keine Zwischenfälle mehr zu beklagen. Die Angeklagten antworteten ausschließlich auf die Fragen, die ihnen der Präfekt stellte. Calixtus aber mußte sich im Laufe des Prozesses eingestehen, daß es doch widersinnig war, Menschen gegen ihren Willen retten zu wollen. Viele von ihnen hielten die Köpfe gesenkt, und er sah, wie sie ihre Lippen bewegten. Sicher riefen sie ihren Gott an.
Wieder widmete der Thraker seine ganze Aufmerksamkeit Fuscian. Zunächst verstand er weder das Ziel, das jener verfolgte,

noch ahnte er, welche Strategie er anzuwenden gedachte. Doch nach und nach zog ihn Fuscians geschicktes Vorgehen in Bann. Denn der junge Präfekt war listig. Zuerst hatte er die Gründe für das nächtliche Zusammentreffen darlegen lassen. Als er erfuhr, daß die Zeremonien nur aus einem einfachen Teilen von Brot und Wein bestanden, fragte er, was an den Anschuldigungen von Kindesmord und anderen rituellen Morden wahr sei. Nach dem entrüsteten Prostest der Sklaven hatte er so getan, als sähe er seine Wachstafeln ein, um mit schulmeisterlichem Ton anzuerkennen: »Es stimmt, niemand hat das Verschwinden der Kinder von freien Bürgen oder von Sklaven gemeldet.«

Mit dem strengen Gesichtsausdruck eines Zensors hatte er sie alsdann des Atheismus bezichtigt. Die Reaktion der Angeklagten war noch erbitterter. Ephesius drückte sich in kurzen Worten aus: »Hältst du uns für irgendwelche lasterhaften Philosophen? Wir glauben an Gott, den einzigen, den wahren. Wir sind keine Atheisten!«

»Nun gut«, fuhr der Präfekt fort. »Es geht allerdings auch das Gerücht um, daß ihr die Rechtmäßigkeit des Kaisers anzweifelt, und daß ihr keinen Unterschied macht zwischen Römern und Barbaren.«

»Präfekt«, entgegnete Ephesius, der sich als Wortführer der Gruppe gemeldet hatte, »das sind nichts weiter als Verleumdungen. Wir würdigen voll und ganz die Funktion und die Person selbst des Kaisers. Und die Lehre unseres Herrn bestätigt uns darin. Was die Anklage wegen mangelnden Bürgersinnes oder Verrats angeht, so möchte ich dich daran erinnern, daß ganze römische Legionen aus Christen bestehen. Ich erwähne nur das Beispiel der berühmten Fulminata. Sie hat mit ihren Gebeten den Kaiser Marc Aurel und seine Armee vor dem sicheren Verdursten gerettet, als sie gegen die Quaden* kämpften. Die

---

* Durch ein wundergleiches Gewitter gerettet, soll Marc Aurel sogar eine Nachricht an den Senat gesandt haben, um ihn von diesem Ereignis in Kenntnis zu setzen.

Wahrheit ist, vor Gott sind alle Menschen gleich, denn sie sind seine Geschöpfe. Und bekennt sich ein Parther oder ein Germane zu unserem Glauben, so wird er unser Bruder, wie ein Römer oder Grieche.«

Fuscian hatte geduldig der Rede des ehemaligen Verwalters gelauscht. Als jener wieder auf der Bank Platz genommen hatte, ließ der Präfekt verlauten: »Ich will gern an eure Kaisertreue glauben, jedoch müßt ihr sie beweisen.«

Und auf eine Marmorstatue weisend, die Commodus darstellte, befahl er: »So geht und verbrennt ein Weihrauchstäbchen vor dieser Statue. Diejenigen von euch, die dieser Aufforderung nachkommen, sind auf der Stelle frei.«

Ein überraschtes Murmeln ging durch die Reihen. Niemand hatte eine derartige Milde erwartet. Calixtus seufzte vor Erleichterung auf, als er sah, wie sein Freund diskret seinen rechten Daumen hob: Dieses Zeichen bedeutete im Amphitheater die Begnadigung eines Verurteilten. Dennoch ahnte er, daß nicht alles gewonnen war.

Er richtete seine Aufmerksamkeit nun wieder auf die Sklaven. Sie konnten sich nicht entscheiden, ihre Bänke zu verlassen. Auf den meisten Gesichtern ließ sich der Wille zur Folgsamkeit ablesen, doch einige zeigten sich seltsam verschlossen.

»Nun?« rief Fuscian mit kaum verhohlener Ungeduld.

Calixtus meinte eine Stimme zu vernehmen: »Wir haben keine andere Wahl.« Doch hörte er auch Ephesius Stimme: »Das ist Gotteslästerung, wir versündigen uns.«

Fuscian richtete sich auf, und mit einer Eiseskälte, die Calixtus nie bei ihm wahrgenommen hatte, rief er: »Der Tod wartet nicht!«

Nach kurzem Zögern standen die Angeklagten auf und begaben sich zur der Statue.

»Nein, tut es nicht!« beschwor sie Ephesius. Doch sie hörten ihn nicht mehr. Einer nach dem anderen entzündeten die Männer und Frauen Weihrauchstäbchen in einem dafür vorgesehenen,

kleinen Gefäß vor Commodus' Abbild. Der Präfekt ritzte die einzelnen Namen auf eine seiner Wachstafeln und entließ entließ jeden mit den Worten: »Geh, du bist frei.«
Bald saßen nur noch Flavia und Ephesius auf der Bank. Der ehemalige Verwalter blieb weiterhin unbeirrbar, aber er wirkte auch traurig. Die junge Frau hingegen war bleich und spielte unruhig mit ihren Fingern. Fuscian wandte sich ihnen zu und forderte sie auf, doch endlich die rettende Geste auszuführen, wie die anderen es vor ihnen getan hatten.
»Es tut mir leid, Herr. Aber was du verlangst, ist unmöglich.«
»Unmöglich? Aber warum denn? Hast du vorhin nicht selbst gesagt, daß ihr Commodus als euren Kaiser anerkennt?«
»Selbstverständlich. Aber ich kann ihm nicht die Ehrung erweisen, die du verlangst.«
Fuscian hob als Ausdruck seines Überdrusses die Arme.
Ephesius erklärte: »Weihrauch darf nur den Göttern dargebracht werden. Das weißt auch du. Es gibt nur einen Gott, der die Welt regiert. Was du von uns verlangst, ist Gotteslästerung.«
»Aber ich bitte dich, du redest wider jede Vernunft! Deine Gefährten haben sich doch auch nicht dagegen aufgelehnt.«
»Es ist nicht an mir, ihr Verhalten zu richten. Auf jeden Fall beeinflußt es nicht das meine.«
»Es ist sicherlich das erste Mal, daß ich versuche, ein Maultier zur Vernunft zu bringen. Und du, Mädchen, bist auch du seiner Ansicht?«
Es folgte ein langes Schweigen.
»Ja, Herr. Aber ich bin dir dankbar für ....«
Sie konnte ihren Satz nicht zu Ende sprechen, Calixtus' Schrei hallte in den Gewölben wider. Ein verzweifelter, flehender Schrei. »Nein, Flavia! Nein!«
Sie hob ihr Kindergesicht zu ihm auf und schüttelte den Kopf. Fuscian verstand, daß Calixtus ihretwegen zu ihm gekommen war. Nervös strich er sich über das Kinn.
»Ihr wißt sicher, daß diese Weigerung euren Tod bedeutet?«

»Tu, was du als deine Pflicht ansiehst«, meinte Ephesius mit erschreckender Ruhe.
»Gibt es keine Hoffnung, wenigstens dich zu überzeugen, Mädchen?«
»Wenn ich meinen Glauben verrate, so verurteile ich meine Seele zum Tode. Versuche es nicht, edler Herr.«
Der junge Präfekt seufzte, von ihrer Festigkeit beeindruckt.
»So müssen wir andere Mittel anwenden, euch umzustimmen. Und bei Bacchus, das gefällt mir gar nicht.«
»Du wirst unsere Überzeugungen nie ändern können«, ließ sich Ephesius vernehmen.
»An deiner Stelle wäre ich dessen nicht so sicher«, erwiderte der Richter ein wenig spöttisch.
Tränen stiegen Calixtus in die Augen, als er mit ansehen mußte, wie Fuscian mit zitternder Hand einem Sklaven einen Becher reichte, den dieser mit einem dunklen Cäkuber* füllte.

Die Schatten der Liktoren** und der Gerichtsschreiber zogen sich bizarr im flackernden Licht der Bronzefackeln in die Länge. Die Fackeln waren an den feuchten, stark nach Salpeter und Schimmel riechenden Wänden angebracht.
Bei dem beängstigenden Anblick der Eisen, Zangen und Böcke, dem unersetzlichen Justizwerkzeug, spürte Calixtus Galle in sich aufsteigen.
»Fuscian«, begann er mit belegter Stimme, »sie werden doch nicht...«
Der Präfekt unterbrach ihn mit einer Geste, die beruhigend wirken sollte.
»Ich habe keine andere Wahl mehr. Aber ich kann dir versichern, daß deine Freunde sehr schnell aufgeben werden. Liktoren«, wandte er sich an die Wachen, »führt die Angeklagten herein!«

---

* Seltener Wein.
** Wachposten, die den Richtern vorausschritten und eine Axt, verborgen in einem Rutenbündel, trugen.

Eine schwere kupferbeschlagene Bronzetür öffnete sich, um Flavia und Ephesius einzulassen. Das junge Mädchen war leichenblaß und ihre Augen ausdruckslos. Sie schien wie im Traum zu wandeln und sich der Anwesenheit von Calixtus nicht bewußt zu sein. Ephesius aber, dessen Gesicht gewöhnlich kaum Gefühle ausdrückte, wirkte heute abgeklärt und entschlossen.

Calixtus streckte in einer spontanen Anwandlung die Hand nach dem jungen Mädchen aus und strich über ihr goldglänzendes Haar. »Flavia, ich bitte dich, leiste dem Präfekten Folge. Um meinetwillen.«

Sie drehte sich langsam zu ihm um und erwiderte traurig: »Nur für dich tue ich dies alles. Damit sich dein Herz dem Licht öffnet und du endlich das wahre Leben erkennst.«

»Beginnt mit dem Mann!« befahl Fuscian. »Im Namen des Gesetzes.«

Im Handumdrehen war der alte Verwalter des Apollonius seiner Kleider entledigt und mit erhobenen Armen an die Wand gerade gegenüber von den Gerichtsschreibern gekettet.

Der Präfekt fragte ihn noch einmal, ob er jetzt bereit sei, Weihrauch vor der Statue des Kaisers zu verbrennen. Als Antwort schüttelte Ephesius nur energisch den Kopf. Fuscian gab ein Zeichen, worauf einer der Liktoren nach einer Rute aus dem Bündel griff, das die Axt umhüllte, und mitleidlos begann, auf den entkleideten Körper des Verwalters einzuschlagen.

»Wenn ich bedenke, daß es Menschen gibt, die sogar dafür bezahlen würden, um eine solche Vorstellung im Amphitheater mit ansehen zu können«, bemerkte der Richter mit einer gewissen Bitterkeit.

Der Thraker, der die Augen auf Ephesius gerichtet hielt, konnte nichts erwidern. Bei jedem Schlag, der auf den armen Körper niedersauste, zuckte der Mann zusammen, seine Hände verkrampften sich zu einer Faust, als hielten sie ein unsichtbares Tau umklammert. Calixtus erinnerte sich plötzlich an eine ähnliche Szene, die sich vor einigen Jahren im Hause des Carpophorus abgespielt hatte, nur war an jenem Abend er der Gepeinigte und sein Folterknecht nannte sich Diomedes.

»Stärker!« gebot Fuscian.

Es war ersichtlich, daß er diesen Befehl nicht aus Grausamkeit gegeben hatte, sondern aus dem Wunsch heraus, so schnell wie möglich Ephesius zur Abbitte zu bewegen.

Feine Blutspuren sickerten über Ephesius' Brust, während die harten Schläge seine Haut in Fetzen abzureißen begannen.

Über Flavias Wangen rannen Tränen. Sie hielt den Kopf gesenkt, und ihre Lippen bewegten sich tonlos. Fuscian, der sie beobachtete, ahnte, daß sie zu ihrem Gott betete, und bewunderte fast gegen seinen Willen ihre Haltung.

»Bei Mars«, flüsterte er und beugte sich zu Calixtus hinüber, »warum hast du diese Unglückliche nicht freigekauft? Als ich sie sah, verstand ich sofort, daß sie der Grund für dein Eingreifen war. Selbst Venus muß beim Anblick dieser Schönheit Eifersucht empfinden.«

Calixtus wich den Worten des Richters aus.

»Fuscian, ich glaube, es ist Zeit, die Leiden dieses Mannes zu beenden. Er ist zu alt, um solche Qualen zu ertragen.«

Der Präfekt betrachtete den Vilicus. Dessen Kopf rollte von links nach rechts, seine Fäuste hatten sich geöffnet, und seine Beine hingen kraftlos herab. Sein ganzes Gewicht wurde von den Ringen in der Wand getragen, und die Ketten schnitten in das Fleisch seiner Handgelenke.

»Noch einen Augenblick ... Ergibt er sich, so wird deine Freundin seinem Beispiel folgen.«

Der Liktor schwitzte. Große Schweißränder befleckten seine Tunika. Er verdoppelte die Kraft seiner Hiebe, da sein Opfer keine Reaktion zeigte. Nun richtete er seine Schläge ausschließlich auf das Geschlecht des alten Mannes, bis Hautfetzen und Schamhaar nur noch eine blutige, breiige Masse bildeten. Und noch immer hatte Ephesiuser keinen Schmerzenslaut von sich gegeben!

»Er hat das Bewußtsein verloren«, stieß der Präfekt hervor.
Tatsächlich hing die blutüberströmte Gestalt erbarmungswürdig in den Ketten, das Kinn war auf die Brust gesunken.
»Schnell, gebt ihm zu trinken!«
Sie beeilten sich, den Befehl auszuführen, und bespritzten dann Arme, Beine und Gesicht des Vilicus mit Wasser. Sie klopften ihm auf die Wangen, und einer der Gerichtsschreiber legte das Ohr an die magere Brust des Geschundenen.
»Nun?« fragte der Präfekt ungeduldig.
»Er ... er ist tot, Herr ...«
»Ihr Stümper! Ihr seid nichts als Stümper!«
»Aber«, stammelte der Verantwortliche, »ein Liktor ist kein Berufshenker, und ...«
»Still! Bringt ihn fort!«
Wutentbrannt wandte sich Fuscian Flavia zu.
»Dieses Beispiel sollte genügen. Nun wollen wir diesem Schrekken ein Ende setzen, bring Caesar endlich das Opfer dar. Ich sage es dir gleich: Weigerst du dich noch einmal, so wirst du noch unbarmherziger gefoltert.«
Flavia hob den Kopf und versenkte ihre großen, tränennassen Augen in denen Fuscians. Ruhig begann sie sich zu entkleiden.
»Nein!« flehte Calixtus. »Ich beschwöre dich im Namen deines Gottes. Gehorche dem Präfekten!«
Immer noch wortlos, streckte das junge Mädchen seine Fäuste dem Liktor entgegen. Diesmal fühlte sich Fuscian völlig entwaffnet.
»Bei Pluto und Persephones!« brüllte er. »Du Wahnsinnige, begreifst du nicht, daß dies deinen sicheren Tod bedeutet? Noch dazu den schlimmsten, den es nur geben kann? Sieh deinen Gefährten an. Ist es das, was du willst?«
»Der Herr sprach: Denn wer sein Leben retten will, wird es verlieren, doch wer sein Leben verliert um meinetwillen, wird es retten. Ephesius war noch nie so lebendig.«
Diese mit Sicherheit und Würde ausgesprochenen Worte ver-

blüfften die Anwesenden vollends. Also wies Fuscian auf einen der Liktoren: »Sie gehört dir.«
Und er fügte schnell, mit leiser Stimme hinzu: »Richte sie nicht so übel zu!«
Calixtus hatte das Gefühl, daß der Boden unter seinen Füßen nachgab. Er lief auf seinen Freund zu, drückte dessen Arm und bat: »Fuscian, Erbarmen, hab Mitleid mit ihr. Ihre Gedanken sind verwirrt. Ich flehe dich an, schick sie fort. Gnade...«
Ein heftiges Schluchzen erstickte seine letzten Worte. In seinem Schmerz wollte er sich Flavia nähern, doch der Präfekt hielt ihn zurück.
»Laß, du kannst nichts mehr für sie tun.«
»Fuscian... Gnade!«
Mit unerwarteter Härte riß er den Thraker zurück und zog ihn in eine Ecke.
»Hör mir zu: Ich sage dir, du kannst nichts mehr für sie tun. Und ich auch nicht. Ich bin so weit gegangen, wie es ein ehrbarer Präfekt nur tun konnte. Wenn ich sie befreie, so werden die anwesenden Gerichtsschreiber sofort über mein Verhalten berichten. Meinen Posten, meine Karriere, selbst mein Leben brächte ich in Gefahr. Verstehst du das? Sie wird nachgeben. Sie muß nachgeben. Das ist ihre letzte Rettung.«
Calixtus, dessen Gesicht tiefe Hoffnungslosigkeit ausdrückte, blickte seinen Freund an, und nach einer Weile stammelte er: »Gut, dann tu deine Pflicht. Auf daß uns die Götter vergeben.«
Er eilte zu der Bronzetür und stürzte in den dunklen Korridor, an dessen Wänden sich die flackernden Lichtpunkte vereinzelter Fackeln abzeichneten.

Und jetzt saß er auf der untersten Treppenstufe, zusammengekauert, wie ein gejagtes Tier.
Das Gesicht in den Händen vergraben, hörte er undeutlich, wie in einem Alptraum, die Stimmen der Gerichtsschreiber und der Liktoren, das Geräusch von irgendwelchen metallenen Gegen-

ständen, Flavias Klagelaute, unterbrochen von den beschwörenden Worten Fuscians.
»Aber verstehst du denn nicht, daß wir nur dein Bestes wollen? Was ist schon ein Weihrauchstäbchen gegen ein Leben?«
»Ich danke für deine Milde, Präfekt. Rechtfertige dein Tun nicht...«
»Aber warum? Warum nur?«
»Für meine Seele und die meiner Brüder.«
Es folgte eine Stille, und dann: »Liktoren, nehmt die Zangen!«
Wieder ließ sich das metallene Geräusch von aneinanderschlagenden Gegenständen vernehmen. Und plötzlich drang ein unmenschlicher Aufschrei an sein Ohr, gefolgt von einem herzzerreißenden Wehklagen und den gestammelten Worten: »Herr, vergib ihnen.«
»Bist du wahnsinnig? Wo ist der Herr, den du anrufst? In der Leiche deines Gefährten? In deinem Blut, das auf den Boden fließt? In deinen ausgerissenen Nägeln?«
»Ich bete für dich, Präfekt.«
»Wenn es anders nicht geht ... kochendes Öl und Salz auf die Wunden!«
Wieder ließ ein furchtbarer Schrei die Steingewölbe erbeben.
Am Ende seiner Kräfte, preßte Calixtus die Hände auf die Schläfen und hastete die Treppen hinauf ins Freie.

*

Fuscian, der mehr an den Schanktisch geklammert hing, als daß er sich aufstützte, reichte seinem Freund den vierten Becher Massikerwein.
»Ich habe noch nie eine solche Hartnäckigkeit erlebt. Noch nie. Es ist geradezu beängstigend. Als sich der Folterknecht an ihren offenen Wunden zu schaffen machte, fand sie noch die Kraft, ihren Gott anzurufen.«
»Und du, den ich gebeten habe, sie zu retten, du quälst sie, du

vernichtest sie und zuletzt wirfst du sie noch den Bestien vor. Welch ein Hohn ...«
Fuscian entgegnete mit aufrichtiger Niedergeschlagenheit: »Ich habe dir meine Lage doch erklärt. Aber es müßte möglich sein, einen Kerkermeister zu bestechen, um ihr den Giftbecher zu bringen.«
»Ich spreche von Rettung, du antwortest: Tod.«
»Willst du sie lieber von Tigern und Leoparden zerrissen sehen?«
»Aber wenn du glaubst, sie mit Bestechung in den Tod schicken zu können, so muß es doch umgekehrt auch möglich sein, sie mit Bestechung zu befreien?«
»Bist du dir eigentlich darüber im klaren, was du von mir verlangst?«
»Natürlich. Etwas Unrechtmäßiges zu tun, um ein Leben zu retten, das aufgrund einer vernunftwidrigen Gesetzgebung verloren ist.«
»Würden wir tatsächlich den Versuch unternehmen, sie auf diesem Weg zu befreien, so bin ich sicher, daß unser Plan von vornherein zum Scheitern verurteilt wäre.«
»Aber wieso denn?«
»Zu dieser Stunde wird deine Freundin sicher schon in das Amphitheater Flavium gebracht. Um sie dort herauszuholen, brauchen wir nicht nur die Unterstützung eines Kerkermeisters, sondern auch die der Wachen, der Tierkämpfer, der Kutscher und zudem noch die der Gladiatoren. Schließlich wären so viele Personen unterrichtet, daß es auch die Vigilien erfahren würden, und das bedeutete, daß ich den Platz deiner Freundin in der Arena einnehmen kann. Nein, glaub mir, es gibt eine bessere Lösung.«
Calixtus sah ihn fragend an.
»Wir müssen die kaiserliche Gnade erbitten. Jetzt kann nur noch Commodus selbst deine Freundin retten.«
»Jetzt scheinst du derjenige zu sein, der den Verstand verloren hat. Aus welchem unersichtlichem Grunde sollte der Kaiser sich für eine junge Sklavin einsetzen?«

»Es gibt jemanden, der ihn davon überzeugen könnte.«
»Du?«
»Nein, ich habe diese Macht nicht. Seine Favoritin, Marcia, hingegen hat sie.«
Calixtus glaubte, sich verhört zu haben.
»Mir wurde anvertraut, daß sich die Amazone schon mehrere Male für Verurteilte eingesetzt hat, insbesondere für Christen.«
»Marcia? Bist du ganz sicher?«
»Selbstverständlich. Übrigens heißt es, sie selbst sei Christin.«
Calixtus betrachtete seinen Weinbecher, und ein Hoffnungsschimmer zeigte sich auf seinen Zügen. In seiner Erinnerung erklang die Stimme der Konkubine des Kaisers. *Haß ist ein Wort, das man aus seinem Wortschatz verbannen sollte. Allein Toleranz und Vergebung zählen.*

24

Der Sonnenaufgang färbte den Himmel über den Hügeln rötlich, als die letzten Getreuen die Villa Vectiliana verließen. Sie verschwanden in kleinen Grüppchen in den dunklen, gewundenen Gassen der Ewigen Stadt und erleuchteten ihren Weg mit Fackeln oder griechischen Lampen.
Die Pforte des eleganten Hauses blieb jedoch weit auf das Atrium geöffnet, in welchem sich noch ein Paar aufhielt. Der Mann hatte einen dunklen Chlamys über seine Schultern geworfen, die seine weiße Dalmatika bedeckte. Die Frau schob einen Schal auf ihrem ebenholzschwarzen Haar zurecht, beugte sich über das Becken des Impluviums, tauchte ihre Finger ins Wasser und betupfte ihre Augen mit dem kühlen Naß.
»Ist etwas nicht in Ordnung?« fragte ihr Gefährte verwundert.
»Es ist nichts, Hyazinthus. Aber, der Kontrast zwischen der Frische, die hier bei unseren Versammlungen herrscht, und

dem Klima des Palastes, läßt mich manchmal, so wie jetzt, wünschen, niemals dorthin zurückzukehren.«
Der Priester nickte und ergriff mit einer freundschaftlichen Geste ihre Hand.
Seit er, dank ihres Einflusses einen bescheidenen Posten im Hause des Caesar innehatte, verstand der Priester seine Freundin besser. Obwohl im Palast Überfluß und Luxus herrschten, erinnerte ihn doch die Atmosphäre dort, die von Machenschaften und verschobenen Wertvorstellungen geprägt war, an eine Vorkammer des Styx.
»Nur Mut«, murmelte Hyazinthus.
»Mut, den habe ich, und ich werde ihn auch nicht verlieren. Doch woran es mir immer mehr mangelt, sind Reinheit und Seelenfrieden.«
Sie verließen nun ebenfalls die Villa, ohne ein Licht mitzunehmen. Denn beiden war der Weg zum Palast bestens vertraut. Und die ersten vorsichtigen Sonnenstrahlen verhießen den Tagesanbruch.
»Marcia, zeigt der ....«
Als erahne sie die Frage, antwortete die junge Frau: »Nein, Hyazinthus, der Kaiser zeigt keine Neigung, zu unserem Glauben überzutreten.«
»Du darfst nicht aufgeben. Versuche es immer wieder. Ein Erfolg wäre für uns sehr wichtig.«
»Vor allem für ihn selbst. Doch ich fürchte, wir erstreben Unmögliches.«
»Unser Bischof hat mir aufgetragen, dir zu sagen, daß er gern bereit sei, Commodus über die Einzelheiten unserer Religion aufzuklären.«
Marcia schüttelte den Kopf.
»Es würde nichts nützen. Nicht seine Unkenntnis ist das Hindernis.«
»Sondern?«
Die Favoritin des Prinzeps blickte sich um. Das einzige lebende Wesen in ihrer Umgebung war ein Bauer, der mit seinem

Ochsenwagen über die Via Appia rumpelte, zurück auf das Land. Sie wartete, bis sich das Rattern der Holzräder entfernt hatte, und antwortete leise: »Commodus lebt in Angst. Ich bin sicher, für ihn sind Orgien und Verschwendungssucht nur ein Mittel, um sich zu zerstreuen, die Furcht zu verdrängen, die ihn beständig quält.«
»Ich verstehe. Aber wie erklärst du dir das?«
»Er fühlt sich alleingelassen und gehaßt. Er weiß genau, daß jeder ihn mit seinem verstorbenen Vater vergleicht, und daß niemand in ihm die guten Eigenschaften erkennt, die seinen Vater auszeichneten. Und letzterem wird ganz öffentlich zum Vorwurf gemacht, seinem Sohn die Kaiserwürde übertragen zu haben.«
Hyazinthus seufzte achselzuckend.
»Ich muß gestehen, auch ich habe das Verhalten Marc Aurels nicht verstanden. Bis zum heutigen Tage haben die Caesaren ihren Nachfolger stets mit Klugheit ausgewählt, ohne ihren väterlichen Gefühlen Rechnung zu tragen. Auf diese Weise bewahrten sie die Zukunft des Reiches vor Zufällen. Aus welchem Grunde mag der Kaiser, den wir mit Recht als einen der hervorragendsten schätzen, diesen Brauch zugunsten einer natürlichen Erbfolge aufgegeben haben?«
»Wir werden es wahrscheinlich nie erfahren. In jedem Falle verschlimmert all dies Commodus' seelische Störung, die allerdings schon immer in ihm geschlummert hat. Hinzu gesellt sich seit einiger Zeit seine Furcht, er könnte ermordet werden, wie zahlreiche seiner Vorgänger.«
»Meinst du? Das Volk liebt ihn doch. Und warum sollte ein Mann, der freiwillig sein Leben in der Arena aufs Spiel setzt, Angst vor dem Tod haben?«
»Du hast recht, dort liegt ein Widerspruch. Dennoch versinnbildlicht dieser Widerspruch sein ganzes Leben: Der Senat haßt ihn, das Volk verehrt ihn. Selbst wenn er es nicht offen eingestehen will, so ist er sich bewußt, eine Macht ererbt zu haben, der er nicht gewachsen ist. Und das erklärt, weshalb er seine

Berater regieren läßt und nur mit Wutanfällen und Launen in die Politik eingreift. Im Grunde fürchtet der junge Caesar, daß ihn das kaiserliche Purpurgewand, in welches er hineingeboren wurde, eines Tages ersticken wird.«

Schon zeichnete sich die imposante Fassade der Domus Augustana im grauen Morgenhimmel ab. Hyazinthus entschied sich nun, ihr seine Sorgen anzuvertrauen.

»Marcia, ich fürchte, du mußt noch einmal deinen Einfluß geltend machen, diesmal für unsere Brüder in Karthago.«

Sie warf ihm einen fragenden Blick zu.

»Ja, die Dinge stehen dort sehr schlecht. Auf den Druck der Bevölkerung hin, hat der neue Prokonsul von Afrika eine Gruppe von christlichen Ehrenmännern zu den Galeeren verurteilt. Unter ihnen befindet sich ein junger Advokat, ein gewisser Tertullian.«

»Ich verstehe. Auch aus der Kolonie von Saltus Burunatinus erhielt ich die Nachricht, daß sie dort von den Prokuratoren in gesetzwidriger Weise tyrannisiert werden.«

Nach einer Pause fuhr sie fort: »Ich werde versuchen, mich für beide Fälle gleichzeitig einzusetzen und hoffe, auf diese Weise weniger Mißfallen zu erregen.«

Sie hatten die Treppen zum Palast erreicht. Marcia schloß sorgenvoll: »Du kannst dir vorstellen, welcher Zugeständnisse es bedarf, und mit welcher List ich vorgehen muß, um dem Kaiser diese Begnadigungen abzuringen ...«

Hyazinthus antwortete nicht. Er wußte es nur zu gut. Marcia war eine der wenigen Christinnen, deren Betragen nicht gerade den Regeln des Evangeliums entsprach ...

»Ich habe mich nie der Verantwortung entzogen, doch manchmal frage ich mich, wie Gott mich richten wird. Die Menschen haben mich schon lange verdammt.«

Als sie diese Worte aussprach, erinnerte sie sich an das Gesicht des Sklaven, dem sie bei Carpophorus begegnet war. Seltsam, in der Nähe dieses Mannes hatte sie für einen kurzen Augenblick die Widernatürlichkeit ihres täglichen Daseins vergessen können.

»Du bist was du bist ...«
Sie hätte antworten können: »Vor allem Christin ...«
Wenngleich er den Stab nicht über die Frau gebrochen hatte, wie hätte er die Christin beurteilt?

*

Commodus lag nackt auf dem Rücken und überließ sich wollüstig den Massagen seines jungen Sklaven und Übungsmeisters Narcissus. Letzter trug einen kräftigen schwarzen Bart, seine Nase saß ein wenig schief im Gesicht, als Folge eines Bruchs bei einer zu harten Übungsstunde. Zwar war er erst zwanzig Jahre alt, wirkte jedoch älter.
Die Tür zur Palästra stand halb offen und gab den Blick auf eine Portikenreihe frei. Die Morgensonne schien auf den großen viereckigen Sandplatz, der in dem gleißenden Licht einem leuchtend weißen See glich. Ein Windhauch ließ den jugendlichen Körper des Kaisers erbeben.
»Marcia, bist du es?«
»Ja, Caesar.«
Die junge Frau schritt gemessen auf Commodus zu, innerlich erleichtert, ihn trotz ihrer Verspätung so ruhig zu sehen. Der Prinzeps von Rom war sicher der ungeduldigste Mensch der ganzen Stadt. Der geringste Widerstand, der sich seinen Wünschen entgegenstellte, beschwor seine gefürchteten und furchtbaren Wutausbrüche herauf. Doch vielleicht hatte der Caesar an diesem Morgen etwas länger auf irgendeinem Lager verweilt? Marcia hoffte es. Seit dem Mord an Perennis nutzte sie mit Freuden und heimlicher Erleichterung jede Gelegenheit, fern von ihrem Liebhaber zu sein.
Commodus drehte sich auf die andere Seite, um nun seinen muskulösen Rücken den erfahrenden Händen Narcissus' zu überlassen.
»Nun, meine Amazone? Bist du heute schon bereit, mit den Übungen zu beginnen?«

»Natürlich, Caesar. Und du? Bist du an diesem Morgen nicht zu müde?«

Auch wenn er kaum merklich war, so entging dem Kaiser nicht der leichte Spott, der in der Frage lag. Er hob den Kopf und musterte seine Konkubine. Sie hatte soeben ihren griechischen Umhang abgelegt.

»Worauf wartest du? Warum entkleidest du dich nicht ganz?« fragte Commodus.

Wenn beim römischen Wettkampf – aufgrund seiner Herkunft aus dem griechischen Gymnasion – die Athleten nicht völlig entblößt gewesen wären, so hätte die Aufforderung des Kaisers auch anders ausgelegt werden können.

»Ich warte, bis Narcissus seine Massagen abgeschlossen hat«, sagte die junge Frau lächelnd.

»Es ist soweit«, erwiderte der Übungsmeister. »Unser Caesar ist fertig.«

Commodus stand auf, sein Körper glänzte von Öl, und er lud Marcia ein, seinen Platz auf der Liege einzunehmen. Während dessen begab er sich auf das Sandfeld der Palästra und wärmte sich mit einigen Lockerungsübungen auf.

Es war einer jener wunderbaren Sommermorgen, wie sie in der ganzen Welt allein Italien bieten kann. Am strahlend blauen Himmel zeigte sich nicht eine Wolke. Nur ein Vogel warf hin und wieder im raschen Fluge seinen fliehenden Schatten auf das Sandfeld.

Marcia, die nun vollständig entkleidet ausgestreckt auf der Liege lag, ließ sich von Narcissus massieren. Seine weichen, warmen Handflächen bearbeiteten ihren Rücken, lockerten ihre Muskeln und glitten über ihre Hüften, was ihr ein Gefühl des nahezu vollständigen Wohlbehagens bereitete.

Commodus führte in der strahlenden Sonne seine Übungen aus. Seine gelenkigen, präzisen Bewegungen und sein harmonisch gestalteter Körper rechtfertigten in gewisser Weise »seinen Aufstieg zur Gottheit« in den Augen des Volkes. Seit den Herrschern der Hellenen war es zwar üblich, für deren Statuen

nur ihre in Stein geschlagenen Köpfe auf vorgefertigte Athletenkörper zu setzen, Commodus jedoch hatte, im Gegensatz zu seinen Vorgängern, für das traditionelle Aktstandbild selbst Modell gestanden, was den Prinzeps seinem Volk erheblich näher gebracht hatte. Zudem schätzte es das Volk, daß er die Unnahbarkeit früherer Herrscher aufgegeben und sich in die Arena begeben hatte, um dort wie ein einfacher Gladiator zu kämpfen.
Der Caesar unterbrach plötzlich seine Übungen und richtete das Wort an Marcia.
»Du betrachtest mich so sonderbar. Woran denkst du?«
»Ich denke, daß du schön bist«, murmelte sie, wobei sie sich fragte, ob der richtige Augenblick gekommen war, die Frage der Karthager aufzuwerfen. Nein, Vorsicht war geboten. Der Kaiser haßte es, über ernsthafte Dinge zu sprechen, wenn er mit seinen sportlichen Übungen beschäftigt war.
Commodus lachte selbstgefällig auf.
»Doch, Caesar, du bist der schönste Kaiser seit Alexander.«
Diese Schmeichelei kam vom Kämmerer Eclectus.
Niemand hatte ihn die Palästra betreten hören. Neben Hyazinthus war Eclectus der einzige Christ, der offiziell in der Domus Augustana geduldet war. Und er war der einzige wirkliche Freund, den Marcia unter den hohen Würdenträgern der Gefolgschaft des Kaisers zählte. Mit viel Geduld hatte sie ihm zu dem Vertrauensposten verholfen, den er nun innehatte.
Commodus antwortete gereizt: »Habe ich nicht gesagt, daß ich nicht gestört werden will?«
»Caesar, sobald du weißt, aus welchem Grunde ich dieses Gebot übertrat, wirst du voll mit mir übereinstimmen.«
Trotz seiner ägyptischen Abstammung schien Eclectus römischer als die Quiriten von Rom. Stets – auch bei größter Hitze – trug er eine makellose Toga und zeigte in jeder Situation Haltung und Würde. Commodus erkannte in ihm Wesenszüge seines Vaters Marc Aurel, und wider Willen war er beeindruckt von diesem Mann.

»Ich höre.«
»Maternus.«
Der Kaiser zuckte zusammen. Der Name des Bandenführers und desertierten Soldaten war innerhalb weniger Monate so bekannt geworden wie der des Spartakus.
»Maternus, immer wieder dieser Maternus! Welchen üblen Streich hat er diesmal gespielt? Denn ich vermute, du bist nicht hier, um mir seine Festnahme mitzuteilen?«
»Leider nein, Caesar! Doch haben uns die Spione soeben mitgeteilt, daß er sich mit einigen seiner Anhänger augenblicklich in der Hauptstadt aufhält. Sie haben vor, sich als Prätorianer verkleidet unter deine Eskorte zu mischen und dich während des Festes für Kybele und Attis zu entführen.«
Commodus, Narcissus und Marcia schrien fast gleichzeitig auf, angesichts der unglaublichen Frechheit des Vorhabens.
»Aus diesem Grunde, Caesar«, fuhr der Kämmerer fort, »solltest du aus Klugheit nicht an diesen Feierlichkeiten teilnehmen.«
Der Herrscher von Rom blinzelte.
»Wie? Der Kaiser, der große Pontifex, soll bei den Feierlichkeiten abwesend sein? Kybele würde es mir nie verzeihen.«
»Aber die Gefahr ...«
»Die Gefahr? Der herkulische Kaiser sollte vor der Gefahr zurückweichen? Schweige, Christ! Was du da sagst, ist Lästerei.«
Eclectus warf einen Blick auf Marcia, die ihm beruhigend zunickte.
»Wie du wünschst«, seufzte Eclectus. »Doch wisse, ich werde nicht müßig abwarten, bis diese Banditen zuschlagen. Ich habe den Befehl gegeben, nach ihnen zu fahnden und sie festzunehmen. Hoffen wir, daß dies rechtzeitig geschehen wird.«
»Isis wird uns nicht verlassen«, versicherte Commodus, den Blick ins Leere gerichtet.
Er wandte sich ab und bedeutete damit, daß die Unterhaltung beendet war.

Eclectus verneigte sich, zog sich zurück und näherte sich gleichzeitig unauffällig Marcia. Die junge Frau hatte sich ihren Chlamys wieder über die Schultern geworfen. Die vornehme Art des Kämmerers weckte immer eine gewisse unerklärliche Scham in ihr.
»Ich grüße dich«, sagte er mit leicht gezwungenem Lächeln. »Ich freue mich, dich wohlauf zu sehen. Du bist schöner und strahlender denn je.«
Er hatte nun Narcissus und Commodus den Rücken zugewandt. Während er sprach, zog er eine dünne Papyrusrolle aus den Falten seiner Toga und steckte sie ihr rasch zu.
»Sei gedankt, Eclectus«, erwiderte die Favoritin und schob die Rolle rasch unter ihren Umhang.
»Dein Kompliment nehme ich gern entgegen, denn anders als das übliche Höflingsgeschwätz ist es aufrichtig.«
Einen Augenblick später hatte sich der Kämmerer zurückgezogen.
»Bei Mars!« rief Commodus ärgerlich. »Dieser Hund Maternus übertreibt!«
»Aber bedenkt, Herr«, ließ sich Narcissus vernehmen, »diesmal haben wir alle Aussichten, ihn festzunehmen. Indem er es wagt, sein Unwesen in der Hauptstadt zu treiben, begibt er sich in unser Netz.«
Marcia hatte sich entfernt. Außerhalb des Gesichtskreises der beiden Männer, im Schutze einer Säule, entrollte sie eilig die Nachricht, die ihr der Ägypter zugesteckt hatte. Sie war nur kurz und lautete: *Ich muß dich sehen. Entscheide den Tag und den Ort. Es geht um ein Menschenleben.*
Unterzeichnet war sie mit: *Calixtus.*

*

Die heißesten Stunden des Tages waren vorüber, doch die Badehäuser leerten sich noch nicht.
Die Gärten des Agrippa, in denen sich die laue Kühle des stillen Spätnachmittags ausbreitete, waren fast menschenleer. In nur

kurzer Zeit würden sie sich mit Familien, Verliebten, Gruppen von Schwätzern, die sich selbst Philosophen nannten, und mit all den Faulenzern füllen, die Rom bevölkerten, und sie würden diesen ruhevollen Ort in ein unerträgliches Kapernaum verwandeln.
Doch zu dieser Stunde ließ sich nur hie und da ein Weiser zwischen den Pinien blicken, der in aller Abgeschiedenheit den Liebreiz dieses Gartens auskostete, den Augustus seinen Mitbürgern gestiftet hatte.
Ein Pärchen schlenderte am Ufer eines Sees entlang, begleitet von den zarten Wellen, die dessen kristallklare Oberfläche kräuselten.
Die Frau war in eine safranfarbene Stola gehüllt, die bis zu ihren Knöcheln herabwallte, Kopf und Schultern bedeckte ein purpurfarbener Umhang. Der Mann jedoch war mit einem einfachen braunen Wollgewand bekleidet, wie es befreite Sklaven oder Bürger bescheidener Herkunft zu tragen pflegten.
»Verstehe ich dich richtig? Soll es wirklich keine Möglichkeit geben, Flavia zu retten?«
Marcia hielt nur mit Mühe seinem Blick stand.
»Das ist es nicht, was ich sagen wollte. Leider habe ich nicht den Einfluß, den man mir nachsagt.«
Angesichts der Enttäuschung, die sie in Calixtus' Miene lesen konnte, fügte sie schnell hinzu: »Ich weiß, ich weiß. Seit dem Tode der Bruttia Crispina heißt es allgemein, ich sei die neue Augusta. Doch wisse, ich bin immer noch nichts anderes als die Tochter eines Sklaven, den Marc Aurel zu einem freien Mann gemacht hatte. Und sollte ich dies jemals vergessen, so würde mich unser Caesar schnellstens daran erinnern.«
Dieses unerwartete Geständnis der ersten Frau des Reiches erstaunte Calixtus zwar, doch gleichzeitig rührte es ihn auch. Ihre undurchsichtige Herkunft stellte in gewisser Weise eine Brücke über den Abgrund her, der sie trennte. Vielleicht war dort auch der Grund zu suchen, weshalb sie sofort eingewilligt hatte, ihn zu treffen, ihn, den einfachen Sklaven. Mehr noch als

bei ihrem ersten Beisammensein fiel ihm ihre Schönheit auf. Sie schien viel größer als die meisten Römerinnen, die gern hochhackige Schuhe trugen, um ihren kurzen Wuchs zu verbergen. Auch ihre schlanke Gestalt und ihr schmales Gesicht standen in krassem Gegensatz zu den wohlgenährten, eher fettleibigen Patrizierinnen. Nicht zuletzt bemerkte er ihren Teint, dessen zarte Bräunung von den Kämpfen stammte, die sie im hellen Sonnenlicht der Arena lieferte.
»Ich verspreche dir, alles zu tun, was in meiner Macht steht, um das Leben des jungen Mädchens zu retten.«
»Ich glaube dir«, entgegnete Calixtus, ohne nachzudenken.
Dennoch spürte er eine gewisse Unsicherheit in Marcias Worten.
Als hätte sie seine Gefühle durchschaut, bekräftigte sie: »Heute nacht noch will ich versuchen herauszufinden, wo man sie gefangenhält. Es ist gut möglich, daß sie im Lautumiae-Gefängnis einsitzt, oder im Karzer des Forums.«
»Jemand« – beinahe hätte er gesagt: Fuscian – »hat mir zu verstehen gegeben, sie sei in das Amphitheater Flavium verlegt worden.«
Marcia schüttelte den Kopf.
»Das glaube ich kaum. Für das Fest der Kybele will der Kaiser dem Volk sein Geschick als Wagenlenker vorführen. Die Zeremonien werden deshalb im Circus maximus stattfinden, und dorthin wird man Flavia gebracht haben.«
Sie schwieg und dachte an die anderen Verurteilten, die ihrer Fürsprache bedurften. Wie konnte sie Calixtus erklären, daß sie schon in der vergangenen Nacht, zwischen zwei Umarmungen, Commodus davon zu überzeugen gesucht hatte, zu Ehren Kybeles ein Sühneopfer darzubringen, indem er die Christen von Karthago begnadigte, die in den Gefängnissen von Sardinien schmachteten. Commodus, von der Angelegenheit Maternus verunsichert, hatte zwar keine Begeisterung angesichts dieses Vorschlags gezeigt, jedoch zugestimmt. Dennoch war die Rettung der Christen bei weitem keine

beschlossene Sache. Marcia wußte, daß sie noch mehrmals ihre Bitte vortragen mußte, bevor eine schriftliche Abmachung die Rettung besiegelte. Wie konnte sie unter diesen Umständen dem Thraker eingestehen, daß ein neuerliches Gnadengesuch – und sei es auch nur für eine einzige Person – das Gelingen ihrer Bemühungen ernsthaft in Gefahr bringen würde. Sie wußte um die Grenzen, die sie nicht überschreiten durfte, wußte um die Reizbarkeit und die Empfindlichkeit ihres Geliebten.
»Warum tust du dies alles?«
Sie lächelte traurig.
»Vielleicht, um mir ein gutes Gewissen zu verschaffen.«
»Nein, es ist noch etwas anderes.«
»Ich verstehe nicht, was du damit sagen willst.«
»Ich kenne dich kaum, doch ich erahne in dir ...« – er schien nach Worten zu suchen –, »sagen wir seltsame Ähnlichkeiten, Eigenschaften, die ich bisher nur bei einem Menschen gesehen habe.«
»Flavia?«
Er bestätigte es.
»Du ehrst mich sehr, indem du mich mit einem Wesen vergleichst, das du so liebst.«
»Flavia ist Christin, und man flüstert, du stündest dieser Sekte nahe.«
Sie betrachtete ihn eine Weile, als wollte sie abschätzen, bis zu welchem Punkt sie ihm vertrauen konnte.
Er blieb beharrlich: »Bist du Christin?«
Diesmal antwortete sie, ohne zu zögern.
»Ja, ich bin Christin. Zumindest versuche ich, Christin zu sein. Jedoch ...«, sie hielt kurz inne, »wenn es dich auch erstaunen wird, dies ist nicht der einzige Grund, weshalb ich dir helfen möchte.«
Calixtus blickte sie erstaunt an.
»Nein, du hast recht«, fuhr sie fort, »es gibt noch einen Grund, doch ich kann ihn nicht in Worte fassen. Sollte ich meine

Beweggründe erklären, so würden meine Worte nur hohl und sinnlos klingen.«
Eine leichte Herausforderung lag in dem, was sie sagte.
Er betrachtete sie forschend. Sie hielt seinem Blick stand. Und mit verblüffender Kühnheit – oder war es Leichtsinn? – legte er seine Hände auf Marcias Schultern und zog sie an sich. Zwar erstarrte sie in seinen Armen, als suchte sie nach einem letzten Schutz, doch wußte sie, daß sie ihm nicht widerstehen würde. Einen Augenblick lang blieben sie so umschlungen stehen. Regungslos. So, als wären sie ein Teil der Landschaft – bis Marcia sich schwer atmend löste und aus seiner Umarmung glitt.
»Ich muß zurück in den Palast.«
Er antwortete nicht.
War dies Wirklichkeit? Dieses schmerzliche und doch behagliche Gefühl, das sein ganzes Sein erfüllte. Eine solche Spannung hatte er noch nie gespürt. Er wollte etwas sagen, doch sie legte den Finger auf seine Lippen.
»Nein ... sag nichts. Alles ist so zerbrechlich.«
Sie machte auf dem Absatz kehrt und entfernte sich schnellen Schrittes in Richtung Via Flaminia, wo ihre Sänfte wartete.

*

Auf seinem Weg zum Tiber traf er Passanten, die aus den Thermen des Agrippa traten und sich erregt unterhielten. Zunächst schenkte Calixtus ihnen keine Beachtung, denn er war noch immer sehr aufgewühlt. Indessen ließen ihn schließlich einige Gesprächsfetzen doch aufhorchen.
»Er ist auf dem Rinderforum gefangengenommen worden.«
»Aber wann denn?«
»Gegen die dritte Stunde.«
Im Weitergehen schnappte er folgende Sätze auf: »Also ist es wahr? Maternus ist festgenommen worden?«
»Mitten in der Stadt!«

»Das ist unglaublich! Der Wahnsinnige hat es tatsächlich gewagt, bis innerhalb der Stadtmauern vorzudringen.«
»Und dazu noch als Prätorianer verkleidet.«
»Um so besser. Das Fest der Kybele steht damit unter einem guten Vorzeichen. Unserem Kaiser kann ein solcher Gunstbeweis der Götter nicht gleichgültig sein.«

25

Brot und Spiele.
Es bedurfte eigentlich nur dieser beiden Dinge, um das Volk von Rom zufriedenzustellen. Was das Brot anging, so konnte ein großer Teil des Bedarfs gedeckt werden, weil an den Portiken von Munucius allmonatlich Lebensmittel verteilt wurden. Und auch an Spielen und Vorstellungen mangelte es im Leben der Hauptstadt nicht: An mehr als zweihundert Festtagen im Jahr durfte das Volk den verschiedenartigsten Veranstaltungen beiwohnen. Zu ihnen gehörte das Fest zu Ehren von Kybele und Attis. Es stand in dem Ruf, von Ausschweifungen der liederlichsten Sorte begleitet zu sein, die mehrere Tage und Nächte andauerten. In diesem Jahr sollten die Feierlichkeiten mit einem Wagenrennen gekrönt werden, an welchem der Kaiser persönlich teilnehmen würde.
Das Volk deutete die Gefangennahme des Maternus als eine Gunstbezeugung der Götter gegenüber dem jungen Caesar. Und wurde nicht auch geflüstert, daß der gottlose Rebell die schmähliche Absicht gehegt hatte, ihren Herkules zu entführen und zu ermorden? Aus Dankbarkeit hatte Commodus feierlich versprochen, am Ende der Spiele Maternus und seine Anhänger den Göttern als Opfer darzubringen.
Am Morgen dieses denkwürdigen Tages hatte Carpophorus Calixtus gefragt, ob er ihn nicht in den Circus maximus begleiten wolle.

Verspürte der Thraker auch nichts als Ekel vor den Gladiatorenkämpfen, so fesselte ihn doch, wie die meisten Einwohner des griechisch beeinflußten Reiches, die Atmosphäre der Pferderennbahnen.

Gleichwohl war dies nicht der einzige Grund, der ihn die Einladung seines Herrn annehmen ließ. Seit seiner Begegnung mit Marcia hatte sich ihr Bild wie ein Schleier über seine Gedanken gelegt. Er konnte sich nicht mehr auf seine Arbeit konzentrieren, selbst der Schlaf wollte sich nachts nicht mehr einstellen. Das Antlitz der Amazone verfolgte ihn beständig: am geschäftigen Tage, wie in der stillen Nacht. Er glaubte, daß von nun an, was auch immer er tat, ihn alle Wege zu ihr führen würden.

»Endlich können wir ein Leben in Frieden führen. Unsere Provinzen werden nun nicht mehr von den zahlreichen Gesetzlosen heimgesucht werden, deren Übergriffe ebenso schrecklich waren wie die der Barbaren. Ich meine, mit der Festnahme ihres Anführers werden sich die Rebellen schnell wieder auf die rechte Bahn begeben. Und es ist auch wirklich an der Zeit: Gute Geschäfte sind selten geworden, doch die Ausgaben steigen ständig. Ach, wenn ich noch an die gesegnete Zeit denke, als Kaiser Antonius regierte.«

Calixtus saß neben Carpophorus in der schwankenden Sänfte, die sie in das Murcia-Tal bringen sollte, in welchem das Amphitheater errichtet worden war. Er hörte kaum auf die Worte seines Herrn. Seine Blicke irrten durch die belebte Menge, die immer dichter wurde, je weiter sie sich dem größten Bauwerk der Stadt näherten. Und inmitten dieser bunten Menschenmenge, in welcher der Hibernier mit dem Paropamisaden, die fette Matrone mit dem gebräunten Lastenträger zusammentraf, sah er allein die Gesichter von zwei Frauen: das der Sklavin und das der Favoritin. Wie ähnlich sie einander doch waren, und doch so gegensätzlich. Als schlüge nur ein Herz in zwei Brüsten.

Sie hatten ihr Ziel erreicht. Als die Sänfte abgesetzt worden war, trennte sich Calixtus von dem Bankier und begab sich zu der Cavea, die aus kreisförmig angeordneten Sitzbänken bestand. Die Marke, die Carpophorus ihm überlassen hatte, gab ihm Anrecht auf einen ausgezeichneten Platz.

Flamma ... Cassius ... Octavus ...

In die Wände der Gänge, die zur Arena führten, hatten die Zuschauer die Namen ihrer Favoriten eingeritzt. Die Namen berühmter Wagenlenker.

Er hob seinen Blick zu dem riesigen Velum empor, das aufgespannt worden war, um die Zuschauer vor der Sonne zu schützen. Von seinem Platz aus konnte er die kaiserliche Loge sehen und sogar die ganze Arena überblicken, die an manchen Stellen von Eisenkupfer glänzte. Kaum saß er auf seinem Platz, als schon Trompetenstöße in allen vier Ecken des Circus die Ankunft der Wagen ankündigten.

»Ave Caesar! Ave!«

Die zweihundertfünfzigtausend Zuschauer auf den Tribünen hatten sich erhoben.

Commodus hielt Einzug. Er stand barhäuptig und mit entblößter Brust auf seinem goldverzierten Wagen und lenkte mit fester Hand vier makellos weiße Schimmel. Seine erregt tänzelnden Pferde bändigte er mit nur einer Hand; die andere hatte er zum Gruß erhoben. Ihm folgten die Quadrigen seiner Gegner, eine nach der anderen, auf die Rennbahn. An den Farben ihrer Tuniken ließen sie sich leicht erkennen: Blau und Rot waren die Farben der Favoriten der noblen Klassen, Grün und Weiß die Farben der Lieblinge des Volkes.

Im Schrittempo umrundeten die Wagen majestätisch die eindrucksvolle, weiße Mauer, die Spina, an deren beiden Enden sich jeweils ein Obelisk erhob und die die Rennbahn der Länge nach zweiteilte. Die Rennvorschrift sah vor, daß alle Wagen siebenmal diese beiden Säulen zu umfahren hatten. An der ersten zeigten sieben große Eier aus Holz die Anzahl der gefahrenen Runden an, an der zweiten sieben Delphine aus Bronze.

Die Wagen hatten nun ihre Ehrenrunde abgeschlossen und rollten auf die kaiserliche Loge zu. An dieser Stelle war die Bahn am engsten, also auch am gefährlichsten. Commodus kam vor der Loge genau in dem Augenblick zum Stehen, als alle Trompeten und Wasserorgeln aufspielten.
Marcia erhob sich.
Calixtus erblickte sie zwischen den purpurnen Stoffbahnen, die wie Wasserfälle von den Wänden herabflossen. Sie trug eine weiße Tunika mit Goldpailletten. Und sie stand ganz allein an diesem geradezu heiligen Ort, der einst der Herrscherfamilie und den würdigsten Gästen vorbehalten war.
Als sie sich der Brüstung näherte, trat Stille ein. Sie beugte sich zum Kaiser herab und rief mit lauter Stimme: »Ave Herakles! Deine treuen Anhänger grüßen dich und erhoffen deinen Sieg!« Rauschender Beifall folgte ihren Worten, der noch mehr anschwoll, als sie ihm das Oberteil einer grünen Tunika zuwarf. Commodus fing es auf und zog es geschwind an. Das Volk jubelte jetzt vor Freude: Indem er die Farben der Plebejer anlegte, ehrte Commodus die Tradition des göttlichen Augustus und die der sogenannten »demokratischen« Kaiser, wie Nero, Domitian und Lucius Verus, die mit dieser Geste das Volk zu ihrem engsten Verbündeten gemacht hatten.
Calixtus allerdings konnte die Augen nicht von Marcia wenden. *Sie schien so weit entfernt von den Sorgen der Sterblichen ... Seit ihrer letzten Begegnung hatte er nichts mehr von ihr gehört. Ob sie sich noch an die Gärten des Agrippa oder an Flavia erinnerte?*
Er mochte seine trüben Gedanken nicht weiterspinnen. Die junge Frau winkte einem Mann zu, der ganz in ihrer Nähe stand. Dieser ließ den Schiedsstab sinken und gab damit das Zeichen zum Start. Die Leine, die über die Bahn gespannt war, fiel locker zu Boden, und die acht Wagen schossen davon. Die Anhänger des Commodus hatten nur noch Augen für ihren göttlichen Kaiser, der ihre Farben trug. Doch bald folgte den ersten hoffnungsvollen Augenblicken nach dem Start ein enttäuschter Aufschrei.

Einer der Blauen, Favorit der Senatoren, und sein Partner mit den roten Farben, Gaius Tiggedius, hatten schon jetzt den auffälligen Wagen des Commodus überholt. Der Kaiser, selbst unerfahren, mußte angesichts des rollenden Hindernisses vor ihm bremsen, und der von den Rädern seiner beiden Mitstreiter aufgewirbelte Sand flog ihm ins Gesicht. Um seinen Rückstand aufzuholen, mußte er auf der äußersten Spur fahren und versuchen, sie noch vor dem Obelisken zu überholen.

Der Kaiser peitschte brutal auf sein Gespann ein und gewann nach und nach wieder an Boden. Seine Gegner ahnten jedoch sein Vorhaben, und schon ließ der zweite Wagenlenker der blauen Gruppe sein Gespann auf die äußere Bahn laufe.. und drängte den Wagen des Kaisers an die Wand ab. Nun hatte er überhaupt keine Bewegungsfreiheit mehr, und der Obelisk war schon in bedrohliche Nähe gerückt.

Die beiden ersten Gespanne gingen hintereinander in die Kehre. Commodus, geradezu verzweifelt, schob sich gegen den Wagen des Gaius Tiggedius. Wütend und ohnmächtig nahm er wahr, wie die Radnaben zusammenstießen und sich wieder voneinander lösten, so daß die Achsen zu bersten drohten. Auf den Tribünen verfolgten die Zuschauer gespannt den Kampf der beiden Wagenlenker: Jeder wußte um die Zerbrechlichkeit dieser Gefährte, denen nur das Gewicht des Wagenlenkers eine gewisse Stabilität verlieh. Wieder rasten sie an der langen Trennmauer der Rennbahnen entlang. Und die wilde Jagd beschleunigte sich noch unter den Zurufen der Zuschauer, die ihre Favoriten anspornten.

*

Marcia stand immer noch aufrecht, ihre Finger krampften sich um die Marmorbalustrade, und sie beobachtete das Rennen. Sie wußte genau, daß diese Art des Kampfes lebensgefährlich sein konnte, besonders für Anfänger wie Commodus. Und seltsamerweise wußte sie nun selbst nicht mehr, ob ihre innere Angst

aus der Sorge geboren worden war, Commodus könne etwas zustoßen, oder, im Gegenteil, aus dieser Hoffnung heraus.
Und tatsächlich gelang es Commodus, der unterdessen in eine Staubwolke eingehüllt und schweißbedeckt über die Rennbahn jagte, mit seinen unerhört schnellen Pferden den zweiten Wagen der Blauen zu überholen. Doch vor ihm rollten immer noch die beiden anderen Wagen, die gleich einer Wand jeden Überholvorgang verhinderten.
Rot und Blau. Die Farben der Reichen und der Senatoren. Ganz ohne Zweifel hatten sie ihre besten Pferde, ihre erfahrensten Wagenlenker aufgestellt, nur um den Prinzeps von Rom vor seinem Volk zu erniedrigen. Denn unter dem Deckmantel eines sportlichen Wettbewerbs ging es hier um einen erheblich wichtigeren Einsatz: Schenkten die Götter nicht demjenigen den Sieg, den sie als ihren Günstling auserkoren hatten? Und war dessen Sieg nicht der sichere Beweis dafür, daß die Götter nicht nur dem Fahrer und seinem Gespann, sondern auch all jenen wohlwollten, die zu seiner Anhängerschaft gehörten? Für Commodus kam das Verhalten seiner Senatoren einer wahrhaften Kriegserklärung gleich. Er empfand den Sand, der ihm in das Gesicht peitschte, die Haut seiner Stirn aufriß und seine Augen tränen ließ, wie eine persönliche Beleidigung. Doch im Grunde konnte er den Gedanken nicht ertragen, daß man ihn wie einen einfachen Mitstreiter behandelte.
Der fünfte Delphin hatte sich auf seiner Metallachse gesenkt und zeigte den Beginn der sechsten Runde an.
Auf der geraden Linie der neuen Runde versuchte einer der Roten, seinen Gegner zu überholen. Welch ein anstrengendes Unterfangen. Welche atemberaubende Spannung. Ganz auf ihren Überholvorgang konzentriert, merkten die beiden Fahrer nicht, daß sie viel zu schnell auf die Kurve zurasten. In der Kehre wurde einer der Wagen aus der Bahn getragen und raste krachend gegen den anderen. Die Zuschauer waren wie versteinert. Es sah so aus, als müßten die Wagen unter diesem Stoß zerbrechen, doch nein. Nach dem Zusammenprall schossen beide Wagen auseinander

und ließen in ihrer Mitte eine Bresche, die Commodus sofort mit tollkühner Entschlossenheit nutzte, um sein Gespann zwischen seinen beiden Gegnern hindurchzusteuern.

Die Menge tobte und raste vor Begeisterung. Mit schäumenden Nüstern lagen Commodus' Pferde nun an der Spitze, und ein siegesgewisses Lächeln erhellte seine Züge. Die Zügel nur wenig lockernd, blickte er auf die letzte Kurve und dann zur kaiserlichen Loge und seiner Favoritin. Heute würde er dem Volk beweisen, daß er nicht nur ein großartiger Gladiator, sondern auch ein unvergleichlicher Wagenlenker war.

Trunken von der Aussicht auf seinen bevorstehenden Sieg, ließ er sein Gespann zu schnell in die letzte Kurve gehen. Mit aller Kraft seines zurückgelehnten Körpers, den Kopf nach hinten geworfen, versuchte er, seinen Wagen unter Kontrolle zu halten, doch er wurde nach rechts, aus seiner Bahn, geschleudert, und Commodus mußte mit ansehen, wie sein Verfolger, Sand- und Staubwolken aufwirbelnd, an ihm vorbeijagte. Mit wütenden Peitschenhieben riß Commodus die Kruppen seiner Pferde auf, die vor Schmerz wiehernd zu einem noch angestrengteren Galopp ansetzten. Er wußte, daß er vor der nächsten Kurve überholen mußte, wenn er dieses Rennen noch gewinnen wollte. Doch hatte er nicht mit der Findigkeit seines Gegners gerechnet. Vor dem Wagen des Prinzeps ließ dieser sein Gefährt nach links und rechts ausschwenken, so daß jedes Überholen unmöglich war. Und schließlich ging unter Trompetenstößen der Favorit der Blauen als erster ins Ziel.

Nicht nur vor Erschöpfung, sondern auch vor Scham zitternd, stieg der Kaiser von seinem Wagen und warf mißmutig einem jungen Sklaven, der auf ihn zueilte, die Zügel hin. Keine Art der Majestätsbeleidigung hätte ihn mehr treffen können als diese. Das Ohnmachtsgefühl des Verlierers war ihm unerträglich. Oh, könnte er sich nur rächen, indem er den unverschämten Sieger bestrafte. Aber damit würde er sich vor seinem Volk lächerlich machen.

Mit finsteren Blicken musterte er den gegnerischen Wagen, der unter den Jubelrufen der Menge, die dem Sieger Goldstücke und Schmuck zuwarf, seine Ehrenrunde drehte.
Diese Begeisterung erbitterte ihn noch mehr. Also stehen diese verlausten Habenichtse tatsächlich auf der Seite des Senats, dachte er. Plötzlich erschien ihm sein Volk widerwärtig, seine wechselhafte Seele verachtenswert. Wäre es ein Wesen mit nur einem Kopf, wie gern hätte er ihn in diesem Augenblick abgeschlagen ...
Er wandte sich zur kaiserlichen Loge um und konnte zu seiner Befriedigung feststellen, daß sie leer war: Marcia hatte den Anblick des ausgelassenen Pöbels sicher auch nicht ertragen können.

Calixtus verließ seinen Platz und bahnte sich seinen Weg zu einem der zahlreichen Ausgänge unterhalb der Ränge, die wie riesige Mäuler die Zuschauer zu verschlingen schienen. Hinter sich vernahm er erneute Rufe, es hieß, Maternus und seine Komplizen sollten den wilden Tieren vorgeworfen werden. Aus menschlichen wie auch religiösen Gründen war ihm eine solche Vorstellung zuwider, denn Dionysos Zagreus war von den Titanen zerfleischt und aufgefressen worden. Und diese Tat galt bei den Orphisten immer noch als Grund zur Trauer. Er beschleunigte seinen Schritt und hielt erst inne, als er auf einen fliegenden Händler traf, von dem er sich einen Becher Honigwein einschenken ließ. Unter den Arkaden wollte er auf Carpophorus warten. Hier, im Schatten, war die Luft erträglicher. Die schweren Steinquader bewahrten eine kühle Frische, die in einem erholsamen Gegensatz zu der schwülen Hitze des Talkessels zwischen Palatin und Aventin stand.
Mit dem Ärmel wischte Calixtus sich die Schweißperlen von der Stirn, lehnte den Nacken gegen die Wand und schloß die Augen. Welch ein Aufruhr in seinem Hirn, widersinnige Gedanken quälten seinen Geist: wie die Steinchen eines Mosaiks, deren Farbtöne einfach nicht harmonieren wollten.

Flavia, Marcia, Carpophorus ... und wieder Flavia.
Der fliegende Händler streifte ihn im Vorbeigehen. Calixtus betrachtete seinen sonderbaren Kopf: Mit seiner Hakennase glich er einem Raubvogel. Doch der Händler schien sich nur für die drei Personen zu interessieren, die im Begriff waren, das Amphitheater zu verlassen.
»Noch einen Becher Honigwein, meine Herren?«
Sie lehnten brummend ab.
»Probiert ihn nur, er ist der beste der Stadt: Wein aus Cales, mit Zederngrün ... Wirklich, der beste!«
»So laß uns doch in Ruhe.«
»Honig aus Makedonien, und ...«
»Wir sagten dir doch, du sollst uns in Frieden lassen, biete dein Gebräu lieber den Unglücklichen an, die den Bestien vorgeworfen werden.«
Der Händler, der einem der Männer dennoch einen Becher aufdrängen wollte, hielt inne.
»Bedauert ihr etwa diese Banditen? Maternus und seine Bande sind nichts als Mörder, sie sind Ungeheuer.«
»Wenn es nur die wären ...«
Als hätte er verstanden, was seine Gesprächspartner damit ausdrücken wollten, machte der Händler eine wegwerfende Handbewegung.
»Ach, die da, die taugen auch nicht mehr.«
Die drei Männer hatten es offensichtlich eilig, das Murcia-Tal zu verlassen.
Der Mann mit der Hakennase schaute ihnen nach, zuckte die Achseln und hob seinen Becher in ihre Richtung.
»Nun denn, auf das Wohl eures Gottes, ihr Christen!«
Bei diesen Worten horchte Calixtus überrascht auf und trat zu ihm.
»Was wollten diese Leute sagen, mit ›wenn es nur Maternus wäre‹?«
»Hier, trink lieber, mein Freund, trink auf meinen Wohlstand.«
»Antworte! Warum glaubst du, daß sie Christen sind?«

»Aber das sieht doch ein Blinder! Diese Leute gehören zu der Sekte des Nazareners.«
»Woran siehst du das?«
»Weil ich nun schon seit zehn Jahren in den Amphitheatern Getränke verkaufe. Glaub mir, es gibt ein untrügliches Zeichen, woran man sie erkennen kann: Sie sind die einzigen Zuschauer, die den Circus verlassen, wenn Christen den wilden Tieren geopfert werden sollen.«
»Aber heute sollen doch nur Maternus und seine Leute hingerichtet werden.«
»Du hast doch Augen und Ohren, wie ich. Es heißt, das Programm sei geändert worden. Vielleicht...«
Der Thraker hörte nicht mehr zu. Von einer plötzlichen Vorahnung getrieben, stürzte er die Treppen wieder hinauf, zurück zu der riesigen Arena. Und dort sah er sie.

*

Ein gutes Dutzend Männer stand mit dem Rücken zur Wand unterhalb der kaiserlichen Loge aufgereiht. Er beschirmte seine Augen mit der Hand und betrachtete die Gestalt in ihrer Mitte. Nein, er träumte nicht. Nein, es war kein Spuk. Inmitten dieser Verbrecher erkannte er eine Frau. Nur eine einzige: Flavia...
Sie stand dort unbeweglich, die Hände auf dem Rücken gefesselt, und hielt den Blick starr auf den Boden gesenkt. Sie schien das Gelächter und die winkenden Arme der erregten Menschenmenge auf den Tribünen nicht zu bemerken.
Ohne zu überlegen, hastete Calixtus durch die Reihen und achtete nicht auf die Zuschauer, die er anstieß. Er wollte ihr so nahe wie möglich sein.
Schließlich gelangte er auf die Tribüne der Senatoren und drängte sich dreist durch die Reihen, bis er die steinerne Balustrade, das letzte Hindernis, das ihn von den Gefangenen trennte, erreicht hatte.
Senatoren und Patrizier musterten ihn überrascht. War dieser

Mensch mit dem irren Blick vielleicht ein Bandenmitglied des Maternus? Sollte man nicht doch besser die Prätorianer rufen, oder sollte man sich lieber aus der Sache heraushalten? Calixtus allerdings hatte nur Augen für Flavias zarte Gestalt, die in dieser Umgebung noch schmächtiger wirkte.
Es durfte nicht sein. Nein, nicht Flavia, nicht an diesem Ort.
Erneute Trompetenstöße kündigten die Panther an.
Am Rande der Arena brachten Aufzüge ganze Ladungen der todbringenden Bestien herauf.
Mehrere Dutzend der Raubkatzen schlichen um Maternus und seine Bande. Zögernd näherten sie sich, wichen wieder zurück, näherten sich von neuem und zogen immer engere Kreise um ihre Beute. Calixtus konnte jedes Haar in ihrem Fell erkennen, jede Bewegung ihrer Muskeln. Einer der Männer, offensichtlich unter dem Zwang der Angst, löste sich aus der Gruppe und rannte drauflos, in irgendeine Richtung, in der kindlichen Hoffnung, flüchten zu können. Kaum hat er die ersten Schritte getan, als die Bestien, durch die Bewegung aufgescheucht, ihm nachsetzten. Verzweifelt versuchte er, die Wand der Spina zu erklimmen, doch schon hatten ihn zwei Panther eingeholt. Der eine schlug den Fang in sein Bein, das über dem Boden baumelte. Der zweite sprang und krallte sich in den Rücken des Erbarmungswürdigen. Hinter ihm, in einem übelriechenden Blutbad, zerfleischten und zerfetzten die Bestien die anderen Männer, die ebenfalls versucht hatten, in alle Richtungen zu entkommen.
Nur Flavia hatte sich nicht von der Stelle gerührt und war bis jetzt seltsamerweise von den Tieren unbeachtet geblieben.
Schon richteten sich alle Blicke auf sie. Calixtus schrie gellend: »Dionysos Zagreus, rette sie! Ich flehe dich an, rette sie!«
Manche Zuschauer reizten die Bestien, riefen ihnen Schmähworte zu, damit sie in ihrem Gemetzel fortfuhren, andere dagegen sahen in dem wundersamen Überleben des Mädchens ein Zeichen der Götter und erhoben die Daumen, um Gnade zu erbitten.
Calixtus stand, zum Zerreißen gespannt, an der Balustrade und verfolgte das Geschehen mit wachsender Übelkeit.

Ein Panther schlich auf Flavia zu. Er schien sie abzuschätzen, näherte sich ihr, entfernte sich wieder voller Verachtung, um plötzlich, ohne jedes Warnzeichen, auf sie zuzuschnellen und ihr die Pranke in das nackte Bein zu schlagen. Flavia stürzte zu Boden und blieb auf der Seite liegen. Das Tier griff wieder an.
Und dann geschah das Unglaubliche: Am Boden kauernd, wirkte Flavia ganz ruhig, als wäre sie allem entrückt. Es schien sogar, als würde sie lächeln.
Calixtus glaubte, das Opfer einer Sinnestäuschung zu sein. Dieses Lächeln konnte nur ein Schmerzenskrampf sein. Nein, sie lächelte wirklich. Als hätte sich ihr Geist von dem geschundenen Körper getrennt.
Auch die anderen Bestien fielen nun über Flavia her. Ihr Körper war nur noch eine unförmige Masse, die sie mit ihren Tatzen wie eine Stoffpuppe im Sand hin- und herrollten. Und sie lächelte immer noch.

26

Der Schankwirt rieb sich ungläubig die schläfrigen Augen. Zwar war sein Blick jetzt nicht mehr so getrübt, dennoch erschien ihm das, was er sah, höchst außergewöhnlich: Doch, die Frau stand immer noch vor ihm. Eine Patrizierin hier? Allein der Anblick ihres Purpurgewandes und ihres Schals aus Chinaseide, der Kopf und Schultern bedeckte, ließ keinen Zweifel. Selbst das geschickteste Freudenmädchen hätte sich diese Art von Kleidung nie leisten können. Die Unbekannte – wenn sie auch nicht gerade dem Schönheitsideal entsprach – besaß markante Gesichtszüge, die eines gewissen Reizes nicht entbehrten. Sie wandte sich in einem Ton an ihn, der erraten ließ, daß sie es gewohnt war, Befehle zu erteilen.

»Hast du nicht in den letzten Tagen einen Mann gesehen, groß, gut aussehend, mit schwarzem, leicht angegrautem Haar und leuchtend blauen Augen, der mit einem fremden Tonfall spricht?«
In der Stille, die eingetreten war, ließ sich nur noch das Knistern der brennenden Lampen vernehmen. Selbst die Spieler, die trotz der fortgeschrittenen Stunde ihre Wetten fortgesetzt hatten, hielten inne und spitzten die Ohren. Der Wirt räusperte sich.
»An Männern mangelt es hier nicht.«
»Das glaube ich gern. Aber derjenige, den ich meine, dürfte unglücklich genug sein, um ein gutes Dutzend Weinfässer allein leeren.«
Der Wirt zwinkerte belustigt.
»Aha, ich verstehe. Liebeskummer. Ich weiß zwar nicht, ob das der Mann ist, den du suchst, aber sieh dir einmal die schnarchende Gestalt dort in der Ecke an.«
Die Frau blickte in die angedeutete Richtung und entdeckte im Halbdunkel einen Schläfer am Boden.
Die Gäste wichen zur Seite, als sie sich ihren Weg zu dem Unbekannten bahnte. Sie zog seinen Kopf an den Haaren hoch und musterte sein Gesicht.
»Endlich, endlich habe ich dich gefunden...«
Der Mann grunzte, bevor er mit Mühe die Augen öffnete.
»Mallia«, murmelte er mit belegter Stimme, »du hier?«
»Weißt du, seit wie vielen Tagen ich dich suche? Seit genau vierzehn Tagen!«
Der Thraker schüttelte unwillig den Kopf und schloß wieder die Augen.
»O nein, du wirst nicht wieder einschlafen! Wirt!«
»Ich bin schon da. Was kann ich tun?«
»Bring mir einen Krug mit Wasser!«
Der Mann brachte den Krug, und Mallia schüttete den Inhalt mit fester Hand dem Sklaven ins Gesicht.
Calixtus öffnete den Mund, um etwas zu sagen, brachte aber keinen Ton über die Lippen. Er schüttelte sich wie ein nasser Hund und richtete sich schließlich auf.

Die junge Frau zahlte dem Wirt die Rechnung, stellte mit der Hilfe der Tavernenkunden den Thraker auf die Füße und geleitete ihn bis zu der Gasse, in der ihre Sänfte wartete. Sie nahmen darin Platz, und Mallia zog eilig die Ledervorhänge zu. Sie wollte das verklebte Haar des Thrakers glätten, wich aber mit angeekelter Miene zurück.

»Du hast ja einen Bart und riechst nach Kloake. Seit wann hast du dich schon nicht mehr gewaschen?«

»Ich weiß es nicht. Aber warum interessierst du dich plötzlich wieder für den bescheidenen Diener, der ich bin? Oder fehlt dir der unersetzliche Liebhaber?«

»Du verdienst die Peitsche, Calixtus. Wisse, mein Onkel wollte dich von den Sklavenjägern suchen lassen. Ich hatte erhebliche Mühe, ihn davon abzuhalten.«

»Welche große und edle Seele«, höhnte der Thraker, lehnte sich gegen die Kissen und schloß die Augen.

»Dies ist nicht der Augenblick, um zu spotten. Du scheinst die Strafen zu vergessen, die flüchtigen Sklaven drohen.«

»Du ahnst nicht, wie gleichgültig mir all dies ist ...«

Wie eine Freske, die aus den Gewässern des Styx aufstieg, sah er im Geiste wieder die Arena des Circus maximus vor sich. Mit dem Tode Flavias war ihm das beste seiner selbst entrissen worden. Er verspürte eine Gemütserregung wie damals, als Zenon ermordet worden war. Mit dem einen Unterschied: Sein Lebenswille war erloschen.

Wie hatte es je zu einer solchen Ungerechtigkeit kommen können? Wie hatten die Götter tatenlos zusehen können, als ein Wesen wie Flavia gequält wurde? Und insbesondere Dionysos Zagreus, der gerechteste, der mitfühlendste aller Götter. Hatte er diese Strafe als richtig erachtet, weil sie sich zum Christentum bekannt hatte? Doch wenn Zagreus alle die ausmerzen wollte, die seine Gebote nicht befolgten ...

Und dieses Lächeln ... Fortwährend hatte sie gelächelt, bis zum Ende ihrer Marter. Bis zum bitteren Ende ... Warum? Warum, um alles in der Welt?

Er nahm den Schmerz körperlich wahr. Er wußte nicht, ob der Schmerz über den Verlust der *kleinen Schwester* größer war oder die bittere Enttäuschung über den Verrat *dieser anderen Frau*, deren Namen er vergessen wollte.
Ich verspreche dir, alles zu tun, was in meiner Macht steht, um das Leben des jungen Mädchens zu retten ...
Nichts hatte sie unternommen. Belogen hatte sie ihn. Sie mußte Bescheid gewußt haben.
Plötzlich spürte er, wie ein Mund seine Wange streifte. Eine Hand tastete über seinen Hals, und er wurde sich wieder Mallias Gegenwart bewußt. Sie drängte ihren Körper an den seinen, doch fühlte er sich von dieser Berührung besudelt und wehrte sie ab.
»Was soll das bedeuten? Ich wollte dich nur in deinem Kummer trösten.«
»Das ist unnötig. Es gibt Kummer, der sich nicht teilen läßt. Wenn du glaubst, wir könnten unser früheres Verhältnis wieder aufnehmen, was du zu wünschen scheinst, so laß dir gesagt sein, daß dies völlig ausgeschlossen ist.«
Mallia biß sich auf die Unterlippe und stieß gekränkt hervor: »Weißt du, daß ich über Mittel verfüge, dich zu zwingen?«
»Das hast du auch früher schon gesagt. Eines habe ich in den letzten Tagen gelernt: Ein verschlossener Geist ist ebenso uneinnehmbar wie eine Festung.«
Die Nichte des Carpophorus beschloß, einen anderen Ton anzuschlagen.
»Oh, ich bitte dich, stoß mich nicht von dir. Du ahnst nicht, was ich in den letzten Wochen durchgestanden habe. Bitte, Calixtus. Ich werde gut und mild sein. Ich werde mich deinen Wünschen fügen. Komm zu mir zurück, ich flehe dich an.«
Der Thraker musterte sie eine Weile wortlos und bemerkte schließlich: »Es ist seltsam. Man sollte meinen, daß manche Frauen, insbesondere Patrizierinnen der vornehmsten Schicht, das Leiden als eine Form des Zeitvertreibs ansehen.«
Mallia erbleichte. Sie riß mit solcher Gewalt an seiner Kleidung, daß sie zu zerreißen drohte.

»Du bist unausstehlich. Widerwärtig!«
In Tränen aufgelöst ließ sie sich gegen seine Schulter sinken, doch unternahm er nichts, um sie zu trösten.
»Laß uns Rom verlassen. Laß uns fliehen. Wir gehen, wohin du willst. Nach Alexandria, ans Ende der Welt, in dein Land, nach Thrakien. Ich bin reich, ich kann meinen Schmuck versetzen, meine Güter verkaufen, stehlen, wenn es sein muß.«
»Es hat keinen Sinn, Mallia, beharre nicht weiter darauf.«
»Aber du wolltest doch deine Freiheit.«
»Freiheit, ja, aber mit Flavia. Sie ist tot, wohin ich mich auch wenden werde, die ganze Welt ist ein Gefängnis.«
Die stolze Mallia legte den Kopf auf die Wolldecke. Ihre Schultern zuckten, und er wußte, daß sie bitterlich weinte.

*

»Ich höre, Calixtus.«
Carpophorus hatte sich auf einer Liege ausgestreckt und seine Wachstafeln und den Griffel, der ihm zum Einritzen diente, auf ein kleines Tischchen geräumt. Er faltete die Hände über dem rundlichen Bauch und betrachtete aufmerksam die drei Personen, die sich in seiner Bibliothek eingefunden hatten.
Da war vor allem Calixtus, der nach Wein roch und vor Schmutz starrte, seine Wangen waren unrasiert, und sein Haar war noch mehr ergraut als früher. Mallia, die ihn unbedingt hatte begleiten wollen, war magerer und blasser denn je, ihre Augen waren vom Weinen gerötet. Und schließlich Eleazar, der diese Zusammenkunft zustande gebracht hatte und durchaus befriedigt schien.
»Ich habe nichts zu sagen«, erwiderte der Thraker gleichgültig auf Carpophorus' Frage.
Mallia versuchte, seine dreiste Antwort abzuschwächen, indem sie erklärte: »Er war betrunken, als ich ihn fand.«
Carpophorus musterte sie eingehend.
»Aha ...«
Und an seinen Sklaven gewandt fuhr er kalt und spöttisch fort:

»Glaubst du nicht, eine vierzehntägige Abwesenheit verdient eine Erklärung? Du hast uns doch sicher etwas zu erzählen. Was hast du in all dieser Zeit getrieben?«
»Ich habe getrunken, bin ziellos herumgeirrt, habe wieder getrunken und geschlafen.«
»Das ist alles? Du enttäuschst mich sehr, denn ich dachte, nach meinem Angebot würdest du hart und ernsthaft arbeiten, um deine Freiheit zu erkaufen. Ich irre mich doch immer wieder in den Menschen ...«
»Es gibt einen Grund, weshalb mein Wille zur Freiheit gebrochen ist.«
»Ein Grund? Und der wäre?«
»Flavia. Die Frisierdame deiner Nichte.«
Der Bankier verfärbte sich plötzlich vor Wut.
»Machenschaften! Eine Sekte, die hier unter meinem Dach ihr Unwesen getrieben hat! Sie bekam nur, was sie verdient hat.«
»Er auch!« rief plötzlich Eleazar und zeigte mit dem Finger auf den Thraker. »Er ist auch Christ!«
Mallia wies diese Behauptung energisch zurück: »Du lügst, Calixtus hat nie dieser Gruppe angehört.«
»Ich sage die Wahrheit!« ereiferte sich der Vilicus. »Er ist Christ, genau wie Carvilius und Aemilia.«
»Haß und Eifersucht sprechen aus deinen Verleumdungen!«
»Verleumdungen? Wie kannst du so reden? Hast du vergessen, daß du es warst, die mir aufgetragen hatte, dem Präfekten zu sagen ...«
»Schweig, Eleazar!« kreischte die junge Frau kopflos. »Halt den Mund!«
Und sie grub ihre Fingernägel in seine Wange.
»Schluß jetzt!« befahl Carpophorus und schlug mit der Faust auf das Marmortischchen. »Antworte, Calixtus, bist du Christ oder nicht?«
»Ich bin kein Christ. Und ich war es nie. Ich bin Orphist, und alle hier wissen das.«

»Wiederhole es und schwöre bei Dionysos.«
»Bei Dionysos Zagreus, ich schwöre, kein Christ zu sein.«
»Er lügt«, bellte Eleazar. »Er hat Angst, deshalb verrät er seinen Glauben ...«
»Nein, ich glaube seinen Worten«, schnitt ihm Carpophorus das Wort ab.
»Aber ...«
»Er ist kein Mitglied dieser Sekte, sage ich dir. Christen sind Fanatiker. Sie sind wahnsinnig. Nicht einmal in Todesgefahr ist Apollonius von seinen Überzeugungen abgewichen. Und ich vermute, das gleiche galt für diese Flavia. Der dort« – er wies auf Calixtus –, »gehört nicht zu dieser Sorte Mensch.«
Der Thraker fühlte sich gedemütigt und verspürte das Bedürfnis, seinem Herrn zu widersprechen, ihn herauszufordern.
Doch Carpophorus beendete die Unterredung.
»Die Angelegenheit ist erledigt. Der Verlust deiner Freundin dürfte als Strafe reichen. Jetzt geh an deine Arbeit, die du hoffentlich wieder ernsthaft ausführen wirst. Morgen mußt du schon im Morgengrauen bereit sein. Wir begeben uns nach Ostia. Die *Isis* ist aus Ägypten zurück. Jetzt verschwindet. Ich habe mit Mallia zu sprechen.«
Als beide allein waren, erhob sich Carpophorus schwerfällig von der Liege und näherte sich seiner Nichte.
»Nach allem, was ich beobachten konnte, ist dieser Calixtus mehr für dich als nur ein gewöhnlicher Liebhaber.«
Sie versuchte, sich zu verteidigen.
»Mallia, verfall nicht dem aberwitzigen Irrtum der Jugend, zu glauben, daß diejenigen, die euch einige Jahre voraus haben, ehrbare Dummköpfe sind. Ich weiß alles, und ich weiß vor allem, daß du es warst, die die Versammlung der Christen, bei welcher Calixtus' Freundin festgenommen worden ist, bei Fuscian angezeigt hat. Daraus schließe ich natürlich, daß dich Eifersucht zu dieser Tat getrieben hat.«
Mallia hatte das Gefühl, daß der Erdboden unter ihren Füßen erbebte.

»Und ich vermute, Eleazar hatte dich darüber aufgeklärt, daß Flavia Christin war?«
Sie nickte.
»Ich flehe dich an. Alles könnte ganz einfach sein: Gib mir Calixtus. Bitte.«
»So wichtig ist er dir also?«
»Ja. Ich ... ich liebe ihn.«
»Nun, es tut mir außerordentlich leid, aber ich kann dir auf gar keinen Fall ein solches Geschenk gewähren.«
»Dann laß mich ihn dir abkaufen. Auch wenn mein Vermögen mit dem deinen nicht zu vergleichen ist, so kann ich für ihn dennoch seinen tausendfachen, ja, seinen zehntausendfachen Preis aufbringen.«
»Nein. Und dieses Nein hat zwei triftige Gründe: Der erste ist, daß dieser Thraker ein untrügliches Gefühl für Geschäfte hat. Hätte er es nicht, so hätte ich mich schon längst von diesem Querkopf getrennt. Und der zweite Grund ist, daß es an der Zeit ist, deinem leichtfertigen Lebenswandel ein Ende zu setzen und dich zu verheiraten.«
»Wie bitte?«
»Still! Ich habe mit dem Kaiser gesprochen. Er ist damit einverstanden, Didius Julianus' Vater zu begnadigen, unter der Bedingung allerdings, daß er uns durch eine Heirat seine Treue beweist. Mit anderen Worten ...«
»Niemals! Ich werde niemals seinen Sohn heiraten. Er ist ein eingebildeter Feigling, der gerade noch einem Bankett vorsitzen kann. Nein, niemals!«
Die riesige Sanduhr auf dem Regal war schon fast leer. Carpophorus drehte sie um und murmelte langsam, während ein boshaftes Lächeln seine Lippen umspielte: »Meine gute Mallia, ich denke, es würde dir wenig Freude bereiten, erführe dein lieber Calixtus von böswilligen Dritten, daß du es warst, die seine Freundin verraten hat ...«

*

»Wo warst du?« riefen Aemilia und Carvilius wie aus einem Munde.
Calixtus schob die Dienerin behutsam zur Seite.
»Alles ist gut. Jetzt ist alles gut.«
Er näherte sich dem Koch, der sehr gealtert schien.
»Ich war im Circus maximus.«
Carvilius erhob sich langsam, nahm einen Beutel aus Ziegenleder von der Wand und goß sich mit zitternder Hand ein wenig Wein aus Latium ein.
»Wir haben uns gesorgt«, sprach er mit leiser Stimme, »wir waren überzeugt, auch dir sei etwas zugestoßen.«
»Nein, leider. Nur Flavia hat das Unglück ereilt.«
»Du irrst«, entgegnete der Koch. »Unsere Flavia hat den ewigen Frieden gefunden. Sie ist wieder bei unserem Herrn.«
Calixtus trotzte: »Und ich vermute, du hast Beweise dafür?«
Im Laufe der letzten Tage hatte er sich in seinem Rausch oft genug gefragt, was wohl aus der Seele des jungen Mädchens geworden war, in welcher Form sie wiedergeboren werden würde. Er hatte geträumt, sie als Silbermöwe oder als Lachmöwe entfliegen zu sehen, deren Freiheit allein durch die Linie des Horizonts begrenzt war. Doch im Grunde seines Herzens fürchtete er den Zorn der Götter, die sie vielleicht in irgendein widerwärtiges Insekt oder eine Spinne, verwandeln würden, weil sie sich von ihnen abgewandt hatte.
Carvilius riß ihn aus seinen Überlegungen.
»Er hat auch gesagt: Ich bin das Brot, das Leben schenkt. Wer meinen Leib und mein Blut ißt und trinkt, der lebt in mir und ich in ihm.«
»Wieder die Worte dieses Nazareners.« Er lächelte traurig und bemerkte: »Aber der Nazarener ist tot. Tot!«
»Und auferstanden.«
Calixtus wollte etwas entgegnen, Aemilia jedoch legte ihm die Hand auf die Schulter.
»Sag mir«, begann sie leise, »es geht ein Gerücht um, das wir von dir bestätigt wissen möchten.«

»Was für ein Gerücht?«
Schüchtern senkte die Dienerin die Lider, und Carvilius brachte an ihrer Stelle das Anliegen vor: »Es heißt, Flavia sei lächelnd in den Tod gegangen.«
Also, dachte Calixtus innerlich bewegt, war es kein Hirngespinst. Andere hatten dieses Lächeln ebenfalls wahrgenommen.
»Ja«, bestätigte er verlegen, »sie hat nicht aufgehört zu lächeln.«
»Hast du dich bestimmt nicht geirrt?«
»Nein. Ich habe sie genau gesehen. Ich war nur wenige Schritte von ihr entfernt. Sie schien keine Schmerzen zu empfinden.«
»Sie war die Beste von uns allen«, erklärte Carvilius mit gedämpfter Stimme. Er wandte sich ab. Tränen standen in seinen Augen.
»Warum weinst du? Wenn man euren Reden Glauben schenken will, so ist sie jetzt glücklich.«
»Meine Tränen sind Freudentränen. Ich sehe, daß Gott sie nicht verlassen hat.«
»Euer Gott... Immer wieder *euer* Gott.«
»Auch dein Gott, Calixtus, selbst wenn du es eigensinnig ablehnst, ihn zu erkennen.«
»Hat euer Gerede denn nie ein Ende?«
Er stand auf, sein Gesicht drückte Verschlossenheit aus.
»Ich bin nicht hier, um mich mit den Rätseln eures Glaubens zu beschäftigen. Es gibt Wichtigeres. Eleazar weiß, daß ihr Christen seid, und hat Carpophorus davon in Kenntnis gesetzt.«
Die Dienerin stieß einen leisen Schrei aus, doch gegen jede Erwartung entgegnete Carvilius mit Seelenruhe: »Nun gut, so soll es denn sein. Auch wir werden zu den Auserwählten zählen.«
»Ich bedauere zwar sehr, deine Hoffnungen enttäuschen zu müssen, aber ich fürchte, die Stunde eures Martyriums ist noch nicht gekommen. Unser Herr, siehst du, verliert nicht gern Sklaven, und schon gar nicht aus dem Grund, weil sie Christen sind. Er hat dem Vilicus befohlen, in dieser Sache nichts mehr zu unternehmen. Hätte ich geahnt, euch mit der Nachricht

eures möglichen Todes derart zu erfreuen, hätte ich sie noch zurückgehalten.«

Er hatte sich schon zum Gehen gewandt, als Aemilia ihn zurückhielt.

»Warte, fast hätte ich es vergessen. Am Morgen nach dem Tode Flavias brachte ein Sklave dieses Schreiben für dich.«

Die Dienerin suchte einen Augenblick lang in der Holzkiste und zog schließlich eine Papyrusrolle hervor, die mit einem roten Seidenband zugebunden und mit einem grünen Siegel versehen war. Kannte Calixtus die Herkunft des Siegels auch nicht, so ahnte er doch, daß der Absender höchsten Ranges sein mußte: Selbst Fuscian versandte keine Nachrichten mit Seidenbändern.

Er rollte das Papyrusblatt aus.

Wirst du mir je verzeihen? Ich weiß, daß aller Anschein mich anklagt und verdammt, jedoch ich schwöre dir, die Wirklichkeit ist anders. Ich muß dich wiedersehen.
Marcia.

Calixtus las diese Zeilen mehrere Male, als müsse er sich ihres Sinnes vergewissern. Marcia ... Vierzehn Tage lang hatte er ihren Namen verflucht. Vierzehn Tage lang hatte er ihr Bild – das der vom Kaiser geschützten, hochmütigen Frau – vor Augen gehabt, gleich neben dem von Flavia, wie sie von den Panthern zerrissen wurde.

Und hatte sie nicht auch gesagt: *Ich verspreche dir, alles zu tun, was in meiner Macht steht, um das Leben des jungen Mädchens zu retten?*

War es im Bereich des Vorstellbaren, daß die zweite Person im Reiche nicht einmal über so viel Macht verfügen sollte?

Hätte sie seine Hoffnung nicht geschürt, so hätte er nach einer anderen Möglichkeit gesucht, Flavia zu befreien. Gefängniswächter waren bekanntlich nicht immer unbestechlich, und schließlich verwaltete er das Vermögen von Carpophorus.

Er wandte sich langsam der Kerze zu, die Carvilius' Kammer mit ihrem weichen Schein erleuchtete, und hielt eine Ecke der Rolle über die Flamme. Als sie zu einem kleinen Aschenhäufchen verbrannt war, erklärte er ruhig: »Es wird keine Antwort geben.«

27

Als Calixtus und Carpophorus in Sichtweite des Hafens von Ostia gelangten, brannte die Sonne auf die Dächer der Häuser, die sich am Meer erhoben.
Nachdem sie die Hauptstraße hinter sich gelassen hatten, liefen sie an den Gärten entlang, die vom Jupitertempel zu ihrer Linken überragt wurden. Hinter den Thermen der »Sieben Weisen«, nicht weit entfernt vom Forum der Zünfte, stießen sie auf die Hafenkais. An der Langseite des Tempels, der der Annona geweiht war, reihten sich zahlreiche Läden aneinander. Es mochten etwa sechzig sein, alle mit schwarzem Mosaik auf weißem Grund an ihrer Schwelle ausgestattet. Jeder Laden vertrat eine andere Zunft; so fand sich hier ein Holzhändler, dort ein Seiler, ein Weizenmesser und Pelzhändler.
Die Herkunftsorte der Reeder, die in das Holz der Türstürze geritzt waren, nahmen sich aus wie eine Einladung, direkt in See zu stechen: Curbis, Alexandrien, Syrte, Karthago ...
Rund um das Hafenbecken ging es betriebsam zu. Träger, Seeleute, Händler, Frauen und Kinder kamen und gingen. Ein kunterbuntes Schauspiel in Licht und Schatten. Und welch ein geräuschvolles Durcheinander. Hier vernahm man das Klimpern der Münzen auf den Tischen der Geldwechsler, dort die Kantilenen der Walker, die mit nackten Füßen in Wannen stampften, die angefüllt waren mit Urin oder Pottasche, um zum einen Togen zu reinigen, zum anderen das Wollfett von der Schurwolle zu entfernen. Die Luft war von duftenden Gewürzen aus aller Welt erfüllt.

Beim Anblick dieses emsigen Treibens spürte Calixtus Übelkeit in sich aufsteigen, obwohl ihm solcher Trubel nicht fremd war. Seit seinem Ereignis im Circus maximus ertrug er keine großen Menschenansammlungen mehr.
»Was ist mit dir?« fragte der Senator, denn die plötzliche Blässe seines Sklaven war ihm nicht entgangen. »Fühlst du dich nicht wohl?«
»Es ist nichts von Bedeutung. Es wird sicher die Hitze sein, die mir zu schaffen macht.«
»O ja, was die Hitze angeht, so hast du recht. Man sollte meinen, jemand hätte die Tür zur Hölle einen Spaltbreit geöffnet.«
Und um seinen Worten mehr Gewicht zu verleihen, wischte er mit einer energischen Geste die Schweißperlen von seinem frischrasierten Schädel.
Wenig später hielten sie vor einer Thermopole, wo es stark nach Garum und gegrilltem Fisch roch, und bestellten sich erfrischende Getränke.
Carpophorus betrachtete seinen Sklaven eingehend.
»Also hast du dich entschlossen, diesen Bart zu behalten?«
Calixtus strich sich über die Wangen.
»Ich glaube, ja.«
»Du lernst sicher nichts Neues hinzu, wenn ich dir sage, daß sich die Griechen zum Zeichen der Trauer einen Bart stehen lassen.«
Calixtus fand, sein Herr übertrieb es mit seinem Interesse an dem Bart und wich aus: »Ich bin kein Grieche.«
»Weißt du, Calixtus, wenn ich über diese Frisierdame nachdenke, so meine ich, daß du vielleicht Glück im Unglück hast. Jetzt brauchst du nur noch das Geld für deinen eigenen Freikauf zu verdienen.«
Calixtus biß die Zähne zusammen. Wenn sein Herr auch nur im entferntesten hätte ahnen können, welch schreckliche Tragweite seine Worte hatten.
»Selbstverständlich kann nichts eine Jugendliebe ersetzen, und ...«

»Zwischen Flavia und mir gab es nichts anderes als Freundschaft und geschwisterliche Gefühle.«

»Natürlich, ich verstehe, aber glaube mir, du wirst schnell genug erkennen, daß das Leben stärker ist als alles andere.«

Er leerte in einem Zuge seinen Becher Wein und gab das Zeichen zum Aufbruch.

»Ach, ich vergaß: Mallia wird dich nun nicht mehr mit ihrer hartnäckigen Aufdringlichkeit verfolgen.«

Angesichts des erstaunten Ausdrucks seines Sklaven, fuhr er erklärend fort: »Sie heiratet Didius Julianus und verläßt noch heute mein Anwesen. Du kannst dich also ganz ungestört den Geschäften meiner Bank widmen.«

»Aber das bedeutet...«

»Ja, nun?«

»Wenn Mallia den Sohn des Senators Julianus ehelicht, so bedeutet dies, daß letzterer begnadigt worden ist?«

»Ich sehe mit Freuden, daß dein Geist wieder normal arbeitet. Ja, so ist es. Julianus, der Vater, wird in einigen Wochen wieder am Tiber und im Forum sein. Und genauso wichtig ist die Tatsache, daß du zur Zeit der Iden im September die zwanzig Talente kassieren gehen kannst, die uns sein Sohn nun schuldet.«

Sie hatten inzwischen das Zentrum des Hafens erreicht. Vor ihnen lagen die Frachtschiffe, deren Buge Schwänen glichen und die die »mare nostrum« in allen Richtungen zu durchsegeln pflegten. Jetzt schaukelten sie hier im Hafenbecken mit dem Wellengang, und ihre trapezförmigen, hellen Segel setzten sich wie heitere Lichtpunkte vom blauen Himmel ab.

»Bei Venus, wie schön sie ist!« rief Carpophorus und wies auf die *Isis*. »Sie ist bestimmt das stärkste, schnellste und brauchbarste Schiff der ganzen Transportflotte.«

Dieses Lob war durchaus angebracht: Die *Isis* war bei weitem das bemerkenswerteste Schiff im Hafen von Ostia.

Nun wurden sie des Kapitäns gewahr, der winkend auf sie zukam.

Was für ein sonderbarer Mensch, dieser Marcus. Bärtig und

füllig von Statur, war er bekannt für sein tyrannisches Wesen und für seine Art zu lachen. Einen guten Witz belohnte er mit einem Gelächter, das einem Donnergrollen glich und irgendwoher aus seinen Eingeweiden hervorzubrechen schien. Calixtus fand, daß er sich seit ihrer letzten Begegnung kaum verändert hatte. Nur seine Gesichtszüge waren noch zerfurchter als zuvor.

»Edler Herr Carpophorus, ich freue mich, dich wiederzusehen.«

»Wie ich sehe, Marcus, waren dir die Winde gesonnen. So früh haben wir dich nicht zurückerwartet.«

»So ist es, edler Herr, wir haben Alexandria vier Tage nach dem Fest der Kybele verlassen.«

»Hast du nur zehn Tage für die Überfahrt gebraucht?«

»Neun, Herr. Wir sind schon gestern eingetroffen.«

»Neun Tage anstelle der üblichen achtzehn! Du bist tatsächlich schneller als die kaiserlichen Galeeren.«

Sein grollendes Gelächter wollte kein Ende nehmen, bevor der Kapitän endlich erwidern konnte: »Ja, meines Wissens hat noch kein Schiff, das nur die etesienischen* Winde nutzte, die Überfahrt in so kurzer Zeit bewältigt.«

»Ich habe schon von ein, zwei ebenso schnellen Überfahrten gehört«, bemerkte Calixtus, »allerdings führten diese Segler keine vollen Weizenladungen mit. Diese Leistung stellt nicht nur für die Annona, sondern auch für dich, Herr, einen sehr erheblichen Zeitgewinn dar. Sollte man nicht das Können und das Geschick des Kapitäns Marcus belohnen?«

Ein Ausdruck von Dankbarkeit schimmerte in den graublauen Augen des Kapitäns. Und Carpophorus, der aus Erfahrung nur zu gut wußte, wie man mit Leuten umzugehen hatte, nahm den Ratschlag von Calixtus sofort an.

»Du hast völlig recht, Calixtus. Zahle unserem Freund fünfhundert Denare aus. Und sollte er seine Meisterleistung noch einmal wiederholen, so verdoppelst du diese Summe.«

---

* Nordwinde, die im östlichen Mittelmeer während der heißesten Zeit wehen.

»Leider sind die etesienischen Winde nicht immer so vorteilhaft, Herr, aber ich werde mein Möglichstes tun, um dich zufriedenzustellen.«

»Davon bin ich überzeugt. Aber jetzt erstatte mir Bericht über den Zustand deiner Ladung. Ich bin in großer Sorge um die Seidenstoffe.«

»Folge mir und urteile selbst.«

Calixtus und Carpophorus schlossen sich dem Kapitän an, der sie in die Laderäume der *Isis* führte. Dort fanden sie eine eindrucksvolle Anhäufung von Gegenständen vor: Tonnen, Kisten, Kästen, stufenförmig entlang der Schiffswände aufgestapelt standen. Marcus öffnete eine der Kisten und förderte überaus vorsichtig ein Seidengewand daraus hervor, welches schimmerte wie ein Goldfisch.

Calixtus stellte sich im Geiste den Weg vor, den dieses Gewand zurückgelegt hatte: Die zarten Seidenfäden waren im fernöstlichen Seres gesponnen worden; über die Binnengewässer war das feine Gespinst beschwerlich bis nach Ägypten überführt worden, um dort von den berühmtesten Webern des Landes in dieses Kunstwerk verwandelt zu werden, das nun das italienische Ostia erreicht hatte. Und solche Stoffe durften auf einen Wert von zwölf Goldmaß geschätzt werden, was demnach dem Lohn eines Arbeiters für vierzigtausend Tage entsprach. Eine traumhafte Summe ...

»Und hier«, Marcus klopfte gegen eine Wand. »Tausendzweihundert Scheffel Weizen.«

»Vorzüglich«, ließ sich Carpophorus vernehmen. »Der Präfekt der Annona ist äußerst zufrieden mit dir.«

Der Bankier untersuchte flüchtig die geladenen Waren, bevor er Calixtus von den folgenden Schritten in Kenntnis setzte. Und zwar sollten vorerst die Güter entladen und in eines der riesigen Lager gebracht werden, die sich in der Umgebung von Ostia befanden.

*

Die Hitze war kaum zu ertragen, und die Männer kamen mit ihrer Arbeit nur langsam voran. Sie brauchten fast zehn Stunden, um einen Teil des Weizens auszuladen. Zwei Tage würden sie benötigen, um die gesamten tausendzweihundert Scheffel Weizen unter Dach und Fach zu bringen.

Die Nacht senkte sich über das Meer hinab, als Marcus Calixtus einlud, eine Erfrischung zu sich zu nehmen. Letzterer war zwar über die Maßen von der anstrengenden Plackerei in der brennenden Sonne ermüdet, doch er zögerte: In all diesen Stunden hatte er über der harten Arbeit Flavia und alle seine anderen Sorgen nahezu vergessen. Er fürchtete, seine trüben Gedanken könnten sich wieder einstellen, sobald er sich eine Pause gönnte. Dennoch nahm er schließlich die Einladung ein.

Die beiden Männer begaben sich in den »Elefanten«, eine der zahlreichen Hafentavernen. Kaum hatten sie sich niedergelassen, als Marcus bemerkte: »Ich wollte dir noch danken, daß du dich bei Carpophorus für meine Belohnung verwendet hast.«

»Fünfhundert Denare, das ist wenig ...«

»Wenig?«

Das unnachahmliche Gelächter des Kapitäns erfüllte den Saal.

»Wenig für jemanden wie dich, daran zweifle ich nicht. Du bist daran gewöhnt, mit Millionenbeträgen zu rechnen, aber ich, ein einfacher Seemann ...«

Sie saßen einander gegenüber, aufgestützt auf dem Marmortresen der Taverne, der noch von der Hitze des Tages gewärmt war.

»Verstehst du«, nahm der Kapitän die Unterhaltung wieder auf, »das Wichtigste ist, meine Zukunft gesichert zu wissen. Ich möchte genügend Denare so anlegen, daß ich mich bald irgendwo zur Ruhe setzen kann. In Pergama oder Capri, ich weiß es noch nicht. Ich möchte eine Familie gründen, Kinder in die Welt setzen. Sieh mich an, sieh meine Hände an. Männer meiner Sorte sterben aus. Zu Anfang liebte ich meinen Beruf über alles. Die Reisen, das Abenteuer, das Unbekannte. Wenn man zwanzig Jahre alt ist, scheint alles einmalig zu sein. Doch später? Alles wird langweilig. Und heute, Calixtus? Ich bin fünfzig Jahre alt und habe noch nicht einmal Kinder. Das ist traurig. Sicher, es gab Weiber, in Ägina, in Karthago, die waren heiß wie die Sonne, aufregend wie ein Glas Samoswein, den man in der Mittagssonne trinkt. Na, und? Schweigen ... Nein, ich brauche nicht viel. Einen Weinstock, einen kleinen Acker, Frieden. Verstehst du?«

Calixtus nickte zerstreut. Wie jedes Mal, wenn Marcus von seinen abenteuerlichen Reisen zurückkehrte, mußte er sich auch diesmal mitteilen.

Und diesem Bedürfnis folgend, trug er alles vor, was er über die Frauen, die Zeit, in der sie lebten, Geld und Politik dachte, ohne jemals zu einer Schlußfolgerung zu gelangen. Jedoch konnte man seinen Geschichten nicht einen gewissen Zauber absprechen, der zum Träumen anregte.

Calixtus meinte, Alexandria förmlich berühren zu können, so anschaulich hatte Marcus die breiten und endlos langen Straßen, die von prächtigen, duftenden Gärten umrahmten Tempel, das Serapeion, das Sonnentor und vor allem den Leuchtturm auf der Insel Pharos geschildert, der so hell strahlen sollte, daß er das ganze Universum beleuchtete. Er sah Antiochia vor sich und den Orontes, der sich bei Sonnenuntergang in einen flammenden Fluß verwandelte. Und Pergama konnte er sich bildhaft vorstellen, mit der Akropolis, die wie ein Adlerhorst das enge Tal beherrschte. Während er Marcus' wundersamen Erzählungen lauschte, hatte Calixtus plötzlich einen wahnwitzigen Einfall.

Die Hoffnung auf seine Befreiung, die Carpophorus ihm eingeflüstert hatte, schien ihm heute ungerechtfertigt, zumal seit den Kriegen des Marc Aurel eine schwerwiegende Wirtschaftskrise das Land heimgesucht hatte. Riesige Gebiete waren von den Parthern im Orient zerstört worden; Dakien, Pannonien, Illyrien und Thrakien hatte das gleiche Schicksal ereilt, entweder durch die Barbaren, oder durch die Bande des Maternus. Und zusätzlich hatte die Pest eine große Anzahl Bauern ausgerottet.

Aufgrund des Mangels an Nahrungsmitteln waren die Lebenshaltungskosten gestiegen, was die Ärmeren in große Not gestürzt hatte. Zwar hatte Commodus versucht, diesen Verteuerungen Einhalt zu gebieten, indem er Höchstpreise hatte festlegen lassen, die nicht überschritten werden durften. Doch diese Maßnahme hatte sich schon sehr bald als wenig wirksam erwiesen.

Außerdem bekam selbst der Kaiser den wirtschaftlichen Niedergang zu spüren, denn auch die Steuererträge waren beträchtlich gesunken. Er versuchte beispielsweise, mit der Verstaatlichung der Zölle Abhilfe zu schaffen. Doch damit wurden wiederum die Gewinne der landwirtschaftlichen Erzeuger erheblich gemindert und infolgedessen auch die Gewinne von Männern wie Carpophorus. Der Kaiser hatte zudem die Zinssätze gesenkt, was zwar die Schuldner aufatmen ließ, die Banken indessen belastete. Wie sollte Calixtus unter diesen Umständen seinen Freikauf ehrlich verdienen?

Marcus' Stimme versetzte ihn wieder in die Gegenwart zurück.

»Meine Geschichten interessieren dich wohl nicht mehr?«

»Ganz im Gegenteil. Ich habe mich von deinen Erzählungen forttragen lassen, in Gedanken war ich auf Reisen.«

Von dieser Antwort geschmeichelt, brach der Kapitän von neuem in sein geräuschvolles Gelächter aus.

»Wann stichst du wieder in See?« erkundigte sich Calixtus ganz ungezwungen.

»Ich weiß es noch nicht. Wahrscheinlich zur Zeit der Iden im September.«

Trotz seiner gespielten Unbekümmertheit, klopfte Calixtus' Herz zum zerspringen, so daß er glaubte, selbst Marcus mußte es hören.

Die Götter waren ihm gesonnen. Die Iden des September, das war genau die Zeit, in der er die zwanzig Talente von Didius Julianus einkassieren sollte. Doch unvermittelt beschlichen ihn kaum erträgliche Ängste. In seinem Geiste sah er halb geöffnete Türen, doch würde er den Mut aufbringen, sie wirklich ganz aufzustoßen? Er zweifelte insbesondere, weil der Weg in die Freiheit mit gefährlichen Fallen gepflastert war. Julianus der Jüngere konnte plötzlich verschwinden, oder einfach nicht über die geschuldete Summe verfügen und Carpophorus um eine verlängerte Frist bitten. Und er mußte Marcus davon überzeugen, ihn auf der *Isis* mitzunehmen – dies würde wahrscheinlich das schwerste Stück Arbeit sein.

»Sag mir, Marcus, du sprachst vorhin davon, daß du dich zur Ruhe setzen und dir etwas Land kaufen wolltest. War das wirklich dein Ernst? Oder läßt du dich nur zu irgendwelchen Wunschträumen hinreißen?«

»Hör mich an, Kleiner, und wisse, daß Gaius Sempronius Marcus sich nie zu irgendwelchen Wunschträumen hinreißen läßt. Solche Gefühlsduseleien überlasse ich Würmern und keuschen Vestalinnen. So etwas ist nichts für einen Mann meines Schlages.«

»Um so besser. Du sprachst auch von den Mitteln, die du benötigen würdest, um dich zurückzuziehen. An welche Summe denkst du dabei?«

Markus überlegte nicht lange.

»Sagen wir hunderttausend, nun, zweihunderttausend Sesterzen.«

Calixtus überschlug schnell im Kopf: Ein Talent gleich zwölftausend Sesterzen ... Wenn er Markus ausgezahlt hatte, würden für seinen persönlichen Bedarf noch etwa fünfzigtausend Sesterzen übrigbleiben.

»Und wenn ich diese Summe beschaffen könnte?«

Der Kapitän riß die Augen auf. Er warf den Kopf in den Nacken und lachte so laut, daß sich die anderen Kunden und Passanten nach ihnen umdrehten.

»Mein armer Calixtus, der Wein scheint gefährliche Auswirkungen auf deinen Geist zu haben. Du besitzt doch kein einziges As.«

Er leerte die Weinkaraffe und ergriff Calixtus' Arm.

»Komm, laß uns gehen. Dein armes Gehirn braucht Entspannung.«

Calixtus rührte sich nicht.
»Ich spreche ganz und gar ernsthaft, Marcus. Du wirst diese Summe erhalten. Bei Zagreus, ich schwöre es dir.«
»Was erzählst du mir da? Woher willst du ein derartiges Vermögen nehmen?«
»Wisse nur, daß ich es herbeischaffen kann.«
Sichtlich erregt, stützte sich Marcus auf den Tresen.
»Sieh mir in die Augen«, sagte er und näherte sein Gesicht dem des Thrakers, »halte mich nicht zum Narren, solchen Spielchen bin ich entwachsen.«
Schweigend musterte der Kapitän sein Gegenüber, als wollte er dessen Gedanken lesen.
»Nun gut, betrachten wir deinen Vorschlag aus einem anderen Blickwinkel ... Du willst mich doch nicht glauben machen, daß du heute morgen die Augen geöffnet und dir gesagt hast: Diesem alten Bock von Marcus möchte ich gern einige hunderttausend Sesterzen schenken. Jetzt Schluß mit dem Gerede: Was verbirgt sich hinter dieser plötzlichen Spendierfreude?«
»Ich brauche deine Hilfe.«
»Aha, wir kommen der Sache schon näher. Was willst du?«
»Mit dir auf der *Isis* nach Alexandria segeln.«
»Also diesmal bin ich wirklich sicher! Bacchus hat deinen Geist vergiftet. Auf der *Isis* davonsegeln? Hast du überhaupt die Folgen bedacht? Carpophorus wird dich mit Freuden in Fesseln vom Capitol werfen lassen, auf daß die Geier dein krankes Hirn verspeisen. Und hast du auch an mich gedacht? Im besten Falle ende ich für den Rest meiner Tage auf einer Galeere, die zwischen Tyros und Phalera kreuzt. Und das, mein Kleiner, ist sogar noch eine zuversichtliche Betrachtungsweise!«
»Carpophorus wird nichts davon erfahren. Aus welchem Grunde soll er eine Verbindung zwischen meinem Verschwinden und deinem Aufbruch herstellen?«
»Aus welchem Grunde? Ganz einfach, weil in dieser Stadt jeder alles weiß. Und weil sich immer eine hilfsbereite Seele finden

wird, um uns zu verraten: irgend jemand, irgendein Geschöpf, das dich an Bord gehen sieht.«
»Doch nicht, wenn ich nachts an Bord gehe.«
»Und während der Überfahrt?«
»Ich habe drüber nachgedacht. Ich bleibe im Laderaum, bis wir Alexandria erreicht haben.«
»Du bist doch wahnsinnig! Zehn bis zwanzig Tage im Schiffsbauch, bist du dir überhaupt darüber im klaren, was das bedeutet?«
»Ich bin vielleicht töricht, Marcus, aber du bist noch törichter, wenn du zweihunderttausend Sesterzen ablehnst.«
Marcus wischte sich unruhig den Schweiß von der Stirn.
»Weißt du, Calixtus, du ermüdest mich. Ich habe Durst.«
Und er bestellt noch eine Karaffe Weißwein.
»Ja«, wiederholte er, »du ermüdest mich.«
»Ich beschwöre dich, nimm meinen Vorschlag an. Wenn ich in Rom bleiben muß, verfalle ich wirklich noch dem Wahnsinn. Dann bringe ich mich um ...«
»Ich bitte dich, keine Erpressung, das ist mir zuwider.«
»Es ist die Wahrheit, hier ersticke ich!«
»Soweit ich weiß, hast du einen vorrangigen Posten und darbst nicht im Ergastulum.«
»Alles, was mich umgibt, ist ein Gefängnis. Und noch etwas: Ein Mensch, der mir teurer war als mein eigenes Leben, ist tot. Nichts hält mich hier zurück.«
»Unsinn! Sag mir lieber, mit welchem Streich du diese Unsumme herbeischaffen willst?«
»Ich habe dir schon gesagt, daß dies meine Angelegenheit ist.«
Marcus forschte mißtrauisch in Calixtus' Gesicht, bevor er verlauten ließ: »Nun gut. Du hast gewonnen. Aber ich stelle meine Bedingungen.«
»Deine Bedingungen?«
»Ganz genau. Als ich dir sagte, ich wollte mich an einem ruhigen Ort niederlassen, sollte dies nicht bedeuten, daß ich mich auf einen Handel einlassen, und schon gar nicht, daß ich

dafür meinen Kopf hinhalten würde. Du wirst nicht glauben, daß ich alles aufs Spiel setze, einfach so, ohne Gegenleistung.«
»Aber die zweihunderttausend Sesterzen?«
»In diesem Fall reichen sie nicht aus.«
»Willst du damit sagen ...«
»Ich will damit sagen, daß zwischen einem Wunsch und der Erfüllung dieses Wunsches ein weiter Weg liegt. Und dieser Weg hat seinen Preis: zweihunderttausend Sesterzen zusätzlich.«
»Vierhunderttausend Sesterzen insgesamt?«
»Stell dir vor, auch ich kann rechnen!«
Calixtus erbleichte und verlor den Mut. Die zwanzig Talente von Julianus würden nicht ausreichen. Am liebsten hätte er das ganze Vorhaben aufgegeben. Schließlich wollte er nicht mittellos in Alexandria eintreffen und dort als Bettler oder Diener eines alexandrinischen Großbürgers leben. Dennoch hörte er sich antworten: »Du wirst die verlangte Summe erhalten.«
Verwaltete er nicht schließlich die Finanzen von Carpophorus?
»Vorsicht, Calixtus, versuche nicht, mich zu betrügen. Vierhunderttausend Sesterzen und nicht ein As weniger. Ich weiß zwar nicht, wie und wo du dieses Vermögen finden willst, aber sollte dein Vorhaben mißlingen, so kannst du immer noch über meine Warnungen nachdenken. Aber jetzt müssen wir zurück zum Schiff, sonst wird es etwas anderes hageln als Sesterzen ...«
»Warte einen Augenblick. Wie erfahre ich, wann die *Isis* ablegt?«
»Carpophorus selbst wird es dir mitteilen. Du kannst dir denken, daß ich nicht ohne seinen Befehl die Anker lichte. Du wirst den Tag sicher eher erfahren als ich selbst.«
»Also gut, abgemacht. Wir treffen uns bei Sonnenaufgang, an dem Tage, an welchem die *Isis* ausläuft.«
»Doch gib acht! Ist die zweite Stunde verstrichen, so setze ich die Segel.«

»Mach dir darüber kein Kopfzerbrechen. Ich werde da sein.«
Ein belustigtes Lächeln spielte um die Lippen des Kapitäns.
»Du bist verrückt, Calixtus. Völlig verrückt. Doch was soll ich dir sagen. Ob dein Unternehmen gelingen wird oder nicht, ich mag dich.«

28

»Oh, Marcia, du ahnst nicht, wie sehr mich dein Besuch ehrt. Du in meinem Hause, das ist, als würde ein wenig kaiserlicher Purpur mein Heim zieren.«
Mit besonderer Ehrerbietung und honigmildem Lächeln geleitete Carpophorus seine Besucherin in das Tablinium, einen angenehmen Raum, der sich auf den Garten und die plätschernden Brunnen öffnete. Die warme Luft des Spätsommers drang durch sorgfältig drapierte Stoffbahnen. Marcia steuerte auf einen Diwan zu und erwiderte: »Ich danke für deine Aufrichtigkeit. Es gibt keinen Römer, der nicht um deine Kaisertreue weiß. Aus diesem Grunde kann ich mich heute ohne Scheu an dich wenden.«
Carpophorus, von diesem ungewöhnlichen Besuch höchst entzückt, half der jungen Frau, sich auf dem Diwan auszustrecken. Als er von ihrem Wunsch nach dieser Zusammenkunft erfahren hatte, hatte ihn eine gewisse Furcht beschlichen. Er kannte das Leben nur zu gut, um nicht ein bestimmtes Mißtrauen zu entwickeln, wenn ein Mächtiger seinen Vasallen als Bittsteller aufsuchte. Doch er verbarg seine Unruhe, ließ sich gegenüber der Favoritin des Commodus' nieder und wartete ab.
»Bevor ich dir den Grund für mein Kommens eröffne, möchte ich dich wissen lassen, daß der Kaiser mit deiner Verwaltung der Annona voll und ganz zufrieden ist. Er ist davon überzeugt, mit deiner Person den Posten an der Spitze der Annona richtig

besetzt zu haben. Ich hoffe, auch für dich verläuft alles wunschgemäß?«

»O ja, über alle Erwartungen hinaus. Ewiger Dank unserem Caesar.«

»Es freut mich, dies zu vernehmen. Nun will ich dir den Grund meines Kommens nennen: Ich brauche einen Sklaven.«

Carpophorus glaubte, ersticken zu müssen. Hatte er die ungewöhnlichsten Wünsche erwartet, so übertraf dieser doch sein Vorstellungsvermögen.

»Marcia, bitte entschuldige meinen Einwand, aber du kannst doch jeden Sklaven des Reiches besitzen. Warum also ...«

»Warum ich zu dir komme? Die Antwort ist einfach: Der Sklave, den ich brauche, befindet sich unter deinem Dach.«

»Selbstverständlich stehe ich zu deinen Diensten. Alle meine Diener gehören dir. Zehn, zwanzig, dreißig, hundert, so viele, wie du wünschst.«

»Ich danke dir für deine Großzügigkeit, edler Carpophorus. Doch mein Bedarf ist mit einem einzigen Mann gedeckt.«

»In diesem Fall lasse ich sie alle antreten, und du suchst deinen Sklaven aus.«

Er hatte sich schon erhoben, sie jedoch hielt ihn mit einer anmutigen Geste zurück.

»Nein, mach dir diese Mühe nicht. Meine Wahl ist schon getroffen.«

»Du ... du weißt den Namen des Sklaven?«

»Calixtus.«

Eine leichte Brise ließ die Zweige der Bäume im Garten erzittern und hob die Goldfransen der Stoffbahnen an, spielte mit Marcias Locken. Ihr Gastgeber musterte sie und fragte sich, ob er all dies nicht träumte. Es durfte nicht wahr sein! Unter all den unnützen Sklaven, die er in seinem Hause hielt, gab es nur einen, auf den er Wert legte, und genau dieser sollte ihm genommen werden? Nein, das war unmöglich. Diese Frau war sicherlich im Auftrag des Kaisers gekommen, um ihn zu prüfen. Es war ja auch nicht das erste Mal, daß der Kaiser mit dieser, nur ihn belustigenden Art seine Untertanen auf die Probe stellte. Er hatte das Schicksal des Perennis nicht vergessen.

»Bist... bist du ganz sicher, daß es sich ausgerechnet um diesen Sklaven handelt?« stotterte er mühsam.

»Ganz sicher. Er ist der einzige Sklave, den ich mir ausbitte.«

»Aber ... aber, edle Marcia, dieser Mann ist äußerst schwierig, er hat einen aufbegehrenden und jähzornigen Charakter. Er wird dir nur Kummer bereiten. Dagegen habe ich zahlreiche andere Diener, die willig sind, sich unterzuordnen, und die zu deiner vollen Zufriedenheit arbeiten werden.«

Die junge Frau hob beruhigend die Hand.

»Laß dies nicht deine Sorge sein, Carpophorus. Ich weiß, daß du mich nur zu meinem Besten beraten willst, aber ich erbitte nur diesen einen Sklaven von dir: Calixtus.«

Wann hatte er die Götter versucht, daß sie ihm eine solche Prüfung auferlegten?

Er glaubte den Grund für dieses seltsame Anliegen zu erraten: Ohne Zweifel suchte diese Schamlose ihre Sinne zu befriedigen, indem sie ein neues »Objekt« zu ihrer Unterhaltung wählte. Wahrscheinlich war sie Calixtus irgendwo begegnet, möglicherweise sogar anläßlich des Banketts in seinem eigenen Hause, und sie hatte ein Auge auf ihn geworfen. Leider war dies nichts Außergewöhnliches: Patrizierinnen überließen sich oft und gern dieser Art von Launen. Und wenn ihn sein Gefühl nicht täuschte, so würde nichts und niemand die Favoritin von ihrem Vorhaben abbringen können. Was ihn selbst anbetraf, so war Carpophorus sich darüber im klaren, daß er wohl oder übel nachgeben mußte, wollte er seinen Posten als Präfekt der Annona beibehalten.

»Es soll geschehen, wie du wünschst«, ließ er verlauten und verbarg nur mit Mühe seine Verbitterung. »Ich lasse ihn sofort holen.«

»Nein, das ist nicht notwendig. Bringe ihn mir morgen früh in den Palast.«

Carpophorus biß sich auf die Unterlippe und willigte ein. Sie

hatte sich schon erhoben, und Carpophorus brachte sie mit gezwungener Beflissenheit zurück zu ihrer Sänfte.
Als er wieder allein war, ließ er sich dazu hinreißen, lauthals alle Frauen des Imperiums zu verfluchen.
Marcia in ihrer Sänfte konnte nicht umhin, zu lächeln. Dank ihrer kleinen Machenschaft würde sie ihn wiedersehen. Sie würde ihm endlich alles erklären können, ihm endlich die Wahrheit gestehen, die seit Flavias unglücklichem Ende auf ihr lastete. Er sollte alles erfahren. Er sollte wissen, daß sie nur an ihn dachte, an sie beide und daß sie keinen Schlaf mehr finden konnte. Morgen ...

*

Calixtus legte die Feder neben dem Pergamentbogen nieder und betrachtete zufrieden die Zahlenreihen. Seit seiner Begegnung mit Marcus hatte er keine Zeit verloren.
Die Bank an dem Tor von Ostia, die seinem Herrn gehörte, erfreute sich eines ausgezeichneten Rufes. Zahlreiche Bestattungsunternehmen, Hilfsorganisationen und selbst die christliche Gemeinde hatten ihr Vermögen dort hinterlegt. In nur wenigen Wochen hatte er es fertiggebracht, mit einigen sorgfältigen und schlau durchdachten Buchungen einen erheblichen Teil der Gelder auf ein persönliches Konto zu übertragen, das in einer alexandrinischen Bank eröffnet worden war. Außerdem hatte er mit der Synagoge von Rom vereinbart, daß im Fall einer Minderung der Gesamtschuld der römischen Juden, die bei Carpophorus' Bank Darlehen aufgenommen hatten, die Synagoge die Schulden ohne Verzug und vollständig zu den Nonen des Monats August begleichen würde. Am letzten Tag des Monats zeigte sich, daß das Abkommen eingehalten worden war. Und Calixtus hatte genießerisch auch diese Summe auf das Konto in Alexandria überwiesen. Nun wartete dort eine Summe von über drei Millionen Sesterzen auf ihn. Und die durfte ausreichen, um den Banditen Marcus auszuzahlen, und um ihm selbst ein sorgloses Leben zu sichern.

Wie vorgesehen, hatte ihn Carpophorus selbst vom Aufbruch der *Isis* in Kenntnis gesetzt. Sie sollte am Tage nach den Iden im September in See stechen. Bis jetzt setzten sich alle Teile seines Mosaiks wie von selbst zusammen, besser noch, als er es je zu hoffen gewagt hatte. Der Turm von Pharos, den der Kapitän so wirklichkeitsnah beschrieben hatte, schien in greifbare Nähe zu rücken. Bald würde er sich selbst ein Bild machen können.

Er erhob sich vom Tisch und zog die Vorhänge zum Park zurück. Er lächelte bei dem Gedanken an Carpophorus, wenn er den Schwindel entdecken würde: Drei Millionen Sesterzen würde er zurückzahlen müssen, und das in einer Zeit, in der die Geschäfte nicht gerade florierten. Eines war sicher: Calixtus würde sich an diesem Tage in Rom jedenfalls nicht zeigen dürfen.

»Calixtus!«

Eleazar eilte auf ihn zu. Er fragte sich, was dieser Aasgeier wohl von ihm wollte.

»Unser Herr verlangt nach dir. Er will dich auf der Stelle sehen.«

Calixtus zeigte mit einer Geste sein Einverständnis. Fragen zu stellen, hielt er für unnötig. Denn zwischen ihm und diesem Syrer bestand weiterhin ein latenter Kriegszustand.

*

»Glaube mir, ich bin der erste, der dein Ausscheiden bedauert. Aber versteh mich richtig. Ich kann dieser Frau nichts abschlagen.«

Calixtus schloß die Augen, er war dem Erbrechen nahe. Marcias Ruf war also gerechtfertigt. Sie war nichts als ein liederliches Frauenzimmer, ohne jedes menschliche Gefühl. Sie befahl, die anderen gehorchten. Zu seiner niederschmetternden Enttäuschung gesellte sich nun noch ohnmächtige Hoffnungslosigkeit. Diese Frau hatte aus einer Laune heraus alle seine Freiheitsträume hinweggefegt wie mit einem Reisig-

besen. Alle seine wohlüberlegten Pläne hatte sie mit einem Schlag zunichte gemacht. Er dachte an seine Verabredung am Hafen, an Markus. Sein Bedürfnis, laut aufzuschreien, wuchs mit jedem Wort.
»Ich sehe, wie nah dir diese Nachricht geht«, meinte Carpophorus kopfschüttelnd. »Damit beweist du mir, daß du unter meinem Dach doch glücklich warst.«
Welch ein Hohn ... welch ein maßloser Hohn. Wie gut, daß der Herr die Gedanken seines Sklaven nicht lesen konnte. Jäh fühlte er sich von unmäßigem Zorn übermannt, nein, er konnte nicht zulassen, daß auf diese Weise alle seine Hoffnungen zerstört wurden. Dies überstieg einfach seine Kräfte.
»Ich gehe nicht!«
Carpophorus zeigte sich verständnisvoll.
»Ich bitte dich, Calixtus. Ich verstehe wirklich vollauf, wie unglücklich du bist, ich fühle mich sogar geehrt. Aber du darfst dich nicht darüber hinwegtäuschen, daß dieser Befehl indirekt vom Kaiser kommt.«
»Deine Erklärungen sind vergebens. Ich gehe nicht.«
Der Senator tat, als bemerke er die unverhohlene Streitsucht seines Sklaven nicht.
»Es ist nicht mehr an der Zeit für derartige Gefühlsausbrüche. Du wirst tun, was ich dir befehle!«
Und unverzüglich trug er Eleazar auf: »Kümmere du dich um ihn. Schließe ihn ein. Lege ihn in Ketten, wenn es sein muß, und bringe ihn morgen in den Palast. Sollte ihm etwas zustoßen, so wisse, daß du mit deinem Kopf für ihn bürgst.«
»Sie unbesorgt, Herr. Ich bringe ihn unbeschädigt in den Palast.«
Carpophorus hatte es eilig, sich mit undurchdringlicher Miene zurückzuziehen. Das törichte Augenzwinkern seines Sklavenaufsehers versuchte er gar nicht erst zu deuten.

29

Der malvenfarbene Himmel des Sonnenaufgangs lag über den Dächern, doch außerhalb der Palastmauern ließen sich schon die Geräusche der erwachenden Stadt vernehmen.
Calixtus stand, die Hände auf den Rücken gekettet, zwischen Eleazar und Diomedes, dem Diener des Carpophorus, an den er besonders schlechte Erinnerungen knüpfte. Sie mußten im inneren Garten der Domus Augustana warten, da die Favoritin an manchen Morgen aus unbekannten Gründen zu verschwinden pflegte. So blieben sie dort unbeweglich stehen und sahen die unterschiedlichsten Personen unter den Portiken vorbeieilen: gesetzte Senatoren, Offiziere der Prätorianergarde, junge Mädchen, die mit einer Sorglosigkeit plauderten und schwatzten, die im krassen Gegensatz zu den beflissenen Sklaven im Hofe stand.
Hin und wieder beobachtete irgend jemand die kleine Gruppe voller Interesse, doch niemand sprach sie an.
Calixtus war bleich und starrte auf die weitläufigen Kolonnaden. Zu seinen Füßen breiteten sich Eibensträucher aus, die in der Form von Löwen, dem Sinnbild des Herkules, gestutzt waren. Was mochte die Römer nur dazu veranlassen, die Natur derartig zu verunstalten, unter dem Vorwand, »Kunst« zu schaffen?
Eine plötzliche Lust, diese lachhaften Abbilder zu zerstören, alles kurz und klein zu schlagen, bemächtigte sich seiner.
Ganz in seine Gedanken versunken, hörte er kaum, wie Eleazar hinter ihm stotterte: »Ich ... ich grüße dich, edler Herr, und stehe zu deinen Diensten ...«
Er drehte sich langsam um und nahm die Person wahr, zu der der Syrer gerade gesprochen hatte: ein junger Athlet, barfuß, nur mit einer kurzen Tunika bekleidet, die Brust und Arme frei ließ. Ein Mann, der sich ausnahm, wie die einfachen Gefolgsleute des Kaisers. Nur einige Schritte von dem Unbekannten entfernt, hielt sich bärtiger, ebenfalls noch junger Mann im Hintergrund, der Ölkannen und Decken trug.

Calixtus verstand nicht recht, warum der Vilicus einen derartig unterwürfigen Ton gegenüber diesem Athleten anschlug.

»Er ist ein Sklave, Herr«, erklärte Eleazar, als Antwort auf eine Frage, die ihm der Mann gestellt hatte. »Ein Sklave, den unser Herr der göttlichen Marcia zum Geschenk darbringt.«

»Unsere Amazone beweist doch immer wieder ihren guten Geschmack...«

Mit Kennerblick studierte er eingehend Calixtus' Körper, bevor er mit fester Hand das Gewand des Sklaven zerriß und dessen Brust freilegte. Sein Atem ging kürzer, seine Augen waren geweitet. Langsam streichelte er die nackte Brust, glitt mit den Händen zum Bauch hinab und wollte den Unterleib betasten. Doch jetzt war die Geduld des Thrakers am Ende. Das war zuviel. Seine Fäuste konnte er nicht einsetzen, deshalb spuckte er mit größter Verachtung seinem Gegenüber ins Gesicht.

Eleazar und Diomedes standen wie versteinert. Der Athlet war einen Schritt zurückgewichen, ebenso überrascht wie die beiden Sklaven. Doch eine unvorstellbare Wut folgte auf die erste Bestürzung. Er stieß sein Knie in Calixtus' Magen, so daß dieser zusammenknickte wie ein brennendes Papyrusblatt. Fast gleichzeitig schlug er mit beiden Fäusten auf den Nacken des Sklaven. Als letzterer ohnmächtig zusammensank, hörte er noch, wie der Unbekannte schrie: »Wer wagt es, seinem Kaiser ins Gesicht zu spucken! Niemals... niemand!«

*

Als er aus seiner Ohnmacht erwachte, glaubte er, den Verstand verloren zu haben. Der Raum, in welchem er sich befand, war ein eindrucksvoller achteckiger Saal mit ungewöhnlich hoher Decke. Calixtus gedachte jener Beschreibung: Manche Räume im Palast des Commodus sind so hoch, daß man meinen sollte, ein von irdischen Mächten eingesetzter Gott bewohne sie.

Doch die Möbel des Raumes riefen seine größte Verwunderung

hervor. Noch nie hatte er, selbst in Carpophorus' Haus, das üppig ausgestattet war, einen solchen Luxus gesehen. An den Wänden erzählten in Marmor geschlagene Basreliefs von den Heldentaten des Herkules, auf dem Boden lagen die herrlichsten Perserteppiche ausgebreitet. Ihm gegenüber stand ein riesiges Bett aus Gold und Elfenbein, bedeckt von Löwenfellen. An der vielfarbigen Decke verewigte eine Freske in leuchtenden Farben die Legende von Theseus und Antiope. Indessen, träumte er? Die Königin der Amazonen trug die Gesichtszüge von Marcia. Und Theseus war ganz und gar das Porträt des Mannes, der ihn niedergeschlagen hatte ... Der Kaiser ... Er ließ vor seinem geistigen Auge die Szene noch einmal ablaufen und wurde sich der Ungeheuerlichkeit seiner Tat bewußt. Der Mann, den er für einen einfachen Athleten gehalten hatte, war tatsächlich der Caesar.

Er wollte sich aufrichten, doch seine Bewegung entriß ihm einen Schmerzensschrei. Seine Hände und Füße waren an eine Liege gefesselt.

»Aufgewacht?« erkundigte sich eine Stimme.

Calixtus drehte den Kopf und sah seinen Angreifer vor sich stehen.

Zehn Jahre waren verstrichen, seit ihrer Begegnung in den Bädern, und seit der Kaiser ihn eingeladen hatte, in seiner Sänfte Platz zu nehmen. Und es war kein anderer als Commodus, der dort hoch aufgerichtet und nackt vor ihm stand, mit glasigem Blick und zitternder Lippe.

»Caesar«, begann der Thraker, »ich wußte nicht, wen ich vor mir hatte. Ich ...«

»Ob einfacher Bürger, Quirit, Präfekt oder Imperator, für einen jeden ist die Beleidigung die gleiche. Sie verletzt den Mann, nicht den Prinzeps.«

»Höre mich an, dennoch ...«

»Schweig! Hier spreche ich!«

Er näherte sich langsam, seine Füße schienen über den Teppichen zu schweben. Ein krankhafter, angespannter Ausdruck lag

auf seinem Gesicht, ganz so als wolle er eine große Erregung verbergen.
Er kniete sich vor Calixtus' Lager und musterte ihn eingehend.
»Also war es meine bezaubernde Marcia, die dich hat hierherbringen lassen...«
Commodus legte eine klamme Hand auf die Wange des Thrakers.
»Weißt du, man sagt mir viele Fehler nach, aber Eifersucht gehört nicht zu ihnen. Ganz im Gegenteil. Auf bestimmten Gebieten bin ich im Teilen groß. Es ist sozusagen eine Pflicht, die ich mir auferlege.«
Kaum hatte er diese Worte gesprochen, als er Calixtus' Gesicht in beide Hände schloß, und wider jedes Erwarten mit Gewalt seinen offenen Mund auf den des Thrakers preßte. Fieberhaft versuchte er, mit der Zunge zwischen dessen Lippen zu dringen, doch ohne Erfolg. Letzterer hatte instinktiv die Zähne zusammengebissen. Also erhob sich Commodus und schlug mit aller Kraft gegen die Schläfe dessen, den er zum Gegenstand seiner Lust machen wollte.
»Zuckerbrot und Peitsche, ist es das, was dir gefällt? Nun gut, glaube mir, auch auf diesem Gebiet bin ich ein Meister.«
Diesmal preßte Commodus seine Lippen auf die nackte Brust des Thrakers. Unbehelligt von Calixtus' Versuchen, sich aus seinen Fesseln zu befreien, begann er dessen Körper leidenschaftlich abzulecken, glitt mit der Zunge über den Bauch, hielt sich einen Augenblick länger in der Bauchnabelgegend auf und ließ sie in der Lendengegend kreisen, bevor er wieder innehielt. Calixtus spürte Galle auf seinen Lippen, aus seinen Augenwinkeln flossen Tränen der Scham und des Zorns.
»Feigheit, Caesar. In der langen Liste deiner Makel fehlte noch die Feigheit.«
Commodus beobachtete schweigend den Mann, der ihn noch einmal herausgefordert hatte. Er kraulte nachdenklich in seinem gelockten Bart, wandte sich brüsk um und begab sich in eine Ecke des Saales.

Als er zurückkam, hielt er einen Scorpio in der Hand, eine Art Peitsche, deren Ende mit einem Widerhaken versehen war. Dem Thraker lief ein eisiger Schauer über den Rücken. So viele Sklaven hatten durch dieses Instrument den Tod gefunden, daß es lediglich noch bei Schwerverbrechern Verwendung fand.
Commodus weidete sich am Ausdruck des Entsetzens, den er in den Augen seines Opfers lesen konnte, und hob betont langsam den Arm. Er hielt einen Augenblick inne und ließ dann das Foltergerät auf den nackten Körper sausen. Calixtus verspürte zunächst keinen Schmerz, doch gleich darauf schien es ihm, als hätte man einen glühenden Feuerschürer in seine Brust gestoßen. Wehrlos mußte er zusehen, wie Blut aus dem klaffenden Spalt in seiner rechten Brust rann. Und schon riß Commodus den Haken aus der Wunde und setzte zu einem zweiten Schlag an: Diesmal drang der Haken tief in die rechte Achsel ein.
Der Thraker verlor alles Gefühl für Zeit und Raum. Immer rascher folgten die Schläge aufeinander. Der Kaiser keuchte vor Anstrengung, seine Augen schienen aus den Höhlen zu treten. Calixtus hatte das Gefühl, alle seine Glieder würden in einem Höllenfeuer zerfetzt, sein ganzer Körper sei nur noch eine einzige brennende Wunde. Wie im Krampf biß er sich die Lippen blutig, um seine Schmerzensschreie zu unterdrücken. Während dessen tauchten in seinem Geist zusammenhanglose Bilder auf, Blitze zuckten durch sein Gehirn, und ein gewaltiger Sog erfaßte ihn, trug ihn unweigerlich fort, riß ihn unaufhaltsam in den Wahnsinn.
Der Scorpio grub sich mit ausnehmender Heftigkeit in jede einzelne Parzelle seiner Haut, er glaubte, hundert Peitschen schlugen auf ihn ein, nicht nur eine. Und als schließlich der Haken die Haut seines Geschlechts aufschlitzte, stieß er einen Schrei aus, der nichts Menschliches mehr hatte. Er schrie wie ein verendendes Tier.

*

Als er die Augen aufschlug, glaubte er eine Stimme zu hören, die wie durch eine Watteschicht zu ihm herüberdrang, oder lag er selbst in einer wattierten Kiste gefangen? Es war eine Frauenstimme.
»Ich weiß, Caesar. Carpophorus selbst hatte mich auf sein widerspenstiges Wesen hingewiesen.«
»Warum hast du in diesem Fall das Geschenk angenommen?«
»Weißt du es nicht?« fragte die Stimme. »Genau aus dem Grunde, den du eben selbst angegeben hast.«
Gleichzeitig ahnte Calixtus einen Finger, mehr als er ihn wirklich fühlen konnte, der an seinen Wunden entlangstrich.
»Hier im Palast sind wir von Hampelmännern umgeben. Ob sie nun Konsuln, Präfekten oder Senatoren sind. Alle diese Geschöpfe sind lediglich in der Lage, vor uns am Boden zu kriechen. Ich hatte gehofft, mit diesem Sklaven einen Menschen zu finden, der auf andere Weise seine Einfühlsamkeit zeigt. Hast du nie das Bedürfnis, jemanden anzusprechen, dessen Worte nicht wie das Echo deiner eigenen Worte zurückhallen? Jemanden, der seine eigene Meinung ausspricht?«
»Du überraschst mich. Ich glaubte, dir zu genügen.«
»Du? Du bist der Herr. Nein, mehr noch, du bist ein Gott, Caesar. Mein Sinn stand nach einem Menschen, nicht nach einem Gott.«
Commodus lachte wie ein Kind.
»Gottgleich oder nicht. Auf jeden Fall werde ich diese Gestalt ihrer wahren Bestimmung zuführen: Zu Staub soll sie werden.«
Calixtus hatte es mit fast übermenschlicher Kräfteanstrengung fertiggebracht, den Kopf zu heben. Marcia. Ihr Finger war es gewesen, der gleichgültig über seine Wunden geglitten war.
Commodus hob wieder den Arm.
»Nein, Caesar, nicht den Scorpio. Das würde ihn zu schnell töten. Hier, nimm das.«
Sie trug eine schlichte, azurblaue Stola. Unter den Augen des angewiderten Thrakers nestelte sie ihren Ledergürtel auf und reichte ihn Commodus.

»Nein, warte noch.«
Mit gemessenen Bewegungen ließ sie die Fibeln aufspringen, die ihre Tunika zusammenhielten. Das Gewand glitt zu Boden, und sie stand völlig entblößt vor ihm. Mit einem schelmischen Lächeln streckte sie sich auf einem Ruhebett aus und legte behutsam, mit gespielter Unschuld, die Hand auf ihren Venushügel.
»Jetzt, Caesar«, hauchte sie.
Commodus betrachtete sie sprachlos. Sein Blick wanderte von dem Körper des Thrakers zu dem seiner Favoritin. Er lachte einfältig und näherte sich Marcia mit einigen Schritten, doch dann hielt er inne, drehte sich um, ging zurück zu Calixtus, schlug ihm kräftig mit der Faust auf den Schädel und begab sich eilig an die Seite seiner Geliebten.

30

Der Kapitän der Isis lehnte an der Reling, kicherte und deutete mit dem Finger auf ihn. Calixtus hing gekreuzigt an der Mauer des Forums, und das Blut, das von seinen Hand- und Fußgelenken sickerte, bildete auf dem Boden feine Rinnsale, die am Kai entlang und bis ins Meer flossen.
»Warte auf mich! So warte doch! Du hast versprochen, auf mich zu warten!«
Doch ungerührt von allen seinen Beschwörungen, lachte Markus weiter. Er beugte sich hinunter auf das Schiffsdeck und erschien plötzlich wieder an der Reling, die Hände mit Goldstücken gefüllt, die er mit aller Wucht gen Himmel schleuderte. Wieder und wieder führte er die gleiche Geste aus, zweimal, zwanzigmal, hundertmal. Immer mehr Gold warf er ins All.
Einen Augenblick lang schien es, als sei der ganze Himmel in Gold gehüllt, als hätte sich die Sonne in Milliarden Teile aufgelöst und

überziehe den ganzen Horizont und das Meer mit goldenen Punkten. Und die Isis auf ihrem Weg in den Süden durchbrach die Wellen, deren Schaumkronen im Sonnenlicht glitzerten.

»Ruhig, Calixtus, ruhig.«
Die Stimme, die seinen Namen rief, schien aus einem tiefen Brunnen zu ihm aufzusteigen. Er zwang sich, die Augen zu öffnen, doch seine Augenlider waren schwer wie Blei. Sein ganzer Körper schmerzte. Hatte man ihn auf Scherben gebettet?
Eine Hand glitt vorsichtig unter seinen Nacken und hob seinen Kopf an. Jemand versuchte, ihm zu trinken einzuflößen. Ganz langsam, wie ein Wickelkind, sog er ein wenig Flüssigkeit ein, bevor man ihn wieder zurücksinken ließ.
Woher kamen diese seltsamen Bilder, die durch sein Gehirn spukten? Dieser Himmel aus Gold, das Schiff... Er hatte sicher geträumt.
Und diese verhüllte Frauengestalt, die er glaubte wahrgenommen zu haben? Dieses leise Geräusch von bedächtigen Schritten, der geflüsterten Wortwechsel, dem er kaum hatte folgen können. War auch das ein Bestandteil seines Traumes?
»Nur oberflächliche Verletzungen ... Milch mit Mohn ...«
Die zarte Hand auf seiner Stirn. Eine Männerstimme:
»Zu deinen Diensten, Herrin.«
Augenblicke, in denen unterschiedliche Geräusche auf ihn eindrangen, die er nicht näher bestimmen konnte, wechselten sich ab mit langen Zeitspannen, in denen er in ein völliges Nichts gehüllt war. Doch immer wieder und bei jeder Bewegung quälte ihn dieser unerträgliche Schmerz, als hätten sich tausend Reißzähne in seinem Fleisch verbissen.
Ein Finger hob sein Augenlid an. Er erzitterte und blinzelte. Zum ersten Mal erkannte er den Ort, an welchem er sich befand. Eine Zelle, deren Deckenhöhe nicht zu der Enge des Raumes paßte. Ein schwacher Lichtschein drang durch ein vergittertes Fenster auf halber Wandhöhe gegenüber seiner

Liegestatt. Auf seiner rechten Seite führte ein Dutzend Stufen zu einer massiven Eichentür.
»Fühlst du dich besser?«
Mit aller Kraft versuchte er, sich aufzurichten. Sein Körper, vom Hals bis zu den Fußgelenken, war unter Verbänden verschwunden, die nach Ölen und medizinischen Pflanzen rochen. Ein junger bärtiger Mann, mit einer schiefen Nase, saß an seinem Bett. Calixtus befeuchtete seine rauhen Lippen und stammelte:
»Wer ... wer bist du?«
»Ich heiße Narcissus.«
»Wo sind wir?«
»Im Gefängnis der Castra Peregrina.«
Und als sich Calixtus wieder in die Waagerechte gleiten ließ, fügte er hinzu: »So ist es nun einmal. Man beleidigt nicht ungestraft einen Kaiser. Das Vergehen der Majestätsbeleidigung wird im allgemeinen mit dem Tode geahndet.«
»Warum hat man mich dann nicht getötet?«
»Die göttliche Marcia scheint sehr an dir zu hängen.«
Calixtus wollte lächeln, brachte jedoch nur eine Grimasse zustande.
»Ihre Art, Anhänglichkeit zu beweisen, läßt mich eher den Tod wünschen. Bist auch du ihr Sklave?«
»Ihr Sklave und auch der persönliche Übungsmeister des Kaisers.«
»Ich vermute, sie hat dir aufgetragen, mich zu pflegen?«
»So ist es.«
Nach einer Pause bemerkte Calixtus: »Ich bedaure dich.«
»Warum sagst du das? Marcia war immer gut zu mir.«
»So gut, daß du darüber deine Urteilskraft verloren hast und nur noch die reine Dienstbarkeit bist.«
Narcissus wollte widersprechen, jedoch begnügte er sich mit den Worten: »Eines Tages wirst du alles erfahren ...«
Er fügte dem nichts mehr hinzu, verstaute seine Salbentiegel in einem Lederbeutel und begab sich zur Treppe. An der Eichentür angelangt, drehte er sich noch einmal um.

»Ich komme bei Einbruch der Nacht wieder und bringe dir herzhafteres Essen als Brei und Milch.«
Calixtus unterdrückte ein Schaudern, als er vernahm, wie der schwere Riegel zugeschoben wurde. Er blickte ins Leere und ließ sich wieder von tiefem Schlaf übermannen.

*

Die Nacht hatte die Zelle in völlige Dunkelheit getaucht. Das Knarren der Eichentür weckte ihn. Oben an der Tür nahm er einen gelblichen Lichtfleck wahr, der die obersten Treppenstufen erhellte. Der Lichtfleck bewegte sich auf ihn zu, und Calixtus gewahrte eine Gestalt, die eine Öllampe in die Höhe hielt.
»Narcisse?«
Die Gestalt antwortete nicht. Erst als sie an seiner Lagerstatt Platz genommen hatte, erkannte er sie.
»Marcia!«
Er wollte sich aufsetzen, doch die heftigen Schmerzen hinderten ihn daran.
»Rühr dich nicht«, sagte sie und zog Stoffstreifen und einen Alabastertopf aus ihrer Tasche. »Ich muß deine Verbände erneuern.«
»Du hier?«
Sie antwortete nicht, löste aber behutsam seine Binden.
»Hast du es so eilig, deinen neuen Sklaven zu benutzen, daß du deinen Dienern nicht mehr zutraust, ihn allein auf die Beine bringen zu können?«
Sie antwortete noch immer nicht.
»Oder reizt dich der Umgang mit dem verlausten Pöbel?«
»Bald wirst du geheilt sein.«
»Um dir zu dienen ...«
Sie machte sich an den noch immer offenen Wunden zu schaffen.
»Was für ein Wesen bist du nur? Ein Ungeheuer, eine ...«

»Ich bitte dich, schweig!«
»Schweigen? Alles, was ich noch besitze, sind Worte.«
»Ich verstehe deinen Kummer. Du kannst es nicht wissen...«
»Was ich gesehen habe, war ausreichend.«
»Calixtus...«
»Verrat und Hohn. Ich habe den Kelch bis zum letzten Tropfen geleert.«
Erst jetzt hielt sie in ihrer Arbeit inne und betrachtete ihn.
»Dann bist du doch genau wie alle anderen. Glaubst du, der Ozean ist eine glatte Fläche ohne Grund? Versuchst du nie, mehr zu sehen als das, was du vor Augen hast?«
»Ich erinnere mich dunkel: ›Der Anschein klagt mich an, jedoch die Wirklichkeit ist anders.‹«
Auf ihrem Gesicht zeichnete sich Erstaunen ab.
»Also hast du meine Nachricht erhalten. Warum hast du nicht geantwortet?«
»Was hattest du erwartet? Dich wiederzusehen hätte Flavia nicht zum Leben erweckt.«
»Calixtus, ich hatte sie nicht aufgegeben. Am Tage nach unserem Treffen in den Gärten des Agrippa habe ich sie im Karzer des Forums besucht.«
»Und nichts unternommen, um sie zu retten. Sicher konntest du nichts für sie tun.«
»Genau das ist die Wahrheit. Mir waren die Hände gebunden.«
»Du, die Favoritin. Die allmächtige Amazone.«
»Mir sind Grenzen gesetzt, von denen du nichts weißt.«
»Natürlich... Und ich...«
Sie legte behutsam ihren Finger auf seine Lippen.
»Und jetzt höre mich an.«
Sie berichtete ihm von Hyazinthus. Von den Christen von Karthago, die in die Minen von Sardinien verbannt worden waren. Sie schilderte, wie sie sich einige Tage vor ihrem Zusammentreffen bei Commodus für deren Begnadigung eingesetzt hatte. Sie hatte nicht gleichzeitig Gnade für Flavia erbitten können, ohne das Leben der anderen Christen aufs

Spiel zu setzen. Und sie mußte wählen: ein Leben gegen zwanzig. Die Verurteilten waren freigelassen worden, am Tage des Festes der Kybele.
Für Flavia bestand trotzdem noch Hoffnung. Im Anschluß an das große Wagenrennen im Circus maximus wollte Marcia Commodus um ihre Begnadigung bitten. Denn nach seinen Siegen konnte sich Commodus überaus großherzig zeigen. Nur leider hatten die Blauen den Sieg davongetragen und damit alle ihre Pläne durchkreuzt. Nach seiner Niederlage war der Kaiser in einem Zustand geraten, der wahrhaftig dem Irrsinn gleichkam. Weder das Volk noch den Sieger hatte er grüßen wollen. Er war nicht einmal in die kaiserliche Loge zurückgekehrt. Zutiefst gedemütigt, hatte er Maternus und seine Leute in den Zellen aufgesucht. Und er hatte jedem, der es hören wollte oder nicht, zu verstehen gegeben, daß diejenigen, die nach seinem Leben trachteten, nicht nur Mörder, sondern auch Gotteslästerer seien.
Darauf hatte er sich bei den Gefängniswärtern nach Flavia erkundigt und von ihrer Weigerung erfahren, ihm, dem Göttlichen, ihre Ehrerbietung zu erweisen. Das war der Tropfen, der das Faß zum Überlaufen brachte; umgehend hatte er das junge Mädchen, gleichzeitig mit Maternus, zum Tode durch die Bestien verurteilt, um ein mahnendes Beispiel zu geben.
Sie ließ eine Weile verstreichen, bevor sie ihren Bericht schloß: »Glaub mir, von diesem Augenblick an war sie verloren. Ich konnte nichts mehr für sie tun. Deinen Schmerz über ihren Tod kann ich mir besser vorstellen, als du es ahnst, denn eine der Meinen zu verlieren, ist ebenfalls eine harte Prüfung.«
»Eine der ... Deinen?«
»Hast du vergessen, daß ich Christin bin? Ja, ich weiß, ich entspreche nicht dem Bild jener Gottestreuen, die keusch und selbstlos sind. Dennoch bin ich mit Leib und Seele Christin. Ich will mich nicht über die Vorteile auslassen, die mir meine Stellung in der Domus Augustana einbringt, doch gerade aufgrund dieser Stellung kann ich Menschenleben retten.«

»Und mich wie einen Gegenstand aus Carpophorus' Haus holen. Ist das vielleicht christlich?«

»Du hast nichts begriffen, Calixtus. Ich habe Flavia weit mehr als nur einmal gesehen. Jeden Tag, bis zum Vorabend ihres Todes war ich bei ihr. Sie hat mir von dir erzählt, von deinem unbändigen Verlangen nach Freiheit. Von deiner Sehnsucht nach Thrakien. An Carpophorus hatte ich mich gewandt, weil ich dich zunächst seiner Gewalt entziehen wollte, um später deine Befreiung zu erwirken. Leider hast du mit deinem ungezügelten Temperament einen Strich durch meine Rechnung gemacht, und das Schicksal hat anders entschieden.«

Calixtus fühlte, daß er sich verrannt hatte. Fortwährend hatte er sie falsch beurteilt. Von seiner eigenen Hoffnungslosigkeit, von seinem Schmerz geblendet, hatte er nichts verstanden. Ungeschickt ergriff er die Hand der jungen Frau.

»Wirst du mir je verzeihen?«

»Was kann ich dir vorwerfen? Du kanntest mich doch nicht wirklich. Und ...« Sie schwieg einen Augenblick lang, bevor sie fortfuhr: »... wie kann man denen etwas übelnehmen, die man liebt.«

Er blickte ihr hilflos in die Augen, bevor er sie an sich zog.

»Deine Verletzungen ...«

»Die gibt es nicht mehr. Es hat nie Verletzungen gegeben.«

Eine Weile hielten sie sich eng umschlungen. sie hatte den Kopf auf seine Brust gelegt, und er sog den geheimnisvollen Duft ihres Haares ein.

»Wenn du wüßtest, wie nah ich dir bin, wie nah ich dir immer war.«

»Du bist fast eine Königin, ich jedoch bin nur ein Sklave ...«

Sie schüttelte den Kopf.

»Vergiß nie, daß ich die Tochter eines befreiten Sklaven bin. Das Dasein der Sklaven ist mir nicht fremd.«

»Es gibt so viele Dinge, die ich wissen möchte, so vieles, was ich immer noch nicht verstehe.«

»Später. Eines Tages erzähle ich dir von meinem Leben.«

Nach einem langen Schweigen fragte er plötzlich: »Marcia, welcher Tag ist heute?«
Sie musterte ihn mit Erstaunen.
»Ist das so wichtig?«
»Ich bitte dich, antworte mir.«
»Der fünfte Tag vor den Iden.«
Dionysos hatte ihn nicht verlassen. Es blieben ihm noch fünf Tage Zeit.
»Auch ich muß dir etwas anvertrauen: Bevor ich hierherkam, hatte ich einen Fluchtplan erdacht.«
»Was sagst du?«
Ohne zu zögern, berichtete er in allen Einzelheiten von seiner Absprache mit Markus, dem Kapitän der *Isis,* von der Veruntreuung der Gelder der Bank am Tore von Ostia und von den zwanzig Talenten, die er bei Julianius abzuholen gedachte.
»Die *Isis* wird am Tag nach den Iden ablegen. Wenn ich nicht zur vereinbarten Stunde zur Stelle bin, wird Marcus ohne mich in See stechen.«
»Du willst nach Ostia? Aber wie denn? Das ist doch völlig ausgeschlossen.«
»Allein werde ich es nicht schaffen, aber mit deiner Hilfe kann es gelingen.«
»Ich habe es dir schon gesagt: Mir sind Grenzen gesetzt. Und schau dich doch selbst an. Du bist so schwach, daß du keine hundert Schritte gehen kannst. Das ist der helle Wahnsinn. Und wie soll ich dich hier herausbringen? Die Castra Peregrina ist bestens bewacht.«
»Um mich hier zu besuchen, mußt du doch einen Helfer haben. Wundert sich niemand darüber, daß du einen Gefangenen pflegst, den der Kaiser persönlich gestraft hat? Dazu noch einen Sklaven?«
»Nein. Ich bin Christin. Sie alle wissen es. Du bist nicht der erste, den ich hier pflege.«
»Die römischen Gesetze sind seltsam, und sie bringen die Christen in eine zwiespältige Lage. Auf der einen Seite sind sie verfemt, auf der anderen Seite stehen sie unter dem Schutze des

Kaisers. Doch das ändert nichts daran, daß ich unbedingt das Schiff erreichen muß.«
»Selbst wenn ich deinen Ausbruch ermöglichen könnte, wie willst du die Schulden des Julianus eintreiben?«
»Ich werde mir etwas einfallen lassen.«
»Du gehst also freiwillig in die Falle!«
Sie stand auf und schritt erregt in dem Raum auf und ab. In ihrem Innern wußte auch sie, daß es keine andere Möglichkeit des Überlebens für Calixtus gab als diese Flucht. Früher oder später mußte er das Opfer des Kaisers werden. Es war möglicherweise nur eine Frage von Stunden. Commodus hatte ihr nach den leidenschaftlichen Umarmungen klar zu verstehen gegeben, daß er keinen Sklaven in seiner Nähe dulden würde, der es gewagt hatte, ihn auf diese Weise herauszufordern. Und hatte er seiner Einkerkerung beigestimmt, so nur aus dem Grunde, sich Zeit für die Überlegung zu nehmen, wie er den Thraker sterben lassen würde.
»Ich muß nachdenken«, murmelte sie. »Ich muß klare Gedanken fassen.«
»Gibt es eine Möglichkeit, die Gefängniswärter zu bestechen? Sie hatten nie den Ruf, besonders aufrecht zu sein.«
Marcia verneinte.
»Das wäre zu gewagt. Als Favoritin kann ich es mir nicht erlauben, in Abhängigkeit zu geraten. Nein, ich dachte an einen anderen Weg... Doch es ist schon spät. Ich muß wieder in den Palast zurück.«
Sie bückte sich, hob ihren Topf und die Verbände auf und berührte sanft seine Lippen.
»Hätte ich damals nur geahnt, wohin mich mein Gang in den Garten des Carpophorus führen würde...«
Er hielt sie zurück.
»Wann sehe ich dich wieder?«
»Für deine und für meine eigene Sicherheit ist es besser, wenn wir uns gar nicht mehr wiedersehen.«
»Aber...?«

»Fürchte dich nicht. Es bleiben noch fünf Tage. Ich werde die richtige Lösung finden.«
Und sie fügte schnell hinzu: »Und diesmal muß es gelingen.«
»Das meinte ich nicht. Ich dachte an uns beide.«
»Wer weiß, wie sich das Rad des Schicksals drehen wird...«
Er flüsterte kaum hörbar: »Ich werde es dir nie vergessen, Marcia, wo immer ich auch sein werde.«
Sie legte ihm zärtlich die Hand auf die Wange.
»Nimm dich in acht. Du kennst das Sprichwort: Des ungesprochenen Wortes bist du der Herr. Des ausgesprochenen Wortes bist du der Sklave.«
»Gut, so bestätige ich es: Ich will der Sklave dieser Worte sein.«
Ihre Münder hatten sich kaum berührt, als sie sich schon wieder von ihm löste und mit feuchten Augen sprach: »Lebe wohl, Calixtus. Denk an mich, wenn du in deinem Reich bist.«
Mit einem seltsamen Angstgefühl im Herzen sah er sie zur Tür eilen. Das Öllämpchen hatte sie mitgenommen. Hinter ihr blieb die Zelle im Reich der Finsternis zurück.

31

Die dritte Nacht, die den Iden vorausging, war schon weit fortgeschritten, als Narcissus ihn holte.
»Aufstehen. Wir müssen eilen. Doch zuvor ziehe dies an.«
Calixtus legte schweigend die Tunika und die Sandalen an, die ihm der Übungsmeister des Commodus reichte. Er folgte ihm, stolperte auf den Stufen und verzog schmerzvoll das Gesicht. Sie eilten über einen endlos langen Gang, der nur spärlich erleuchtet und vollkommen menschenleer war. Als sie den Wachposten erreichten, verlangsamte Narcissus seinen Schritt. Hinter der halbgeöffneten Tür war ein dumpfes Schnarchen zu hören. Im Vorbeigehen erhaschte Calixtus einen flüchtigen Blick auf zwei

Gestalten, die zwischen umgestoßenen Weinkrügen und einem Würfelbecher auf dem Tisch ausgestreckt lagen. Als sie im Freien waren, gingen sie an einer Mauer entlang, bis Narcissus schließlich auf ein Pferd deutete, das im Dämmerlicht des Gäßchens angebunden war. Er half dem Thraker beim Aufsitzen, gab dem Pferd einen leichten Schlag auf die Kruppe und wünschte dem Reiter: »Die Götter mögen dich schützen!«
Calixtus murmelte einige Worte des Dankes, ehe er im Trott durch die gewundenen Straßen davonritt. Nach einem kurzen Augenblick des Zögerns schlug er den Weg zum Haus des Didius Julianus ein.
An der Grenze zum Trastevere begegnete er der Sänfte eines Patriziers, den seine Liktoren mit ihren Fackeln wohl nach Hause geleiteten. Er gab seinem Pferd die Sporen. Als er die Fabricius-Brücke erreicht hatte, hielt er an einem kleinen Mäuerchen an. Die Bleibe des Julianus erhob sich nur wenige Klafter von dort entfernt. Er stieg von seinem Pferd und streckte sich auf den Stufen einer den Laren geweihten Kapelle aus, um zu warten, bis der Tag dämmerte.

Der alte Freigelassene, der jetzt bei den Julianii als Türwache diente, führte ihn in ein prachtvolles Atrium.
Calixtus versuchte vergeblich, die Räumlichkeiten, die er Jahre zuvor in Begleitung von Fuscian besucht hatte, wiederzuerkennen. Nach dem Brand in jener bewußten Nacht mußte der Palast vollkommen neu aufgebaut worden sein, denn nichts kam ihm bekannt vor. Oder lag es an dem Fieber, das in seinem Körper loderte? Seit er die Castra Peregrina verlassen hatte, hatte er das Gefühl, von einer Nebeldecke umhüllt zu sein, die die Laute verformte und die Gegenstände trübte. Kalter Schweiß lief ihm über den Rücken. Seine Knie zitterten.
Er durfte nicht das Bewußtsein verlieren, nicht hier und jetzt! Nicht nachdem er so viele Hindernisse überwunden hatte!
Er zwang sich, sein Denken ganz auf Didius Julianus den Jüngeren zu richten. Wußte er schon von seiner Verhaftung?

Hatte er Carpophorus während der Kalenden getroffen? Dann wäre sein Traum endgültig zerstört. Marcus' Stimme hallte deutlich in seinen Ohren wider: Kein Betrug! Vierhunderttausend Sesterzen und nicht ein As weniger.
Er umschritt nervös das Impluvium und verfluchte innerlich den Sauberkeitswahn, der einigen Römern eigen war. Der Türwächter hatte ihn unterrichtet, daß Julianus ihn empfangen werde, sobald er seine Waschungen beendet habe, und Calixtus wußte nur allzu gut, wieviel Zeit das in Anspruch nehmen konnte. Sein Blick fiel zum viertenmal auf die Wasseruhr, die in einer Ecke des Raumes thronte. Nach dem Stand der Flüssigkeit zu urteilen, war er erst vor kurzem angekommen, doch ihm schien es, als wäre schon ein Jahrhundert verstrichen.

Hinter seinem Rücken wurden Schritte laut. Er wandte sich um. Der junge Senator war nur mit einem Lendenschurz aus Linnen bekleidet, der einen wohlgewölbten Leib sehen ließ.
»Komm hier herein«, sagte er und schob einen dicken Vorhang beiseite, der das Tablinium abschloß. »Ich möchte nicht, daß andere erfahren, daß ich deinem Herrn Geld schulde.«
Er musterte seinen Besucher aufmerksam und fragte beunruhigt: »Es ist doch Carpophorus, der dich schickt, nicht wahr?«
»Ganz richtig, edler Herr. Erinnerst du dich nicht an mich? Wir sind uns in den Thermen des Titus begegnet.«
»In den Thermen des Titus ...«
»Ich heiße Calixtus.«
»Ich glaube, ich entsinne mich. Aber wenn mein Gedächtnis mich nicht täuscht, trugst du damals keinen Bart?«
»Das stimmt. Doch die Qualen der Rasur sind so groß, daß ich mich entschlossen habe, es den Philosophen gleichzutun.«
»Da hast du ganz recht. Was im übrigen die Philosophen angeht, so erkennt man bei ihnen allein an der Barttracht eine gewisse Weisheit. Ansonsten ... alles Ungläubige!«
Während er sprach, öffnete Didius Julianus eine große Truhe,

die an einer der Wände stand, und zog eine schwere lederne Börse daraus hervor.
»Hier! Zwanzig euböische Talente. Da ich deinen Herrn kenne, hatte ich sie schon zurechtgelegt. Gib mir jetzt die Empfangsbestätigung.«
Die Empfangsbestätigung! Bei Dionysos. Wie hatte er einen so wichtigen Punkt vergessen können!
Er zwang sich, ganz unbefangen zu sprechen.
»Mein Herr wird sie dir übersenden, sobald ich ihm das Geld ausgehändigt habe.«
Julianus, der die Börse schon beinahe in Calixtus' Hand gelegt hatte, besann sich.
»Das kommt gar nicht in Frage! Carpophorus glaubt doch nicht ernsthaft, daß ich ihm eine solche Summe ohne Empfangsbestätigung übergeben werde. Wenn ich das täte, wäre er durchaus in der Lage, in wenigen Tagen meine Schuld ein zweites Mal einzufordern.«
»Edler Herr Julianus! Wie kannst du meinen Herrn einer solchen Niedertracht verdächtigen? Noch dazu ist er dein Schwiegervater!«
»Mein Schwiegervater ist eine alte syrische Ratte, die sich in einem Käse eingenistet hat. Und seine Tochter ist noch schlimmer als er. Ich werde dir diese zwanzig Talente nur im Austausch gegen ein von seiner Hand unterzeichnetes und datiertes Papier anvertrauen.«
Der harte Ton ließ keinen Zweifel an der Entschlossenheit des Römers. Dennoch versuchte Calixtus, Einspruch zu erheben.
»Edler Herr! Ich versichere dir ...«
Ganz wie in einem Alptraum wandte sich Didius Julianus ab und ging davon, die Börse fest an die Brust gedrückt.

Als er wieder im Atrium stand, verweilte Calixtus einen Augenblick vor dem marmornen Rand, der das Impluvium umgab. Nach dem Regen stand das Wasser dort mehr als einen halben Fuß hoch. Er sagte sich, daß er sich ebensogut in den Tiber

stürzen und ertränken könnte. Alles, was er unternommen hatte, scheiterte unter diesem Dach kläglich. Plötzlich spürte er ein tiefes Bedauern: Er hätte sich auf den Senator stürzen und ihn niederschlagen sollen.
»Calixtus!«
Er wandte sich um, konnte aber niemanden entdecken.
»Calixtus!«
Dieses Mal konnte er ausmachen, woher der Ruf kam. Eine weiße Hand winkte durch die Vorhänge, die den Zutritt zum Gang verdeckten. Er wollte gerade darauf zusteuern, als plötzlich Julianus' Stimme ertönte: »Und vergiß nicht, deinen Herrn von mir zu grüßen!«
Ohne stehenzubleiben, durchschritt der Senator das Tablinium, und bewegte sich auf die Thermen zu.
»Calixtus!«
Wieder diese Stimme. Sie hatte einen vertrauten Klang. Er ging in die Richtung, aus der sie kam, und die Vorhänge öffneten sich fast augenblicklich. Mallia.
Man hatte die junge Frau offenbar von seinem Besuch unterrichtet, als sie gerade im Bad war, denn sie trug noch Holzsandalen und war in einen weiten Bademantel aus Schafsleder gehüllt.
Er lief auf sie zu.
»Aber du hinkst ja!«
»Ach, das ist nichts, ein übler Sturz.«
»Übel in der Tat, du blutest.«
Calixtus stellte erschrocken fest, daß sich tatsächlich ein hellroter Kreis auf seiner Tunika abzeichnete.
»Es ist nicht schlimm. In einigen Tagen wird man nichts mehr davon sehen.«
»Komm«, entgegnete sie und nahm ihn bei der Hand.
»Nein, Mallia, ich ...«
»Komm, sage ich!«
Die Schlafgemächer des Palastes waren ebenso klein und einfach eingerichtet wie in den meisten römischen Häusern: ein leichtes, flaches Bett, ein großer Standspiegel, eine Truhe, ein

Stuhl und ein Tisch, auf dem sich ordentlich aufgereiht eine beträchtliche Anzahl von Kämmen, Haarnadeln, Schminktöpfen, Salben- und Parfümtiegeln befand. Dieser Anblick rief sogleich alte Erinnerungen in dem Thraker wach, und er hörte Flavias Stimme rufen: Glaubst du, sie würde sich mit einer einfachen republikanischen Haartracht begnügen? Weit gefehlt! Das wäre ein Frevel! Ich sage dir, sie ist verrückt!

Das Zimmer unterschied sich allein durch die reiche Ausstattung von denen der Quiriten: Die Decken waren mit Fresken geschmückt, der Boden mit Mosaiken, die Wände mit seltenem Marmor und sogar das Nachtgeschirr war aus massivem Silber.

»Zeig mir deine Wunde«, sagte die junge Frau, während sie Calixtus half, die Tunika abzulegen.

Beim Anblick der unzähligen Narben, die seinen Körper überzogen, konnte sie einen Schrei des Grauens nicht unterdrücken.

»Bei Isis! Wie ist das geschehen?«

Calixtus gab sich geschlagen, er fühlte sich erschöpft und aller Dinge überdrüssig. Er versuchte nicht einmal zu lügen.

»Das ist das Werk eines Scorpio ...«

»Ein Scorpio! Wer hat es gewagt, dich mit einem Scorpio auszupeitschen? Wer ist denn zu so etwas fähig? Wer? Sicherlich Eleazar!«

Er bestätigte rasch diese Erklärung.

»Genau! Wir hatten eine alte Rechnung zu begleichen!«

»Und mein Onkel? Was hat er gesagt?«

Calixtus ließ sich müde auf das Bett der jungen Frau fallen.

»Eleazar ist wieder so mächtig wie früher«, murmelte er mit tonloser Stimme, dann fügte er mit einer gewissen Verzweiflung hinzu: »Und du, du bist nicht mehr da ...«

Mallia klatschte in die Hände.

»Gorgo! Electra! Kommt sofort her!«

Auf der Stelle erschienen zwei kleine Sklavinnen.

»Lauft in die Küche und bringt mir Fett, Scharpie und Leinenbinden. Bringt auch eine Amphore mit Wein. Beeilt euch!«

*

»Und wenn ich dich meinem Onkel abkaufen würde?«
Calixtus, dessen Wunden nun verbunden waren, und der in eine saubere Tunika gehüllt war, führte mit abwesendem Blick seine Weinschale an die Lippen.
»Wenn du etwas willst, Mallia, weichst du offensichtlich nicht davon ab ...«
Betrübt senkte sie den Blick.
»Ich fühle mich so allein hier. Wie ein Eindringling. Ich bin die Adoptivtochter eines syrischen Senators, für Didius Julianus bin ich das ›Geschenk‹ Caesars, das man annehmen mußte. In der Stille dieser Mauern verachtet man mich, doch in der Öffentlichkeit behandelt man mich ehrerbietig. Deine Anwesenheit hier wäre eine große Unterstützung für mich.«
Wenngleich Calixtus' Gedanken tausend Meilen weit von der Nichte des Carpophorus entfernt waren, spürte er doch ein Gefühl des Mitleids für diese Frau in sich aufsteigen, von deren früherer Überheblichkeit heute nichts mehr übrig geblieben war. Jene Überheblichkeit, die oft ihre von der Natur mit wenig Schönheit bedachten Züge hatte vergessen lassen. Die Flamme war erloschen.
Er wollte ihr gerade antworten, als plötzlich irgendwo hinter den Wandteppichen aufgebrachte Stimmen und das Echo von Schritten laut wurden.
»Was geht hier vor sich? Man könnte meinen, der Lärm käme aus der Küche. Gorgo, was ...«
Sie hatte keine Zeit, den Satz zu beenden. Die Wandteppiche wurden wie von einer Sturmböe hinweggefegt. Mallia wurde beiseite gestoßen und an die Wand gedrückt. Voller Erstaunen sah sie Eleazar. Er hatte einen dunklen Umhang über die Schultern geworfen, seine Haare waren zerzaust, die Wangen eingefallen. Mit vor Aufregung zitternder Hand richtete er ein Stilett auf Calixtus. Hinter ihm zeichnete sich die rundliche Gestalt des Didius Julianus ab, der noch immer seinen Lendenschurz trug. Die Wassertropfen auf seiner rosigen Haut zeugten davon, daß man ihn übereilt aus dem Bad geholt hatte. Ein

wenig abseits stand die junge Sklavin Gorgo, die sie vermutlich hergeführt hatte.

»Auch diesmal habe ich dich wiedergefunden, Calixtus! Aber ich habe den Eindruck, du wirst unser Wiedersehen nicht lange genießen können. Du hast das Unrecht begangen, die zwanzig Talente an meiner Stelle einstreichen zu wollen.«

Der Thraker wartete nicht, bis er mehr zu hören bekam. Er hielt noch immer seine Weinschale in der Hand. Mit einer schnellen Bewegung schüttete er dem Vilicus ihren Inhalt ins Gesicht. Überrascht warf der Syrer den Kopf zurück und kniff die Augen zusammen. Kaum hatte er sich wieder gefaßt, traf ihn die schwere silberne, mit Edelsteinen verzierte Weinschale und streckte ihn fast nieder. Mit der freien Hand entriß ihm Calixtus das Stilett und stürzte aus dem Zimmer.

Angesichts der drohend auf ihn gerichteten Waffe war Didius Julianus zur Seite gewichen. Calixtus rannte durch das Atrium und hatte Sekunden später das Haus verlassen. Noch ganz unter dem Eindruck des gerade Erlebten, wollte der Senator seine Sklaven auf ihn hetzen. Doch in diesem Augenblick bohrten sich scharfe Fingernägel in seinen fetten Oberarm und entrissen ihm einen Aufschrei des Schmerzes. Er wandte sich heftig um und stand seiner Gemahlin gegenüber, die ihn mit einem Gesichtsausdruck musterte, den er noch nie an ihr gesehen hatte.

*

Sobald er auf der Straße war, sprang Calixtus auf sein Pferd und sprengte im Galopp davon. Auf der Flucht stieß er eine Fruchtauslage um, versetzte die Passanten in Angst und Schrecken und brachte eine Sänfte ins Wanken. Die Schmerzen erinnerten ihn an seine Verletzungen, und er spürte, wie die Wunden bei jedem Satz des Pferdes wieder aufbrachen. Mehrere Male wäre er beinahe von den Balken erschlagen worden, unter denen ihn seine wilde Flucht entlangführte.

Erst als er das Ufer des Tibers erreicht hatte, verlangsamte er das Tempo des Pferdes.

Selbst als er schon die Fabricius-Brücke überquert und das andere Ufer erreicht hatte, war er noch immer durch das unerwartete Zusammentreffen mit dem Syrer verwirrt. Ohne die zwanzig Talente war ihm der Weg in die Freiheit endgültig versperrt. Und wenn er auf wundersame Weise dem Vilicus entkommen war, so würden ihn doch früher oder später die Sklavenjäger und die Spitzel aufspüren. Gewiß würden letztere ihre Nachforschungen bei den Personen anstellen, die sie mit ihm verbunden wußten: Das machte jegliche Hoffnung, bei Fuscian Hilfe zu suchen, zunichte.

Während er sich geradewegs auf das Amphitheater des Marcellus zubewegte, hatte er den Eindruck, daß alle, denen er im Trastevere-Viertel begegnete, ihn forschend musterten. Geistesabwesend ritt er weiter, bis er an der Wegkreuzung der Via Ostiensis war, die zum Haus des Carpophorus führte.

Auch Eleazar mußte über diese Straße kommen.

Und wenn er ihn in einen Hinterhalt locken würde? Am Stadttor? Zu gefährlich. Nein, wenn er die zwanzig Talente von Julianus an sich bringen wollte, blieb ihm nur eine Lösung. Er mußte den Verwalter abfangen, sobald dieser das Anwesen erreichte. Sicherlich, es war reiner Wahnsinn. Aber die *Isis* würde am nächsten Tag im Morgengrauen ablegen.

*

Wie lange hockte er jetzt schon zusammengekauert dort im Park, gegenüber dem Hauseingang? Der Wind, der durch die halbkahlen Bäume pfiff, ließ ihn frösteln. Sein Körper war nur noch ein einziger Schmerz. Er hatte seit dem Morgen des Vortages nichts mehr gegessen, und er fühlte sich ebenso verletzlich wie die gelben Blätter, die an den Bäumen hingen. Seine Hände zitterten leicht vom Fieber. Das Herz hämmerte in seiner Brust.

Plötzlich erklang in der Ferne der gläserne Ton einer Glocke. Die Sklaven wurden zum Abendessen gerufen. Als sein Blick zum Pferdestall hinüberwanderte, erkannte Calixtus Eleazars hochgewachsene Gestalt. Er unterhielt sich mit einem Stallburschen. Wenn er die letzte Gelegenheit nicht verpassen wollte, mußte er sehr schnell handeln. Ohne den Vilicus aus den Augen zu lassen, schlich er sich zwischen den Pinien vorwärts und erreichte die Stallungen genau in dem Augenblick, als sich der Syrer von den Reitknechten abwandte. Er zog das Stilett, das er wenige Stunden zuvor entwendet hatte, aus den Falten seiner Tunika. Eleazar ging mit raschem Schritt auf Carpophorus' Gemächer zu. Die lederne Börse baumelte gut sichtbar an seinem Gürtel. Er würde ohne Deckung über den Platz laufen müssen, wenn er den Mann aufhalten wollte, ehe er in dem Anwesen verschwand. Nur wenige Klafter ... Das Ende der Welt!

Er sammelte all seine Kräfte und stürzte vorwärts, während er Dionysos und alle Götter anflehte, daß niemand ihn entdecken möge.

Erst im letzten Augenblick, als er nur noch wenige Armlängen von dem Verwalter entfernt war, wandte sich dieser plötzlich, wie von einer Vorahnung getrieben, um.

Die Augen vor Erstaunen und Entsetzen geweitet, hob Eleazar die Hand zur Verteidigung. Das Stilett traf ihn einmal, zweimal, so lange, bis er blutüberströmt am Boden zusammenbrach. Doch er fand noch die Kraft, einen grauenvollen Schrei auszustoßen, der im Park widerhallte. Und jetzt die Börse. Mit sicherem Schnitt durchtrennte Calixtus die Befestigungskordel. Von allen Seiten liefen die Sklaven zusammen. Calixtus stürzte sich mit gezücktem Stilett auf den, der ihm am nächsten stand. Der Mann wich erschrocken zur Seite. Ohne sich weiter um das Geschrei, das sich um ihn herum erhob, zu kümmern, lief Calixtus auf das Ende der Stallungen zu.

Und wohin jetzt? Vor ihm lagen die herrschaftlichen Gemächer, zu seiner Linken die Bäder und zu seiner Rechten der Abstell-

raum, durch den man die Küchen erreichte. Er entschied sich für diese Richtung und hastete in eben dem Augenblick weiter, als die Sklaven aus dem Refektorium in den Hof gelaufen kamen.
Wenig später erreichte er den Abstellraum. Er schloß die Tür hinter sich und tastete sich zwischen den Ölfässern und den Blöcken von Schweineschmalz hindurch, bis er die Küche erreicht hatte. Hier hielt sich nur noch eine Person auf: Carvilius. Unberührt von dem Geschrei und dem Aufruhr, der von draußen vernehmbar war, füllte er eine fette Gans mit Honig.
»Calixtus? Das ... Das ist doch nicht möglich!«
»Schnell, ich brauche deine Hilfe. Du mußt ein Versteck für mich finden.«
»Aber, aber ... was hast du getan? Was ist geschehen?«
»Später, Carvilius, später! Ich flehe dich an, sie werden gleich hier sein!«
Der alte Koch war verschreckt und begann laut zu überlegen: »Ein Versteck? Einen sicheren Ort? Da bleibt nur meine Kammer!«
»Auf keinen Fall! Dort werden sie als erstes suchen.«
Draußen kamen die Stimmen immer näher. Calixtus streckte die Hand nach einem der Messer aus, die auf dem Tisch lagen.
»Nein! Warte! Ich glaube, ich habe eine Idee. Komm mit!«

32

Bald würde der Morgen grauen. Die Menschenjagd hatte im Schein der Fackeln und Öllampen bis spät in die Nacht gedauert. Jeder Klafter des Anwesens, jeder Winkel war von oben bis unten durchsucht, jeder Diener befragt, der Park durchkämmt, die Wasserbecken abgelassen und der Fluß ausgelotet worden. Vergeblich. Jetzt war wieder Ruhe eingekehrt. Das

Anwesen lag schweigend in der Dunkelheit der Nacht. Nur zwei Schatten glitten auf das Ossarium zu.
»Carvilius ...«
»Was ist?«
»Und wenn man uns nun überrascht?«
»Aemilia, wirst du endlich aufhören zu zittern wie Espenlaub? Zum Glück hat bis jetzt niemand daran gedacht, an diesem Ort nachzusehen. Doch das ist auch unwichtig. Er hat mir einmal das Leben gerettet, ich habe eine Schuld zu begleichen.«
Jetzt hatten sie die Steinplatte erreicht, die das Ossarium abdeckte. Carvilius umfaßte mit beiden Händen den Eisenring, mit dessen Hilfe man die Platte anheben konnte.
»Sie ist zu schwer ... Glaubst du, es wird dir gelingen?«
Der alte Mann mußte sich eine gute Weile schinden, ehe es ihm schließlich gelang, die schwere Steinmasse aus ihrer Verankerung zu heben. Aemilia schob zwei Metallstangen in den so geschaffenen Spalt, mit deren Hilfe es ihnen gelang, langsam den Eingang freizulegen. Das Knirschen der Steinplatte, die über den Boden schleifte, hallte in der Stille der Nacht wider, und Carvilius sagte sich bei jeder Bewegung, daß man sie bis zum Subura-Viertel hören mußte.
Endlich war der Zugang ganz freigelegt. Halb ohnmächtig dämmerte Calixtus auf dem lehmigen Grund zwischen den verstreuten Gebeinen der Sklavenskelette vor sich hin, an denen noch die Ketten hingen, in die Carpophorus' Name graviert war. Er lag auf der Seite zusammengerollt, die Arme zwischen die Schenkel geschoben und zeigte auch bei den wiederholten Anrufen des Kochs keine Regung.
»Er ist vielleicht tot ...«, flüsterte Aemilia.
»Nein, man stirbt nicht, nur weil man einige Stunden im Ossarium verbracht hat, vor allem, wenn man so kräftig ist wie er. Hilf mir, ich werde heruntersteigen.«
»Nein, warte! Es gibt noch ein anderes Mittel.«
Aemilia entkorkte sogleich den Weinschlauch, den sie mitgebracht hatte, und schüttete dem Thraker den Inhalt ins Gesicht.

Die Wirkung ließ nicht lange auf sich warten. Calixtus fuhr zusammen. Seine Augenlider zuckten, und als er sah, daß seine Freunde sich über den Rand der Öffnung beugten, richtete er sich mühsam auf. »Ihr ... endlich ...«
»Gib mir die Hand!« befahl Carvilius.
Calixtus gehorchte. Seine Füße stützten sich in den Zwischenräumen des Mauerwerks ab, und wenig später war er an der frischen Luft.
»Er ist kräftiger als eine Eiche«, brummte der Alte, »das habe ich dir doch gesagt!«
Dann fügte er, an Calixtus gewandt, hinzu: »Stimmt es, daß du versucht hast, Eleazar zu töten?«
»Ich mußte es tun«, entgegnete dieser, und seine Hand umklammerte fest die schwere Börse, die an seinem Gürtel hing.
Er wartete einen Augenblick, ehe er sich mit einer gewissen Unruhe erkundigte: »Ist er tot?«
»Nein«, gab Carvilius zurück, »aber so gut wie.«
»Was hat das schon zu bedeuten!« warf Aemilia ein. »Dieser Hund hat schon lange eine Strafe verdient. Wie viele haben durch seine schändliche Behandlung den Tod gefunden!«
»Es ist nicht Eleazars möglicher Tod, der mich peinigt, sondern der Gedanke an den, der dafür verantwortlich ist. Es steht geschrieben: Du sollst nicht töten! Jeglicher Verstoß gegen die Gebote ist eine Entehrung der Seele.«
Der Koch hielt inne, ehe er mit aufrichtig bewegter Stimme fortfuhr: »Wenn der Vilicus sterben sollte, kann ich dir nur wünschen, daß Gott dir vergeben möge. In dieser Welt und in der anderen!«
Der Thraker lächelte schwach.
»Ich denke, daß mir dein Gott, wenn er wirklich so ist, wie du immer behauptest, schon verziehen hat. Doch jetzt muß ich diesen Ort verlassen. Es wird Morgen. Wenn man uns entdecken würde ...«
»Nimm diese Vorräte«, sagte Aemilia und reichte ihm einen kleinen ledernen Beutel.

»Sorge dich nicht um mich. Ich brauche sie nicht. Ich danke euch beiden. *Möge euer Gott euch schützen!*«
»Geh, mein Freund! Ich kenne deine Pläne nicht, doch wohin auch immer du ziehen magst, das Glück möge mit dir sein! Geh jetzt schnell ...«
Calixtus betrachtete die beiden, und seine Kehle war wie zugeschnürt, doch zugleich hallten Marcus' Worte in seiner Erinnerung wider: »Ich werde nicht ewig warten. Wenn die zweite Stunde verstrichen ist, werde ich die Segel setzen.«

*

Bald würde die aufgehende Sonne die Albaner Berge rot färben. Nie würde er den Hafen vor dem Auslaufen der *Isis* erreichen.
Der Meilenstein, an dem er sein Pferd angebunden hatte, stand noch immer am Rande der Straße, doch das Tier war verschwunden. Er untersuchte die Spuren auf dem Boden, und von der leisen Hoffnung beflügelt, das Tier hätte sich vielleicht nicht allzu weit entfernt, machte er sich daran, die Umgebung abzusuchen. Vergebens.
Er war verzagt, und sein Körper wurde von immer heftigeren Schmerzen gepeinigt. Er hob den Kopf gen Himmel, so als würde er dort ein Zeichen der Hilfe suchen, doch er sah nichts als die schwarzen Wolkenberge, in denen er das verschwommene Bild der *Isis* zu erhaschen glaubte, die sich ihren Weg durch das Meer bahnte.
Die ersten Regentropfen fielen. Calixtus stand noch immer unbeweglich da, hob mit geschlossenen Augen das Gesicht und gab sich ganz dem Gewitter hin. Seine Entscheidung stand fest. Er würde nicht aufgeben. Was bedeutete es schon, wenn er auf dem Weg zusammenbrechen und sterben würde? Er würde zu Fuß die zehn Meilen zurücklegen, die ihn vom Hafen trennten. Die *Isis* mußte zu dieser Zeit die Anker lichten. Doch das war nicht mehr von Bedeutung. Er würde dennoch zum Kai gehen.
Seine Finger hielten die Lederbörse umklammert. Wenngleich

er jetzt zwanzig Talente besaß, machte er sich keine falschen Hoffnungen, daß er sie je ausgeben könnte. Früher oder später würde man ihn finden. Alles war verloren. Das wußte er. Dennoch machte er sich, von einer Art selbstmörderischer Starrhalsigkeit getrieben, auf den Weg nach Ostia.

*

Er bewegte sich mit unwirklicher Langsamkeit vorwärts.
Der Regen hatte seine Tunika durchnäßt, und ihm war, als würden bleierne Gewichte an seinen Knöcheln hängen. Noch dazu hatte sich ein eisiger Wind erhoben. Trotz seiner verzweifelten Versuche, den Schritt zu beschleunigen, waren seine Beine wie gelähmt. Es gelang ihm nicht, das Zittern in seinen Gliedern zu beherrschen. Plötzlich glaubte er in der Ferne die Umrisse einer Thermopole auszumachen. Er wurde von einer letzten Hoffnung erfüllt. Wenn er sie nur erreichen würde, könnte er dort etwas Nahrung und Wein zu sich nehmen, um wieder zu Kräften zu kommen. Doch schnell war er ernüchtert, was er für eine Taverne gehalten hatte, war in Wirklichkeit nichts als die Ruine eines verlassenen Domus.
Wie in einem Alptraum folgte ein Meilenstein auf den anderen. Zehn. Neun. Acht ...

*

Die ersten Häuser von Ostia waren hinter der Regenwand zu erkennen.
Der Wind und das Wasser hatten die Fackeln der öffentlichen Straßenbeleuchtung erlöschen lassen. Er verirrte sich mehrmals in den Gassen, in denen langsam das Leben erwachte. Einige morgendliche Passanten schielten mißtrauisch und verwundert auf dieses struppige Phantom, das durch die Stadt taumelte. Er wollte einen von ihnen ansprechen, doch er hatte nicht mehr die Kraft, Erkundigungen über die Schiffe, die

Richtung Orient ausliefen, einzuziehen. Er irrte umher, ohne zu wissen, wohin er seinen Schritt lenken sollte. Sein Blick glitt unwillkürlich zur Hafenmitte. Er glaubte zunächst, endgültig dem Wahnsinn verfallen zu sein. Und dennoch ... Sie war da. Wenige Schritte vor ihm schaukelte sie sanft an ihrer Ankerkette. Die *Isis*. Sie war es! Er hätte sie unter tausend anderen Schiffen erkannt. Von diesem unglaublichen Anblick beflügelt, eilte er auf das Schiff zu.

*

Jetzt zog ein kaltes, karminrotes Licht am Horizont auf. Langsam stieg es am Himmel auf und ergoß sich dann über das ganze Meer. So wie der geschnitzte Schwan auf dem Bug des Schiffes es anzeigte, hatte die *Isis* Kurs auf südliche Gefilde genommen. Tief unten im Lagerraum zählte Marcus zum drittenmal wütend die Geldstücke.
»Und du hast noch die Vermessenheit, mir zu sagen, daß diese zwanzig Talente gerade zweihundertfünfzigtausend Sesterzen ausmachen! Dabei hatten wir vierhunderttausend Sesterzen vereinbart!«
Calixtus, dessen Züge vom Fieber und der hinter ihm liegenden Anstrengung gezeichnet waren, schüttelte erschöpft den Kopf.
»Glaubst du denn, ich wäre so töricht, dir hier die gesamte Summe auszuhändigen? Dann hättest du mich umgehend ins Meer geworfen. Nein, mein Freund Marcus, wenn du deinen Lohn erhalten willst, mußt du mich zum richtigen Hafen bringen. Einhundertfünfzigtausend Sesterzen warten in einer Bank in Alexandria auf dich.«
Der Kapitän musterte den Thraker mit gerunzelter Stirn und brach schließlich in sein übliches Gelächter aus.
»Bei Polybius! Du bist klüger als alle Füchse Galliens und Italiens zusammen. Nun gut. Aber vergiß nicht, daß ich dir, falls du nach unserer Ankunft in Alexandria versuchen solltest, mich zu täuschen« – bei diesen Worten zog Marcus seinen spitzen

Säbel aus der Scheide –«, »als Barbier dienen werde, und dieser Barbier ist bekannt für seine Ungeschicklichkeit.«
»Bei dir verwundert mich nichts. Dennoch ...«
Calixtus ließ sich vorsichtig zwischen zwei Bündeln nieder, ehe er fortfuhr: »Wie kommt es, daß du über die zweite Stunde hinaus auf mich gewartet hast? Als ich das Schiff entdeckte, das noch immer vor Anker lag, habe ich wirklich an meinem Verstand gezweifelt. Sollte ein Schurke wie du noch einen Rest von Anstand haben? Oder war es der Anreiz des Geldes?«
»Täusche dich nicht. Ich wäre aufgebrochen.«
»Aber?«
»Schluß mit dem Geschwätz! Dir ist der Grund für mein Warten besser bekannt als mir!«
»Selbst wenn es dich verwundert, ich kenne ihn nicht.«
»Gestern gegen Mittag kam ein bärtiger junger Mann von athletischer Gestalt zu mir. Er hat mir eintausend Denare übergeben, damit ich meine Abreise verschiebe und bis zum Abend der Iden warte.«
»Ein Mann von athletischer Gestalt?«
»Ja, vor allem seine plattgedrückte Nase ist mir im Gedächtnis geblieben.«
»Narcissus ...«
»Hier, er hat mir sogar diese Nachricht für dich übergeben.«
Calixtus zog das Pergament aus der ledernen Schutzhülle und entrollte es fieberhaft. Er erkannte die Handschrift auf den ersten Blick.

Des ungesprochenen Wortes bist du der Herr. Des ausgesprochenen Wortes bist du der Sklave. Denke daran.

ZWEITES BUCH

33

Alexandria, Januar 187

Die Sonne ging über dem Rhacotis* unter und berührte jetzt fast den Scherbenhügel.

Das war die ruhigste Stunde des Tages. Die restliche Zeit über war Alexandria ebenso von Leben erfüllt wie die Bienenstöcke des Virgil. Im Gegensatz zu den Quiriten von Rom, wo der Müßiggang von allen Kaisern gefördert worden war, führte bei den Alexandrinern das Streben nach Gewinn zu einer wahren Besessenheit.

Diese Stadt war der Knotenpunkt der Schiffahrtswege für den Orient. Jedes Jahr zur Regenzeit wurden von mehr als einhundert Schiffen, die durch den Kanal vom Roten Meer zum Nil fuhren, Gewürze, Seide, Elfenbein und Duftstoffe durch die riesigen Warenlager, die als »Schätze« bezeichnet wurden, geführt. Hier war auch der Heimathafen der Sitopompoia, jener berühmten Weizenflotte, die, beladen mit einem Drittel des ägyptischen Weizens, nach Ostia und Pozzuoli auslief. Doch das rege Treiben dieser rührigen Hauptstadt, die zwischen dem See von Marea und dem Meer lag und durch zahlreiche Kanäle mit dem Nil verbunden war, beschränkte sich nicht nur auf den Handel. Überall hatten Glasbläser ihre Werkstätten und Handwerker ihre Stände eingerichtet. Hier wurden die Stoffe, die Häute, der Papyrus, die Essenzen und die Kunstwerke, die sowohl für die Bürger Roms als auch für den Hof der Han bestimmt waren, hergestellt.

Vom Morgengrauen bis zur Dämmerung drängte sich ein buntes Völkergemisch in den Straßen Alexandrias: jüdische

---

* Eingeborenen-Viertel

Gewerbetreibende und Seeleute verschiedenster Herkunft, Parther, die man an ihrem zylinderförmigen Kopfschmuck erkannte, halbnackte ägyptische Bauern, Gelehrte aus den Museen, gefolgt von Horden von Studenten, und die unvermeidlichen Zöllner der Caesaren. Darüber hinaus waren überall, sei es in den Tavernen, den Palästen oder in den Hafenvierteln, jene berühmten Kurtisanen vertreten, die der Stadt den Ruf der Fleischeslust und des Sittenverfalls eingebracht hatten.

Ausnahmsweise waren an diesem Spätnachmittag die Straßen fast leer und vom Tempel des Serapis bis zur Straße des Dais und des Sona begegnete man kaum einem Menschen. Für jemanden, der Alexandria kannte, war das nicht weiter verwunderlich. An jenem Tag fand ein Rennen im Hippodrom statt, und die Leidenschaft für Spiele war in dieser ägyptischen Stadt ebenso grenzenlos wie in der Hauptstadt des Reiches.

Jene Einwohner, die weniger aufgeregt und vergnügungssüchtig waren, nutzten die Gelegenheit, um Dinge zu erledigen, die ihnen am Herzen lagen. Zu ihnen gehörte auch Clemens. Er war gerade auf die Agora des Hafens gekommen, und mit einem Schritt von vorgetäuschter Leichtigkeit betrat er jetzt die Schriftenhandlung seines alten Freundes Lysias. Er verweilte einen Augenblick auf der Schwelle, um die Anzeigen zu lesen, die an den wurmstichigen Türflügel geheftet waren, wobei er voller Befriedigung feststellte, daß die *Moralis philosophiae libri** wieder zu haben waren. Ohne sich weiter aufzuhalten, betrat er das Geschäft, das aus einem Raum von bescheidener Größe bestand, dessen Wände bis hinauf zur Decke mit Regalen bedeckt waren. Er besuchte diesen Ort immer mit Freuden. Einige Kunden untersuchten Pergamentrollen, andere debattierten lebhaft über Schriftwerke. Über ihren Köpfen tanzten im hell einfallenden Sonnenlicht kleine Staubkörnchen.

»Herr! Wie beglückt ich bin, dich zu sehen!«

»Lysias! Lysias, mein Freund. Wie oft muß ich dir noch sagen,

---

* Werke der Moralphilosophie. Die des Seneca existieren nicht mehr.

daß du mich nicht Herr nennen sollst. Das ist lächerlich. Ich bin ebensowenig dein Herr, wie du mein Sklave bist!«

»Ich weiß, ich weiß, Herr! Aber was kann ich tun? Ich könnte mir nicht im geringsten vorstellen, wie ich dich sonst nennen sollte. Außerdem, nannten nicht auch die Apostel unseren Herrn so?«

»Lysias! Du bist kein Apostel, und ich bin noch weniger unser Herr! Aber sprechen wir lieber von den *Moralis philosophiae libri*. Offenbar sind sie wieder zu haben.«

»Das stimmt! Ich werde dir sogleich das Exemplar bringen, das ich für dich zurückgelegt habe.«

Kurze Zeit später überreichte Lysias Clemens eine Schachtel mit wundervollen Pergamentrollen, die von purpurfarbenen Bändern zusammengehalten wurden.

»Doch sage mir, wie kommt es, daß ein christlicher Philosoph wie du so viel Aufhebens um die Werke eines Heiden macht?«

»Aus dem einfachen Grund, weil es immer eine Bereicherung ist, die Gedanken seiner Vorfahren zu kennen. Außerdem ist in meinen Augen von allen heidnischen Philosophen Seneca derjenige, der dem wahren Glauben am nächsten ist. Es geht übrigens das Gerücht um, daß er von einem unserer Brüder bekehrt worden ist.«

»Ich verstehe ... Brauchst du noch etwas anderes?«

»Eine Rolle Papyrus.«

Lysias setzte eine betrübte Miene auf.

»Leider ist die staatliche Versorgungsstelle schon wieder mit der Lieferung in Verzug. Und die Rollen, die mir noch bleiben, sind vorbestellt.«

Verärgert strich Clement mit der Hand über seinen Bart.

»Wann erwartest du die neue Lieferung?«

»Ach Herr, du weißt so gut wie ich um den Ruf, in dem die staatlichen Dienste stehen. Zwei Tage, drei Monate, ich weiß es nicht.«

»Und wenn ich dir das Doppelte zahlen würde?«

Der Schriftenhändler zuckte zurück, als hätte eine Hornisse ihn gestochen.

»Wie kannst du auch nur eine Sekunde davon ausgehen, ich würde mich dir gegenüber wie einer jener ehrlosen Kaufleute verhalten? Nein, ich bin aufrichtig! Sie sind alle vorbestellt.«
»Nun gut«, brummte Clemens, der äußerst enttäuscht war. »Was bin ich dir für das Werk schuldig?«
»Du willst mich wirklich verärgern. Doch... warte, ich glaube...«
»Was ist?«
»Ich erkenne den Kunden, der meine letzten Papyrusrollen bestellt hat. Wer weiß, vielleicht erklärt er sich ja bereit, dir eine davon abzutreten.«
Clemens' Blick fiel auf den jungen Mann, der eben das Geschäft betreten hatte. Er war hochgewachsen und offensichtlich noch jung, wenngleich seine Züge schon gezeichnet waren. Sein Haar war von weißen Fäden durchzogen, und ein voller Bart zierte sein Kinn.
Lysias ging auf ihn zu.
»Deine Bestellung liegt bereit, edler Herr. Verzeih mir die Frage im voraus, aber mein Freund, der sich hier befindet, ist in Schwierigkeiten, und ich denke, daß es dir vielleicht möglich wäre, ihm zu Hilfe zu kommen.«
»Worum geht es?« fragte der Mann mißtrauisch.
Clemens stellte fest, daß sich sein Gesicht plötzlich verfinstert hatte. Er beschloß einzugreifen.
»Keine Sorge, Lysias hat die Gabe, alles übertrieben schlimm darzustellen. Ich benötige nur eine Rolle Papyrus, und mein Freund hat mir gesagt, daß du die letzten vorbestellt hast. Vielleicht hättest du die Freundlichkeit, mir eine abzutreten?«
Wieder beobachtete Clemens, daß sich der Gesichtsausdruck des jungen Mannes veränderte, doch dieses Mal entspannte er sich.
»Wenn es weiter nichts ist! Mit Vergnügen! Wähle nur. Ich habe mehr Rollen, als ich benötige. Eigentlich habe ich nur der Schnelligkeit der staatlichen Versorgungsstelle mißtraut und dementsprechende Vorsichtsmaßnahmen getroffen.«
Clemens dankte ihm und machte sich daran, mehrere Rollen

auf einem Tisch auszubreiten, um sie eingehend zu untersuchen. Die besten Stücke erkannte man – wie er wußte – an der Länge des horizontalen Teils. Er strich mit der Hand über die Fläche, um sich zu vergewissern, daß der Papyrus gut poliert war. Während er die Rollen prüfte, konnte er nicht umhin, mit halbem Ohr auf das Gespräch zu lauschen, das sich zwischen Lysias und seinem Kunden entspann.

»Ich möchte auch ein Werk kaufen.«

»Ja, natürlich. Welche Art wünschst du? Einen Roman, Poesie, ein technisches Werk?«

»Hast du vielleicht eine Schrift von einem ...« Er suchte angestrengt nach dem Namen. »Ja, genau, von einem gewissen Platon.«

»Aber sicherlich. Welches möchtest du. Die *Apologia, Phaidros, Timaios, Kritias* oder ...«

»Nichts von alldem. Nein, das *Gastmahl*. Das ist doch von Platon, nicht wahr?«

»Das *Phaidros – Das Gastmahl?* Ja, sicherlich! Aber leider habe ich kein Exemplar vorrätig. Du wirst dich gedulden müssen. Und wie du es so richtig bei den Papyrusrollen bemerkt hast, hängt alles von der Schnelligkeit der Lieferungen ab.«

Clemens konnte nicht anders, als wieder in das Gespräch einzugreifen.

»Ich kann mich des Eindrucks nicht erwehren, daß die Vorsehung auf unserer Seite ist. Dieses mal bin ich in der Lage, dir meine Hilfe anzubieten, denn ich besitze eine Ausgabe des *Gastmahls*. Ich wäre sehr glücklich, wenn du mir gestatten würdest, sie dir zu überlassen.«

Der Unbekannte musterte Clement zögernd.

»Ich möchte dir nicht ein Werk vorenthalten, das du vielleicht brauchst ...«

»In dieser Hinsicht brauchst du keine Bedenken zu hegen«, fiel Lysias ein. »Der Herr könnte dir das gesamte Werk des göttlichen Platon auswendig hersagen. Doch sein Wissen beschränkt sich nicht allein darauf.«

»Wie immer übertreibt Lysias. Also, würdest du es annehmen?«
»Nur wenn du mir gestattest, dir die Papyrusrollen, die du gewählt hast, zu schenken.«
Clemens lachte laut auf.
»Ich vermute an, wenn ich ablehnen würde, würdest du dem *Bankett* entsagen! Also einverstanden. Ich wohne im Brucheon-Viertel. Wenn du willst, können wir gleich hingehen.«
Der Unbekannte willigte ein, und kurz darauf verließen sie die Schriftenhandlung.
»Du bist also ein Liebhaber der Philosophie?«
»Ein Liebhaber der Philosophie? Nein, nicht wirklich. Warum diese Frage?«
»Nun, sie drängt sich auf, wenn sich jemand für Platon interessiert.«
»Er ist also ein Philosoph ...«
Zunächst glaubte Clemens, daß der Mann einen Scherz machte, doch angesichts seines ernsthaften Gesichtsausdrucks begriff er schnell, daß dem nicht so war. Er fuhr fort: »Ja, ein Philosoph. Ein Grieche wie ich auch.«
»Eigentlich habe ich nach diesem Werk gefragt, weil man es mir empfohlen hat.«
»Ich verstehe.«

*

Sie hatten jetzt den Kornmarkt erreicht. Hier wurde der Preis für den Weizen festgelegt, der an die Annona verkauft wurde, ehe er größtenteils kostenlos an den römischen Plebs verteilt wurde.
»Gewöhnlich wimmelt es an diesem Ort von Menschen. Doch heute fiebert ganz Alexandria im Hippodrom. Ich nehme an, du bist kein Anhänger solcher Art von Lustbarkeiten.«
»Das ist richtig. Und seit einem gewissen Ereignis empfinde ich sogar eine tiefe Abscheu gegen alles, was mit der Arena und den Spielen in Zusammenhang steht.«

Die doppeldeutige Antwort vergrößerte nur noch Clemens' Verwunderung.
Als sie den Markt verließen und in die Sona-Straße einbogen, fragte er plötzlich: »Verzeih meine Neugier, aber du scheinst nicht aus Achaia* zu stammen. Deine Aussprache ...«
»Bemerkt man das so sehr? Es stimmt. Ich komme aus dem Land des Boreas**. Aus Thrakien, genauer gesagt.«
Offensichtlich war ihm diese Vertraulichkeit unangenehm und er fuhr schnell fort: »Wohnst du im Museum?«
»Nein, aber nicht weit davon entfernt. Ich bewohne ein kleines Haus, das ein wenig abseits von der Dais-Straße liegt.«
»Wenn ich Lysias Worten vertrauen kann, mußt du ein bekannter Gelehrter oder Arzt sein.«
Clemens lachte leise auf.
»Ganz und gar nicht. Ich bin nur der Leiter einer Schule, die von großzügigen Spendern unterhalten wird. Und ich heiße Titus Flavius Clemens.«
»Ein Grammaticus, wie die Römer sagen.«
»Mir ist das Wort Pädagoge lieber.«
Sie gingen jetzt im Schatten der Kolonnaden, und nachdem sie das Mausoleum des Alexander hinter sich gelassen hatten, bogen sie ins Brucheon – das Judenviertel – ein und erreichten schließlich Clemens' Haus.

*

»Erstaunlich«, murmelte der Mann, während er die große Anzahl von Werken betrachtete, die mit ledernen Hüllen geschützt waren und auf den Regalen aus Zedernholz aufgereiht standen. Die Elfenbeinknaufe ragten aus den Papyrusrollen vor, und auf den scharlachroten Bändern waren sorgfältig die Titel vermerkt.

---

* Während des röm. Reiches war Griechenland die Provir ҉ Achaia
** Gott des Nordwindes

»Laß dich nicht beeindrucken, diese Bibliothek umfaßt bei weitem nicht die gesamte griechische und römische Literatur. Ganz zu schweigen von der der Barbaren. Und wenngleich ich viel zu meinem Vergnügen lese, so ist die Mehrzahl der Werke doch für meine Arbeit nötig. Abgesehen von einigen lyrischen Gedichten des Pindar, für den ich eine aufrichtige Zuneigung hege. Und auch die Epen des Homer, die ich, seit der Zeit meines Studiums in Athen, immer wieder mit der gleichen Begeisterung lese. Der Rest, wie etwa diese ungeheuerliche Wissensmasse, die diese Enzyklopädie des Favorinus darstellt, ist recht undurchdringlich. Nein, wenn du wirklich etwas Außergewöhnliches sehen willst, dann mußt du dich in die Bibliothek von Alexandria begeben. Sie umfaßt mehr als siebenhunderttausend Werke.«
»Siebenhunderttausend!«
»Das ist recht wenig, wenn man bedenkt, daß der größte Teil des Baus und seiner Schätze zur Zeit Cäsars und Kleopatras zerstört wurde.«
Der Mann nickte beeindruckt, während Clemens nach einer Rolle griff, auf der der Name *Platon* geschrieben stand.
»Hier, das ist das *Gastmahl*.«
»Sei bedankt.«
»Behalte es nur so lange du willst. Die Werke Platons sind eine Musik, der man nur mit Muße lauschen kann.«
Er hielt einen Augenblick inne, ehe er fragte: »Würdest du mir jetzt auch sagen, wie du heißt?«
»Calixtus.«
»Calixtus«, wiederholte Clemens nachdenklich.

34

Clemens öffnete die Lider ein wenig und sah durch den Spalt der Fensterläden, daß eine gleichmäßige Helligkeit an die Stelle des unregelmäßigen Lichtes, das der Turm von Pharos verbreitete, getreten war.
Der Morgen graute schon.
Neben ihm seufzte seine Frau leise und schmiegte sich an ihn. Clemens lächelte. Maria hatte viele Vorzüge, doch sie war keine Frühaufsteherin. Eigentlich war es normal, daß die junge Frau mit ihren kaum zweiundzwanzig Jahren mehr den Freuden des Schlafes zusagte als er, der er schon beinahe vierzig war.
Clemens stützte sich auf den Ellenbogen und betrachtete sie mit unendlicher Zärtlichkeit. Ihr nackter Körper, der kaum von dem Laken bedeckt war, atmete friedlich im Halbdunkel. Zur Sommerzeit hätte Clemens sie ihren Bedürfnissen entsprechend schlafen lassen, doch im Winter waren die Tage kürzer, und es war so viel Arbeit zu erledigen. Er weckte sie, indem er sie sanft auf die Augenlider küßte, stieg aus dem Bett und begann sich anzukleiden. Nachdem er seinen Lendenschurz und seine Sandalen geknotet hatte, schob er den Kopf durch den Halsausschnitt seiner langen weißen Dalmatika und schnallte den Gürtel um, ehe er mit jener für ihn typischen Handbewegung sein kurzgeschnittenes Haar glattstrich.
Er öffnete das Fenster. Die winterliche Morgenluft schien ihm wundervoll frisch. Sein Blick glitt über die Ansammlung weißer Mauern und die Terrassen hinweg und ruhte auf dem feinen Schleier von Staub und Nebel, der über dem Horizont lag. Seine Frau trat zu ihm. Auch sie hatte eine Tunika aus weißer Wolle angelegt, ihr Haar im Nacken zu einem Knoten zusammengefaßt und mit einer langen Nadel festgesteckt.
Clemens betrachtete seine Gemahlin und dachte über das Glück nach, das Leben mit einer solchen Frau zu teilen. Es war ihm eine Freude, daß Maria im Licht des Herrn Jesus geboren

und aufgewachsen war. Da sie von klein auf dazu erzogen worden war, daß sich eine Frau innerlich und nicht äußerlich schmücken muß, hatte sie keine durchstochenen Ohren und lehnte den Besitz von Geschmeide, Ringen und Tand ab, der den heidnischen, wohlhabenden Frauen so unverzichtbar schien. Auch ihre reine Kleidung stand im Gegensatz zu den Kleidern aus Purpur und chinesischer Seide, die in Alexandria so sehr in Mode waren. Was Clemens natürlich am meisten zu schätzen wußte, war die Tatsache, daß sie nicht ihre Zeit damit verlor, stundenlang ihre Locken und Zöpfe zu richten, oder ihre Farben und Perücken zu wählen, die – wie er oft spöttisch bemerkte – die Frauen oft um die Nachtruhe brachten, da sie befürchteten, im Schlaf die Kunstwerke zu zerstören, die sie tagsüber errichtet hatten.

Seite an Seite hob das Ehepaar die Hände, um den Segen zu erflehen.

Als das Gebet beendet war, fragte Maria: »Du scheinst mir seit gestern besorgt.«

Clemens, der überrascht und zugleich gerührt war, daß seine Frau so gut in ihm zu lesen vermochte, wandte sich zu ihr um.

»Es stimmt, ich mache mir Sorgen um jemanden.«

»Um einen deiner Schüler?«

»Nein, es geht um einen Mann, den ich vorgestern bei Lysias getroffen habe. Ein gewisser Calixtus.«

»Der Mann, den du mit nach Hause gebracht hast?«

»Ja. Welchen Eindruck hast du von ihm?«

Die junge Frau zögerte.

»Ich habe ihn nur kurz gesehen. Ich kann nur sagen, daß ich ihn schön fand. Schön, aber eigenartig. Als sich unsere Blicke begegnet sind, hatte ich den unangenehmen Eindruck, daß der seine mich durchbohrte. Wenn ich mich im übrigen recht erinnere, hat er das Haus ein wenig fluchtartig verlassen. Was weißt du über ihn?«

»Nicht viel. Lysias hat mir anvertraut, daß Calixtus erst seit kurzer Zeit in unserer Stadt ist. Zwei oder drei Monate, glaube

ich. Daß er zurückgezogen in einem kleinen Haus in der Nähe des Sees wohnt und daß er es offensichtlich nicht nötig hat, zu arbeiten.«
»Ist das alles? Warum beunruhigst du dich dann? Warum bringst du dieser Person so viel Aufmerksamkeit entgegen?«
»Weil ich glaube, daß ihm im Verlauf unserer Unterhaltung klar geworden ist, daß ich Christ bin. Ich hatte den Eindruck, daß ihn das verärgert hat.«
Maria musterte ihn besorgt.
»Glaubst du, daß er ein Spitzel ist?«
Clemens spürte die Unruhe seiner jungen Frau.
»Nein, ganz und gar nicht. Mach dir keine Sorgen.« Er streichelte zärtlich Marias Wange, ehe er schloß: »Ich muß mich eilen, die Arbeit wartet.«

*

Als Clemens sich angenehm in der Ruhe seines Lesezimmers eingerichtet hatte, schnitt er seinen Calamus zu und machte sich daran, die Abhandlung zu verfassen, die er seinen Schülern zugedacht hatte.
Was ihm Schwierigkeiten bereitete, war die Geschichte des jungen Reichen, die von Markus beschrieben wird. Die Darstellung endete mit den Worten: *Leichter ist es, daß ein Kamel durch ein Nadelöhr geht, als daß ein Reicher in das Reich Gottes eingeht.* Diese Behauptung war in Alexandria, wo es mehr Wohlhabende als anderswo gab, besonders schwierig. Würden diese sich unter dem Vorwand, daß sie ohnehin ausgeschlossen waren, verweigern und die Botschaft des Herrn nicht annehmen?
Nachdem er lange nachgedacht hatte, begann Clemens das aufzusetzten, was ihm eine Lösung schien.
In seiner methodischen, überlegten Art stellte er das Gerüst der Abhandlung auf, die er sodann ausführen wollte. Die Worte Jesu richteten sich vor allem an den Geist. Vielleicht besaß der junge Reiche viele Güter, dennoch war er sicherlich mittellos. Denn

der Reiche fühlt sich gegenüber denen, die mehr besitzen als er selbst, immer arm. Also sollte nicht der Reichtum als solcher verdammt werden, sondern die Liebe zum Geld. Es war jene innere Leidenschaft, gepaart mit Eifersucht, Neid und Egoismus – den unabänderlichen Begleiterscheinungen –, die letztlich seinem Heil im Wege standen. Doch wenn der Reiche seine Güter als einen Besitz empfand, der ihm eher anvertraut war, um das Wohlergehen seines Nächsten als das eigene zu sichern, statt sich von ihnen beherrschen zu lassen, dann würde er sich im Einklang befinden.

An dieser Stelle seiner Ausführungen wurde Clemens von Zweifeln beschlichen. War diese Auslegung wirklich die beste? Plötzlich fühlte er sich unsicher; er legte seine gespitzte Schilffeder nieder, faltete die Hände und bat den Herrn, seine Seele zu erleuchten, damit er keinem Irrtum verfiele. Dieser Wunsch entsprang nicht persönlicher Eitelkeit, vielmehr wollte er vermeiden, daß sein Werk Verwirrung in den Herzen derer stiftete, für die es bestimmt war.

Er meditierte schon eine ganze Weile, als Maria anklopfte, um ihm mitzuteilen, daß seine Schüler sich eingefunden hatten.

*

»Ist der Hellenismus mit dem Christentum vereinbar? Müssen nicht die Christen in dieser Philosophie eher eine Gefahr als eine Hilfe sehen? Ich versichere euch, daß der Versuch, der hellenischen Philosophie eine vorbereitende Rolle zuzuweisen, in keinster Weise bedeutet, daß man in irgendeiner Form die Bedeutung und vor allem Unabhängigkeit des Christentums beeinträchtigt. Man kann leicht die Auffassung vertreten, daß die Griechen einige Strahlen des Göttlichen Wortes erhascht und einige Bruchteile der Wahrheit zum Ausdruck gebracht haben. Dadurch belegen sie, daß die Macht der Wahrheit nicht verhüllt ist. Andererseits beweisen sie ihre eigene Schwäche, weil sie nicht das Ziel erreicht haben.«

Clemens schöpfte Atem, ehe er lächelnd fortfuhr: »Ich nehme an, daß es für euch alle jetzt klar ist, daß diejenigen, die etwas tun oder sagen, ohne daß das Wort der Wahrheit ihnen zu eigen ist, jenen Menschen gleichen, die versuchen, ohne Beine zu gehen.«

Clemens sprach zu seinen Schülern wie zu alten Gefährten. Es gab keines der ihn umgebenden Gesichter, das ihm nicht vertraut gewesen wäre. Nicht ein Gesichtsausdruck, den er nicht hätte deuten können.

Denis war ein junger Mann mit einem beeindruckenden Gedächtnis, der schon jetzt Geschick in der Menschenführung an den Tag legte. Leonidas, der seinen kleinen Sohn Orienus auf dem Arm trug. Lysias, der Schriftenhändler. Basilidus, der junge Mann mit der Inbrunst der Neubekehrten, und jenes schüchterne, zurückhaltende junge Mädchen namens Potamienna. Neben ihnen Simeon, der hellenisierte Jude, Marcus, der Reisende, den seine italienischen Brüder empfohlen hatten, und all die anderen. Alle standen und lauschten aufmerksam ihrem Lehrer, dem sie bisweilen zu einem Wort oder einer Parabel Fragen stellten.

Plötzlich erstarrte Clemens, der sich gerade anschickte, eine Frage zu beantworten. *Er* war da. Er hatte sich zurückhaltend ein wenig abseits in einer Ecke des Raumes niedergelassen.

Als sich Clemens von seiner Verwunderung erholt hatte, sprach er ihn sogleich mit einem breiten Lächeln an: »Und du, mein Freund, denkst du auch, daß die Griechen uns auf dem Weg der Suche nach der Wahrheit vorausgegangen sind?«

Calixtus, der sich in die Enge getrieben fühlte, stotterte: »Ich... ich kann nur für Platon sprechen... und auch bei ihm nur für ein Werk...«

»Sicherlich, Platon ist ein ausgezeichneter Führer. Hat er sich nicht selbst auf die Suche nach Gott begeben? Übrigens könnte man ohne Gefahr der Übertreibung behaupten, daß bei allen Menschen, vor allem aber bei jenen, die sich mit einer spirituellen oder intellektuellen Suche beschäftigen, ein Hauch der göttlichen Eingebung zu spüren ist.«

Clemens stützte seine Ausführung auf Zitate von Autoren, die den Anwesenden vertraut zu sein schienen. Calixtus erkannte – wenngleich ihm die Welt der Literatur und Philosophie unbekannt war – hier und da einige Namen. Platon natürlich, der Gott als den König aller Dinge, als das Maß selbst der Existenz bezeichnete. Aber auch Kleanthes, der Stoiker, von dem Apollonius so oft gesprochen hatte, und der die Heiligkeit, die Gerechtigkeit und die Liebe des Höchsten Wesens verkündete. Ebenso wie die Pythagoreer, über die Fuscian und seine Freunde manchmal Vorträge gehalten hatten, und die an die Einheit Gottes glaubten. Andere Namen hingegen waren ihm vollkommen unbekannt. Etwa Antistenes, der Zyniker – der Platons Gegner gewesen sein sollte und den Clemens dennoch lobte, da er dem einzig wahren Gott seine Ehrerbietung bezeugt hatte. Der Feldherr Xenophon, der die These vertreten hatte, daß Gott nicht wie die Götter des Olymp in menschlicher Form dargestellt werden konnte.
»Es ist Gottes Gnade zu verdanken, daß diese Behauptungen in den Werken jener Autoren erhalten geblieben sind«, sagte Clemens schließlich abschließend. »Sie beweisen, daß jedes Wesen in der Lage ist, und sei es in noch so geringem Maße, einen Blick auf die Wahrheit zu erheischen.«

*

Zunächst hatte Calixtus geglaubt, er sei in den Vortrag eines gewöhnlichen Rhetorikers geraten. Doch schnell war er davon überzeugt, daß Clemens die Rhetorik nur dazu benutzte, um jene Lehre zu verbreiten, von der Menschen wie Carvilius, Flavia und Hippolyt ihn zu überzeugen versucht hatten. Er sah sich gezwungen einzugestehen, daß dieser Rhetoriker all denen, denen er zuvor begegnet war, überlegen war. Er war klar und überzeugend, und man konnte ihm leicht folgen. Etwas hatte den Thraker ganz besonders begeistert: Er war der erste, der Argumente anführte, die ihn berührten, ohne seine Überzeugungen anzugreifen. Er versuchte nie, anderen seinen Glauben aufzuzwingen, indem er sich lediglich auf die Autorität des Zimmermanns aus Nazareth berief. Nein, diesmal hatte er es mit einer anderen Sicht zu tun.

Die Schüler verabschiedeten sich langsam. Er wartete, bis alle den Raum verlassen hatten, ehe er sich an Clemens wandte.

»Ich hoffe, du bist nicht verärgert über mein Eindringen. Ich trage allerdings nur zum Teil die Schuld daran. Ich bin gekommen, um dir deine Schrift zurückzugeben, und dein Sklave hat mich hierhergeführt, da er mich sicherlich für einen Schüler gehalten hat.«

»Er hat gut daran getan. Ich hoffe nur, daß dich meine Ausführungen nicht allzu sehr gelangweilt haben.«

»Du bist sicherlich ein sehr begabter Philosoph und Pädagoge.«

Er hielt seinem Gegenüber die Rolle entgegen.

»Ich gebe dir das Werk zurück.«

Clemens sah ihn verwundert an.

»Hast du es schon gelesen?«

»Ja.«

»Ich würde gerne wissen, was du davon hältst.«

Calixtus schien zu zögern.

»Es war mein erstes Buch.«

»In diesem Fall hätte deine Wahl nicht besser ausfallen können. Platon ist ein ausgezeichneter Führer.«

»Wenngleich mir viele Teile nicht ganz klar waren, fand ich das Werk insgesamt sehr fesselnd.«

»Man kann Platon hundertmal lesen, es wird immer etwas geben, was uns nicht klar ist. Das wichtigste ist, daß man die Gefühle aufzunehmen vermag. Aber wie würdest du den Inhalt zusammenfassen?«

»Ich würde sagen, daß es sich um einen Austausch über die Liebe handelt. Im übrigen vertrete ich ganz die Ansicht des Pausanias, der erklärt hat, daß es zwei Arten von Liebe gibt: die gewöhnliche und die göttliche.«

»Ganz genau. Und die Liebe zur körperlichen Schönheit kann in einigen Fällen zu einer Liebe für gute Handlungen und schöne Wissenschaften führen, bis man eines Tages die Liebe zur absoluten Schönheit erreicht hat.«

»Und ... was ist deiner Ansicht nach die absolute Schönheit?«

Clemens strich langsam über seinen Bart, ganz so als wolle er ihn glätten.

»Ohne Zweifel die Frohe Botschaft, die uns Jesus Christus verkündet hat.«

Er hatte sich also nicht getäuscht. Clemens war Christ.

Ein Schatten glitt über Calixtus' Gesicht. Und in seinem Geist erstand die Erinnerung an Flavias Martyrium. Vor allem an jenes Lächeln, das sie nicht verlassen hatte, auch als ihr Körper nichts als eine grauenvolle Wunde gewesen war. War sie vielleicht auch auf der Suche nach jener absoluten Schönheit gewesen? Oder hatte sie sie, in der Entwicklung ihrer Liebe für Calixtus zu einer Liebe für die anderen – all jene, die sie umgaben –, bis hin zu einer Liebe zu Gott, bereits gefunden? In diesem Falle wäre ihr Opfer nicht – wie er angenommen hatte – die Folge eines dummen, blinden Fanatismus gewesen, sondern ein wundervoller Akt der Liebe.

Er sagte: »Wer weiß, vielleicht sollte auch ich hundertmal *Das Gastmahl* lesen.«

»Erlaube mir, daß ich es dir zum Geschenk mache«, bat Clemens spontan und gab ihm die Rolle zurück.

»Zum Geschenk? Aber du brauchst es mehr als ich.«

»Wie unser schwatzhafter Freund Lysias sagte, kenne ich das Werk auswendig. Und keine Sorge, ich kann es leicht ersetzen.«

Calixtus drehte die Rolle hin und her, ehe er ungeschickt zustimmte.

»Und wisse, daß, wenn es dich interessiert, dir alle Werke meiner Bibliothek zur Verfügung stehen. Zögere nicht.«

»Ich danke dir für dein Angebot, doch wie ich schon bemerkte, die Welt der Schriften ist mir vollkommen unbekannt. Ich wäre nicht in der Lage, eine Wahl zu treffen.«

»Wenn du es erlaubst, werde ich dich also beraten. Wirst du lange in Alexandria verweilen?«
»Ich denke nicht. Ich habe die Absicht, am Ende der schlechten Jahreszeit mit dem ersten Schiff abzureisen.«
»Dann haben wir Zeit genug, unsere Verbindung zu vertiefen und vielleicht auch dein Wissen zu erweitern. Mein Haus und meine Kurse stehen dir offen. Wirst du zurückkommen?«
Calixtus sah dem Hausherrn lange in die Augen, ehe er mit einer Überzeugung, die ihn selbst verwunderte, sagte: »Ich werde zurückkommen.«

35

Oktober 187

Calixtus saß auf der Terrasse seines Hauses, rollte den Papyrusbogen zusammen und schob ihn in die lederne Hülle, in der sich auch der Rest der Manuskripte befand.
Er liebte diese unbestimmte Stunde, wenn der Abend langsam zur Nacht wurde. Das Ufer des Sees war schon in Dunkelheit getaucht, und ein schwacher Jasminduft erfüllte die Luft. Er seufzte vor Wohlbehagen und ließ seinen Blick über die friedlichen Außenbezirke von Canopos gleiten, wo er seit seiner Ankunft in Ägypten wohnte. Sechs Monate schon ... Von diesem Vorort mit seinen Gärten und den satten, von Laubwäldern gesäumten Tälern ging eine unendliche Ruhe aus.
Von dem kleinen künstlichen Hafen, den man am Gestade angelegt hatte, bis zu den Weinbergen, die an eine Wiege erinnerten und aus denen der Klang einer Harfe oder einer Hirtenflöte widerschallte, strahlte hier alles Harmonie und Wohlgefühl aus, Freiheit, Reichtum. Er hatte alles, um glücklich zu sein, und doch war er es nicht.
Als er neun Monate zuvor von Bord der *Isis* gegangen war, hatte

er plötzlich seine innere Orientierung verloren. Er hatte schnell seine Habe zurückerlangt, Marcus bezahlt und dieses Haus gekauft. Doch dann sah er sich einer großen Leere gegenüber. Was sollte er mit seinem Leben anfangen? Tag für Tag sein Kapital verschwenden? Er hatte zu große Mühe aufgewendet, um es anzusammeln. Es nach Carpophorus' Beispiel vermehren? Wozu und für wen?

Zwei Menschen hätten ihm einen Grund geben können, zu kämpfen. Einer war tot. Und die Erinnerung an den anderen brannte in ihm wie eine verborgene Wunde, die nicht verheilen wollte. Marcia ... Er hätte ihr so vieles sagen wollen. Nie hätte er es für möglich gehalten, daß diese Bindung sich als so tief, so endgültig erweisen würde..... Wahnsinn! Wahnsinn! Ebensogut hätte er sich nach Artemis oder Hera verzehren können. Allein Flavia hätte dieses Phantom vertreiben können. Vielleicht hätte er sich schließlich gar mit ihr vermählt. Sie hätten eine Familie, einen Hausstand gegründet.

Nicht ohne Skrupel hatte er sich gleich nach seiner Ankunft ein Sklavenpaar zugelegt, das er im übrigen umgehend freigelassen hatte. Dann hatte er sein Glück bei einigen der stadtbekannten Kurtisanen versucht, doch er hatte sein Vorhaben schnell wieder aufgegeben. Sie zeigten zu viel Neugierde für den Ursprung seines Vermögens und verursachten ihm im Grunde genommen nichts als Bitterkeit und Bedauern.

Er hatte also seine unfreiwillige Freizeit damit verbracht, diese Stadt zu erkunden, deren Reize Marcus so sehr gerühmt hatte. Er hatte sie vom Tor des Mondes bis zum Tor der Sonne durchwandert, hatte den zehn Stockwerke hohen Leuchtturm von Pharos erklommen, hatte das berühmte Aloefeuer aufflackern sehen, das die Schiffe leitete. Er hatte die Sammlungen in den Museen ebenso bewundert wie die seltenen Pflanzen im botanischen Garten, er hatte vor dem Grabmal des Alexander nachgesonnen, war wieder und wieder an den Wasserleitungen der Canopos-Straße entlanggewandelt. Doch schließlich war es die Bibliothek gewesen, wo jene entscheidende Begegnung geschah, die ihm eine neue Welt eröffnete.

Als er sich gerade anschickte, einen der Säle, dessen Wände mit großen Weltkarten bedeckt waren, zu verlassen, hatte ihn eine Gruppe junger Studenten, die in eine lebhafte Auseinandersetzung verwickelt waren, angesprochen; er sollte ihren Streit schlichten. Sie hatten ihn über einen gewissen Callimachus befragt. Er hatte nur verlegen stottern können, da er nicht einmal wußte, ob es sich um einen Mann oder ein Land handelte. Er hatte sich gedemütigt gefühlt, als er bemerkt hatte, wie sich die jungen Leute mit verächtlicher Miene von ihm abwandten, um sich wieder in ihr Gespräch zu vertiefen.

Verwirrt hatte er jenen Ort verlassen, den Blick auf den Boden gesenkt, in den er am liebsten versunken wäre. Den ganzen Tag über hatte ihn dieser Zwischenfall beschäftigt. Erst als er sich geschworen hatte, sich eine Bibliothek einzurichten, die der der größten Gelehrten würdig wäre, hatte er seine Ruhe wiedergefunden. Gleich am nächsten Tag war er zu Lysias geeilt. Und daß er *Das Gastmahl* verlangt hatte, war nur darauf zurückzuführen gewesen, daß er dieses Werk oft in den Händen seines ersten Herrn Apollonius gesehen hatte.

Und schließlich hatte ihn all das zu Clemens geführt ...

Als er das Haus des gelehrten Mannes verlassen hatte, hatte er die Moiren* angerufen, ihm zu erklären, durch welches ungeheuerliche Verhängnis ihn das hartnäckige Schicksal immer wieder zu Christen führte.

Sechs Monate ...

In den ersten Wochen hatte er mit einem gewissen Mißtrauen an dem Unterricht des Griechen teilgenommen. Doch dann hatte dieser ihn unmerklich für sich gewonnen. Und in letzter Zeit waren freundschaftliche Bande zwischen den beiden Männern entstanden. Dank Clemens' Einfluß hatte er eine wahre

---

* Schicksalsgöttinnen

Leidenschaft für das Lesen entwickelt. Sehr behutsam hatte ihn dieser beraten und geleitet. Und zu seinem eigenen Erstaunen hatte er gespürt, wie langsam die Vorbehalte und die feindselige Haltung, die er gegenüber den Christen genährt hatte, schwanden.

Doch trotz der aufrichtigen Verbundenheit, die er gegenüber seinem Mentor empfand, war Calixtus zu einem widersinnigen Schluß gekommen: Er mußte fliehen. Er durfte seinen Aufbruch nach Antiochia, der schon seit Wochen vorgesehen war, nicht länger aufschieben. Er mußte fliehen, da sich Clemens' Persönlichkeit als zu stark erwies; seine Intelligenz war zu fein, sein Wissen zu glanzvoll, als daß er, Calixtus, nicht schließlich seiner Beweisführung erlegen wäre.

Dem Orphismus entsagen, um zum Christentum überzutreten? Christ? Nein. Nie! Eine dumpfe Macht in seinem Inneren verwarf diese Vorstellung. Den Orphismus aufzugeben, wäre mehr als ein Abfall gewesen. Es war ein Verrat an Zenon. Ein Verrat an seinem Vater. Er mußte fortgehen. Er hatte seine Entscheidung einige Tage zuvor gefaßt. Morgen würde er aufbrechen.

Doch Clemens war nicht der einzige Anlaß für diese Reise. Calixtus war davon überzeugt, daß Carpophorus es nicht hinnehmen würde, so getäuscht und beraubt worden zu sein, ohne auf Rache zu sinnen. Das Denken seines ehemaligen Herrn würde erst an dem Tag wieder zur Ruhe kommen, an dem er ihn und vor allem die Diebesbeute wieder in seiner Hand hatte. Die Gefahr war nicht unmittelbar. Zwischen Rom und Alexandria lag das Große Meer, und während der Wintermonate setzte kein Schiff über. Doch sobald die Frühlings-Tagundnachtgleiche überschritten war, würde ein längerer Aufenthalt in Ägypten für ihn zu gefährlich werden. Da Carpophorus Präfekt der Annona war, standen dort zu viele Leute in seinen Diensten, als daß er nicht seine Hilfskräfte unter ihnen gehabt hätte.

Zunächst hatte er daran gedacht, Alexandria zu verlassen, um sich nach Thrakien zu begeben. Sein Wunsch, die Heimat wiederzusehen, war noch ebenso stark wie ehedem. Es war ihm schwergefallen, der Versuchung zu widerstehen. Aber Sardica und Hadrianopolis waren die Städte, in denen man zuerst nach ihm suchen würde. Also vielleicht Byzanz, wo Marcus sich niederlassen wollte? Nein, es lag zu nahe bei seiner Heimaterde. So hatte er sich für Antiochia* entschieden. Die alte Hauptstadt der seleukidischen Könige bot ihm alles, was er sich nur wünschen konnte. Eine Bevölkerung, zahlreich genug, um in aller Sicherheit in ihr unterzutauchen. Es war eine rege und reiche Stadt. Und vor allem bot sie die Nähe zum parthischen Reich, in das er gegebenenfalls fliehen konnte, um sich der römischen Gerichtsbarkeit zu entziehen.

Er erhob sich langsam. An diesem Abend betrachtete er zum letzten Mal jene Landschaft, der er sich jetzt so verbunden fühlte, diese Stadt, in der er glücklich hätte leben können. Er hatte diesen letzten Tag darauf verwandt, von seinen wenigen Freunden Abschied zu nehmen: einigen Tavernenwirten, ein, zwei Kurtisanen, Lysias und natürlich Clemens.

Es war offenkundig gewesen, daß der Leiter der Katechetenschule seine Abreise bedauert hatte. Calixtus sah den Augenblick des Abschieds wieder vor sich. Trotz seiner Einwände war Clemens die Treppe hinaufgestiegen, die vom Atrium zu seinem Arbeitszimmer führte. Kurz darauf war er zurückgekommen und hatte ihm eine dicke Rolle entgegengehalten.

»Ich weiß, daß ich mich als Schriftsteller nicht mit Platon messen kann, doch ich rechne auf deine Nachsicht.«

Auf dem breiten purpurnen Band, das die Rolle zusammenhielt, war zu lesen: *Protreptikos***.

*

* Hauptstadt des seleukidischen und römischen Syrien, die um 300 v. Christus am Orontes gegründet wurde. Heute: Stadt in der Türkei: Antakya.
** *Mahnrede an die Griechen*. Eines der drei Hauptwerke des Clemens von Alexandria. Die beiden anderen sind die *Stromateis* und der *Paidagogos*.

Calixtus saß an einem Tisch in der *Attika,* einer der bekanntesten Hafentavernen und genoß das Essen, das für etwa zehn Tage seine letzte richtige Mahlzeit sein würde. Seine Erfahrungen an Bord der *Isis* hatten ihn gelehrt, daß sein Magen Seereisen nur wenig schätzte.

Vor seinen Augen öffnete sich der wundervolle Hafen von Eunostos*, in dem zahlreiche Schiffe vor Anker lagen. Das aufgeregte Treiben, das hier herrschte, unterschied sich von der Ruhe des großen Hafens, der zu seiner Rechten lag.

Natürlich lag das römische Geschwader, in diesen Friedenszeiten träge vor der Insel von Antirhodos vor Anker, und die Getreideflotte würde erst in einigen Wochen mit Weizen beladen werden. Dann würde sich das Bild im Hafen verändern. Doch jetzt schaukelten die Schiffe mit Ziel Rhodos, Pergama, Byzanz und Athen träge auf dem Wasser. Die Entfernung war zu groß, und das Tyrrhenische und das Mittelmeer wurden zu oft von Stürmen heimgesucht, als daß um diese Zeit noch Schiffe zum Abendland aufgebrochen wären.

Immer wieder schweifte Calixtus' Blick zum Leuchtturm, dem Wahrzeichen Alexandrias. Über einer eckigen Grundmauer erhob sich das erste, viereckige Stockwerk, in dem mehrere Fenster eingelassen waren. Die Ecken der darüberliegenden Plattform waren mit mächtigen Tritonen geziert, die in Tritonshörner bliesen. Darüber erhob sich, leicht zurückgesetzt, das zweite Stockwerk, das achteckig und weniger imposant war. Das dritte Stockwerk, das noch schmaler war, war rund. Es wurde von acht hohen Säulen überragt, die ein kegelförmiges Dach trugen. Dort brannte Tag und Nacht das berühmte Aloefeuer. Auf der Spitze des Turms erhob sich schließlich die beeindruckende Marmorstatue des Poseidon, der die Passage des Stiers beherrschte und über den Hafen wachte.

---

* Glückliche Heimkehr

Während er einen Becher mit Cecubus* an die Lippen führte, fragte sich Calixtus, ob er diesen Leuchtturm je wiedersehen würde. Da er noch immer den orphistischen Lehren treu war, schob er seinen Teller mit Lampreten zurück und bestellte statt dessen trotz des ungeheuerlichen Preises Abidos-Austern.

»Aber bei Bacchus! Wenn ich dir doch sage, daß du in Antiochia reichlich entlohnt wirst!«

Calixtus, der über diesen Mißbrauch des Namens des allerheiligen Dionysos Zagreus entsetzt war, zuckte zusammen. Der Name einer Gottheit hatte einen Wert an sich, und ihn als einen Fluch zu benutzen, kam einer Tempelschändung gleich. Erschrocken wandte er sich um. Der Mann saß einen Tisch weiter hinter ihm. Er wandte ihm den Rücken zu. Sein Gegenüber war kein anderer als Asklepios, der Kapitän des Schiffes, mit dem Calixtus auslaufen würde.

Schon setzte der Gotteslästerer seine Rede ebenso heftig fort.

»Begreifst du denn nicht, in zehn Tagen wird es zu spät sein. Und durch deinen Mangel an Vertrauen werde ich ein Vermögen verlieren.«

Der ausgemergelte Kreter hob die Arme gen Himmel.

»Vermögen! Vermögen! Du sprichst, als wäre der Sieg schon errungen!«

»Aber das ist er ja auch! Von Berytos** bis Pergama gibt es niemanden, der es mit ihnen aufnehmen könnte. Du mußt mir glauben!«

Asklepios schüttelte den Kopf.

»Nein, mein Freund. Um mich darauf einzulassen, kenne ich die Zufälle des Kampfes nur zu gut! Außer du kannst mir eine Sicherheit geben.«

»Welche Art von Sicherheit?« fragte der Mann mit plötzlich aufkeimender Hoffnung.

---

* Wein, der dem von Falernus, der bereits als beste Lage galt, in der Qualität überlegen war.
** Beirut

»Deine Tochter! Erkläre dich bereit, sie als Pfand bei Onomacritus, dem Sklavenhändler, zu lassen. Er ist ein ehrlicher Mann. Er wird sicherlich einverstanden sein, sie drei Monate bei sich zu behalten. Wenn du die Wahrheit gesagt hast, kannst du sie nach den Spielen wieder abholen.«

»Das kommt nicht in Frage! Meine Tochter ist alles, was mir bleibt. Ich werde sie nie aufgeben!«

Der Kreter zuckte mit den Schultern und spülte in einem Zug den Rest aus seiner Weinschale herunter.

»Dann eben nicht! Such dir doch ein anderes Schiff!«

Ohne noch etwas hinzuzufügen, verließ er die Taverne.

Für eine Weile herrschte Schweigen, das dann von einem zarten Stimmchen durchbrochen wurde: »Was sollen wir jetzt tun, Vater?«

Bis zu diesen Worten hatte Calixtus dem Mädchen, das neben dem Mann saß, keinerlei Beachtung geschenkt. Sie mußte etwa zwölf Jahre alt sein. Die Reinheit ihrer Züge erinnerte ihn, selbst wenn es eigentlich keine Ähnlichkeit gab, an Flavia. Flavia, wie er sie damals in einem der finsteren Gäßchen Roms aufgelesen hatte.

»Kann ich euch vielleicht helfen?« fragte er plötzlich.

Der Mann auf der Bank wandte sich um. Er war ein beleibter, bärtiger Phönizier mit dunkler Haut und fülligen Zügen.

»Ich würde dein Angebot gerne annehmen. Doch leider glaube ich, daß du nicht viel für uns tun kannst.«

»Wie kannst du das wissen? Lege mir zunächst deine Sorgen dar!«

Der Mann seufzte.

»Weißt du, in welchem Ruf die Kämpfer von Baktra* stehen?«

»Ich muß dich enttäuschen. Es ist das erstemal, daß ich von ihnen höre.«

»Da enttäuschst du mich in der Tat. Wie ist es möglich, daß du nie von den Großtaten der Kämpfer von Baktra gehört hast!

---

* Heute Balkh in Afghanistan

Schon seit langem ist dieser Teil des Morgenlandes von den Berichten über ihre Siege erfüllt. Wisse, daß sie die stärksten, mutigsten und kräftigsten unter allen Kämpfern sind. Verstehst du, Fremder?«

Calixtus nickte.

»In etwa zehn Tagen werden im Amphitheater von Antiochia in Anwesenheit des Kaisers Spiele ausgetragen, bei denen sich Kämpfer der verschiedensten Herkunft gegenüberstehen werden: Griechen, Syrer, Männer aus Sardes, aus Epirus, Faustkämpfer aus ...«

»Hast du gesagt in Anwesenheit des Kaisers?«

»Ja, Commodus Caesar wird den Provinzen des Morgenlandes einen Besuch abstatten und in Antiochia die Götter – oder die sogenannten Götter – Adonis und Venus ehren. Der Sieger in diesem Kampf wird mit zehntausend Golddenaren belohnt. Verstehst du mich?«

Vollkommen verwirrt durch diesen Zufall, gab Calixtus keine Antwort.

»Und ich, Pathios, ich, der ich zu dir spreche, ich besitze zwei dieser Kämpfer aus Baktra, die die hervorragendsten Athleten sind. Zwei Kampfstiere. Groß und stark wie die Säulen des Tempels des Serapis, die nur darauf warten zu siegen. Ich habe mein Leben lang das Beste aus allen Stadien im Morgen- wie im Abendland zusammengetragen, und ich versichere dir, daß meine beiden Sklaven ihre Gegner mit Haut und Haaren verschlingen würden. Sie werden sie zerquetschen wie die Drosseln des Daphnis und verschlingen wie die Muscheln von Palorus. Da der Kaiser ein geschulter Kenner ist, wird ihr Erfolg damit nicht beendet sein. Sie werden später in Olympia und in Rom kämpfen. Man wird sie freilassen. Vielleicht werden sie sogar zu Senatoren ernannt!«

Calixtus versuchte sich zu sammeln.

»Aber wo liegt denn die Schwierigkeit?«

»Gestohlen!«

»Was willst du damit sagen?«

»Das ist ganz einfach, ich bin bestohlen worden. Gestern hat man mir meine Börse mit allem darin entwendet. Ich besitze nicht mehr den geringsten Munus*, nicht das kleinste As. Also kann ich mich nicht mehr nach Antiochia einschiffen.«
»Und der Kapitän will dir keinen Kredit gewähren.«
»Nein, nur wenn ich meine kleine Yerakina, meine einzige Tochter, als Pfand zurücklasse. Bei Bacchus! Er hält mich wirklich für einen Römer.«
Bei dieser letzten Bemerkung konnte Calixtus ein Lächeln nicht unterdrücken. Doch ein anderer Gedanke ging ihm durch den Kopf.
»Höre, da du gut Bescheid zu wissen scheinst, kannst du mir vielleicht auch sagen, ob der Kaiser seine Konkubine Marcia mitbringen wird.«
»Marcia? Ich habe sie zweimal kämpfen sehen. Eine wundervolle Frau, aber« – er verzog angewidert das Gesicht –, »es waren erbärmliche Kämpfe. Unter Frauen, das ist nichts als ein Schauspiel, ein flüchtiges Schauspiel.«
»Du hast mir nicht geantwortet.«
»Nun, ich weiß es nicht. Ich nehme an, daß sie dabeisein wird. Man hat einen Kampf zwischen weiblichen Gladiatoren angekündigt, sie ist sicher dabei. Und ...«
Die unvorhergesehene Rückkehr des kretischen Kapitäns ließ sie verstummen. Asklepios verneigte sich voller Hochachtung vor Calixtus.
»Edler Herr, der Wind steht günstig. Wir werden auslaufen.«
»Nun gut. Und du wirst zwei Fahrgäste mehr haben: diesen Mann und seine Tochter. Wieviel verlangst du für sie?«
»Zwei nur?« bemerkte Asklepios lächelnd. »Dabei schien es mir ganz so, als wäre von Kämpfern die Rede gewesen.«
»Das stimmt! Was verlangst du für vier Überfahrten?«
»Zweihundert Denare, edler Herr.«

---

* Anderer Name für Sesterz

Ohne zu zögern, zog Calixtus seine Börse hervor und zählte die Summe unter dem verwunderten Blick des Pathios auf den Tisch.
»Aber«, stotterte er, »was verlangst du dafür ...«
»Nichts. Wenn deine beiden Kämpfer wirklich so hervorragend sind, wie du behauptest, wirst du mir das Geld später zurückzahlen.«
»Und wenn sie geschlagen werden?« fragte Asklepios spöttisch.
»In diesem Fall zahlst du mir nichts zurück.«
»O doch! Ich werde zurückzahlen, elender Kreter! Zehnmal, hundertmal so viel, wie er vorgestreckt hat. Edler Herr ... ich kenne nicht einmal deinen Namen – ich werde dich ein gutes Stück reicher machen. Und sei es nur, damit dieser Esel von Kreter es bedauert, das Glück nicht beim Schopf gepackt zu haben, als es in Reichweite war. Doch lassen wir den Wind nicht länger warten ...«

*

Mit einer überdrüssigen Geste wischte sich Calixtus über die Lippen. Das heftige Schwanken des Schiffes hätte ihn beinahe über Bord geschleudert. Er klammerte sich fest und ließ sich schließlich schwer auf eine Rolle Taue fallen. Die kräftige Hand des Pathios hielt ihn an der Schulter fest.
»Holla, edler Herr, verlaß uns nicht. Ich bestehe darauf, meine Schuld zu begleichen.«
»Wenn du dabei auf diese beiden Stiere setzt«, stieß der Thraker mit verzogenem Gesicht hervor, »erlasse ich dir deine Schuld lieber gleich heute!«
Er deutete auf Askalos und Malchion, die beiden Kämpfer. Und in der Tat schien ihr Äußeres in keiner Weise die überschwenglichen Lobreden ihres Herrn zu rechtfertigen. Sie waren klein, schmächtig, ärmlich gekleidet und erweckten eher Mitleid als Furcht. Doch das war nicht das einzige, wodurch sie sich auszeichneten: Ihre Gesichtsfarbe war eine eigenartige Mi-

schung aus Braun und Safrangelb. Ihre Augen waren so schlitzförmig, daß man den Eindruck hatte, ihre Lider wären ständig geschlossen. Die stark vorspringenden Backenknochen, das schwarze, glatte kurzgeschnittene Haar und ihre bartlosen Wangen trugen zu ihrem verwirrenden Äußeren bei. Sie drückten sich mehr oder minder auf Griechisch aus, doch war ihre Aussprache so eigenartig, daß man mehr erriet als verstand, was sie sagten. Yerakina diente ihnen als Übersetzerin. Das Mädchen schien ihnen sehr verbunden, und das strahlende Lächeln, das die beiden in ihrer Anwesenheit zeigten, bekundete, daß die Zuneigung gegenseitig war.

»Bei Bacchus! Warte nur, bis du sie bei der Arbeit siehst.«

»Ich bitte dich, diesen Namen nie mehr auszusprechen«, brummte Calixtus.

Pathios sah ihn erstaunt an.

»Welchen Namen? Bacchus?«

»Genau!«

»Oh, bist du zufällig Bacchant? Oder sollte ich lieber Orphist sagen?«

»Genau das.«

»Das ist unglaublich! Stell dir nur vor, daß auch ich ein Anhänger dieser Religion war.«

»Du bist es also nicht mehr?«

»Nein.«

»Und aus welchem Grund?«

»Ich bin zum Christentum übergetreten.«

Fast hätte Calixtus erneut den Boden unter den Füßen verloren. Es war kaum zu glauben. Es war noch verständlich, daß diese Sekte heidnische Wesen anzog, Anhänger ungewisser oder verfälschter Kultformen, aber daß sich jemand vom Orphismus, jener Religion der Auserwählten, abwenden konnte, das war unvorstellbar.

»Wie kann ein Bacchant auf die göttliche Glückseligkeit verzichten, um das Schicksal der gemeinen Sterblichen zu teilen? Wie hast du den Vorteilen deiner Reinigungen und Heiligungen abschwören können, um vielleicht dem Borberos* anheimzufallen?«

Angesichts des heftigen Tones, den der Thraker angeschlagen hatte, zuckte Pathios leicht zurück, doch dann antwortete er, indem er seinen Bart knetete, ein wenig verlegen: »Hmm... wie ich sehe, hat man dir noch nicht die Augen geöffnet. Leider ist die Beredsamkeit nicht meine starke Seite. Gott müßte mir zu Hilfe kommen, um dich zu überzeugen. Doch laß mich dir mit einer anderen Frage antworten: Wie kannst du, armer Sterblicher, dir erhoffen, nur durch Reinigungen und Fasten ein göttliches Wesen zu werden?«

Calixtus lächelte spöttisch.

»Erhoffen sich denn die Christen etwas anderes? Ein rituelles Bad, um sich von ihren Beschmutzungen reinzuwaschen, ein heiliges Mahl, bei dem sie ihren Gott verspeisen. Und all das, um die Unsterblichkeit zu erlangen...«

»Was du da aufzeigst, ist ein Zerrbild. Nie hat sich ein Christ eingebildet, über den Umweg der Unterwerfung Gott gleich zu werden. Nein, er hofft nur, in die Elysäischen Sphären** an die Seite seines Gottes und Herrn vorzudringen.«

»Du besitzt die Kühnheit, mir einreden zu wollen, daß der Orphismus dem Christentum unterlegen ist?«

»Der Orphismus ist ein Mythos, mein Freund. Nichts als ein Mythos...«

Calixtus erbleichte. Er wußte nicht zu sagen, ob das Unwohlsein, das ihn ergriffen hatte, auf seine Seekrankheit oder auf seine Entrüstung zurückzuführen war.

Er entgegnete: »Genau, ihr seid den anderen in allem überlegen. Wenn du wissen willst, was ich wirklich denke, so sage ich dir, daß ihr Christen alle sieben Tage das Verbrechen der Titanen wiederholt, die Dionysos in Stücke gerissen und verschlungen haben.«

---

* Ort, an den die Seelen nach ihrem letzten Niedergang flohen.
** Der Begriff »Paradies« war noch nicht sehr gebräuchlich. Pathios benutzt das mythologische Äquivalent.

»Mein Freund Calixtus, hast du schon einen Titanen gesehen?«
Calixtus schien um eine Antwort verlegen. Das nutzte Pathios,
um fortzufahren: »Eigentlich waren es Einzelheiten dieser Art,
die mich dazu getrieben haben, am Orphismus und seiner
Mythologie zu zweifeln. Es gelang mir nicht – und gelingt mir
noch immer nicht –, mir eine Gestalt vorzustellen, die so groß
wie ein Berg ist und deren Beine riesigen Schlangen ähneln*,
oder die einem Fluß gleicht, der die Erde umschlingt.«
»Aber dein christlicher Gott ist auch unsichtbar. Oder aber er
erscheint euch in Form von Oblaten, und ihr labt euch daran. Ist
das nicht ebenso absonderlich?«
»Nein, du irrst. Es war Jesus Christus, der dieses Opfer eingeführt hat, damit die Menschen es zu seinem Gedenken ständig
erneut vollziehen. Das hat nichts mit der Mythologie zu tun.
Außerdem hat sich das, wovon wir sprechen, unter der Herrschaft des Tiberius Caesar wahrhaftig zugetragen. Alles, was
dieser Mann vollbracht hat, ist historisch belegbar. Es gibt
Augenzeugen. Und das ist nicht alles. Es gibt etwas anderes, das
mich beim Orphismus quält: Es gibt zu viele, die sich fälschli-
cherweise als Orpheus bezeichnen, hingegen behauptet niemand, Christus zu sein.«
Diese letzte Beanstandung erinnerte Calixtus an Clemens' Ausführungen. Auch dieser hatte sich auf einen gewissen Herodot
berufen, der berichtete, daß vor langer Zeit Hipparchos von
Athen als ein Fälscher des Orpheus aus seiner Stadt vertrieben
wurde. Und er war nicht der einzige ...
Pathios fuhr fort: »Überlege, Calixtus, wie viele verschiedene
Überlieferungen über Dionysos, Zagreus, Orpheus, Phanes und
die Kosmogonie der Ursprünge hast du gehört? Es ist ein
solches Durcheinander, daß sich niemand darin zurechtfindet.
Sie widersprechen sich und sind höchst unwahrscheinlich.«

---

* Pathios beschreibt einen Riesen. Die Mythologen unterschieden die
Riesen von den Titanen, doch diese Unterscheidung war beim Volk nicht
immer sehr klar.

Calixtus sprang auf.
»Diese Überlieferungen sind nicht mehr und nicht weniger unwahrscheinlich als die christlichen. Dionysos ist ebenso wie dein Christus gestorben und wieder auferstanden. Und was die Wunder angeht, so ist der Aufstieg deines Gottes in den Himmel nicht einleuchtender als der abgeschlagene Kopf des Orpheus, der weiter gesungen und gepredigt hat.«
Mit einer Geste, die beruhigend wirken sollte, legte Pathios seine Hand auf den Arm des Thrakers.
»Warum erregst du dich so? Du hast im Grunde sicherlich recht, dennoch bleibe ich bei der Behauptung, daß diese Legende, die sagt, daß in grauer Vorzeit Ungeheuer das göttliche Kind zerfetzt und verschlungen hätten, sehr schwer zu glauben und nicht nachzuprüfen ist. Jesu Christi Kreuzigung hingegen ... Man findet in den Archiven die Spur des Prokurators Pilatus, der das Urteil gefällt hat. Über all diese Ereignisse sind übereinstimmende Zeugnisse niedergeschrieben worden. Verstehst du? Orpheus hat vermutlich nie existiert. Doch über das Leben und die Taten des Nazareners gibt es genaue Zeugnisse.«
Calixtus warf Pathios einen bitteren Blick zu.
»Du gleichst offensichtlich den Rhomben, den Bällen und den Knöchelchen, derer sich die Titanen bedient haben, um das Kind Dionysos in ihre Falle zu locken. Aber ich werde dir nicht erliegen, Pathios.«

36

Antiochia erstrahlte in der Morgensonne. Eine unglaubliche Menschenmenge strömte an den Befestigungsmauern entlang über den Kai am Orontes. Alle Völker des Orients schienen sich hier ein Stelldichein gegeben zu haben: Griechen mit ihrem hohen Kopfschmuck, Israeliten in ihren bunten Gewändern,

Wüstennomaden mit braungegerbten Gesichtern und leicht zusammengekniffenen Augen, Römer in ihrer leichten Tunika. Alle jubelten begeistert der goldenen Galeere mit den purpurfarbenen Segeln zu, die, nachdem sie flußaufwärts an den Mauern entlang und unter der Brücke des Seleukos entlanggefahren war, jetzt auf die Insel im Orontes zuhielt.
Commodus stand auf der Brücke des Dreiruderers und winkte. Er trug die goldene Rüstung eines Prätorianeroffiziers. Auf der Vorderseite war der Kampf des Herkules gegen Antos eingraviert. Sein silberner Helm mit der scharlachroten Helmzier, die der Alexanders des Großen nachempfunden war, glänzte in der Sonne und hob sich von seinem blonden gelockten Bart ab. Sein langer purpurroter Umhang, den er um die Schultern geworfen hatte, flatterte im Wind, der vom Meer her blies.
Pathios rief in fast kindlicher Freude aus: »Siehst du, Yerakina, dort ist der Herr über die Welt. Sieh nur, wie schön er ist. Sieh ihn dir an, das wirst du dein Leben lang nicht vergessen!«
Und das Kind, das auf den Schultern des Malchion saß, begann zu lachen und zu klatschen, ganz so wie das aufgeregte Volk.
Calixtus bemerkte übellaunig: »Ich muß gestehen, daß ich das übertriebene Verhalten dieser Menschen nicht begreife.«
»Dabei ist es durchaus verständlich«, entgegnete Pathios. »Nach der Amtsanmaßung des Avidus Cassius* hat Marc Aurel beschlossen, Antiochia zu bestrafen, weil es seine Feinde unterstützt hat. Er ernannte also Laodikeia, die Gegenspielerin Antiochias, statt ihrer zur Hauptstadt Syriens. Aber schlimmer noch, er berief sämtliche Spiele ab, für die die Stadt so berühmt war.«
»Welch grauenvolle Strafe...«, spottete der Thraker.
»Durchaus! Die Festlichkeiten, zu denen Commodus sich herbegeben hat, sind die ersten seit zehn Jahren. Die gesamte Bevölkerung deutet diese Tatsache als Aussöhnung zwischen Rom und Antiochia. Die hier versammelte Menge hofft sicher-

---

* Im Jahr 175 nach Chr. war Avidus Cassius Prokonsul von Syrien.

lich auch, daß Caesar seinen Aufenthalt nicht beenden wird, ohne daß die Stadt wieder all ihre Vorrechte zurückerhält.«
Calixtus hörte ihm nicht mehr zu. Jetzt war eine andere Gestalt auf der Brücke der Galeere erschienen. Von der Festungsmauer aus, auf der er sich befand, konnte er sie klar erkennen. Sie war schlank und trug ein blütenweißes Kleid, das an den Hüften von einem breiten, violetten Gürtel zusammengehalten wurde. Dem griechischen Brauch entsprechend, verlief ein zweiter, schmalerer Gürtel unterhalb der Brüste. Wenngleich er die Züge nicht deutlich ausmachen konnte, wußte er doch, daß *sie* es war. Sein Herz hämmerte in seiner Brust wie die Hufe eines entfliehenden Pferdes. Aus der Ferne hörte er Pathios' beunruhigte Stimme.
»Was ist, mein Freund? Du bist plötzlich bleich. Verwirrt dich die Schönheit dieses Wesens dermaßen? Mach dir keine falschen Hoffnungen, du könntest ebenso Venus selbst begehren. Wir sind nur gemeine Sterbliche.«
Calixtus zeigte keinerlei Regung. Verschwommen nahm er wahr, wie Marcia jetzt den Kopf zu den Festungsmauern hob und das Volk ebenfalls grüßte. Eigenartigerweise riß diese Geste Wunden in ihm auf, die er längst vernarbt geglaubt hatte, und ließ ihn jenen unüberwindlichen Abgrund vergessen, der für immer den Sklaven von der ersten Frau des Reiches trennen würde ...
Wehmut im Herzen, wandte er sich von dem Schauspiel ab.

*

»Was ist, edler Herr? Hast du keinen Hunger?«
Calixtus warf Yerakina einen schwermütigen Blick zu. Sie saßen wie jeden Abend an dem großen Tisch, der auf der Terrasse des Hauses stand: Pathios, die beiden Kämpfer und das Mädchen. Gleich nach seiner Ankunft in Antiochia hatte er dieses geräumige Anwesen im Aristokratenviertel Epiphania zwischen der Straße von Beroia und Laodikeia und dem Sulpiusberg gemietet. Er hatte natürlich Pathios und seiner Tochter die Gastfreundschaft angeboten. Der Phönizier war nicht reich. Sein

einziges Vermögen waren seine beiden Kämpfer. Sie wohnten hinten im Garten zusammen mit der Cilicianerin und der Armenierin, die Calixtus gleich am Tag seiner Ankunft gekauft hatte. Zwei Dienerinnen, die recht männlich wirkten, doch die man ihm als aufrichtig und arbeitsam empfohlen hatte.
»Warum antwortest du nicht?«
»Es stimmt, ich habe keinen Hunger, kleines Mädchen.«
»Du sollst mich nicht ›kleines Mädchen‹ nennen, ich werde bald dreizehn Jahre alt.«
So alt war Flavia gewesen, als er sie auf den Stufen des Amphitheaters Flavium gefunden hatte ...
Seufzend warf er den Kopf zurück. Im Schein der untergehenden Sonne erstreckten sich die Gärten mit ihren Rosenbüschen, den Weinstöcken und den Pflanzungen. Weiter entfernt und kaum mehr wahrnehmbar, zeichneten sich die Thermen vor dem rechten Ufer des Orontes ab, der jetzt im Schein der letzten Sonnenstrahlen erglühte. Von hier aus konnte man die Daphne-Wälder nicht mehr erkennen. Die bekannteste Kultstätte Antiochias lag recht weit entfernt, doch es gab keinen Zweifel, daß Commodus, ebenso wie früher der Kaiser Lucius, beschließen würde, ihr einen Besuch abzustatten. Würde Marcia ihn begleiten? Seit er sie auf der Brücke des kaiserlichen Schiffes wieder gesehen hatte, kreisten all seine Gedanken um sie. Warum? Durch welchen Fluch blieb diese Frau so fest in seinem Geist verhaftet?
»Sage mir, Pathios«, stieß er plötzlich hervor, »wo findet ihr Christen euch zusammen, um eurem Gott zu huldigen?«
Wenn der Phönizier von dieser Frage überrascht war, so ließ er sich jedoch nichts anmerken.
»Wir haben eine große Basilika oberhalb der Seleukiden-Agora, gegenüber vom Tempel des Zeus, unweit der Befestigungsmauern.«
»Aber das ist doch mitten in der Stadt!«
»Genau!«
»Ihr habt also ein Gebäude, nur für euren Kult, und das mit dem Wissen und unter den Augen der Römer?«

Pathios lachte belustigt auf.
»Man merkt, daß du Antiochia nicht kennst. Seit Paulus, einer der engsten Apostel des Herrn, hier an Land gegangen ist, haben sich die Übertritte gehäuft. Dies ist gewiß auf der ganzen Welt die Stadt, die die meisten Christen zählt. Sie sind überall vertreten, im Unterrichtswesen, im Handel, im Heer. Der Rat der Dekurionen, der die Stadt regiert, besteht ebenfalls zum großen Teil aus Anhängern unseres Herrn Christus. Der Statthalter mußte sich wohl oder übel mit dieser Lage abfinden.«
»Und Commodus läßt sie nicht verfolgen...«, bemerkte Calixtus nachdenklich.
»Das glaube ich auch«, entgegnete Pathios voller Überzeugung. »Ich würde sogar sagen, daß er in meinen Augen der beste Kaiser ist, den wir je gehabt haben.«
Der beste... Calixtus schauderte bei der Erinnerung an die Folter, die ihm der Kaiser auferlegt hatte. Doch er hielt sich nicht mit diesen Gedanken auf.
»Pathios«, fuhr er langsam fort, »wäre es möglich, daß ich einer eurer Versammlungen beiwohnen kann?«
»Wozu? Du wirst doch nicht daran denken, zum Christentum überzutreten?«
Calixtus warf dem Phönizier einen langen Blick zu. Nachdem er ihn eine Weile gemustert hatte, sagte er lächelnd: »Und wenn nun Orpheus nichts als ein Mythos wäre?«

37

Das Amphitheater befand sich am Südufer des Orontes, schräg gegenüber der Insel und des Palastes.
Da sie befürchteten, keinen Platz mehr zu bekommen, hatten sich Calixtus und seine Freunde frühzeitig auf den Weg gemacht. Pathios und Yerakina hatten neben ihm in der

Sänfte Platz genommen, die beiden Kämpfer folgten ihnen zu Fuß.
Das Epiphania-Viertel lag am Stadtrand, und so mußten sie das Zentrum durchqueren, um zum Circus zu gelangen. Trotz der frühen Morgenstunde brannte die Sonne schon auf das Treiben nieder, das überall in der Stadt herrschte und das dem von Alexandria oder Rom in nichts nachstand. Zwar war das bunte Völkergemisch Antiochias mit dem der beiden anderen Städte vergleichbar, nicht aber die von Kolonnaden gesäumten Straßen – die berühmten Tore von Antiochia –, die Bronzeverzierungen und die Statuen, von denen einige mit Gold überzogen waren. Außerdem waren die beiden griechischen Städte sehr viel sauberer und hoben sich auch durch ihre Ausstattung und ihren Aufbau von der Hauptstadt des Reiches ab.
Sie erreichten den Omphalos, jenen großen Stein, auf dem sich das riesige Standbild des Apollon, des Schutzheiligen der Stadt, erhob. Man hatte es in der Stadtmitte, an der Kreuzung der Hauptstraßen errichtet. Hier war die Menschenmenge dichter: Reichtum und Vielfalt überboten einander. Der Circus war jetzt in Sichtweite. Pathios, den der unmittelbar bevorstehende Kampf immer redseliger machte, schlug Calixtus heftig auf die Schulter.
»Heute ist ein großer Tag, mein Freund! Ein sehr großer Tag! Askalos und Malchion werden unsere Namen in das Pelotafeld des Ruhms gravieren, und ich werde nie vergessen, daß ich das nur dir zu verdanken habe, mein Freund. Dir allein.«
Calixtus warf ihm einen verstohlenen Blick zu. Er konnte die Sicherheit seines Gefährten nicht verstehen. Die beiden Kämpfer folgten den Trägern. Sie hatten ihre Umhänge nachlässig über die Schultern geworfen, und ihr Gesicht war zu einem höflichen Ausdruck erstarrt, dem weder das Gedränge noch der Lärm etwas anhaben zu können schienen.
Wenn man sie so schmächtig, ja beinahe kleinmütig sah, konnte man sich kaum vorstellen, wie sie die besten Kämpfer des römischen Orients besiegen sollten. Nach Pathios' Bezeugungen stammten die beiden Männer aus einem Land, namens Sin oder

Tsin. Sie waren mit den Karawanen der Seidenstraße gekommen. Ihre Herren hatten sie an Griechen aus Baktra verkauft, die ihre Namen hellenisiert hatten. Nach vielem Hin und Her hatte es sie schließlich nach Alexandria verschlagen, wo Pathios sie gekauft hatte, nicht ohne sie zuvor zum Christentum bekehrt zu haben.
Immer fieberhafter fuhr der Phönizier fort: »Jetzt kann ich es dir eingestehen. Wir werden noch reicher sein, als du es dir vorgestellt hast. Wir streichen nicht nur die zehntausend Golddenare ein, sondern auch noch den Einsatz der Wetten.«
»Du hast gewettet? ... Wieviel?«
»Alles.«
»Alles?«
»Ich habe all meine Habe verkauft, um auf meine beiden Titanen setzen zu können. Und ob du es nun willst oder nicht, wir werden den Gewinn teilen. Pathios ist nicht undankbar.«
Calixtus war entsetzt und zweifelte am Verstand seines Freundes.
»Pathios, wenn deine Männer nun durch eine unglückliche Fügung geschlagen würden ... Was sollte dann aus dir und vor allem aus der kleinen Yerakina werden?«
»Du glaubst also, Malchion und Askalos könnten verlieren?« rief das Mädchen entsetzt aus.
Pathios hingegen sah den Thraker an, als habe er soeben eine ungeheuerliche Schamlosigkeit ausgesprochen. Er öffnete den Mund und schloß ihn wieder. Da er keine Worte zu finden schien, schüttelte er schließlich bekümmert den Kopf.
»Armer Sterblicher! Armer Ungläubiger ... In wenigen Stunden wirst du angesichts deiner Zweifel Scham und Entsetzen empfinden.«

*

Über ihren Köpfen brannten die sengenden Sonnenstrahlen auf das weiße Zeltdach, das der Menge gnädigen Schatten bot. Calixtus, Pathios und seine Tochter hatten die beiden Kämpfer am Apodyterium der Arena zurückgelassen und die Ränge des

Amphitheaters erklommen. Trotz der zweihunderttausend Plätze war das Theater überfüllt, und von der dichtgedrängten Menschenmenge stieg ein säuerlicher Schweißgeruch auf.
Calixtus fuhr sich aufgeregt mit der Hand durch die langen Haarsträhnen. Seit er den Ort betreten hatte, spürte er ein zunehmendes Angstgefühl in sich aufsteigen. Diese angespannte Stimmung und die schon im voraus trunkene Zuschauerschaft ließen düstere Erinnerungen in ihm wach werden. Es war nicht mehr die Arena von Antiochia, die vor ihm lag, sondern der Circus maximus. Yerakinas begeisterter Gesichtsausdruck rief ein anderes Lächeln in seiner Erinnerung wach.
Der blecherne Klang der Trompeten übertönte plötzlich das Gemurmel der Menge. Alle Gesichter wandten sich zum Tor des Pompeius, ein gewaltiger Mauervorsprung, der weit in die goldgelbe Sandbahn reichte. Hinter der dicken Eichentür, aus der gleich die Athleten treten würden, zog sich ein Pfad entlang, der von einer mehrere Fuß hohen Marmorbalustrade überragt wurde. Im Hintergrund konnte man unter einem zwischen zwei Türmen gespannten purpurnen Sonnensegel zwei Thronreihen aus Elfenbein erkennen. Zu beiden Seiten hatten in eindrucksvollen Doppelreihen und vollkommener Ordnung Prätorianer in vollem Gepränge Aufstellung genommen.
Plötzlich erschien ein Mann in einer roten Toga, der sogleich mit dröhnendem Beifall begrüßt wurde: Commodus. Er trat einige Schritte vor bis an die Brüstung, die die Loge begrenzte, und grüßte mit waagerecht ausgestreckter Hand das Volk.
»Er ist schön ...«
Doch Calixtus war die arglose Begeisterung der kleinen Yerakina gleichgültig, er hatte nur Augen für die Frau, die jetzt neben dem Imperator Platz genommen hatte. Marcia. Ihre Gestalt war weiß, fast unwirklich. Er war zutiefst aufgewühlt und ließ seinen Blick lange auf ihr ruhen, bis sich schließlich das Tor öffnete und die Kämpfer eintraten.
Angeführt von den Festordnern, den bürgerlichen Befehlshabern der Stadt und den Geldgebern dieses Tages, begann der

Aufmarsch. Dann folgten der Chor und die Kämpfer, deren Körper von Öl glänzten und die freudig ihre Muskeln zur Schau stellten. Bei ihrem Anblick erscholl ein tosendes Vivat. Man warf ihnen Blumenkronen und -girlanden zu. Man feuerte sie an, indem man sie beim Namen rief. Auf jedem von ihnen lastete die Bürde, den Einsatz der abgeschlossenen Wette zu verteidigen.

»Askalos, Malchion! Gott möge euch schützen!« schrie Yerakina aus Leibeskräften, während sie vor Aufregung von einem Fuß auf den anderen hüpfte.

Die beiden Männer, die am Schluß des Zuges, wenige Schritte von den Schiedsrichtern entfernt, gingen, machten ihr ein kleines Handzeichen. Sie schienen voller Freude. Calixtus sagte sich, daß ihr Frohsinn sicherlich mit einem Schlag verschwunden wäre, wenn sie hätten verstehen können, was man um sie herum sagte, denn die Ausrufe und die Bemerkungen, die man über sie tauschte, waren alles andere als ruhmreich.

»Nun sieh sich einer die beiden Schwächlinge an!«

»Bei Herkules, seit wann nimmt man denn Schwindsüchtige für den Kampf im freien Stil.«

»Sieh, da sind Milon und Sostrates.«

Diese Anspielung auf die beiden berühmtesten Kämpfer aller Zeiten rief Gelächter in der Zuschauerschaft hervor. Calixtus, dem die Sache höchst unangenehm war, warf Pathios einen heimlichen Blick zu. Doch zu seiner großen Verwunderung stellte er fest, daß der Phönizier nicht nur gleichgültig gegenüber den spöttischen Bemerkungen über seine Kämpfer blieb, sondern daß er sich sogar zufrieden die Hände rieb.

»Fische in meinem Netz!« sagte er fröhlich. »Schleien und Rotaugen in meinem Netz ... sieh nur, wie sie glänzen, sie, die gleich am Ufer zappeln werden.«

Und Calixtus fragte sich erneut, woher wohl dieses Vertrauen rühren mochte.

In der Arena war jetzt der Aufmarsch abgeschlossen. Nachdem der Zug seine Runde beendet hatte, erreichte er wieder das Tor

des Pompeius. Fast gleichzeitig begannen die Schiedsrichter mit Hilfe von Stöcken große Kreise auf die gesamte Sandbahn zu malen. In jedem dieser Kreise nahmen zwei Faustkämpfer, die durch Losentscheid festgelegt worden waren, Aufstellung. Der Kampf konnte beginnen.
Auf ein Zeichen des Kaisers hin gingen die sechzehn Athletenpaare aufeinander los, von ebenso vielen Schiedsrichtern überwacht. Ohne die Männer aus den Augen zu lassen, ließ sich Calixtus von Pathios mit den Regeln vertraut machen. Die Kämpfer mußten den Gegner niederstrecken oder zu Boden zwingen, ihm beide Schultern flach auf den Sand drücken, oder aber sie mußten ihn zwingen, sich geschlagen zu geben. Wenn einer der beiden den Kreis verließ, schied er sogleich aus. Pathios war noch mit seinen Erklärungen beschäftigt, als Yerakina ausrief: »Vater, Vater, sieh nur! Malchion hat gesiegt!«
Das Mädchen sprach die Wahrheit. In einer Ecke der Arena hatte Malchion als erster seinen Gegner niedergezwungen und hob jetzt zum Zeichen des Sieges beide Arme. Und schon folgte Askalos, der ebenfalls siegreich gewesen war, seinem Beispiel.
»Nun«, jubelte der Phönizier, »was sagst du jetzt?«
»Ich kann es nicht fassen. Wie haben sie das gemacht? Wie?«
»Du wirst noch Zeit genug haben, ihr Vorgehen zu studieren«, antwortete Pathios mit der salbungsvollen Gelassenheit des Triumphierenden.
Unter den Schreien und anfeuernden Rufen der Menge ging ein Kampf nach dem anderen zu Ende, und es folgte der nächste. Sobald die Sieger verkündet waren, entschied das Los über die neuen Kämpferpaare, die von wieder anderen Schiedsrichtern überwacht wurden. Neue Kreise wurden aufgezeichnet, und der Kampf fing von vorne an.
Diesmal hütete sich Calixtus, Pathios' Schützlinge aus den Augen zu verlieren. Sie standen jetzt wahren Riesen gegenüber, die mehr als einen Klafter groß waren und deren Stirn so breit wie zwei Handteller war. Auf den ersten Blick schien es ein ungleicher Kampf zu werden. Doch was dann folgte, überstieg

die kühnsten Erwartungen. Askalos und Malchion stießen kleine Schreie aus und flogen förmlich durch die Luft, umschwirrten ihre Gegner, zielten ihre Schläge mit höllischer Genauigkeit nur auf bestimmte Körperstellen. Und plötzlich sah man, wie die beiden Riesen vor Schmerzen zusammenklappten, ehe sie, am Ende ihrer Kräfte, besiegt zu Boden sanken.

Die beiden Männer aus Tsin waren zum Mittelpunkt der Welt geworden, und den Spötteleien folgten jetzt erstaunte und bewundernde Ausrufe.

Bald gab es nur noch acht Kämpferpaare, dann nur noch vier. Calixtus' und Yerakinas Spannung erreichte den Höhepunkt, als sie vernahmen, daß in dieser Runde Askalos gegen Malchion kämpfen sollte. Doch Pathios beruhigte sie eilig: »Wir haben diesen Fall vorausgesehen. Wir sind übereingekommen, daß derjenige der beiden, der erschöpfter ist, seinen Gefährten gewinnen läßt.«

»Und bist du sicher, daß sie gehorchen werden? Derjenige, der sich besiegen läßt, verzichtet auf zehntausend Golddenare. Das ist viel Geld.«

»Nicht für einen Christen«, sagte der Phönizier lächelnd. »Doch sieh nur!«

Und tatsächlich war Malchion getroffen und hatte sich aus dem Kreis gleiten lassen. Jetzt blieben nur noch Askalos und drei andere Athleten in der Arena übrig. Es waren sicherlich die besten der gesamten Ökumene*.

Bei dem folgenden Kampf wurde der kleine gelbe Mann unter Yerakinas bestürztem Blick sogleich von seinem Gegner umklammert. Doch schon bald sah sich dieser gezwungen, von seiner Beute zu lassen. Langsam und unaufhaltsam sackte er unter der Kraft des Tsiners zusammen und glitt mit einem Knie zu Boden. Askalos wollte soeben seinen letzten Kampf beginnen, als man ihn bat zu warten.

»Was geschieht?« fragte Calixtus.

* Bewohnte, zivilisierte Welt

»Ich weiß es nicht.«
Commodus hatte sich von seinem Logenplatz erhoben und stieg hinab in die Arena. Nach einem Augenblick des Zögerns begannen die Zuschauer aus Leibeskräften Beifall zu klatschen.
»Er ist der Schiedsrichter des letzten Kampfes!«
»Stell dir nur vor!« schrie Pathios, der vollkommen außer sich war. »Stell dir nur vor! Das ist der Ruhm!«
Calixtus war eindeutig weniger begeistert. Es war das erste Mal seit seiner Folter im Palast, daß er Commodus aus so geringer Entfernung sah.
Die Menge um ihn herum hatte sich erhoben und brachte lautstark ihre Freude zum Ausdruck. Während das kleine Mädchen frohlockte, ließ sich Pathios schweißüberströmt neben Calixtus sinken und stotterte: »Ich hatte damit gerechnet, daß meine beiden Stiere von ganz Antiochia gefeiert würden, aber vom Kaiser selbst...«
Als Askalos unter den bewundernden Blicken des Kaisers die Schultern seines letzten Gegners auf den Boden drückte, glaubte Calixtus, daß dem Phönizier tatsächlich die Sinne schwinden würden.

38

Die Menschenmasse schob sich langsam aus dem Amphitheater und ergoß sich über die breiten Straßen der Stadt. Nach einer Weile drängte sie sich unter den berühmten Toren, verteilte sich über die Prachtstraßen und verlief sich um den Omphalos herum. Calixtus und Yerakina, die von der Menge schier erdrückt wurden, versuchten, sich einen Weg zu bahnen. Um sie herum, unter den Bögen der wiedereröffneten Thermopole hielten Männer mit Bechern voll honiggesüßtem Wein in der

Hand gestenreiche Reden. Nachdem die Stadt des Apollon der Kybele gehuldigt hatte, schickte sie sich an, Bacchus ihren Tribut zu zollen.
Pathios, der glückliche Besitzer der Helden des Tages, war natürlich zu den Festlichkeiten geladen worden, die ihnen zu Ehren stattfanden. Der Phönizier, der vom Kaiser zum Mahl im Palast geladen war, hatte vergeblich darauf beharrt, daß Calixtus ihn begleiten möge. Der Thraker wollte nicht das Risiko eingehen, bei einem Zusammentreffen mit Commodus erkannt zu werden. Schließlich wurde beschlossen, daß sich Pathios mit den beiden Kämpfern in der Sänfte zu dem Festessen begeben würde, während sich Calixtus mit dem Mädchen auf den Heimweg machte.
Sobald die Dämmerung der Nacht wich, wurden die ersten Fackeln angezündet. Von allen Seiten ertönten Gesänge, weinseliges Lachen und Lobreden auf den Kaiser.
»Er ist jung ... Er ist schön wie Herkules.«
»Auch was die Muskeln angeht, steht er ihm in nichts nach. Er hätte sich in den Reihen der Kämpfer beim nachmittäglichen Aufmarsch gut ausgenommen.«
Doch einige Schritte weiter entfernt, hörte man auch mißbilligende Reden.
»Aber er hat es nicht gewagt, teilzunehmen.«
»Sicherlich will er seinen Ruf wahren.«
»Wenn er das wirklich gewollt hätte, dann hätte er sich nicht damit zufriedengegeben, beim letzten Kampf den Schiedsrichter zu spielen. Er hätte selbst daran teilgenommen!«
»Bei Jupiter! Ich hätte zu gerne gesehen, ob unser Caesar diesem eigenartigen kleinen gelben Mann gegenüber standgehalten hätte.«
Als sie den Omphalos erreicht hatten, wurden Calixtus und das Mädchen von einer Sänfte überholt, in der sich ältere Personen, sicherlich Würdenträger, niedergelassen hatten. Auch dort wurde palavert.
»Aber Gaius, der Platz eines Kaisers ist nicht in der Arena!«

»Dabei hat er durchaus die Absicht, noch hinabzusteigen. Ich habe gehört, daß er schon morgen, ebenso wie seine Konkubine, selbst gegen seine Gladiatoren kämpfen wird.«
Calixtus' Herz schlug schneller. Unwillkürlich beschleunigte er den Schritt, um das Gespräch weiter verfolgen zu können.
»Keine Sorge, wenn Commodus es den Kämpfern gleichtut, sind die Schwerter aus Holz und die Spitzen des Dreizacks abgestumpft.«
Er würde also Marcia wiedersehen. ...
»Calixtus, du tust mir weh!«
Verwirrt bemerkte er, daß er die Hand seiner kleinen Gefährtin zu fest gedrückt hatte. Er entschuldigte sich lebhaft und stellte fest, daß die Züge des Mädchens angespannt und bleich waren. Er erkundigte sich voller Unruhe: »Sag, Yerakina, fühlst du dich auch gut? Bist du nicht zu müde?«
Ohne eine Antwort abzuwarten, hob er sie hoch und setzte seinen Weg mit dem Mädchen in den Armen fort.
Als sie das Haus erreichten, stand das Abendessen schon im Triklinium bereit. Calixtus legte das Kind auf eine der Liegen.
»Ich habe Durst...«
Er füllte eilig eine Trinkschale mit Wasser, die er ihr reichte und die sie in einem Zug leerte. Sie verlangte eine weitere und noch eine.
»Wann kommt Vater nach Hause?«
»Ich befürchte, nicht vor dem Morgengrauen. Solche Festessen ziehen sich immer endlos lange hin.«
»Ich bin froh, daß du da bist.«
Er drückte dem Kind einen Kuß auf die Stirn und hielt ihm einen Teller hin.
»Ich habe keinen Hunger.«
»So nimm wenigstens einige Trauben.«
Sie schüttelte den Kopf und deutete auf Calixtus' leeren Teller.
»Auch du ißt nichts!«
Ein schwaches Lächeln huschte über sein Gesicht.
»Siehst du, auch ich habe keinen Hunger.«

Das stimmte. Angesichts der Vorstellung, Marcia bei einem Kampf in der Arena zu sehen, hatte sich sein Magen zusammengekrampft. Vielleicht würde es ihm später sogar gelingen, bis zu ihr vorzudringen. Denn der übernächste Tag war der Tag der Sonne, und die Christen hatten die Gewohnheit, diesen Tag zu feiern. Pathios hatte angedeutet, daß es sehr wahrscheinlich war, daß die Favoritin des Kaisers an den Feierlichkeiten teilnehmen würde, die von Theophilos, dem Bischof von Antiochia, in der Basilika des Forums abgehalten werden würden.

Die Zeit verging. Calixtus zog sich mit Yerakina in das Tablinium zurück.

»Möchtest du eine Partie Knöchelspiel spielen?«

Das Mädchen nickte entzückt.

Sie begannen das Spiel, doch sehr bald fielen ihr nach der Anstrengung des Tages die Augen zu, und sie ließ sich an die Rückenlehne des Diwans gleiten. Bald schlief sie.

Der Thraker erhob sich und trug das Kind in sein Bett. Als er sich versichert hatte, daß sie fest schlief, begab er sich in sein Zimmer und öffnete die Filzschatulle, die das letzte Werk enthielt, daß er auf Pathios' Anraten hin gekauft hatte. Auf dem Leinenband, das die Rolle zusammenhielt, stand der Titel geschrieben: *Evangelium*.

*

Wie lange hatte er sich schon seiner Lektüre gewidmet? Das dunkle Violett der Nacht hatte sich bereits auf den Säulengang gesenkt, als er die Schritte des Phöniziers vernahm.

»Schon zurück? Ich habe dich erst im Morgengrauen erwartet.«

»Das hatte ich mir auch so vorgestellt! Deine wundervollen Beschreibungen von Festessen werde ich mir merken!«

»Das verstehe ich nicht. Hast du wirklich mit Caesar gespeist?«

»Mit Caesar ja, aber nicht *bei* Caesar.«

»Was meinst du damit?«

»Der Unterschied ist von Bedeutung. Hier, sieh dir nur die Speisenfolge an. Etwas Armseligeres gibt es gar nicht!«
Calixtus ergriff den Papyrusbogen und las.

Spargel und hartgekochte Eier
Anchovis
Zicklein und Kotelettes
Dicke Bohnen und Kürbis
Hühnchen
Rosinen und Äpfel
Birnen
Wein von Nomentum

»Nach einem solchen Essen hast du sicherlich kein Vomitivum nötig gehabt.«
»Viel schlimmer noch, ich sterbe vor Hunger!«
»Folge mir, dem werden wir Abhilfe schaffen.«
Wenige Augenblicke später, als Pathios seinen knurrenden Magen mit einem riesigen Käsekuchen zum Schweigen brachte, deutete Calixtus auf die schwere, mehrreihige Gemmenkette, die den Hals seines Freundes zierte, und auf die wundervollen Armreife aus massivem Gold, die seine Unterarme umschlossen.
»Wie ich sehe, hat Caesars Großzügigkeit bei weitem die Kargheit des Mahles wettgemacht.«
»Das stimmt«, entgegnete Pathios mit vollem Mund. »Weißt du, wieviel er mir für meine Kampfstiere geboten hat? Eine Million Sesterzen! Ganz zu schweigen von diesen bescheidenen Geschenken. Eine Million Sesterzen ... Ich bin reich! Wir sind reich! Stell dir nur vor!«
»Erlaube mir, deine Aufmerksamkeit auf einen Punkt zu lenken. Hast du Yerakina vergessen? Sie ist den Kämpfern sehr verbunden.«
Der Phönizier zuckte die Schultern.
»Askalos und Melchion gehören ab jetzt zur kaiserlichen Schar

der Freigelassenen. Sie werden in den berühmtesten Amphitheatern des Reiches kämpfen. Eine wundervolle Laufbahn liegt vor ihnen. Was Yerakina angeht, so wird ihr, wie bei allen Kindern, die Zeit darüber weghelfen.«
Er aß seinen Käsekuchen auf und schenkte sich Wein in eine Trinkschale.
»Hat dich die Kargheit dieses Mahles nicht verwundert?«
Und noch ehe Calixtus antworten konnte, fuhr er fort: »Der Kaiser hat die Absicht, morgen in der Arena zu kämpfen.«
»Eben dieses Gerücht glaube ich auf dem Rückweg gehört zu haben. Diese Neuigkeit hat nichts Außergewöhnliches.«
»Oh! Sehr wohl! Während des Essens hat sich Caesar erhoben und erklärt: ›Es ist mir nicht unbekannt, daß es jedes Mal, wenn ich mich einem Kampf stelle, böse Zungen gibt, die meine Verdienste mit den Possen der Schauspieler vergleichen. Sie begreifen nicht, daß ich allein aus dem Grund mit vorgetäuschten Waffen kämpfe und auch die jungen römischen Edelleute auffordere, meinem Beispiel zu folgen, um die Freude an der Darbietung weniger blutig zu machen. Wisset, daß ich nicht der Feigling bin, als den mich gewisse Leute darstellen. Aus diesem Grund wird der morgige Kampf echt sein, mit scharfen Waffen.‹«
»Das ist in der Tat verwunderlich. Und was haben die Geladenen entgegnet?«
»Da sie sich über die tödlichen Gefahren ausließen, die der Kaiser eingehen würde, hat Commodus spöttisch dagegengehalten: ›Ich weiß um eure Sorge ... doch ich weiß auch, daß ihr auf der Stelle den Sieger feiern werdet, der euch von mir befreit hat. Er wird in euren Augen nichts als ein Wohltäter und ein Rächer sein!‹«
»Wenn diese Leistung erbracht wird«, bemerkte Calixtus finster, »würde ich diesem von der Vorsehung auserwählten Mann mit Vergnügen eine goldene Krone schenken.«
Pathios zuckte zusammen.
»Weil du mein Freund bist, werde ich diese Bemerkung verges-

sen. Ich wiederhole, in meinen Augen ist Commodus der beste
Kaiser, der je den Purpur getragen hat.«
»Und sind deine Brüder derselben Meinung?«
»Ich denke schon.«
Für eine Weile herrschte Schweigen.
»Und Marcia – ich nehme doch an, daß sie bei dem Mahl
anwesend war –, wie hat sie sich verhalten?«
»Kaum hatte Commodus ausgesprochen, da sprang sie auf und
erklärte: ›Befiehl, Caesar, daß man auch meine Gegner bewaffnen möge, denn wenn man dich töten würde, hätte mein Leben
keinen Sinn mehr.‹«
Calixtus beherrschte sich, um nicht aufzuspringen, und ballte
die Fäuste. Offensichtlich gab es etwas in der Haltung dieser
Amazone, das er nie begreifen würde.

39

Die Spiele sollten erst um die zweite Stunde fortgesetzt werden,
doch ab der sechsten Nachtwache* drängten sich bereits Menschenmassen vor den noch verschlossenen Toren des Amphitheaters.
Die ungeheuerliche Ankündigung des Commodus hatte die
gesamte Provinz in einen fieberhaften Zustand versetzt und
Schaulustige aus Palästina, Cilicia, Cappadocia und den Vasallenkönigreichen von Palmyra und Petra, ja selbst aus dem Reich
der Parther, Erbfeind des allmächtigen römischen Reiches,
angezogen.
Dieser Menschenauflauf hatte die Umgebung des Amphitheaters in eine wahrhafte Karawanserei verwandelt. Überall waren
kleine Zelte aus Kamelhaut errichtet, und auch unter den

* Mitternacht

Arkaden am Wegesrand lagen schlafende Gestalten. Andere schlummerten wie die Hirten stehend auf ihre langen Stöcke gestützt, oder sitzend wie die Schriftgelehrten, und wieder andere lieferten sich lautstarke Würfelpartien.

Endlich erschienen die Verantwortlichen der Spiele. Die Ketten, die den Zugang zum Stadion versperrten, wurden entfernt, und eine wahre Sturzflut von Menschen drängte ins Innere. Wenig später warteten Hunderttausende im Schatten des Sonnendachs auf den Beginn des Kampfes.

Sobald die zweite Stunde verstrichen war, begaben sich die Würdenträger auf ihre Ränge. Sie hatten sich keine Sorgen um ihre Plätze machen müssen: Die ersten Sitzreihen, die der Arena am nächsten lagen, waren ihnen vorbehalten. Dann folgte der Magistrat, der darüber hinaus das Vorrecht genoß, daß die Namen jedes einzelnen in goldenen Lettern in die ihnen zugedachten Marmorsitze graviert waren. Dasselbe galt für die Priester des Apollon.

Calixtus und Pathios hatten einen Platz unter der Ritterschaft gewählt. Trotz ihrer inständigen Bitten hatten sie Yerakina zu Hause gelassen; seit dem Vorabend fühlte sie sich nicht wohl, und ihre Anwesenheit hier im Stadion hätte ihren Zustand verschlimmern können.

Die beiden Männer saßen neben einem Parther mit sorgfältig gelocktem Bart, der ein farbenfrohes Gewand und auf dem Kopf seine hohe Mitra trug. Er hatte in Pathios den Triumphator des Vortages erkannt und sogleich in fließendem Griechisch ein lebhaftes Gespräch mit ihm begonnen.

»Euer Kaiser scheint sich gut mit den Kampfregeln auszukennen.«

»Das kann man wohl behaupten. Auch ich war erstaunt. Bedenke nur ...«

Der Klang der Trompeten, der den Einzug des Commodus ankündigte, unterbrach sie.

Calixtus ausgenommen, der sich darauf beschränkte, die Vorgänge zu beobachten, erhoben sich alle Zuschauer von ihren

Plätzen und klatschten der weißen Gestalt, die jetzt zwischen den Kolonnaden der kaiserlichen Loge sichtbar wurde, Beifall. Commodus war nach dem Vorbild des Ganymed gekleidet; er trug ein golddurchwirktes Gewand aus weißer Seide, dessen Ärmel mit asiatischen Motiven bestickt waren, seine Stirn wurde von einem edelsteinverzierten Diadem geschmückt. Eigenartigerweise fehlte sein übliches Gefolge. Nur zwei Männer von gelblicher Hautfarbe, die wie Castor und Pollux gekleidet waren, begleiteten ihn und trugen seine Waffensammlung.

»Askalos und Malchion«, bemerkte Calixtus.

»Habe ich dir nicht gesagt, daß der Kaiser sie gekauft hat, um sie der Schar der Freigelassenen seines Hauses zuzuführen? Sie leben jetzt in Ruhm und Reichtum.«

Nachdem er die Menge ausgiebig gegrüßt hatte, wartete der Kaiser, bis der Beifall verstummt war, und klatschte dann in die Hände. Ein Gong erklang, das Tor des Pompeius öffnete sich, und dann begann ein außerordentlicher Aufmarsch exotischer Tiere: Zebras, Antilopen, Affen, Bären, riesige Strauße und bunte Vögel aus Indien. Den krönenden Abschluß des Zuges bildeten Elefanten.

Unter Leitung der Tierbändiger machte die unglaubliche Menagerie, begleitet von den Vivat-Rufen der entzückten Zuschauer, eine Ehrenrunde. Die Begeisterung erreichte ihren Höhepunkt, als auf die oberen Ränge ein Regen von Goldstücken, Haferkuchen und Blumengirlanden niederging. Auf Geheiß des Kaisers schütteten seine Sklaven diesen unerwarteten Segen aus. Calixtus war betroffen, als er beobachtete, wie Frauen, junge Leute, Kinder und sogar Greise erbittert um diese Almosen kämpften.

»Ich frage mich, ob die wahren Tiere nicht auf dieser Seite der Arena sind«, murmelte er.

Sobald der Aufmarsch beendet war, gingen die Elefanten schwerfällig vor der kaiserlichen Loge in die Knie und zeichneten mit ihren Rüsseln den Namen »Commodus« in den Sand. Als der Aufruhr und die Begeisterungsstürme endlich nachgelassen hatten, herrschte für einen Augenblick feierliche, ja fast ehrfürchtige Stille. Commodus erhob sich langsam und mit gemessenen Bewegungen, nahm sein Diadem vom Haupt, legte die Tunika ab und entblößte voller Stolz seinen Oberkörper. Auf sein Zeichen hin überreichte Askalos ihm den Helm und den mit metallisch glänzenden Schuppen überzogenen Griff des Murmillo. Das Publikum, das von diesen Vorbereitungen entzückt war, applaudierte aus Leibeskräften. Der Kaiser ergriff den kleinen Schild und das kurze gallische Schwert, das seine Ausrüstung vervollständigte. Dann sprang er wie Alexander, als er die indischen Städte eroberte, über die kleine Mauer in den Sand der Arena, wo er von tosendem Beifall empfangen wurde.

Der erste Gegner des Caesar, der in die Arena trat, war ein stämmiger, kahlköpfiger Retiarius. Sein Dreizack schien, soweit man es beurteilen konnte, scharf und aus echtem Eisen. Das Netz, das er geschickt über seinem Kopf kreisen ließ, schien ebenso fest und dicht wie die, die man gewöhnlich für diese Art von Kampf verwendete. Und wenn auch noch einige Zuschauer an der Echtheit der Waffen zweifelten, so bewiesen die Ereignisse doch sehr bald, daß Commodus dieses Mal tatsächlich sein Leben aufs Spiel setzte.

Schon hatten die Männer und Frauen für den einen oder anderen der beiden Athleten Partei ergriffen. Natürlich galten die meisten ermutigenden Zurufe dem Kaiser. Wenn Commodus seinem Gegner auch eindeutig überlegen war, so wartete dieser doch mit der Gewohnheit und Erfahrung des geübten Arenaveteranen auf. Er befand sich zwar mehrmals in einer äußerst gefährlichen Lage, konnte sich jedoch immer wieder retten und den jungen Caesar in Schwierigkeiten bringen.

»Aber dieser Gladiator, er schont ihn ja!« bemerkte der parthische Nachbar des Pathios.

»Das würde mich wundern«, gab Pathios zurück. »Selbst wenn er nicht mehr ganz jung ist, versteht der Retiarius sein Handwerk. Im übrigen ...«

Heftige Beifallsbezeugungen unterbrachen ihn. Commodus hat-

te seinen Gegner zu Boden gestreckt. Den Fuß auf der Brust des Retiarius, befragte er die Menge mit einem Blick. Geschmeichelt und begeistert vom Mut ihres Prinzeps, senkte sie den Daumen und gab somit das tödliche Zeichen.
»Töten!«
Sogleich beschrieb das Schwert des Commodus einen kurzen Kreis durch die Luft und stach zu. Das Blut spritzte aus der geöffneten Kehle des Retiarius.
Der Kaiser wandte sich ab, grüßte mit der rotglänzenden Klinge die Zuschauer und verlangte zu trinken. Sobald er sich erfrischt hatte, wollte er sich mit den Meistern anderer Waffendisziplinen messen. Diese Kühnheit wurde mit erneutem tosenden Beifall begrüßt.
Der Klang der Trompeten, der den Auftritt eines anderen Meisters ankündigte, riß Calixtus aus seinen Gedanken. Er hatte sich dabei ertappt, wie er einen Augenblick lang, nur einen kurzen Augenblick lang, Bewunderung für diesen Mann empfand.
Dieses Mal würde Commodus mit einem Gallier kämpfen, der die gleichen Waffen trug wie er.
Voller Groll hob Calixtus den Arm in Richtung Arena und stieß leise eine Verwünschung aus. Doch ... hatte er sie schlecht ausgesprochen, oder hatte er sein Ziel verfehlt? Mit einem Blitzangriff entledigte sich Commodus seines Gegners. Er mußte ihm nicht einmal die Kehle durchstechen, denn sein Schwert hatte den Mann vollkommen durchbohrt. Der Beifall, der diesem Sieg folgte, war so stark, daß sich der Thraker erhob. Er war entschlossen, den Circus zu verlassen. Doch Pathios' Hand hielt ihn zurück.
»Bleib! Die wahren Kämpfe beginnen erst jetzt. Sieh nur!«
Ein Gladiator kam in die Arena gelaufen. Es war ein Samnis* von

---

* Kriegergruppe, die ihren Namen nach ihren Waffen trugen, die denen der Samnitischen Krieger glichen (Bewohner eines nicht genau festgelegten Teils im alten Italien).

eindrucksvoller Größe, der sich hinter einem mächtigen gewölbten Schild verbarg. Auf den ersten Blick unterschied ihn nichts von den anderen Kämpfern. Nur die Schreie, die seinen Auftritt begleiteten, ließen darauf schließen, daß Commodus es dieses Mal mit einem ernstzunehmenden Gegner zu tun haben würde.
»Das ist Aristoteles!« erklärte Pathios.
Die Menge, die sich offenbar der Bedeutung dieses neuen Kampfes bewußt war, verstummte. Der Oberkörper des Kaisers wies eine dreifache Wunde auf, die der Dreizack des Galliers ihm beigebracht hatte. Sein erster Gegner hatte ihn am Unterarm getroffen, und wenngleich diese Wunden sehr oberflächlich waren, bluteten sie stark. Unter diesen Bedingungen schien es eher Wahnsinn als Mut, sich einem Gegner zu stellen, der im besten Ruf stand und noch dazu schwer bewaffnet war. In diesem Augenblick stürzten vollkommen unvorhergesehen Prätorianer in die Arena. Der Parther fragte Calixtus und Pathios spöttisch: »Hat euer junger Gott hier vielleicht seinen Meister gefunden?«
Doch Commodus hatte mit einer Handbewegung die Prätorianer zum Stehen gebracht und sagte etwas zu ihnen. Die drei Männer saßen zu weit entfernt, als daß sie verstehen konnten, was gesprochen wurde. Doch nach einem kurzen Wortwechsel klappte der Samnis das Visier seines Helms wieder herunter, und die Prätorianer zogen sich zurück. Ein Schaudern ging durch die Menge. Eine junge Frau, eine Syrerin von großer Schönheit, die vor Calixtus saß, erklärte mit einem rätselhaften Lächeln: »Der neue Herkules hat offensichtlich Pflichtgefühl. Wir werden bald sehen, ob er wirklich ein Gott ist.«
»Ein Irrer!« bemerkte Pathios nur.
Calixtus murmelte verärgert zwischen den Zähnen: »Ein Irrer, ein Gott, das ist bedeutungslos. Hauptsache ist, der Samnis befreit uns von ihm!«
Die junge Frau, die wie eine Priesterin des Baal gekleidet war, wandte sich um und musterte den Thraker erstaunt, doch dessen Aufmerksamkeit war auf die Arena gerichtet.

353

Wie Raubtiere umsprangen die beiden Männer einander, und unter ihren Schritten stoben kleine Sandwölkchen auf. Wenn ihre Schwerter sich kreuzten, flogen die Funken, und ihre Schilde hallten wie bronzene Glockenklöppel. Immer wilder und unbarmherziger griffen sie einander an, auf der Suche nach der Schwäche des anderen, die den Sieg bringen würde.

Die Menge, die sich bewußt war, einem der großen Ereignisse des Circus und einem bedeutenden Moment für das ganze Reich beizuwohnen, hielt den Atem an.

Der Kampf war verbissen. Der Schatten des Todes bedrohte abwechselnd die beiden Kämpfer. Die Widerstandsfähigkeit des Commodus rief allseits Bewunderung hervor. Die vorangegangenen Kämpfe schienen seine Leistungsfähigkeit in keinster Weise beeinträchtigt zu haben.

Doch plötzlich, nach einem besonders heftigen Angriff, verlor er das Gleichgewicht und versuchte verzweifelt, den Rückzug anzutreten. Aber seine Unsicherheit wurde nur noch größer. Er stürzte und schlug heftig gegen die Ummauerung. Durch den Sturz war ihm sein Schwert aus der Hand geglitten. Der Samnis war seines Sieges sicher und streckte die Waffe hoch in die Luft. Commodus sah sie wie einen Blitzstrahl auf sich heruntersausen. Sein Schild wehrte den Schlag ab, doch es barst unter der Wucht des Aufpralls. Er war jetzt vollständig entwaffnet.

»Schlag zu!« rief Calixtus, indem er aufsprang und den Daumen nach unten streckte.

Zu seiner Enttäuschung folgte die Menge seinem Beispiel nicht, im Gegenteil. Zahlreiche weiße Tücher wurden geschwenkt, um Gnade für den Besiegten zu erbitten. Doch Aristoteles schien sich nicht um ihre Meinung zu kümmern. Das Schwert schwebte gefährlich über Commodus, ganz so, als wolle er den Triumph auskosten. Plötzlich geriet es in Bewegung und zielte auf die Kehle. Genau in dem Augenblick, da die Schwertspitze beinahe seinen Hals berührte, warf sich Commodus zur Seite. Das Schwert verletzte ihn an der Schulter, bevor es auf die Steine schlug. Unwichtig! Indem er sich über den Boden rollte,

hatte der junge Kaiser seine Waffe zu fassen bekommen. Da er durch seine Ausrüstung behindert war, stürzte sich Aristoteles mit einer leichten Verzögerung auf ihn. Doch seine Bewegung wurde jäh unterbrochen. Das Schwert des Kaisers stieß unter seinem Harnisch durch und bohrte sich bis zum Heft in seinen Leib. Einen Augenblick starrte er verblüfft seinen Gegner an, der ihn aufspießte, und spürte, wie das Eisen durch seine Gedärme drang. Dann brach er mit geradezu unwirklicher Langsamkeit zusammen.
Für eine Weile herrschte noch Schweigen. Dann verfiel die Menge in ein wahres Delirium. Die Zuschauerschaft erhob sich wie ein einziger Mann und schrie ihre Erleichterung heraus.
Calixtus bemerkte angewidert: »Ich werde schließlich noch glauben müssen, daß er wirklich göttlicher Abstammung ist.«
Die Priesterin des Baal wandte sich lächelnd zu ihm um.
»Ich heiße Julia Domna. Und du?«
Diesmal nahm sich Calixtus Zeit, sie zu betrachten. Sie hatte große schwarze Augen, die Brauen waren mit Khol betont und die Haut dunkel. Eine Flut schwarzer Haare blähte den Schleier, der sie bedeckte.
»Calixtus.«
»Du scheinst dem Kaiser nicht sehr verbunden zu sein«, bemerkte sie, während sie auf Commodus deutete.
»Er ist ein Römer«, entgegnete Calixtus kurzangebunden.
»Sicher, heute sind doch alle Römer.«
»Vielleicht. Aber auch du scheinst nicht zu seinen Bewunderern zu gehören.«
»Was veranlaßt dich, das zu glauben?«
»Eine Eingebung, irgendeine Vorstellung ...«
Ein Schatten glitt über das wache Gesicht der jungen Frau. Sie war kaum zwanzig Jahre alt, doch strahlte sie schon Sicherheit und Haltung der Patrizierin aus.
»Das stimmt. Es bleibt noch viel zu tun.«
Unter einem Regen von Blumen, Palmenwedeln und Gold-

stücken vollendete Commodus, getragen von seinen Prätorianern, die Ehrenrunde. Im Schatten des Pompeiustores ließ er sich zu Boden gleiten.

Die Musik der Orgeln setzte wieder ein, unterstützt von den Hörnern und den rhythmischen, hohen Tönen der Flöte. Da ihm die vor ihm in die Luft gestreckten Arme die Sicht nahmen, konnte Calixtus nur die beiden Namen hören, die durch das Amphitheater schallten: »Veneria Nigra!!«

»Marcia!!«

Er erkannte sogleich eine der beiden Gestalten, die sich auf die Mitte der Arena zubewegten. Der Anblick ihres nackten, oder doch fast nackten, Körpers ließ noch stärkere Empfindungen in ihm aufwallen. Sie hatte sich für die Tracht und die Ausrüstung des Retiarius entschieden: ein Lendenschurz und Sandalen, bewaffnet mit Netz und Dreizack. Sie schritt langsam dahin. Ihr volles schwarzes Haar war von einem Band zusammengehalten. Ihre festen Brüste erzitterten kaum merklich im Rhythmus ihrer Schritte, die Bauchmuskeln zeichneten sich hart unter der gleichmäßig gebräunten, glänzenden Haut ab. Die Muskeln der langgliedrigen Arme und Schenkel schwollen an, ohne jedoch die Gestalt schwerfällig wirken zu lassen.

Ihre Gegenspielerin, die größer, jedoch ebenso wohlproportioniert war, hatte sich für die Tracht eines Murmillo entschieden: ein Helm, ein kurzes Schwert, ein kleiner Schild und metallene Schuppen, die den rechten Arm schützten.

Sie glich einer wundervollen Ebenholzstatue und trug, wie Marcia, nur einen Lendenschurz und Sandalen.

Mit ausdruckslosem Gesicht blieben die beiden Frauen stehen, wandten sich um und entrichteten den römischen Gruß in Richtung auf das Tor des Pompeius.

Commodus, der noch immer in der Toröffnung stand, erwiderte ihren Gruß. Calixtus versuchte verzweifelt, in Marcias Gesicht zu lesen, doch sie wandte ihm jetzt den Rücken zu, und er konnte nur die angespannten Muskeln betrachten, die sich unter ihrem gebräunten Rücken abzeichneten.

»Sie sind schön, nicht wahr?« fragte Julia sanft, indem sie sich halb zu dem Thraker umwandte.
Calixtus nickte nur knapp.
Jetzt umschlichen die beiden Kämpferinnen einander und täuschten einige Scheinangriffe vor, vollzogen geschmeidige Vor- und Rückwärtsbewegungen.
»Mithras stehe mir bei!« rief der Parther und hob die Arme. »Nie würde man in meinem Land Frauen sehen, die sich einem Kampf hingeben wie die Männer. Und schon gar nicht die Favoritin des Königs der Könige!«
»Das ist der Unterschied zwischen Zivilisation und Barbarei«, spottete Calixtus, indem er nervös über seinen schweißverklebten Bart strich.
Marcia ließ ihr Netz über dem Kopf in der Luft kreisen. Mit einem trockenen Pfeifen sauste es nieder, und Veneria hatte gerade noch Zeit, sich nach hinten zu werfen, um der Falle zu entgehen. Mit einem heftigen Sprung ging sie zum Gegenangriff über, und ihr Schwert sauste durch die Luft. Doch Marcia, die ihr an Gelenkigkeit nicht nachstand, hatte schnell den Kopf gesenkt. Ihr mit dem Dreizack bewaffneter Arm schnellte plötzlich vor. Sie versuchte, die Kehle ihrer Gegnerin zu treffen, doch sie streifte nur ihren Schild. Sie wich einige Schritte zurück und zog gleichzeitig mit einer schnellen Bewegung das bleierne Netz an sich.
Und wieder umkreisten sich die beiden Frauen langsam, während das Netz der Amazone drohende Kreise durch die Luft zog. Plötzlich täuschte die Favoritin einen Angriff von links vor, doch dann warf sie ihr Netz von rechts in die Beine der schwarzen Kriegerin. Diese ließ sich nicht überraschen. Sie sprang hoch in die Luft und entging so dem Netz, kam dann mit beiden Füßen auf diesem auf, klemmte es unter ihren Sandalen fest und holte mit ihrem Schwert zu einem furchtbaren Schlag von oben nach unten aus. Mit unglaublicher Geistesgegenwart gelang es Marcia, die Waffe zwischen der zweiten und dritten Zinke ihres Dreizacks einzuklemmen.

Doch da die beiden Waffen der Amazone außer Gefecht gesetzt waren, befand sich diese in einer gefährlichen Lage. In einem verzweifelten Angriff gelang es ihr, ihr Netz unter Venerias Füßen wegzureißen. Diese verlor das Gleichgewicht und fiel auf den Rücken. Sie raffte eine Handvoll Sand von der Piste und schleuderte sie wütend in Marcias Augen.

Aus dem Publikum ertönten Mißfallensbekundungen, doch Veneria Nigra hatte sich schon wieder erhoben und verfolgte die geblendete Marcia, die vor ihr zurückwich. Ein Schwertstreich zerhieb ihr Netz. Er war von solcher Kraft, daß sie einen Augenblick lang glaubte, ihre Finger wären abgetrennt. Auf dem Rang ballte Calixtus die Faust. Das Herz pochte zum Zerspringen in seiner Brust. Die Entscheidung stand bevor.

Veneria stieß mit ihrem Schwert zu und zielte dabei auf den nackten Leib ihrer Gegnerin. Diese Geste war ihr Verhängnis. Marcia wich dem Stoß mit einer schnellen Drehung des Oberkörpers aus und schlug, ehe ihr Gegenüber Zeit hatte, wieder in Deckung zu gehen, mit dem Griff des Dreizacks zu, den sie mit beiden Händen an den Zinken hielt. Der heftige Schlag zertrümmerte Venerias Handgelenk, und sie ließ ihre Waffe fallen. Doch ihr Kampfinstinkt war so stark, daß sie versuchte, sie zurückzuerlangen. Diesmal traf sie der Griff des Dreizacks im Kreuz und ließ sie vornüberstürzen. Sie wandte sich so schnell sie konnte um, doch es war zu spät, die metallenen Zinken legten sich schon auf ihren Hals und hielten sie am Boden fest.

Während Marcia den Griff des Dreizacks eisern umklammert hielt, setzte sie einen Fuß auf Venerias Brust und ließ ihren vom Sand geblendeten Blick in die Runde schweifen. Wie durch einen Schleier gewahrte sie Commodus, der auf sie zueilte.

Auf den Rängen breitete sich ein fieberhaftes Treiben aus. Veneria Nigra versuchte vergeblich sich zu erheben, fiel wieder zurück und hob um Gnade flehend den Daumen. Eine Flut von Flüchen und Pfeifen war die Antwort auf diese Geste. Der Zwischenfall mit dem Sand hatte das gesamte Amphitheater gegen sie aufgebracht. Überall sah man das Todeszeichen. Die

ersten Worte des Commodus zollten dem selbstverständlich Tribut.
»Du hast keine Wahl! Du mußt dich dem Willen des Volkes beugen!«
»Töte sie!« ertönte es von den Rängen.
Doch Marcia, die sehr bleich war, rührte sich nicht. Der Kaiser, der neben ihr stand, wurde ungeduldig.
»Bewunderst du den Gott Pan*? Also, tue, was das Volk fordert!«
Marcia zögerte eine Weile, ihr Blick senkte sich auf das Gesicht der Veneria Nigra. Sie beobachtete sie einen Augenblick lang. Mit einer trockenen Geste stieß sie dann den Dreizack in den Sand der Arena. Die Klinge erzitterte, der Griff zeigte gen Himmel, während der Beifall erstarb, als wäre eine Flamme von einer unsichtbaren Decke erstickt worden.
Marcia kreuzte die Arme und bot ihrem Kaiser ruhig die Stirn. Wenn es auch nicht weiter erstaunlich war, daß ein Sieger beschloß, das Leben seines Gegners zu schonen, so war es doch sicherlich das erste Mal, daß ein Athlet es wagte, sich dem Willen des Kaisers zu widersetzen.
Commodus ergriff ohne zu zögern das Schwert der Veneria. Die Frau machte eine Bewegung, um sich zu erheben, doch die Klinge stieß in ihre ungeschützte Kehle. Der Körper fiel schwer wieder zu Boden. Der Kopf war nicht abgetrennt. Der Kaiser murmelte einen Fluch und schlug erneut zu. Unter den anfeuernden Rufen des Volkes spießte er den Kopf der Veneria Nigra durch den Mund auf und zeigte ihn dem Amphitheater. Er wollte sich zu Marcia umwenden, sicherlich um ihn ihr als Geschenk darzubieten. Doch sie stand nicht mehr neben ihm. Sie lief auf das Pompeiustor zu.

---

* Gott, halb Mensch, halb Tier, dessen Anblick die, die unvermutet auf ihn stießen, mit Entsetzen erfüllte.

40

Von Fackelträgern begleitet, gelangten Calixtus und Pathios in einer Sänfte zurück nach Epiphania.
Nach dem Ende jener denkwürdigen Spiele hatten die beiden Freunde auf Vorschlag des Parthers in Begleitung der hocherfreuten Julia Domna die Thermen besucht. Wie zu erwarten, hatten sich die Gespräche um die Erfolge des Commodus und seiner Favoritin gedreht. Pathios hatte die anderen zu belehren versucht, daß Marcia, indem sie Veneria Nigra als Gegnerin gegenübertrat, sicherlich eine größere Gefahr eingegangen war als Commodus. Calixtus hatte sich nach den Gründen für Commodus' milde Haltung gegenüber dem aufrührerischen Verhalten seiner Konkubine erkundigt. Denn Milde war nicht eben seine Stärke ... Julia Domna hingegen spottete über die Beziehung des Paares. Zwischen den beiden schien nicht alles so rosig zu sein, wie man es gemeinhin glauben machen wollte. So als würde er ebenso tödliche Ränkespiele voraussahnen wie die blutigen Ereignisse, die in bestimmten Abständen den Hof von Ekbatana* heimsuchten, hatte der Parther schließlich die Frage gestellt, ob Aristoteles sich dem Kampf wirklich so sehr aus eigenem Antrieb gestellt hatte, wie es den Anschein hatte. Bei Sonnenuntergang hatte sich die Gruppe schließlich getrennt.
Als die Sänfte die Straße von Beroia erreicht hatte, fragte der Phönizier Calixtus plötzlich: »Warum hast du die Gelegenheit nicht genutzt, die sich dir geboten hat?«
»Welche Gelegenheit?«
»Aber, aber ... du weißt genau, was ich meine. Die kleine Priesterin des Baal ... An der Art, wie sie dich mit den Augen verschlungen hat, konnte man doch erkennen, daß sie nichts anderes wünschte, als in deinen Armen dahinzuschmelzen ...«

---

* Hauptstadt des Medischen Reiches. Heute Hamadan im Iran.

»Ich habe nichts davon bemerkt«, entgegnete Calixtus leicht verlegen.
Sein Freund musterte ihn aufmerksam.
»Du lügst schlecht! Das mußt du nicht mir, Pathios, weismachen. Und nachdem ich annehme, daß du kein Pädophile bist...«
»Also...«
»Wenn du sie nicht genommen hast, dann heißt das ganz einfach nur, daß du sie nicht wolltest. Dabei war diese Frau wirklich hübsch. Ein königliches Festmahl ... Warum also?«
Calixtus begnügte sich damit, mit einem kleinen Lächeln zu antworten: »Offensichtlich hat dich der Parther angesteckt. Du witterst überall Geheimnisse.«
»Gut, gut! Aber dann erkläre mir doch, du bist reich, du bist mehr als ein schöner Mann, du könntest so viele Frauen haben, wie du willst. Doch seit wir hier angekommen sind, habe ich nie bemerkt, daß du dich für eine interessiert hättest. Und, ich wiederhole mich, auch nicht für Jünglinge. Was soll ich daraus schließen?«
Der Thraker klopfte Pathios mit vorgetäuschter Betrübnis auf die Schulter.
»Vielleicht bin ich sehr krank. Vielleicht hat meine Männlichkeit unter den Folgen der Seekrankheit gelitten?«
Pathios brach in ein solches Gelächter aus, daß er beinahe aus der Sänfte gefallen wäre.
»Na, so was!«
Er faßte sich schnell wieder und sagte, indem er jede Silbe betonte: »Ver-liebt!«
»Ich verstehe nicht«, antwortete Calixtus, der sich in die Enge getrieben fühlte.
»Ich bedaure dich, mein Freund! Die Liebe ist der grausamste Wahn, dem ein menschliches Wesen anheimfallen kann.«
Nach einer Weile fragte er: »Kenne ich sie zufällig?«

Marcias Bild trat dem Thraker vor Augen. Verwundert hörte er sich antworten: »Ja ... Nein.«
Pathios senkte seinen Blick in die strahlendblauen Augen seines Freundes: »Hätte ich sie schon einmal treffen können?«
Und etwas später fuhr er fort: »Es handelt sich doch nicht zufällig um Marcia? Ich ...«
»Hör auf, Pathios, dieses Spiel ermüdet mich. Laß uns von etwas anderem sprechen.«
Der Phönizier lehnte sich schmollend in den Kissen zurück.
Sie hatten schon lange die Straßen von Epiphania erreicht, und im Schein der Fackeln leuchtete hie und da eine Fassade oder das Blattwerk eines Parks auf. Sie waren nicht mehr weit von ihrem Anwesen entfernt.
Calixtus brach das Schweigen.
»Sage mir, nun bist du ein reicher und geehrter Mann. Was wirst du jetzt anfangen?«
»Ich werde mir ein schönes Haus hier im Viertel kaufen. Ansonsten bin ich noch nicht entschlossen.«
»Herr, wir sind da«, verkündete der Sklave.
Calixtus schob die Vorhänge zurück. Die Sänfte befand sich jetzt vor der schweren Eingangstür. Die Träger setzten ihre Bürde vorsichtig ab. In dem Augenblick, als die beiden Freunde ausstiegen, flog die Eingangstür des Hauses auf, und Nais und Trois, die beiden Freigelassenen, die in Calixtus' Diensten standen, stürzten heraus. Sie sprangen förmlich auf die beiden Männer zu, fielen auf die Knie, preßten die Stirn auf das Pflaster und sagten mit tränenerstickter Stimme: »Herr ... Edler Herr! Das Kind!«
»Yerakina?«
Pathios hatte sich aufgerichtet, seine Züge waren verzerrt.
Calixtus faßte Nais bei den Schultern.
»Was ist geschehen? Sprich!«
»Den ganzen Abend hat sie über Kopfschmerzen geklagt, die so schlimm waren, daß sie weinte. Kaum hatte sie ihr Mahl beendet, da mußte sie sich erbrechen und verlor das Bewußtsein.«

»Wir haben sie zu ihrem Lager getragen«, fügte Trois hinzu, »und seither hat sie Fieber und spricht im Wahn.«
Pathios hörte nicht mehr zu. Er schob die Sklaven heftig beiseite und stürzte ins Haus.

*

Yerakina zitterte wie Espenlaub. Ihre Stirn und ihre Wangen waren grauenvoll bleich.
Der griechische Arzt nickte ernst und wandte sich an Pathios.
»Ich fürchte, daß unsere bescheidene Wissenschaft machtlos ist. Ich verweigere mich einem Aderlaß. Sie leidet unter Sumpffieber, dieses Fieber wurde Alexander zum Verhängnis. Wir müssen abwarten.«
»Was abwarten? Ein Wunder?«
»Warten, bis das Übel von dem Kind weicht oder ...«
»Oder bis sie stirbt!«
Der Arzt antwortete nicht. Er senkte nur den Blick.
Pathios klammerte sich wie ein Ertrinkender an Calixtus' Arm. In seinen Augen standen Tränen. Er schien plötzlich um zwanzig Jahre gealtert.
»Das ist unmöglich! Ich will sie nicht verlieren. Das ist zu ungerecht. Sie ist doch nur ein Kind. Sie ist alles, was mir auf der Welt geblieben ist, und sie wird mich verlassen.«
»So darfst du nicht sprechen, Pathios. Sie wird gesund werden. Und ...«
»Du hast doch ebensogut wie ich gehört, was der Arzt sagt. Sieh doch nur ihr Gesicht an! Es ist schon vom Schatten des Todes gezeichnet.«
Plötzlich wandte er sich mit einem verzweifelten Gesichtsausdruck zu dem Thraker um.
»Der Bischof ... Wir müssen den Bischof holen! Er allein kann Yerakina retten.«
»Theophilos?« fragte der Arzt und runzelte die Stirn.
»Hast du nicht gerade eingestanden, daß deine Wissenschaft

ohnmächtig ist? Wenn die Menschen scheitern, kann nur Gott allein helfen.«
»Was willst du damit sagen?« fragte Calixtus. »Kann der Bischof mehr tun?«
Der Phönizier stotterte: »Es ... es ist bekannt, daß diese Männer die Nachfolger der Apostel sind. Und diese Schüler Christi haben große Wunder vollbracht. Vielleicht ist Theophilos etwas von den Fähigkeiten seiner Vorgänger geblieben.«
»Aber Pathios! Das ist Irrsinn! Du kannst doch nicht glauben ...«
»Doch!«
Er hatte fast geschrien.
»Das ist die einzige Hoffnung, die mir bleibt. Ich will sie nicht verlieren ...«
Er drückte den Arm des Thrakers noch fester.
»Ich kann mein Kind nicht alleine lassen ... du ... Ich flehe dich an, du mußt Theophilos holen.«
Die Züge seines Freundes waren so angespannt, ihr Ausdruck so verzweifelt, daß Calixtus sich eingestehen mußte, daß er nichts tun konnte, um ihn zur Vernunft zu bringen. Seine Augen ruhten eine Weile auf Yerakinas kleinem braunen Kopf, dann sagte er: »Gut. Pathios, sage mir, wo ich den Mann finde, dann will ich ihn bitten, hierherzukommen.«

*

Im Gegensatz zu den Randbezirken anderer großer Städte waren die Antiochias durch die unzähligen an den Kolonnaden, Wohnhäusern und Geschäften befestigten Lampen gut beleuchtet.
Calixtus, der vom schnellen Lauf der Träger hin- und hergeschüttelt wurde, ließ seinen Blick über den Platz des Omphalos mit der Statue des Apollon gleiten, von der ein geheimnisvoller Schimmer ausging. Kurze Zeit darauf hielten die Träger vor einem eindrucksvollen Bauwerk an.

»Wir sind angekommen, Herr«, verkündete der freigelassene Liktor, der ihnen den Weg gebahnt hatte.

Wenn Calixtus nicht gewußt hätte, daß sich der Palast des römischen Statthalters auf dem Berg Sulpius befand, hätte er geglaubt, die Träger hätten sich verirrt. Nie hätte er vermutet, daß dieses Anwesen die Residenz des Bischofs von Antiochia war. Doch beim Anblick des in die Tür geschnitzten Fisches verflogen seine Zweifel. Er zögerte kurz, ehe er anklopfte.

Man hörte Schritte, die sich näherten. Dann öffnete sich die Tür.

»Was wünscht Ihr?«

Er stammelte: »Ich ... ich möchte den Bischof sehen.«

»Unser Herr ist beschäftigt. Er empfängt gerade einen wichtigen Besucher«, antwortete der Diener höflich, doch bestimmt.

»Es geht um das Leben eines Kindes. Es ist sehr krank und ...« – er begann verzweifelt nach Worten zu suchen –, »sein Vater besteht darauf, daß der Bischof an sein Krankenbett kommt.«

»Glaubst du nicht, daß ein Arzt angebrachter wäre?«

Sicherlich, das wußte er. Er wollte gerade auf seinem Anliegen beharren, als er eine vertraute Stimme im Atrium vernahm. Eine Stimme, die er hier nicht erwartet hätte.

»Edler Herr Calixtus?«

»Malchion! Was tust du hier?«

»Askalos ist ebenfalls hier. Wir geben einer Person von hohem Rang das Geleit, die jetzt beim Bischof ist.«

Ohne sich weiter um die Anwesenheit des Dieners zu kümmern, erklärte Calixtus: »Ich brauche deine Hilfe ... Yerakina ist sehr krank.«

Das Lächeln des Tsiners erstarb.

»Yerakina?«

In wenigen Worten schilderte der Thraker die Lage.

»Wenn du unter diesem Dach irgendeinen Einfluß hast, dann mußt du mir helfen.«

Nach kurzem Überlegen setzte sich Malchion über die Einwände des Dieners hinweg und machte Calixtus ein Zeichen, ihm zu

folgen. Sie durchquerten das Atrium und mehrere Zimmer, ehe sie einen Raum erreichten, vor dem Askalos Wache hielt. Die beiden Männer wechselten einige knappe Worte. Askalos trat beiseite, und man führte Calixtus in einen großen Saal.
Ein alter, schlicht gekleideter Mann thronte auf einem kurulischen Stuhl, ihm gegenüber eine Gestalt, die den Rücken zur Tür gewandt hatte.
Als er den störenden Eindringling gewahrte, runzelte der Greis die Stirn.
»Was geht hier vor? Wer bist du?«
»Verzeih mir, aber ...«
Er hatte keine Zeit, seinen Satz zu beenden. Die Gestalt wandte sich um, und ihr Gesicht war jetzt im hellen Licht erkennbar.
»Calixtus!«
Der Thraker war verblüfft und spürte, wie das Herz in seiner Brust höher schlug.
Marcia war da, nur wenige Schritte vor ihm.

*

Calixtus dämpfte die Flamme des großen Leuchters.
Die Szene, die sich hier abspielte, hatte etwas Unwirkliches. Yerakina schwebte auch weiterhin in Sphären, weit entfernt von der Welt der Lebenden. Der Bischof kniete an ihrem Bett und betete stumm mit gefalteten Händen. Nur hin und wieder sah man, daß sich seine Lippen leicht bewegten. Marcia und Pathios knieten ebenfalls und schienen vollkommen abwesend.
Calixtus fühlte sich unbehaglich und verloren. Sicherlich weil er nicht begriff, was hier vorging. Da ihm diese Stimmung inniger Hingabe, in der man das Eingreifen einer unsichtbaren Macht erflehte, fremd war, setzte er sich ein wenig abseits in die Nähe des Fensters, das auf die Nacht hinausging und starrte in die Finsternis. Jene Finsternis, die auf ihre Beute lauerte. Ein Kind ...
Eine Stunde, vielleicht zwei vergingen ...

Da er es nicht länger aushielt, erhob er sich und begab sich in den Garten. Ein grenzenloser Zorn kochte in seinem Inneren. Ein furchtbarer Ekel.

Warum? Warum? Was hatte denn dieses Kind getan, daß man es so früh dem Leben entreißen wollte?

Gott der Götter ... Gott der Heiden, der Römer, der Syrer! Wo bist du?

Ohne es zu bemerken, hatte er laut gesprochen. Es waren keine Worte, sondern ein Aufschrei. Er hob den Kopf zu den Sternen und hauchte: »*Und du, Gott der Christen ... Wo bist du?*«

Gott der Christen ...!

Er wiederholte zehnmal diese Beschwörung und versuchte, alles in sich aufzunehmen, was hinter diesen einfachen Worten stand. Plötzlich streckte er die Faust zum Himmel und rief wie eine Herausforderung: »Nazarener, heute abend werde ich dich beim Wort nehmen. Also geruhe dich einen Augenblick, nur einen kurzen Augenblick, des Schmerzes eines Vaters zu erbarmen. Komm! Nähere dich! Gib mir ein Zeichen. Nicht für mich, für ihn. Für sie. Für dieses Mädchen, das im Begriff ist, von uns zu gehen ... Heute abend, Nazarener ... Nur einmal ...«

*

Der Morgen begann zu grauen ... Eine Hand strich sanft über seine Stirn. Er schlug die Augen auf und erblickte Marcia.

»Nun?« rief er aus. »Wie geht es ihr?«

Und da die junge Frau nicht antwortete, stammelte er seufzend: »Sie ... sie ist tot ...«

Ein strahlendes Lächeln erhellte Marcias Gesicht.

»Nein, Calixtus ... Sie weilt immer noch unter uns ... Sie ist wach. Sie verlangt nach Essen.«

Er schien nicht zu begreifen.

»Und sie verlangt nach dir ...«

Er richtete sich auf. Ihm schwindelte vor Rührung.

Jetzt kam auch der Bischof aus dem Zimmer. Er stellte ihm sogleich dieselbe Frage.
»Alles ist gut«, antwortete Theophilos nur.
»Soll das heißen ... sie ist gerettet? Wirklich gerettet?«
»Ja ... sie hat kein Fieber mehr. In wenigen Tagen wird sie wieder ganz gesund sein.«
»Deine Macht ist groß.«
»Ich habe keine Macht. Gott allein vermag alles.«
»Gott allein ... Ja ... vielleicht«, murmelte der Thraker. Und in seinen blauen Augen war ein eigenartiges Leuchten.

*

Sie saßen seit einer Weile im Tablinium des Anwesens von Epiphania. Allein.
Marcia fuhr abwesend mit der Hand durch sein dichtes Haar und sagte traurig: »Verstehst du jetzt? Kannst du die Widersinnigkeit meines Lebens ermessen?«
»Du trägst nicht die Verantwortung dafür.«
»O doch! Ich bin verantwortlich, dafür und noch für viele andere Dinge ...«
Unfähig, die richtigen Worte zu finden, schwieg er. Sie fuhr fort: »Meine Brüder haben mir vertraut. Sie erhofften, daß es mir gelingen würde, Commodus zum wahren Glauben zu führen. Dafür habe ich alles aufgegeben. Meinen Körper, meinen Geist. Ich habe mich besudelt, ich habe mich in den Gymnasien zur Schau gestellt, habe in den Arenen mörderisch gekämpft. Warum? Wozu war dieses ganze grauenvolle Leben gut? Am Schluß steht nichts als ein Scheitern ...«
»Marcia, Marcia, hör auf! Du weißt nicht, was du sagst!«
»Und wenn ich mich gestern abend zum Bischof dieser Stadt begeben habe, dann nur, weil ich mich nicht mehr in der Lage fühle, mein Leben an der Seite dieses kranken Kindes fortzuführen. Ich hoffte, er würde mir Absolution erteilen und mich trösten.«

»Und ich habe eine ganze Weile geglaubt, du würdest Commodus lieben. Ich hätte nie vermutet, daß deine Brüder dich gezwungen haben, so zu handeln.«
Die junge Frau sah ihn entschlossen an.
»Nein, Calixtus, du irrst. Niemand hat mich darum gebeten, meinen Körper und meine Seele dem Kaiser zu verschreiben. Ich war immer für mein Tun verantwortlich. Die Dinge sind schwieriger. Ich glaube, es ist an der Zeit, daß du alles erfährst...«
Sie sammelte sich und begann mit leicht zitternder Stimme: »Mein Vater war ein Freigelassener des Marc Aurel. Der Kaiser hat ihn übrigens zu einem freien Mann gemacht, um ihn zu ehren und ihm für seine Verdienste zu danken, und mir den Namen Marcia gegeben. Dennoch sind wir in seinem Haus geblieben, und dort bin ich einem Freund des Marc Aurel aufgefallen: Quadratus. Du wirst besser als alle anderen wissen, wie man die Töchter der Freigelassenen behandelt. Man ehelicht sie nicht, man bedient sich ihrer nur als Konkubine. Zum großen Stolz meines Vaters wurde ich die Geliebte des Quadratus. Man muß zugeben, daß es für die Tochter eines kleinen afrikanischen Sklaven aus Leptis Minor ein bemerkenswerter Aufstieg war, das Lager eines Reichen, Vornehmen aus dem Gefolge des Kaisers zu teilen. Doch in Wirklichkeit war Quadratus nichts als ein armseliger lasterhafter Mensch, und da ich selbst seine Laster geteilt habe, kann ich dir versichern, daß es nichts gibt, was ermüdender und langweiliger ist.«
Sie hielt inne, wie um Atem zu holen, und ein Ausdruck von Überdruß zeichnete sich in ihren Augen ab. Calixtus erriet hinter diesen Vertrautheiten, daß sie sich entschlossen hatte, sich zu offenbaren, sich von der furchtbaren Last zu befreien, die sie all diese Jahre hindurch mit sich herumgetragen hatte.
Sie fuhr fort: »Ich widerte mich selbst an. Ich hatte das Gefühl, nur noch ein Gegenstand zu sein, den man hin- und herrückt, den man seinen Bedürfnissen entsprechend benutzt oder wegwirft. Zu jener Zeit lernte ich einen anderen Freund des Caesar

kennen, einen Ägypter namens Eclectus. Du hast sicherlich schon seinen Namen gehört, er ist jetzt der Kämmerer des Commodus. Er ist ein außergewöhnlicher Mensch, und er hat mir den Zugang zu einer anderen Welt eröffnet, einen Weg, mich von dem ganzen Unrat reinzuwaschen, der mein Leben beherrschte. Eclectus war Christ. Er ließ mich seinen Glauben teilen.«

»Und warum hat er nicht versucht, dich diesem Milieu zu entreißen?«

»Er wollte es, indem er mir vorschlug, mich zur Frau zu nehmen. Ich nahm sein Angebot an. Doch eben in diesem Augenblick, ganz so als hätte das Schicksal es vorherbestimmt, entflammte Commodus selbst für mich. Er war ein noch sehr junger Mann, es war gleich nach seiner Thronbesteigung. Alle Hoffnungen waren noch erlaubt. Ich ... wir waren in einer furchtbaren Zwangslage: Es gab eine Hoffnung, daß Commodus aus Liebe zu mir unsere Brüder in Gefahr begnadigen würde. Aber hätte diese Möglichkeit auch bestanden, wenn ich mich einem anderen geschenkt hätte? Ich glaube, letztendlich hat Gott an unserer Stelle die Entscheidung getroffen. Quadratus war an einer Verschwörung beteiligt, die das Ziel hatte, den Kaiser zu ermorden, und wenn ich nicht inzwischen Commodus erhört hätte, wäre ich sicherlich, ebenso wie alle, die mir nahestanden, hinweggefegt worden.«

Calixtus dachte eine Weile schweigend nach, ehe er fragte: »Und welche Gefühle hegtest du damals dem Kaiser gegenüber?«

»Ich muß zugeben, daß er mir in der ersten Zeit nicht gleichgültig war. Ich fand die Aufgabe weniger unerquicklich, als ich befürchtet hatte. Der Grund dafür war sicherlich, daß mir die Berührungen seines zwanzig Jahre jungen Körpers erträglicher waren als die Umarmungen des feisten Quadratus. Außerdem, warum sollte ich das bestreiten, hatte ich durch Commodus in gewisser Weise Macht und Reichtum erlangt. Aber in Wirklichkeit habe ich ihn nie geliebt. Ich könnte mir vorstellen, daß ich mich sonst durch die zahlreichen Geliebten und Kohorten von Jünglingen, mit denen er sich nebenbei vergnügte, gekränkt gefühlt hätte. Doch mit der Zeit hat sich Commodus verändert. Ich denke, daß er zu dem geworden ist, was er heute ist, weil sich nie jemand seinen Wünschen entgegengestellt hat. Wenn man immer wieder aufs neue dem Laster verfällt und dem Vergnügen nachjagt, ohne je Befriedigung zu finden, dann führt das auf verhängnisvolle Weise zum Verbrechen und einer Art Wahnsinn. Ich bin übrigens überzeugt davon, daß Commodus nicht den Wunsch hegte, mit wahrhaftigen Waffen in der Arena zu kämpfen, um dem Geschwätz über ihn ein Ende zu bereiten, sondern vielmehr um die geheime Wollust des Tötens zu genießen. Der Beweis, wenn es noch eines Beweises bedürfte, ist seine Haltung gegenüber der armen Veneria Nigra ...«

Calixtus nickte.

»Dennoch gibt es etwas, das ich nicht begreife, Marcia. Man hat mir anvertraut, daß du Commodus während des letzten Banketts, das der Kaiser gegeben hat, erklärt haben sollst: ›Befiehl, Caesar, daß man auch meine Gegner bewaffnen möge, denn wenn man dich töten würde, hätte mein Leben keinen Sinn mehr.‹«

»Das stimmt. Aber diese Worte haben nicht die Bedeutung, die du ihnen vielleicht beimißt. In Wahrheit habe ich lange geglaubt, daß ich Commodus zum Christentum bekehren könnte, daß er vielleicht eines Tages zu unserem Glauben übertreten würde ...«

»Und ...?«

Sie stützte das Kinn auf die Hand.

»Er hat keinerlei andere Fortschritte gemacht als auf dem Pfad von Isis oder Mithras. Meine Brüder, die Bischöfe, haben mir wieder und wieder gesagt, daß ich die Hoffnung nicht aufgeben dürfe, daß ich auf die *göttliche Gnade* hoffen müsse. Ich weiß es nicht mehr ... Ich weiß es nicht mehr ... Wenn Commodus in der Arena gestorben wäre, hätte auch ich zugleich das Ziel

meines Lebens verloren. Darum hätte auch ich sterben wollen ...«
Es war das erste Mal, daß er diese Frau, die so viel Kraft hatte, verzweifelt sah, daß sie wie ein gebrochenes Kind wirkte. Dafür fühlte er sich ihr noch näher.
»Und wenn du all dem entsagen würdest? ... Wenn du alles aufgeben würdest?«
Sie lächelte traurig.
»Erinnerst du dich? Du hast diesen Gedanken schon vor langer Zeit im Gefängnis der Castra Peregrina heraufbeschworen ... Nein Calixtus. Ich bin gefangen wie eine Fliege im Spinnennetz.«
»Wir sind nicht mehr in Rom, sondern in Antiochia. Der Euphrat ist nur zwei Schritte entfernt, und auf der anderen Seite liegt das parthische Reich: ein absolut sicheres Refugium. Wir können in fünf Tagen dort sein.«
»Und was sollte ich dort anfangen? Ohne Reichtum, ohne Unterkunft .... Meines Lebensziels beraubt?«
»Ich bin nicht mittellos. Natürlich besitze ich nicht die Reichtümer des Caesar, doch ich könnte meine Habe leicht vervielfachen. Ich ...«
Sie legte den Zeigefinger auf die Lippen und musterte ihn zärtlich.
»Nein, Calixtus ... Wir könnten nicht eine Sekunde in Frieden leben. Und ich könnte mich nicht mit meiner Niederlage abfinden ....«
Er faßte sie kraftvoll bei den Schultern und sagte verzweifelt: »Ich liebe dich, Marcia ...«

41

Alexandria, September 190

Wahrlich, ich sage euch, ich bin die Tür. Wenn einer durch mich hineingeht, wird er Heil erfahren (...) Noch andere Schafe habe ich, die nicht aus diesem Gehege sind. Auch diese muß ich führen, und sie werden auf meine Stimme hören, und es wird eine Herde sein, ein Hirte.

Das Buch, das ihm Clemens geliehen hatte, lag geöffnet auf dem Tisch, und die Worte, jene Worte, die er beinahe auswendig kannte, stiegen wieder in seiner Erinnerung auf. Seit mehr als einer Woche belagerten sie nun schon seine Seele, die beinahe bereit war, zu weichen.

Der Diener ist nicht größer als sein Herr. Wenn sie mich verfolgt haben, werden sie auch euch verfolgen.

Auch in dieser Nacht fand er keinen Schlaf. Der Schlaf floh ihn. Dabei war die Nacht sanft und gnädig.
Calixtus richtete sich auf. Seine Laken waren feucht, sein Körper schweißüberströmt. Er erstickte in diesem Haus. Schon seit mehr als einer Woche hatten sich Morgengrauen und Sonnenuntergang in seinem Leben vermischt.
Die Nacht spiegelte sich auf der Oberfläche des Sees. Eine Feluke wogte auf die Pontonbrücke zu. Männer stiegen aus und zogen die Netze ein.

Als er am Ufer des galiläischen Sees entlangging, sah er zwei Brüder, Simon, der Petrus genannt wird, und Andreas, sein Bruder, wie sie das Netz in den See warfen. Sie waren nämlich Fischer. Und er sprach zu ihnen:
»Kommt, folgt mir nach, und ich werde euch zu Menschenfischern machen.«
Sie verließen sogleich ihre Netze und folgten ihm nach.

Calixtus war an der Pontonbrücke vorbeigegangen. Er spürte, wie neugierige Blicke auf ihm ruhten. Er beugte den Rücken ein wenig und beschleunigte den Gang.
Das Haus verschwand langsam hinter ihm. Bald war es mit der Landschaft verschmolzen. Nur der zuckende Schein der vergessenen Lampe war noch in der Dunkelheit zu erkennen.
Reiter ... Ihre Umrisse zeichneten sich zwischen den Dünen ab. Syrer? Römer? Oder Horden von Thrakern, die vor irgend etwas flohen und überstürzt auf die zerklüfteten Felsen des Bosporus zu galoppierten.
Er ging weiter geradeaus. Das Geräusch seiner Sandalen auf dem lehmigen Boden, das an einen Schwamm erinnerte, hallte eigenartig in der Stille wider.

Denkt nicht, ich sei gekommen, Frieden auf die Erde zu bringen. Ich bin nicht gekommen, Frieden zu bringen, sondern das Schwert.

Er hielt inne. Irgendwo heulte eine Hyäne. Er glaubte, in der Nacht den Schatten einer Frau auszumachen. Sicherlich ein Wahnbild oder die irre Hoffnung der Isis, die von Behbet al-Haggar ausgewiesen, jetzt durch das Delta irrte und liebevoll die verstreuten Teile der Leiche ihres Gemahls einsammelte.

Hier ist der Diener, den ich auserwählt habe, mein Geliebter, dem all meine Gunst zukommt. Ich werde meinen Geist über ihn ergießen, und er wird den Nationen den wahren Glauben verkünden.

Irgend jemand hatte gesprochen ... Nein, das war unmöglich. Sie war tot. Flavia, die sanfte Flavia weilte nicht mehr unter den Lebenden. Und ihre Augen, die von Licht erfüllt gewesen waren, waren nichts als schwarze Höhlen, die ins Nichts starrten.

Folge mir nach und laß die Toten ihre Toten begraben.

Er hatte sich auf den schlammigen Boden gesetzt. In der Ferne erkannte er noch immer den Schimmer des Sees. Wenn *sie* nur da wäre. Er hätte seinen Kopf an ihren Leib gepreßt, wie an

jenem Abend in Antiochia, als die Sanduhr plötzlich auf geheimnisvolle Weise in ihrem Lauf innegehalten hatte.
Rom lag jetzt am Ende der Welt. Und seine Liebe ruhte im kaiserlichen Purpur.

Ich werde euch zu Menschenfischern machen.

Calixtus hatte die Knie an die Brust gezogen. Er starrte auf das Halbrund der Sonne, die jetzt den Horizont rot erglühen ließ. Eine gewisse Ruhe erfüllte die Landschaft. Der Wind, der aus der Wüste blies, hatte sich gelegt. Bald würde es Tag werden. Und man erwartete ihn.

*

Auf ein Handzeichen von Demetrios, dem Bischof von Alexandria, hin hielt die kleine Gruppe, die aus Clemens, seiner Gemahlin Maria, Leonidas, Lysias und anderen bestand, an einem einsamen Ufer des Sees von Marea.
»Tritt näher«, befahl der Bischof.
Mit einer feierlichen Geste streifte er Calixtus' Tunika ab, und beide schritten ins Wasser, bis es ihnen zur Taille reichte.
Es war einer jener Herbstmorgen, die den Reiz Alexandrias ausmachten. Die Sonne stand schon hoch am strahlendblauen Himmel. Die glatte smaragdgrüne Oberfläche des Sees wurde von einem kaum wahrnehmbaren Kräuseln bewegt, und man wußte nicht, ob es von dem lauen Luftzug oder von den Booten, die beständig das Wasser durchpflügten, herrührte.
»Glaubst du an Gott, den allmächtigen Vater?«
»Ja, ich glaube.«
Der Bischof schöpfte mit der Hand ein wenig Wasser aus dem See und ließ es über Calixtus' Kopf rinnen.
»Glaubst du an Jesus Christus, seinen Sohn, geboren aus der Heiligen Jungfrau Maria, gekreuzigt unter Pontius Pilatus, gestorben, begraben, auferstanden von den Toten und aufgefahren gen Himmel, wo er zu der Rechten seines Vaters sitzt und über die Lebendigen und die Toten richten wird?«

»Ja, ich glaube.«
Zum dritten Mal schöpfte Demetrios Wasser. Dann nahm er geweihtes Öl und strich es mit dem Daumen auf die Stirn des Thrakers.
»Ich salbe dich mit dem heiligen Öl im Namen Jesu Christi. Ab jetzt bist du kein Kind der Menschen mehr, sondern ein Kind Gottes.«
Clemens stand ein wenig abseits und verfolgte gerührt und aufmerksam die Zeremonie. Erinnerungen stiegen in ihm auf.

Es war vor einigen Monaten gewesen ... Vor seinen erstaunten Augen war der Thraker wieder aufgetaucht, er war aus Antiochia zurückgekehrt. Er erinnerte sich noch genau an den Augenblick. Als er an einem Spätnachmittag aus der Bibliothek zurückgekommen war, hatte er ihn im Atrium vorgefunden, wo er in ein Gespräch mit Maria vertieft war. Ohne nachzudenken, waren sich die beiden Männer in die Arme gefallen.
»Ich glaube zu träumen! Du bist hier?«
»Dabei ist er es ganz offensichtlich«, hatte Maria erwidert. »Und was deine Verwunderung noch steigern wird, Calixtus überbringt einen Brief der Gemeinde von Antiochia für unseren Bischof.«
Clemens hatte seinen Freund verwundert gemustert. Es kam in der Tat sehr selten vor, daß Heiden mit der Überbringung von Nachrichten der Christen beauftragt wurden.
»Ist etwas Schlimmes geschehen?«
»Nein. Warum diese Unruhe?«
»Weil es mich in höchstem Maße verwundert, daß die Christen von Antiochia, oder auch von anderswo einen Orphisten mit dieser Art von Aufgaben betrauen. Und ich muß hinzufügen, daß es ebenso verwunderlich ist, einen Orphisten zu sehen, der sie annimmt.«
»Den Orphisten, von dem du sprichst, gibt es nicht mehr ...«
Da Clemens nicht zu begreifen schien, fügte er hinzu: »Ich habe beschlossen, zum Christentum überzutreten.«

Zwischen Ungläubigkeit und unendlicher Freude schwankend, hatten sich Clemens und seine Gemahlin angesehen.
»Bist du dir deiner Entscheidung sicher?« hatte der Grieche gefragt, obwohl er die Antwort schon im vorhinein kannte. »Ich muß dich warnen. Der Weg, den du jetzt einschlagen willst, ist geradlinig und richtig, doch auch voller Tücken. Außerdem verlangt dein Übertritt einen Bruch mit der Umgebung, die bisher offenbar die deine war: Der Ritterstand wird dich verstoßen und ...«
Calixtus lächelte.
»Du hast also die ganze Zeit über angenommen, ich sei ein Ritter?«
»Ein Ritter oder auf alle Fälle ein Patrizier hohen Ranges.«
Der Thraker hatte eine Weile geschwiegen, ehe er sein erstaunliches Bekenntnis ablegte: »Nein, Clemens, der Mann, der dir gegenübersteht, war und ist nichts anderes als ein entflohener Sklave, ein Dieb und vielleicht gar ein Mörder.«
Clemens und Maria waren unwillkürlich erstarrt. Dann hatte der Meister der alexandrinischen Schule leise gesagt: »In diesem Fall müssen wir uns allein aussprechen. Komm.«
Die beiden Männer hatten sich in sein Arbeitszimmer zurückgezogen und ein langes Gespräch geführt. Calixtus hatte ihm in aller Ausführlichkeit sein Leben dargelegt.
War es das Ergebnis eines geduldigen Reifungsprozesses oder die plötzliche Entdeckung einer Wahrheit, die ihn zum Christentum geführt hatte? Clemens hätte es nicht genau sagen können. Doch es war eine Tatsache: Die Gnade war über diesen Mann gekommen. Es konnte nicht das Studium einiger Werke sein, das seine orphistische Weltanschauung so sehr ins Wanken gebracht hatte. Es war etwas anderes. Als Clement ihn dazu befragt hatte, war plötzlich ein Schatten über das Gesicht seines Freunde geglitten.
»Verlange keine Erklärung von mir. Es ist so. Und dein Buch hat nicht unmaßgeblich dazu beigetragen.«
»War es ein Erlebnis? Ein entscheidender Vorfall?«
Ein entscheidender Vorfall? ... Es gab keinen Zweifel daran,

daß jene Nacht in Antiochia, da er bei der kleinen Yerakina gewacht hatte, eine entscheidende Rolle gespielt hatte.

Die nächsten Monate hatte Calixtus bei Clemens und seiner Gemahlin verbracht. Während dieser Zeit hatte er sich mit außerordentlicher Beharrlichkeit dem Studium der heiligen Schriften gewidmet. Clemens konnte sich nicht erinnern, je einen so begeisterten und ausdauernden Schüler gehabt zu haben.
Er hatte die verschiedensten Autoren, etwa Homer, Euripides und Philon mit einer ebensolchen Leidenschaft verschlungen, als handele es sich um Verse von Catull.
Clemens würde sich noch lange an jene Nächte erinnern, die sie mit Gesprächen verbracht hatten, die bis zum frühen Morgen dauerten, bis beide Männer schließlich erschöpft, doch noch voller Leidenschaft gewesen waren.
Da war auch jener Juninachmittag... Sie hatten soeben das Haus am See verlassen. Doch nach einigen Schritten war Calixtus umgekehrt und mit seiner Börse wieder zurückgekommen.
»Hier, Clemens, das ist alles, was mir von dem Vermögen geblieben ist, das ich von Carpophorus entwendet habe. Deine Schule braucht es nötiger als ich.«
Clemens hatte nicht geantwortet. Er hatte nur den Kopf geschüttelt. Das hatte ausgereicht. Ohne zu zögern, war der Thraker auf die Pontonbrücke gegangen und hatte die Börse in den See geworfen.
»Du hast recht, Clemens. Dieses Geld ist mit zu viel Grauen befleckt.«
Und heute fanden nun diese langen Monate der Katechese ihren Abschluß am Strand von Alexandria.
Clemens beobachtete Calixtus, der langsam in Begleitung von Demetrios zurück ans Ufer kam. Und ein Satz des Paulus kam ihm in den Sinn:

Der beim Ruf des Herren Sklave war, dem wird Gott die Freiheit schenken.

DRITTES BUCH

42

Rom befand sich in einem Freudentaumel. Mehr als dreihunderttausend Menschen drängten sich in den Straßen, durch die der kaiserliche Zug ziehen würde. Karrenweise wurden Palmenwedel und Blumen auf die Straße geschüttet. Die Quiriten, zu denen sich noch mehrere Tausend latinische Landbewohner – Oster und Etrusker – gesellt hatten, warteten dichtgedrängt an der Via Appia.
Dabei war an der Porta Capena und in der Umgebung des Circus maximus noch nicht einmal das Blut der Opfer vom Vorabend getrocknet. Die Prätorianer-Kohorten verbrüderten sich mit denen, die sie wenige Stunden zuvor verfolgt hatten. Mit eben jener Masse, die versucht hatte, sie mit Steinen und Dachziegeln zu töten.
Die Sonne stand jetzt im Zenit und erleuchtete die engen Gassen bis in den letzten Winkel.
Alle – ob sie nun einen griechischen Chiton, eine Chlamys, einen Petasus oder eine Kapuze trugen – waren sie durch dieselbe Bewegung, dieselbe Freude vereint. Alle waren gekommen, um den Tod des verhaßten Tyrannen zu feiern: Cleanders. Und alle wollten auch den Mann feiern, der sie von dieser Geißel befreit hatte. Cleander, dessen Raffgier ohnegleichen war, hatte sich langsam aller Weizenlieferungen, die aus den ägyptischen Provinzen kamen, bemächtigt und damit einen ungeheuerlichen Preisanstieg hervorgerufen. Natürlich hatte man den Vorsitzenden der Annona für die Lage verantwortlich gemacht, und es gab keinen Zweifel mehr, daß der Kaiser Carpophorus zur Rechenschaft ziehen würde. Schließlich hatte sich dieser schon durch den Zusammenbruch seiner Bank, der mehrere Tausend Bürger ins Unglück getrieben hatte, ins

Unrecht gesetzt. Doch der Syrer war ein alter Fuchs, der seit Ausbruch der Hungersnot in den Theatern, Amphitheatern, Thermopolen und in allen Winkeln der Stadt hatte verbreiten lassen, daß Cleanders Lagerschuppen in Wahrheit vor Weizen überquollen. Die Folgen einer solchen Bekanntmachung ließen nicht lange auf sich warten: Der Aufstand brach dann schließlich im Circus maximus aus.

Kurz nach dem siebten Rennen war ein in Lumpen gehülltes Mädchen in die Arena gelaufen, dem fünf oder sechs andere, ebenso abgerissene Kinder gefolgt waren. Sie verlangten schreiend nach Brot und flehten Cleander an, ihren Hunger zu stillen. Das Schicksal wollte es, daß an diesem Tag keine Persönlichkeit hohen Ranges anwesend war, die vielleicht die aufgebrachten Gemüter hätte beruhigen können. Bald waren es einhundert, eintausend, zehntausend Stimmen, die sich dem Flehen der Kinder anschlossen. Als dann die ersten Aufgeregten in die Arena stürzten, griff der Aufruhr schnell um sich. Bald stürmte eine beeindruckende Menschenmenge aus dem Circus und ergoß sich über die Via Appia. Denn dort, sechs Meilen von den Stadtmauern entfernt, wohnte seit seiner Rückkehr aus dem Osten, in der Villa Quintilli der Kaiser.

Eigentlich richtete sich der Haß der Menge nicht gegen Commodus, sondern gegen Cleander, den »Verwalter des Dolches«. Kaum hatten die Aufständischen die Gärten des Palastes erreicht, da stürzten sich die Reiter der Garde mit gezücktem Schwert auf sie und metzelten sie nieder, weder Frauen noch Kinder wurden verschont. Diejenigen, denen der Rückzug gelang, flohen kopflos bis zur Porta Capena. Dort stießen ihre Verfolger auf den Widerstand der gesamten Stadt. Die Bewohner flohen auf die Dächer und bewarfen die Prätorianer mit Steinen, um sie aus dem Sattel zu werfen, während sich die städtischen Kohorten – was bisher noch nie geschehen war – auf die Seite des Volkes stellten.

Der erbitterte Kampf dauerte bis zum Abend an und ließ ein erneutes Aufflammen des Bürgerkrieges befürchten. In diesem

Augenblick tauchte vollkommen unerwartet Carpophorus in Begleitung des Stadtpräfekten Fuscianus Selianus Pudens auf. Nachdem die fünfundzwanzig Männer, die ihnen voran ritten, ihre Trompeten geblasen hatten, kehrte so viel Ruhe ein, daß sie sich vernehmbar machen konnten. Dann verkündeten sie mit fester Stimme, daß Cleander, der von Commodus als der alleinige Schuldige an dem Versorgungsengpaß entlarvt worden war, hingerichtet worden sei und daß der Weizen gleich am nächsten Morgen vom Kaiser selbst an das Volk verteilt würde. Diese Nachricht wurde mit ungeheurem Beifall begrüßt. Jene, die sich Minuten zuvor noch wütend bekämpft hatten, fielen einander in die Arme. Jubelnde Gruppen liefen durch die Straßen und schwenkten Blumengirlanden. Auf den Plätzen wurden beeindruckende Freudenfeuer entzündet. Von den sieben Hügeln aus gesehen, schien ganz Rom in Flammen zu stehen.
Jetzt wartete das Volk, nachdem es an der Seite der reichen Senatoren, die einander an Großzügigkeit übertrafen, eine ganze Nacht durchgefeiert hatte, auf seinen Kaiser. Um die dritte Stunde ertönte zwischen Aventin und Caelius der Klang von Pfeifen und Trommeln. Das Geräusch, das anfänglich nur schwach gewesen war, kam allmählich näher, und bald sah man eine Prätorianertruppe, die den auf einen Pfahl gespießten Kopf des Cleander wie eine Trophäe vor sich hertrug. Die Menge bedachte das Sinnbild ihres Sieges mit rasendem Beifall.
Kaum war der Zug vorüber, da vernahm man den Gleichschritt der Liktoren. Vierundzwanzig von ihnen, die Beile und Gewehre mit Lorbeerzweigen umwunden, gaben dem von acht weißen Hengsten gezogenen Wagen, auf dem Commodus stand, das Geleit. Er hatte zu diesem Anlaß seine Senatoren-Toga angelegt und trug einen roten Umhang. Seine Züge wirkten so bleich und starr, als wäre sein Gesicht in weißen Marmor gehauen. Ein Teil des Volkes war auf die Knie gefallen, die anderen riefen den Göttern und ihrem Sohn Commodus Dankesworte zu. Doch dieser schien nichts zu hören. Die Augen starr geradeaus

gerichtet, wirkte er vollkommen abwesend. Für eine kurze Weile verbreitete der Anblick dieses Mannes, der einer Statue glich, Unbehagen in der Menge, das jedoch schnell wich, als mehrere Sklaven mit vollen Händen das so sehnlich erwartete Getreide verteilten.

*

Das Festmahl war schon fortgeschritten. Die Tänzerinnen wirbelten zwischen den U-förmig angeordneten Tischen umher. In einer Ecke des Trikliniums saßen die Musiker und strichen sanft über die Saiten ihrer Lyra, während die Flötenspieler, die gemäß dem griechischen Brauch nackt waren, kräftig in ihre Instrumente bliesen. Doch Commodus vermochte sich nicht zu vergnügen.
Angespannt und noch immer totenbleich, erhob er sich zum dritten Mal, ging auf die Terrasse hinaus und warf unruhige Blicke auf den Garten.
Denn ganz so, wie es an Jubeltagen Brauch war, hatte man den von Bäumen umsäumten Weg der Domus Augustana dem Volk geöffnet. Die Menge war überall: zwischen den Beeten verstreut, auf den unzähligen, zu diesem Zweck aufgestellten Liegen ausgestreckt, um die Tische versammelt, die sich unter dem Gewicht der Speisen bogen. Unablässig liefen Sklaven des Prinzeps hin und her und brachten Käse und Wein, Rosinenkuchen und gebackene Fleischstücke. Alle anderen Gärten in der Stadt, die dem Kaiser gehörten, sei es nun der des Agrippa oder der des göttlichen Julius*, waren an jenem Abend ebenfalls von Gästen überfüllt.
»Hier, trinke auf ihre Gesundheit.«
Marcia hielt dem Kaiser bescheiden eine Weinschale entgegen. Wie von Zauberhand erwachte in Commodus unwillkürlich das Gebaren des Herrschers. Er hob den schweren goldenen Be-

---

* Gajus Julius Cäsar

cher, lächelte und murmelte dem Volk nichtssagende, doch schmeichelhafte Worte zu. Dann fügte er so leise, daß nur Marcia es hören konnte, hinzu: »Es ist das Ende ... die ursprüngliche Auflösung ... Sieh nur, dort zucken die Schatten der Toten im Höllenfeuer ....«
Marcia musterte ihn beunruhigt. Seine Mundwinkel zuckten, sein Gesicht hatte einen abwesenden Ausdruck angenommen, und die Stimme klang hohl und fremd.
»Sieh nur, dort hinten ... Das ist mein Vater. Ich erkenne ihn an seinem Bart. Und neben ihm meine Schwester Lucilla. Hast du den Blick gesehen, den sie mir zugeworfen hat? Und der da, das ist Perennis. Jenen habe ich in der Arena getötet. Oh, gute Isis! Dort sind Demostrata und ihre Kinder!!!«
Plötzlich stieß der Kaiser einen rauhen Schrei aus, ließ seinen Becher fallen und eilte zurück in den Festsaal. Glücklicherweise waren die Senatoren und Magistratsmitglieder zu sehr damit beschäftigt, den Sturz des Cleander zu feiern, und die Frauen zu sehr vom Schauspiel der Gaukler und Mimen hingerissen, als daß sie seinen besessenen Gesichtsausdruck bemerkt hätten. Er ließ sich auf die Ehrenliege sinken, und Marcia folgte ihm noch immer schweigend.
»Gib mir zu trinken!« hauchte er.
Sie gehorchte, und er leerte seinen Becher in einem Zug. Er schien jetzt wieder ruhiger, doch gelang es ihm nicht, das Zittern seiner Lippen zu beherrschen. Seine Finger krampften sich um das ziselierte Gold des Bechers. Plötzlich befragte er seine Gefährtin: »Wenn du tot wärest ... Wenn du an Demostratas Stelle wärest, würdest auch du zurückkommen, um mich heimzusuchen?«
Marcia erzitterte. Sie kannte Demostrata gut, denn sie hatte zu ihren Freundinnen gezählt. Sie war lange Commodus' Geliebte gewesen, doch dann hatte sie der Kaiser an Cleander abgetreten. Demostrata hatte sich mit diesem getröstet, und indem sie die Konkubine des damaligen Günstlings geworden war, hatte sie den Platz der zweiten Frau des Reiches eingenommen. Da sie so

weise gewesen war, Marcias Vorrang nicht anzutasten, waren selbst ihre Kinder in der Domus Augustana erzogen worden.
»Ich erhoffe doch, Caesar, daß du mir nie Anlaß geben wirst, dich heimzusuchen.«
Sie hatte vergeblich versucht, ihre Freundin zu schützen. Die römische Sitte verlangte, daß der Fall eines Mannes sogleich den seiner Familie nach sich zog. Die Söhne mußten ermordet werden, damit sie später nicht versuchen konnten, den Vater zu rächen. Seine Freunde und Kunden ereilte aus eben diesem Grund dasselbe Los.
Gleich nach Cleanders Hinrichtung hatte man Demostrata erwürgt und die Köpfe ihrer Kinder an den Mauern zertrümmert. Marcia würde nie den grauenvollen Anblick des nackten, geschändeten Frauenkörpers auf den Stufen der Treppe der Hingerichteten am Capitol vergessen. Neben ihr lagen, ebenfalls ermordet, alle Mitglieder ihrer Familie. Wie weit war dieser Anblick doch von der Milde des Marc Aurel entfernt, der der Familie und den Freunden dessen, der seinen Platz einzunehmen suchte, vergeben hatte: Avidius Cassius.
»Tritt näher, Carpophorus, tritt näher!«
Von der Stimme des Commodus aus ihren Gedanken gerissen, warf die Amazone dem Präfekten, der auf seinen kurzen Beinen herangewatschelt kam, einen eisigen Blick zu. Im Schein der Fackeln glänzte sein kahler Schädel noch mehr als gewöhnlich. Seit dem Tag, da sie ihm Calixtus entrissen hatte, herrschte zwischen ihnen eine feindselige Stimmung. Und die Tatsache, daß er der indirekte Anlaß zu Demostratas Tod gewesen war, konnte die Abneigung, die sie ihm gegenüber hegte, nur verstärken.
»Warst du mir auch treu ergeben, Präfekt?« fragte der Kaiser mit gesenktem Blick und tonloser Stimme.
Carpophorus und Marcia, die von dem Ton, den er anschlug, überrascht waren, musterten Commodus verblüfft. Diese Haltung, diese niedergedrückte Stimme, waren bei dem Caesar so ungewohnt, daß sie sich für einen Augenblick an die Stimme

und die Haltung seines Vaters am Ende seiner langen, von Schreckenserlebnissen heimgesuchten Regentschaft erinnert fühlten.
»Wie kannst du daran zweifeln, mein Herkules«, rief der Präfekt der Annona aus. »War ich es nicht, der dir das infame Ränkespiel des Verräters Cleander aufgedeckt hat? Ein Ränkespiel, das dein Geschlecht hätte ins Verderben führen können.«
»Das Unangenehme daran ist«, fuhr Commodus im selben Ton fort, »daß du sein Handeln nicht nur deinem Caesar, sondern dem gesamten Volk enthüllt hast.«
Er beachtete die Einwände seines Gegenübers nicht. Er kaute auf seinem Daumen und schien in bedeutsame Überlegungen versunken. Marcia, die ihn gut kannte, schloß daraus, daß er sich den Kopf über Cleanders Nachfolger zerbrach. Diese Aufgabe war um so schwieriger, als die aufeinanderfolgenden Säuberungswellen besonders die Zahl der befähigten unter den Freigelassenen des Palastes erheblich verringert hatten. Und Commodus wagte es nicht, sich auf die Senatoren zu verlassen.
»Ich will nicht, daß das Volk von Rom noch einmal solche Entbehrungen erleiden muß!« stieß er plötzlich hervor und hob den Blick.
»Ich werde mein Bestes tun, Caesar«, entgegnete Carpophorus und verneigte sich.
»Mehr als dein Bestes, Syrer! Deine Aufgabe ist es, Erhebungen wie die gestrige zu verhindern. Sollte es noch einmal zu ähnlichen Ereignissen kommen, so wird dich das den Kopf kosten.«
Carpophorus erbleichte, und große Schweißtropfen traten auf seine Stirn. Er wußte, daß Commodus nicht scherzte. Und er kannte die Wechselfälle der Seefahrt nur allzu gut, als daß er sich für die Zukunft hätte sicher fühlen können. Er mußte jetzt klug und mit Bedacht vorgehen.
»Ich erlaube mir, deine Aufmerksamkeit darauf zu lenken, Caesar, daß ich gegen das Hochwasser des Nils nichts unternehmen kann.«

»Was willst du damit sagen?« fragte der Kaiser und runzelte die Stirn.

Marcia bemerkte jetzt wieder die ungeduldige Wesensart, die ihr wohlbekannt war. Und sie fragte sich, ob der Abend nicht mit einem Eklat enden würde.

»Die Weizenmenge, die die Getreideflotte bringt, hängt von der ägyptischen Ernte ab, und die wiederum unterliegt den unvorhersehbaren Launen des Flusses.«

»Ich verstehe«, murmelte der Kaiser nachdenklich. »Unter diesen Umständen vertraue ich dir die Oberaufsicht über den gesamten Getreidehandel im Abendland an.«

Das bedeutete, daß der Syrer auch für die Getreideeinfuhr aus Sizilien und Afrika verantwortlich war.

»Ich fühle mich geehrt, Caesar, doch ich befürchte, das reicht nicht aus, um alle Unwägbarkeiten auszuschalten.«

»Was brauchst du noch?«

»Der Präfekt der Annona steht dem Raub von Schiffen und der Piraterie so gut wie machtlos gegenüber. So hat man die *Isis* ohne Besatzung an der Küste Kleinasiens gestrandet gefunden.«

»Aemilius!«

Der laute Ruf übertönte alle Geräusche des Festes, ließ Gespräche und Gelächter verstummen und die Tänzer erstarren.

Aemilius Laetus, parfümiert und mit einem Blumenkranz im Haar, sprang von seiner Liege auf und trat vor seinen Herrn.

»Aemilius, ab jetzt wirst du die Stelle des Verbrechers Cleander einnehmen!«

Aemilius Laetus verbeugte sich.

»O Caesar, welche Ehre ... Nie war ein Präfekt der Prätorianergarde dir ergebener. O göttlicher Prinzeps ...«

Commodus machte eine Handbewegung, die ausdrücken sollte: »Genug der Ziererei« und fuhr ungeduldig fort: »Was den Handel angeht, so verlange ich, daß du die Schiffsplünderer abfängst, über die sich unser Freund Carpophorus beklagt. Schicke Boten mit ihrer Beschreibung in alle Häfen und Lichtsignale an alle Küstenposten. Ich übertrage dir die Gerichtsbarkeit über alle Küsten, damit alle, die den Getreidehandel behindern, festgenommen und bestraft werden. Wegen der Einzelheiten besprich dich mit deinem Amtsbruder von der Annona.«

Die beiden Männer verbeugten sich, während rundum Beifall ertönte.

Ein eigenartiges Lächeln glitt über Carpophorus' Gesicht: Dank des kaiserlichen Befehls würde er endlich diese Schlange Calixtus und seinen Helfershelfer Marcus belangen können!

Die allgemeine Zustimmung, die er ringsum ausgelöst hatte, schien den Kaiser nur wenig besänftigt zu haben. Während er nach einer neuen Weinschale verlangte, fragte er sich, ob es angebracht war, einen weiteren Zwischenfall auszulösen. Er begann, seine Gäste aufmerksam zu mustern, und plötzlich blieb sein Blick an einem Paar hängen, das nur wenig entfernt in ein leidenschaftliches Gespräch vertieft schien.

»Sage mir, Marcia, weißt du, wer diese Frau und dieser Mann sind? Sie kommen mir bekannt vor.«

»Die beiden? Aber das ist doch kein anderer als Fuscianus Selianus Pudens, dein Stadtpräfekt, und seine Begleiterin ist Mallia, die Gemahlin des Didius Julianus und Nichte des Carpophorus.«

Commodus gab dem ersten Sklaven, der des Weges kam, ein Zeichen und beauftragte ihn, Fuscian auszurichten, daß er ihn zu sprechen wünsche. Kurz darauf verbeugte sich der Gerufene vor Caesar.

»Du bist der Präfekt der Stadt?«

»Dank deiner Großmut, Caesar.«

»Du bist also für die öffentliche Ordnung verantwortlich. Wie kommt es dann, daß du Cleander nicht daran gehindert hast, sich der Weizenvorräte zu bemächtigen?«

Bei einem Kaiser, der offensichtlich Händel suchte, war es angebracht, die Ruhe zu bewahren. So antwortete Fuscian scheinbar gelassen: »Es ist sehr schwer, zu dir vorzudringen, Caesar. Wie hätte ich also überprüfen können, ob Cleander die Wahrheit sagte, als er behauptete, auf deinen Befehl hin zu handeln? Darüber hinaus möchte ich dir zu bedenken geben, daß es nicht die Aufgabe des Stadtpräfekten ist, über die Versorgung der Stadt zu wachen.«

Commodus spürte, wie Zorn in ihm aufflammte, und er entgegnete trocken: »Wenn du deine Pflicht getan hättest, wäre es nicht zu dem gestrigen Aufstand gekommen.«

»Ist es möglich, Caesar, daß du bedauerst, was geschehen ist?«

»Nein, natürlich nicht«, warf Commodus ein, der bemerkte, daß er zu weit gegangen war, »die Niedertracht des Cleander verdiente selbstverständlich eine Bestrafung.«

Schweigen breitete sich aus. Die Gäste ringsumher gaben vor, das Essen und das Geplauder wieder aufzunehmen. Marcia kam Fuscian mutig zu Hilfe: »Möchtest du diesen afrikanischen Taubenschenkel kosten, Präfekt? Er ist ein wahrhafter Genuß!«

»Ich danke dir, Amazone«, Fuscian lächelte, »doch ich kann nicht. Ich bin Orphist.«

»Orphist?« rief die junge Frau. »Du bist also ein Bacchant?« fuhr sie dann lebhaft fort.

»Aber ja.«

»Man hat mir oft von den Bacchanalen berichtet«, mischte sich Commodus mit plötzlichem Interesse ein. »Stimmt es, daß ihr mit einer Efeukrone auf dem Kopf nackt herumtanzt und Fliederzweige schwenkt?«

»Hm ... das sind eigentlich keine orphistischen Bräuche.«

»Willst du etwa behaupten, daß du noch nie an einem Bacchanal teilgenommen hast?« wunderte sich der Kaiser.

»Doch, aber das war bevor ich in die orphistischen Geheimnisse eingeweiht wurde.«

»Willst du uns nicht eine kleine Kostprobe geben?«

Jetzt waren alle Gespräche verstummt und die Blicke auf die beiden Männer gerichtet. Fuscian wußte den höflichen Ton des Kaisers wohl zu deuten. Er hatte ihm einen Befehl erteilt. Ungehorsam käme einem Selbstmord gleich. Dennoch versuchte er, sich zu retten.

»Nun?« fragte Commodus und runzelte die Stirn.

»Ich ... ich habe keine Efeukrone.«
»Du wirst statt dessen deine Rosenkrone nehmen. Und was den Zweig angeht, so wird dir der oberste Diener seinen Stock geben.«
Fuscian hatte keine Wahl. Er legte ungeschickt seine Tunika ab und streifte die Sandalen von den Füßen. Marcia wandte den Blick ab. Das vereinzelte Lachen, das hier und da erklang, verärgerte sie zutiefst. Sie fühlte sich ebenso gedemütigt wie der arme Präfekt.
»Warte!« rief Commodus. »Diesen Tanz darf man dem Volk nicht vorenthalten. Schließlich ist es unsere Pflicht, den Plebs zu unterhalten. Gehen wir in den Garten.«
Schon machten sich die Sklaven eilig daran, den Gästen die Schuhe anzuziehen. Alle umringten den Stadtpräfekten und stiegen hinab in den Garten, um sich unter das gemeine Volk zu mischen. Die Unterhaltungen der Quiriten verstummten beim Anblick dieser seltsamen Kohorte. Doch Commodus erklärte in wenigen launigen Sätzen, daß der Präfekt ihnen zu Ehren einen dionysischen Tanz vorführen werde. Daß sich einer der höchsten Beamten des Reiches vollkommen nackt zur Schau stellen konnte, verwunderte die unterwürfigen Plebejer zunächst. Doch in Rom, wie überall, gefiel dem Volk jede ungewöhnliche, unzüchtige Darbietung. Es begann schließlich begeistert Beifall zu klatschen und, dem Beispiel des Kaisers folgend, mit der Faust auf die Silberteller zu schlagen. Auf einem freien Platz zwischen den Tischen und einem Becken voller bunter Fische, vollführte Fuscian also unter diesem mißtönenden Gehämmer seine ersten Tanzschritte. Nur eine Stimmung der religiösen Sammlung hätte ihm die Lächerlichkeit der Vorführung ersparen können.
Bald wurden die Zuschauer von einem nicht zu unterdrückenden Gelächter geschüttelt. Marcia biß die Zähne zusammen.
Die traurige Sarabande dauerte noch einen Augenblick an, bis Commodus beschloß, sie zu beenden.
»Ah«, rief er aus, »glücklicherweise bist du kein Berufstänzer, kein Sklavenhändler hätte dich genommen!«
Mit einer verächtlichen Geste stieß er Fuscian in das Becken.

43

Ostia, Oktober 190

Das Lastschiff legte am frühen Morgen in strömendem Regen in Ostia an. Die Kais schienen ausgestorben, die Stadt in tiefen Schlaf versunken. Nachdem er über die Landungsbrücke gegangen war, zog Calixtus instinktiv seine Kapuze ins Gesicht und begab sich in Begleitung der Seeleute in eine der Tavernen am Platz der Korporationen. Dort beschränkte er sich im Gegensatz zu den anderen, die nach den Tagen der Überfahrt ausgehungert waren, darauf, einen Teller dicke Bohnen und einen Krug Wasser zu bestellen. Sobald er sein kärgliches Mahl beendet hatte, erhob er sich, grüßte, ergriff sein Bündel und verließ die Taverne.

Die Stille, die in der Stadt herrschte, hatte etwas Eigenartiges. Es war zu ruhig, zu still für einen Hafen, den er immer voller Leben gekannt hatte. Vielleicht lag die Erklärung in dem heftigen Regen, der auf die Stadt niederprasselte.

Er verließ den Platz der Korporationen, ging am Theater entlang und kam schließlich zur Via Decumana, dem großen Verkehrsweg, der parallel zum Fluß verlief. Außer einigen Personen, die mit Vorratskörben unter dem Arm durch den Regen hasteten, schien auch diese Straße vollkommen ausgestorben. Calixtus hatte sich vorgenommen, sich so wenig wie möglich zu zeigen, doch jetzt schien es ganz im Gegenteil so, als würden die anderen ihn meiden. Zu seiner Linken lagen die Thermen und die Palästra und gegenüber der Marstall des alten Clodius. Er trat ein.

Zu seinem Erstaunen empfing ihn nicht der gebeugte, spöttische Greis, sondern ein junger Mann, um dessen Mund ein verbitterter Zug lag. Der Thraker bemerkte, daß er fünf Schritte vor ihm stehengeblieben war, um mit ihm zu sprechen, und daß in seinen Nasenlöchern Lorbeerblätter steckten. Beim Anblick

eines Golddenars war er sogleich bereit, ihm einen Cisium* zu vermieten.
»Wirf das Geldstück dorthin. Du kannst diesen hier nehmen.«
Erstaunt angesichts dieser äußerst ungewöhnlichen Sitten, zog Calixtus das Pferd aus seinem Verschlag und spannte es an, während er fragte: »Ist der alte Clodius nicht mehr da?«
»Tot«, erwiderte der Stallknecht, ohne sich zu nähern.
»Tot? An was ist er gestorben?«
»Aber woher kommst du denn? An der Pest natürlich.«
Der Thraker unterdrückte ein Frösteln. Das war es also ... Als er gerade mit seinem Wagen den Stall verlassen wollte, fragte der Mann: »Fährst du nach Rom?«
»Ja.«
»In diesem Fall rate ich dir dringend, dich in acht zu nehmen. Es gibt dort Banden, die die Reisenden mit vergifteten Speerspitzen verwunden.«
»Aber was für Banden? Warum?«
Der Stallbursche verzog gelangweilt das Gesicht: »Man merkt, daß du das Land schon vor langer Zeit verlassen hast.«
Dann verschwand er, ohne noch etwas hinzuzufügen, hinter der Holzwand.
Offenbar gingen hier seltsame Dinge vor ... Ohne sich weiter aufzuhalten, trieb Calixtus sein Gespann an und hielt auf die Stadt der sieben Hügel zu. Bei Sonnenuntergang kam die Porta Tregemina in Sicht. Zwar hatte der Regen aufgehört, doch der Himmel war noch immer ebenso trostlos grau. Er folgte der Via Ostiensis und mischte sich in das Getümmel von Karren, Lastenfahrzeugen und anderen Wagen, die auf die Erlaubnis warteten, in die Stadt einfahren zu dürfen.
Das Tor wurde erst nach Sonnenuntergang geöffnet. In der Dämmerung, die jetzt herrschte, konnte Calixtus sich in der Stadt bewegen, ohne Gefahr zu laufen, erkannt zu werden. Er sagte sich, daß er sich beeilen mußte, denn bald würde es die

* Zweirädriger, von Pferden gezogener Wagen

Nacht unmöglich machen, sich in den verschlungenen Gäßchen zurechtzufinden. Immer wieder wurde er von einem der unzähligen Leichenzüge aufgehalten. Glücklicherweise war er nicht mehr weit vom Subura-Viertel entfernt. Dort wohnte der Papst Viktor.
Früher hatte es ihn nicht weiter erstaunt, daß der Führer der Christen in diesem Viertel lebte, das zu den verrufensten der Stadt gehörte. Er hatte daraus geschlossen, daß der Führer einer verbotenen Sekte nur dort und nirgendwo anders den Schutz der Anonymität genießen konnte. Doch er hatte sich geirrt. Wenn Papst Viktor, der zugleich auch der Bischof der Stadt Rom war, hier lebte, dann nur, weil er so dem Elend der Welt am nächsten war.
Er rief eines der Kinder, die, sobald die Dämmerung hereinbrach, die Paläste und die Anwesen der Reichen umlagerten. Ein Junge kam herbeigelaufen und zündete eilig seine Fackel aus Werg und Harz an.
»Kennst du die Straßen des Subura-Viertels gut?«
»Ich bin dort geboren, edler Herr«, entgegnete der Junge und hob stolz das Kinn.
»Weißt du vielleicht, wo sich die Insula befindet, in der der Führer der Christen lebt?«
»Natürlich. Soll ich dich hinführen?«
»Ja, leuchte mir.«
Die beiden drangen in das dichte Gewirr der stinkenden Gäßchen vor. Sehr schnell mußte Calixtus von seinem Wagen absteigen und das Pferd am Zügel hinter sich herziehen. Die Balken, die aus dem Mauerwerk ragten, schienen jeden Augenblick auf sie niederzustürzen. Hinter den festen Mauern ahnte man das Leben: Geräusche einer Mahlzeit, Wortwechsel, Klagelaute eines Weinenden, Stöhnen von Kranken. Die Erinnerung an Flavia und den Kuppler stieg wieder in ihm auf. Wieviel Zeit war doch seit jenem Tag vergangen, was war inzwischen alles geschehen ...
»Hier, edler Herr, wir sind da.«

Calixtus hob den Kopf. Das Haus war genauso verfallen wie alle anderen. Doch es gab keinen Anlaß zu vermuten, daß das Kind log. Calixtus reichte ihm ein As, band sein Pferd an einen Meilenstein und klopfte an die Tür.

Auch jetzt keine Überraschung: Der Mann, der ihm öffnete, war ein Sklave, der sich in nichts von den anderen unterschied.

»Ich komme aus Alexandria. Bischof Demetrios schickt mich.«

Der Mann schien nicht verwundert und sagte nur: »Folge mir.« Er führte ihn zu einer wackeligen Stiege. Im Vorbeigehen hörte Calixtus hinter einer Tür ein heftiges Husten, unterbrochen von verzweifeltem Ringen nach Luft. Sein Führer bemerkte seinen fragenden Gesichtsausdruck.

»Die Pest«, erklärte er resigniert.

Jetzt standen sie vor einer Tür, in die ein Fisch graviert war. Sie war nicht geschlossen. Der Türhüter trat zur Seite, und Calixtus fand sich einem sitzenden Mann gegenüber, der langsam den Kopf hob und die Züge des Besuchers im bleichen Schein der Öllampe musterte.

Verblüfft erkannte Calixtus Hippolyt.

Der junge Priester schien mindestens ebenso überrascht wie der Besucher. Eine lange Weile herrschte Schweigen, und die beiden Männer versuchten sich davon zu überzeugen, daß sie nicht träumten. Der Thraker fragte als erster: »Du hier? Was tust du hier?«

»Ich bin da, wo ich hingehöre, im Dienste Gottes. Aber ich könnte dir ebensogut dieselbe Frage stellen. Ich wähnte dich in Sicherheit in der Nähe von Alexandria oder Pergama, ganz damit beschäftigt, die Millionen auszugeben, die du den jüdischen Kunden der Bank deines ehemaligen Herrn gestohlen hast.«

Calixtus atmete tief durch. Offenbar hatte sich der spöttische Ton des Hippolyt im Laufe der Jahre nicht gemäßigt.

»Ich komme aus Alexandria und überbringe eine wichtige Nachricht. Bischof Demetrios schickt mich.«

»Demetrios? Was ist in ihn gefahren, einem Menschen wie dir sein Vertrauen zu schenken?«

»Kann ich den Papst sprechen?« war Calixtus' einzige Antwort.
»Du sprichst mit ihm«, erwiderte eine Stimme hinter ihm.
Der Thraker fuhr zusammen. Er hatte nicht gehört, daß sich die Tür hinter seinem Rücken noch einmal geöffnet hatte. Jetzt kam ein magerer, eher kleiner Mann mit grauen, energischen Augen auf ihn zu, dessen lebhafte Gesten auf eine starke Persönlichkeit deuteten. Er erinnerte sich an die Beschreibung, die Clemens ihm von diesem Mann gegeben hatte: Er ist ein vollkommen romanisierter Afrikaner, der eher geneigt ist, Hindernisse zu beseitigen, als ihnen aus dem Weg zu gehen.
»Heiliger Vater«, sagte Hippolyt, »das ist Calixtus. Gestern Sklave des seligen Apollonius, zeitweiliger Bankier des Präfekten der Annona und heute ein Dieb, auf den ein Kopfgeld von zwanzigtausend Denaren ausgesetzt ist.«
Calixtus sah ihn finster an.
Ah! Wenn er doch diesem Menschen die gleiche Behandlung zuteil werden lassen könnte, wie der Herr den Tempelhändlern!
»Was wünschst du?« fragte der Bischof von Rom knapp.
Der Thraker zog eine lederne Hülle aus seinem Gürtel.
»Eine Nachricht des Bischofs Demetrios.«
Der Papst ergriff die Hülle, und nachdem er eine gerollte Pergamentcharta herausgezogen hatte, reichte er sie mit gerunzelter Stirn Hippolyt.
»Lies mir das vor. Du hast noch gute Augen.«
Hippolyt begann:

>   An Viktor, den Nachfolger Petri
>   Demetrios, Bischof von Alexandria
>   S.D.*
>
> Mir sind Verlautbarungen zugegangen, denen zufolge du daran denkst, ein Anathema über unsere Brüder der Kirchen Asiens zu verhängen, die sich im Hinblick auf

---

* *Salutem dat*: Sei gegrüßt!

die Daten des Osterfestes nicht der Auffassung der Weltkirche anschließen wollen.

Du weißt, daß ich der erste war, der sich deiner Ansicht gebeugt hat, als du die regionalen Synoden einberufen hast, um in dieser Frage, die die Kirche im Morgen- und im Abendland spaltet, zu entscheiden. Ich bin also durchaus in der Lage, dir von deinem Vorhaben abraten zu können.

Denn in der Tat scheint mir die Frage, ob man Ostern am Sterbetag unseres Herrn oder eher am Tag seiner Auferstehung feiert, nicht zu rechtfertigen, daß ganze Kirchen exkommuniziert werden. Ich lege dir diese Auffassung mit aller Ehrerbietung dar, da ich mir meiner Unzulänglichkeit und meiner Bedeutungslosigkeit angesichts des Nachfolgers Petri durchaus bewußt bin. Doch ich muß dir auch sagen, daß meine Meinung hier in Alexandria von den meisten Gelehrten geteilt wird. Sie führen an, daß unsere Brüder in Asien nicht für schuldig befunden werden können, weil sie an ehernen und ehrwürdigen Bräuchen festgehalten haben. Bis jetzt haben die griechische und die lateinische Kirche Seite an Seite in der Anbetung Gottes gelebt. Deine Vorgänger, vor allem Anicetus, als er dem Bischof Polycarpos entgegenstand, legten eine große Duldsamkeit gegenüber den Bischöfen Asiens an den Tag.

Wir verlangen nicht von dir, daß du auf deine Forderungen verzichtest, sondern nur, daß dir ihre Vorsicht ein Beispiel sei. Es bleibt uns nichts, als auf die Erhörung unserer Gebete zu hoffen. Die Gnade unseres allmächtigen Gottes wird schließlich, davon bin ich überzeugt, unsere Brüder in Asien erleuchten. Möge Er dir die richtige Entscheidung eingeben.

Valé*!

---

* Lebe wohl!

Der Papst hatte sich auf eine kleine hölzerne Leiter gesetzt und strich nachdenklich über seinen Bart.

»Wie kommt es, daß Demetrios dir diese Nachricht anvertraut hat?«

Der Ton des Papstes war direkt, doch Calixtus war ihm dankbar, daß er nicht hinzugefügt hatte: da es doch so scheint, als wärest du keine sehr vertrauenswürdige Person.

»Es haben sich Verschiedene erboten, doch der Bischof hat mich auserwählt.«

»Das ist keine Antwort auf die Frage. Warum eher einen Heiden als einen Christen?« fiel Hippolyt ein.

»Einen Heiden?« fragte Viktor verwundert.

Calixtus schüttelte den Kopf.

»Hippolyt kann es nicht wissen, doch ich bin jetzt Christ.«

»Was! Was sagst du da?«

Der Sohn des Ephesius musterte ihn betroffen und zweifelnd zugleich.

»Du? Ein Christ? Du, der du der glühendste Widersacher unseres Glaubens warst? Du ...«

Calixtus unterbrach ihn mit einer knappen Handbewegung.

»Ja, ich bin Christ. Die Umstände und sicherlich auch die Gnade jenes Gottes, den ich so lange verworfen habe, haben bewirkt, woran du gescheitert bist.«

Zum ersten Mal trat ein Ausdruck von Rührung in Hippolyts Blick. Es war ein aufrichtiges Gefühl, in dem sich die Vergangenheit und die Gegenwart vermischten. Er räusperte sich und fuhr dieses Mal mit leiser Stimme fort: »Du ... Sagst du die Wahrheit?«

»Ich werde von der gesamten Obrigkeit dieses Landes gesucht. Vor meinem Übertritt war mein Leben nicht gerade beispielhaft. Wenn ich mich freiwillig für diese Mission erboten habe, dann deshalb, weil ich hier in Rom, mehr als irgendwo sonst, mein Leben aufs Spiel setze. Das ist meine Art, mich Gottes Urteil zu unterwerfen.«

Da Hippolyt, offensichtlich von seinen Gefühlen überwältigt,

schwieg, fragte der Oberhirte: »Das ist eigenartig ... Kannst du dir nicht vorstellen, daß es andere Wege gibt, um deine Fehler wiedergutzumachen? Weniger gefährliche ...?«
»Das hat man mir schon gesagt. Doch ich verfüge leider nicht über die Mittel, die Opfer meines Diebstahls zu entschädigen.«
Es herrschte ein langes Schweigen. Dann machte Viktor dem Thraker ganz unerwartet ein Zeichen, niederzuknien. Mit langsamen Bewegungen segnete er ihn und sagte: »Wir sind dir dankbar für das, was du getan hast. Möge Gott dir vergeben und dich sicher zu den Deinen zurückgeleiten.«
Calixtus erhob sich und dankte, indem er den Kopf senkte. Dann fragte er: »Kann ich dem Bischof eine Antwort übermitteln?«
»Ja. Sage ihm, daß mich sein Brief sehr gerührt hat, daß seine Sorgen aber unnötig waren. Irenäus, der Bischof von Lugdunum*, der seine Besorgnis teilte, hat mich davon überzeugt, mich nicht der extremen Mittel zu bedienen, an die ich dachte. Es wird keine Exkommunizierung der Kirchen Asiens geben ...«

44

Als Calixtus zu seinem Wagen zurückkehrte, war es schon tiefe Nacht.
Er nahm sein Pferd am Zügel und lief durch das Gassengewirr. Er versuchte, sich von seinem Gedächtnis leiten zu lassen. Wie immer war die Aufgabe durch die Dunkelheit erschwert. Wäre nicht der laute Lärm der Wagen gewesen, die, nachdem sie ihre Waren abgeliefert hatten, wieder zu den Toren der Stadt fuhren, hätte er sich sicherlich verirrt. Nachdem er sich so gut er

* Lyon

konnte durchgeschlagen hatte, befand er sich schließlich hinter einem gallischen Fuhrwerk, das schwankend und scheppernd die ganze Breite der Straße einnahm. Da der Fuhrmann seinen Weg zu kennen schien, sprach Calixtus ihn an.
»He, mein Freund, wohin fährst du?«
»Über die Aemilius-Brücke zum Transtiberius-Viertel.«
Calixtus seufzte erleichtert, das war auch sein Weg. Er folgte dem Gefährt, und gemeinsam legten sie den langen Weg durch die verschlungenen Straßen zurück, kamen an einem Tempel vorbei, den er nicht erkannte, und erreichten schließlich einen rechteckigen, freien Platz. Jetzt konnte der Thraker wieder auf seinen Wagen steigen und das Pferd antreiben.
In der Mitte des Platzes erhob sich ein Triumphbogen: Janus Quadrifons. Jetzt wußte er, daß er sich auf dem Nerva-Forum befand.
Er entfernte sich, sein Weg führte ihn unweit der Julia-Kurie vorbei, er umrundete die Rostratus-Tribüne auf der Höhe des goldenen Meilensteins, der den genauen Mittelpunkt des unglaublichen römischen Straßengewirrs anzeigte, und erreichte die Via Sacra.
Er spürte, wie Müdigkeit ihn überfiel, und auch sein Pferd schien erschöpft. Er mußte schnell eine Herberge finden. In der Nähe des Vicus Jugarius entdeckte er plötzlich zu seiner Rechten, nur wenige Schritte entfernt, einen Mann, der neben seinem Karren stand und vor einer geschlossenen Tür etwas rief. Als er näher kam, erkannte er Gemüsekisten, die auf der Schwelle aufgestapelt waren, und ein Fensterchen, an dem der Gemüsehändler seine Bezahlung entgegennahm. Als er Calixtus bemerkte, wandte sich der Mann fragend um.
»Glaubst du, es wäre möglich, daß ich hier eine Nacht verbringen kann?«
Der Gemüsehändler trat zur Seite, damit der Herbergswirt ihm antworten konnte.
»Bedaure, wir nehmen keine Fremden mehr auf.«
»Und für einen Denar?«

»Nichts zu machen!«
»Zeige dich beharrlich, mein Freund«, sagte der Gemüsehändler lächelnd. »Dieser alte Gauner von Marcellus würde für ein wenig Geld seine Seele verkaufen. Wenn du es verstehst, mit ihm zu verhandeln, wird er dir sein eigenes Bett überlassen.«
»Sagen wir einen Golddenar«, schlug Calixtus vor.
Die Summe war beachtlich, doch er war zu erschöpft, um sich auf die Suche nach einer anderen Bleibe zu machen. Sein Angebot wurde mit einem zweifachen Pfeifen aufgenommen und von dem unverkennbaren Geräusch eines zurückgleitenden Türriegels begleitet.
»Komm schnell herein.«
»Einen Augenblick! Wo kann ich meinen Wagen unterstellen? Ich muß ...«
»Vertraue ihn nur diesem Schurken von Buteus an. Er wird sich darum kümmern. Komm schnell herein, beeil dich!«
Mit seinem Bündel in der Hand schob sich der Thraker durch den Türspalt. Der Wirt schloß sie eilig hinter ihm.
»Aber was geht denn in dieser Stadt vor?« fragte Calixtus überrascht und verärgert zugleich.
»Ist dir auf der Straße niemand begegnet?«
»Natürlich! Die gewohnten Fuhrwerke der Bauern, die ihre Lieferungen beendet hatten. Aber ...«
»Dann kannst du dich glücklich schätzen. Denn wenn du anderen begegnet wärst, wäre es höchst unwahrscheinlich gewesen, daß du lebend hier ankommst, glaube mir.«
»Will mir nicht endlich jemand erklären, was hier vorgeht?«
Der Herbergswirt senkte die Stimme.
»Du kommst sicherlich von weit her, wenn du nichts von den Ereignissen weißt, die unsere Stadt erschüttern. So höre, daß es Banden gibt, die im Dienste des Prinzeps stehen und die die Passanten mit vergifteten Dolchen erstechen.«
»Das hat man mir schon gesagt. Aber warum? Warum sollten sie sich zu solchen Untaten hinreißen lassen?«
»Du mußt mir glauben. Diese Leute leiden so sehr unter ihrem

Müßiggang, daß sie nicht mehr wissen, was sie erfinden sollen, um sich zu zerstreuen. So erstechen sie fast zweitausend Menschen am Tag. Ganz zu schweigen von denen, die an der Pest sterben.«

Es schien Calixtus unnötig, seine Verwunderung zum Ausdruck zu bringen. Hier gingen offenbar Dinge vor, die mehr als ungewöhnlich waren. Am nächsten Tag würde er Muße haben, diesem Geheimnis auf den Grund zu gehen. Er bat den Herbergswirt, ihm seine Kammer zu zeigen. Der Mann führte ihn zu einer wackligen Stiege, während er ihm gestand, daß er noch viele freie Zimmer hatte.

»Aber was willst du«, seufzte er, »nachts weiß man nicht, mit wem man es zu tun hat.«

Er öffnete die Tür zu einer düsteren Kammer, in der eine ärmliche Liege stand.

»Hier. Das ist natürlich keinen Golddenar wert, aber was willst du ...«

»Ich bin viel zu müde, um Anstoß daran zu nehmen.«

Sobald er allein war, entkleidete sich Calixtus im Schein der kleinen Öllampe und kroch unter die harte Roßhaardecke. Als er gerade die kleine Flamme ausblasen wollte, verrieten ihm knarrende Schritte, daß jemand die Stiege heraufkam. Ein schwaches Licht drang durch den Spalt unter der Tür. Diese öffnete sich jetzt langsam, und eine Frau mit einer Kerze betrat die Kammer.

Die Art ihrer Kleidung – eine kurze Tunika, die über den Knien endete und nicht viel von ihren Reizen verhüllte – ließ den Grund ihres Besuchs erahnen. Sie war eine jener Hurenmägde, die oft zu den Bediensteten der Tavernen und Herbergen gehörten. Zweifellos hatte ihr Herr sie aufgeweckt, denn ihre Züge waren bleich und fahl. Das blonde Haar mit den grauen Strähnen ergoß sich offen über ihre mageren Schultern. Selbst wenn er ausgeruht und frisch gewesen wäre, hätte er sie kaum begehrt.

»Mein Herr schickt mich«, flüsterte sie mit dumpfer Stimme.

»Ich danke dir, aber ich benötige deine Dienste nicht.«
»Ich koste nur sechs As.«
»Ja, aber ich wiederhole, ich bin müde.«
Das entsprach der Wahrheit. Die Augenlider fielen ihm zu. Er glitt langsam in den Schlaf hinüber, doch die Frau schien nicht gehen zu wollen. Sie trat einige Schritte näher, beugte sich über ihn und musterte ihn aufmerksam.
»Hast du denn nicht gehört? Ich bin erschöpft.«
»Es gibt Frauen, die schöner sind als ich«, entgegnete sie mit derselben matten Stimme, »doch es gibt keine, die wollüstiger oder erfahrener ist.«
»Die einzige Wollust, die ich im Augenblick verspüre, ist die des Schlafes. Gute Nacht.«
»Wenn du mich fortjagst, wird mein Herr mich schlagen.«
Ohne sich um seine Nacktheit zu kümmern, erhob sich Calixtus, faßte die Besucherin beim Arm und schob sie sanft zur Tür hinaus.
»Ich bitte dich ... laß mich schlafen.«
Das Mädchen verharrte noch einen Augenblick regungslos und ein wenig verloren vor der Tür, die sich hinter ihm geschlossen hatte. Dann stieg es langsam die Treppe hinab. Die Frau setzte den Fuß fest auf die Holzstufen, ganz so, als wolle sie sich beweisen, daß sie nicht träumte, und wischte dabei ihre vor Aufregung feuchten Hände an ihrer Tunika ab.

*

»Er ist hier? In Rom?«
Eleazar fuhr zusammen und betrachtete ungläubig das Mädchen, das vor ihm stand.
»Das ist unmöglich. Er würde sich nicht in die Höhle des Löwen wagen. Wie kannst du dir so sicher sein?«
»Ich wiederhole, es ist kein Zweifel möglich. Er war früher mein Kunde.«
Der Verwalter des Carpophorus warf der Hure einen mißtrauischen Blick zu. Mit ihren schreiend bunten Kleidern, ihrem

verbitterten Gesichtsausdruck und dem großen Bluterguß auf der linken Wange, war sie das Sinnbild körperlichen Verfalls.

Die Stadt lag noch im Dämmerlicht, als sie an der Porta Capena, dem Amtssitz des Präfekten der Annona, vorstellig geworden war. Sie hatte gleich verlangt, mit Carpophorus zu sprechen, und die Neuigkeit, die sie verkündete, ließ es geraten sein, diesen sofort zu verständigen.

Calixtus in Rom aufgetaucht!

»Er hat sich ja mit wenig zufriedengegeben«, brummte Eleazar.

»Hast du ihm den Bluterguß zu verdanken?«

»Nein, das ist das Werk meines Herrn.«

»Aber sprich, er hat sich doch in all den Jahren sicher verändert. Wie hast du ihn denn wiedererkannt?«

»Seine Augen. Trotz des Bartes, der die Hälfte des Gesichts verdeckt, hat sich sein Blick nicht verändert. Ich hätte ihn unter Tausenden wiedererkannt.«

Eleazar war aufgewühlt. Das Mädchen schien die Wahrheit zu sagen. Was setzte er aufs Spiel, wenn er sich selbst überzeugte? Die Vorstellung, den Thraker endlich in seiner Gewalt zu haben, versetzte ihn in einen Zustand fieberhafter Erregung.

»Wo ist er? Wir müssen ...«

»Nicht so schnell. Ich will zunächst mit dem Präfekten sprechen.«

»Du hast den Verstand verloren. Es ist nicht so leicht, mit einer so hohen Persönlichkeit zu sprechen. Aber ich verspreche dir, daß du die zwanzigtausend Denare bekommst, natürlich nur, wenn sich deine Aussage als wahr erweist.«

»Sie ist wahr! Aber ich will trotzdem mit dem Präfekten sprechen.«

»Warum? Vertraust du mir nicht?«

»Das ist nicht der Grund. Ich will mich von meinem Herrn freikaufen. Und dazu, das weißt du sehr wohl, muß ein Magistrat meine Befreiung beglaubigen.«

»Bei Kybele! Dazu reicht irgendein Ädil aus«, rief der Verwalter verzweifelt.

»Nichts zu machen. Mein Herr würde sogleich die Belohnung einstreichen, und ich würde weiterhin seinen Gästen als Strohsack dienen. Das ist schon einmal geschehen.«
»Dein früherer Verdruß ist mir einerlei. Du wirst mich zu Calixtus führen, sonst...«
Er verlieh seinen Worten Nachdruck, indem er seinen ledernen Gürtel löste. Das Mädchen wich zurück, beherrschte sich jedoch sogleich wieder und blieb unerschütterlich.
»Nur zu. Ich bin an Hiebe gewöhnt. Ich werde dich nur zu deinem Mann führen, wenn du meine Bedingungen erfüllst.«
Der Verwalter, dem solche Hartnäckigkeit fremd war, zögerte. Dabei mangelte es ihm nicht an dem Verlangen, dieses Wesen zu züchtigen. Doch er durfte nicht Gefahr laufen, alles zu verderben.
»Gut«, gab er nach. »Ich werde den Herrn verständigen. Aber sei gewahr, wenn du uns zu täuschen versuchst ... Wie ist überhaupt dein Name?«
»Elischa...«

45

Graues, feuchtes Morgenlicht breitete sich am Himmel der Stadt aus, als Carpophorus, begleitet von seinem Verwalter, der Hure und einem Geleit von Vigilien die Herberge am Vicus Jugarius erreichte. Der Präfekt sagte zu dem Mädchen gewandt: »Wir sind da! Und nun bleibt dir nur noch, zu Jupiter, Fortuna und den anderen Göttern zu beten, daß Calixtus wirklich hier ist!«
Der ehemalige Herr des Thrakers war nicht gerade angetan gewesen, daß man ihn geweckt hatte, und seine Laune war entsprechend. Die unerwartete Aussicht, seinen untreuen Sklaven einzufangen, hatte ihn aus dem Bett getrieben. Dennoch

teilte er keineswegs die Begeisterung seines Verwalters. Seiner Ansicht nach hatte sich das Mädchen getäuscht. Calixtus in Rom! Wenn sich diese Vorstellung nur als wahr erweisen würde! Dennoch hatte er zur Sicherheit auf Eleazars Ratschlag gehört und war über das Forum gegangen, um eine Vigilien-Truppe als Geleit mitzunehmen.

Der Herbergswirt öffnete die Tür, die Augen noch vom Schlaf verquollen. Er wollte schon einen Fluch ausstoßen, doch beim Anblick des Präfekten und derer, die ihn begleiteten, besann er sich eines anderen.

»Geh zurück zu deinem Herd!« befahl der Magistrat.

An Elischa gewandt, fügte er hinzu: »Und du, führe uns zu dem Zimmer!«

Der Wirt, der das Schlimmste befürchtete, zog sich, ohne Einspruch zu erheben, in seine Küche zurück. Bei dem, was augenblicklich in Rom vorging, war alles möglich. Aber dennoch, sich Elischa als Späherin der Denunzianten vorzustellen ...

Unter der Führung des Mädchens stiegen Carpophorus, Eleazar und die Vigilien die Stufen der alten Stiege hinauf, die aller Vorsicht zum Trotz knarrten und krachten, als würden sie jeden Augenblick nachgeben.

»Wir werden noch die ganze Stadt aufwecken«, flüsterte Carpophorus zornig.

»Hier ist es!« sagte das Mädchen.

Eleazar stieß sie beiseite, eilte zur Tür, drehte, nachdem er einen letzten Blick mit seinem Herrn gewechselt hatte, den hufeisenförmigen Griff und stürzte ins Zimmer.

Calixtus fuhr hoch, richtete sich augenblicklich auf seiner Liege auf und bot sein Gesicht den Lampen der Vigilien dar.

»Eleazar, du lebst?«

»O ja, ich lebe, du Elender«, schnarrte Eleazar und entblößte seine schwärzlichen Zähne. »Endlich werden wir miteinander abrechnen können!«

»Du wirst mir sicherlich nicht glauben«, entgegnete der Thraker, indem er sich erhob, »aber ich bin aufrichtig froh, dich wohlauf zu sehen.«

Ganz ruhig erhob er sich und begann sich anzukleiden. Es entsprach der Wahrheit. Er fühlte sich in gewisser Weise von der Last seines Gewissens erleichtert.

»Du, du hier ...«, stotterte Carpophorus ungläubig.

Jetzt hatte auch der Präfekt das Zimmer betreten und seine Vigilien auf der Schwelle zurückgelassen.

»Ja, edler Herr Carpophorus, ich bin es.«

Ganz so, als habe er nur auf diesen Augenblick gewartet, versetzte Carpophorus seinem Sklaven einen fürchterlichen Fausthieb, der seine Unterlippe aufplatzen ließ.

»Vier Jahre! Vier Jahre habe ich diese Stunde herbeigesehnt!«

Er schöpfte wieder Atem und ließ seinen Blick durch die von Spinnenweben überzogene Kammer gleiten.

»Wie ist es zu erklären, daß du mit dem Vermögen, das du mir entwendet hast, in einer solchen Kloake haust?«

»Die Antwort ist einfach: Ich besitze kein As mehr von dieser Summe«, gab Calixtus gelassen zurück.

»Von drei Millionen Sesterzen ist dir kein As geblieben? Wen willst du eine solche Geschichte glauben machen?«

»Er lügt!« bellte Eleazar.

»Drei Millionen dreihundertsechsundzwanzigtausendundfünfzig Sesterzen, genau gesagt. Ich habe einen guten Teil der Summe ausgegeben, und der Rest liegt auf dem Grunde eines Sees in Alexandria.«

»Er lügt!« wiederholte der Vilicus. »Herr, überlaß ihn mir. Ich werde schon die Wahrheit aus ihm herausbekommen!«

»Drei Millionen dreihunderttausend Sesterzen, also achthunderttausend Denare auf dem Grund eines Sees?«

Die Vorstellung dieses versenkten Vermögens schien für Carpophorus schlimmer als der Diebstahl an sich.

Calixtus murmelte: »Ich bin in deinen Händen, Herr. Als ich mich auf den Weg nach Rom machte, wußte ich, daß ich mich in Gefahr bringen würde. Dennoch wäre ich dir dankbar, wenn du

mir sagen würdest, wie du mich gefunden hast. Ich bin schließlich erst seit einigen Stunden hier.«
»Dank des Geständnisses deiner hübschen Freundin«, sagte der Vilicus und deutete auf Elischa, die mit den Vigilien auf der Schwelle stehengeblieben war.
»Elischa...?«
»Du scheinst seinerzeit einen nachhaltigen Eindruck bei ihr hinterlassen zu haben...«
Elischa...
Calixtus runzelte die Stirn und suchte in seiner Erinnerung. Dann erinnerte er sich wieder an die kleine Hure, die ihn so sehr an Flavia erinnert hatte, und an das wütende Gesicht des Kupplers Servilius...
Das Mädchen erbleichte und stotterte: »Nach ... nach deiner Abreise hat mich mein Herr wieder eingefangen und mir die Goldkette abgenommen, die ich dank deiner Hilfe bekommen hatte. Was sollte ich tun?«
Calixtus lächelte bitter.
»Vielleicht etwas anderes, als einen armen Toren, der dir geholfen hat, zu verraten!«
Das Mädchen schien ernsthaft betroffen und sich unter den Blicken, die im Halbdunkel auf ihr ruhten, äußerst unwohl zu fühlen. Carpophorus befreite sie aus der unangenehmen Lage. Man spürte, daß ein Strom widersprüchlicher Gedanken durch seinen Kopf wirbelte, seit er seinem Sklaven gegenüberstand. Er befahl mit lauter Stimme: »Laßt mich allein mit ihm!«
»Aber edler Herr!« wandte Eleazar, von plötzlicher Unruhe ergriffen, ein.
»Tut, was ich sage!«

Die Tür hatte sich hinter den beiden Männern geschlossen. Ihre Züge wurden von der fahlen, flackernden Flamme der Lampe kaum erhellt. So verharrten sie eine Weile, ohne ein Wort zu wechseln.
»Hast du Sorgen, edler Herr?« fragte Calixtus plötzlich.

»Sorgen?!«
Der Präfekt verschränkte die Arme hinter dem Rücken und begann wie ein gefangenes Tier mit großen Schritten auf und ab zu gehen. Der Thraker fuhr fort: »Kann ich dir helfen?«
»Was?!«
Carpophorus blieb wie angewurzelt stehen.
»Das ist unglaublich. In Lumpen gehüllt und auf dem Weg zum Hades, sprichst du davon, mir zu helfen?«
Es herrschte erneut tiefes Schweigen. Der Präfekt fuhr schnell und beinahe beschämt fort: »Das Schlimmste ... das Unglaublichste ist, daß ich dich wirklich brauche ...«
Der Thraker wandte den Blick ab und ließ Carpophorus Zeit, sich zu erklären.
»Ja, du kannst dich rühmen, deine Sache gut gemacht zu haben. Nichts konnte mich mehr treffen, und noch dazu im schlimmsten Augenblick, als das Absinken des Zinssatzes schon solidere Unternehmen als das meine in Gefahr brachte.«
Er senkte den Blick und schlug dem Thraker dann vollkommen unerwartet noch einmal ins Gesicht.
»Du, du, dem ich mein ganzes Vertrauen geschenkt hatte! Durch dein Verschulden mußte ich meine Bank schließen, und noch heute bin ich gezwungen, auf mein eigenes Vermögen zurückzugreifen, um die Versorgung der Stadt zu sichern. Das ist ruinös! Ruinös!«
»Übertreibst du nicht ein wenig?« gab Calixtus zurück, während er das Blut abwischte, das von seiner aufgeplatzten Lippe perlte. »Du hast doch schon erheblich schwierigere Augenblicke durchlebt, und du hast sie immer zu deinem Vorteil gemeistert.«
»Das war vorher«, rief Carpophorus mit einem verzweifelten Seufzer aus.
»Vor was?«
»Vielleicht vor dem Fluch der Götter. Alles steht schlecht, Calixtus. Überall. Die Städte verarmen, die Minen sind erschöpft, es gibt immer weniger Bauern, und das Land bleibt

unbestellt. Alle Ämter, selbst das des Konsuls, stehen zum Verkauf. Die Steuerlast steigt unaufhörlich, und die Reichen fliehen lieber aufs Land, statt ihren Anteil an den Kosten für das Gemeinwesen zu tragen. Zu allem Überfluß ist auch noch die Pest ausgebrochen! Wie zu den finstersten Zeiten unter Marc Aurels Herrschaft. Allein in Rom rafft sie jeden Tag zweitausend Menschen dahin. Wenn diese Lage andauert, wird morgen das gesamte Reich ein Armenhaus ohne Vorräte sein.« Den Blick ins Leere gerichtet, die Züge aschfahl, verstummte er.

»Und ... was kann ich für dich tun?«

»Ich müßte dich den wilden Tieren zum Fraß vorwerfen lassen. Wenngleich du damit noch immer nicht für deinen Verrat gebüßt hättest. Doch die Stunde ist zu ernst, um überstürzte Entscheidungen zu treffen. Du hast deine Fähigkeiten zu Genüge unter Beweis gestellt – und sei es nur, indem du mir drei Millionen Sesterzen entwendet hast –, als daß ich nicht daran denken würde, dich wieder in meine Dienste aufzunehmen. Wenn du mir hilfst, die Schwierigkeiten zu überwinden, will ich nicht nur dein Verbrechen vergessen, sondern ich werde dir auch eine angemessene Summe geben, damit du dein Leben neu beginnen kannst. Was hältst du davon?«

Calixtus stand vor seinem Herrn, die Hände in die Hüften gestützt.

Er dachte verwundert: *Ich hatte eine Strafe erwartet, doch nun bietet man mir eine Belohnung! Gottes Wege sind offenbar unvorhersehbar!*

»Nun?« fragte der Präfekt ungeduldig.

»Es tut mir leid, edler Herr, aber zwei Gründe zwingen mich, dein Angebot abzulehnen.«

»Welche?« schrie Carpophorus.

»Du scheinst vergessen zu haben, daß ich Marcias Eigentum bin. Du selbst hast mich der ersten Frau des Reiches zum Geschenk gemacht. Mich ohne ihr Einverständnis in deinen Dienst zu nehmen, wäre in den Augen des Gesetzes nichts anderes als Diebstahl. Aber das ist nicht alles. Du mußt wissen,

daß ich dir nicht mehr so erfolgreich wie früher dienen könnte. Der neue Herr, dem ich mich verschrieben habe, verbietet erpresserische Machenschaften und jede andere Form von Spekulation, die du mich so vollendet gelehrt hast.«
»Ein anderer Herr? Du willst sagen, ein anderer Herr als die göttliche Marcia?«
Der Thraker nickte schweigend.
»Sag mir den Namen dieses vermessenen Wahnsinnigen!«
»Es ist nicht die Art Herr, an die du denkst: Ich bin Christ geworden!«
Carpophorus' Lider zitterten, er schüttelte den Kopf und schien jeden Augenblick die Besinnung zu verlieren.
»Du bist Christ...«
Für eine lange Weile herrschte Schweigen. Ein lastendes Schweigen, das den ganzen Raum erfüllte. Es schien so, als würde der Präfekt unter der Last dieser Enthüllung zusammenbrechen.
Schließlich erhob er sich mit unglaublicher Langsamkeit und ging zur Tür.
»Nehmt ihn mit! Nehmt diesen Mann mit in den Kerker des Forums!«
Sogleich war Calixtus von vier Vigilien umringt, die ihn rücksichtslos ergriffen. Als er an Carpophorus vorbeiging, fuhr dieser fort: »Falls du insgeheim auf ein Eingreifen der Amazone hoffen solltest, so wisse, daß der Kaiser in jeder Einzelheit über deine Untaten im Bilde ist, er selbst hat befohlen, dich im ganzen Reich suchen zu lassen. In unseren Zeiten sind untreue Diener ebenso schlecht angesehen wie die Pest. Sie geben hervorragende Sündenböcke ab!«
Calixtus antwortete nicht. Sein Blick begegnete dem von Elischa. Sie senkte den Kopf.
Er hätte schwören können, daß sie weinte.

46

Zum drittenmal legte Fuscianus Selianus Pudens, der Präfekt der Stadt, mit einer zerstreuten Bewegung den Stift neben seine Wachstafel.
Es konnte sich nicht dazu durchringen, den Befehl niederzuschreiben, wie es eigentlich seine Pflicht gewesen wäre.
Calixtus ... dieser Name rief in ihm Erinnerungen an seine Jugend wach, an Freundschaft und Sorglosigkeit, an orphistische Versammlungen und die Inbrunst gemeinsamer Stunden. Und leider auch an das Ärgernis, das vier Jahre zuvor für lange Zeit die Gespräche der Hauptstadt bestimmt hatte: der berüchtigte Zusammenbruch der Bank an der Porta Ostia. Bei dieser Gelegenheit hatte sich ihm auch die wahre Identität des Thrakers offenbart. Sicher, in der letzten Zeit hatte Fuscian ein Geheimnis gewittert, doch seine orphistische Zurückhaltung hatte ihn immer daran gehindert, seinem Wunsch nachzugeben, mehr über seinen Freund in Erfahrung zu bringen. Doch hätte er sich nie auch nur einen Augenblick vorstellen können, daß Calixtus in Wirklichkeit ein einfacher Sklave und darüber hinaus noch ein Dieb war.
Was sollte er jetzt tun? Carpophorus, sein Amtsbruder der Annona, hatte ihm den Mann heute in den frühen Morgenstunden überbringen lassen. Es oblag ihm jetzt, ihn zu verurteilen oder dem Kaiser auszuliefern, was auf das gleiche hinauslief. Er nahm wieder seinen Griffel und begann, einige Buchstaben in das Wachs zu ritzen. Doch schnell löschte er sie in einem Anfall von Verärgerung mit einer heftigen Bewegung des Daumens auf der weichen Wachsmasse und entfaltete die Papyrusrolle, auf der die Anmerkungen zum Fall Calixtus niedergeschrieben waren. Was warf man ihm eigentlich vor? Diesem Fuchs von Carpophorus einige Millionen Sesterzen entwendet zu haben? Fuscian mußte sich eingestehen, daß er dieses Verhalten eher verdienstvoll fand. Doch da war auch der Betrug hinsichtlich seines Standes.

Er kämpfte die steigende Erregung, die in ihm aufkeimte, nieder und rief: »Valerius!«
Der Legionär öffnete die Tür einen Spalt breit.
»Bringe den Sklaven, den uns Carpophorus heute morgen überstellt hat!«
Kaum war der Legionär verschwunden, um den Befehl auszuführen, bereute Fuscian die Anordnung schon. Dabei hatte ihn sein Vater gelehrt: »Zuerst leben, dann philosophieren!« Fuscian aber verbrachte sein Leben damit, das Gegenteil zu tun. Besonders in diesem Augenblick. Er würde doch nicht den Verfechter der Gerechtigkeit spielen! Nein! Er würde auf der Stelle Commodus verständigen lassen.
Der Legionär kam mit Calixtus zurück.
»Es ist nicht mehr nötig. Du kannst ihn wieder in seine Zelle bringen«, brummte Fuscian, ohne den Kopf zu heben.
Da der verwunderte Legionär sich nicht rührte, wiederholte er seinen Befehl, während Calixtus gleichzeitig murmelte: »Wundere dich nicht, Valerius, die Wege der Macht sind unvorhersehbar.«
Fuscian fühlte sich getroffen, hob den Kopf und musterte ihn mit hartem Blick.
»An deiner Stelle würde ich meine Kräfte nicht mit unfruchtbarem Geschwätz vertun. Du wirst sie noch brauchen, bei dem Los, das dich erwartet.«
»Daran habe ich nicht gezweifelt!«
»Wenn mein Gedächtnis mich nicht täuscht, so trugst du, als wir uns das letzte Mal begegnet sind, keinen Bart. Aber da warst du natürlich auch ein anderer ... Im Grunde genommen warst du immer ein anderer.«
Der Thraker runzelte die Stirn.
»Vielleicht solltest du dem Zerrspiegel, in dem du mich zu sehen scheinst, nicht trauen.«
Er deutete auf die entfalteten Papyrusrollen auf dem Tisch.
»Ich nehme an, du weißt inzwischen alles über den Mann, den du für einen begüterten Ritter hieltest. Dennoch, Fuscian, ist es

derselbe Mann wie jener, dem du eines Morgens vor langer Zeit begegnet bist. Sein Geist hat dich vielleicht belogen, nicht aber sein Herz.«

Die Erinnerung an jene Begebenheit, die sich ganz in der Nähe des Versammlungsortes der Orphisten abgespielt hatte, ließ in Fuscian widersprüchliche Gefühle aufsteigen. Seine Miene verfinsterte sich, und er befahl schroff: »Valerius, laß uns allein.«

Die Wache zog sich zurück, und die beiden Männer standen einander gegenüber.

»Warum? Warum all diese Jahre Betrug und Verrat? Warum ...«

»Ich glaube, diese Geschichte würde dich langweilen. Laß mich dir eine einfachere Frage stellen: Hättest du einen Sklaven in der Bruderschaft der Orphisten aufgenommen?«

Fuscian antwortete, ohne zu zögern.

»Nein, sicherlich nicht. Aber das erklärt nicht alles. Es erklärt gar nichts. Ich muß es begreifen. Ich will es wissen.«

Calixtus ging nachdenklich einige Schritte auf ihn zu.

»Nun gut! Also höre ...«

Er schilderte ihm in knappen Worten sein Leben bis zum heutigen Tag, wobei er sich von Zeit zu Zeit unterbrach, ganz so, als wolle er sich vergewissern, daß der Präfekt seinen Erzählungen Glauben schenkte. Als er geendet hatte, schwieg Fuscian eine Weile, ehe er finster murmelte: »Und jetzt ...«

»Es erwartet mich das, was ich verdient habe. Laß also dem Schicksal seinen Lauf. Du hast früher schon viel für eine andere getan.«

»Flavia? Ja, ich erinnere mich. Dennoch fand ihre Geschichte keinen glücklichen Ausgang.«

»Tu deine Pflicht, Fuscian.«

Der Präfekt spielte nervös mit seinem Griffel. Er war hin- und hergerissen zwischen seinem Pflichtgefühl und jener Zuneigung, die ihn – und daran hatte er nie gezweifelt – noch immer mit dem Thraker verband. Plötzlich hatte er das Bild des Commodus vor Augen, wie er ihn vor einer johlenden Menge in

das Becken gestoßen hatte. Er erhob sich aus seinem kurulischen Stuhl und ging zum Fenster.
»Vielleicht gibt es eine andere Lösung ...«
Und da Calixtus nichts entgegnete, fuhr er fort: »Das Bergwerk ...«
Fuscian wandte sich wieder zu dem Thraker um.
»Ja, ich weiß, das bedeutet vielleicht den langsamen Tod, eine andere Form der Marter, aber wer weiß ... mit ein wenig Glück. Was ist deine Meinung?«
Calixtus zwang sich zu lächeln.
»Ich bin noch immer ein Nichts. Du bist Fuscianus Selianus Pudens, der Präfekt der Stadt. Habe ich eine andere Wahl? Ich kann dir nur dankbar sein für das, was du auch diesmal wieder für mich zu tun versuchst. Ich wiederhole, tu deine Pflicht!«
»Du erbitterst mich! Meine Pflicht! Meine Pflicht! Das sind die einzigen Worte, die du auf den Lippen hast! Meine Pflicht wäre es, dich dem Kaiser auszuliefern. Den wilden Tieren und der Folter!«
Zuerst leben, dann philosophieren.
Er machte eine verärgerte Handbewegung und rief: »Valerius!«
Sogleich erschien der Legionar.
»Hilf meinem Gedächtnis nach. Bricht nicht morgen ein Gefangenenzug nach Sardinien auf?«
»Das ist richtig. Nach der Aufstellung, die du mir gegeben hast, soll morgen ein Dreiruderer mit zweiundzwanzig verurteilten Christen an Bord auslaufen.«
»Sehr gut. Doch ein Punkt ist zu berichten: Es sind nicht zweiundzwanzig, sondern dreiundzwanzig.«
Er deutete auf Calixtus.
»Dieser Mann wird sie begleiten. Laß uns jetzt allein!«
An den Thraker gewandt, fuhr er fort: »Sicherlich, Sardinien ist nicht Capri, doch so können wir Zeit gewinnen. Wer weiß ... Schließlich sind die Tyrannen nicht unsterblich.«
Calixtus ging auf ihn zu und legte die Hand auf die Schulter des Präfekten.

»Ich weiß, das wird dir sonderbar vorkommen, doch abgesehen davon, dem Tod zu entgehen, erfreut mich die Aussicht, zu diesen Verurteilten zu gehören, beinahe ...«
Fuscian starrte ihn fassungslos an, dann schleuderte er aufgebracht den Griffel an die Wand.

47

Sardinien, Mai 191

Die Bergwerke Sardiniens, in denen Zink und Kupfer zu Tage gefördert wurden, kämpften mit Gallien, Spanien und Dakien um die Vormachtstellung.

Auf Sardinien waren sie an Land gegangen. Inmitten der weiten Ebene, die im Schatten der stufenförmigen, von dem mächtigen Berg überragten Terrassen lag und Campidano genannt wurde. Das feuchte Klima verwandelte die Luft in einen schweren Dampf, in dem man kaum atmen konnte.

Seit fast zwei Stunden marschierten die Sträflinge in dichten Reihen. Calixtus hob die Augen gen Himmel. Die dunkle Wolkenmasse verhieß ein Gewitter. Der seit sechs Monaten so heiß ersehnte Regen würde endlich auf die Insel niedergehen.

Sechs Monate schon ...

Das Bergwerk lag am Hang eines Hügels. Das Bergwerk mit seiner täglichen Bürde des Leidens. Ein Martyrium, das die giftigen Rauchschwaden noch unerträglicher machten.

Um die Felsen zu sprengen, hatten die Vorarbeiter nur einen Weg gefunden: Der Stein wurde erhitzt und dann mit Wasser begossen. Dadurch kam es zu einem bedeutenden Ausstoß von Gas, das sich wie ein tödliches Gift in die Lungen aller Verurteilten fraß. Außerdem gab es noch die Wassereinbrüche, die den Boden aufweichten, auf dem sie trotz allem Tag für Tag arbeiten mußten.

Mit dem Handrücken wischte Calixtus die Schmutzschicht ab, die auf seiner Stirn und seinen Wangen klebte, und fachte weiter das Feuer unter dem Felsbrocken an.

Vor drei Wochen hatte man ihm diese Arbeit zugewiesen. Zu Anfang hatte er sich gesagt, daß er ihr nie standhalten würde. Doch mit der Zeit hatte ihm die Gewöhnung geholfen, und alles war ihm gleichgültig geworden. Daraus hatte er den Schluß gezogen, daß der Tod ihn vielleicht noch verschmähte.

Gleich am ersten Tag war er den bekennenden Christen begegnet. Sie versammelten sich, ohne Wissen der Wachen, fast jeden Abend in der Dämmerung, um den Herrn zu loben. Alle waren überzeugt davon, durch ihre Leiden den Ruhm Gottes zu vergrößern. Die Qualen, die der Körper erdulden mußte, zählten nicht; die unversehrte Seele schöpfte aus anderen Quellen ihre eigentliche Kraft.

Die Glocke, das Zeichen zum Sammeln, die jetzt ertönte, riß Calixtus aus seinen Gedanken.

»Der Himmel hat uns schließlich erhört«, flüsterte eine Stimme einige Schritte von ihm entfernt.

Er wandte sich um und erkannte im zuckenden Licht der Fackeln Khem, einen phönizischen Sklaven, der wegen des Mordes an der Gemahlin seines Herrn verurteilt worden war. Er war kaum zwanzig Jahre alt, doch er wirkte fast wie ein Greis. Die drei Jahre, die er hier verbracht hatte, hatten sein Gesicht gezeichnet wie der Meißel eines Bildhauers den Stein. Wenn er lächelte – was selten vorkam –, war seine ausgetrocknete Haut zerknittert wie alter Papyrus.

»Ja, Khem, der Himmel hat uns erhört! Es regnet.«

Sie hatten jetzt den Stollen verlassen. Die schwarzen Gewitterwolken entleerten sich über der Ebene, und der Regen fiel so dicht, daß man kaum mehr die Hand vor Augen sah. Der Limbara-Berg, der hinter dem Lager lag und bei schönem Wetter zum Greifen nahe schien, war jetzt wie von einem Leichentuch verhangen.

»Aber wie immer muß dein Gott übereifrig sein! Man erbittet einen Schauer, und er schickt uns eine Sintflut!«
»Ich habe dir schon gesagt, Khem, er ist ein Gott von unglaublicher Großzügigkeit.«
»Unsere Verpflegung hier ist ja normalerweise schon recht bescheiden, aber ich glaube, daß sie heute abend eindeutig ungenießbar sein wird. Vermutlich haben die Wachen absichtlich alles draußen stehen lassen.«
»Voran! Voran! Wenn euch der Regen so gut gefällt, werden wir euch heute abend unter freiem Himmel schlafen lassen.«
Um seinem Befehl mehr Nachdruck zu verleihen, versuchte der Wachposten, allerdings vergeblich, seine Peitsche auf dem aufgeweichten Boden knallen zu lassen.
Sie mußten über eine halbe Stunde Fußmarsch zurücklegen, um das Lager zu erreichen. Dort konnte Calixtus feststellen, daß die Voraussage des Phöniziers richtig gewesen war. Man hatte keinerlei Vorkehrungen getroffen, um das Essen vor dem Gewitter zu schützen.
Sie standen in unendlich langen Reihen an und warteten darauf, daß man ihnen eine kalte, gelbliche Mischung austeilte, die Jauche ähnlicher sah als einer Fischsuppe.
Angewidert gab Khem seinen Napf zurück.
»Das ist ungenießbar ...«
»Wenn es dir nicht gefällt«, bellte der Wachposten, indem er auf den steinigen Boden zeigte, »hier fehlt es weder an Steinen noch an Wurzeln.«
Die Antwort des Phöniziers war ebenso kühn wie unerwartet. Mit einer wütenden Bewegung schleuderte er dem Wachposten seinen Napf ins Gesicht.
»Hier! Dann bediene dich doch als erster!«
Darauf folgte ein unbeschreibliches Handgemenge, ganz so, als hätten die übrigen Sträflinge nur auf dieses Zeichen gewartet. Khem schlug wütend zu.
»Hör auf!« schrie Calixtus. »Du hast den Verstand verloren!«
Er stürzte sich auf seinen Gefährten und wollte ihn von dem

Wachposten trennen. Aber Khem, festgekrallt in den anderen, hörte nicht. Bei ihm brach der ganze in drei Jahren angestaute Haß hervor; er war durch nichts und niemanden zu bändigen und zur Vernunft zu bringen.
Um sie herum hatten die Sträflinge Böcke umgestoßen, auf denen die Suppentöpfe standen. In dem Platzregen, der plötzlich mit doppelter Kraft niederprasselte, wirkten die sich prügelnden Gestalten wie Geister, denen man plötzlich Leben eingehaucht hatte.
Schwarz vom Schlamm, kämpfte sich Calixtus recht und schlecht durch dieses endzeitliche Gefecht. Er dachte: Sie werden uns bis auf den letzten Mann niedermachen.
»Khem...«, flehte er, doch seine Stimme verlor sich in dem Geschrei, das von überall her ertönte.
Plötzlich legte sich der Aufruhr ebenso schnell wie er ausgebrochen war. Eine Flut von Lanzen war über sie hereingebrochen und hatte einige der Sträflinge tödlich getroffen. Khem, der einer der ersten Verletzten war, krümmte sich am Boden, und aus seiner Brust schoß ein dicker Blutstrahl.
»Khem...«
Die Truppen hatten die Aufwiegler umstellt.
»Bei Nemesis, wir werden euch lehren, euch Recht und Ordnung zu unterwerfen!«
Der Tribun, der diese Worte ausgesprochen hatte, ging einige Schritte auf die erstarrten Gefangenen zu.
»Ihr seid also nicht mit eurem Essen zufrieden? Wasser und Brot! Bis neue Anweisungen erteilt werden, bekommen sie nichts anderes mehr! Und nun ab mit diesem widerwärtigen Aas auf die Strohsäcke!«
Calixtus wollte sich über den Leichnam seines Freundes beugen. Doch ein Schwert, das sich in sein Kreuz bohrte, zwang ihn, sich auf die Unterkünfte zuzubewegen.

*

Zum zehntenmal in dieser Nacht legte Calixtus ein feuchtes Tuch auf die fiebrige Stirn des Kranken. Das glühende Gesicht des Mannes entspannte sich ein wenig, und seine Lippen bewegten sich kaum wahrnehmbar.
»Wahrhaftig«, stöhnte er, »ich bereite dir Sorgen...«
»Du darfst nicht sprechen, dich nicht bewegen... Spare dir deine Kräfte für bessere Zeiten...«
»Bessere Zeiten? Werden wir denn Italien je wiedersehen?«
»Ja, wir werden Italien wiedersehen. Wir müssen nur daran glauben.«
Während er diese Worte aussprach, wurde er sich ihrer Unsinnigkeit bewußt.
Er erhob sich und lehnte sich an die warme Mauer des Ergastulums. Seine Aufmerksamkeit war auf den Mann gerichtet, der jetzt einschlummerte, und er erinnerte sich an die Umstände ihrer ersten Begegnung.
Es war vor zwei Monaten gewesen. Ein dumpfes Rollen, auf das erst Schreie, dann Stille gefolgt waren, hatte den Stollen, in dem er arbeitete, erschüttert. Eine bedrückende Stille, die ebenso schwer wog wie das Gewicht des Hügels, das auf dem Gewölbe lastete. Die Sträflinge waren wie versteinert gewesen und hatten sich angesehen, ein und derselbe Gedanke durchzuckte sie: ein Erdrutsch! Die Bedrohung, die – in welcher Ecke des Stollens sie sich auch befinden mochten –, beständig auf ihnen lastete.
Eine zweite, dumpfere Erschütterung als die erste folgte. Irgendwo talaufwärts gab eine der Stollenwände nach. Ein Regen von Sand und Schutt ergoß sich über die Männer und löste panische Angst aus. Im gleichen Augenblick übertönte ein Hilferuf das Knarren der Stützbalken. Eine noch heftigere Erschütterung folgte, und alle stürzten in hastigem Durcheinander auf den Ausgang zu.
»Habt Erbarmen... laßt mich nicht hier liegen!«
Calixtus war wie von einer schwarzen Mauer umgeben, die ihm die Sicht nahm. Die Stimme kam irgendwo vom anderen Ende

des Stollens. Er zögerte nicht. Er wandte sich um und tastete sich durch die Finsternis.

Die Luft wurde immer stickiger, so daß er nach Atem ringen mußte, doch das Stöhnen war noch immer vernehmbar. Durch den Schleier von Staub und Gas nahm er undeutlich eine ausgestreckte Gestalt wahr. Nur der Oberkörper ragte aus den Trümmern, die unteren Gliedmaßen waren von Felsbrocken bedeckt.

Mit aller Kraft machte er sich daran, die Steine beiseite zu schaffen. Der Mann atmete stoßweise und stöhnte. Ein letzter Block blieb noch übrig. Calixtus bückte sich und stemmte sich mit den Füßen und Knien dagegen. Der Felsblock rührte sich nicht vom Fleck. Von der stickigen Luft erschöpft, richtete er sich wieder auf. Bald würde auch sein eigenes Leben in Gefahr sein. Sein Blick suchte die Dunkelheit ab, bis er schließlich unter einer Erhebung einen Balken entdeckte. Er wandte sich wieder um und schob den behelfsmäßigen Hebel unter den Felsen. Nach wiederholten Anstrengungen gelang es ihm schließlich, den Stein spürbar anzuheben.

»Kannst du dich bewegen? Versuch es ... Es ist die einzige Möglichkeit, dich zu retten.«

Der Verletzte öffnete die Augenlider. Auf die Ellenbogen gestützt, begann er langsam nach vorne zu kriechen.

Calixtus hatte den Eindruck, daß es ewig dauerte, bis die unteren Gliedmaßen schließlich befreit waren. Erst dann ließ er den Balken los, der mit einem dumpfen Knall auf den Boden schlug.

*

»Wie heißt du?«

Das war die erste Frage des Mannes, als er das Bewußtsein wiedererlangt hatte.

Der Thraker, der dabei war, die Wunde an seinem Bein zu verbinden, erwiderte: »Calixtus.«

»Ich werde es nie vergessen, Calixtus. Ich heiße Zephyrin.«
»Es ist eigenartig, ich sehe dich hier zum ersten Mal. Dabei hatte ich den Eindruck, alle Gefangenen zu kennen.«
»Das ist nicht verwunderlich. Ich bin erst vorgestern nacht angekommen.«
»Du mußt jetzt schlafen. Schlafen und beten, daß sich die Wunde nicht entzündet.«
Als er eine dünne Decke aus gallischer Wolle über Zephyrin legte, fragte dieser: »Warum hast du dein Leben aufs Spiel gesetzt?«
Calixtus entgegnete ein wenig spöttisch: »Wer weiß. Vielleicht habe ich mich gelangweilt. Oder vielleicht hatte ich auch Lust, neben dir zu sterben.«
»Für welches Vergehen bist du hier? Du scheinst nicht viel mit den anderen gemein zu haben.«
»Du irrst, leider! Ich bin wegen Veruntreuung von Geldern und Unterschriftenfälschung hier. Und du? Welches Verbrechens hast du dich schuldig gemacht?«
»Ich bin der größten Niedertracht angeklagt, die man sich vorstellen kann: Ich bin Christ.«
Calixtus dachte einen Augenblick nach, ehe er zurückgab: »Dann schätze dich glücklich, denn wir beide sind in gewisser Weise Brüder.«

48

Die Hänge des Caelius waren übersät mit Patrizierhäusern, die inmitten wahrer grüner Oasen lagen. Auf dem Höhepunkt ihrer militärischen Macht hatten sich die Römer – zweifellos spielte ihre Herkunft dabei eine Rolle – ihre Sehnsucht und ihre tiefe Liebe für die Dinge des Landlebens bewahrt. Deshalb schmückten selbst die ärmsten Plebejer ihre Behausungen mit Blumentöpfen, und die Reichen gaben sich die größte Mühe, auf ihren Besitztümern mit Raffinesse und Phantasie das Ländliche wiederstehen zu lassen, selbst dann, wenn sie mitten in der Stadt lebten.

Die Villa Vectiliana war einer dieser vornehmen Wohnsitze. Commodus hatte ihn Marcia zum Geschenk gemacht. Und dorthin zog sich die Amazone so oft es ging zurück. Sie fand dort alle Christen Roms wieder, und deren Anwesenheit hatte etwas Stärkendes, das ihr die nötige Kraft gab, um wieder in den Pfuhl der Domus Augustana auf dem Palatin eintauchen zu können.

An jenem Tag – es war Nachmittag und die Hitze des Tages ließ allmählich nach – saß sie unter einer Laube im Garten und unterhielt sich mit zwei Männern. Der erste war niemand anderes als Eclectus, der treue Freund. Der zweite der Führer der Christenheit, zugleich Papst und Bischof von Rom: Viktor. Dieser hatte ihr eine neue Aufstellung aller Christen überbracht, die in die sardischen Minen verschleppt worden waren. Es waren insgesamt dreißig, unter ihnen auch der Archidiakon Zephyrin. Viktor erklärte: »Zephyrin ist mir besonders lieb und teuer. Er ist ein Mann von großer Überzeugungskraft und außerdem mein wertvollster Mitstreiter.«

Die junge Frau sah den Nachfolger Petri hilflos an. Da sie es nicht wagte, etwas zu erwidern, ergriff Eclectus an ihrer Stelle das Wort.

»Ist dir klar, was du da verlangst, Heiliger Vater? Das ist eine Aufgabe, die sie unmöglich erfüllen kann.«

»Unmöglich?«

»Auf jeden Fall lebensgefährlich.«

Die beiden aus dem Gefolge des Kaisers versuchten, Viktor die beachtliche geistige Wandlung darzulegen, die Commodus nach dem Vorfall mit Cleander durchlebt hatte. Seit die Unruhen seinen Günstling das Leben gekostet hatten, fühlte sich der Herrscher stärker denn je bedroht. Die Angst – möglicherweise auch ein vages Gefühl von Schuld – hatten in ihm den Wunsch geweckt, den Schutz egal welcher Gottheit zu erflehen.

»Gibt es einen sichereren Schutz als unseren Herrn Jesus Christus?« unterbrach der Heilige Vater die beiden aufgebracht.
Marcia erwiderte: »Ich habe ihm mehr als einmal von unserem Glauben erzählt. Mein Einfluß scheint mit meiner Beharrlichkeit zu schwinden.«
Traditionen und das unbeherrschte Temperament des Kaisers führten dazu, daß er nur die heidnischen Götter verehrte, und zwar mit einer Inbrunst, die an Fanatismus grenzte.
»Alle Scharlatane des Byzantinischen Reiches bedrängen ihn, verführen ihn. Sie tun alles, um ihn gegen unsere Religion aufzubringen, denn sie wissen nur zu gut, daß die Lehre Christi ihr gefährlichster Feind ist«, erklärte Eclectus.
»Zudem haben sie leichtes Spiel mit dem Kaiser: Commodus ist davon überzeugt, die Reinkarnation Herkules' zu sein. Und seine körperliche Kraft bestätigt ihn in diesem Glauben.«
»Das, gepaart mit der byzantinischen Mystik, die in der Domus Augustana herrscht, hat es nicht schwer gemacht, ihn davon zu überzeugen, daß er sich wie ein hilfreicher Gott und Beschützer benehmen müsse, eine Art Seher, der für die Menschheit leidet.«
»Der Unglückselige«, seufzte Viktor. »Wieviel guter Wille wurde auf diese Weise für den Dienst an Götzen verschwendet!«
Denn die Folgen dieses Umstandes kannte er nur zu gut. Commodus hatte, neben anderen Neuerungen, soeben seinen Vater zum »Jupiter exsupatorius« ausrufen lassen, wie einen Baal des Byzantinischen Reiches. Und er hatte zu seiner eigenen Verehrung als »Herculanus Commodus« einen Priester eingesetzt. Da er glaubte, daß er göttlichen Schutz brachte, hatte er Rom »die Würde des Commodus« verliehen und erwog, es ebenso für Karthago, den Senat, das Volk, die Legionen, die Dekurien zu machen, sogar bis hin zu den Monaten des Jahres, in denen alle fasten sollten!
»Was du über den Götzendienst sagst, ist richtig«, pflichtete ihm Eclectus bei, »aber erkennst du auch, was sich aus dieser Lage möglicherweise ergeben könnte?«

»Was meinst du damit?«

»Daß es sehr wohl sein kann, daß Commodus, wenn er diesen jetzt einmal eingeschlagenen Weg weitergeht, seinerseits zum Christenverfolger wird.«

»Aber«, meinte der Bischof widerstrebend, »in diesem Fall wäret ihr wohl die ersten Opfer.«

»So ist es.«

Marcia erschauderte ungewollt und wandte sich an den Kämmerer.

»Eclectus, könntest du dir wirklich vorstellen, daß Commodus mich ...«

»Erinnere dich an Demostrata. Sie war deine Freundin, und sie war auch seine Geliebte.«

»Er hatte sie bereits Jahre zuvor verlassen. Sie war für ihn nur noch Cleanders Gemahlin, und er empfand nichts mehr für sie. Warum also hätte er Skrupel haben sollen?«

»Sicher, aber dennoch, er hat sie schließlich einmal geliebt. Und er hat trotzdem nicht gezögert, ihr die Kehle durchschneiden zu lassen, genauso wie ihren Kindern. Ich glaube, es ist nicht nötig, dich daran zu erinnern, unter welch entsetzlichen Umständen sich diese Tragödie abgespielt hat. Also, welchen Grund gäbe es, von einem besseren Schicksal für den Tag zu träumen, an dem er glaubt, daß wir seiner Sicht der Dinge im Weg stehen?«

Marcia wandte sich ab. Ihr Blick fiel unwillkürlich auf die Marmorsockel, die überall im Park verstreut standen. Sie hatte alle Statuen, die heidnische Gottheiten darstellten, entfernen lassen. Aber offensichtlich war ihr unheilvoller Einfluß geblieben.

»Was sollen wir bloß tun?« stammelte sie, plötzlich von Sorge erfüllt.

»Ich habe nicht die geringste Ahnung«, erwiderte der Kämmerer mit niedergeschlagen klingender Stimme. »Wir sind wie die Fische ins Netz gegangen. Eines nahen Tages wird der Fischer es an Land ziehen und dann ...«

*

Das Fest war in vollem Gange. Es gab Musiker, Tänzer, die seltensten Weine, die erlesensten Speisen. So hatte Commodus es gewollt.
Seit einiger Zeit verging keine Woche, ohne daß der Kaiser nicht eine neue Festlichkeit verfügte. Es war, als wollte er durch diese Ausschweifungen das Chaos vergessen, in das das Reich abzugleiten drohte.
An seiner Seite lagerte Marcia, die abwesend wirkte. Sie griff nach den korinthischen Weintrauben, doch nachdem sie ein oder zwei davon gekostet hatte, legte sie sie wieder beiseite. An diesem Abend konnte nichts ihren Appetit anregen: weder das in Milch geschmorte Zicklein noch die syrischen Feigen oder der Wein aus Samos.
Sie warf dem Kaiser verstohlen einen ausdruckslosen Blick zu. In bunt schillernde Seidenkissen gebettet, trank er einen weiteren Becher seines Lieblingsgetränks: Falernerwein mit etwas griechischem Honig. In seinen Pupillen leuchtete ein Funkeln, das Marcia nur zu gut kannte und das durch den Alkohol noch etwas Unwirkliches bekam.
Sie hielt nach Eclectus Ausschau und entdeckte ihn in ein anregendes Gespräch mit Aemilius Laetus, dem neuen Gardepräfekten der Prätorianer, vertieft. Durch die Reihen der herumwirbelnden Tänzerinnen aus Gades hindurch betrachtete sie seufzend die Lager, auf denen die Freigelassenen der kaiserlichen Domus ruhten. Die meisten, wie Papirius Dionysus, der gerade Carpophorus' Stelle in der Annona übernommen hatte, oder Pertinax, den Prokonsul von Afrika, kannte sie nur dem Namen nach. Unter den Notabeln befand sich auch Narcissus. Commodus' Übungsmeister war seit kurzem ein freier Mann. Diese Gunst war ihm wegen seiner treuen Dienste zuteil geworden. Am heutigen Abend sollte er eigentlich seine Freilassung feiern, doch man merkte an seiner ganzen Haltung, daß ihm nicht wohl in seiner Haut war. Er fühlte sich fremd in dieser Umgebung, in die man ihn verpflanzt hatte. Marcia lächelte ihm aufmunternd zu.

Auch andere wirkten ebenfalls nicht sonderlich vergnügt. Vor allem die beiden, die man für das kommende Jahr zu Konsuln bestimmt hatte: Senator Ebutian und Antistius Burrus, ein angeheirateter Verwandter des Kaisers. Die Konsulswürde, einst eine der begehrtesten, war zu einer der gefürchtetsten geworden. Hatte man nicht miterlebt, wie sich fünf Magistrate innerhalb weniger Monate auf diesem Posten ablösten? Einer von ihnen, der Afrikaner Septimius Severus, war nur durch das Eingreifen seiner Landsmännin Marcia verschont geblieben.
Plötzlich fuhr die junge Frau erschreckt zusammen und verriet dadurch ihre innere Anspannung. Eine Hand hatte sich auf ihre Schulter gelegt.
»Was hast du, meine Omphale? Du zitterst ja!« flüsterte die Stimme des Kaisers in ihr Ohr.
»Das ist ... das ist doch lächerlich. Warum sollte ich zittern?«
Sie fühlte, wie er die Fibel löste, mit der ihre Kleidung zusammengehalten wurde, und ihre Schultern entblößte. Seine klebrigen Lippen streiften ihren Nacken.
»Vielleicht vor Freude«, erwiderte er. »Bin ich nicht der wundervollste Liebhaber?«
Commodus' ungeschickte Hände schlugen den Stoff ihres Gewandes zurück und nestelten an ihr, um das Unterkleid beiseite zu schieben, das ihren Hals bedeckte.
Angsterfüllt flüsterte sie: »So ist es, ich bin eine glückliche Frau, mein Geliebter ...«
»Und das aus gutem Grund. Es wäre sehr undankbar, wenn du es nicht wärst; vor allem nach dieser weiteren Gunst, die ich dir gewährt habe.«
Mit einem Ruck zerriß er den dünnen Stoff und entblößte damit die goldfarben schimmernden Brüste seiner bevorzugten Konkubine. Um sie herum nahm das Fest seinen Gang. Die Tänzerinnen tanzten weiter die Sarabande, und noch immer erfüllte der Klang der Instrumente den Saal. Doch etwas, was nicht genauer zu bestimmen war, lag plötzlich in der Luft, und die Atmosphäre wurde immer gespannter.

»Warum erwiderst du nichts, meine Amazone? Durch dein Flehen werden bald dreißig Christen freigelassen. Soll das etwa schon die ganze Freude sein, die dir das bereitet?«
Die ersten sahen verstohlen zu ihnen hinüber, als der Kaiser eine der nackten Brüste der jungen Frau mit seiner feuchten Hand umschloß.
Während Commodus ihre Brustwarze so heftig zwischen Daumen und Zeigefinger rieb, daß er Marcia damit weh tat, fand sie die Kraft, ihm zu entgegnen.
»Caesar, muß ich dir all die Dankbarkeit, die ich empfinde, auch sagen?«
»Du bist kaltherzig ... Wenn ich das gewußt hätte, wäre ich deinen Wünschen nicht so schnell gefolgt. Im übrigen ...«, er hielt inne, um dann spöttisch fortzufahren, »im übrigen ist es ja noch nicht zu spät. Ich kann meine Meinung noch ändern. Der Kurier nach Sardinien bricht erst in ein paar Tagen auf.«
Das war eine kaum verhüllte Drohung.
Commodus' Kopf beugte sich über das schöne Gesicht seiner Geliebten, aber diesmal hütete er sich davor, sie zu küssen.
»Beweise mir, daß du mir für meine Wohltaten wirklich dankbar bist«, sagte er, und sein Gesichtsausdruck verhärtete sich plötzlich.
»Dir beweisen? Aber was willst du? Daß ich ...«
»Die Römer wollen das wahre Gesicht der Venus, ihrer aller Mutter, nicht kennen. Es gehört zu meinen Pflichten, diesen Mißstand zu beheben. Wirst du mir dabei helfen?«
Die Tatsache, daß er ihr diese Frage scheinbar völlig unvermittelt gestellt hatte, beunruhigte die junge Frau nur noch mehr. Es bestand kein Zweifel, der Vorstoß war geplant. Aber wer hatte den Kaiser auf diesen Einfall gebracht?
»Was erwartest du von mir?«
»Die Hohepriesterin der Aphrodite, Astarte, ist eine strahlend schöne Frau. Und niemand im ganzen Reich, meine Königin von Lydien, ist schöner als du.«
Die Amazone spürte, wie ihr das Blut in den Adern gefror. Was

Commodus da von ihr verlangte, war nicht mehr und nicht weniger, als daß sie sich von ihrem Glauben lossagen sollte. Mit einem Schlag war ihr alles klar. Es waren sicherlich die Götzenanbeter gewesen, die dem Kaiser diese Idee eingeredet hatten, um sie ihres Einflusses zu berauben und vor allem, um sie in ihrem Glauben zu treffen.

»Aber Caesar, der Kult der Aphrodite beinhaltet doch, so wie ihn die Byzantiner verstehen, die heilige Prostitution. Willst du aus mir eine Kurtisane machen?«

Es war kühn, Commodus' Mystizismus anzugreifen. Sie wußte das. Sie mochte sich gedanklich noch so sehr auf den Märtyrertod vorbereitet haben, jetzt mußte sie feststellen, wie schwierig es war, den letzten Schritt zu wagen.

»Und was machst du anderes im Palast?« erkundigte sich der Kaiser nüchtern.

Und mit einem höhnischem Grinsen fuhr er fort: »Glaubst du etwa, ich wüßte nicht, daß du etwas mit dem guten Eclectus im Schilde führst?«

Diesmal packte die junge Frau der Zorn. Eine Freundschaft, die so rein war, derart zu beleidigen ... Mit einer heftigen Bewegung, die ihren Liebhaber überraschte, löste sie sich aus seiner Umklammerung, sprang von der Lagerstatt, wobei sie die Arme verschränkte, um ihre Blöße zu bedecken.

»Eclectus ist für mich das gleiche wie für dich: ein treuer und ergebener Freund. Diese Äußerungen sind eines Kaisers unwürdig!«

Sie machte auf dem Absatz kehrt, wobei sie sich darüber im klaren war, daß diese unvermutete Wendung Commodus nicht unbeeindruckt lassen würde, der, wie sie wußte, in seinem tiefsten Innern ein eher ängstlicher Mensch war.

»Marcia! Ich verbiete dir, dich zurückzuziehen!«

Sie blieb auf der Stelle stehen. Sein Ton überraschte sie.

»Tritt näher! Und du auch, Narcissus!«

Diesmal erstarb das zwanglose Gemurmel der anderen. Alle Blicke richteten sich auf das Paar.

»Mein guter Narcissus«, sprach Commodus leise mit Falsch in der Stimme, »ich habe von dir noch gar nicht gehört, daß du dich über deine Freilassung freust...«
»Aber ja, Herr. Mein Glück ist vollkommen.«
»Nun, dann beweis es mir.«
Er deutete auf seine Gefährtin und fügte hinzu: »Unsere inniggeliebte Marcia wird dir dabei mit all ihrer Sinnenlust zur Seite stehen.«
»Caesar!« riefen lauthals einige betroffen.
Mit dem Frohlocken eines kleinen Jungen, der einen besonders guten Streich ausgeheckt hat, fuhr Commodus fort: »Du hast doch gesagt, du seist keine Kurtisane, nicht wahr? Nun, mir würde es gefallen, wenn du sofort mit deiner Lehre beginnst.«
Narcissus warf einen erschreckten Blick zu der jungen Frau hinüber, die – die Lippen fest zusammengepreßt – völlig entrückt wirkte. Bis auf die Tränen, die in ihren Augen schimmerten, war ihr nichts anzumerken.
Mit einem Satz war Commodus bei ihr. Er riß ihr den Gürtel weg, und die lange, weiße Tunika glitt auf den Marmorboden. Lediglich ein winziger Schurz verhüllte noch ihren Unterleib.
»Sieh nur! Bewundere ihre Schönheit, Narcissus! Ich überlasse dir dieses Geschenk der Götter.«
Einige der Gäste wandten sich unangenehm berührt ab. In jenem Augenblick griff Marcia wider Erwarten aus freien Stücken nach der Hand des jungen Athleten und sagte mit tonloser Stimme: »Komm, Narcissus! Da es nun einmal sein Wunsch ist, wollen wir ihn unserem Herrn auch erfüllen.«
Sie tat zwei Schritte auf die Tür zu, doch wieder wurde sie von Commodus' Stimme aufgehalten: »O nein! Ihr bleibt hier. Wir wollen uns doch ein solches Schauspiel nicht entgehen lassen. Nicht wahr, meine Freunde?«
»Hier?«
»Ja, meine Sanfte. Auf dem Marmor. Auf dem nackten Boden.«
Narcissus und Marcia starrten sich beide ratlos an. Nach einem

kurzen Moment des Schweigens sagte sie mit heiserer Stimme: »Komm, komm, mein Freund.«
Sie entledigte sich ihres letzten Kleidungsstücks.
Narcissus zögerte noch einen Augenblick, doch dann streifte er ebenfalls die Kleider ab. Die junge Frau hatte sich auf den nackten Steinboden gelegt und ihre Schenkel leicht gespreizt. Der junge Mann kam zu ihr herüber und bedeckte sie mit seinem Körper. Er bewegte sich langsam auf ihr auf und ab – sein Brustkorb klebte an ihren Brüsten – und drang mit einem einzigen Stoß in sie ein.
Wie durch einen Schleier hindurch hörte Marcia erneut die Stimme des Kaisers, der zu den beiden künftigen Konsuln sprach.
»Auch ihr werdet nicht zu kurz kommen, meine Freunde ... Meine Stute steht euch zur Verfügung, sobald jener sie geritten hat.«

49

3. November 192
»Und der Herr vergebe dir deine Schuld ...«
Calixtus malte mit dem Daumen das Kreuz auf die Stirn des Sterbenden.
Inzwischen waren es beinahe vier Jahre, daß Basilius in den Minen arbeitete. Vier Jahre, wo doch die meisten der Verurteilten nicht länger als zwei Jahre durchhielten. Und nicht wenige standen es nicht einmal ein Jahr lang durch. Gepeinigte und gebrochene Kreaturen, die durch die schlechte Ernährung und die schwefelhaltige Luft in den Stollen bleich und mitgenommen waren, oder eines Tages in der Falle saßen, wenn ein Stollen einstürzte.
Lucius, Emilius, Dudmedorix, Terestis, Fulvio und natürlich

Khem ... Seit es ihn in diese Hölle verschlagen hatte, fand Calixtus es schon beinahe natürlich, mitansehen zu müssen, wie einer seiner Gefährten nach dem anderen starb.
Und Zephyrin wird ihnen bald nachfolgen, dachte er. Er, der es sich so gewünscht hätte, dem Unglücklichen, der nun hier vor Calixtus im Sterben lag, an seiner Stelle die Sakramente zu spenden. Notgedrungen hatte der Thraker eingewilligt – obwohl er sich selbst für nicht würdig hielt –, Zephyrins Platz einzunehmen.
Basilius röchelte. Calixtus, der nicht recht wußte, was er tun sollte, richtete seinen Oberkörper auf und führte an die ausgetrockneten Lippen eine Holzschale mit Wasser, das bestimmt nicht frisch war. Basilius' Lippen sogen mechanisch ein paar Tropfen ein, dann zerriß ein entsetzlicher Hustenanfall die Brust des Unglücklichen. Blut tropfte in die Hand des Thrakers. Plötzlich hörte Basilius auf zu husten. Sein Körper wurde steif, und seine Pupillen verdrehten sich. Calixtus bettete ihn behutsam auf das Lager und sprach mit leiser Stimme die Totengebete.

*

Im Morgengrauen bahnte er sich, mit schweren Lidern und am Rande der Erschöpfung, seinen Weg durch die am Boden liegenden schlafenden Sträflinge, bis er zu Zephyrins Zelle kam. Kaum hatte er den übelriechenden, winzigen Raum betreten, da gewahrte er neben dem Diakon einen knienden Schatten. Es war jemand, den er zuvor noch nie gesehen hatte.
»Calixtus ... das ist Hyazinthus«, murmelte sein Zellengenosse, »einer der unseren, ein Priester. Er kommt gerade aus Rom.«
Der Thraker drückte sich gegen die Mauer der Behausung. Er versuchte, das Fieber, das ihn schüttelte, zu bezwingen und fragte: »Ist er auch verurteilt worden?«
»Nein, er ist gekommen, um uns eine unverhoffte Nachricht zu überbringen.«

Calixtus sah den Priester fragend an.

»Ihr werdet freigelassen werden...«

Da der Thraker, der das nicht glauben konnte, nicht reagierte, fügte er hinzu: »Ja. Freigelassen. Der Kaiser selbst hat der Begnadigung zugestimmt und sie eigenhändig unterzeichnet.«

»Der Kaiser?«

»Nun, in Wahrheit, war es wohl eher seine Konkubine, die ihm die Hand geführt hat...«

Calixtus schloß für einen Moment die Augen. Marcias Gesichtszüge tauchten verschwommen, wie hinter einem Schleier, auf.

»Marcia...«, sagte er mit kaum hörbarer Stimme.

»Ja«, bestätigte Zephyrin. »Dank ihrer Bemühungen werden dreißig von uns in die Freiheit entlassen werden.«

»Und wie ist dein Name? Deine Nummer?« erkundigte sich Hyazinthus.

»Calixtus. Nummer eintausendneunhundertsiebenundvierzig.«

»Eintausendneunhundertsiebenundvierzig... Merkwürdig«, sagte der Priester, während er die Pergamentrolle überflog. »Die finde ich nicht auf meiner Liste. Bist du sicher? Du...«

»Aber das ist unmöglich!« unterbrach ihn Zephyrin. »Sie muß draufstehen.«

»Dieses Dekret betrifft nur diejenigen, die sich zum christlichen Glauben bekannt haben, nicht die Gefangenen, die wegen eines anderen Vergehens verurteilt wurden.«

»Calixtus ist Christ!«

Verwirrt ging Hyazinthus die Liste ein zweitesmal durch.

»Es ist sinnlos«, mischte sich der Thraker ein. »Es war nicht der Christ, der verurteilt wurde, sondern der Mann, der Gelder unterschlagen hat.«

Der Priester sah ihn überrascht an.

»Ja, ich wurde aus weniger edlen Beweggründen hierher verbracht als meine Gefährten.«

»Er steht vielleicht nicht auf deiner Liste«, fuhr Zephyrin entschlossen fort, »aber er verdient es mehr als jeder andere, freigelassen zu werden. Er ist ein guter Mensch. Ich verdanke ihm mein Leben. Und außerdem ist er mein Stellvertreter. Er ist überdies und vor allem ein Schüler Clemens'. Jener hat ihn im Glauben unterwiesen. Ich kann dir versichern, daß unserer Sache selten von einer ergebeneren Seele gedient wurde. Hyazinthus, es muß in dieser Angelegenheit etwas unternommen werden...«

Große Ratlosigkeit spiegelte sich auf dem Gesicht des Priesters wider. Es gab keine Lösung. Die dreißig Namen waren sehr sorgfältig ausgewählt worden, und der Kaiser hatte ihrer Freilassung zugestimmt. Er wußte wirklich nicht, wie man dieses Dokument hätte ändern können, ohne Gefahr zu laufen, dadurch die ganze Angelegenheit wieder in Frage zu stellen.

»Leider«, erklärte er betrübt, »was du da von mir verlangst, läßt sich nicht durchführen. Glaube mir, dadurch wäre die Freilassung aller anderen gefährdet.«

»Wenn das so ist«, erwiderte Zephyrin, »dann soll er statt meiner frei gelassen werden.«

»Das ist doch nicht dein Ernst!« rief Calixtus. »Das wäre heller Wahnsinn!«

»Er hat recht. Dein Platz ist in Rom an der Seite des Heiligen Vaters. Wir brauchen dich.«

Zephyrin schüttelte eigensinnig den Kopf und deutete auf sein Bein, das in verdreckte und schmierige Lappen gewickelt war.

»Sieh her. In Rom wäre ich kaum mehr von Nutzen als hier. Ich bin ein Krüppel, meine Knochen faulen langsam. Und, lange Rede kurzer Sinn, ich glaube nicht, daß ich noch lange zu leben habe.«

»Zephyrin, du hast wohl den Verstand verloren«, sagte Calixtus bedächtig. »Du weißt ganz genau, was für ein Mensch ich bin: ein gewöhnlicher Dieb. Dein Leben ist mehr wert als meines. Du wirst mit unseren Brüdern nach Rom aufbrechen. Und wenn du erst einmal dort bist, werden gesunde Kost und die entsprechende Pflege in ein paar Wochen dafür sorgen, daß du hundert Jahre alt wirst. Überlaß mich also getrost meinem Schicksal.«

Zephyrin hüllte sich hartnäckig in Schweigen. Von fern hörte man in der Stille das Rattern der Eimerkette.
»Ich muß euch nun verlassen«, erklärte Hyazinthus hilflos. »Ich hatte nicht einmal die Erlaubnis, euch zu sehen. Eigentlich war es mir lediglich gestattet, das Dekret dem Verantwortlichen der Mine zu übergeben. Aber er ermöglichte es mir, euch, wenn auch nur kurz, zu sprechen.«
»Ich kenne ihn«, murmelte Zephyrin. »Der Mann hat ein Herz... Vielleicht könnte...«
Bevor er weitersprechen konnte, rief Hyazinthus: »Nein! Er kann nichts für Calixtus tun, er würde sein Leben aufs Spiel setzen.«
»Aber du gehörst doch zur Domus Augustana. Da besitzt du doch einen gewissen Einfluß!«
Hyazinthus wollte gerade zu einer Antwort ansetzen, aber er kam nicht mehr dazu. Der Thraker hatte sich aufgerichtet.
»Vielleicht gibt es doch eine Lösung«, begann er mit angespannt klingender Stimme.
Als die beiden Männer ihn verwundert ansahen, fragte er den Priester: »Steht denn ein gewisser Basilius auf deiner Liste?«

*

Sechsunddreißig Stunden später sahen die Christen bereits Ostia am Horizont. Alle waren dem Aufruf gefolgt.
Calixtus, der mit angezogenen Knien an Deck saß und am Großmast des Segelschoners lehnte, dachte, daß Marcia ihn, ohne es zu ahnen, gerade zum zweitenmal gerettet hatte. Über die Reling blickend, ließ er die Küste, die näher und näher kam, nicht aus den Augen.
Um ihn herum saßen, in einem Winkel an Deck, die anderen neunundzwanzig freigelassenen Sträflinge. Schweigend und mit gegerbten Gesichtern wirkten sie eher wie tot als lebendig. Genau wie Calixtus selbst, der, wie durch ein Wunder, in letzter Minute gerettet worden war. Wie er es vermutet hatte, hatte er

mit dem Einverständnis des Lagerkommandanten anstelle des verstorbenen Basilius gehen können. Sie hatten ihn nicht einmal bestechen müssen. Die Stellung, die Hyazinthus in der Umgebung des Caesaren einnahm, hatte sich zu seinen Gunsten ausgewirkt.

Italien ... Bald würden sie in Rom sein ... Wieder dachte er an die Amazone. Was wohl aus ihr geworden sein mochte? War sie noch immer in diesem goldenen Käfig gefangen, ein Opfer ihrer Überzeugungen, angekettet, so wie er auf dieser Insel des Grauens?

Er warf einen Blick in Zephyrins Richtung. Sein Freund hatte die Augen geschlossen, und auf seinem Gesicht lag ein merkwürdiger Ausdruck. Mit den Fingern hielt er einen knorrigen Balken umklammert, um möglichst vom Schlingern des Schiffes verschont zu bleiben.

»Wenn wir erst einmal in Rom sind«, fragte Calixtus plötzlich, »könnte ich dann dein Vikar bleiben?«

Zephyrin öffnete die Augen einen Spalt weit und sah ihn verwundert an.

»Du willst also nicht wieder nach Alexandria zurückkehren?«

»Ich glaube, ich könnte in Rom nützlicher sein. Clemens und die Seinen kommen auch ohne mich zurecht. Und außerdem würde ich gerne in deiner Nähe bleiben.«

»Dann sind wir also für lange Zeit miteinander verbunden.«

»Wisse jedoch, daß Papst Viktor mich nicht sonderlich zu schätzen scheint.«

»Sei unbesorgt. Ich werde ihn schon überzeugen. Und wenn aufgrund deiner Vergangenheit ihn deine Anwesenheit in Rom stört, so gibt es, wenn ich mich recht erinnere, unweit der Hauptstadt einen kleinen Hafen, wo eine Gemeinde lebt. Ich weiß, daß sie schon lange einen Priester suchen. Ich bin davon überzeugt, daß der Heilige Vater nichts dagegen einzuwenden haben wird, daß du bei ihnen bleibst.«

4. Dezember 192

Marcia war eine der wenigen Frauen, der es gestattet war, das Ludus Magnus, die Schule der Gladiatoren auf dem Caelius, zu betreten.

Es stimmte, in letzter Zeit mußte sie sich dorthin begeben, wenn sie den Kaiser zu Gesicht bekommen wollte. Seit einigen Wochen hielt er sich immer öfter und länger in der Gladiatorenschule auf. Das ging sogar so weit, daß Marcia eines Abends im Scherz zu ihm meinte, daß er seine Regentschaft wohl eher als Gladiator denn als Caesar beenden würde. Commodus hatte weder gezwinkert noch gelächelt. Er wirkte düster und nervös, wie versteinert. Und außerhalb des Ludus Magnus war er argwöhnisch, beleidigend und unberechenbar; als fühlte er sich von Verschwörern, Dolchen und Giftmischern umgeben. Nur wenn er bei seinen geliebten Gladiatoren war, entspannte er sich etwas und fand gelegentlich seine frühere gute Laune wieder.

Die Sänfte der Amazone hielt vor der Kaserne der Familie*. Mit einem Seufzer erhob sich Marcia und warf einen Silberdenar dem Ausrufer unter den Sklaven zu, dessen Aufgabe es war, vor der Sänfte herzuschreiten und die Vorzüge seines Herrn oder seiner Herrin lobend zu preisen. Der Sklave, der einen Stock mit einem Knauf aus Elfenbein trug, bedankte sich und zog sich, rückwärts gehend, unter vielen Verbeugungen zurück.

Unverzüglich durchschritt die junge Frau das Portal und betrat den Hof der Schule genau in dem Augenblick, als die ersten Regentropfen fielen. Sie warf einen verärgerten Blick zum wolkenverhangenen, grauen Himmel hinauf; sie fand es nicht sonderlich angenehm, mitten im Dezember nackt zu trainieren. Aber heute blieb ihr wohl nichts anderes übrig. Erst jetzt fiel ihr

---

* So nannte man die Truppen der Gladiatoren.

auf, daß die Stimmung um sie herum vollkommen anders war als sonst.
An diesem Tag lag der Hof, was sehr ungewöhnlich war, völlig verlassen da. Sie gewahrte einige Männer unter dem überdachten Teil des Hofes, der gegenüber dem Eingang lag. Stutzig geworden, überquerte sie das weitläufige Geviert. Der von den letzten Regengüssen noch nasse Sand blieb unter ihren Sandalen kleben. Es kam ihr so vor, als sei kein anderes Geräusch als das Knirschen ihrer Schritte zu hören. Sie ging schneller, was ihre ungeheure Anspannung verriet, die sie seit geraumer Zeit jedesmal verspürte, wenn sie sich dem Kaiser nähern mußte. Der Kaiser ... Seit wann hatte sie aufgehört, an ihn als an ihren Geliebten zu denken?
Als sie näher kam, konnte sie Gemurmel und undeutliche Rufe ausmachen. Man bemerkte sie erst in dem Augenblick, als sie auf Höhe der Kolonnaden war. Urplötzlich verstummte jede Unterhaltung, und die Gesichter der Umstehenden versteinerten. Dieses Verhalten verstärkte nur noch die Besorgnis der jungen Frau. Noch nie war sie so empfangen worden; sie hatte eigentlich angenommen, daß sie sich einer gewissen Beliebtheit erfreute.
»Was geht denn hier vor?« fragte sie und bemühte sich, gelassen zu wirken. »Ist es der graue Himmel, der euch so griesgrämig sein läßt?«
Langsam und schweigend öffneten sich die Reihen der Männer und gaben den Eingang zu den Vestiarien frei.
Zunehmend beunruhigt setzte die junge Frau ihren Fuß über die Schwelle und wurde sogleich von dem Anblick, der sich ihr bot, ergriffen. Ungefähr zehn Männer standen mit verschränkten Armen an die Wand gelehnt. Ihre Mienen waren finster, und sie würdigten Marcia keines Blickes, als sie den Raum betrat. Ihre ganze Aufmerksamkeit war auf eine einzige Ecke des Zimmers gerichtet. Marcia ging noch ein paar Schritte. Auf einem steinernen Tisch lag ein junger Mann von ungefähr zwanzig Jahren. Seine Augen waren weit aufgerissen, und sein

Brustkorb hob und senkte sich nicht. Silbrig schimmernde Fliegen schwirrten um das geronnene Blut, das aus einer Wunde an der rechten Seite gelaufen war. Mit dem Rücken zu Marcia kniete jemand neben dem Tisch. Sein Körper bebte. Der Mann weinte.

»Narcissus?«

Der Mann, der am Boden kniete, fuhr zusammen und richtete sich mit einem Satz auf.

Bleich sah ihn die junge Frau mit fragendem Blick an.

»Herrin...«, setzte Commodus' Übungsmeister an. Aber ein Schluchzen erstickte das, was er sagen wollte.

Die Amazone legte ihm tröstend eine Hand auf die Schulter.

»Was ist hier vorgefallen, Narcissus? Warum? Warum dein Bruder... Denn das ist doch Antius...?«

Der junge Mann erwiderte nichts, sondern vergrub sein Gesicht in seinen Händen.

»Geh doch und frage deinen ach so teuren Geliebten«, meinte schließlich höhnisch einer der Gladiatoren, der am anderen Ende des Raumes stand. »Er wird dir sicherlich die Wonnen beschreiben, die man empfindet, wenn man einen zwanzigjährigen Knaben ermordet!«

Marcia schwankte. Sie deutete auf den Toten.

»Commodus? Das soll Commodus' Werk gewesen sein?«

Es war Narcissus, der ihr auf diese Frage antwortete.

»Ja... Wahnsinn«, flüsterte er, »Wahnsinn...«

»Bitte, erklär mir das!«

»Wie du wohl weißt, sind der Kaiser und ich Anhänger des Gottes Mithras.«

Die junge Frau nickte.

»Zu seinem Unglück hatte mein Bruder Antius den Wunsch geäußert, sich unserem Glauben anzuschließen.«

»Zu seinem Unglück, in der Tat...«

Und Narcissus ließ in seinem Kummer einen der wichtigsten Grundsätze dieses Kultes außer acht, der jeden in die Mysterien Eingeweihten zu Stillschweigen gegenüber anderen, und besonders gegenüber Frauen, verpflichtete und versuchte, es ihr zu erklären.

Commodus hatte seit kurzem einen Saal in der Domus Augustana dem Mithraskult geweiht, den Pronaos. Dort versammelten sich die Glaubensbrüder der Domus ohne Unterschiede hinsichtlich ihrer Herkunft oder ihres Standes. Sie waren entsprechend der Stellung, die sie innerhalb des Mithraskultes innehatten, gekleidet: die Verlobten waren in einen flammenden Schleier gehüllt, die Löwen trugen einen roten Umhang und die Perser eine weiße Tunika. Narcissus in seiner Eigenschaft als Heliodrom hatte ein purpurfarbenes Gewand mit Goldbesatz an. In der Rangordnung der Mithrasgemeinschaft bekleidete er damit das zweithöchste Amt. Über ihm gab es noch den Vater, und diese Rolle kam Commodus zu. Der Kaiser hatte diesen Rang aufgrund besonderer Gunst inne und dafür nicht die verschiedenen Stufen der Einweihung in die Mysterien durchlaufen müssen, denn man konnte sich nicht vorstellen, daß ein »göttliches Wesen« eine untergeordnete Stellung einnahm.

Als Mystagoge* seines Bruders war Narcissus an jenem Morgen an Antius' Seite. Wie es das Ritual verlangte, war dieser nackt und hatte die Augen verbunden. Gemeinsam betraten sie den Saal, der im unruhig flackernden Schein der Fackeln und glühenden Kohlebecken erstrahlte, gingen vorbei an gemalten Bildern, die im Zusammenspiel der verschiedenen Stoffe und der priesterlichen Ornate in leuchtenden Farben erstrahlten.

»Antius' Einweisung hatte gut begonnen«, fuhr Narcissus fort. »Ich hielt die ganze Zeit einen Kranz über seinen Kopf, während die Eingeweihten ihn nacheinander den üblichen Prüfungen unterzogen; der des Wassers, des Feuers und anderer. Die letzte Prüfung muß vom Vater vorgenommen werden.«

»Die Tötung«, fügte der Gladiator hinzu, der schon zuvor in die Unterhaltung eingegriffen hatte.

»Die Tötung?«

---

* Priester, der Neulinge in die Geheimnisse der Mysterien einführt.

»Nun, sie soll sich in Wirklichkeit auf eine leichte Verletzung beschränken«, fuhr Narcissus mit tonloser Stimme fort. »Und Antius, so will es der Brauch, hätte zu Boden gehen und so tun sollen, als sei er tödlich getroffen worden. Dann hätte der Kaiser seine Fesseln an den Handgelenken durchtrennt und ihn aufgefordert, seine Augenbinde abzunehmen, um den Glanz seines *neuen* Lebens zu betrachten.«

Was sich statt dessen abgespielt hatte, war nicht schwer zu erraten.

»Natürlich begnügte sich Commodus keineswegs mit dieser symbolischen Handlung«, nahm Marcia das Ende vorweg.

Der junge Mann wollte ihr gerade antworten, als aus dem Hintergrund eine wütende Stimme erklang.

»Narcissus! Mir scheint, du sprichst gerade über die Mysterien!«

Alle Blicke richteten sich auf den Eingang zu den Vestiarien. Auf der Schwelle stand Commodus, umgeben von acht Germanen, die seit kurzem seine Leibwache bildeten.

»Er berichtet mir lediglich, wie sein Bruder zu Tode kam ...«, griff Marcia rasch ein.

Hastig fuhr sie fort: »Warum, Caesar? Warum?«

»Antius mußte sterben, um für ein besseres Leben wiedergeboren zu werden«, entgegnete Commodus ungerührt mit starrem Blick. »Es war an mir, dies zu vollbringen; so sieht es meine Aufgabe als Vater vor.«

»Aber es sollte doch nur ein Scheintod sein! Siehst du denn nicht, daß der arme Antius tatsächlich sein Leben hat lassen müssen und daß nichts ihn wieder lebendig machen wird?«

»Wenn Mithras ihn nicht auferweckt hat, dann wird er dessen nicht würdig gewesen sein«, war das einzige, was der Kaiser darauf erwiderte.

Entsetzt erinnerte sich Marcia jetzt wieder, daß man ihr berichtet hatte, daß er seit geraumer Zeit von den Priestern der Isis verlangte, sich mit dem Scorpio und nicht, wie früher, mit einfachen Hanfseilen zu geißeln. Und daß er außerdem das

Edikt des Hadrian, das Selbstverstümmelungen untersagte, aufgehoben und somit den Priestern des Attis erneut gestattet hatte, die Selbst-Entmannung durchzuführen.
»Aber Mithras hat doch niemals befohlen, daß man einen seiner Anhänger töten soll!«
»Ich bin der einzige, der im Besitz der Wahrheit ist! Bis zum heutigen Tag haben sich die Väter einer lächerlichen List bedient, aber ich werde den Kult in seiner ganzen Reinheit wiederaufleben lassen! Habe ich mich klar ausgedrückt?«
Nach diesen Worten herrschte Schweigen, ein Schweigen, das niemand zu durchbrechen wagte.

*

Auf dem Weg zurück zum Palast kam Marcia in ihrer Sänfte an einer großen Menschenmenge vorbei, die auf das Amphitheater Flavium zusteuerte. Augenblicklich gab sie dem Sklaven, der der Sänfte den Weg bahnte, den Befehl, nicht ihren Namen auszurufen. In der jetzigen Zeit wurde jede Person, von der man argwöhnte, daß sie zur Umgebung des Kaisers gehörte, zum Gegenstand von Haß und Verachtung. Als wenn der Plebs, der es nicht wagte, seinen Prinzeps zu strafen, beschlossen hätte, seinen Unmut die ihm nahestehenden Menschen spüren zu lassen.
Marcia verhüllte ihr Gesicht unauffällig mit einem Tuch, damit niemand sie erkannte. Für einen kurzen Augenblick ertappte sie sich dabei, wie sie die Glückseligkeit beneidete, in der dieses Volk zu schwelgen schien. Das Reich zerbrach, in Rom hausten die Barbaren ..., aber nichts schien den Seelenfrieden dieser Menschen stören zu können, solange man ihnen nicht die zwei wichtigsten Nahrungsmittel nahm: Brot und Spiele.
Doch als sie wieder etwas sachlicher wurde, erinnerte sich die junge Frau daran, wie entbehrungsreich das Leben der kleinen Leute war. Ohne die kostenlose Verteilung von Weizen hätten die meisten Römer Hunger leiden müssen. Im Grunde genom-

men waren die Spiele das einzige Mittel, um sie wenigstens für einen Augenblick die Armseligkeit ihres Daseins vergessen zu lassen. Und daß das Volk sich nicht energischer gegen seine Tyrannen auflehnte, lag daran, daß es ihre Überspanntheiten nicht sonderlich wichtig nahm. Schließlich würde ja auch keiner aus der Prätorianergarde eines Morgens zu diesen einfachen Leuten kommen und sagen: »Caesar will, daß du stirbst!«
Nein, Commodus' Opfer stammten schon aus weitaus privilegierteren Ständen, wie dem Adel und dem Patriziat. Heute benahm sich der Sohn Marc Aurels keinen Deut besser als seine Vorgänger, ob sie nun Nero, Caligula oder Domitian geheißen hatten.
Natürlich konnte Marcia nicht umhin, auch ihre eigene Lage zu bedenken. Sie ahnte wohl, daß ihr nur noch eine Gnadenfrist blieb. Und doch wehrte sich ihr Verstand mit aller Kraft gegen diese Befürchtung. Commodus liebte sie viel zu sehr. Aber hatte er nicht auch seine Schwester Lucilla geliebt? Lucilla, die er in seinem Palast auf Capri ohne jeglichen Skrupel hatte erwürgen lassen.
Wahrhaftig, wenn die junge Frau auf ihre innere Stimme gehört hätte, hätte sie sich schon längst nach Alexandria eingeschifft. Alexandria, wo vielleicht Calixtus noch auf sie wartete ...
»Wir sind da, Göttin«, meldete der Erste unter den Trägern.
Aus ihren Gedanken gerissen, reagierte Marcia verstimmt, als sie einen Fuß auf den Boden setzte.
»Erspar mit diesen Beinamen, hörst du!«
Sie durchschritt das gewaltige Portal, durchquerte raschen Schrittes das Atrium, dann das Peristyl, wo im Winter die kahlen Bäume einen düsteren Anblick boten. Sie wollte gerade über die Schwelle ihres Zimmers treten, als sie spürte – denn erkennen konnte sie in der Dunkelheit nichts –, daß sich hinter einer der Säulen im Hof eine weiße Gestalt verbarg.
»Wer ist da?« fragte sie.
Es kam keine Antwort.
Sie fühlte, wie ihr ein eiskalter Schauer über den Rücken lief.

Ein Spion? Ein Mörder? Die junge Frau, die sich darüber ärgerte, daß sie so schreckhaft reagierte, versuchte, ihr wild schlagendes Herz zu beruhigen.
Sie ging entschlossen auf die schattenhafte Gestalt zu, und plötzlich erkannte sie, wer es war.
»Philocommodus!« rief sie erleichtert aus, als sie den kleinen Pagen erblickte. »Aber warum versteckst du dich hier?«
Der Knabe sah bleich und mitgenommen aus. Auf seinen Wangen waren Tränenspuren zu erkennen.
»Was ist geschehen? Hat man dich geschlagen?«
Sie kannte Philocommodus schon lange und wußte, daß er gelegentlich Commodus oder anderen Wüstlingen des Kaiserpalastes als Lustknabe diente. Weil sie in ihm ein Opfer sah, hatte sie ihn unter ihre Fittiche genommen und bemühte sich, ihm die Mutter zu ersetzen, die er niemals gehabt hatte. Obwohl er zurückweichen wollte, zog sie ihn an sich. Da brach er in Tränen aus.
»Aber so beruhige dich doch, mein Kleiner«, sagte Marcia und kniete vor ihm nieder. »Erzähl mir all deinen Kummer.«
»Es ... es geht aber gar nicht um mich«, stammelte der Page und wischte sich die Tränen mit dem Handrücken seiner kleinen Faust fort.
»Es geht nicht um dich? Was ist es dann, erzähl mir alles ...«
Nachdem er einen Augenblick lang gezögert hatte, zog der Junge eine dünne Pergamentrolle hervor, die er der jungen Frau reichte. Sie besah sie sich aufmerksam, und ihr fiel sofort auf, daß das Siegel heimlich geöffnet worden war – wahrscheinlich mit der Spitze einer stark erhitzten Klinge. Marcia kannte diese List der Sklaven. Vorsichtig faltete sie die Rolle auseinander, und alsbald hatte sie das Gefühl, sie sei ein Strohhalm, der von den wilden Fluten des Meeres mitgerissen wurde.
»Wie ... wie bist du an dieses Dokument gekommen?«
»Der Kaiser hatte mich auf sein Lager geholt, und danach war ich eingenickt. Kurze Zeit später wurde ich wieder wach, weil er sich mit dem Anführer der Statores, seiner Leibwache, unterhielt. Als er bemerkte, daß ich nicht mehr schlief, hat er den

Germanen sofort verabschiedet. Und ich mußte ihm versprechen, daß ich niemandem jemals auch nur ein Sterbenswörtchen von ihrer Unterhaltung verrate. Das konnte ich ohne weiteres tun, denn ich hatte nicht die Zeit gehabt, zu verstehen, worüber sie miteinander sprachen. Aber heute morgen, bei Tagesanbruch, überraschte ich ihn dabei, wie er das hier schrieb... Du weißt, daß er für gewöhnlich zu einer so frühen Stunde nicht arbeitet. Das machte mich neugierig, und so wartete ich, bis er sich zurückgezogen hatte, um dieses Dokument an mich zu nehmen.«
Marcia las noch einmal die Anweisungen, die an den Führer der Wache gerichtet waren. Vielleicht war das alles nur ein Alptraum. Doch der Sinn des Geschriebenen war klar und deutlich: Es handelte sich um den Befehl, sie umzubringen, sie sowie Eclectus und Hyazinthus. Am Tag nach den Saturnalien...

51

26. Dezember 192

An eben diesem Tag begegnete der Kämmerer Eclectus Aemilius Laetus im Tablinium der Domus Augustana. Nach der üblichen Begrüßung fragte dieser: »Weißt du, warum unser junger Gott uns hat kommen lassen?«
»Ich habe nicht die leiseste Ahnung«, gestand der Ägypter.
»Daß ich, Aemilius, es nicht weiß, mag noch angehen: der Gardepräfekt der Prätorianer ist heutzutage ja der letzte, den man über die Geschehnisse auf dem laufenden hält. Aber du... Es hieß doch immer, die wirkliche Macht sei im Palast zu finden.«
»Aemilius, ich denke, du bist ausreichend in die Dinge eingeweiht, um nicht dem Gerede Glauben schenken zu müssen, das unter den Plebejern die Runde macht.«

Aemilius dachte kurz nach, nestelte nervös an den Falten seiner Tunika und meinte dann: »Nun gut, ich werde deine Allmacht nicht mehr überschätzen. Aber nichtsdestotrotz müßtest du doch wissen, ob es sich um eine Staatsangelegenheit handelt!«
Der Kämmerer machte eine nichtssagende Geste.
»Ich habe schon lange aufgehört, an Wunder zu glauben. Ich nehme an, der Kaiser möchte uns an einer seiner neuesten Überspanntheiten teilhaben lassen.«
»Ach, gibt es etwas, was er bisher ausgelassen hat?« scherzte der Präfekt.
Im Laufe der letzten Wochen hatte Commodus' Größenwahn einen neuen Höhepunkt erreicht: Er hatte dem Senat einen besonderen Titel zuerkannt: »Senat des Commodus«. Und damit die Hauptstadt nicht zu kurz kam, hatte er Rom einfach in »Kolonie des Commodus« umbenannt. Doch damit nicht genug, er war so weit gegangen, die Monate des Jahres umzutaufen. Er ersetzte sie durch Attribute, die man gemeinhin ihm zusprach: »Amazonius, Invictus, Herakles ...«
»Wenn er sich doch mit diesen Nichtigkeiten zufriedengeben würde«, seufzte Eclectus, »dann könnte man ja einfach darüber lachen. Doch leider hat dieser junge Wahnsinnige auch das ganze Vermögen des Staates vergeudet. Es sind nur noch achtzigtausend Sesterzen in der Kasse!«
»Was sagst du da?«
»Ich habe erst heute morgen die Abrechnung gemacht.«
»Unter diesen Umständen ist seine geplante Reise nach Afrika, sowie jene nach Antiochia, eine Torheit!«
»Oder ganz einfach eine List, um die Körbe wieder zu füllen*.«
»Ich verstehe nicht.«
»Denk nach. Warum, glaubst du, hat unser Herkules beschlossen, sich seine Darbietungen als Gladiator bezahlen zu lassen? Warum, meinst du, möchte er künftig zu jedem seiner Geburtstage prächtige Geschenke haben?«

* lateinisch *fiscus* bedeutet Korb. Im weiteren Sinne: Staatskasse.

»Du glaubst, daß er damit sein persönliches Vermögen aufbessern will?«

Der Kämmerer nickte ernst.

»Gerade hat er vom Senat verlangt – eigentlich wäre es richtiger, wenn man sagte: von den Senatoren –, ihm das Geld für die Reise vorzustrecken. Später wird er es wahrscheinlich so einrichten, daß er einen ›kleinen Gewinn‹ für sich einstreichen kann. Ganz zu schweigen von dem, was er den Städten in Afrika abpressen wird.«

Aemilius' Gesicht verfinsterte sich noch mehr.

»Diese Reise muß um jeden Preis verhindert werden. Ich stamme aus Thenia in Afrika, und ich könnte den Gedanken nicht ertragen, daß ...«

»Was muß verhindert werden, Aemilius?«

Die beiden Männer drehten sich gleichzeitig um. Ganz in ihr Gespräch vertieft, hatten sie den Kaiser nicht kommen hören. Eilig bemühten sie sich, ihre Verlegenheit mit feierlichen Begrüßungen zu überspielen.

Commodus war von Männern seiner privaten Leibwache umringt. Er kam offenbar gerade von seinen Ertüchtigungen, denn die Locken seiner Haartracht und seines Bartes waren noch schweißnaß. Einen Augenblick lang, der eine Ewigkeit zu dauern schien, musterte er seine Gegenüber. Eclectus entschloß sich als erster, das Schweigen zu brechen.

»Du wünschtest uns zu sprechen, Caesar?«

»So ist es. Ich wollte euch davon in Kenntnis setzen, daß ich von nun an in der Ludus-Magnus-Schule wohnen werde. Die Gladiatoren werden mir hinfort als Prätorianer dienen.«

Aemilius konnte nicht an sich halten zu bemerken: »Ich verstehe nicht, Caesar. Hast du denn kein Vertrauen mehr zu deiner Leibwache? Du weißt doch, wie treu ergeben sie dir ist.«

»Ja. Im übrigen bezahle ich für diese Treue teures Geld. Die Wache weiß, daß jeder Prinzeps, der einmal an meine Stelle tritt, mit Sicherheit weniger großzügig sein wird, als ich es bin. Doch siehst du, trotz alledem flößen mir diese Paradesoldaten kein

Vertrauen mehr ein. Ich bin sicher, daß ich es in der Arena jederzeit mit dreien von ihnen auf einmal aufnehmen könnte, und zwar mühelos. Allein die erwiesene Tapferkeit der besten Kämpfer des Reiches kann die Tapferkeit des Caesar würdig schützen.«
»Ist das Grund genug, die Prätorianer der Schande des ...«
»Es reicht, Präfekt! Es steht dir nicht zu, meine Befehle in Frage zu stellen. Es sei denn, du hättest einen geheimen Grund, mich nicht im Ludus Magnus aufzusuchen. Ist dem so?«
»Einen Grund, Caesar? Nein. Wir werden uns natürlich deinem Wunsche beugen. Gestatte mir dennoch, deine Entscheidung zu bedauern.«
»Und du, Eclectus? Bist du ebenso zurückhaltend?«
Durch das Leben im Palast hatte der Kämmerer sich angewöhnt, undurchdringlich zu erscheinen. Er verbeugte sich mit dem zugleich sanftmütigen und unergründlichen Gesichtsausdruck einer Marmorstatue.
»Ich habe keine Bedenken, Caesar. Ich hoffe nur, daß du dort ebenso in Sicherheit sein wirst wie inmitten deiner Freunde und ...«
»Freunde! Freunde! Du meinst Verschwörer! Überwache den Umzug meines Mobiliars. Ich erwarte, daß bis zu den Saturnalien alles erledigt ist. Gehabt euch wohl!«
Er ging davon, noch ehe sich die beiden Männer, die sich vor ihm verneigten, wieder aufgerichtet hatten. Sie sahen einander bestürzt an, und als sie sicher waren, daß der Kaiser sich entfernt hatte, seufzte Eclectus: »Nun, mein armer Aemilius, mir scheint, der Luftzug der Klinge war im Nacken zu spüren.«
Mit der Handfläche wischte sich der Präfekt die Schweißperlen weg, die die Aufregung ihm auf die kahle Stirn getrieben hatte.
»Das Reich bricht auseinander, und unser junger Gott sorgt sich um nichts weiter als um seine Gladiatoren ... Hör zu, Eclectus, wir müssen unbedingt etwas tun.«
Der Kämmerer zuckte müde mit den Schultern.

»Das einzige, was wir tun können, ist, zu gehorchen.«
»Du hast mich nicht verstanden. Aber laß uns lieber diesen Ort verlassen. Ich möchte den Kaiser so schnell nicht wiedersehen.«

*

Kurze Zeit später verließen sie das Atrium des Palastes.
Mit dem Herannahen der Saturnalien hatte sich die auf dem Palatin normalerweise herrschende Betriebsamkeit noch verstärkt. Dieses Fest, mit dem die Rückkehr der wärmenden Strahlen der Sonne gefeiert wurde, war zu dem Ereignis schlechthin für das Volk geworden. An jenem Tag, so war es Brauch, wurden alle gültigen Dienstgrade und Stände auf den Kopf gestellt. Die Herren bedienten die Sklaven, und diese erteilten ihren Herren Befehle. Man beschenkte sich gegenseitig, und unangemeldete Besuche waren allgemein üblich. Ein Hauch von Verrücktheit wehte über der Stadt.
Die beiden Männer wären beinahe mit einer kleiner Gruppe kaiserlicher Pagen zusammengestoßen, die im Kreis standen und eine Partie Knöchelspiel spielten.
»Verschwindet!« befahl Aemilius und versetzte dem Spiel einen Fußtritt.
Das ließen sich die Jungen nicht zweimal sagen. Sie stoben auseinander, warfen den beiden Männern aber noch wütende Blicke zu.
»Du hättest sie nicht so grob behandeln sollen«, meinte Eclectus sanft. »Sie waren immerhin im Recht.«
»Wenn dieser ganze Pöbel dem Prinzeps nicht so unterwürfig dienen würde, wäre es um Rom und das Reich besser bestellt!«
»Wer weiß«, meinte der Kämmerer lächelnd, »vielleicht denken sie von uns das gleiche.«
»Darf ich daraus schließen, daß du es nicht ungern sähest, wenn dieser kleine unfähige und ausschweifend lebende Knabe verschwände?«

»Man könnte mit Sicherheit wieder freier atmen. Aber was würde aus dem Reich?«
»Es gibt doch mehr mögliche Nachfolger als genug.«
»Sicherlich, aber ...«
Er schwieg, um einen jungen, prächtig gekleideten Athleten zu grüßen, der ihnen gerade entgegenkam. Es war Onon, der auf Grund seiner außergewöhnlichen Manneskraft zum Günstling des Kaisers geworden war.
»Sicherlich«, fuhr Eclectus fort, »aber erinnere dich doch an den Bürgerkrieg, der das Reich nach dem Tode Neros entzweit hat. So etwas darf auf keinen Fall geschehen.«
Der Gardepräfekt der Prätorianer dachte einen Augenblick lang nach.
»Am besten wäre es, wenn wir uns derselben Lösung bedienen würden wie schon der alte Kaiser Nerva. Als er wußte, daß er nicht mehr lange zu leben hatte, bestimmte er einen Führer der wichtigsten Armeen Roms zu seinem Nachfolger. Aus Ehrfurcht vor der militärischen Stärke wagte es niemand, die Rechtmäßigkeit seiner Stellung zu bestreiten.«
»Und denkst du bei diesem Führer an jemand Bestimmten?«
Aemilius glättete eine Falte seiner Toga. An diesem Punkt ihrer Unterhaltung wurde ihm plötzlich bewußt, daß sie gerade dabei waren, in groben Zügen einen Staatsstreich zu planen. Nun, vielleicht war jetzt der geeignete Augenblick. Er antwortete: »Ja. Septimius Severus befehligt die Legionen an der Hister. Und was ein weiterer Trumpf sein könnte: Wie wir stammt er aus Afrika.«
Eclectus verzog das Gesicht.
»Ich würde dir zustimmen, wenn ich sicher wäre, daß der Senat sich seiner Kandidatur anschlösse. Doch leider ist nichts so unsicher wie das.«
»Es muß doch irgendeine Möglichkeit geben!«
»Das glaube ich auch. Ich frage mich im übrigen, ob man sich nicht an den Vorschlag halten sollte, den du vorhin gemacht hast.«

»Welchen?«
»Sich an einen neuen Nerva zu wenden. Eine Persönlichkeit, die vertrauenswürdig genug ist, um von allen akzeptiert zu werden; und alt genug, um alsbald selbst einen Nachfolger benennen zu müssen.«
Ein Lächeln entspannte Aemilius' Gesichtszüge.
»Daran erkenne ich doch gleich den ägyptischen ... Scharfsinn. Wer ist dein Kandidat? Laß mich raten ... der alte Pompeianus?«
»Falsch. Er hat Marc Aurel versprochen, ein Auge auf Commodus zu haben. Nein, ich denke vielmehr an einen anderen seiner Gefährten: an Pertinax, den Ligurer.«
»Ist das etwa Fuscians Nachfolger in der Stadtpräfektur? Aber der ist doch ein Emporkömmling.«
»Sicherlich! Dennoch hat er sich ausreichend Ruhm im Krieg gegen die Barbaren erworben und nennt ein genügend großes Vermögen sein eigen, um im Senat einer der Ersten zu sein.«
»Zugegeben«, seufzte Aemilius. »Aber trotzdem haben wir uns noch immer nicht mit dem Hauptproblem befaßt: Wie entledigen wir uns ... des Hindernisses?«
»Gestern noch wäre alles viel einfacher gewesen. Doch jetzt, wo er beschlossen hat, im Ludus Magnus zu wohnen, könnte man genausogut mit unverhülltem Gesicht in ein Wespennest stechen.«
»Verfluchte Rotznase! Man sollte meinen, er hat unseren Plan schon geahnt, bevor wir überhaupt darüber gesprochen haben!«
»Nun beruhige dich. Ich glaube nicht – und die Geschichte dieses Landes hat es oft genug bewiesen –, daß die Ermordung eines Kaisers, und sei er auch noch so gut bewacht, eine unlösbare Aufgabe ist. Was wir brauchen, ist eine passende Gelegenheit, Aemilius, eine Gelegenheit und Glück. Wir Byzantiner verstehen es, auf die Gesetzmäßigkeiten des Schicksals zu vertrauen. Geduld ...«

*

Am Abend desselben Tages goß es in Strömen, als Hyazinthus und Eclectus sich vor der Villa Vectiliana begegneten.
»Hat der Prinzeps dich also auch zu sich bestellt?« erkundigte sich der Priester, während er mit ihm unter einem Balkon Schutz suchte.
»Nein, nicht der Prinzeps bat mich zu sich. Marcia ließ mich rufen.«
Hyazinthus machte eine ungeduldige Handbewegung.
»Desgleichen tat sie auch mit mir. Aber niemals zuvor hat sie es sich erlaubt, uns bei unserer Arbeit im Palast zu stören. Daraus schloß ich, daß sie es auf Geheiß des Kaisers tat.«
Der Kämmerer schüttelte den Kopf.
»Auch wenn ich mich wiederhole, du irrst dich erneut. Commodus residiert von nun an im Ludus Magnus.«
»Wieso das? Es sind nur zehn Schritte von dort bis zur Villa Vectiliana. Beide Gebäude liegen doch auf dem Caelius.«
Eclectus schien durch diese Bemerkung verwirrt.
»Wenn dem so ist, dann sollten wir uns beeilen.«
Die beiden Männer kämpften sich tapfer durch die Regenfluten.
»Stimmt es, was man sich erzählt?« fragte Hyazinthus fröstelnd.
»Es geht das Gerücht, daß Commodus am Tag der Saturnalien sich anschickt, als Sekutor gekleidet und in Begleitung einer Eskorte von Gladiatoren durch Rom zu ziehen.«
»So ist es.«
»Der Prinzeps von Rom gemeinsam mit Menschen, die selbst für die Heiden ehrlos sind! Ach, wann wird endlich die Herrschaft Gottes anbrechen?«
Vor ihnen erhob sich die strenge Fassade der Villa Vectiliana.

*

»Zum Tode verurteilt? Aber warum, warum?«
Hyazinthus, der aschfahl geworden war, krampfte nervös die Hände zusammen, während er bestürzt immer wieder diese eine Frage stellte.

»Was Eclectus und mich betrifft«, antwortete Marcia gefaßt, »so nehme ich an, daß diese Verurteilung keinen besonderen Grund hat. In meinem Fall ist es vielleicht so – wie bei Paulus geschrieben steht –, daß der Sünde Sold der Tod ist. Dieses verderbte Leben, all diese Ausschweifungen ... Oder aber der Kaiser glaubt, aus unerfindlichen Gründen, daß ich eine Gefahr für ihn bin.«

Hyazinthus unterdrückte die Angst, die in ihm hochstieg. Bis zu diesem Tag hatten die Besuche im Palast dem Priester ein – wenn auch nur bedingtes – Gefühl von Sicherheit gegeben. Die Aussicht auf den Märtyrertod war ein mehr oder weniger nebelhafter Gedanke gewesen, hatte etwas Unwirkliches gehabt. Zu sehen, daß diese Vorstellung heute Gestalt angenommen hatte, machte ihn plötzlich zerbrechlich, sehr menschlich. Mit leiser, fast ängstlich klingender Stimme meinte er: »Wir könnten diesem Ende vielleicht entgehen ...«

Eclectus beobachtete ihn schweigend, und dabei fielen ihm die folgenden Worte des Herrn wieder ein: *Das Fleisch ist willig, aber der Geist ist schwach.*

»Du meinst, wir sollen fliehen«, bemerkte Marcia mit unbeteiligt klingender Stimme.

Fast entschuldigend fuhr Hyazinthus rasch fort: »Denkt an Paulus ... Wenn sich ihm die Gelegenheit bot, der Marter zu entgehen, hat er sie auch ergriffen. Es wäre keineswegs demütigend, es ihm gleichzutun.«

»Hyazinthus hat recht«, meinte nun Marcia. »Es bleiben uns noch ein paar Stunden. Laßt uns Rom verlassen!«

Der Kämmerer dachte einen Augenblick lang nach. Er war der einzige, der sich diese etwas steife Würde bewahrt hatte, die die Römer »gravitas« nannten. Er fuhr mechanisch mit seinem Zeigefinger über die Unterlippe und sagte schließlich: »Unmöglich. Zumindest für dich, Marcia. Commodus würde dich von allen Spionen des Reiches suchen lassen, und in Italien kennt fast jeder dein Antlitz. In meinem Fall wären die Folgen in etwa die gleichen. Nur du, Hyazinthus, könntest vielleicht Glück haben und entkommen.«

Der Priester richtete sich auf. Sein Gesichtsausdruck war sehr bestimmt.

»Ich gebe es zu, ich fürchte den Schmerz. Aber ich fürchte mich noch mehr davor, als Feigling zu leben. Ich werde niemals ohne euch gehen.«

Nach einiger Zeit fügte er fragend hinzu: »Gibt es vielleicht noch eine andere Lösung?«

»Die gibt es in der Tat: Man müßte den Kaiser ermorden.«

»Was sagst du da?« rief Marcia aus.

»Ich sage es noch einmal: Man müßte Commodus töten.«

»Aber wie? Und wer sollte eine solche Tat begehen? Sicherlich keiner von uns! Damit würden wir unseren Glauben verraten«, erwiderte Hyazinthus bestimmt.

»Der Tod eines solchen Menschen kann nicht als eine verwerfliche Tat angesehen werden. Seht ihr denn nicht, was passiert? Wir haben es nicht mehr mit einem menschlichen Wesen, sondern mit einem Dämon zu tun. Wenn wir ihn töten, verüben wir eine rettende Tat.«

»Wie dem auch sei, diese Lösung gehört ins Reich der Phantasie«, entgegnete Marcia. »Beschützt und sicher hinter den Mauern des Ludus Magnus aufgehoben, gibt es doch niemanden, der sich Commodus nähern könnte, ohne vorher von seiner Leibwache aufs sorgfältigste durchsucht worden zu sein.«

»Glaube mir, Marcia«, sagte Eclectus geheimnisvoll. »Diese Person gibt es.«

Als sie ihn fragend ansah, fügte er erklärend hinzu: »Eine Frau: Du.«

Die Amazone sprang von ihrem Platz auf.

»Solltest jetzt du verrückt geworden sein, Eclectus!«

»Beruhige dich wieder. Und versuch, darüber nachzudenken. Du bist die einzige, die ihn gefahrlos aufsuchen kann.«

»Das ist Wahnsinn!«

»Nein, Marcia. Es wäre Wahnsinn, diesen Mann am Leben zu lassen. Und hinzu kommt noch ein anderer, schwerwiegenderer Grund, an den bisher niemand von euch gedacht hat: Es geht hier nicht mehr um unser Schicksal, sondern um das von Tausenden von Christen.«

»Was willst du damit sagen?«

»Glaubst du wirklich, daß Commodus sich mit unserem Tod zufriedengeben wird? Er tötet uns wegen unseres Glaubens. Du weißt selbst nur zu gut, daß du heute in Sicherheit wärest, wenn du eingewilligt hättest, Hohepriesterin der Venus zu werden. Er wird es nicht dabei bewenden lassen. Er ist vom Götzendienst besessen, und dies wird ihn sicherlich dazu verleiten, all diejenigen beschuldigen zu wollen, die nicht den gleichen Göttern huldigen wie er. Wir werden lediglich die ersten Opfer in einer langen Reihe sein.«

»Wenn man es genau bedenkt, glaube ich, daß er recht hat«, murmelte Hyazinthus.

Zutiefst erschüttert, warf die junge Frau dem Priester einen verzweifelten Blick zu.

»Das sagst du, Hyazinthus? Die Zehn Gebote sind also nur leere Worte? ›Du sollst nicht töten ...‹ Hast du das etwa vergessen?«

»Ich habe die Heilige Schrift nicht vergessen, Marcia ... Aber hierbei handelt es sich um Notwehr.«

»Also gut, Eclectus, ich höre dir zu. Ich vermute, daß dir dieser Vorschlag nicht gerade eben erst eingefallen ist. Wie könnte ich ihn töten?«

»Ihr ertüchtigt euch doch im Ludus Magnus immer gemeinsam, oder?«

»Ja, aber dabei sind wir nicht allein, Wachen oder befreundete Gladiatoren sind stets um uns. Es ist unmöglich, bei dieser Gelegenheit etwas versuchen zu wollen, ohne dabei Gefahr zu laufen, von einer Lanze oder einem Dreizack durchbohrt zu werden.«

»Ich weiß, aber Commodus hat doch die Angewohnheit, am Tag sieben- oder achtmal zu baden. Bei einigen Bädern bist du doch noch immer zugegen, oder?«

»Das stimmt. Was ändert das?«

»Wenn ich mich recht erinnere, nutzt er diese Momente der

Entspannung, um sich ein paar Becher seines Lieblingsweins bringen zu lassen. Unter diesen Umständen scheint es mir ...«
Marcia unterbrach den Kämmerer. Sie hatte seinen Plan erraten.
»Gift.«
»So ist es.«
»Leider hat das Ganze einen Haken.«
»Welchen?«
»Eine nackte Frau kann nur schwerlich heimlich eine Phiole bei sich tragen, wie klein sie auch sein mag.«
»Auch nicht diese?« fragte der Ägypter, während er mit zwei Fingern unter das ziselierte Goldarmband fuhr, das er am Handgelenk trug.
Zum Vorschein kam eine winzige Alabastervase, die mit einem Wachspfropfen versiegelt war. Hyazinthus und Marcia sahen Eclectus mit großen Augen an, während er ihnen seinen Plan erklärte: »Diesen Gegenstand kann man leicht in einer Haarlocke versteckt tragen. In einem günstigen Augenblick muß man lediglich mit einem Fingernagel die Öffnung durchbohren und den Inhalt in den Wein schütten. Weder die Farbe noch der Geschmack werden durch das Gift verändert.«
Alle drei schwiegen. Marcia besah sich die Phiole genauestens, indem sie sie zwischen ihren Fingern hin und her drehte. Also hatte Eclectus tatsächlich schon vorher über all dies nachgedacht. Die Phiole war der Beweis. Sie hatte einen letzten Einwand.
»Hast du auch die Reaktion der Prätorianergarde bedacht?«
»Marcia«, entgegnete Eclectus, wobei er jedes Wort einzeln betonte, »Marcia, es werden keine Prätorianer dort sein.«

31. Dezember 192

Helvius Pertinax küßte Cornificia und flehte im Geiste gleichzeitig die Götter an, ihn für sein übergroßes Glück nicht zu strafen. An sich war es für einen Mann von siebenundsechzig Jahren noch nicht weiter ungewöhnlich, die Liebe einer Frau zu gewinnen, die weit mehr als dreißig Jahre jünger war. Doch daß seine Geliebte überdies niemand anderes war als die Tochter von Marc Aurel und die Schwester von Caesar Commodus, das war nun wirklich außergewöhnlich.

Welch ein erstaunlicher Aufstieg für den Sohn eines ligurischen Freigelassenen, der Holzkohle verkaufte! Sein Weg zum Erfolg hatte während der vorherigen Regentschaft, im Laufe der Markomannenkriege begonnen. Die Dringlichkeit der Ereignisse, der Bedarf an Kühnheit und Sachverstand führten dazu, daß fähigen Männern eine strahlende Laufbahn und die Möglichkeit zu unverhofftem sozialem Emporkommen geboten wurden. Am Ende der Regentschaft war Pertinax Senator und hatte Anspruch auf das Amt des Konsuls. Nachdem er für kurze Zeit bei Commodus in Ungnade gefallen war – die Folge von Intrigen im Palast –, wurde er wieder berufen, da es an erfahrenen Männern mangelte. Und seit jener Zeit hatte der Ligurer, ob nun als Statthalter in der Bretagne oder als Prokonsul in Afrika, mit glücklichem Geschick seine Aufgaben erfüllt. Und nun, als Nachfolger eines zwielichtigen Freundes von Commodus, eines gewissen Fuscian, im Amt des Präfekten der Stadt, war er auf dem Höhepunkt seiner Laufbahn angelangt.

Als er einst erfuhr, daß seine Gattin die Geliebte eines weithin bekannten Flötenspielers geworden war, hatte Pertinax beinahe geglaubt, daß die Götter eifersüchtig auf ihn waren. Doch zur gleichen Zeit machte er Cornificias Bekanntschaft.

»Kannst du dich nicht ein bißchen entspannen? Nicht einmal in

dieser Nacht der Saturnalien«, fragte er und streichelte dabei sanft die junge Frau, die neben ihm lag.
Von ihrer kleinen, dunklen Kammer aus konnten sie deutlich die Gesänge und das derbe Gelächter der Sklaven, die im Triklinium versammelt saßen, hören. Wie es Brauch war, feierten sie im Haus ihrer Herren und ließen sich die Leckerbissen und den Wein schmecken.
Pertinax, der der Ansicht war, daß sein hohes Amt im Magistrat es ihm nicht gestattete, seine Sklaven auch noch höchstpersönlich zu bedienen – so verlangte es die Tradition –, hatte es vorgezogen, ihnen das Haus gänzlich zu überlassen. Er tröstete sich damit, daß er sich sagte, daß es im Grunde ein Vorwand wie jeder andere war, um mit seiner Geliebten eine lange Liebesnacht verbringen zu können.
»Entschuldige«, seufzte Commodus' Schwester, »aber ich habe eine schreckliche Vorahnung. Ich fürchte, daß sich ein großes Unglück anbahnt.«
Pertinax hob den Kopf.
»Hat dir dein Bruder vielleicht etwas anvertraut, das dich so denken läßt?«
Es war zu dunkel, um die Gesichtszüge seiner Geliebten deutlich erkennen zu können, doch als sie ihm antwortete, tat sie es mit einem Anflug von Abscheu in der Stimme.
»Mein Bruder ... Du weißt genau, daß wir uns möglichst aus dem Wege gehen und ich mich weigere, ihn zu sehen.«
»Und das ist unrecht ...«
»Wie kannst du so etwas sagen! Er hat sich erdreistet, unsere Schwester Lucilla und meine Schwägerin Crispina ermorden zu lassen. Jeden Tag verbündet er sich ein wenig enger mit dem Abschaum Roms. Er ist ein Ungeheuer! Ich werde nie begreifen, wie ein so bewundernswerter Mensch wie mein Vater einer solchen Ausgeburt das Leben schenken konnte!«
Der Präfekt, der die Empörung seiner jungen Geliebten nur zu gut verstand, küßte sie auf die Wange.
»Ich sagte das nur zu deinem Wohl. Commodus ist unbarmher-

zig zu denen, die er verdächtigt, gegen ihn zu sein, selbst – ich sollte sagen vor allem – dann, wenn sie zu seiner Familie gehören. Daß du dich von der Domus Augustana entfernt hältst, bringt euer Verhältnis nicht wieder ins Lot. Unlängst erst habe ich erfahren, daß er eine eurer Tanten mütterlicherseits, die sich in der Provinz Achaia aufhielt, hat umbringen lassen.«
»Allmächtiger Zeus! Warum hast du mir das nicht erzählt?«
»Ich wollte dich nicht ängstigen. Wahrscheinlich war das falsch. Doch ich sage es dir noch einmal: Deine selbstgewählte Verbannung kann gefährlich werden. Laß mich, zu deinem Schutz, versuchen, eine Versöhnung mit Caesar herbeizuführen.«
Cornificia lief ein kalter Schauer den Rücken hinunter, und sie klammerte sich instinktiv an ihren Geliebten.
»Du bist so gütig und aufrichtig«, sagte sie, während sie durch Pertinax' seidenweichen Bart strich. »Ohne dich wäre ich vollkommen allein in dieser Stadt, die nur mehr von Angst und Schmähungen beherrscht wird.«
»Warum grämst du dich so, Cornificia? Das ist nicht gut.«
»Ich weiß, aber ich bin nicht imstande, diese Angst, die mein ganzes Denken bestimmt, zu bezwingen. Gerade in den letzten Wochen nicht. Die Zeichen und Wunder mehren sich. Denk nur an das Erdbeben im letzten Monat.«
Diesmal lief Pertinax ein kalter Schauer den Rücken hinunter. Wie alle Römer glaubte er an die Fingerzeige der Götter. Und auch ihm war die beunruhigende Aufeinanderfolge seltsamer Ereignisse nicht entgangen.
Er schwieg derart lange, daß Cornificia schon glaubte, er sei eingenickt. Sie schmiegte sich an ihn.
»Bei Venus, was ist mit dir?« fragte sie. »Du bist auf einmal so nachdenklich.«
»Mir fiel gerade eine Begebenheit wieder ein, von der mein Vater mir einst erzählte. Am Tage meiner Geburt soll es einem neugeborenen Fohlen gelungen sein, auf das Dach unseres Hauses zu klettern. Gerade als sich alle über diese großartige Leistung wunderten, rutschte das Fohlen aus und blieb zer-

schmettert am Boden liegen. Beunruhigt machte sich mein Vater auf den Weg in den Nachbarort, um dort einen Seher zu befragen. Der Mann erklärte ihm, daß sein Sohn den Gipfel des Ruhmes erreichen, dann aber zu Tode kommen würde. Jedesmal, wenn er diese Geschichte erzählte, fügte mein Vater noch hinzu: ›Dieser Scharlatan hat mir Geld dafür abgeknöpft, daß er mir irgendwelche Albernheiten auftischte.‹«

Pertinax holte tief Luft und fuhr fort, als spräche er zu sich selbst.

»Wenn ich meine Lage recht bedenke, so muß ich sagen, daß ich eigentlich nicht mehr höher steigen kann. Also vielleicht ...«

»Schweig. Ich will nichts mehr davon hören. Ich würde sterben, wenn ich dich verlieren sollte!«

Mit verzweifelter Begierde küßte Cornificia ihren Geliebten auf den Mund und schmiegte sich zugleich so eng an seinen Körper, als wolle sie mit ihm verschmelzen. Plötzlich erstarrte sie.

»Horch!«

Mit wild klopfendem Herzen und heiserer Stimme antwortete Pertinax: »Da ist nichts. Bleib nur bei mir liegen.«

In diesen dunklen Stunden war die Liebe das beste Mittel gegen den Tod und die Angst.

Doch die junge Frau schreckte erneut auf: Es wurde zweimal gebieterisch gegen die Tür geklopft.

»Edler Pertinax!« rief eine Stimme, die bedrohlich klang.

Die beiden Liebenden sahen sich verstört an.

»Edler Pertinax!«

Die Tür öffnete sich mit unheilvollem Quietschen. Cornificia stieß einen Schrei aus und riß sich vom Präfekten los.

Zwei Männer mit einer Lampe in der Hand stürmten herein. Sie erkannte sie sofort. Der eine war der Kämmerer Eclectus, der andere der Präfekt Aemilius Laetus: zwei Handlanger ihres Bruders. Aemilius sprach als erster.

»Laß uns allein, Weib«, befahl er. »Wir haben etwas mit Pertinax zu besprechen.«

»Das kommt nicht in Frage!« entgegnete sie heftig.
Pertinax' Stimme klang etwas zittrig, aber nach ein paar Worten hatte er sich wieder gefangen.
»Ich habe euch schon lange erwartet. Ihr habt mich von einer Angst befreit, die mich Tag und Nacht peinigte. Erfüllt also nun eure schimpfliche Pflicht!«
»Es ist jetzt nicht die Zeit für stoischen Gleichmut«, murmelte Aemilius, den die übertriebene und geschwollene Ausdrucksweise des »alten Römers« ärgerte. »Du mußt uns ins Prätorianerlager begleiten.«
»Warum wollt ihr eure Zeit mit etwas vergeuden, was allem Anschein nach doch nur die Komödie einer Gerichtsverhandlung sein würde? Tötet mich gleich hier, dann ist es vorbei!«
»Wer spricht davon, dich zu töten?« unterbrach ihn Eclectus. »Commodus ist tot. Wir kommen, um dir den Purpur anzutragen.«
Cornificia entfuhr erneut ein Schrei, und sie preßte kindisch die Hand vor den Mund.
»Vielleicht hätte ich in ihrer Gegenwart besser nichts sagen sollen«, meinte der Kämmerer entschuldigend.
»Das ist jetzt nicht von Bedeutung.«
Pertinax war aus dem Bett gesprungen. Er war ein stattlicher Mann, aber das Alter hatte ihn schwerfällig werden lassen. Sein Bauch baumelte an ihm herunter wie ein leerer, schlaffer Schlauch. Sein Gesicht zierte ein langer Bart, der ihm beinahe bis auf die Brust reichte, und man konnte ahnen, daß ihn das Zipperlein plagte. Eclectus mußte innerlich lachen, denn er dachte bei sich, daß der zukünftige Caesar hüllenlos wahrlich nicht sehr beeindruckend aussah.
»Ihr sagt, Commodus sei tot? Aber wie konnte das passieren?«
»Als er um die zwölfte Stunde aus dem Bad kam, erlitt er einen Herzanfall, und alle Bemühungen, ihn wiederzubeleben, waren vergeblich.«
»Aber warum denkt man an mich als seinen Nachfolger? Schließlich standen wir uns, soweit ich mich erinnere, nie sehr nahe.«

»Wenn dem so war, dann wisse, daß wir dafür nicht verantwortlich sind. Unser Gehorsam dem Kaiser gegenüber hat uns gewisse Verhaltensweisen auferlegt, die wir uns unter einem tugendhaften Caesar gewiß nicht zu eigen gemacht hätten. Du hattest immer unrecht, wenn du uns für skrupellose und gemeine Intriganten gehalten hast. Der Beweis dafür ist, daß wir hier in dein Haus gekommen sind, weil wir davon überzeugt sind, daß du der einzige bist, dem die Legionen in der Provinz Gehorsam leisten werden. Du allein kannst einen Kampf um die Macht verhindern, wie wir ihn in den schlimmsten Zeiten der Republik haben erleben müssen. Die Ehre des Vaterlandes gebietet es dir, dich dieser Aufgabe nicht zu entziehen.«
Pertinax, immer noch nackt, strich sich nervös durch den Bart.
»Ihr seid wirklich sicher, daß Commodus tot ist?«
»So tot wie Marc Aurel. Das schwören wir.«
»Euer Wort genügt mir nicht. Ich will den Leichnam sehen.«
»Aber das ist unmöglich«, rief Aemilius. »Die sterblichen Überreste liegen in den Gemächern der Domus Augustana. Wir können dich nicht dort hinbringen, ohne daß sich die Neuigkeit in Windeseile herumspricht. Welche Folgen das haben wird, kannst du dir sicher ausmalen!«
»Wenn das so ist, dann sorgt dafür, daß der Leichnam hierhergebracht wird.«
»Sei vernünftig«, flehte Eclectus. »Wie, denkst du, sollen wir das bewerkstelligen? Ich bitte dich inständig, laß uns so schnell als möglich die notwendigen Dinge regeln. Zieh deine Toga an, und dann brechen wir zum Prätorianerlager auf.«
Der Präfekt schüttelte mit der Starrköpfigkeit eines alten Mannes verneinend den Kopf.
»Da ist nichts zu machen. Ich wiederhole, ich rühre mich hier nicht eher von der Stelle, als bis ich einen eindeutigen Beweis für Commodus' Tod habe. Und jetzt verlaßt mein Haus!«
Eclectus und Aemilius sahen sich fassungslos an. Pertinax kam einem weiteren Versuch zuvor.

»Eure Beharrlichkeit ist zwecklos. Geht oder ich rufe meine Sklaven!«
Die beiden Männer zögerten kurz und gingen. Kaum hatte sich die Tür hinter ihnen geschlossen, stürzte Cornificia zu ihrem Geliebten. Sie zitterte am ganzen Leib.

*

Aemilius konnte sich gar nicht mehr beruhigen.
»Die Pest soll diesen alten Bock holen!« brummte er. »Man bietet ihm das ganze Reich, und was verlangt er, ehe er bereit ist, einzuwilligen? Nein, wir müssen einen anderen Kandidaten finden!«
»Laß dich nicht von deinem Groll hinreißen! Vergiß nicht, daß man uns für Commodus' böse Geister hält. Es ist also nicht weiter verwunderlich, daß er glaubt, es handele sich um eine Falle. Und du weißt ebensogut wie ich, daß Pertinax der einzige Kandidat ist, der in Frage kommt.«
Die beiden Männer hatten sich wieder auf den Weg zurück zur Domus Augustana gemacht. Um sich vor den eisigen Windböen zu schützen, hatten sie die Köpfe eingezogen. Hier und da hörten sie aus der Ferne noch Gelächter, was sie daran erinnerte, daß diese Nacht für die Stadt die Nacht des Jubels und der Ausgelassenheit war.
»Also, was schlägst du vor?« erkundigte sich der Präfekt widerwillig.
»Ich besitze ein paar ergebene Sklaven. Ich werde ihnen auftragen, den Leichnam des Kaisers zu suchen und ihn in Tücher einzuwickeln, so als ob es sich um einen Sack mit schmutziger Wäsche handele.«
»Weil du so einfältig bist, zu glauben, daß die Wachen sie ungestraft einfach in den Gemächern des Kaisers ein und aus gehen lassen!«
»Sie werden so tun, als müßten sie dort aufräumen.«
»Mitten in der Nacht! Du weißt nicht mehr, was du redest. Ich

weiß, daß wir in seltsamen Zeiten leben, aber trotzdem! Dein Plan wird niemals glücken.«

Eclectus dachte nach.

»Und gesetzt den Fall, daß nicht die übliche Wache auf ihrem Posten steht? Dies wäre deine Aufgabe. Du müßtest die notwendigen Befehle erteilen, um sie durch Männer deines Vertrauens zu ersetzen, die normalerweise nicht am Palast Wache halten. Du kennst gewiß ein paar Prätorianer, die hocherfreut wären, eine Belohnung zu bekommen oder, warum nicht, befördert zu werden!«

Als sie die rötlich schimmernden Fackeln, die den Palatin erhellten, sahen, setzte ein Regenschauer über der Stadt ein. Aemilius seufzte tief.

»Wenn wir aus dieser Sache schadlos herauskommen, verspreche ich, dem Gott der Christen ein Opfer darzubringen.«

53

15. Januar 192

Die Frühlingssonne hat die Gabe, sogar die schäbigsten Winkel der Erde vollkommen zu verändern. Selbst die, die sich dieser Metamorphose am hartnäckigsten zu widersetzen scheinen. Subura war einer davon.

Dieses Viertel Roms bestand aus Insulae und baufälligen Häusern, die Straßen waren mit Unrat übersät. Hier war das Pflaster rutschig, und überall fehlten Steine. Wenn auch alles häßlich und armselig wirkte, so war dieses Viertel jetzt doch von einem Glanz überstrahlt, der den Ort erträglicher machte.

An der Ecke einer dieser Gassen traf man Tag für Tag auf dieselben dicken Frauen, sie saßen hinter ihren Ständen und sprachen die Vorübergehenden an; dieselben barfüßigen Kinder in Lumpen, die mit nichts spielten oder sich gegenseitig

naßspritzten, indem sie sich durch die schmutziggrauen Pfützen jagten und Fangen spielten.
Plötzlich stellte ein Mann seinen Tonkrug zur Erde, löste sich hinkend und mit ausgebreiteten Armen von der Gruppe, mit der er zusammenstand, und rief: »Calixtus! Welch eine Überraschung...«
»Zephyrin... Du siehst, alles ist möglich.«
Die beiden Männer umarmten sich feierlich.
»Aber was führt dich hierher, wieso hast du Antium verlassen?« erkundigte sich sehr bald der Vikar Papstes.
»Ich bin hier, um dem Heiligen Vater die Einkünfte aus der Fastenzeit von den Dörfern aus dem Latium zu überbringen.«
»Schade! Da kommst du leider zur falschen Zeit. Viktor ist derzeit auf Reisen. Doch daran soll es nicht scheitern, ich werde ihm die Gelder übergeben. Doch jetzt komm, folge mir, wir teilen uns ein köstliches Mulsum, das mir der Schankwirt an der Ecke immer für besondere Anlässe aufhebt. Wie geht's in Antium? Die Neuigkeiten, die uns von dort erreichen, sind voll des Lobes über dich.«
»Ich bin mir dessen nicht bewußt. Es gibt ja noch so viel zu tun.«
»Allem Anschein nach bist du glücklich in diesem Dorf.«
»Mir geht es gut dort. Und ich vergesse nicht, daß ich dir dieses Glück verdanke.«
»Bald sind es zwei Monate, daß du in Antium bist, nicht wahr?«
Calixtus nickte.
Zwei Monate...
Antium war fernab von der Welt, fernab von der Zeit. Der Anzahl der Einwohner nach war es eher ein Dorf als eine Stadt. Dennoch, trotz dieses Umstandes, hatte die örtliche Obrigkeit diesen Weiler zu einer Stadt im Kleinen geformt. Es gab dort die wichtigsten Monumente und alle städtischen Einrichtungen: ein Forum, ein Darlehensgericht, Thermen und sogar ein einfaches Theater aus Holz, in dem fahrende Schauspielertruppen Stücke und Pantomimen aufführten.
Es erfüllte die Einwohner mit gewissem Stolz, daß Augustus,

der erste Kaiser, sich in Antium zum Pater Patriae, zum Vater des Vaterlandes, hatte ausrufen lassen. Und daß hier auch die Wiegen von Nero und Caligula gestanden hatten, trug nur noch zu Antiums Berühmtheit bei.

Auch der Hafen war ein nicht unbedeutender Handelsmittelpunkt. Und die Ruhe dieser Gegend machte Antium zu einem Ort, der von gewissen Patriziern geschätzt wurde, die sich ihres philosophischen Wissens rühmten und im Schatten der Statue der Zauberin Circe – die der Legende nach diesen Ort gegründet hatte – und der des Apollon, die die Säulenhalle der Latona überragte, spazierengingen.

Antium hatte auch eine kleine Christengemeinde, die sich aufgrund unsinniger theologischer Auseinandersetzungen entzweit hatte. Tatsächlich war ein gewisser Praxes, ein Anhänger des Häretikers Noetius, gekommen, um hier die monarchische Irrlehre zu verbreiten, die leugnete, daß es einen Unterschied zwischen Gott dem Vater und dem Sohn gebe; eine These, die natürlicherweise dazu führte, daß man annahm, Gottvater sei am Kreuz gestorben!

Der Widerstand eines Großteils der Gläubigen gegen ihr Gemeindeoberhaupt war derart erstarkt, daß dieser vom Bischof in Rom zurückgerufen werden mußte. Die Gemeinde ihrerseits hatte den Nachfolger in einer Verfassung erwartet, die man getrost als anarchisch beschreiben konnte.

Calixtus war gegen Ende November nach Antium gekommen und hatte sich in einer kleinen Fischerhütte eingerichtet, die man ihm zur Verfügung gestellt hatte. Bereits am nächsten Tag hatte er seinen ersten Gottesdienst abgehalten. Allen Anwesenden war sein befremdliches Aussehen aufgefallen. Er war bis auf die Knochen abgemagert; man hätte glauben können, er sei mit Hilfe eines Totengräbers wieder dem Grabe entstiegen. Seine von der Sonne Sardiniens gegerbte Haut hatte die Farbe alten Leders angenommen. Denjenigen, die ihn aus nächster Nähe sahen, fielen seine Hände auf: Ausgetrocknet und voller Schwielen, erinnerten sie an welkes Laub. Doch seine Augen, unter denen sich dunkle Schatten abzeichneten, waren von einem so durchdringenden und klaren Blau, daß er damit die Dunkelheit hätte erhellen können.

Zephyrins Stimme holte ihn in die Gegenwart zurück.

»Ich nehme an, du bist über die letzten Neuigkeiten auf dem laufenden?«

»Mir ist so einiges zu Ohren gekommen. Der ermordete Commodus ist, so hört man, durch den alten Pertinax ersetzt worden. Für die Quiriten ist diese Veränderung sicherlich von großer Tragweite.«

»Du glaubst nicht, wie recht du hast. Gleich nachdem der Senat seine Kandidatur gebilligt hatte, machte Pertinax sich daran, die gesamte Habe der Domus Augustana, die Edelsteine, das Silber, Commodus' Sklaven und Gladiatoren zu verkaufen. Im Laufe der letzten Monate hat er die Anzahl der Spiele verringert und auch die Erhöhung des Soldes, die sein Vorgänger gerade befürwortet hatte, wieder rückgängig gemacht. Zu guter Letzt hat er auch noch alle Günstlinge und Kurtisanen aus dem Palast vertrieben.«

»Erlaubt es sein Haushalt überhaupt noch, jemanden zum Essen einzuladen?«

»Gelegentlich. Doch man erzählt sich, daß es an seiner Tafel nur noch Kohl und Artischockenhälften gibt.«

Die beiden Freunde lachten laut auf. Doch Calixtus, der rasch wieder ernst wurde, erkundigte sich besorgt: »Glaubst du, daß Pertinax den Christen genauso wohlgesonnen sein wird, wie es Commodus war?«

»Davon bin ich überzeugt. Commodus' Kämmerer war Christ. Pertinax hat ihn an seiner Seite behalten, er hat ihn sogar zu seinem Berater ernannt. In diesem Fall...«

»Der Kämmerer... Handelt es sich dabei nicht um einen gewissen Eclectus?«

»So ist es.«

Für einen Augenblick war es still, doch dann hatte Calixtus schon eine neue Frage an seinen Freund.

»Du erinnerst dich doch bestimmt an die Frau, der wir verdan-

ken, daß wir heute noch am Leben sind. An die Konkubine des ehemaligen Kaisers.«
»Marcia?«
»Ja. Kannst du mir sagen, was aus ihr geworden ist?«
»Deine Frage ist wirklich aktuell. Wenn meine Informationen stimmen, dann ist sie gerade jetzt, wo wir hier miteinander reden, in der Villa Vectiliana, um zu heiraten.«
Calixtus hatte das Gefühl, ganz Subura würde um ihn herum anfangen zu schwanken. Sein Gesicht wurde aschfahl. Er stotterte.
»Marcia...Heiraten...Aber wen?«
»Den Mann, von dem wir gerade gesprochen haben: Eclectus...«

*

Die Villa Vectiliana schien zum Mittelpunkt der Sonne geworden zu sein.
Ihre Türen und Fenster, die Terrassen im Garten, alles war geschmückt mit Girlanden, Stechpalmenzweigen, Myrte und Lorbeer. Man konnte sogar mit Wolfsfett eingeriebene Wollkugeln in den Säulenhallen hängen sehen. Die Sklaven standen Spalier und schwenkten Weißdornfackeln. Zugleich bildeten sie so einen Wall zwischen den Hunderten von Schaulustigen und dem Weg, den die zukünftigen Eheleute entlanggehen würden.
Marcia erschien in einer weißen Tunika, die um die Taille von einem Gürtel gehalten wurde, der mit einem Herkulesknoten gebunden war. Wie es Brauch war, umgab ein zarter Schleier ihre Stirn, der von einer Krone aus Eisenkraut, das die junge Frau selbst gepflückt hatte, gehalten wurde. Zwei junge Knaben hielten sie bei den Händen, ein dritter ging ihr voraus.
Calixtus sah sie, als sie, nur ein paar Schritte von ihm entfernt, an ihm vorbeiging. Er machte eine Bewegung, um die Neugierigen auseinanderzutreiben, um sich einen Weg durch die Menge zu bahnen, doch dann spürte er, wie Zephyrin ihm fest die Hand auf den Arm legte, und das brachte ihn wieder zur Vernunft.

»Du kannst nichts mehr daran ändern«, meinte der Priester in einem Ton, der ihn beschwichtigen sollte. »Sie hat dir niemals wirklich gehört. Und sie wird dir niemals wirklich gehören.«

Sicher, was hätte er schon tun können? Es wäre ein dummer und kindischer Zwischenfall gewesen. Sein Gefährte hatte recht. Sie war schon an ihm vorübergegangen, gefolgt von einer fröhlichen Gesellschaft aus Geschenkboten, Verwandten, Sklaven und ein paar Freunden. Unter ihnen erkannte Calixtus Hyazinthus und Papst Viktor.

Die Amazone blieb vor der Schwelle zur Villa stehen. Ein Mann mittleren Alters im Festtagsgewand, der Eclectus sein mußte, kniete vor ihr nieder und fragte sie, wie es Brauch war, nach ihrem Namen.

»Wo du Gaius bist, werde ich Gaia sein*«, antwortete sie sanft.

Hyazinthus und Viktor segneten das Paar. Danach hob Commodus' ehemaliger Kämmerer Marcia empor und trug sie unter dem Beifall der Anwesenden ins Haus.

»Und nun«, fragte Zephyrin, »was gedenkst du zu tun?«

»Gehen wir hinein«, sagte der Thraker mit tonloser Stimme.

Sie mischten sich unauffällig unter die Verwandten, und es gelang den beiden Männern, bis ins Atrium vorzudringen. Um sie herum begrüßte und beglückwünschte man sich gegenseitig. Marcia und ihr Gatte waren verschwunden.

»Wozu sollen wir hierbleiben, du wirst nur noch mehr leiden. Ich flehe dich an, Calixtus, laß uns gehen.«

Der Thraker schüttelte den Kopf.

»Ich muß sie sehen. Ich muß mit ihr sprechen.«

»Aber das ist unsinnig! Du bist von nun an ein Mann Gottes, für sie kannst du nichts mehr sein. Laß ihr ihr Glück.«

Calixtus drehte sich abrupt zu dem Priester um und warf ihm einen verstörten Blick zu.

»Ihr Glück! Welches Glück? Merkst du denn nicht, daß das alles

---

* *Ubi tu Gaius, ibi ego Gaia.* Hochzeitsformel, die das Sakrament ersetzte.

nur Fassade ist! Commodus ist tot, nun wäre zwischen ihr und mir alles möglich gewesen. Ihr Glück, Zephyrin ...«
Er schwieg einen Augenblick und seufzte dann: »Und meines?«
Der Priester schüttelte betrübt den Kopf und folgte Calixtus. Dabei zog er sein Bein nach, eine Folge seines Aufenthalts im Sträflingslager. Sie kamen ins Peristyl, wo man Tische für die Armen und die Sklaven aufgestellt hatte, und setzten sich schweigend unter einer riesigen Zeder nieder.
Die Stunden vergingen. Das Fest dauerte an, und jeden seiner Höhepunkte betrachtete der Thraker als Angriff gegen seine Person. Dann, wahrscheinlich aufgrund der neuen Verordnungen über die Dauer von Festmahlen, die Pertinax gerade erlassen hatte, begann man allmählich die Lichter zu löschen.
Zephyrin versuchte erneut, den Thraker zum Aufbruch zu bewegen.
»Ich muß sie sehen«, war wieder dessen einzige Antwort.
»Wenn das so ist«, entgegnete der Priester ungehalten, »worauf wartest du dann? Daß sie zu dir kommt? Du mußt nur ins Triklinium gehen. Geh! Mach dich ein für allemal lächerlich!«
Als müsse er sich einer Herausforderung stellen, stand Calixtus mit einem Satz auf und strebte auf den Festsaal zu. An der Schwelle blieb er stehen und ließ seinen Blick über die Anwesenden schweifen. Niemand nahm von ihm Notiz. Marcia lag ausgestreckt auf einer der Liegen. Ihr Kopf lehnte zärtlich an der Schulter des Mannes, der nun ihr Gatte war.
Das war mehr, als er ertragen konnte. Mit geballten Fäusten beobachtete er sie noch einen Augenblick lang und machte dann kehrt. Dabei ging er derart gebeugt, als sei sein Oberkörper mit dem Boden verwachsen.
Er zog Zephyrin mit sich, und beide strebten dem Ausgang zu.
»Nicht so schnell«, schnaufte der alte Mann. »Mein Bein kommt da nicht mit.«
Calixtus wirkte verlegen und ging langsamer.
Da hörten sie plötzlich jemanden rufen.
»Calixtus?«

Die beiden Männer drehten sich gleichzeitig um.
Atemlos und mit nackten Füßen stand Marcia vor ihnen. Sie sah den Thraker an, als würde sie gerade ein Wunder erleben.
»Nein«, fuhr sie mit leiser Stimme fort, »du mußt ein Lemure* sein.«
»Nein, Marcia, ich bin es wirklich und nicht mein Schatten.«
Ungläubig trat sie näher und streckte langsam ihre Hand nach seinem Gesicht aus. Ihre Finger berührten seine Wange, seine Stirn, seinen Hals. Er tat es ihr gleich, strich ihr über das pechschwarze Haar und streichelte ihre nackten Arme.
»Vielleicht wäre es besser, wenn ihr euch von hier entfernet«, schlug Zephyrin vor, dem unbehaglich wurde. »Ich weiß nicht, ob die Gäste das verstehen.«
Und als ob er den Anblick des Paares fliehen wollte, verschwand er in der Dunkelheit.
Wieder standen sie sich gegenüber und sahen sich lange an, ihre Lippen suchten einander, aber eine gewisse Scheu hielt sie beide zurück, sich einander völlig auszuliefern. Mit kaum hörbarer Stimme flüsterte sie: »Ich hielt dich für tot ... Für immer verloren. Die letzte Nachricht über dich wurde mir von Demetrios, dem Bischof von Alexandria, überbracht. Er berichtete mir von deiner Bekehrung und sagte mir, daß er dich beauftragt habe, dem Papst eine Botschaft zu überbringen. Seitdem habe ich nichts mehr gehört.«
»Ich wurde noch am Abend meiner Ankunft in der Hauptstadt verhaftet.«
»Das habe ich gewußt. Nachdem ich mehrere Wochen lang nachgeforscht hatte, habe ich ganz zufällig von Fuscian, dem früheren Präfekten der Stadt, erfahren, daß er dich zur Zwangsarbeit in den Minen verurteilen mußte. Und dort seist du, so sagte man mir wenigstens, gestorben.«
Calixtus dachte an den unglücklichen Basilius, dessen Platz er eingenommen hatte.

* Lemuren: Geister der Verstorbenen.

»Es handelte sich dabei nicht um mich ... sondern um einen anderen.«

Er machte eine Pause und dachte nach, bevor er die Frage stellte, die ihm auf der Zunge brannte.

»Warum diese Hochzeit? Ich dachte, Eclectus sei nur ein Freund, ein Bruder.«

Marcia schlug die Augen nieder.

»Ich hatte keine Wahl.«

»Das verstehe ich nicht.«

»Nach dem Tode Commodus' bin ich zur meistgehaßten Person des Reiches geworden. Die Opfer des verstorbenen Kaisers verzeihen mir nicht, daß ich die Mätresse ihres Henkers gewesen bin. Der Senat nimmt es mir übel, daß ich, die Tochter eines Freigelassenen, beinahe Kaiserin geworden wäre. Obwohl ich den Titel der Augusta und das heilige Feuer immer abgelehnt habe. Und diejenigen, die Commodus die Treue gehalten hatten, schworen mich zu töten wegen der Rolle, die ich bei der Beseitigung ihres Prinzeps gespielt habe. Es ging das Gerücht in Rom um – und es hält sich bis heute –, ich selbst hätte den Kaiser getötet.«

»Stimmt es?«

»Nein! Ich habe versucht, es zu tun, aber die Dinge verliefen nicht so, wie wir es erwartet hatten.«

Er schwieg, während sie erklärte: »Ich hatte ein letztes Mal mit Commodus im Ludus Magnus auf dem Palatin trainiert. Ich sage, ein letztes Mal, denn er hatte unterdessen bereits sein ganzes Mobiliar dorthin schaffen lassen. Nach den Übungen haben wir, wie wir es immer taten, ein Bad genommen. Ich war nackt, aber in meinem Haar, das ich im Nacken zu einem Knoten zusammengebunden hatte, war eine kleine Alabasterphiole mit Gift versteckt. Die Sklaven hatten Anweisung, im Frigidarium mehrere Karaffen Falernerwein aufzutragen, mit denen wir unseren Durst stillen wollten. Ich mußte tausend Schwierigkeiten überwinden, um das Gift in einen der Weinbecher schütten zu können. Ich bot ihm einen an. Er nahm ihn

und leerte ihn in einem Zug. Man hatte mir vorher gesagt, daß das Gift erst nach mehreren Stunden wirken würde. Wir verließen also das Frigidarium und gingen in den Massageraum. Es war die Nacht der Saturnalien, und hier war, wie überall sonst auch, kein einziger Sklave anzutreffen. Ich bot mich an, ihren Platz einzunehmen. Commodus hatte sich auf den Bauch gelegt und ich fing an, Öl auf seinem Rücken zu verreiben. Nach einiger Zeit, gerade als ich annahm, er sei eingeschlafen, drehte er sich plötzlich um, und ich sah das Gesicht des Todes.«
An diesem Punkt ihrer Erzählung angekommen, rang die junge Frau, von einer heftigen Gefühlsregung überwältigt, nach Luft.
»Ein Gesicht wie aus Wachs. Die Augen meergrün. In den Mundwinkeln bildete sich gelblicher Schleim. Er richtete sich nochmals auf und versuchte, mein Handgelenk zu packen. Mir gelang es, mich seinem Griff zu entziehen. Commodus fiel zu Boden, sein Körper wurde von entsetzlichen Zuckungen geschüttelt, er übergab sich. Es war unerträglich. Ich verließ den Raum, jagte die Flure entlang und stieß mich dabei an den Statuen. Doch plötzlich bremste Narcissus meinen Lauf. Es war, als wenn er mir aufgelauert hätte. Er zog mich in seine Arme und fragte mich: ›Nun? Hast du es geschafft? Ist er tot?‹ Ich glaube, ich habe gestammelt: ›Aber woher ... woher weißt du das?‹ – ›Eclectus hat es mich wissen lassen. Er fürchtete, daß du nicht die Kraft haben würdest, bis zum Äußersten zu gehen. Was ist passiert?‹ – ›Ich glaube, er hat das Gift erbrochen.‹ Daraufhin bat Narcissus mich, auf ihn zu warten. Er kehrte in den Raum zurück, den ich gerade verlassen hatte. Es dauerte nicht lange. Als ich ihn wiederkommen sah, begnügte er sich damit, zu sagen: ›Mein Bruder und all die anderen Namenlosen sind nun gerächt.‹ – Verstehst du jetzt, warum ich einwilligte, Eclectus' Frau zu werden, als er es mir vorschlug? Auf diese Weise stehe auch ich unter dem Schutz des neuen Kaisers. Verstehst du?«
Calixtus schüttelte sanft den Kopf, ein melancholisches Lächeln huschte über sein Gesicht.

»Eines ist gewiß, alles wird uns immer trennen ...«
Sie legte ihren Kopf an seine Schulter, und er spürte ihre Tränen, die ihr sacht die Wangen hinunterliefen.
Inzwischen hatten die Schatten der Nacht die ganze Landschaft in Dunkelheit gehüllt.
»Und du«, fragte sie sanft, »was wird aus dir?«
»Ich gehe meinen Weg. Er ist mir in gewisser Weise von dir vorgezeichnet worden. Ich bin ein Diener deines Gottes. Unseres Gottes.«
»Ich kann es kaum glauben, Calixtus, du ein Christ!«
Ein diskretes Husten holte sie wieder in die Wirklichkeit zurück. Zephyrin trat aus dem Halbschatten hervor.
»Marcia. Ich glaube, dein Mann fragt sich schon, wo du bleibst ...«
Und er verschwand ebenso schnell, wie er gekommen war.
»Es ist schon merkwürdig, wie sich manche Begebenheiten im Leben wiederholen, wenn man von einigen Beteiligten absieht«, sagte Calixtus mit rauher Stimme.
»Was meinst du?«
»Vor ein paar Jahren, in einem bestimmten Park, war es der Kaiser, der dich suchte.«
Sie brach in Tränen aus, und damit löste sich die innere Anspannung, die im Laufe der letzten Wochen immer größer geworden war.
»Laß mich dich wiedersehen. Morgen. Heute abend. Wo lebst du?«
»Nein, Marcia. Das ist zu früh. Oder zu spät. Du bist verheiratet. Ich bin ein Mann Gottes. Ehebruch ist uns verboten. Schon meine Anwesenheit hier ist eine Form der Sünde. Laß unser beider Leben nun den jeweils bestimmten Weg gehen. Sie gehören uns nicht mehr.«
Er schwieg, als sie sich von ihm entfernte. Sie murmelte, außer sich: »Sie haben uns doch niemals gehört ...«

54

April 192

Der kaiserliche Haruspex* runzelte die Stirn: Die Ziege, die er soeben als Opfer dargebracht hatte, hatte keine Leber! Und gerade die Leber benötigte er, um seine Kunst ausüben zu können. Wie war ein solches Wunder möglich? Er wußte doch, daß ein Tier ohne dieses Organ nicht leben konnte.

Zutiefst beunruhigt, gab er seinen Gehilfen ein Zeichen, ihm das zweite Opfertier zu bringen. Das junge Tier, das die Pfoten angezogen hatte, blökte jämmerlich, als sie es auf den Altar aus Marmor legten. Der Haruspex, der sich vor dem, was er jetzt entdecken würde, fürchtete, wartete mit dem tödlichen Hieb noch einen Augenblick und betrachtete die Umgebung ringsum.

Vom Tempel des Jupiter auf dem Capitol aus konnte er mit einem kurzen, flüchtigen Blick ein weites Panorama überschauen. Die pastellfarbene Morgendämmerung, eine Mischung aus Blau- und Rosatönen, zeichnete sich allmählich am Himmel über der Stadt ab. Ausgehend von dieser Brücke schweifte sein Blick über die Reihe von Foren, hinter denen, zwischen Quirinal und Esquilin, die Plebejerviertel Subura und Carinae lagen. Er setzte seine Beobachtungen weiter fort, und sein Blick streifte das stolze Bauwerk des Amphitheaters Flavium, wanderte von da aus zur Basilika Aemilia und Basilika Julia und gleich darauf zur beeindruckenden Architektur der Domus Augustana hinüber, die am Hang des Palatins errichtet worden war, und kam dann schließlich zum Forum der Rinder, auf dem, wie an jedem Markttag, reger Betrieb herrschte. Er beendete seinen Überblick beim Tiber und sagte sich, daß dieser fünfte Tag in den Kalenden des April sich im Grunde in

---

* Jemand, der aus den Eingeweiden von Opfertieren die Zukunft vorhersagt.

nichts von den vorhergehenden unterschied. Dann stieß er mit seinem Messer zu.
Das Blut spritzte sofort, und das Tier fiel keuchend zusammen. Ohne sich von den heftigen Zuckungen, die den Leib schüttelten, aufhalten zu lassen, schlitzte der Seher mit den präzisen Gesten eines Menschen, der jahrelange Übung hat, den Bauch des Tieres auf. Er steckte seine Hand in die Eingeweide, riß die Innereien heraus und stieß einen Seufzer der Erleichterung aus. Da war die Leber, ebenso wie die Niere und die Gedärme. Erneut wühlte er in der Öffnung auf der Suche nach dem Herz, doch zu seiner ungeheuren Überraschung konnte er es auch nach sorgfältiger Untersuchung der Bauchhöhle nicht entdecken.
»Sporus!« rief er mit Angstschweiß auf der Stirn. »Ist das Herz auf den Boden gefallen?«
»Nein, Meister, du hast es noch nicht herausgerissen.«
Und das aus gutem Grund ... Der Haruspex machte sich nun daran, in der schmierigen, mit Blutklümpchen durchsetzten Masse, die er auf dem Altar verteilt hatte, umherzutasten. Doch er mußte sich den Tatsachen beugen: Wenn das vorherige Tier keine Leber gehabt hatte, so hatte dieses kein Herz.
»Das ist ein Zeichen der Götter«, stammelte er völlig verstört. »Ein großes Unglück wird an diesem Tag geschehen!«

*

Die farbenfrohe Menge, die gewöhnlich die Straßen Roms bevölkerte, erstarrte und grüßte voller Respekt und Ehrerbietung den zweirädrigen Wagen, der den Abhang des Caelius hinunterrollte.
Auf dem Lande hätte dieser einfache Karren mit einer Lederplane, der von zwei Maultieren gezogen wurde, wahrscheinlich keine Aufmerksamkeit auf sich gezogen. Doch seit des göttlichen Julius' Zeiten war es offiziell verboten, am Tage mit einem Fahrzeug durch die Straßen der Hauptstadt zu fahren. Dieser

Beschluß, der gefaßt worden war, um die oft zu engen Straßen wieder freizumachen, wurde mit beispielhafter Strenge angewendet, und nur einige sehr hochgestellte Persönlichkeiten konnten diese Bestimmung mit ausdrücklicher Genehmigung des Kaisers umgehen.

Das war gewiß auch der Grund dafür, daß die meisten der Vorübergehenden versuchten, herauszubekommen, wer das Paar denn gewesen war, das, auf seidenen Kissen sitzend, die Beine baumeln ließ und in aller Ruhe das Gespann lenkte, ohne sich im mindesten um die Aufregung zu kümmern, die seine Fahrt verursachte. Diejenigen, die ganz nah an der Straße standen, konnten erkennen, daß die Frau geistesabwesend und zerstreut wirkte und daß ihr Begleiter in eine Art Selbstgespräch vertieft war.

»Marcia!«

Die junge Frau fuhr, aus ihren Gedanken aufgeschreckt, zusammen.

»Was ist, mein Freund?«

»Du bist heute morgen wirklich völlig abwesend. Das ist nicht gerade sehr schmeichelhaft für deinen armen Eclectus.«

»Verzeih mir, mein Freund. Was fragtest du?«

»Gewiß eine dumme Frage: Wirst du mich jemals lieben?«

»Aber habe ich mich dir nicht gestern abend hingegeben?«

Commodus' ehemaliger Kämmerer schüttelte bedeutungsschwer den Kopf.

»Das war keine Liebe, Marcia, das war ein Kampf. Ein Kampf, den zwei Gegner in dir mit sich austrugen und von dem ich ausgeschlossen war.«

Marcia schien endlich aus ihrer Erstarrung zu erwachen.

»Warum sagst du das?«

»Vielleicht, weil ich die Menschen kenne und weil ich vor allem glaube, dich zu kennen. Als du mich in die Arme nahmst, war es ein anderer, den du umarmtest, und du machtest dir deshalb Vorwürfe. Ich frage mich nur, warum du diese Umarmung wolltest. Nichts hat dich dazu gezwungen.«

»Du bist von nun an mein Gemahl. Und eine Frau, scheint mir, hat Pflichten dem Manne gegenüber, mit dem sie ihr Leben teilt.«
Eclectus lachte verärgert auf.
»Gewiß. Aber wir sind kein Ehepaar wie die anderen. Dein ganzes bisheriges Leben lang hast du dich angeboten, weil du dazu verpflichtet warst. Ich möchte, daß du weißt, daß von heute an nichts mehr so ist wie früher. Ich bin nicht Commodus. Ich bin ein Mann, der dich respektiert und der dich liebt. Und ich liebe dich, weil ich dich kenne. Ich bin dein Freund, Marcia. Also, warum hast du kein Vertrauen zu mir?«
Er machte eine Pause und fragte dann hastig: »Wie heißt er?«
Nach einem recht kurzen Moment des Zögerns – sie war vom erstaunlichen Scharfsinn ihres Freundes überrascht – sagte Marcia mit leiser Stimme: »Calixtus.«
»Kein Senator, kein Ritter, kein Präfekt, so scheint mir, trägt diesen Namen.«
»Und das aus gutem Grund, denn er ist nichts von alledem. Er ist ein einfacher Sklave.«
»Ein Sklave! Ein Sklave hat dein Herz erobert?«
Die junge Frau fiel ihm ins Wort.
»Warum reagierst du so? Bei einem Heiden hätte mich das nicht gewundert, aber ein Christ sollte keinen Anstoß nehmen an einer Beziehung zwischen zwei Menschen von unterschiedlichem Stand.«
»Ich war einfach überrascht. Das hatte ich nicht erwartet.«
Er schwieg, als ob er dem Geständnis seiner Gattin die Zeit geben wollte, seinen Geist und sein Herz zu durchdringen, dann fragte er: »Und was ist er? Für welchen Herrn arbeitet er?«
Sie wollte antworten, doch eine Prätorianerkolonne zog im Laufschritt und in strenger Formation an ihnen vorüber. Sie wartete, bis sie verschwunden waren, und dann erzählte sie ihm leise die ganze Geschichte von ihrer ersten Begegnung mit dem Thraker im Park des Anwesens von Carpophorus bis zu ihrem Wiedersehen am gestrigen Abend.

»Und du möchtest ihn gewiß gern wiedersehen?«
»Muß ich darauf antworten? Es scheint mir, daß ...«
Sie kam nicht dazu, ihren Satz zu beenden. Plötzlich peitschte Eclectus die Maultiere, die den Karren zogen, mit unerwarteter Heftigkeit. Sofort beschleunigten die Tiere ihren Schritt. Marcia, die hin und hergeworfen wurde, klammerte sich an einen der Pfosten und fiel nach hinten in die seidenen Kissen.
»Was ... was ist denn los?«
»Die Prätorianer!«
»Die Prätorianer?«
So schnell die Maultiere nur konnten, fuhr das Gespann den Hügel des Palatin in Richtung Domus Augustana hinauf.
»Die Prätorianer, die gerade an uns vorüberzogen«, führte der Ägypter zwischen zwei Schlaglöchern weiter aus, »hätten dort überhaupt nicht sein dürfen. Sie gehören nicht zur gewöhnlichen Wache. Und sie gingen auf den Palast zu. Ich habe eine dunkle Vorahnung: Es braut sich etwas Unheilvolles zusammen.«
Der Karren raste mit Gepolter in den erhabenen Ehrenhof des kaiserlichen Palastes.
»Ich hatte Pertinax doch inständig gebeten, egal wie ernst die Finanzkrise auch sei, die Zahlung des traditionellen Donativum* an die Prätorianer auf keinen Fall hinauszuzögern.«

*

»Caesar, ich beschwöre dich, du mußt den Palast verlassen! Flieh!«
Pertinax zuckte mit den Schultern, wodurch zwei Falten seiner Toga verrutschten und das makellose Aussehen seines würdevollen Kleidungsstückes zunichte machten.
Flink glättete Marcia die Falten und zupfte sie über dem linken

---

* Ein Geldgeschenk, das jeder Kaiser der Prätorianergarde zu Beginn seiner Regentschaft machte.

Arm des Kaisers zurecht. Wenn ihn diese Geste überraschte, so empfand Eclectus ein gewisses Unbehagen, denn dies war normalerweise Aufgabe der Sklaven.
»Ich bin noch nie vor einem Feind geflohen. Wie kommst du überhaupt darauf, daß dieser Handvoll Männer ein Gewaltstreich gelingen könnte?«
»Der Zusammenhalt der Prätorianer untereinander. Wenn sie zwischen dem Gehorsam und ihren Kameraden wählen müßten, würden sie sich immer für ihre Waffenbrüder entscheiden. Außerdem ...«
Durch die ungeschliffene Scheibe, die das Fenster zum Gemach des Kaisers verschloß, konnte man Gestalten erkennen, die das Peristyl durchschritten. Das bewies deutlich, daß Pertinax' Leibwache das Feld geräumt hatte.
Der Caesar zitterte leicht, während sich nun Marcia zu Wort meldete.
»Ich kenne jeden Winkel in der Domus Augustana. Laß mich dich führen. Durch ein paar Geheimgänge können wir eine Gasse erreichen, die nicht bewacht wird.«
»Wozu das?« fragte der Caesar.
Eclectus erwiderte: »Du könntest dich in die Obhut des Volkes begeben oder Schutz bei den Vigilien der Stadtkohorten suchen. Mit ihrer Hilfe wirst du Ostia erreichen und von dort aus den Hafen von Misena, wo du über die Mannschaften der Flotte verfügen kannst, desgleichen über die Legionen in der Provinz. Außerdem ...«
Der Ägypter hielt plötzlich mitten in seinen Erläuterungen inne. Er brauchte nur in Pertinax' Gesicht zu blicken, um die Zweifel, die dieser hegte, zu erkennen. Sicher dachte der Kaiser an die Rolle, die Marcia und er, Eclectus, an der Seite Commodus' gespielt hatten, und an die Leichtigkeit, mit der sie den toten Prinzeps aufgegeben hatten, um sich ihm, Pertinax, anzuschließen. Und daraus mußte der Kaiser folgern, daß sie nicht zögern würden, sich heute wieder so zu verhalten. Waren sie nicht beide Freunde von Septimius Severus, dem kaiserlichen Ge-

sandten für die Legionen an der unteren Donau? Und wenn dieser angebliche Aufstand der Prätorianer nichts anderes war als eine List, um dem Gesandten Platz zu machen?
Der Ägypter hatte Lust, Pertinax ins Gesicht zu schreien, daß sein Mißtrauen grundlos war, es ihn blind machte, ihn seinem Untergang entgegenbrachte. Er suchte verzweifelt nach einem Weg, ihn zu überzeugen.
»Die Flucht, die ihr mir vorschlagt, ist eines Imperators und berühmten Generals nicht würdig. Ich werde mit diesen Aufrührern reden.«
»Caesar«, murmelte Eclectus mit tonloser Stimme, »du gehst in den sicheren Tod.«
Doch Pertinax wollte nichts mehr hören. Mit dem stolzen Schritt eines alten Römers ging er aus dem Zimmer. An der Schwelle stieß er beinahe gegen Narcissus. Dieser trug zwei Schwerter.
»Nein! Nicht da entlang, Caesar! Sie werden dich töten.«
»Laß mich vorbei«, entgegnete der alte Mann einfach.
Nach einem kurzen Augenblick des Zögerns trat Narcissus beiseite. Eclectus nutzte die Gelegenheit, um sich eines der Schwerter zu nehmen.
»Hör mir gut zu, Narcissus. Ich vertraue dir meine Gattin an. Wenn mir etwas zustößt, wirst du sie beschützen.«
Und als der junge Mann ihn verwirrt anstarrte, beharrte er: »Versprich mir das, Narcissus!«
Marcia warf sich ihm in die Arme.
»Wohin gehst du? Siehst du denn nicht, daß alles verloren ist?«
»Ich muß diesen alten Narren verteidigen. Und wer weiß, vielleicht geschieht ein Wunder. Unter genau den gleichen Umständen ist Kaiser Nerva allein durch das Ansehen des Amtes des Imperators gerettet worden.«
»Nein, Eclectus! Geh nicht! Sie werden dich auch töten!«
Eclectus machte eine Geste, wie um sie zu beschwichtigen. Ohne länger zu warten, stürzte er Pertinax hinterher.
Marcia, gelähmt von der Geschwindigkeit der sich überstürzen-

den Ereignisse, nahm sich zusammen, als ihr Mann am Ende des Säulenganges verschwunden war. Sie griff nach dem anderen Schwert, das Narcissus noch immer in der Hand hielt.
»Gib es mir«, befahl sie in strengem Ton.
»Nein, Herrin, das darf ich nicht.«
»Gib mir dieses Schwert, sage ich. Ich werde ihn nicht im Stich lassen, wenn er dem Tod entgegeneilt!«
Langsam reichte der Freigelassene ihr die Klinge, doch im letzten Augenblick stieß er sie mit der anderen Hand heftig nach hinten. Marcia sank wie eine Stoffpuppe zusammen.

*

Nur wenig später erfuhr man die Einzelheiten des Dramas, das sich im sogenannten Jupitersaal, wo Pertinax auf die Prätorianer getroffen war, abgespielt hatte. Sie waren in dieses große Zimmer eingedrungen und vor ihrem Kaiser stehengeblieben. Der frühere Legat Marc Aurels, der geübt war in der Führung von Legionaren, ergriff sofort in scharfem Ton das Wort.
»Was gibt euch das Recht, diesen Ort zu betreten! Wenn ihr mir nach dem Leben trachtet, tätet ihr besser daran, noch ein wenig zu warten. Es bleibt mir ohnehin nicht mehr viel Zeit. Wenn ihr gekommen seid, um Commodus zu rächen, verschwendet ihr eure Zeit, denn es waren seine eigenen Untugenden, die zu seinem Tod geführt haben. Wenn ihr aber hier seid, um den Kaiser zu ermorden, den ihr die Pflicht habt, zu beschützen, dann seid auf der Hut! Nehmt euch vor dem Zorn der Götter und der Bürger in acht. Und hütet euch vor allem vor den Legionen in den Provinzen, die euch schon immer um eure Privilegien beneidet haben. Glaubt ihr im Ernst, daß sie ganz ruhig hinnehmen werden, daß die Prätorianer einen eigenen Imperator einsetzen?«
Einen kurzen Moment lang glaubte Eclectus, der ein paar Schritte hinter Pertinax stand, daß der alte Mann das Blatt zu seinen Gunsten wenden würde. Ebenso beeindruckt von dem Ton, der keinen Widerspruch duldete, wie auch von den Argu-

menten, die Pertinax, der so oft römische Legionen geführt hatte, vorbrachte, zögerten die Prätorianer. Und einer von ihnen steckte die Waffe wieder in die Scheide.

»Wir sind hier, um unsere Schulden einzutreiben!«

»Ja, das Donativum!«

»Drei Monate! Seit drei Monaten sind wir nicht mehr bezahlt worden.«

Ohne sich aus der Ruhe bringen zu lassen, hob der Kaiser die Arme, damit wieder Stille einkehrte.

»Ihr seid deshalb noch nicht bezahlt worden, weil ganz einfach die Kassen leer sind. Warum, glaubt ihr, war ich gezwungen, die Ausgaben des Palastes zu senken? Man kann nicht geben, was man nicht besitzt!«

»Wann? Wann bekommen wir unser Donativum?«

»Geht zurück in euer Lager. Ich verspreche euch, daß ihr bezahlt werdet, sobald ich die Summe zusammen habe.«

»Und welche Gewißheit haben wir? Was bietest du uns als Sicherheit?«

»Mein Wort«, entgegnete Pertinax mit einem gewissen Hochmut. »Das muß euch genügen!«

»Nein!« entgegnete einer in den hinteren Reihen. »Das kommt nicht in Frage!«

Und der Mann bahnte sich einen Weg zum Prinzeps. Im Unterschied zum größten Teil seiner Kameraden hatte er sein Schwert nicht wieder eingesteckt.

»Wir müssen dir gehorchen. Ins Lager zurückkehren. Auf unser Donativum Monate oder gar Jahre warten! Aber im Gegenzug? Du sprichst von den Legionen in den Provinzen ... Wer kann sich vorstellen, daß diese Legionen, die du offenbar so schätzt, uns vergeben, daß wir dich bedroht haben?«

Während er all das herausbrüllte, hielt der Prätorianer seine Klinge an die Kehle des Kaisers.

»Mir scheint, das Wort eines Kaisers sollte ebenso viel wert sein wie das eines Prätorianers.«

Auf diesen Augenblick hatte Eclectus gewartet, um einzugrei-

fen. Entschlossen stellte er sich neben Pertinax und hielt sein blankes Schwert drohend an die Brust des Soldaten.
»Wer ist denn der da?« fragte eine Stimme und meinte den Ägypter.
Eclectus erwiderte: »Jemand, der den geheiligten Auftrag erfüllt, der auch der eure ist: den Kaiser zu schützen.«
»Wir müssen uns von niemandem belehren lassen!« belferte ein Mann und zog sein Schwert.
»Prätorianer!« rief Pertinax und deutete mit dem Finger auf den Aufrührer. »Stellt euer Ansehen wieder her! Nehmt dieses Individuum fest und führt ihn ab ins Lager. Ich verspreche euch ...«
Weiter kam er nicht mehr. Der Mann durchbohrte ihn, stach wieder und wieder in sein Fleisch. Genauso schnell stürzte Eclectus sich auf ihn und tötete nun seinerseits den Angreifer.
Es war, als ob jemand das Signal gegeben hätte. Die Prätorianer, die sich bis dahin noch damit begnügt hatten, zuzuhören, zogen nun wie ein Mann ihre Schwerter und fielen über den Kämmerer und Pertinax her, der schon sehr viel Blut verloren hatte. Eclectus, der bereits von etwa zehn Klingen durchbohrt war, blieb kaum noch Zeit, sich verschwommen an Marcias Gesicht zu erinnern.
Am folgenden Tag legte Cornificia, deren Eheschließung mit dem Kaiser für den ersten Tag der Nonen vorgesehen gewesen war, Trauerkleidung an.

55

»Vorwärts!«
Calixtus umfaßte mit beiden Händen das dicke Seil und ging im Laufschritt los. Die feinen Sandkörner, die die nackten Füße des Fischers, der vor ihm lief, aufspritzen ließen, schlugen ihm ins Gesicht. Hinter ihm hörte er das Keuchen eines anderen Man-

nes, und etwa zwanzig Schritte links von ihm keuchten drei weitere am anderen Ende des Taues. Die Litzen des dicken, salzverkrusteten Seiles schnitten sich schmerzhaft in ihre Schultern, und ihre Brust brannte im Ringen nach frischer Luft. Am ganzen Ufer hallte das Knallen des Netzes, wenn es mit der Gischt in Berührung kam, in der Stille wider. Das Netz wurde immer schwerer, je mehr es über den sandigen Grund streifte und sich in den engen Maschen noch mehr Fische verfingen.
Schließlich wurde es vollständig ans feuchte Ufer gezogen und offenbarte eine Vielzahl zitternder Wassertiere.
»Heute haben wir einen guten Fang gemacht«, rief eine Stimme. »Vielleicht liegt es an unserem Freund Calixtus! Er bringt uns Glück!«
»Nein, Freunde, das Glück gibt es nicht. Aber Gott belohnt die Mühe.«

*

Sie erblickte ihn am Strand, wo er den Fischern dabei half, die Netze einzuholen. Sie versuchte, das Klopfen ihres Herzens zu zügeln, das im unregelmäßigen Rhythmus des Wellenschlages pochte. Da begann sie, noch schneller zu laufen, und ihre Schritte hinterließen schimmernde Fußabdrücke, die das Meer sogleich wieder verwischte.
Die Fischer gingen nach Hause. Er winkte ihnen zum Abschied. Sie sah, daß er einen Fisch bei den Kiemen hielt und zu einer kleinen Hütte hinüberging, die in den Dünen stand. Gerade wollte er hineingehen, als er – ohne erkennbaren Grund – an der Schwelle stehenblieb.

*

Er beobachtete die wogenden Wellen. Er mochte diesen Anblick von Gischt und Wasser. Er beruhigte ihn. Gewiß, die Welt und ihr Getümmel waren weit von Antium entfernt. Hier zählten nur

Ereignisse wie Dürre, Sturm und ein schlechter Fang. Kaiser, Senatoren und Präfekten schwebten höher als die Wolken.
Er wollte gerade in seine Hütte gehen, als plötzlich etwas seine Aufmerksamkeit erregte. Eine weiße Gestalt. Sie ging am Strand entlang auf ihn zu. Eine Frauengestalt. Er wartete, ohne genau zu wissen, warum. Wahrscheinlich um sich zu vergewissern, daß nicht das aufspritzende Wasser es war, das diese unvergleichliche Luftspiegelung hatte entstehen lassen. Erst als sie seinen Namen murmelte, hatte er Gewißheit.
»Calixtus ...«
Marcia war vor ihm stehengeblieben. Er konnte ihren Atem spüren. Er sah, wie sich ihre Brust hob. Das war kein Traum, ebensowenig ein Trugbild, das Gischt und Sonne hervorgebracht hatten.
»Calixtus ...«
Die Kehle war ihm zugeschnürt, er öffnete die Lippen, aber er konnte kein vernehmliches Wort hervorbringen.

*

Das Knistern der Glut überdeckte gelegentlich das Rauschen des Meeres.
Sie rückte dicht an ihn heran und legte den Kopf an seine Schulter, so wie ein Kind, das beruhigt werden will.
»Was ist dann passiert?«
»Narcissus hat mich in die Villa Vectiliana gebracht und mir so das Leben gerettet. Die späteren Ereignisse sind es nicht wert, erzählt zu werden. Sagen wir einfach, sie werden für künftige Zeiten die Schande von Rom sein.«
»Ich möchte es gern wissen.«
»Die Prätorianer hatten diesen Gewaltstreich nicht durchgeführt, um, was es auch sei, durchzusetzen, sondern um das Geldgeschenk zu bekommen, das ihnen nach altem Brauch bei Beginn einer neuen Regentschaft ausgehändigt wird. Deshalb ließen sie verlauten, daß sie den Mann als Caesar anerkennen würden, der ihnen das höchste Donativum bewillige. Zwei

Kandidaten waren sofort zur Stelle. Zwei der reichsten Senatoren. Ein gewisser Sulpicianus und der berühmte Didius Julianus. So wurde also im Prätorianerlager, unter den bestürzten Blicken von Zeugen, die Konsulwürde und das Reich buchstäblich meistbietend verschachert. Jedesmal, wenn einer der beiden Männer eine Summe nannte, übertrumpfte ihn sein Rivale. Als Sieger aus diesem schmutzigen Duell ging Julianus hervor. Er bekam den Titel, indem er jedem einzelnen Prätorianer mehrere tausend Denare versprach.«

»Das ist Wahnsinn«, sagte Calixtus. »Und das, was bei diesem schmutzigen Handel auf dem Spiel stand, war ja sozusagen die ganze Welt.«

»Du kannst dir wohl denken, daß niemand einen Kaiser anerkennen würde, der unter solchen Umständen an die Macht gekommen ist. Kaum, daß diese Nachricht zu den Legionen in den Provinzen vorgedrungen war, da hörte man auch schon, daß diese ihre jeweiligen Generäle zu Caesaren ernannt hatten: Die Armee an der unteren Donau machte Septimius Severus zum Caesar, die in Gallien Albinus und die im Oströmischen Reich Niger.«

»Es droht uns also ein Bürgerkrieg?«

»Das befürchte ich sehr.«

Calixtus blieb lange nachdenklich, ehe er erneut fragte: »Es fehlen mir noch ein paar Steine im Mosaik. Was bedeutet deine Anwesenheit hier? Wie hast du herausgefunden, daß ich mich in Antium aufhalte?«

»Zephyrin.«

»Zephyrin?«

»Weißt du, vor ein paar Tagen habe ich den Vikar inständig gebeten, mich in der Villa aufzusuchen. Ich mußte mit jemandem sprechen, mußte meine Einsamkeit und meine Bestürzung mit jemandem teilen. Die erste Frage, die er mir gleich bei seiner Ankunft stellte, betraf Eclectus' tragischen Tod. Meine Reaktion muß ihn überrascht haben. Sie war nicht so, wie man sie von einer Ehefrau erwartet, die gerade ihren Mann verloren hat.«

Marcia schwieg und schloß die Augen, als ob sie sich so die Szene besser in Erinnerung rufen könnte.

Sie und der Vikar saßen im Tablinium. Zephyrin hielt den Kopf geneigt, er fühlte sich nicht wohl.

»Ich verstehe nicht, Marcia. Trotz allem hattest du Eclectus doch gern?«

»Gewiß. Aber es war keine Liebe. Ich trauere um ihn, wie man den Verlust eines sehr guten Freundes betrauert. Verstehst du?«

»Nicht wirklich. Aber hast du jemals irgend jemanden wirklich geliebt?«

Die Frage des Vikars war wie ein Tadel formuliert. Natürlich war er verdeckt, doch der jungen Frau entging der Unterton dieses Satzes keineswegs. Deshalb hatte sie nachsichtig gelächelt.

»Sei versichert, Zephyrin, ich habe sehr heftig geliebt. Leidenschaftlich. Doch das Schicksal, Commodus' Gegenwart, machte die Erfüllung dieses Gefühls unmöglich.«

Zephyrin hatte die Stirn gerunzelt.

»Calixtus?«

»Ja, Calixtus. Ich habe niemals jemand anderen geliebt.«

Sie war aufgestanden und sah ihn flehentlich an.

»Die ganze Zeit über hast du es mir nicht sagen wollen. Er hatte es dir womöglich auch verboten. Aber heute liegen die Dinge anders. Ich möchte ihn so gern wiedersehen. Ihn noch ein Mal sprechen. Sag mir ... sag mir: Wo kann ich ihn finden?«

Der alte Mann hatte lange überlegt, ehe er sich äußerte: »Er lebt in Antium. Er ist bei der Gemeinde angestellt.«

Strahlend vor Glück fiel sie vor Zephyrin auf die Knie.

»Danke, danke, mein Freund. Du hast mir gerade die größte Freude meines Lebens bereitet.«

»Ich habe dir das anvertraut, weil mir scheint, daß von nun an eurem Wiedersehen nichts mehr im Wege stehen kann. Wenn Gott wollte, daß es nun so sei, so ist Er in seiner großen Güte der Ansicht, daß deine Ergebenheit ihren Lohn verdient.«

Mit einem Ausdruck des Mitleids hatte er seine Hand sanft auf die Stirn der jungen Frau gelegt. Er wußte, was sie erduldet hatte, was sie noch immer erduldete. Er wußte, daß die ganze Stadt sie seit Commodus' Tod für alles verantwortlich gemacht hatte. Man sprach über sie wie über die schlimmste aller Huren, die größte Verbrecherin seit Iokaste. Selbst er, Zephyrin, hatte sich in Gefahr gebracht, indem er ihr einen Besuch abstattete. Sogar der Heilige Vater hatte die Frage aufgeworfen, ob man klug daran täte, diese Frau weiterhin als Mitglied der christlichen Gemeinde zu betrachten. Es bedurfte allen Einflusses des Vikars zu ihren Gunsten, um die Verfechter ihres Ausschlusses zum Schweigen zu bringen – vor allem einen von ihnen: Hippolyt, der für äußerste Unnachsichtigkeit plädierte. Aber wie lange noch? Nachdem die ganze Kirche früher unter Marcias Schutz gestanden hatte, so war sie heute indirekt durch sie in Gefahr.

Zephyrin bedeutete ihr gerade aufzustehen, als sich die Tür mit einem Stoß öffnete. Narcissus trat ein. Ihm folgte Hyazinthus, der seine Stellung in der Domus Augustana noch immer hatte halten können.

»Herrin«, rief Narcissus, »du mußt fliehen!«

»Ja«, seufzte der Priester, der heftig schwitzte. »Ich komme gerade vom Palatin. Der neue Kaiser hat den Befehl erteilt, dich zu verhaften.«

»Mich zu verhaften? Aber warum? Ich habe Didius Julianus niemals auch nur die geringste Unannehmlichkeit bereitet. Und seit dem Tode meines Mannes verlasse ich mein Haus nicht mehr!«

»Das stimmt. Doch man hat gerade erfahren, daß die Legionen von Septimius Severus gegen Rom marschieren. Nun, es ist kein Geheimnis, daß Severus einer deiner Landsleute ist. Jemand, dem du Dienste erwiesen hast. Das genügt, um dich der Komplizenschaft zu beschuldigen.«

»Du mußt fliehen«, beharrte Narcissus. »Die Prätorianer sind schon unterwegs.«

»Er hat recht«, stimmte Zephyrin ihm zu. »Schnell.«

»Fliehen, aber wohin?« stammelte die junge Frau.
Zephyrin näherte sich ihr hinkend.
»Wir haben eben erst von jemandem gesprochen. Und von einem Ort ...«
»Antium?«
Marcia machte große Augen. Dann erhellte plötzlich ein verständnisinniges Lächeln ihr Gesicht.
»Mach die Pferde bereit, Narcissus. Ich ziehe mich um.«
»Bewaffne dich auch, Herrin. Wir müssen womöglich kämpfen.«
»Und so«, schloß Marcia und sah in die Glut, »verließen Narcissus und ich als gallische Reiter verkleidet die Villa Vectiliana. Anfänglich verlief alles sehr gut. Wir ritten den Caelius hinab und weiter bis zur Stadtmauer. An der Porta Capena jedoch wurde die Sache schwierig. Wir wollten die Porta gerade passieren, als sich uns ein Prätorianer von der Wache in den Weg stellte.«
»Wißt ihr denn nicht, daß es in Rom verboten ist, Waffen zu tragen?«
»Das wußten wir wirklich nicht«, erwiderte Narcissus. »Doch wir sind ohnehin im Begriff, die Stadt zu verlassen.«
Der Prätorianer rief dennoch seinen Vorgesetzten. Der Dekurio beäugte sie beide mißtrauisch, ehe er sich an Marcia wandte.
»Seid ihr fremd hier, daß ihr gegen das Gesetz verstoßt?«
»So ist es«, hatte sie geantwortet und dabei, so gut es ging, versucht, ihre Stimme zu verstellen. »Wir sind Gallier.«
Der Dekurio verzog skeptisch den Mund und kam etwas näher. Marcia erzitterte, als er mit seiner schwieligen Hand über ihren Schenkel strich.
»Du enthaarst dir die Beine?«
»Gibt es da etwa auch ein Gesetz, das das verbietet?«
»Das ist mein Liebhaber«, versuchte Narcissus das Ganze zu erläutern.
Aber der Dekurio schien sich mit dieser Erklärung nicht zufriedengeben zu wollen. Er ergriff die Hand der jungen Frau.

»Und du hast ihm dieses Armband, diese Ringe geschenkt? Beim Jupiter! Die sind mindestens zehntausend Sesterzen wert!«
»Na und?« versetzte Marcia mit unkontrollierter Wut. »Seit wann ist Großzügigkeit ein Verbrechen?«
»Dekurio«, stellte einer der Legionäre fest, »ich habe in Lugdunum gelebt, weder der eine noch der andere haben einen gallischen Akzent.«
Marcia zögerte nicht länger. Sie versetzte dem Dekurio einen Tritt ins Gesicht und zog zugleich mit Narcissus ihre Waffe. Es kam zu einem Kampfgetümmel. Die junge Frau trat mit den Hacken heftig in die Flanken ihres Reittiers. Das Pferd bäumte sich auf, preschte vor und überrannte die Wachen. Der Weg war frei. Sie ritt im Galopp davon und machte nicht eher Halt, als bis sie die ersten Bäume an der Via Ostiensis erblickte.
Als sie sich umdrehte, war Narcissus nicht mehr da.

56

»Du wirst mich niemals mehr verlassen ...«
Sie sprach das aus, worüber sie Gewißheit haben wollte.
»Man trennt sich nicht von sich selbst, Marcia.«
Beruhigt drückte sie ihre Stirn an seine Brust und blieb lange so stehen. Der Raum war erfüllt vom Knistern der letzten Holzscheite. Es war Stunden her, daß der abendliche Schein des Feuers aufgehört hatte, den Vorhang aus Leinen zu erhellen, der das einzige Fenster bedeckte. Die tiefe Stille der Nacht hatte sich über Antium gelegt, und das Meer mutete wie eine weitläufige Ebene an.
»Ich liebe dich so sehr.«
Er erwiderte nichts, sondern liebkoste ihren Hals und ihre Lippen. Mit einem Mal mußte er an die Zeit denken, die seit

jenem Abend verstrichen war, als sie sich in Carpophorus' Garten begegnet waren. Verschwommene Bilder schossen wie ein reißender Strudel an ihm vorüber: Flavia, Commodus, Marcias Besuch im Castra Peregrina-Gefängnis und schließlich Antiochia.
Sie drängte sich an ihn. Mit der Handfläche strich er über die Wölbung ihrer Brüste und ihrer Schenkel. Sie drehte sich um und bot ihm die Spitzen ihrer sonnengebräunten Brüste. Ihre Körper verschmolzen miteinander, leidenschaftlicher und heftiger als bei ihrer ersten Umarmung. Sie umschlang ihn, löste sich wieder und unterdrückte einen Schrei der Lust, als er in ihr versank. Langsam ließ sie sich neben ihn fallen. Ihre beiden Körper waren schweißüberströmt. Er wandte sich um, und als er sie betrachtete, war er überwältigt von der Unschuld und der ungewöhnlichen Sanftheit, die sich in ihren Gesichtszügen spiegelte. Nichts, aber auch gar nichts erinnerte an den entschlossenen Blick der Kurtisane.
Flavia ... Er mußte wieder an ihr gemeinsames Gespräch denken, in dem es um dieses eine Gefühl ging, von dem er behauptete, daß er es noch nicht kenne. War dies Liebe? Die Vorstellung, daß das Universum sich allein um einen selbst dreht. Eine innere Anspannung, das Bedürfnis zu beschützen, zu behüten, Mauern zu errichten, um sein Geheimnis vor allen anderen Menschen zu bewahren.
»Ja, du wirst mich niemals mehr verlassen.«
Voller Rührung lächelte er sie an. Die Vorstellung, daß dies vielleicht der Untergang ihrer Seelen war, den er in ihren aufgewühlten Zügen erkannt zu haben glaubte, schoß ihm flüchtig durch den Kopf.
Marcias Finger streiften über seine Wange.
»An was denkst du?«
Ohne zu antworten, erhob er sich, packte den Schürhaken und entfachte die Glut. Sie stand auf, wickelte ihren Körper in ein Laken und folgte ihm.
»Du wirkst plötzlich so traurig. Weshalb?«

»Nein. Ich bin nicht traurig, eher beunruhigt.«
»Wegen mir?«
Er versuchte Worte zu finden für das, was ihm durch den Kopf ging. Didius Julianus würde mit Sicherheit sämtliche Spione des Reiches einsetzen, um sie suchen zu lassen. Vielleicht sollte er nach einem Unterschlupf Ausschau halten, der ihr mehr Schutz bot als dieser kleine Hafen in der Nähe von Rom.
Sie unterbrach ihn.
»Nein, ich glaube, daß mein Freund Septimius Severus ihm größere Sorgen bereiten wird, als eine Frau zu suchen, die auf der Flucht ist. Vor allem dann, wenn diese Frau nicht unmittelbar seine Macht bedroht. Außerdem nimmt man zur Stunde an, ich hätte bei Severus Schutz gefunden oder sei auf dem Wege nach Afrika.«
»Und dennoch, es wird nicht lange dauern, bis sich, früher oder später, die Nachricht deiner Anwesenheit hier verbreitet. Du vermagst dir nicht vorzustellen, wie rasch sich in dieser Gegend Gerüchte ausbreiten. Antium ist ein Dorf, und wie in allen Dörfern vertreiben sich die Bewohner die Zeit am liebsten damit, sich gegenseitig genauestens zu beobachten.«
»Warum sollten sie eine Verbindung herstellen zwischen mir und der Frau, die früher einmal Commodus' Konkubine gewesen ist? Ich habe meine Geschmeide, die mich verraten könnten, verkauft, und diese Geldsumme reicht sicherlich, um die Kleidung einer Bäuerin zu erwerben. Man wird sehr schnell vergessen, in welchem Gewand ich hier angekommen bin.«
»Möglicherweise. Doch es stellt sich noch ein weiteres Problem: Du bist an kaiserlichen Prunk gewöhnt; wird es dir gelingen, dich an mein einfaches und bescheidenes Leben zu gewöhnen?«
»Muß ich dich daran erinnern, daß dieser Prunk, von dem du sprichst, niemals in Einklang stand mit meinen Wünschen als Frau?«
»Und die Macht, der Reichtum ...«
»Nein, Calixtus. Nichts, nichts von alledem. Heute verspüre ich Lust auf andere Dinge.«

Sie zog das Laken zur Seite, legte seine Hand auf ihren Bauch und fuhr fort: »Jemand hat einmal geschrieben, vielleicht Seneca oder Lukan, daß zwischen Traum und Wirklichkeit eine gewaltige Kluft existiert. Im Laufe eines Lebens beschränkt sich das Glück darauf, zu versuchen, diese Leere auszufüllen. Du, Calixtus, weißt, vielleicht besser als irgend jemand sonst, daß diese Leere bei mir noch immer unendlich groß ist. Ich habe gesehen, wie mit jedem Tag mehr Zeit verstrich. Ich habe den Sonnenaufgang und den Sonnenuntergang gesehen. Wie die Blätter sich gelb färbten und wieder grün wurden, und wie der Tiber die Erinnerung an Rom aufwühlte. Das ist alles. Wenn ich meinen Körper betrachte, kommt mir in den Sinn, daß er niemals Leben in sich getragen hat und daß er immer nur dazu gedient hat, die Lust anderer zu befriedigen. Dies und alles andere erfüllt mich mit großer Trauer.«

»Aber es gibt den Glauben.«

»Sicher, es gibt den Glauben. Gott sei Dank. Denn was wäre mir geblieben, ohne ihn? Der Untergang oder Selbstmord.«

Bestürzt drückte Calixtus sie fest an sich.

»Also wirst du von nun an mit mir zusammenleben«, erwiderte er, »doch ich kann dich nicht weiterhin Marcia nennen, zumindest nicht in Gegenwart von Zeugen. Dieser Name ist nicht sonderlich geläufig. Er könnte uns in Gefahr bringen.«

Lächelnd schlug sie vor: »Weshalb nennst du mich nicht Flavia?«

Er unterdrückte einen Aufschrei.

»Es ist ein Name, der uns beiden lieb und teuer ist.«

»Für mich ist es aber auch ein Name, der mir heilig ist. Ich hätte das Gefühl, ihn zu entweihen, wenn ich ihn einer anderen gäbe.«

Für einen Augenblick hielt Marcia den Kopf gesenkt, bevor sie ihn mit tonloser Stimme fragte: »So sehr hast du sie also geliebt...«

»Ja, ich habe sie geliebt. Voller Zärtlichkeit. Doch du hast recht. Ich werde dich Flavia nennen.«

Sie sah ihn mit einem eigenartigen Gesichtsausdruck an.
»Wirst du uns beide auch nicht miteinander verwechseln?«
Er schüttelte den Kopf.
»Nein, Marcia. Man verwechselt nicht den Fluß mit dem Meer.«
Ihre Lippen berührten sich von neuem. Sie legten sich nieder und preßten ihre nackten Körper aneinander.
»Glaubst du, es gibt eine Aussicht auf Glück im Leben?« fragte sie nach einer Weile.
»Das weiß ich nicht. Ich glaube allerdings, daß man das Unglück abwenden können muß ...«
Aus der Ferne hörte man das erste Krähen eines Hahnes.

*

Für Marcia begann ein neues Leben.
Gleich am nächsten Morgen erstand sie einen Strohhut, Sandalen und ein weitgeschnittenes Kleid, wie es die Bäuerinnen trugen. Doch die junge Christin, die ihr dieses einfache Gewand verkaufte, konnte ihre Neugier nicht verhehlen, als sie diese Frau mit dem muskulösen Körper sah, deren Blick und deren Stimme ihr etwas Königliches verliehen.
Ihre eindringlichen Fragen beantwortete Marcia mit einer Mischung aus Wahrheiten und Lügen. Sie sagte, sie heiße Flavia, kenne Calixtus aus der Zeit, als er noch Sklave gewesen sei. Sie selbst sei von einem sehr wohlhabenden Herrn erworben worden, der ihr in seinem Testament die Freiheit geschenkt und ihr sogar eine kleine Geldsumme hinterlassen habe. Diese Fassung mußte sie unzählige Male wiederholen: am Brunnen, auf dem Heuboden, auf der Schwelle ihres Heims und natürlich nach dem Gottesdienst, der regelmäßig in einem leerstehenden Gehöft abgehalten wurde. Ihr wurde sehr schnell klar, welche Folgen dies für sie hatte: Solange sie sich in Antium aufhielt, würde sie gezwungen sein, zu lügen und Listen zu gebrauchen. Und Calixtus unterstützte diesen Zustand. Hätte er denn überhaupt anders handeln können? Waren Marcias Lügen nicht

auch die seinen? Überdies teilte er mit ihr die fleischlichen Genüsse und war dazu verdammt, niemals seine Situation rechtfertigen zu können.
Trotz dieser täglichen Unsicherheit blühte die junge Frau allmählich auf. Sie ähnelte einem verdorrten Stück Erde, das plötzlich wieder Sonne und Wasser erhält.
»Ich lerne wieder tief durchzuatmen«, wiederholte sie gern während ihrer gemeinsamen, ausgedehnten Spaziergänge am Strand.
Die tiefgreifende Veränderung bezüglich ihrer Umgebung und ihres gesellschaftlichen Umgangs schien ihr nicht sonderlich zu Herzen zu gehen. Nach und nach entdeckte sie die Bewegungen ihrer Mutter wieder, die einst Sklavin war. Sie knetete Teig, buk Brot und achtete darauf, daß ihr neues Heim ordentlich und sauber war.
Manchmal spazierte sie zu der kleinen Bucht, um im klaren Wasser nach Muscheln zu suchen. Die Mädchen aus der Umgebung begleiteten sie und waren fasziniert von ihrer Schönheit und ihren Kenntnissen. Sie bewunderten und bestürmten sie mit Fragen. Andere jedoch sahen in dem neuen Gemeindemitglied einen Eindringling, den man nicht dulden wollte. Als sie eines Tages den Gottesdienst verließ, erhielt sie den Beweis. Eine Frau mittleren Alters sprach sie erbost an.
»Ich verbiete dir, dich noch einmal mit meiner Tochter zu treffen!«
»Aber warum denn nur?« hatte die junge Frau gestammelt.
»Sie soll nicht von einem Frauenzimmer wie dir verdorben werden.«
»Ich ... Ich verstehe nicht.«
»Kaum hast du dich mit deinem Herrn auf dessen Lager gewälzt, legst du dich schon mit dem Priester ins Bett, und nun tust du so, als würdest du mich nicht verstehen?«
Marcia spürte, wie sich alles in ihr zusammenzog. Am liebsten hätte sie dieser dummen und einfältigen Frau ins Gesicht geschrien, daß sie sich irrte und niederträchtig sei, doch sie

hielt sich zurück und biß die Zähne zusammen. Die Tränen strömten ihr übers Gesicht, als sie in die Hütte zurückkehrte.
Als Calixtus vom Gottesdienst kam und bemerkte, wie blaß sie war, machte er sich Sorgen.
»Es ist nichts«, hatte sie geantwortet. »Nichts.«
Was hätte sie ihm auch sagen sollen? Sobald er begreifen würde, daß seine Schäfchen ihre Verbindung nicht guthießen, würde er dann nicht zu der Überzeugung gelangen, daß es seine Pflicht war, sich von ihr zu trennen? Wenn sie nur daran dachte, fuhr ihr der Schrecken in die Glieder, und sie zitterte am ganzen Körper.
Allmählich sollten weitere Unannehmlichkeiten die kurzen Augenblicke des Glücks trüben.

*

In Antium, wie auch anderswo, waren die Christen in der Minderzahl. Und die Heiden, mit denen sie zusammentrafen, legten ihnen gegenüber ein Verhalten an den Tag, das von Mißbilligung, ja sogar offener Verachtung, bis hin zu Herablassung oder Spott reichte.
Die Tatsache, daß die Christen in dem Ruf standen, besonnen zu sein, und das Verbot, den blutigen Schaukämpfen in der Arena sowie anstößigen Theateraufführungen beizuwohnen, wurden belacht und ins Lächerliche gezogen. Die Sittsamkeit der Frauen jedoch wurde noch viel stärker angegriffen. Die Römer, die an Ausschweifungen und an wiederholte Scheidungen gewöhnt waren, brachten nicht das geringste Verständnis dafür auf, daß sich die Christinnen keine Liebhaber nahmen, was im Vorbeigehen mit anzüglichen und spöttischen Bemerkungen quittiert wurde.
Dies war einer der Gründe, warum es Marcia bisher, so gut es ging, vermieden hatte, sich unter die Götzenanbeter in Antium zu mischen. Sie war sich bewußt, daß ihre Schönheit für sie eine Gefahr darstellte und keine Vorteile brachte. Also bemühte sie sich, soweit als möglich den Empfehlungen der Kirchenväter

bezüglich der Kleidung Folge zu leisten. Doch trotz ihrer Bemühungen wurde sie eines Nachmittags beim Holzfällen von jemandem angesprochen.

»Läßt dich dein Mann die Schwerstarbeit verrichten, weil er das Oberhaupt der Christen ist?«

Ruckartig hob sie den Kopf und erblickte Atrectus, den Magistrat der kleinen Siedlung, der auch gleichzeitig Priester des Apollon-Kultes war. Seine Stimme klang spöttisch, beinahe heiter. Sie hatte ihm zwar mit einer gewissen Zurückhaltung geantwortet, doch dabei wirkte sie vollkommen gelassen.

»Nein, ich tue diese Arbeit gern. Du siehst, ich kann nicht ohne körperliche Betätigung leben...«

Dies entsprach der Wahrheit. Die täglichen Ertüchtigungen, die ihr durch Commodus zur Gewohnheit geworden waren, hatten in ihr das dringende Bedürfnis geweckt, sich körperlich zu betätigen. Deshalb suchte sie sich immer häufiger anstrengende, schwere Arbeiten, auch wenn Calixtus dagegen war.

»Trotz allem«, fuhr der Magistrat fort, »Holzfällen ist keine Arbeit für eine Frau!«

Marcia brach in schallendes Gelächter aus und hob den Arm, um ihm das Spiel ihrer Muskeln zu zeigen.

»Hier ist der Gegenbeweis.«

»Bei Herkules! Bist du etwa bei den Amazonen aufgewachsen?«

Diesmal konnte die junge Frau nicht umhin zu erröten. Hatte er den Namen Amazone nur zufällig erwähnt, oder war es eine Anspielung auf den Beinamen, den ihr Commodus verliehen hatte? Sie bemerkte den starren Blick ihres Gegenüber. Das Funkeln in seinen Augen war ein untrügliches Zeichen. Und sogleich machte sie sich Vorwürfe, daß sie die Hütte barfuß und nur mit einer knielangen Tunika bekleidet verlassen hatte.

»Nach dem Leben, das du zuvor geführt hast«, fuhr er mit einschmeichelnder Stimme fort, »kann man sich kaum vorstellen, daß du einer so derben Beschäftigung nachgehst; du warst, wenn ich den Gerüchten Glauben schenken darf, die Konkubine eines sehr reichen Herrn.«

»Das ist wahr. Er war kein gewöhnlicher Mensch«, wich sie ihm mit wachsendem Unbehagen aus.
Atrectus hatte sich genähert.
»Wäre ich an der Stelle eines ebenso von den Göttern gesegneten Mannes gewesen, so sei gewiß, kein Geschenk und kein Prunk wären gut genug für dich gewesen.«
»Vielleicht dachte mein Herr ebenso«, erwiderte sie geheimnisvoll.
Er war nun ganz nah herangekommen und legte seine Hand auf ihren Unterarm. Sie konnte seinen Atem auf ihrer Wange spüren.
»Ich scherze nicht. Die Priester Apollons sind bekannt für ihre Ehrlichkeit.«
»Das glaube ich dir«, erwiderte sie vorsichtig. »Und ich bin überzeugt, daß deine Gemahlin sich glücklich schätzen kann, dich zum Ehemann zu haben.«
Er flüsterte ihr ins Ohr.
»Ganz gewiß. Auch dir würde gefallen, wie ich die Wünsche derjenigen erfülle, die ich liebe.«
Marcia wollte sich von ihm losreißen, doch schon hielt er sie eisern fest und preßte seinen Mund auf ihren.
Nach einem kurzen Augenblick, in dem die junge Frau sich ihm zunächst widersetzen wollte, öffnete sie behutsam ihre Lippen. Kühn geworden, drang der Magistrat mit seiner Zunge tief in ihren Mund und stieß sogleich einen Schrei aus, als er spürte, wie sich ihre Zähne in sein Fleisch bohrten.
»Du verdammtes Biest!« brüllte er, während er von ihr abließ.
Sein Mund war voller Blut.
Seine Hand beschrieb einen kreisförmigen Bogen, doch sie griff ins Leere.
Marcia hatte sich ihrer schnellen Reaktionen aus der Zeit in der Arena besonnen. Sie hatte sich rechtzeitig gebückt und ihren Körper mit einer außerordentlich geschmeidigen Bewegung herumgewirbelt. Nun bedrohte sie den Mann mit ihrer flachen Axt.

»Versuch das noch mal!« rief sie mit dumpfer Stimme. »Wenn du es noch einmal wagst, dann wird nicht mehr viel übrig bleiben vom Priester des Apollon!«

»Ach, hör schon auf, dich wie eine Vestalin zu zieren. Ein Mädchen wie du hat gewiß plumpere Annäherungsversuche über sich ergehen lassen müssen.«

»Laß meine Frau in Ruhe!«

Der Magistrat wandte sich ruckartig um. Unvermutet war Calixtus hinter dem Haus aufgetaucht.

»Was redest du da? Nenn sie lieber deine Konkubine. Soweit ich weiß, hast du dich niemals mit ihr vermählt.«

»Und das gibt dir das Recht, sie dir einfach zu nehmen?«

»Warum nicht? Ein Frauenzimmer wie sie sollte jedermann gehören«, meinte der Magistrat mit einem spöttischen Unterton.

Marcias Finger umklammerten so heftig den Griff der Axt, daß das Weiße ihrer Fingerknöchel hervortrat. Sie wußte, daß es die Sitten erlaubten, eine Freigelassene jederzeit zu verführen. Im Gegensatz zu den verheirateten Frauen, die unter dem besonderen Schutz des Gesetzes standen. Die unsichere Lage der Freigelassenen führte dazu, daß es für die meisten unter ihnen keine andere Lösung gab, als sich ihre Reize versilbern zu lassen; dieser Umstand erklärte die Anmaßung des Magistrats.

Calixtus packte ihn an seiner Tunika und hob ihn hoch.

»Es ist besser, du verschwindest, Atrectus.«

Der Mann senkte den Blick unter der Wirkung von Calixtus' blauen Augen. Er wollte einige unflätige Worte an ihn richten, doch die Faust des Thrakers schnürte ihm die Kehle zu. Kurz darauf machte er, daß er davonkam.

»Ich fürchte, von nun an haben wir einen Feind mehr in Antium«, murmelte Marcia, als sie die Silhouette in dem Staub, der im Zwielicht der untergehenden Sonne golden glänzte, verschwinden sah ...

Am nächsten Tag etwa zur zweiten Stunde, als die Sonne die letzten Nebelschwaden vertrieb, hatten zwei Bauern, die auf

dem Weg zu ihren Feldern waren, eine merkwürdige Begegnung.
An der Wegbiegung eines Wäldchens sprach sie ein Mann an. Ein Mann oder ein Tier? Um seinen entblößten Körper zu verbergen, hatte er um seine Hüften etwas ungeschickt ein altes Schafsfell geknotet, das entsetzlich stank. Seine von der Sonne gerötete Haut, sein buschiges Haar, seine Wangen voller Bartstoppeln und seine blutigen Füße erweckten den Eindruck, als sei er gerade dem Hades entronnen.
»Ein Pan!«
Vollkommen verängstigt, wollten die beiden Bauern Reißaus nehmen, doch die Kreatur beschwor sie, keine Angst vor ihm zu haben.
»Ich bin es, ich bin es doch nur! Capito. Capito, der Zenturio.«
Die beiden Bauern blickten sich verständnislos an. Nachdem sie sich etwas beruhigt hatten, traten sie auf ihn zu und musterten prüfend sein Gesicht. Ja, er war es tatsächlich. Dieser Mann, der in gewisser Weise der Stolz von Antium geworden war. Vor etwa zehn Jahren hatte er die kleine Siedlung verlassen, kehrte jedoch in regelmäßigen Abständen zurück. Man wußte, daß er sich freiwillig zu den Kohorten der Prätorianer gemeldet hatte. Der kaiserlichen Wache gehörten nur die besten Männer an, und es war die einzige Armee, die sich ständig in Italien aufhalten durfte.
Mittlerweile hatten sich die beiden Bauern von ihrem Schrecken erholt und bestürmten den Zenturio mit Fragen. Doch ihre Erwartungen wurden bitter enttäuscht, denn Capito bat sie lediglich, sich zum Anwesen seiner Eltern zu begeben und ihm eine Tunika mitzubringen, damit er seinen nackten Körper bedecken könne.
Sie taten wie ihnen befohlen, und als sie zurückkamen, wurden sie von einer Gruppe von Dorfbewohnern begleitet, die ihm buchstäblich einen Triumphzug bereiteten und ihn ins Dorf zurücktrugen. Von allen Seiten tauchten Köpfe auf: Männer, Frauen und Kinder standen wild gestikulierend am Fenster

oder auf der Schwelle ihrer Häuser. Schließlich versammelte sich die Menschenmenge auf dem Platz des kleinen Forums von Antium. Der Besitzer der einzigen Taverne hatte bereits einige Fäßchen marmarischen Weins bereitgestellt, und nun standen alle im Kreis um Capito und lauschten seiner ungeheuerlichen Geschichte.

Septimius Severus war in Italien einmarschiert, und seine Ankunft hatte Rom in Angst und Schrecken versetzt. Die Legaten der Prätorianerkohorten, die darauf bedacht waren, einen Bürgerkrieg zu verhindern, hatten an den General der Armee in Hister geschrieben und ihn wissen lassen, daß sie nur ihn als Kaiser anerkennen würden. Severus hatte sich dieser Vorgehensweise gegenüber aufgeschlossen gezeigt, und kaum hatte er sein Lager innerhalb der Mauern der Hauptstadt aufgeschlagen, lud er die Prätorianer ein, darunter auch Capito, ihm im Festtagsgewand die Ehre zu erweisen, so wie es der Brauch vorsah.

»Also haben wir uns mit Lorbeerzweigen in sein Lager begeben, vor der Rednertribüne, nur mit unseren Paradeschwertern bewaffnet, in Reih und Glied Aufstellung genommen. Doch kaum hatten wir uns eingereiht, als uns ein Schwarm von Legionären, die urplötzlich aufgetaucht waren, in voller Rüstung umzingelte. Kaum hatten wir begriffen, daß wir in eine gemeine Falle gelockt worden waren, da erschien auf dem Podium Septimius Severus. Er trug seine Rüstung und seine Kriegswaffen.

Die Rede, die er hielt, war eindeutig: Er beschuldigte uns Prätorianer, Pertinax umgebracht und durch unsere Geldgier das Reich in Mißkredit gebracht zu haben. Anschließend befahl er, daß wir unsere Paradeschwerter ablegen sollten, sonst würden wir auf der Stelle mit dem Tode bestraft. Er ließ uns keinen Ausweg. Also kamen wir seiner Aufforderung nach und flehten beim neuen Prinzeps von Rom um Gnade.«

»Nun gut«, hatte der erwidert. »Ich möchte die ersten Stunden meiner Herrschaft keinesfalls mit einem Blutbad beginnen. Ich befehle euch nur, euch eure Abzeichen herunterzureißen, euch eurer Rüstung und eurer gesamten Kleidung zu entledigen und

so weit als möglich zu verschwinden. Wer von euch in einem Umkreis von weniger als hundert Meilen von der Hauptstadt aufgegriffen wird, erhält sofort den Todesstoß!«
An dieser Stelle seiner Schilderung versagte Capitos Stimme, und Tränen liefen ihm über die Wangen. Die Menschen um ihn herum schwiegen. Sie waren bestürzt, einen ihrer Söhne nun weinen zu sehen, und zwar denjenigen, den sie immer als »Glückskind« angesehen hatten und der nun ein Niemand war. Calixtus brach als erster das Schweigen.
»Und Didius Julianus? Was ist aus ihm geworden?«
»Kaum waren die Legionen von Severus in Ravenna einmarschiert, erklärte Konsul Silius Messala den ehemaligen Kaiser zum öffentlichen Feind des Senats. Ich habe gehört, er soll von einem Unbekannten in den Gärten der Domus Augustana ermordet worden sein.«
»Und Mallia? Die Kaiserin?«
Erstaunte Blicke trafen den Thraker. Wie konnte man sich angesichts der bestürzenden Neuigkeiten, die sie soeben erfahren hatten, für das Schicksal einer Frau interessieren – mochte es auch die Augusta sein –, wenn das Reich auf dem Spiel stand? Niedergeschlagen erwiderte Capito: »Allem Anschein nach trägt man noch immer das heilige Feuer vor ihr her.«
Für einen Moment fragte sich Calixtus, wie sich wohl jene Frau, die eine Zeitlang seine Geliebte gewesen war, an diesem Abend gefühlt haben mußte. Ihr Gemahl, den sie immer abgewiesen hatte, war tot, und ihr wurden noch immer die Ehren eines Standes zuteil, der ihr nicht mehr zustand.

*

Marcia hielt, während sie das Hammelkarree schnitt, einen Augenblick inne und blickte ihren Gefährten an.
»Niemals hätte ich es für möglich gehalten, daß Eclectus und Pertinax, diese beiden Unglückseligen, so schnell gerächt werden würden.«

Calixtus schwieg. Er sah sie lediglich mit entrückter Miene an.
»Was ist mit dir?« fragte sie überrascht.
»Es scheint dir gar nicht bewußt zu sein, daß hinter diesen Ereignissen etwas viel Entscheidenderes und Persönlicheres zum Vorschein gekommen ist.«
»Ich verstehe nicht, was du meinst.«
»Dein Verfolger Didius Julianus ist tot.«
»Und?«
»Das bedeutet, daß dir von nun an die Pforten der Hauptstadt wieder offenstehen. Du kannst den Stand und die Reichtümer zurückfordern, die einmal dein waren. Es besteht kein Zweifel, daß dein Freund Septimius Severus sie dir voll und ganz zurückgeben wird.«
Die junge Frau starrte ihn vollkommen fassungslos an.
»Glaubst du wirklich, ich würde Antium verlassen und dich aufgeben für eine Handvoll Gold und ein kleines Stückchen Macht? Für wen hältst du mich eigentlich? Für das zügellose Frauenzimmer, als das mich Commodus' Feinde beschreiben?«
Marcia schwieg einen Augenblick, bevor sie fortfuhr: »Das einzige, was sich durch Julianus' Tod für mich geändert hat, ist, daß ich dich nun, ohne Furcht haben zu müssen, lieben kann. Die Jagd der Spione hat von heute an ein Ende. Ich flehe dich an, verbanne aus deinen Gedanken die Vorstellung, daß wir uns irgendwann einmal trennen müssen. Wir werden uns niemals mehr trennen.«

57

An einem Sommerabend, als die Luft erfüllt war vom Gelächter der über den Sand laufenden Kinder, nahm das Unheil seinen Lauf.
Calixtus las gerade das Werk *Paidagogos*, das ihm Clemens aus Alexandria gesandt hatte, als ein mächtiger Schatten in der Tür

erschien. Er hatte Mühe, die Umrisse des Unbekannten im Gegenlicht auszumachen. Erst nachdem die Gestalt das Zimmer betreten hatte, erkannte er den Besucher.
»Hippolyt«, rief er überrascht.
Wortlos nahm der Priester auf der kleinen Holzbank Platz, die sich über die gesamte Wand hinzog. Mit einer nervösen Handbewegung wischte er den Schweiß fort, der seine breite Stirn bedeckte. Zweifellos war er derselbe Mann, mit dem sich der Thraker immer wieder auseinanderzusetzen hatte: dieselbe strenge Kleidung und derselbe unnachgiebige Ausdruck; alles an ihm, seine ganze Haltung drückte eine fortwährende Unversöhnlichkeit aus, die beinahe an Hochmut grenzte. Doch alsbald überfiel den Thraker eine dunkle Vorahnung, und in der Gewißheit, daß dieser Mann ihm schlechte Nachrichten überbringen würde, fragte er mit zögernder Stimme: »Was führt dich nach Antium?«
Hippolyt fuhr fort, sich den Schweiß abzuwischen, bevor er antwortete.
»Ich bin auf Geheiß von Papst Viktor hierhergereist. Um dich zur Ordnung zu rufen.«
»Zur Ordnung?«
»Dein Erstaunen ist an sich schon Beweis genug für die Rechtmäßigkeit dieser Vorgehensweise.«
Calixtus richtete sich auf. Hippolyt fuhr fort: »Auf Zephyrins Bitte hin hat der Heilige Vater dir diese Gemeinde anvertraut, trotz deiner Vergangenheit. Dies geschah in der Hoffnung, daß du dich dieser Aufgabe würdig erweisen würdest.«
»Und?«
»Es hat nicht lange gedauert, bis die Gerüchte, die sich rasch bestätigten, nach Rom vorgedrungen sind.«
»Von welchen Gerüchten sprichst du?«
Hippolyt warf dem Thraker einen finsteren Blick zu und erwiderte, indem er jedes einzelne Wort absichtlich in die Länge zog: »Du lebst mit einer Frau im Konkubinat, die einen schlechten Lebenswandel führt. Du rufst Entrüstung bei deinen Brü-

dern und Schwestern hervor und machst die Ungläubigen glücklich, die ihren Spott unserer Gemeinde gegenüber nicht länger zurückhalten.«

»Meine eigene Gemeinde erhebt also diese Beschuldigungen gegen mich?«

»Dazu brauchte es keine Denunzianten: Das ganze Dorf zeigt mit dem Finger auf dich.«

Nun war also der Augenblick gekommen, vor dem er sich so sehr gefürchtet hatte. Seit dem Tag, an dem Marcia in seinem Haus Unterschlupf gefunden hatte, hatte er gewußt, daß es eines Tages so kommen würde. Das Gerede im Dorf, die Verleumdungen waren sein tägliches Los geworden. Mit matter Stimme erkundigte er sich: »Der Papst wünscht, daß ich abtrete, nicht wahr?«

»So ist es. Die Art, wie du dein Leben führst, ist ein Schauspiel ohnegleichen und eine Sünde vor Gott, unserm Herrn und ein verheerendes Beispiel für unsere Brüder und Schwestern.«

Glaubst du, es gibt eine Aussicht auf Glück im Leben?
Das weiß ich nicht. Ich glaube allerdings, daß man das Unglück abwenden können muß ...

Diese Sätze – nur wenige Wochen zuvor ausgesprochen – klangen jetzt wie Totenglocken. Anstatt etwas zu erwidern, senkte Calixtus den Kopf und ging auf das geöffnete Fenster zu, das den Blick auf den Strand und die offene See freigab. Hippolyt beobachtete ihn aufmerksam.

Da er das Wesen seines Gegenübers gut kannte, hatte er eine gänzlich andere Reaktion erwartet. Wütendes Aufbegehren, nicht aber diesen Anflug von Sich-Fügen.

»Und dennoch, wir tun wirklich nichts Unrechtes«, erwiderte Calixtus mit kaum hörbarer Stimme.

Hippolyt hätte beschwören können, daß er diese Worte an sich selbst gerichtet hatte. Er antwortete ihm: »Zu den strengen Grundsätzen des Priestertums zählt die Achtung vor den Worten Jesu Christi. Muß ich dir diese Worte in Erinnerung rufen: ›Wenn du willst, so komm, gib alles auf und folge mir.‹«

»Ein Mensch wird deshalb Leid erdulden müssen.«
»Das Leiden und das Opfer, sind sie nicht unser aller Schicksal? Wir sind hier, um den Weg für ein anderes Leben zu bereiten. Und ...«
Der Priester wurde von einer Stimme unterbrochen.
»Die Hoffnung auf ein anderes Leben würde demnach alle Freuden des Hier und Jetzt überdecken?«
Marcia war ebenfalls in die Hütte geschlüpft. Vollkommen in ihr Gespräch vertieft, hatte sie keiner der beiden Männer eintreten hören. Sie stand da, aufrecht, die Sandalen in der Hand; ihr lockiges Haar ringelte sich im Nacken und war noch feucht vom letzten Bad.
Calixtus streckte ihr seine Hand entgegen und verkündete mit rauher Stimme: »Marcia, das ist Hippolyt. Papst Viktor hat ihn gesandt.«
Mit unverhohlener Neugier musterte der Priester die junge Frau.
»Du bist also die Amazone ...«
»Dieser Beiname gehört der Vergangenheit an, jetzt bin ich nur mehr eine Frau: Calixtus' Frau.«
»Von nun an wird man es dir verbieten«, warf der Thraker ein und trat wieder ans Fenster.
Die Atmosphäre war mit einem Schlag zum Zerreißen gespannt und unmittelbar davor, sich bei der kleinsten Regung zu entladen.
»Was ... was willst du damit sagen?«
»Anordnung vom Papst. Wir müssen uns trennen.«
»Der Papst? Aber weshalb? Warum?«
Ihre Stimme klang so verzweifelt, daß Hippolyt eine gewisse Scham empfand. Er konnte ihrem Blick nicht standhalten und wich aus, indem er einen unsichtbaren Punkt jenseits der Wände dieses Raumes fixierte.
»Der Umgang eines Sklaven mit einer Patrizierin darf zu keiner rechtlichen Verbindung führen. Eine Frau, die einer solchen Beziehung verdächtigt wird, macht sich eines Verbrechens

schuldig, das durch den Senatsbeschluß von Claudius schwer bestraft wird und für die Schuldige, je nach den Umständen, den Verlust ihrer persönlichen Freiheit oder zumindest ihrer Ingenuität nach sich zieht*.« Ihm blieb keine Zeit, seine Ausführungen zu beenden.
»Wenn wir außerhalb dieses Gesetzes leben, so doch nicht, weil wir es wollen! Es ist dasselbe Gesetz, das uns die Ehe verbietet. Welche Wege könnten wir, ich als Patrizierin und Calixtus als Sklave, beschreiten, um unsere Verbindung, die der Papst verdammt, für rechtsgültig erklären zu lassen?«
»In Kenntnis eurer Lage hättet ihr nicht ungesetzlich handeln dürfen.«
»Aber dieses Gesetz ist ungerecht!«
»Nun, zur Stunde ist das Gesetz der Kirche so beschaffen, daß es sich dem römischen Recht anschließt.«
»Das ist absurd. Absurd! Und was ist mit dem Gesetz, das heiliger ist? Dem Gesetz Gottes? Denn wo steht geschrieben, daß Er die Liebe zwischen zwei Menschen zurückweist und verdammt, die aufgrund ihres Standes voneinander getrennt sind? Wo? Und im übrigen, geht es in unserem Glauben allein um die Frage der Klasse oder Hierarchie?«
Mit Nachdruck hob Hippolyt die Arme, was ein wenig lächerlich wirkte.
»Du hältst beharrlich daran fest, Paulus' Gebot nicht zu beachten, das da heißt: ›Wer sich den weltlichen Mächten widersetzt, stellt sich gegen die von Gott gewollte Ordnung!‹ Aus diesem Grunde erkennt die Kirche Claudius' Senatsbeschluß an.«
Marcia öffnete den Mund, um noch einmal ihre Mißbilligung zu äußern, als sie plötzlich Calixtus' undurchdringliche Miene bemerkte.
»Du sagst gar nichts? Du wirst dich doch nicht etwa einer solchen Demütigung unterwerfen?«

---

* Nach römischem Recht bedeutete Ingenuität den Stand eines Freigeborenen.

Der Thraker, der sonderbar ruhig wirkte, machte eine Pause, bevor er darauf erwiderte.
»Ich stelle mir diese Frage nicht erst seit heute, Marcia. Wir sind Teil dieses Dorfes, in dem ich den christlichen Kodex lehre. Was für ein Vorbild bin ich denn für diese Menschen, wenn nicht einmal ich selbst die einfachsten Gebote unserer Religion befolge?«
Sie kam auf ihn zu und hakte sich fest bei ihm ein, als ob das Meer durch die Hütte branden würde.
»Ich liebe dich, Calixtus. Das ist das einzige Gebot, dem wir folgen sollten. Wir haben bereits unser Opfer gebracht. Du und ich, wir haben längst für Fehler, die erst noch begangen werden müssen, bezahlt. Ich flehe dich an, laß nicht zu, daß sie dich mir entreißen.«
Ein langes Schweigen folgte, das lediglich in der Ferne vom rhythmischen Schlagen der Wellen durchbrochen wurde.
»Gott vermag ich mich nicht mehr zu entziehen...«
Sie betrachtete ihn eindringlich, und ihre Lippen bebten, unfähig, Worte zu finden.
Hippolyt wählte genau diesen Moment, um einzugreifen.
»Papst Viktor hat mich beauftragt, euch auszurichten, daß er sich gezwungen sehen würde, euch beide zu exkommunizieren, falls ihr euch widersetzt. Ihm bliebe keine andere Wahl.«
Die junge Frau ballte die Fäuste und schluchzte plötzlich laut auf.
»Uns exkommunizieren! Züchtigen! Bestrafen! Ihr und euresgleichen kennt wohl keine anderen Worte? Eines Tages wird jemand dieses unrechte Gesetz ändern, vielleicht morgen, vielleicht in tausend Jahren, warum also heute darunter leiden, im Namen der Ungerechtigkeit?«
»Es tut mir weh, Marcia... ebenso weh wie dir. Wir müssen tapfer sein. Nicht du bist es, die ich Tapferkeit lehren muß. Du hast sie mich gelehrt.«
»Dich verlassen... in die Hoffnungslosigkeit zurückkehren... in die Leere, die Dunkelheit...«

»Hast du vergessen, daß ich diesem Gott näherkam durch dein Zutun?«
»Und nun ist Er es, der dich mir raubt.«
Sie starrte ihn an, und Tränen liefen ihr übers Gesicht.
»Wenn ich die Schwelle dieses Hauses überschritten habe, werden wir uns niemals wiedersehen.«
Er senkte den Kopf und schwieg.

*

Als Hippolyt aus Antium abreiste, begleitete ihn Marcia.
»Bist du noch immer entschlossen, dich nach Rom zu begeben?« fragte der Priester mit tonloser Stimme.
Schweigsam und reglos, schien Marcia aus einem Traum zu erwachen.
»Nach Rom, ja, nach Rom«, erwiderte sie leise.
»Wirst du dort ein Dach über dem Kopf finden?«
»Sei unbesorgt, Bruder Hippolyt. Septimius Severus lebt dort. Er wird mir helfen, mein Hab und Gut, mein Vermögen und meine Macht wiederzuerlangen.«
»Du bist Christin, der Glaube wird dir helfen ...«
Marcia starrte ihn verständnislos an.
»Christin, Hippolyt ...?«

58

April 201

Rom glich einer besetzten Stadt.
Je weiter Calixtus in die Gäßchen vordrang, die zum Quirinal hinabführten, desto häufiger traf er auf die von Septimius Severus neu einberufene Prätorianergarde. Nicht nur ihre Zahl war verdoppelt worden – etwa zehntausend Mann –, sondern sie

kamen aus Illyrien* und Pannonien** und nicht mehr aus Italien, wie es bis dahin der Fall gewesen war. Und die ständige Anwesenheit der zweiten parthischen Legion, die in Albano vor den Toren Roms einquartiert war, verstärkte noch den Eindruck, man habe das Land besetzt.

Es war nun beinahe acht Jahre her, daß Severus an die Macht gekommen war, und inzwischen machte er keinen Hehl aus seiner Verachtung für den Senat. Er stützte sich einzig und allein auf die Armee und hatte dadurch einen Prozeß in Gang gesetzt, der dazu führte, daß Italien unmerklich zu einer einfachen Provinz unter vielen wurde. Viele sahen in dieser Politik die Vergeltung des Afrikaners aus Leptis Magna an der Senatorenaristokratie und den Römern gegenüber, für die er wenig Sympathie hegte.

Bereits in den ersten Monaten seiner Herrschaft hatte der Kaiser den Senat gezwungen, das Gedenken an Commodus, das mißbilligt wurde, wiederaufleben zu lassen, indem er sich als Sohn des Marc Aurel ausrufen ließ und auf diese Weise sogar zum »Bruder« des ermordeten Prinzeps wurde. Sicherlich um das Volk für sich zu gewinnen, hatte er sodann seine plötzlich aufkeimende Treue bis zum äußersten getrieben und höchstpersönlich an Wagenrennen und Gladiatorenkämpfen teilgenommen.

Calixtus erinnerte sich noch an den Tag, als er die Nachricht erhielt, daß der unglückselige Narcissus, sein ihm treu ergebener Freund, der Marcia in schweren Stunden so gut beschützt hatte, von den Vigilien aufgegriffen und den wilden Bestien zum Fraß vorgeworfen worden war, während man den Zuschauern ankündigte:» Seht her, das ist der Mann, der Commodus erwürgt hat!«

Aus einer nahegelegenen Taverne drang der Lärm aufgebrachter Stimmen zu ihm herüber und erregte für einen Moment seine

* Provinz auf dem Balkan nahe der Adria. Illyrien ist ein Landstrich, der heute zu Italien, Ex-Jugoslawien und Österreich gehört.
** Provinz im alten Europa, zwischen Donau, Alpen und Illyrien gelegen; Teile gehörten zu Bulgarien und Thrakien.

Aufmerksamkeit. Doch er machte sich nicht die Mühe, das Tempo seines Reitpferdes zu drosseln: Die Schlägereien, die das Volk zu Gegnern der neuen Soldaten machten, die, roh und ungehobelt, mehr an die Wildnis ihrer Wälder und verschneiten Berge gewöhnt waren als an Säulen aus Marmor, gehörten inzwischen zum Alltag, und niemand regte sich noch darüber auf.
Er setzte seinen Weg hinab zum Subura-Viertel fort. Die Sonne ging bereits unter, und bis zur Villa der Familie Caecilii war es noch ein weiter Weg.
Er überquerte die verschmutzten Straßen, ritt an den Foren und am Raubtiermarkt vorüber und gelangte ans Ufer.

Inzwischen waren zwei Jahre vergangen ... Zwei Jahre voller bedrückender Erinnerungen und tiefgreifender Veränderungen. Nachdem Marcia ihn verlassen hatte, hatte er sich hundertmal auf den Weg nach Rom gemacht. Und hundertmal hatte er wieder kehrtgemacht. Alles in ihm drängte danach, seine andere Hälfte wiederzufinden. Allein sein Glaube hatte ihn gehindert auszubrechen.
Es war Herbst geworden, und Winter, und wieder Herbst.
Es war am späten Nachmittag am zweiten der Nonen im November 199. Er schickte sich gerade an, die Fischer zu begleiten, als jemand an seine Tür klopfte.
Kaum hatte er die Tür einen Spalt breit geöffnet, bemerkte er Hyazinthus' verschlossenen Gesichtsausdruck. Er wußte sofort, daß man ihm schlechte Nachrichten überbringen würde.
»Papst Viktor ist tot.«
Calixtus bat den Priester herein.
»Doch das ist noch nicht alles. Die Diakone sowie das der Presbyterium haben einen Nachfolger bestimmt.«
»Wie lautet sein Name?«
»Es ist jemand, der dir nahe steht: dein einstiger Leidensgefährte.«
»Zephyrin?«
»So ist es. Seit gestern ist unser Freund, so will es der Brauch,

zum Bischof von Rom, Stellvertreter Christi und Oberhaupt der Kirche geworden.«

Zephyrin war Papst ...

»Er war es, der mich gebeten hat, dir diese Neuigkeit zu überbringen. Und er bittet dich, ihn so rasch wie möglich aufzusuchen.«

»Kennst du den Grund?«

»Von heute an ist er unser Hirte. Er wird es dir selbst sagen.«

Calixtus hatte einen Augenblick lang nachdenklich innegehalten. Er war verwirrt, doch schließlich hatte er sich erhoben und war dem Priester gefolgt.

Als er die Villa Vectiliana betrat, wurde Calixtus unvermittelt von einer tiefen, unerklärlichen Gefühlsregung überwältigt. Von Hyazinthus hatte er erfahren, daß Marcia dank Severus' Fürsprache wieder in den Besitz ihres Vermögens gekommen war, und sie hatte diese Villa der Kirche von Rom zum Geschenk gemacht.

Als er nun so durch die Räume schritt, in denen sie gelebt hatte, hatte er das Gefühl, sie könne jeden Moment wieder am Ende eines Ganges auftauchen. Er durchquerte das Atrium, und seine Schritte hallten fremdartig in der Exedra wider, die an die Kammer des neuen Bischofs grenzte.

Zephyrin saß an seinem Arbeitstisch. Um ihn herum lagen auf behelfsmäßigen Regalen Pergamentrollen verstreut, über die ein Sonnenstrahl glitt.

Calixtus' erster Impuls war es, sich zu verneigen. Der Mann, dem er nun gegenüberstand, war nicht mehr der Sträfling, dem er einst das Leben gerettet hatte. Von heute an war er der unmittelbare Nachfolger Petri. Doch Zephyrin ließ ihm keine Zeit, seine Verbeugung zu beenden.

»Hättest du vielleicht dergleichen getan, als wir uns auf dieser Insel die Lungen verbrannten! Nun denn, mein Freund, nichts hat sich geändert, außer«, es entstand eine Pause, »daß ich einige Jahre zu viel mit mir herumtrage. Doch beruhige dich. Ich habe dich nicht aus Antium kommen lassen, um mit dir über die Last des Alters zu sprechen. Nein, es handelt sich um etwas anderes.«

Zephyrin bedeutete Calixtus, sich zu setzen.

»Nun denn«, fuhr er mit ernster Stimme fort, »der Tod von Papst Viktor stellt uns vor besorgniserregende Probleme. Wie wir leider bereits gefürchtet haben, wurden die Christenverfolgungen wieder aufgenommen. Es vergeht kein Tag, an dem ich nicht von einer neuen Tragödie erfahre. Ebenfalls beunruhigt bin ich über die Folgen dieser Unterdrückung, unter der wir zu leiden haben, seit Septimius Severus an die Macht gekommen ist. Und ich muß wieder an die Befürchtungen unseres verstorbenen Papstes zurückdenken, als er meinte, wir erlebten eine Zeit der Unterdrückung, die mit der Herrschaft Kaiser Neros verglichen werden könne.«

»Aber sind wir denn wirklich machtlos dagegen? Wir werden nicht noch einmal unsere Glaubensbrüder wie eine Herde zum Schlachthaus führen lassen!«

»Du hast also noch immer deinen rebellischen Charakter. Was würdest du unternehmen wollen? Dich mit bloßen Händen gegen die Legionen wehren? Dir eine Schlacht mit den Bestien liefern? Das ganze Reich drückt uns zu Boden, nicht eine Handvoll Vigilien.«

»Wie lautet dein Vorschlag?«

»Standhalten. Die Gemeinde vergrößern und zusammenstehen. Vor allen Dingen müssen wir unsere Einigkeit bewahren, was nicht einfach sein wird, angesichts der zahllosen theologischen Auseinandersetzungen, die seit geraumer Zeit das Leben der Kirche vergiften. Verschiedene Gruppen von Häretikern unterschiedlichster Überzeugungen greifen die Christologie an, leugnen die Göttlichkeit Christi, sehen in ihm nur einen von Gott auserwählten Mann und geben dem Dogma der Dreifaltigkeit die Schuld: Es sind Theodot, Cleomenes, Basilidos* und natürlich Sabellius, nicht zu vergessen Hippolyt

---

* Stammt ursprünglich aus Alexandria; hält den Gott der Bibel für das Oberhaupt der ihm untergeordneten Gruppe der Engel, den Schöpfern der materiellen Welt.

und seine Verbissenheit, der mich drängt, diesen Leuten mit Exkommunikation zu drohen.«

»Ich bin auf dem laufenden, was die Angelegenheit Sabellius betrifft. Seine Theorie zur Dreieinigkeit ist wahrhaftig Ketzerei. Und«, Calixtus zögerte kurz, »dieses eine Mal frage ich mich, ob Hippolyts Hartnäckigkeit nicht gerechtfertigt ist.«

»Niemals! Nie werde ich mich dieser Art von Druck beugen. Eine von der Kirche verdammte Seele ist eine von Gott verdammte Seele.«

Angesichts dieses unvermuteten Gefühlsausbruchs nickte Calixtus nur zögernd mit dem Kopf. Dies war nicht der rechte Moment für eine Auseinandersetzung.

Unwillkürlich rieb sich Zephyrin sein Bein, das ihn noch immer schmerzte, und machte es sich auf dem kurulischen Stuhl bequem, bevor er fortfuhr.

»Nun wirst du sicher verstehen, daß in Anbetracht dieser Lage jeder von uns dringend gebraucht wird. Und dich habe ich hierher gebeten, weil ich beabsichtige, dir bedeutende Aufgaben anzuvertrauen. Ich ernenne dich zum Diakon; und unter den sieben Diakonen wirst du derjenige sein, der mein volles Vertrauen genießt. Ich denke, es ist überflüssig, dir die Eigenschaften in Erinnerung zu rufen, die du aufweisen solltest, um deine Taten zum Guten zu führen: du solltest unabhängig sein, vorzugsweise ledig und jung – du bist noch nicht vierzig. Du wirst mich überallhin begleiten müssen und gegebenenfalls statt meiner reisen. Du wirst das Band sein, das den Hirten mit seiner Herde verbindet. Zu deinen Pflichten werden weder die Verkündigung des Evangeliums noch die Liturgie gehören, sondern soziale Aufgaben. Du wirst mein Auge und mein Herz sein.«

Da Calixtus darauf nichts erwiderte, sprach Zephyrin weiter.

»Aber das ist noch nicht alles. Als wir zusammen im Sträflingslager waren, hast du mir deine Erlebnisse geschildert und von deiner Stellung berichtet, die du bei diesem Bankier innehattest...« – er suchte nach dem Namen –, »wie hieß er noch gleich?«

»Carpophorus.«
»Ich habe mich entschieden, deine diesbezüglichen Kenntnisse in den Dienst unserer Brüder und Schwestern zu stellen: Vom heutigen Tag an übertrage ich dir die Vermögensverwaltung der Gemeinde, du wirst ihr Schatzmeister sein.«
Calixtus wollte etwas erwidern, doch der Papst fuhr fort: »Ich weiß, ich weiß, was du mir sagen willst. Doch genau aus dem Grund, weil du dich dieses Verbrechens schuldig gemacht hast, schlage ich dir diesen verantwortungsvollen Posten vor. Denn im Gegensatz zu Viktor glaube ich, daß das beste Mittel, einen Fehler wiedergutzumachen, ist, etwas zu tun, das der früheren Aufgabe gleicht. Du hast jetzt die Gelegenheit, meine Theorie zu bestätigen. Von nun an liegt die Verwaltung der kirchlichen Güter in deinen Händen. Sie sind bescheiden, gewiß, doch für uns stellen sie ein kostbares Gut dar.«
Zephyrin ging zu einem Regal hinüber, griff nach einer Schriftrolle aus Leder und reichte sie Calixtus.
»Hier steht alles geschrieben. Zieh den größten Nutzen daraus.«
Der Thraker nahm die Schriftrolle an sich und verharrte einen Moment lang in Gedanken. Dann erhob er sich und sagte: »Ich sehe, welche Ehre du mir damit erweist, Zephyrin. Und ich werde das Vertrauen, das du in mich setzt, nicht enttäuschen. Dennoch ...«
Der Papst sah ihn neugierig an.
»Erwarte nicht von mir, daß ich stumm bleibe. Denn es sind auch mein Auge und mein Herz, die du an deine Seite stellst. Ich möchte nicht nur dein Schatten sein.«
Zephyrin verzog sein Gesicht zu einem matten Lächeln.
»Ich bin ein alter Mann, Calixtus. Ein alter Mann stützt sich nicht auf einen Schatten.«

*

Als er eine Bestandsaufnahme der Güter machte, deren Verwaltung ihm übertragen worden war, war Calixtus nicht sonderlich überrascht, auch auf einige Friedhöfe zu stoßen. Darunter war der älteste, der Friedhof von Ostria, an der Via Salaria, der noch aus der Zeit Petri stammte.

An derselben Straße lagen in der Nähe die Priscilla-Katakombe, der Friedhof der Commodilla, wo Paulus begraben lag; und an der Via Ardeantina der Friedhof der Domitilla, und die Krypten des Lucilius an der Via Appia.

Die Aufmerksamkeit des neuen Diakons galt insbesondere den Friedhöfen, denn nachdem er alle Friedhöfe überprüft hatte, bemerkte er, daß etwas fehlte: Es gab keinen offiziellen Friedhof der Kirche. Die Krypten des Lucilius konnten diesen Platz einnehmen*. Das größte Problem war, die notwendigen Gelder für den Erwerb der benachbarten Grundstücke aufzubringen, die seit mehreren Generationen Eigentum der Familie Acilii Glabriones waren. Nachdem man über ein Jahr verhandelt hatte, hatte die Familie ihn schließlich zu sich gebeten. Und nun machte er sich mit klopfendem Herzen und voller Hoffnung zu diesem Treffen auf den Weg. Er wollte gerade die Fulvius-Brücke überqueren, als lautes Geschrei seine Aufmerksamkeit erregte.

»*Area non sint!* Keine Friedhöfe für die Christen!«

Das Herz hämmerte ihm in der Brust. Er brachte sein Pferd zum Stehen und wartete etwas abseits. Eine Gruppe von Männern und Frauen war auf der Uferstraße zusammengekommen. Einige trugen Waffen.

»*Area non sint!*«

Es bestand nicht der geringste Zweifel. Er durfte keine Zeit mehr verlieren und mußte Zephyrin und die anderen warnen. Mit einer heftigen Bewegung nahm er die Zügel fest in die Hand, machte kehrt und ritt zur Villa Vectiliana zurück.

---

* Die Krypten des Lucilius wurden später tatsächlich zum Friedhof der Christen schlechthin und tragen heute den Namen Calixtus-Katakomben.

Er fiel buchstäblich in den Garten des Anwesens. Nachdem er festen Boden unter den Füßen hatte, stürzte er ins Atrium.
»Zephyrin!« schrie er, und eine böse Vorahnung überfiel ihn.
Er durchstöberte alle Räume, vom Triklinium bis zum Arbeitszimmer, und fand den Papst schließlich auf der Terrasse, wo er in Begleitung von Asterius saß, einem der neuen Geistlichen. Ebenfalls anwesend waren Hyazinthus sowie einige Bedürftige, die in der Villa untergekommen waren.
»Zephyrin ...«
Der alte Mann winkte müde ab.
»Ich weiß. Und diesmal scheinen sie bis zum Äußersten entschlossen zu sein. Sieh nur ...«
In der Dämmerung rückten dunkle Schatten mit Fackeln in der Hand in Richtung Villa vor.
»Aber weshalb? Was ist der Grund für diesen neuerlichen Ausbruch an Gewalt?«
»Ja, weißt du denn nicht, was passiert ist?«
Hyazinthus setzte zu einer Erklärung an: »Soeben haben wir erfahren, Kaiser Septimius Severus hätte einen Erlaß bekanntgegeben, der jeden Übertritt zum jüdischen oder christlichen Glauben ausdrücklich verbietet.«
»Also ist auch die Taufe verboten?«
»Die Nachricht kommt aus Palästina, wo sich der Kaiser zur Zeit aufhält.«
»Aber warum nur? Warum macht er den Jahren der Toleranz ein Ende?«
»Wer vermag schon zu sagen, was sich im Kopf eines Caesaren abspielt. Möglicherweise kam er bei seinem Aufenthalt im Orient zu dem Schluß, daß wir eine Gefahr für das Reich darstellen. Für die Juden bringt dieser Erlaß keine tiefgreifenden Veränderungen mit sich. Die Beschneidung war für jeden, der nicht aus einer jüdischen Familie stammt, schon immer verboten. Es besteht kein Zweifel, wir sind das Ziel dieses Erlasses.«
»Es ist einfach nicht zu fassen. Severus glaubt an Wunder, Wahrsagerei und Magie. Er erweist, ebenso wie sein Sohn

Caracalla, allen Heiligtümern, die auf seinem Weg liegen, die Ehre. Er ist so gläubig, daß man nicht einmal mehr weiß, welcher Religion er eigentlich angehört!«

»Und das Ganze ist um so unverständlicher«, fuhr Zephyrin fort, »da Caracalla von einer Amme christlichen Glaubens genährt wurde, einige von uns Zugang zum Palast haben, und Julia Domna, die Gattin des Kaisers, als kluge Frau gilt, die sich sehr für alle Religionen und besonders für das Christentum interessiert. Hippolyt hat ihr auf ihren Wunsch hin sogar erst vor wenigen Tagen noch ein von ihm verfaßtes kleines Werk zur Wiederauferstehung zukommen lassen.«

»Wir haben keine andere Wahl, Heiliger Vater«, mischte sich der junge Asterius ein, »wir müssen fliehen.«

Von der Straße her schwoll das Treiben der Menge an. Plötzlich war ein dumpfes Geräusch aus dem Atrium zu hören, gefolgt von einer mächtigen Erschütterung.

»Sie versuchen, die Tür einzutreten!« schrie Hyazinthus.

»Und es wird ihnen ohne große Mühe gelingen. Die Tür ist nur noch so dick wie ein Bündel Papyrus.«

»Komm, Zephyrin«, forderte Calixtus ihn auf, »Asterius hat recht, wir müssen die Villa verlassen.«

Der Papst sah seinen Diakon voller Gram an. Als könnte Calixtus dessen Gedanken lesen, blieb er beharrlich.

»Nein, hierbleiben würde unserer Sache keinen Dienst erweisen. Das Märtyrertum kann warten.«

»Doch wohin könnten wir gehen?«

»Zu den Krypten des Lucilius«, schlug Calixtus vor. »Vor kurzem ließ ich dort einige zusätzliche unterirdische Gänge graben, die ein wahres Labyrinth ergeben, in dem einzig und allein ich mich zurechtfinden kann. Dort werden wir in Sicherheit sein und ruhig abwarten, bis sich die Gemüter wieder beruhigt haben.«

»Aber wir werden niemals bis zur Via Appia kommen!«

»Wir müssen es versuchen. Marcellus wird uns Reitpferde, und die Finsternis wird uns Schutz gewähren. Wir könnten es vielleicht schaffen.«

Plötzlich vernahm man ein Knarren. Es konnte nicht mehr lange dauern, bis die Tür nachgab.
»Laßt uns gehen. Wir dürfen keine Zeit verlieren. Bald wird es zu spät sein.«
Calixtus packte den Papst ohne Umschweife am Arm und schob ihn in den rückwärtigen Teil des Hauses. Asterius, Hyazinthus und die anderen Gläubigen folgten seinem Beispiel.
Sie kamen zu der Mauer, die den Garten umschloß. Calixtus kauerte sich auf den Boden.
»Schnell, Zephyrin, stütz dich auf meinen Schultern ab.«
»Aber das ist unmöglich! Ich bin nicht mehr zwanzig Jahre alt. Und mein Bein...«
»Tut, was er sagt, Heiliger Vater«, beschwor ihn Hyazinthus.
»Ich werde es nicht schaffen. Ich...«
»Ich flehe dich an, Zephyrin! Erinnerst du dich noch an das Bergwerk? Ich hatte dich aufgefordert, unter dem Felsblock hervorzukriechen, und es ist dir gelungen. Wiederhole es heute.«
Aus dem Atrium drang ein furchterregendes Krachen nach oben. Schließlich hatte die Tür nachgegeben, und eine Flut von Menschen strömte ins Haus.
»Klettere hinauf!«
Er blickte dem Papst fest in die Augen und fügte hinzu: »Diesmal, Zephyrin, bitte ich dich, mein Leben zu retten...«
Mit einer schier übermenschlichen Kraftanstrengung kam der Papst, von Asterius gestützt, dieser Aufforderung nach.
Kurze Zeit später hatten sich alle auf die andere Seite der Mauer geschlagen.
»Und nun laßt uns so schnell wie möglich von hier fortgehen!«
»Mein Bein!« stöhnte Zephyrin und wälzte sich auf dem Boden.
»Flüchtet ohne mich. So stehen euch sämtliche Möglichkeiten offen. Gottes Wille geschehe.«
»Und der Wille des Menschen – was ist damit, Zephyrin?«
Ohne seine Einwände zu beachten, half ihm Calixtus hoch. Aus der Säulenhalle erscholl das Geschrei der Menge zu ihnen herüber.

August 210

»All dieses Blutvergießen!«
Wutentbrannt schleuderte Calixtus die Schreibtafeln, die soeben eingetroffen waren und dem Papst Neuigkeiten aus Nordafrika übermittelten, auf das Bett.
»Die Namen dieser beiden jungen Frauen, Urbia Perpetua und Felicitas, werden sich in unser Gedächtnis eingraben«, meinte Zephyrin bekümmert. »Ihr Tod war in jeder Beziehung beispielhaft. Darüber hinaus hat mich gestern abend ein von Perpetua selbst verfaßtes erschütterndes Dokument aus Karthago erreicht, das die dramatischen Umstände ihrer Gefangenschaft schildert.«
»Gibt es Aufschluß über ihren qualvollen Tod?«
»Ja. Angeklagt, gegen den kaiserlichen Erlaß verstoßen zu haben, sind Urbia, Felicitas und weitere Katechumenen von Beamten aus Tuburbo* verhaftet worden. Obwohl sie im Haus eines Magistrats unter Gewahrsam standen, gingen sie in ihrem Heldenmut so weit, sich heimlich taufen zu lassen. Dies fällt nun unter die Rechtsprechung des Prokonsuls, und so mußten sie sich einem Prozeß wegen eines Vergehens stellen, für das man zum Tode verurteilt werden kann. Saturus, der Evangelist der Gemeinschaft, hat sich ebenfalls unverzüglich selbst angezeigt, um das Schicksal seiner Brüder und Schwestern zu teilen, so wie sie mit ihm den Glauben geteilt haben.«
»Es gibt noch eine Einzelheit, von der ich bisher keine Kenntnis hatte: Wenige Tage vor ihrer Festnahme hat Perpetua einem Sohn das Leben geschenkt; und Felicitas war im achten Monat schwanger. Ich werde euch nicht ausführlich schildern, welch stickige Hitze in dem dunklen Verlies herrschte, das ihnen als Zelle diente, und mich nicht weiter auslassen über den scharfen Geruch

---

* Heute trägt der Ort den Namen Henchir und Kasbat und liegt etwa 55 km südwestlich von Tunis.

menschlicher Ausscheidungen, das Zusammengepferchtsein, die ständigen Belästigungen durch die Wachen. Schließlich – und dies war vielleicht die schmerzlichste Erfahrung – machte sich Urbias Vater ohne Unterlaß sämtliche Argumente und Gefühle zunutze, um den Glauben seiner Tochter zu erschüttern, und man kann sich vorstellen, welcher Kampf in ihrem Innern getobt haben mag, hin- und hergerissen zwischen der Liebe zu ihrem Vater und ihrer Treue Jesu Christi gegenüber.«

»Du weißt um die letzten Augenblicke ihres Lebens: Sie wurde, wie ihre Gefährten, nackt in einem Netz gefangengehalten und war den unanständigen Blicken der Zuschauer ausgesetzt; als die Reihe an sie kam, wurde sie von einem Neuling unter den Gladiatoren stümperhaft getroffen, fand jedoch noch die Kraft sich zu erheben und die Hand ihres Henkers an ihre Kehle zu führen. Sie war noch nicht mal zweiundzwanzig Jahre alt ...«

»Leider sind diese beiden Menschenkinder nicht die einzigen Opfer des Prokonsuls. Allmählich verliere ich den Überblick über die Zahl unserer Märtyrer. Entmutigende Nachrichten erreichen mich aus Alexandria: Clemens, der fliehen mußte, hat die Leitung der Katechetenschule dem jungen Origenus übertragen. Dieser wiederum entging dem Tod nur um Haaresbreite. Wir dürfen die Augen vor den Tatsachen nicht verschließen: keine Stadt, von Numidien bis Mauretanien, bleibt verschont.«

Mühsam richtete sich Zephyrin von seinem Lager auf, und in seinem Blick spiegelte sich Niedergeschlagenheit. Calixtus führte weiter aus: »Man hätte annehmen können, daß zunächst die Menschen verfolgt werden, die erst vor kurzem zu unserem Glauben übergetreten sind. Die Behörden jedoch bemächtigen sich ebenso der bekennenden Christen. Wahrlich, wir können nicht einfach die Hände in den Schoß legen und auf das göttliche Heil warten.«

Der Papst winkte müde ab.

»Calixtus, Calixtus, lieber Freund, es vergeht kaum eine Stunde, in der wir nicht dieses Problem erörtern. Dieser fortwährenden Bedrohung zum Trotz empfangen tagtäglich neue Katechume-

nen die Taufe. Darf ich dich daran erinnern, daß im Laufe der vergangenen Jahre beinahe hundertmal versucht wurde, uns zu steinigen? Und ich vermag nicht einmal mehr, dir die Zahl unserer verwüsteten Häuser zu nennen.«
Calixtus schüttelte zum wiederholten Male den Kopf.
»Ich bin der festen Überzeugung, daß wir nichts unversucht lassen dürfen.«
»Ich bin ganz Ohr. Sicherlich verbirgt sich hinter deiner Hartnäckigkeit ein Plan, eine Idee. Oder aber ...«
»Es ist mehr als nur ein Plan: Es ist eine Tatsache. Ich habe Julia Domna ersucht, mich zu empfangen.«
»Was sagst du da? Severus' Gemahlin? Aber hast du den Verstand verloren? Weißt du überhaupt, wer diese Frau ist?«
»Ich bin ihr einst in Antiochia begegnet, damals, als Commodus dort die Spiele stattfinden ließ. Doch dieses Treffen liegt weit zurück. Damals war sie noch nicht Kaiserin.«
»Erlaube mir dennoch, deine Erinnerungen etwas aufzufrischen ... Julia Domna stammt aus Syrien und ist die Tochter des Hohenpriesters von Emesa.«
»Dies ist mir sehr wohl bekannt. Doch sie ist auch ein ›Staatsmann‹, von bemerkenswerter Intelligenz, gebildet und verfügt über einen gewissen Einfluß auf Septimius Severus. Überdies hat sie einen Kreis von Schriftgelehrten um sich geschart, darunter Philosophen und Schriftsteller. Ihre Nichte Julia Mammaea zeigt sich dem Christentum gegenüber besonders aufgeschlossen. Julia Domna hat sie aber bisher noch nicht zum Kampf in der Arena verurteilt.«
Unvermittelt wandte Zephyrin sich ab, als wollte er die Furcht verbannen, die ihn seit geraumer Zeit peinigte.
»Und wie erhoffst du, diese Unterredung zu erwirken?«
»Das ist bereits geschehen. Morgen werde ich die Kaiserin sehen.«
Zephyrin, der vollkommen verblüfft war, erwiderte nichts. Calixtus erklärte ihm, wie es dazu gekommen war: »Fuscian, mein Gefährte bei den Orphisten, hat bei ihr vorgesprochen. Ebenso

wie er sich bei Septimius Severus dafür verwendet hatte, daß Marcia ihr Eigentum wiedererlangte. Und das war gewiß keine einfache Aufgabe. Im Laufe der vergangenen Monate mußte Fuscian immer wieder vorsprechen. Nichtsdestotrotz war ihm Erfolg beschieden.«
Der alte Mann ließ sich zurückfallen und schloß die Augen.
»Wahrlich, Calixtus, manchmal frage ich mich, wer von uns beiden das Oberhaupt der Kirche ist ...«

*

Ausgestreckt auf einer Liege aus Elfenbein und Bronze, musterte Julia Domna den Mann, der nur wenige Schritte von ihr entfernt aufrecht dastand, mit einem prüfenden und beunruhigenden Blick. Mechanisch ordnete sie den Faltenwurf ihrer langen schwarzen Tunika aus Damast, richtete sich auf, stützte sich auf einem Ellenbogen ab, und ihre tiefe, schleppende Stimme drang durch den imposanten Saal der Domus Augustana.
»Es hat den Anschein, als brächte Fuscian dir große Wertschätzung entgegen. Ebenso wie er warst auch du ein Anhänger von Orpheus ...«
Prüfend ließ Calixtus den Blick durch den Saal schweifen, bevor er etwas erwiderte.
Neben der Kaiserin hatten zwei ihrer Nichten Platz genommen: Julia Soemias und Julia Mammaea sowie zwei Jünglinge, die einundzwanzig und zweiundzwanzig Jahre zählten. Es handelte sich um Caracalla und Geta, die beiden Söhne der Kaiserin, die beide bereits zu Kaisern und Erben der Konsulwürde berufen worden waren.
Insbesondere das Antlitz des jungen Caracalla hatte Calixtus' Aufmerksamkeit erregt: zerzaustes Haar, fülliger Körperumfang, dickliche Nase, meergrüne Augen, die auf einen kranken Geist hindeuteten.
»Laßt hören«, forderte ihn die Frau auf, die man in Rom »pia et felix« nannte.

»Du hast recht. Ich war ein Anhänger des Orpheus. Doch heute bin ich nicht mehr Orphist, sondern ein Kind Gottes, das dir seine Aufwartung macht.«

Verärgerung spiegelte sich in ihrem Gesicht wider.

»Ich weiß, ich weiß. Eben dein Übertritt zu einem anderen Glauben stößt mich vor den Kopf. Ich kenne die Lehren des Orpheus; sie sind sehr lobenswert. Warum also den einen Glauben für einen anderen verraten?«

»Orpheus ist eine Legende, Christus ist Wirklichkeit. Und ...«

»So leichtfertig sagst du dich von deinen religiösen Überzeugungen los?« unterbrach ihn Caracalla heftig.

»Auch wenn man in eine Welt geboren wurde, in der man als einzigen Halt die Worte hat, die einem von denjenigen gelehrt werden, die einen lieben, so mag es dennoch gestattet sein, eines Tages an etwas anderes zu glauben.«

»Deine Theorie kann man auf alle Religionen anwenden. Wer vermag zu sagen, ob du nicht schon morgen wieder dem Christentum abschwörst?«

Es war Julia Mammaea, die ihm diese Frage gestellt hatte.

»In meiner Anwesenheit liegt die Antwort. Besser als jede andere müßtet ihr wissen, daß es augenblicklich ratsamer und einfacher ist, Orphist, Priester des Baal oder Anhänger irgendeines barbarischen Gottes zu sein, als ausgerechnet ein Christ.«

Über das Gesicht der Kaiserin glitt ein amüsiertes Lächeln.

»Eine Überzeugung, für die man bereit ist, in den Tod zu gehen, ist nicht immer notwendigerweise die richtige.«

»Mag sein, doch jedenfalls stellt sie eine gewisse Entschlossenheit unter Beweis.«

»Meine Nichte und ich haben das kleine Werk über die Wiederauferstehung sehr aufmerksam gelesen, das uns einer deiner Glaubensbrüder hat zukommen lassen. Es war ein gewisser Hippolyt. Ergibt das denn wirklich einen Sinn? Ein gepeinigter Mann, der den Tod am Kreuz findet, und drei Tage später wieder von den Toten aufersteht.«

»Wenn sich Menschen einem schwarzen Stein zu Füßen werfen,

der angeblich vom Himmel gefallen ist, ein Sonnengott, der die heilige Prostitution fördert..., macht dies denn mehr Sinn?«
Die kaiserliche Familie erstarrte, und die außergewöhnlich dunklen Augen der Augusta schienen noch dunkler zu werden.
»Mäßige deine Worte, Christ!« brüllte der junge Caracalla. »Es ist die Religion unserer Väter, die du so schamlos in den Schmutz ziehst!«
»Ich bin nicht gekommen, um euch zu beleidigen, sondern um euch in Erinnerung zu rufen, daß seit Monaten täglich Tausende von Unschuldigen unter der Folter sterben. Dennoch«, Calixtus wandte sich an Julia Domna, »wenn ich den Gerüchten Glauben schenken darf, so ist der Kaiser ein Anhänger von Serapis, der griechisch-ägyptischen Gottheit. Glaubst du auch nur für einen Moment, daß man seine Überzeugungen durch die Einwirkung von Gewalt verändern könnte?«
»Deine Worte ergeben keinen Sinn. Mein Gemahl ist ein Caesar. Doch nun genug der fruchtlosen Debatten, was erwartest du von mir?«
»Ich bitte dich inständig, bei Severus vorzusprechen, damit er den unmenschlichen Qualen meiner Brüder und Schwestern ein Ende setzt.«
Julia Domna erhob sich langsam und bedeutete Calixtus, ihr auf die Terrasse zu folgen. Die Sonne war beinahe hinter den Hügeln verschwunden, und die Abenddämmerung verwischte die Umrisse der Landschaft.
»Den Erlaß, von dem du sprichst, hat mein Gemahl niemals verkündet.«
Calixtus war wie vor den Kopf gestoßen und schien nicht recht zu verstehen.
»Nein«, wiederholte Julia Domna, »diesen Erlaß hat es nie gegeben.«
»Aber ...«
»Es ist wahr, daß Severus die Absicht hatte, den Bekehrungseifer zu verbieten, doch meine Nichte und ich haben ihm diesen Gedanken ausgeredet.«

Sie hielt inne, bevor sie fortfuhr.

»Ob Christen, Juden, Anhänger der Kybele, des Sekmet oder des Baal, niemals hat der Kaiser wirklich danach getrachtet, sich in dieses Labyrinth von Glaubensrichtungen einzumischen. Würden diejenigen, die ihn für diesen Erlaß verantwortlich machen, den Kaiser besser kennen, so wüßten sie, daß der Aberglaube ein Hauptcharakterzug des Kaisers ist: Zudem liefert sich ein Mensch, der abergläubisch ist, keine Schlacht mit den Göttern, mögen sie auch noch so frei erfunden sein.«

»Ja, aber wieso dann all diese blutigen Gemetzel ...«

»Besinne dich doch einmal auf die Geschichte. Das Volk von Rom hat immer einen Sündenbock gebraucht. Deine Freunde, die Christen, bringen hierfür sämtliche erforderlichen Eigenschaften mit. Der Tod bereitet ihnen keine Angst, sie nehmen Demütigungen widerspruchslos hin und sind frei von Rachegelüsten. Kurz, das ideale Opferlamm. Die Statthalter sind jedenfalls mit Leib und Seele dabei.«

»Jahre sind vergangen, ohne daß etwas gegen diese grausamen Ausschreitungen unternommen wurde. Der Kaiser hat demnach dieses Mißverständnis noch unterstützt?«

»Ich wiederhole, deine Fragen sind lächerlich. Du betrachtest das Leben eines Caesaren aus dem Blickwinkel der Gegenwart. Seine Nachfolger werden sich diese Art von Fragen nicht stellen. Bist du dir eigentlich des Werkes bewußt, das er vollendet hat? Zum ersten Mal in der Geschichte unseres Staates hat ein Kaiser für das Schicksal der Armen Interesse aufgebracht sowie für die Forderung nach Gleichheit, in einer Welt, die lange Zeit von Herrschern und dem Bürgerstand regiert wurde. Wenn er auch hierfür die Zügel gegenüber einigen einfältigen Prokonsuln hat schleifen lassen müssen, was macht das schon? Es ist ein Herrschergeschlecht, das er prägt, und nicht irgendwelche Entschlüsse von Rechtsgelehrten. Deine Christen also ...«

Ihre Ausführungen erfüllten Calixtus mit Wut und Empörung.

»Das Leben eines Christen und eines jeden Menschen wiegt

mehr als alles Streben eines Caesaren nach Größe! Dieses Unrecht muß endlich ein Ende haben!«

»Es muß? Für wen hältst du dich, daß du es wagst, so zu sprechen?«

»Für ein menschliches Wesen, Julia Domna, für einen Menschen aus demselben Fleisch und Blut wir du.«

Aufmerksam musterte die junge Frau ihr Gegenüber. Sie verzog ihr Gesicht zu einem amüsierten Lächeln, trat auf ihn zu und fuhr dem Thraker mit dem Finger durchs Haar.

»Aus solchem Fleisch sind also die Christen ...«

Und da Calixtus schwieg, fuhr sie mit sanfter Stimme fort: »Du weißt, daß du schön bist, Christ. Von großer Schönheit und Kühnheit. Ich schätze diese Eigenschaften an einem Mann.«

Calixtus konnte förmlich spüren, wie ihre Lippen die seinen flüchtig berührten.

»Warum tust du das, Domna? Das ganze römische Reich kennt deine Verführungskünste. Du hast es nicht nötig, dir das wie eine gemeine Plebejerin beweisen zu müssen ...«

Wie vom Blitz getroffen, fuhr die junge Frau hoch. Mit einem einzigen Satz steuerte sie auf ein kleines Tischchen aus rosa Marmor zu, auf dem ein langer Dolch lag, und kehrte wieder zu Calixtus zurück.

»Niemand, hörst du, niemand, spricht in diesem Ton zu einer Kaiserin!«

Sie ließ ihren Worten Taten folgen, setzte die Spitze der Klinge an die Wange des Thrakers und murmelte: »Und ... Wo ist er nun, dein Gott?«

Mit undurchdringlicher Miene starrte Calixtus sie an.

»Wenn ich mein Leben lasse und damit das Leben meiner Brüder und Schwestern verlängern kann, Julia Domna, dann lege ich es gern in deine Hände.«

Die Kaiserin verstärkte den Druck auf die Klinge und brachte ihm eine tiefe Schnittwunde quer über die Wange bei.

»Siehst du ... Unser Blut hat dieselbe Farbe«, erwiderte Calixtus noch immer reglos.

»Hinaus, Christ! Verschwinde! Und heute abend erweise deinem Gott alle Ehre für meine unendliche Milde. Hinaus!«
Der Thraker nickte und ging langsam auf die Gärten zu. Im letzten Moment drehte er sich um und bot der jungen Frau sein blutüberströmtes Antlitz.
»Vergiß nicht... Das Unrecht muß ein Ende haben.«
Er wollte weitergehen. Doch wieder ertönte Domnas durchdringende Stimme: »Sieh her! Ist dies nicht ebenfalls Unrecht?«
Sie ging auf ihn zu und entblößte mit einer jähen Handbewegung ihre Brüste. Da Calixtus, der völlig verblüfft war, nicht zu verstehen schien, umschloß sie mit der Hand eine Brust und zeigte sie ihm.
»Sieh her, Christ! Sieh dir die Zeichen des Todes an! Und ich habe das vierzigste Lebensjahr noch nicht vollendet!«
Nachdem er sich von dieser Überraschung erholt hatte, konnte Calixtus eine violettfarbene Geschwulst erkennen, die die Größe einer Kastanie hatte und sich zwischen Haut und Muskel der Brust ausbreitete.
»Galenus, zweifellos der angesehenste Arzt des gesamten Römischen Reiches, vermochte nur, angesichts dieser bösartigen Geschwulst, die in mir lebt und wuchert, mir seine Machtlosigkeit einzugestehen. Ich werde sterben, Christ... Auch dies ist ungerecht...«
In ihren Augen stand die nackte Verzweiflung. Gegen seinen Willen war Calixtus beunruhigt.
»Julia Domna«, begann er sanft, »soeben hast du dir Fragen zum christlichen Glauben gestellt. Du sollst wissen, daß für diejenigen, die diesem Glauben angehören, der Tod nicht existiert. Der Nazarener hat verkündet: ›Wahrlich ich sage euch, wer meine Worte vernimmt und an den glaubt, der mich gesandt hat, wird ewig leben.‹«
Die Kaiserin verzog ihr Gesicht zu einem müden Lächeln. Sie bedeckte ihren entblößten Oberkörper und murmelte: »Geh, Christ... geh nur... du bist ein Dichter, oder vielleicht nur ein Wahnsinniger.«

In den darauffolgenden Monaten, und zum Erstaunen aller, konnte man im Verhalten der Statthalter einen plötzlichen Umschwung ausmachen. Ohne daß jemand es sich erklären konnte, ließen die Gemetzel allmählich nach. Schließlich gab es nur noch vereinzelte Vorfälle in Kappadokien und Phrygien. Nach nunmehr neun sorgenvollen Jahren fand die Kirche endlich ihren Frieden wieder.

Anderthalb Jahre später, am 4. Februar 211, hauchte Severus, während der Regen auf Britannien niederprasselte, in Eboracum* sein Leben aus. Er vererbte die Konsulwürde seinen beiden Söhnen, die Julia Domna ihm geboren hatte: Geta und Caracalla. Begierig darauf, seine Herrschaft mit niemandem zu teilen, ließ Caracalla unverzüglich seinen Bruder töten; der Unglückselige starb in den Armen der Kaiserin.

60

April 215

Zephyrin deutete mit dem Zeigefinger auf Calixtus und Asterius. »Es ist nicht nötig, mir etwas vorzuspielen. Ich weiß, daß ihr mir zum Vorwurf macht, ich würde den Irrlehren gegenüber, die sich in unserer Gemeinde ausbreiten, eine allzu nachgiebige Haltung einnehmen. Dennoch bleibe ich dabei, ich werde nichts unternehmen, das die Einheit der Kirche in Frage stellen könnte. Seit nunmehr vier Jahren ist Septimius Severus tot. Seit vier Jahren sind die Schreie der Verzweiflung unserer Brüder und Schwestern verstummt. Ein Zeitalter des Friedens wird für die christliche Welt anbrechen, und ihr wünscht, daß ich Zwietracht säe durch ein Urteil ohne Zugeständnisse?«

Asterius warf Calixtus einen beschämten Blick zu.

---

* Heute die Stadt York in Schottland.

»Warum antwortet ihr nicht?« fuhr Zephyrin fort. »Erläutert mir klar und deutlich das Wesentliche eurer Überlegungen.«

»Ich denke«, erwiderte Calixtus, »man sollte die Männer verdammen, die den Glauben verzerrt darstellen, und deren einziges Ziel darin besteht, uns ihre eigene Lehre aufzuzwingen. Eine solche Verurteilung scheint mir, im Gegenteil, der Einheit und nicht dem Unfrieden zuträglich zu sein.«

»Ich vermute, du möchtest über den Fall Sabellius sprechen.«

»Genau so ist es.«

»Ich bin es leid, mir diese ständigen theologischen und ideologischen Streitigkeiten anhören zu müssen, bei denen jeder der Überzeugung ist, die alleinige Wahrheit für sich beanspruchen zu können. Erst die Adoptianisten, dann die Montanisten und nun die Sabellianer!«

»Wir können doch nicht zulassen, daß diese absurde Theorie über die Dreifaltigkeit verbreitet wird. Du weißt ebenso gut wie ich, daß die Heilige Schrift falsch wiedergegeben wird. Darf ich dir die Thesen des Sabellius noch einmal in Erinnerung rufen[*]? Demnach wäre Jesus Christus Gott der Vater; er selbst hätte gelitten und wäre am Kreuz gestorben. Sind dies denn keine ketzerischen Behauptungen?«

»Das wesentliche Problem bleibt, das Verhältnis zwischen Gott, dem Vater, und Jesus Christus, seinem Sohn, näher zu bestimmen. Nun stehen uns zur genaueren Bestimmung dieser Beziehung ausschließlich Zitate aus dem Evangelium zur Verfügung, die alle nur denkbaren Auslegungen zulassen. Wie soll man unter diesen Umständen mit aller Strenge vorgehen? Warum diese Männer verdammen, die ebenso davon überzeugt sind, den Schlüssel in der Hand zu halten? Wir sollten nicht strafen, sondern aufklären.«

Asterius, der sich bisher damit begnügt hatte, zuzuhören, wagte ihn zu unterbrechen.

»Heiliger Vater, du solltest berücksichtigen, daß Noet, der

---

[*] Sabellius zufolge wären Gottvater und Christus nur zwei unterschiedliche Daseinsformen desselben Wesens, nämlich des alleinigen Gottes.

Begründer der Sabellianer, aus seiner Kirche in Smyrna vertrieben worden ist. Warum also sollten wir hier in Rom auf dem Umweg über die Anhänger von Noet und Sabellius für etwas Toleranz zeigen, was von unseren Brüdern und Schwestern in Asien bereits verworfen wurde?«

»Zudem«, machte Calixtus deutlich, »widerspricht die von diesen Männern verfochtene Theorie vollkommen dem wesentlichsten Merkmal unseres Glaubens: dem Gehorsam Jesu Christi gegenüber; ein Gehorsam voller Ergebenheit und Liebe nach dem Willen Gottes. Sein Gebet, sein Opfer, der gesamte Akt der Erlösung. Überdies ...«

Als wollte er ihn warnen, warf Calixtus Zephyrin einen durchdringenden Blick zu. Dann fuhr er fort:

»Wir werden von unseren eigenen Brüdern und Schwestern kritisiert. Sie machen uns unseren Mangel an Standfestigkeit zum Vorwurf.«

»Wenn du von unseren Brüdern sprichst, so handelt es sich genauer gesagt um Priester Hippolyt?«

»Unter anderem ...«

»Nun denn, wisset, daß ich mich weder eurem Druck noch dem unserer Brüder beugen werde. Eine von der Kirche verdammte Seele ist eine Seele, die für Gott für immer verloren ist. Ich werde nichts gegen Sabellius und seine Lehre veranlassen.«

Nachdem Zephyrin seine Ausführungen beendet hatte, herrschte Schweigen. Sie wechselten noch einen letzten Blick, dann zog sich der Heilige Vater, von Asterius begleitet, zurück.

*

»Er hat uns seine Worte hinterlassen! Er hat uns seine heiligen Fußspuren an den Ufern des Tiber hinterlassen, daß sie uns führen mögen auf den rechten Weg. Denn wahrlich ich sage euch, meine Brüder: Wenn ihr vom rechten Pfade abkommt, werden eure Seelen keine Erlösung finden! Und nicht die ewige Seligkeit erlangen!«

Wie er es häufig tat, hatte Hippolyt die Anhänger seiner Lehre in der Krypta des ostrischen Friedhofs um sich geschart; dem Ort, an dem der Legende zufolge die Stimme des Heiligen Petrus erklungen sein soll.
»Sie behaupten, Christus SEI der himmlische Vater. Und es sei Gott der Vater selbst, der hier auf Erden geboren und am Kreuz gelitten haben soll. So lauten ihre Behauptungen!«
Wiederum drang aus den Reihen ein Raunen der Mißbilligung.
»Es zerreißt mir das Herz, wenn ich mir vorstelle, daß Männer unserer Kirche die von Sabellius verkündeten Beleidigungen dulden und sich ihnen fügen! Unter diesen Männern befinden sich zwei unserer Brüder, die nicht die unbedeutendsten sind: Papst Zephyrin und Calixtus, sein oberster Diakon.«
»Schande über sie!« schrie jemand.
»In Wahrheit, so müßt ihr wissen, ist unser Heiliger Vater nicht der wirklich Schuldige. Seit nunmehr siebzehn Jahren regiert nicht er, sondern er läßt regieren. Wir alle wissen davon, und ich wage es kaum auszusprechen: Im Grunde genommen ist Zephyrin lediglich ein Narr und Geizkragen, der von seinem Diakon ins Abseits gedrängt wurde. Es ist Calixtus, der alle Macht in Händen hält! Dieses Subjekt, dessen unrühmliche Vergangenheit ich euch lieber nicht in Erinnerung rufen möchte.«
In der Krypta wurden Schreie der Empörung laut.
»Ja! Der Hirte ist nur mehr ein Schatten seines Diakons. Sollte Sabellius weiterhin ungestraft das Böse verkünden, so wird nicht der Papst, sondern sein Diakon den Tadel einstecken müssen!«
Er holte tief Luft, ließ einen Moment lang seinen Blick über die Menge schweifen und schloß mit folgenden Worten, wobei in seiner Stimme plötzlich Trauer mitschwang: »Wenn ich euch all diese Dinge mitteile, so allein um euch zu warnen und nicht um in euren Herzen den Samen der Zwietracht zu säen. Zephyrin mag ein schwacher Mann sein, dennoch bleibt er unbestritten

unser Oberhaupt. Lasset uns beten, denn allein das Gebet wird die Finsternis erleuchten.« Und Hippolyt begann die Messe zu zelebrieren ...

*

Mit einer müden Handbewegung rieb sich Calixtus die Augen.
Die Kirche, so stark und doch so schwach.
Je mehr er darüber nachdachte, desto stärker wurde sein Gefühl zur Gewißheit. Es bedurfte eines Signals. Eines Oberhauptes, das die Zügel fest in der Hand hielt. Man mußte die unveränderliche Richtigkeit des Glaubens sicherstellen und die Glieder der Kette wieder enger fassen, die die Christen mit der Kirche verband. Zudem müßten sich diejenigen, die die Taufe empfangen wollten, einer strengeren Auswahl unterziehen und sorgfältiger vorbereitet werden, um deren Beständigkeit zu gewährleisten. Rom müßte hierfür als Vorbild dienen und zum Zentrum der Einheit werden.
Eine unendlich große Aufgabe ... Es gab so viel zu tun ...

*

Die rasende Menge säumte den Heiligen Weg, an dem sich der Aufmarsch entlangzog. Was man erblickte, schien unwirklich, denn in allem spiegelte sich die Maßlosigkeit wider.
Dreihundert Jungfrauen mit entblößten Brüsten hatten soeben den gewaltigen Triumphbogen aus rosa Marmor durchschritten und verschwanden langsam in Richtung Forum. Gezogen von zweihundert Stieren, die man mit aller Macht anstachelte, indem man eine Horde von angeketteten Hyänen auf sie hetzte, tauchte auf einem riesigen, tiefliegenden Wagen ein Penis auf, eingebettet in einen gigantischen Block aus Granit.
In einiger Entfernung stand Avitus Bassianus aufrecht in einem Wagen aus Gold und seltenen Steinen. Er, der bereits den Beinamen Elagabal trug und kaum das vierzehnte Lebensjahr

vollendet hatte, hielt Einzug. Er ging an der Spitze des Zuges, lief dabei aber rückwärts, damit er seinen Meister unverwandt anblicken konnte. Während dessen wachten die Priester darüber, daß der Kaiser nicht beim Gehen stürzte.

So trat er die Nachfolge Macrinus' an, der Caracalla ermordet hatte und später selbst in Kleinasien umgebracht wurde. In Emesus hatte sich Julia Domna zu Tode gehungert. Ihrer Nichte Soemias war es gelungen, ihren Sohn Elagabal, Priester des syrischen Gottes, zum Kaiser ausrufen zu lassen.

Von diesem Tag an sollte Rom sehr seltsame Schauspiele erleben. Der schwarze Stein, das Symbol Elagabals, war feierlich in die Hauptstadt überführt und in einem Tempel auf dem Palatin aufgestellt worden, den man eilends zu diesem Zweck errichtet hatte. Im Inneren des Heiligtums begann man Zeremonien zu feiern, die an den syrischen Ritus angelehnt waren. Im Laufe der Nacht konnte man in Rom den Widerhall eigentümlicher Gesänge vernehmen. Gerüchte über Kinderopfer und andere Rituale wurden laut, die hierzulande unfaßbar waren, doch in der Heimat des Gottkönigs übliche Bräuche waren.

Bei öffentlichen Festlichkeiten brachte man viele Menschenopfer dar und verteilte die ältesten und kostbarsten Weine. Elagabal selbst tanzte um die Altäre im Rhythmus der Zymbeln und wurde dabei von syrischen Frauenchören begleitet. An seiner Seite wurden Senatoren und Ritter, die ihn umringten, zu hilflosen Zuschauern, während die ranghöchsten Amtsträger in syrischer Tracht aus weißem Linnen ihren Teil zum Opfer beitrugen.

Ebenfalls ging das Gerücht, Elagabal fände Vergnügen daran, sich als Lustknabe anzubieten. An manchen Abenden gab er sich, ebenso wie Dionysos, in chinesische Seide gehüllt zum Wohlgefallen seines Gottes dem Klang der Tamburine und Flöten hin. Das Gesicht geschminkt und mit Geschmeide behangen, wirbelte er stundenlang in Frauenkleidern umher und streifte allmählich sein männliches Wesen ab.

Was war aus der Erhabenheit Roms geworden?

61

August 217

Es wurde Nacht über der Villa Vectiliana, und der Himmel schien von Tausenden von Glühwürmchen bevölkert zu sein.
Schweigend reichte Hyazinthus Calixtus die weiße Dalmatika, die mit Seide durchwirkt und mit zwei purpurroten Bändern geschmückt war. Der Thraker stand mit entblößtem Oberkörper da, ergriff sie, blickte sie prüfend an und schmunzelte.
»Es ist beinahe ein königliches Gewand ...«
»Es gibt derer noch weitaus prunkvollere«, beeilte sich Hyazinthus zu erwidern, »und heute abend vermag kein noch so prächtiges Kleid deiner würdig zu sein.«
Alsbald tauchte vor Calixtus' geistigem Auge das Bild einer anderen Tunika wieder auf, die er vor langer Zeit flüchtig in den Laderäumen der *Isis*, Carpophorus' herrlichem Schiff, erblickt hatte. Nachdenklich hielt er einen Moment lang inne, schließlich ließ er das Gewand über seinen Kopf gleiten.
Von draußen war Stimmengewirr und das Geräusch von Schritten zu hören.
Er ging zum Fenster hinüber, durch das ein frischer Wind blies, und ließ seinen Blick über die Sterne schweifen. Im Schein der Fackeln und der griechischen Lampen, die die Menge in den Händen hielt, flackerten im Garten die Umrisse der Zypressen. In einer Nacht wie dieser war Zephyrin gestorben. Wie lange lag das jetzt zurück? Eine Woche, einen Monat?
Der Thraker atmete tief durch, als wollte er die Stille der Nacht in sich aufsaugen. Schließlich bat er Hyazinthus ihm zu folgen.

*

»Wir sehen, daß der Brauch, den neuen Papst in Anwesenheit des Volkes zu wählen, also unter den Augen aller, eine Weisung Gottes ist. Der Auserkorene muß sich seiner Aufgaben würdig erweisen und für dieses Amt geeignet sein und sich dies durch öffentliches Zeugnis bestätigen lassen. Denn im vierten Buch Mose erteilt der Herr Moses den Auftrag: *Nimm Aaron und seinen Sohn Eleasar und führe sie hinauf auf den Berg Hor. Entkleide dort Aaron seiner Gewänder und bekleide damit seinen Sohn Eleasar. Aaron wird dort hinweggerafft werden und sterben.*«

Augustin, der Bischof von Korinth, schwieg einen Augenblick, ehe er fortfuhr.

»Erst wenn alle wahrheitsgemäß bezeugt haben, und dabei nicht nur einer vorgefaßten Meinung gefolgt sind, daß der Mann tatsächlich vor dem Gericht Gottes und Jesu Christi diese Fähigkeiten aufweist, so wird er dem Volk ein drittes Mal die Frage stellen, um zu erfahren, ob er wirklich dieses Amtes würdig ist.«

An dieser Stelle seiner Rede verstummte Augustin noch einmal und ließ seinen Blick über die Menge schweifen. In der Säulenhalle herrschte eine eindrucksvolle Stille, die lediglich hin und wieder durch ein sanftes Rascheln der Blätter gestört wurde.

»Wie es Brauch ist, muß ich euch auffordern, eure Wahl zu bestätigen: Ist er es, den ihr euch an die Spitze der Kirche, an die Spitze von Gottes Volk wünscht?«

Und der Bischof wies mit dem Zeigefinger auf den Mann, der in der ersten Reihe saß und um den alle Mitglieder des Presbyteriums im Halbkreis Platz genommen hatten.

»Ja, er ist es.«

Augustin stellte die Frage ein zweites Mal, doch wandte er sich diesmal an die Diakone, die Geistlichen, die Beichtväter und die Bischöfe, die einstimmig ihre Wahl bestätigten.

Calixtus wurde lediglich gebeten, näher an den Altar zu treten, der in der Mitte des Gartens errichtet worden war.

Gleichzeitig traten die Diakone nach vorn, hielten das große Buch des Evangeliums über das Haupt desjenigen, der der sechzehnte Papst in der noch jungen Geschichte der Kirche werden sollte.

Augustin legte die Hand auf Calixtus' Stirn und verkündete mit lauter Stimme: »Gott und Vater unseres Herrn Jesus Christus, voller Demut sprechen wir zu Dir. Zu Dir, dem es seit Anbeginn der Schöpfung gefallen hat, in denen verehrt zu werden, die Du auserwählst. Gib ihnen die Kraft, die von Dir kommt, die Kraft des Heiligen Geistes. Vertraue Deinem Diener, den Du für das Amt des Bischofs auserkoren hast. Möge er Deine heilige Herde weiden lassen und das höchste Priesteramt bekleiden ohne Tadel und Dir dienen tagaus, tagein. Möge er kraft des Heiligen Geistes die Macht zur Vergebung der Sünden nach Deinen Geboten besitzen. Möge er gemäß Deinen Weisungen die Aufgaben verteilen, kraft der Macht, die Du Deinen Aposteln verliehen hast. Im Namen des Heiligen Geistes und der Heiligen Kirche, von nun an bis in alle Ewigkeit.«

Alsbald näherten sich Calixtus abwechselnd alle Mitglieder des Presbyteriums und die anwesenden Bischöfe. Sie verneigten sich vor ihm und gaben ihm den Friedenskuß. Anfänglich noch kaum zu vernehmen, erklangen aus der Menge die ersten Strophen des XVIII. Psalms. Unmerklich schwoll der Jubelgesang an, wurde stärker und brandete hinauf in den Himmel über Rom wie die Wasser eines sagenhaften Stroms.

Dann schritt der neue Papst langsam auf den Altar zu und zelebrierte seinen ersten Gottesdienst. Als das Meßopfer dargebracht wurde, nahm er das Brot, brach es und verkündete: »Und während Er sich aus freien Stücken dem Leiden hingab, um den Tod auszulöschen und die Ketten des Satans zu sprengen und die Gerechten zum Lichte zu führen, sprach er den Segen, brach das Brot und sagte: *Nehmet hin und esset, das ist mein Leib, der für euch gegeben ward!* Und er nahm einen Kelch, sagte Dank und sprach: *Das ist mein Blut des Bundes, das vergossen wird für viele. Wenn ihr dies tut, so tut es zu meinem Gedächtnis.*«

Calixtus schloß einen Moment lang die Augen und glaubte die letzten Worte des sterbenden Zephyrin zu vernehmen: »Ich bin nur gesandt zu den verlorenen Schafen ...«

Calixtus hob den Kopf, betrachtete die anwesenden Gläubigen und sprach: »Mögen sich meine Nachfolger dieser Zeit entsinnen, damit Gottes Herrlichkeit und der Glaube in seiner vollen Wahrheit weiterleben. Möge die Kirche ihre Pforten öffnen und sich nicht auf sich zurückziehen wie eine alte, mürrische Frau, in fruchtlosen Gewißheiten gefangen. Möge die Kirche niemals der Strömung der Flüsse folgen, sondern, im Gegenteil, selbst diese Strömung sein. Die Kraft des Nazareners lag vor allem in seinem Willen, mit den Vorurteilen zu brechen und in seiner unendlichen Toleranz. Toleranz ist nichts anderes als die Einsicht der Seele: Ich wünsche der Kirche der Zukunft die Einsicht der Seele.«

Nachdem er diese wenigen Worte verkündet hatte, begann der Heilige Vater die Eucharistie zu verteilen. Von Asterius begleitet, ging er auf die erste Reihe zu. Von Zeit zu Zeit erkannte er einige vertraute Gesichter. Alexianus, den Bäcker, Aurelius, den Liktor und Justinius, den Dekurio. Jede Woche waren unablässig Arme und Reiche aus allen Himmelsrichtungen gekommen, um die Gemeinde der Christen zu vergrößern.

Und mit einemmal erblickte er sie.

Gewiß, ihr Haar war weiß geworden, und einige Falten hatten sich in ihre Stirn gegraben, doch ihre Gestalt war noch immer voller Harmonie, und auch in ihren Augen spiegelte sich dieselbe Leidenschaftlichkeit und Willensstärke wie früher. Ihre Blicke trafen sich. Sie sahen einander eindringlich an und taumelten unter der plötzlichen Flut von Erinnerungen, die über sie hereinbrach.

Calixtus' Hand zitterte leicht, als er ihr die Eucharistie austeilte. Er glaubte, ein leichtes Beben ihrer Lippen zu bemerken. Ihre Finger berührten sich. Sie senkte den Kopf und schloß die Augen. Er fuhr fort, die Messe zu zelebrieren.

62

Mai 221

Ein herrlicher Frühling breitete sich entlang der Ufer des Tiber aus. Zwei Jahre waren vergangen, ohne daß neue Gefahren die Glaubensgemeinschaft bedrohten. Der Kaiser, ein Verfechter des Monotheismus des Sonnengottes, war ebenso wie seine Familie nicht mehr darauf bedacht, die Epoche der Verfolgungen wieder aufleben zu lassen. Vermutlich waren Elagabal und die Seinen zu dem Schluß gekommen, daß früher oder später das Christentum in der neuen Religion aufgehen und man Gott Baal verehren würde.

Doch genau das Gegenteil trat ein. Seitdem er das Oberhaupt der Kirche war, konnte Calixtus tagtäglich feststellen, daß die Verbreitung des christlichen Glaubens mit dem Niedergang der heidnischen Legenden einherging. Die griechisch-römische Welt trat nur vereinzelt zum Mithras- oder Kybele-Kult über, wohingegen in die Kirchen eine stetig wachsende Zahl von Menschen strömte, die den Wunsch hatten, sich der Lehre Christi anzuschließen. Mehr als zwei Jahrhunderte waren nach der Kreuzigung Christi auf Golgatha vergangen, und obschon es schwierig war, eine genaue Schätzung vorzunehmen, konnte man davon ausgehen, daß die Christen gegenwärtig etwa fünfzehn Prozent der Bevölkerung des römischen Reiches ausmachten. Und diese Schätzung war keineswegs vermessen. Diesen günstigen Entwicklungen zum Trotz war Calixtus weiterhin tief beunruhigt.

Durch die Äste schimmerten die gelbglänzenden Strahlen der untergehenden Sonne, deren Widerschein sich über den Katakomben ausbreitete.

Calixtus blieb in der Nähe einer Öllampe stehen. Zu seinen Füßen lagen das riesige Labyrinth von Gängen und Hunderte von kleinen, in die Wände eingelassenen Kästchen.

Er hatte seinen Auftrag erfüllt. Dank seiner Bemühungen war

der Friedhof der römischen Christengemeinde endgültig von der Via Salaria in die Krypten des Lucilius an der Via Appia verlegt worden. Dieser Ort war nun offizieller Friedhof der gesamten römischen Christenheit.
Ein Gefühl von Melancholie durchströmte ihn, wenn er der Menschen gedachte, die unter dieser Erde ihre letzte Ruhe gefunden hatten. Papst Viktor, Zephyrin und Flavia, deren Grabstätte er hatte hierher verlegen lassen. Und unzählige Namenlose ... Von nun an zur Rechten Gottes.
Ich bin nicht gekommen, die Gerechten zu rufen, sondern die Menschenfischer.
Plötzlich packte ihn ein Gefühl der Angst, ob der Kühnheit seiner Gedanken, die ihn in den letzten Monaten fortwährend verfolgt hatten. Wie konnte er es wagen, die jahrhundertealten Dogmen in Frage zu stellen? Andere vor ihm hatten dieses Amt bekleidet, die von höherem Stande und größerer Gelehrtheit gewesen waren. Und nun hielt sich ein ehemaliger Sklave für Petrus. Die Vorstellung, daß er seinerseits zum Häresiarch werden könnte, erfüllte ihn mit Angst und Schrecken.
Jäh fiel er auf die Knie und faltete die Hände.
»Herr, mein Gott ... Ich bin nur ein armer Sünder. Nur durch Dich lebe ich und werde ich leben ... Hilf mir, o Herr, hilf mir ...«

*

Es war noch dunkel, als jemand an seine Tür klopfte. Sofort erkannte er Asterius, seinen Diakon. Eine ältere Frau begleitete ihn, die sehr mitgenommen aussah und deren Augen von Tränen gerötet waren.
»Das ist meine Mutter«, stammelte Asterius. »Sie arbeitet im Palast als Dienerin bei Julia Moesa, der Großmutter des Kaisers. Als meine Mutter heute nachmittag ihre Arbeit getan hatte und in ihre Kammer zurückkehrte, bemerkte sie, daß mein jüngerer Bruder Gallius verschwunden war. Sie hatte natürlich angenom-

men, daß er, wie es gelegentlich vorkam, in den engen Gassen der Nachbarschaft spielte. Doch sie konnte ihn nirgends finden.«

»Hat sie die Leute in ihrer Umgebung befragt?«

»Natürlich. Sie hat buchstäblich alle Diener, die im Palast Dienst tun, mit ihren Fragen bestürmt. Nichts.«

»Und dann?«

»Erst vor etwa einer Stunde hat ihr einer der Eunuchen anvertraut, das Kind sei auf Moesas eigenen Befehl weggebracht worden.«

»Aber warum? Aus welchen Grund?«

»Als Opfer.«

Diesmal hatte Asterius' Mutter geantwortet.

»Als Opfer?«

»Ich bin mir dessen sicher. Die syrischen Scheusale werden meinen Sohn ihrem Gott zum Geschenk machen. Das war bisher immer der Fall, wenn ein Kind verschwand.«

»Wenn es auch wahr ist, daß die schlimmsten Verfehlungen diesen Subjekten zuzuschreiben sind, so erscheint mir doch ein Menschenopfer ...«

»Heiliger Vater, das Herz einer Mutter irrt sich nie. Überdies hat es mir der Eunuch bestätigt. Sie haben Gallius zu ihrem teuflischen Heiligtum gebracht. Vielleicht ist es schon zu spät.«

Calixtus blickte seinen Diakon hilfesuchend an.

»Aber was könnte ich tun?«

Wieder antwortete die Mutter und flehte ihn an: »Bringt mir mein Kind zurück ...«

»Frau, ich habe nicht die geringste Macht!«

»Verzeiht ihr«, unterbrach ihn Asterius, »sie ist überzeugt davon, daß Ihr der einzige Mensch auf der Welt seid, der ihr Gallius zurückbringen kann.«

»Ja, so ist es«, wiederholte die Unglückselige. »Ihr seid dazu imstande, Ihr seid Jesus Christus, Ihr habt die Macht.«

Calixtus legte seine Hand auf die Wange der Frau.

»Nein«, erwiderte er sanft, »ich bin nicht Jesus Christus. Nichts-

destotrotz möchte ich alles in meiner Macht stehende tun, um deinen Sohn wiederzufinden.«
Sie wollte ihm die Hand küssen, doch er hielt sie zurück und bat sie, Platz zu nehmen.
»Du wirst hier auf uns warten, während Asterius und ich uns auf den Weg machen, deinen Sohn zu suchen. Versprich mir, dieses Haus nicht zu verlassen.«
»Ich werde alles tun, was Ihr verlangt, aber ich flehe Euch an, bringt mir meinen kleinen Sohn zurück.«
Er bedeutete seinem Diakon, ihm zu folgen.
Kurz darauf waren sie auf dem Weg zum Palatin. Wenn die Frau recht hatte, dann könnte man Gallius dort vielleicht finden.

*

Eine einzige Fackel erhellte den Eingang zum Heiligtum, und hätte man nicht hin und wieder undeutlich Musik vernommen, so hätte man glauben können, der Ort sei ausgestorben. Langsam erklommen Asterius und Calixtus die Stufen aus rosa Marmor. Eine undefinierbare Mischung aus Myrrhe und Weihrauch erfüllte die nächtliche Luft. Sie durchquerten das Hypostylon, dessen Säulen mit anstößigen Zeichnungen bedeckt waren. Von dort aus konnte man bereits einen schwachen Lichtschimmer und einige Schatten ausmachen.
Sie traten näher heran und erblickten den schwarzen Stein, das Symbol für die Anhänger des Gottes Baal. Um den Stein schwirrten vollkommen entblößte Tänzerinnen wie ruhelose Glühwürmchen.
Der Diakon wies auf eine Stelle zu seiner Rechten.
Eine Silhouette tauchte aus dem Dunkel auf. Es war ein Jüngling, aufgedunsen und übertrieben geschminkt, der ein langes Gewand aus Damast trug.
Es war der Kaiser ... Elagabal, Herr dieses heiligen Ortes.
Calixtus konnte nicht umhin zu denken: Das ist der reine Hohn ...

An seine Seite waren zwei Frauen getreten. Die Ältere von beiden war niemand anderes als Moesa, die Großmutter des Caesar.
Die Tänze wurden zunehmend aufreizender. Die vor Schweiß glänzenden Körper bewegten sich sanft vor dem düsteren Blick des Jünglings auf und ab. Als die Gesänge schließlich verstummten, verharrten die Tänzerinnen, um drei Gestalten durchzulassen. Hoch über ihren Köpfen trugen die Männer den Körper eines Kindes, das ohne Bewußtsein war.
»Er ist es...«, flüsterte Asterius. »Es ist mein Bruder Gallius.«
Der Knabe wurde auf einen Altar aus Elfenbein gebettet.
Sollte das wirklich möglich sein? Konnte diese groteske Zeremonie in einem Mord enden?
Der größte unter den Männern packte Julia Moesa am Arm und zog sie vor den Altar.
»Das ist Comazon«, wisperte Asterius.
Calixtus musterte die Person mit besonderer Aufmerksamkeit. Sein Name war ihm nicht unbekannt. Comazon Eutychianus. Ganz Rom war sich darin einig, daß er ein außergewöhnlicher Mensch war. Eine eigentümliche Gestalt aus dem Orient. Bevor er zu Moesas Günstling geworden war, hatte er bereits einen eindrucksvollen Werdegang hinter sich. Freigelassener, Seemann, Gardepräfekt der Prätorianer, Stadtpräfekt und zweifacher Konsul. In mehrfacher Hinsicht kennzeichnete der erstaunliche Aufstieg dieses Mannes das Ende einer Gesellschaft. Rom war vom Orient erobert worden.
»Elagabal! Gott der Sonne! Du hast Dunkelheit und Finsternis vertrieben mit den Strahlen deiner Augen. Oh, diese wärmende Kraft, die Leben bewahrt. Leuchtend erhebt sie sich am Horizont! Voller Leben eröffnet sie die Nacht!«
Die Stimme Comazons dröhnte laut und deutlich durch das Gewölbe.
Eine Frau, die Lippen geschminkt und Asche auf den Augenlidern, näherte sich dem Altar. Mit langsamen Bewegungen ergriff sie einen Dolch, dessen Griff mit Halbedelsteinen besetzt war.

»Heiliger Vater, wir müssen etwas unternehmen ...«
Die Beschwörungsformeln wurden wieder aufgenommen. Die Frau hob den Arm, bereit zuzustoßen.
»Haltet ein! Im Namen des Herrn befehle ich euch, laßt von ihm ab!«
Die Frau erstarrte, und alle Blicke richteten sich auf Calixtus. Völlig verschreckt sah Elagabal zu seiner Großmutter hinüber, die ebenfalls vollkommen fassungslos war. Nur Comazon bewahrte die Ruhe.
»Wer bist du, daß du es wagst, die heilige Stunde zu stören?«
»Ein Mensch, der das Leben seiner Mitmenschen achtet. Ich bin gekommen, um dieses Kind seiner Mutter zurückzugeben.«
Entschlossen trat er auf den Altar zu.
»Packt ihn euch!« befahl Comazon.
Blitzschnell stürzten sich die Priester auf Calixtus und seinen Diakon und hinderten sie am Weitergehen.
Elagabal, nunmehr beruhigt, trat auf die beiden Männer zu und musterte sie neugierig von oben bis unten, als betrachte er ein sonderbares Tier.
»Tötet sie!« brüllte ein Priester. »Sie haben sich eines Frevels schuldig gemacht!«
Comazon, noch immer Herr seiner selbst, bat um Ruhe.
»Deinen Namen«, wollte er wissen und blickte Calixtus kalt an.
»Calixtus ...«
»Ich erkenne ihn wieder«, warf Bara ein, »er ist von allen der Streitsüchtigste. Er ist ein Christ und sogar ihr Oberhaupt.«
»Ihr Oberhaupt?« erkundigte sich Comazon plötzlich interessiert.
»So ist es. Und nun überlaßt mir das Kind. Ihr habt nicht das Recht, den Knaben zu opfern ...«
»Wir haben nicht das Recht?«
Zum ersten Mal griff Elagabal ein.
»Weißt du denn nicht, daß der Sonnengott allmächtig ist?«
»Es gibt keinen Sonnengott, sondern nur einen einzigen Gott: Jesus Christus, unseren Herrn.«

»Frevler!« riefen die Priester.

»Du behauptest also«, fuhr Elagabal fort, »daß es keinen Sonnengott gibt und Baal nicht existiert.«

»Baal ist nur eine Schimäre, ebenso wie all die anderen sinnlosen römischen Götzenbilder: Kybele, Ares, Pluto ... Euer Baal besitzt nicht mehr Macht als der Heilige Stein, der ihn darstellt.«

Diese Äußerungen hatten zur Folge, daß der Haß der Priester noch weiter geschürt wurde.

Bara riß den Dolch an sich, der für das Kind bestimmt war, und setzte ihn Calixtus an die Kehle.

»Noch nicht!« befahl Elagabal. »Dieser Mann amüsiert mich.«

Calixtus wurde von einer plötzlichen Leidenschaft ergriffen und gab zurück: »Ihr seid noch ein Kind, Caesar. Hört nicht auf diese Leute, die Euch in die Irre führen wollen. Ich mag für Euch vielleicht unterhaltsam sein, doch seht Ihr nicht, daß Ihr nur eine Marionette seid in den Händen dieser Leute? Es gibt nicht einen einzigen unter ihnen, der sich nicht insgeheim über Euch lustig macht. Sei es dieses Subjekt«, er deutete mit dem Zeigefinger auf Comazon, »oder diese kümmerlichen Gestalten von Priestern. Sie alle verachten Euch und trachten nach nichts anderem, als durch Euch ihre Machtgelüste zu befriedigen.«

Genau in diesem Moment beugte sich Julia Moesa zu ihrem Enkel hinunter und flüsterte ihm einige Worte zu, die niemand verstehen konnte. Elagabal schien zunächst überrascht, und man sah, wie er nachdachte. Schließlich senkte er zustimmend seinen Blick.

»Laßt den Christen frei«, ließ er mit monotoner Stimme vernehmen. »Und händigt ihm das Kind aus.«

Er wandte sich an Calixtus und fügte hinzu: »Auf diese Weise sollst du erfahren, daß auch Gott Baal sich großmütig zu zeigen vermag. Gewaltig und doch ebenso sanft wie die Sonne.«

Als die Priester das hörten, erhoben sie, Bara vorneweg, energisch Einspruch. In ihren Augen verdiente der Christ hundert-

fach den Tod. Doch mit einer Stimme, die keinen Widerspruch duldete, bedeutete Julia Moesa ihnen, Elagabals Befehl zu gehorchen.
Also hob Calixtus den kleinen Gallius, der das Bewußtsein noch nicht wiedererlangt hatte, vom Altar und schritt, begleitet von seinem Diakon, zum Ausgang des Heiligtums.
Nochmals beugte sich Moesa zu Elagabal hinunter.
»Gut so, Majestät, Ihr werdet sehen, daß ich recht behalte. Man hat mich wissen lassen, daß es besser ist, sich vor diesen Christen in acht zu nehmen. Sie haben die Fähigkeit, jemanden zu verhexen, ganz schrecklich zu verhexen.«
Elagabal schien ihr nicht mehr zuzuhören. Vielleicht dachte er darüber nach, was ihm der Mann gesagt hatte. In seinen Augen flackerte heimlich Angst auf.

63

Rom, 18. Februar 222

»Heiliger Vater, ich möchte dich nicht drängen«, wiederholte Hyazinthus, »doch ich wollte dich daran erinnern, daß ...«
»Ja, ich weiß. Die höchsten Würdenträger der Kirche des Okzidents und einige Vertreter der Kirche des Orients erwarten, daß ich meinen guten Willen zeige. Sorge dich nicht, sie werden nicht mehr lange warten müssen.«
Die beiden Männer verließen die Kammer und durchquerten die Säulenhalle. Im Februar diesen Jahres hatte der Garten in der Villa Vectiliana, der erst vor kurzem wieder neu angelegt worden war, ein wenig an Pracht verloren. Gleiches galt für die kahlen Äste, die über einem Teppich aus Laub emporragten, und die leeren Marmorsockel, die man von ihren mythologischen Standfiguren befreit hatte.
Sie trafen auf drei in weißes Linnen gehüllte Frauen – Pensionä-

rinnen, die hier wohnten –, die damit beschäftigt waren, die Alleen zu kehren.
Als sie vor dem Tablinium angelangt waren, schlugen sie den Vorhang zurück. Der riesige Raum war kalt, trotz des Feuers, das in einem der Kohlenbecken entfacht worden war. Nur zwei Männer waren anwesend: Hippolyt und Asterius, der Geistliche. Letzterer reichte Calixtus eine Pergamentrolle.
»Hier ist die endgültige Fassung.«
Hippolyt rückte mit einer heftigen Handbewegung eine unsichtbare Falte seines Pallium zurecht und verkündete mit unterdrückter Wut: »Bruder Calixtus«, seit der Berufung des Thrakers vermied er es tunlichst, ihm gegenüber den Titel Vater oder Heiliger Vater zu verwenden, »ein letztes Mal trete ich vor dich hin und flehe dich an, von einer Bekanntmachung dieses Erlasses abzusehen!«
Calixtus schüttelte müde den Kopf.
»Wir haben uns mehr als einmal mit dieser Angelegenheit auseinandergesetzt. Du begreifst die Kirche nur als eine Gemeinschaft von Heiligen. Ich schätze das Erhabene dieser Idealvorstellung nicht gering, dennoch solltest du Verständnis dafür haben, daß ...«
»Du schätzt es nicht gering, aber du sagst dich davon los! So wie du der Botschaft des Herrn entsagst. Er hat verkündet: *Seid vollkommen wie es euer Vater ist im Himmel.*«
»Hippolyt, wann wirst du endlich lernen, die Welt mit offenen Augen zu betrachten? Siehst du nicht, was auf dieser Welt, die sich beständig weiterentwickelt, geschieht? Wenn die Kirche nicht ihren Beitrag leistet, die Hoffnungslosigkeit der Menschen, ihre inneren Konflikte zu lindern, wenn sie ihnen nicht hilft, ihren Alltag im Einklang mit den Grundsätzen, die wir predigen, zu leben, so würden alle Erlebnisse des Menschensohnes eines Tages nurmehr zu einer wunderbaren aber nutzlosen Geschichte herabgewürdigt. Und der Frühling im Herzen der Völker hätte gelebt.«
»Wie kannst du dir vorstellen ...«

»Hör mir gut zu. Kein Monat vergeht, ohne daß wir nicht verzweifelten Christinnen gegenüberstehen, die zum erniedrigenden Leben im Konkubinat verdammt sind, weil das römische Recht hartnäckig daran festhält, Ehen zu untersagen, sobald einer von beiden einem niedrigeren Stand angehört. Jede Frau, die der Senatorenkaste entstammt und einen Mann geehelicht hat, der nicht den Titel eines *clarissime* trägt, verliert ihren Titel und kann ihn nicht einmal mehr an ihre Kinder weitergeben! Du kennst die Folgen ebenso gut wie ich: Die Christinnen von hohem Stand, die nicht abgerückt sind von ihrem aristokratischen Stolz, und weder der Kirche untreu werden, indem sie einen Heiden ihres Standes ehelichen, noch ihre Würde verlieren wollen, indem sie eine Verbindung mit einem nicht adeligen Christen eingehen, diese Frauen befinden sich in einer ausweglosen Situation.«

Hippolyts Gesicht lief rot an, und er erwiderte laut und deutlich mit ungeheurer Verbissenheit: »Die Kirche darf nur die Verbindungen anerkennen, die durch die römische Gesetzgebung genehmigt wurden! Sich gegen dieses Gesetz zu stellen, würde bedeuten, das Konkubinat ganz einfach anzuerkennen: der Bund der Ehe außerhalb des Gesetzes!«

Calixtus sah den Priester durchdringend an und fragte ihn mit ruhiger Stimme: »Hast du deine Stellungnahme nun beendet, Bruder Hippolyt?«

»Nein! Du weißt ganz genau, daß es noch ein weiteres Thema gibt, auf das ich zurückkommen wollte. Ein Thema, das weitaus schwerer wiegt!«

»Du meinst, das Problem der Buße ...«

»Unzucht, Mord und Apostasie sind Sünden, die nicht vergeben werden dürfen! Erinnere dich der heiligen Gebote.«

Calixtus nickte zustimmend und sagte mit eintöniger Stimme: »Ich erinnere mich: ›Sobald ein Mensch eine dieser Sünden begangen hat, muß er sich in Asche wälzen, darf seinen Körper nicht schmücken und seine Seele soll sich grämen. Zum Ausgleich der Sünden sich in Einfachheit üben. Karge

Kost zu sich nehmen, die nicht den Leib zufriedenstellt, sondern nur zur Erhaltung des Lebens not tut. Tag und Nacht Gott anflehen. Sich den Priestern zu Füßen werfen und vor den eigenen Brüdern niederknien. Um Fürsprache bitten vor allen Gläubigen ohne Unterlaß. Denn wer immer sich dieser drei schweren Sünden schuldig gemacht hat, soll Buße tun und ihm darf nur von Gott vergeben werden, von Gott allein.«

»Dies scheint mir eindeutig zu sein.«

»Die Vergebung durch Gott allein?« wiederholte der neue Bischof von Rom mit nachdenklicher Miene. »Das heißt, sein Leben mit sich herumschleppen wie eine schmachvolle Krankheit, in der Hoffnung auf Vergebung nach dem Tod. Und das, Hippolyt, wäre deiner Meinung nach das Vermächtnis des Nazareners? Soll in der Kirche nun Verachtung herrschen, als sei das Leid eines Christen nicht unser aller Schmerz?«

»Mord, fleischlichen Gelüsten und Gotteslästerung die Absolution erteilen? Das hieße, gegen die göttlichen Gebote zu handeln! Wie soll man diese Entscheidung einem Menschen zugestehen, dessen theologische Ausbildung ...«

»Du scheinst zu vergessen, daß mir die Kurse von Clemens aus Alexandria zugute gekommen sind«, schnitt ihm Calixtus das Wort ab.

»Die richtigen Gebote tun nicht in allen Bereichen gleichermaßen ihre Wirkung. Denn der Boden ist fruchtbar, doch der Weg ist steinig.«

Hyazinthus riß entsetzt die Augen auf.

»Bruder Hippolyt!«

»Laß ihn«, erwiderte Calixtus gelassen. »Für ihn bin ich immer ein unredlicher Bankier und Betrüger gewesen.«

»Was bedeutet es schon, was du bist«, erwiderte der Priester ungnädig. »Doch ich bitte dich inständig, flehe dich an, diesen Erlaß nicht zu verkünden. Du würdest die Pforten zur Ewigkeit all den Unglückseligen verschließen, die nicht zögern, deine Anweisungen zu befolgen!«

»Einmal mehr bist du im Irrtum. Diese Pforten werden wir noch eher versperren, wenn wir die großen Menschenfischer von der Kirche ausschließen. Denn Er hat verkündet: *Die Kranken bin ich gekommen zu heilen und nicht die Gesunden.*«

Hippolyts Gesicht war wie versteinert.

»Du weißt die Heilige Schrift geschickt zu deinen Gunsten auszulegen. Doch sei wachsam, Calixtus, sei wachsam!«

Bevor dem neuen Papst noch Zeit blieb, ihn zu bitten, sich zu erklären, hatte sein Gegenspieler den Vorhang schon zur Seite geschlagen und war ins Atrium gelangt, wo sich bereits die anwesende Zuhörerschaft ungeduldig bemerkbar machte.

Hyazinthus begnügte sich damit, bedauernd zu bemerken: »Schade ... Einen Theologen und Gelehrten von seinem Schlag hätten wir gut gebrauchen können.«

»Ich verstehe nicht, warum er so hartnäckig und verbissen an seinem Widerstand festhält«, fragte sich Asterius.

»Was soll man da machen«, seufzte Calixtus ernüchtert. »Hippolyt und ich sind Rivalen seit dem Tag«, er lächelte geistesabwesend, »als ich seinen Vater ins Becken eines Impluviums gestoßen habe. Und zweifellos gelingt es ihm nicht, sich selbst einzugestehen, daß ich das geworden bin, was ich bin. Und nun, laßt uns gehen. Die Zeit drängt.«

Sie erreichten ebenfalls das Atrium und traten in die Säulenhalle. Eine dichtgedrängte Menge von etwa zweihundert Männern empfing sie mit offenkundiger Zufriedenheit. Nichts in ihrer Haltung noch in ihrer Kleidung unterschied sie vom einfachen Bürger, und dennoch waren sie die erlauchtesten Bischöfe der gesamten Ökumene.

Einige Jahre zuvor wäre es heller Wahnsinn gewesen, all diese Männer an einem einzigen Ort zu versammeln; doch inzwischen hatten sich die Zeiten geändert. Neue Umwälzungen hatten sich auf die Staatsgeschäfte des Reiches ausgewirkt. Elagabal war inzwischen verstorben. Seit sechs Monaten hieß der neue Caesar Alexander Severus. Er war der letzte männliche Nachkomme aus dem Geschlecht der Severus' und Julia Mammaeas Sohn. Und von ihr, die dem Christentum schon immer Nachsicht und Interesse entgegengebracht hatte, hatte Calixtus die Zusicherung erhalten, daß niemand gegen die Christen vorgehen würde.

Er nahm Platz auf dem kurulischen Stuhl, der ihm allein vorbehalten war. Es gab nur diesen einen Stuhl, und der stand in der Mitte der Säulenhalle. Um ihn herum waren in den Gängen Schemel aufgestellt worden, vor denen die Bischöfe bereits warteten. Calixtus bedeutete ihnen, sich als erstes zu setzen, denn er wollte von ihnen als primus inter pares* angesehen werden.
Sie kamen seiner Aufforderung nach, mit Ausnahme von einigen Bischöfen, die darauf bestanden, stehen zu bleiben. Sie bildeten den harten Kern und gehörten zu den konservativen Hütern der Christenheit. Kaum war Stille eingekehrt, erhob sich die Stimme ihres Oberhauptes: »Ihr wißt, was uns trennt«, begann er mit fester Stimme, »wir haben in der letzten Zeit genug darüber gestritten. Dieser Erlaß ist eine Schande! Ihr werdet die Kirche in eine Tragödie mit unberechenbaren Folgen stürzen!«
»Ihr habt unrecht!« erhoben einige Stimmen Einspruch.
»Ihr werdet jegliche Disziplin abschaffen! Die Vergebung der unverzeihlichen Sünden darf nur von der kirchlichen Hierarchie abhängen!«
Hippolyt schöpfte kurz Atem, blickte Calixtus fest in die Augen und fuhr dann fort: »Du bist nicht Jesus Christus!«
Der Papst richtete sich langsam auf und bot seinem Widersacher die Stirn.
»Ich bin Petrus. Und er hat verkündet: *Du bist Petrus, und auf diesen Felsen will ich meine Kirche bauen, und die Pforten der Unterwelt werden sie nicht überwältigen. Dir will ich die Schlüssel*

---

* Erster unter gleichen

des Himmelreiches geben. Was du binden wirst auf Erden, wird gebunden sein im Himmel, und was du lösen wirst auf Erden, wird gelöst sein im Himmel...«
Hippolyt berief sich auf die Versammelten.
»Was jedoch in keinster Weise bedeutet, daß der Herr, unser Vater, Petrus die Vollmacht erteilt hätte, alle unverzeihlichen Sünden zu vergeben. Wir wissen, daß die Absolution dieser Sünden allein von Gott dem Vater selbst erteilt werden darf. Allein die Vergebung des Herrn zählt.«
»Wir *sind* die Vergebung Gottes.«
Hippolyt erstarrte.
»Ja, wir sind die Vergebung Gottes, die von nun an durch Menschenhand erfolgt.«
»Ketzerei!«
Das Wort war gefallen. In der Menge breitete sich große Unruhe aus. Calixtus fuhr ungerührt fort: »Kommet zu mir, die ihr mühselig seid und beladen, denn ich bin gekommen, euch zu erlösen. Denn ich bin sanft und demütig für die Herzen. Ihr werdet Erlösung für eure Seelen finden. Hörst du, Bruder Hippolyt? *Erlösung für eure Seelen.* Mein einziger Wunsch ist es, unsere Brüder und Schwestern nicht in die Wüste zu schikken. Man kann von den Menschen nur menschliche Anstrengungen verlangen!«
»Aus diesem Grunde werden sich deine Brüder von dir lossagen!«
»Nein, Hippolyt, ich bin der Gute Hirte, ich kenne meine Schäfchen, und meine Schäfchen kennen mich!«
Calixtus wandte sich an seine Zuhörer und fuhr fort: »Und ich sage euch, es gibt keine Unabwendbarkeit, wenn es die Liebe gibt. Was ist unser Glaube denn anderes als der Glaube an die Liebe?«
Er wandte sich an seine Gegner und schleuderte ihnen mit Inbrunst entgegen: »Wißt ihr wirklich, was uns spaltet? Da, wo ich einen Fehler erkenne, seht ihr ein Verbrechen. Da, wo ich eine Klage vernehme, hört ihr nur ketzerische Reden!«

Voller Gleichgültigkeit warf Hippolyt ironisch ein: »Du weißt dich geschickt der Worte Gottes zu bedienen ...«
Und ohne abzuwarten, hielt er eine Rede an die Menge: »Wenn wir uns von diesem Mann überzeugen lassen, daß der Bischof von Rom über unendliche Macht verfügt, die so weit reicht, daß er selbst die Grenzen von Gut und Böse bestimmt, dann seid ihr auf dem Weg zu Hochmut und Stolz, und es wird euer Untergang sein. Wisset denn, daß wir euch auf diesem Pfad nicht folgen werden!«
»Ihr werdet es nicht wagen ...!« rief Asterius.
Absichtlich entzog sich Hippolyt jeglicher ergänzenden Erklärung, machte eine Kehrtwendung und ging, gefolgt von seinen Anhängern, auf den Ausgang der Villa Vectiliana zu.
Calixtus reagierte als erster.
»Hole unseren Bruder wieder zurück, Asterius, und bemühe dich, ihn davon abzubringen, eine verhängnisvolle Entscheidung zu treffen.«
Asterius tat wie ihm geheißen. Nachdenklich sah Calixtus ihn hinter den Kolonnaden verschwinden. Im tiefsten Innern seines Herzens wußte er, daß es bereits zu spät war: ein Schisma, das erste in der Geschichte der Kirche, war unabwendbar.
»Heiliger Vater«, unterbrach ihn Hyazinthus zaghaft und reichte ihm die Pergamentrolle, deren Inhalt Gegenstand des Streites war.
»Lies vor«, erwiderte Calixtus nur.
Also begann der alte Mann mit lauter Stimme vorzutragen:

> »Ich, Calixtus, Bischof von Rom, Stellvertreter Jesu Christi, Nachfolger des Apostelfürsten, verkündige am heutigen Tage die Vergebung der Sünden des Fleisches, des Tötens sowie des Götzendienstes, und verspreche die Absolution durch Buße. Überdies, dort wo das römische Recht vorschreibt: Keine Ehe für die Sklaven, verkünde ich, daß von nun an jede Ehe zwischen Sklaven ebenso heilig ist wie die zwischen freien Menschen. Zudem wird

von dieser Stunde an der Bund der Ehe zwischen zwei Christen Gültigkeit haben, gleichgültig welcher Herkunft beide entstammen. Hiermit versichere ich, daß dieser Bund vor Gott rechtmäßig ist.«

»Ebenso kann jede Frau, die eine Frau von Stand ist, wenn sie ohne Ehemann lebt und das Feuer der Jugend in sich spürt, ihren Stand jedoch bei Schließung einer rechtsgültigen Ehe nicht verlieren möchte, sich mit einem Sklaven oder freien Mann vermählen und ihn als rechtmäßigen Ehemann ansehen.
Vale!«

Und kaum waren die von Hyazinthus vorgetragenen Worte verklungen, wurde sich Calixtus plötzlich bewußt, daß seine ganze Kindheit, seine Jugend, seine innere Zerrissenheit, die seltenen Augenblicke des Glücks, sein Streben und sein Verzicht, daß all dies zusammen ihn zum diesem Augenblick geführt hatte. Seine Versklavung, Apollonius, die gemeinsame Flucht mit Flavia, Carpophorus, Kapitän Marcus, Clemens und die Kraft seiner Lehre, die Bergwerke auf Sardinien, Zephyrin, sein Gefährte und Vorgänger, schließlich und vor allem ohne Zweifel die unmögliche Liebe, die ihn mit Marcia verband. Dies alles erschien im jetzt die einleuchtende Grundlage seines Schicksals zu sein.
In seine Gedanken vertieft, zuckte er beinahe zusammen, als Hyazinthus ihm den Erlaß aushändigte. Er drückte ihm sein Siegel auf, und die obersten Bischöfe taten es ihm gleich. Diesmal konnte nichts und niemand den Lauf der Dinge aufhalten.

15. Oktober 222

Im Schatten der engen Gasse kauerte die Frau und wartete so lange, bis er die Villa verlassen hatte. Er ging, nur wenige Schritte entfernt, an ihr vorbei, ohne sich über ihre Gegenwart Gedanken zu machen, und eilte mit weitausgreifenden Schritten zur Aurelius-Brücke.

Plötzlich überkam sie eine böse Vorahnung, daß sich etwas Außergewöhnliches ereignen würde.

Calixtus kam am Eingang der Brücke zum Stehen. Unbekannte versperrten ihm den Weg.

»Was wollt ihr? Laßt mich durch!«

»Also, Christ, man hat wohl noch eine weitere arme Jungfrau eurem Gott als Opfer dargebracht?«

»Ihr seid töricht, laßt mich durch!«

»Und gleich folgt die Beleidigung! Du erkennst uns also nicht? Ich bin Bara, der Priester des Baal.«

»Ich kenne keine Priester des Baal. Laßt mich durch!«

Der Mann hatte Calixtus bei seiner Tunika gepackt. Weitere Stimmen mischten sich unter die seine.

»Also, nun sei nicht so durchtrieben. Du kannst es doch nicht vergessen haben. Die Zeremonie, in jener Nacht im Heiligtum. Du hast die frevlerische Tat begangen, uns zu stören, um den Bruder deines Diakons zurückzuholen. Erinnerst du dich?«

»Ich verstehe ... In euch gärt der Haß und die Rache. Beinahe sieben Monate sind vergangen, seit Elagabal umgebracht worden ist und euer Heiliger Stein nach Emesus zurückgebracht wurde.«

»Du Ketzer!«

Entschlossen befreite sich Calixtus aus seiner Umklammerung und versuchte, sich einen Weg durch die kleine Gruppe von Schaulustigen zu bahnen, die sich inzwischen eingefunden hatte.

»Er ist ein Christ!« schrie jemand. »Wie alle Vertreter seiner Art hat er nur Verachtung übrig für die anderen Glaubensrichtungen!«

»Mörder sind sie!«
»Verschwörer sind sie!«
Einmal mehr mußte er zu seinem Bedauern bekümmert feststellen, daß in den letzten Jahren paradoxerweise immer dann, wenn sich die Beziehungen zwischen Kirche und Staat deutlich verbessert hatten, sich die Streitsucht und die einfältige Gehässigkeit den Christen gegenüber kaum geändert hatte.
»So behandelt man keinen Hohenpriester!«
Bara hatte sich ihm genähert.
»Mein Freund hat recht. Um dir zu vergeben, schlage ich vor, daß du an einer unserer Zeremonien teilnimmst. Dort wirst du den wahren Gott ehren und preisen. Den einzigen.«
»Glaubt ihr denn, meinen Gott könnte man so einfach durch einen anderen ersetzen? Nein, kein Gestirn der Sonne ersetzt bei uns die Venus.«
Noch einmal versuchte Calixtus zu entkommen, doch der Kreis zog sich immer enger um ihn zusammen.
»Verachtung!«
»Er ist ein Verschwörer!«
»Mörder!«
»Also«, keuchte Bara, »du hörst, was sie rufen? Es wäre doch durchaus möglich, daß es einer von deinen Gefolgsleuten war, der den unglückseligen Elagabal getötet hat!«
»Das ist absurd! Alle Welt weiß, daß er während eines Prätorianeraufstandes umgebracht worden ist. Genug jetzt! Geht nach Hause!«
»Du schämst dich also nicht?«
»Ich schäme mich für dich und für all diejenigen, die sich noch immer vor Standbildern niederwerfen!«
Das Messer blitzte grell in der heißen Sonne.
Beinahe gleichzeitig ertönte ein Schrei. Der Schrei einer Frau, der seine Erinnerungen traf, genau in dem Augenblick, als die Klinge in seine Brust drang.
Ein zweiter Stich, dann ein dritter, und Calixtus sagte sich, daß

dies wohl der Weg war, wie Menschen ihre Verachtung Gott gegenüber befriedigten.

Und nochmals dieser Schrei.

Eigenartig... Er dachte nicht daran, daß er sterben würde, sondern nur darüber nach, wer sich hinter diesem Schrei verbarg.

Als die Frau sich schließlich einen Weg durch die aufgebrachte Menge gebahnt hatte, schwamm er bereits in einer Lache aus Blut.

Sie umarmte ihn und schrie seinen Namen. Einmal, hundertmal. Und ihre Stimme hallte wider durch die Stadt wie der Schrei einer Wölfin, der man ihre Jungen entreißt.

Sie beugte sich tief über ihn, so daß er unter ihrem Körper Schutz fand.

Er öffnete die Augen einen Spalt breit, blickte sie an und lächelte.

Ergänzende Anmerkungen des Autors

Calixtus verstarb am 15. Oktober 222. Sein Leichnam wurde in einen Brunnen geworfen. Diakon Asterius barg seine sterblichen Überreste und bestattete sie auf dem Friedhof »de Calipodius« an der Via Appia.
Papst Julius II. ließ zu seinem Gedenken die Basilika Santa Maria in Trastevere errichten, und die Kirche hielt ihn als Papst und Märtyrer in Ehren.
Ungeachtet des heftigen Widerstandes seiner Gegner setzte sich das Edikt zur Absolution der unverzeihlichen Sünden überall durch. Es wurde nicht mehr in Frage gestellt.
Die Frage, aus welchem Land Hippolyt ursprünglich stammt, bleibt unbeantwortet. P. J.-M. Hanssen stellt in seinem Werk »La Liturgie d'Hippolyte« die Behauptung auf, er stamme aus Ägypten; andere wiederum behaupten, er sei römischer Herkunft gewesen.
Nach seiner Regentschaft als Gegenpapst wurde Hippolyt zusammen mit Papst Pontianus im Zuge der Christenverfolgungen von Kaiser Maximinus um 235 nach Sardinien verbannt.
Beide gingen als Märtyrer in den Tod, und ihre Leichname wurden nach Rom überführt. Allem Anschein nach wurden sie später von der Kirche gewürdigt. Noch vor seinem Tod veranlaßte Hippolyt seine getreuen Anhänger, sich der offiziellen Kirche wieder anzuschließen.
Im Jahre 1551 wurde auf dem Gelände des einstigen Friedhofs an der Via Tiburtinus eine beschädigte Statue ausgegraben, die Hippolyt darstellt. Diese Statue, die von seinen Jüngern noch zu seinen Lebzeiten errichtet wurde, legt Zeugnis ab von den Werken, die von ihm verfaßt worden sind.
Im Jahre 1842 brachte Mynoide Mynas vom Berg Athos die

Philosophumena nach Paris. Dieses Werk, das einige Jahre nach Calixtus' Tod geschrieben wurde, enthält eine Zusammenfassung der Ressentiments, die Hippolyt seinem Rivalen entgegengebrachte. Die katholische Kirche wird hier unter anderem als »Calixtus' Sekte« beschrieben.